Lev Grossman escribía artículos sobre novelas, tecnología y cultura para numerosos diarios y páginas web, hasta que en el año 2002 fue contratado por la revista *Time* como crítico literario y especialista en tecnología. Es el autor del best seller internacional *El códice secreto* y de *Los magos*, precuela de *El bosque mágico*.

Título original: *The Magician King*
Traducción: Mercè Diago y Abel Debritto
1.ª edición: junio, 2013

© Lev Grossman, 2011
© Ediciones B, S. A., 2013
   para el sello B de Bolsillo
   Consell de Cent, 425-427 - 08009 Barcelona (España)
   www.edicionesb.com

Printed in Spain
ISBN: 978-84-9872-810-1
Depósito legal: B. 13.768-2013

Impreso por NOVOPRINT
          Energía, 53
          08740 Sant Andreu de la Barca - Barcelona

El bosque mágico

LEV GROSSMAN

Para Sophie

Ahora buscaremos aquello que no vamos a encontrar.

Sir THOMAS MALORY,
Le Morte d'Arthur

LIBRO PRIMERO

1

Quentin montaba una yegua gris con cuartillas blancas llamada *Dauntless*. Llevaba unas botas negras de cuero hasta las
rodillas, mallas de colores y un sobretodo largo color azul marino profusamente bordado con aljófares e hilo de plata. Iba tocado con una pequeña corona de platino. Una espada reluciente le
rebotaba contra la pierna, no de las de tipo ceremonial sino de
las de verdad, de las que sirven para luchar. Eran las diez de la
mañana de un día caluroso y nublado de finales de agosto. Era la
viva imagen de lo que debía ser un rey de Fillory. Iba a la caza de
un conejo mágico.

Al lado del rey Quentin cabalgaba la reina Julia. Les prece-
dían otra reina y otro rey, Janet y Eliot; Fillory contaba con cuatro gobernantes en total. Cabalgaban a lo largo de un sendero
boscoso de árboles cuyas copas se unían formando un arco repleto de hojas amarillentas, desperdigadas de forma tan perfecta
que parecían haber sido cortadas y colocadas allí por un florista.
Avanzaban en silencio, con lentitud, juntos pero absortos en sus
pensamientos, con la mirada perdida en las profundidades verdosas de los bosques al final del verano.

Se trataba de un silencio fácil. Todo era fácil. Nada costaba.
El sueño se había convertido en realidad.

—¡Deteneos! —gritó Eliot.

Se pararon. El caballo de Quentin no se detuvo a la vez que
los otros caballos; *Dauntless* se salió un poco de la fila y del sendero antes de que él la convenciera definitivamente de que deja-

ra de caminar un puñetero momento. Hacía dos años que era rey de Fillory y seguía siendo un jinete pésimo.

—¿Qué ocurre? —preguntó.

Permanecieron sentados un rato. No había prisa. *Dauntless* bufó una vez en el silencio en señal de arrogante desprecio equino por cualquier actividad humana que creyeran estar acometiendo.

—Me ha parecido ver algo.

—Estoy empezando a plantearme —dijo Quentin— si es siquiera posible seguirle el rastro a un conejo.

—Es una liebre —corrigió Eliot.

—Da igual.

—No da igual. Las liebres son mayores. Y no viven en madrigueras, hacen la guarida en terreno abierto.

—No empieces —dijeron Julia y Janet al unísono.

—Mi verdadera pregunta es la siguiente —reconoció Quentin—. Si el conejo ese es realmente capaz de ver el futuro, ¿no sabrá que intentamos cazarlo?

—Ve el futuro —informó Julia, que estaba a su lado, con voz queda—, pero no puede cambiarlo. ¿Vosotros tres discutíais tanto cuando estabais en Brakebills?

Llevaba un traje de amazona negro sepulcral y una capucha, también negra. Siempre vestía de negro, como si estuviera de luto, aunque a Quentin no se le ocurría qué muerte podía llorar. Con toda naturalidad, como si llamara a un camarero, Julia hizo que un pequeño pájaro cantor se le posara en la muñeca y lo alzó hasta la altura de la oreja. Trinó algo, ella le dedicó un asentimiento y el pájaro se marchó volando otra vez.

Nadie se percató, salvo Quentin. Ella siempre daba y recibía mensajitos secretos de los animales parlantes. Era como si estuviera conectada a una red inalámbrica distinta a la de los demás.

—Tenías que habernos dejado traer a Jollyby —dijo Janet. Bostezó mientras se llevaba el dorso de la mano a la boca. Jollyby era Maestro de Caza en el castillo de Whitespire, donde residían todos. Solía supervisar ese tipo de excursiones.

—Jollyby es genial —afirmó Quentin—, pero ni siquiera él

es capaz de seguirle el rastro a una liebre en el bosque. Sin perros. Cuando no hay nieve.

—Sí, pero Jollyby tiene unas pantorrillas muy desarrolladas. Me gusta mirárselas. Va con esas mallas de hombre.

—Yo llevo mallas de hombre —dijo Quentin fingiéndose ofendido.

Eliot masculló algo ininteligible.

—Supongo que está por aquí. —Eliot seguía escudriñando los árboles—. A una distancia prudencial... Es imposible mantener a ese hombre lejos de una cacería real.

—Cuidado con lo que persigues —advirtió Julia—, no sea que le des alcance.

Janet y Eliot intercambiaron una mirada: más sabiduría inescrutable de Julia. Pero Quentin frunció el ceño. Las palabras de Julia tenían sentido a su manera.

Quentin no había sido siempre rey, ni de Fillory ni de ningún otro sitio. Ninguno de ellos lo había sido. Quentin se había criado como una persona normal, sin capacidad para la magia ni nada que ver con la realeza, en Brooklyn, en lo que, a pesar de todo, seguía considerando el mundo real. Había creído que Fillory era una ficción, una tierra encantada que existía solo como marco de una serie de novelas fantasiosas para niños. Pero luego había aprendido a hacer magia en un colegio secreto llamado Brakebills, y él y sus amigos habían descubierto que Fillory era verdadera.

No era lo que esperaban. Fillory era un lugar más siniestro y peligroso en la vida real que en los libros. Allí ocurrían cosas malas, cosas terribles. Había personas que resultaban heridas e incluso asesinadas. Quentin regresó a la Tierra escandalizado y desesperado. Se le volvió el pelo blanco.

Pero luego él y los demás se habían serenado y regresado a Fillory. Se enfrentaron a sus miedos y a sus pérdidas y ocuparon su lugar en los cuatro tronos del castillo de Whitespire y fueron coronados reyes y reinas. Y fue maravilloso. A veces a Quentin le costaba creer que hubiera pasado por todo aquello mientras que Alice, la chica que amaba, había muerto. Era difícil aceptar todo lo bueno que tenía ahora cuando Alice no había vivido para verlo.

Pero no le quedaba más remedio. De lo contrario, ¿qué finalidad había tenido su muerte? Descolgó el arco, se puso de pie en los estribos y miró a su alrededor. Notó una sensación agradable cuando unas burbujas de rigidez le explotaron en las rodillas. No se oía ningún sonido aparte del susurro de las hojas al caer deslizándose por encima de otras hojas.

Una bala color gris pardusco cruzó el sendero como un rayo a trescientos metros delante de ellos y se esfumó en la maleza rápidamente. Con un movimiento rápido y fluido fruto de muchas horas de práctica Quentin sacó una flecha y la colocó. Podía haber utilizado una flecha mágica pero no le pareció jugar limpio. Apuntó durante un buen rato, tensándose por la fuerza del arco, y lanzó.

La flecha se clavó en el terreno margoso hasta las plumas, justo donde había estado el destello de las patas de la liebre hacía unos cinco segundos.

—Por poco —dijo Janet inexpresiva.

No había forma humana posible de cazar a aquel animal.

—Seguidme, ¿vale? —gritó Eliot—. ¡Vamos!

Espoleó al caballo de batalla negro, que gimió, se levantó y alzó los cascos en el aire vacío antes de internarse a toda prisa en el bosque para ir a por la liebre. El estrépito de su avance por entre los árboles se disipó casi de forma inmediata. Las ramas rebotaron para recuperar su posición inicial detrás de él y volvieron a quedarse quietas. Eliot era un jinete avezado.

Janet lo observó partir.

—Hola, Silver —dijo—. ¿Qué estamos haciendo aquí fuera?

La pregunta tenía sentido. El objetivo verdadero no era cazar la liebre. El objetivo era... ¿cuál era el objetivo? ¿Qué buscaban? En el castillo vivían una existencia colmada de placeres. Tenían a todo el personal dedicado a garantizar que todos los días de su vida fueran absolutamente perfectos. Era como ser los únicos huéspedes de un hotel de veinte estrellas del que nunca había que marcharse. Eliot se sentía en el paraíso. Era lo que siempre le había gustado de Brakebills (el vino, la comida, la ceremonia) sin ningún tipo de esfuerzo. A Eliot le encantaba ser rey.

A Quentin también le encantaba pero estaba inquieto. Buscaba algo más. No sabía de qué se trataba. Pero cuando habían avistado a la Liebre Vidente en el área metropolitana de Whitespire se dio cuenta de que quería dedicar un día a hacer algo de provecho. Quería cazarla.

La Liebre Vidente era una de las Bestias Únicas de Fillory. Había doce; la Bestia Buscadora, que en una ocasión había concedido tres deseos a Quentin, era una de ellas, al igual que la Gran Ave de la Paz, un ave desgarbada que no volaba, parecida a un casuario capaz de detener una batalla apareciendo entre los dos ejércitos contrarios. Solo había un ejemplar de cada, de ahí el nombre, y cada uno de ellos poseía un don especial. El Supervisor No Visto era un gran lagarto capaz de volver invisibles a las personas durante un año, si así lo deseaban.

Las personas raras veces las veían, y mucho menos las apresaban, así que se oían muchas tonterías sobre ellas. Nadie sabía de dónde venían ni qué sentido tenían, si es que lo tenían. Siempre habían estado allí, eran elementos permanentes del paisaje encantado de Fillory. Al parecer eran inmortales. El don de la Liebre Vidente era predecir el futuro de toda persona que la apresara, o al menos así rezaba la leyenda. Hacía siglos que nadie la había cazado.

No es que el futuro fuera una cuestión apremiante en esos momentos. Quentin se figuró que tenía una idea bastante acertada de lo que le esperaba en el futuro, y no difería demasiado del presente. La buena vida.

Habían encontrado el rastro de la liebre con anterioridad, cuando la mañana era todavía brillante y estaba cubierta de rocío, y salieron a cabalgar cantando el estribillo de «Kill the Wabbit» con la melodía de «Cabalgata de las valquirias» con sus mejores voces estilo Elmer el Gruñón. Desde entonces la liebre había recorrido kilómetros en zigzag a través de los bosques, deteniéndose y volviendo a arrancar, describiendo círculos y volviendo sobre sus pasos, escondiéndose entre los matorrales y luego cruzándose de repente por delante de su camino, una y otra vez.

—No creo que vuelva —sentenció Julia.

Últimamente no estaba muy habladora, y por algún motivo casi siempre empleaba monosílabos.

—Bueno, aunque no podamos seguirle el rastro a la liebre, sí que podemos seguirle el rastro a Eliot. —Janet indicó con suavidad a su montura que se apartara del sendero y se internara en el bosque. Llevaba una blusa color verde musgo escotada y zahones de hombre. Su tendencia a mezclar ropa de hombre y de mujer había sido el escándalo de la corte ese año.

Julia no montaba un caballo sino un enorme cuadrúpedo peludo que ella llamaba civeta, que parecía una civeta normal, larga, marrón y ligeramente felina, con un lomo curvado con fluidez, salvo por el hecho de que tenía el tamaño de un caballo. Quentin sospechaba que sabía hablar pues los ojos le brillaban con un poco más de sensibilidad de la esperada, y siempre daba la impresión de seguir sus conversaciones con excesivo interés.

Dauntless no quería seguir a la civeta, que exudaba un olor almizclado y poco equino, pero obedecía órdenes, aunque con cierto rencor y rigidez en el paso.

—No he visto a ninguna dríada —dijo Janet—. Pensaba que habría dríadas.

—Yo tampoco —reconoció Quentin—. Ya no se las ve en Queenswood.

Era una pena. Le gustaban las dríadas, las ninfas misteriosas que vigilaban a los robles. Uno se daba cuenta de que realmente estaba en un mundo mágico y fantasioso cuando una mujer hermosa vestida con un escueto vestido hecho con hojas saltaba de un árbol de forma repentina.

—Había pensado que a lo mejor podían ayudarnos a cazarla. ¿No puedes llamar o invocar a una o algo así, Julia?

—Puedes llamarlas todo lo que quieras que no vendrán.

—Me paso un montón de tiempo escuchándolas despotricar sobre el reparto de tierras —dijo Janet—. ¿Y dónde están si no están aquí? ¿Existe algún bosque más guay y más mágico en algún sitio que ellas frecuenten?

—No son fantasmas —dijo Julia—. Son espíritus.

Los caballos pasaron con cuidado por encima de una berma que era demasiado recta para ser natural. Un viejo terraplén de una época antigua e irrecuperable.

—A lo mejor podríamos conseguir que se quedaran —sugirió Janet—. Ofreciéndoles algún incentivo por ley. O deteniéndolas en la frontera. Es una putada que no haya más dríadas en Queenswood.

—Buena suerte —dijo Julia—. Las dríadas pelean. Tienen la piel como de madera. Y tienen bastones.

—Nunca he visto luchar a una dríada —reconoció Quentin.

—Eso es porque nadie es tan tonto como para enfrentarse a una de ellas.

La civeta, consciente de cuándo la situación daba pie para escabullirse, decidió salir disparada. De hecho, dos robles robustos se hicieron a un lado para que Julia pasara entre ellos. Luego volvieron a juntarse y Janet y Quentin tuvieron que tomar el camino más largo.

—Fíjate en lo que dice —comentó Janet—. Se le han subido los humos a la cabeza. Estoy harta de su actitud «yo soy más filoriana que vosotros». ¿Has visto cómo hablaba con el pajarraco ese?

—Oh, déjala en paz —dijo Quentin—. No le pasa nada.

Pero, a decir verdad, Quentin estaba bastante convencido de que a la reina Julia le pasaba algo.

Julia no había aprendido la magia que sabía igual que ellos, siguiendo las etapas seguras y metódicas del sistema de Brakebills. Ella y Quentin habían ido juntos al instituto, pero ella no había entrado en Brakebills sino que se había convertido en una bruja disidente y había aprendido el oficio por su cuenta, fuera del sistema. No se trataba de magia oficial ni institucional. Desconocía capítulos enteros de saber popular y tenía una técnica tan chapucera y disparatada que a veces le costaba creer que llegara a funcionar.

Pero también sabía cosas que Quentin y los demás desconocían. No había tenido al profesorado de Brakebills encima durante cuatro años para asegurarse de que no sobrepasaba los límites establecidos. Había hablado con gente con la que Quentin nunca habría hablado, aprendido cosas a las que sus profesores nunca le habrían permitido acercarse. La magia de ella poseía unos bordes afilados e irregulares que nunca se habían limado.

Se trataba de un tipo distinto de educación y la diferenciaba de los demás. Hablaba de un modo distinto; Brakebills les había enseñado a ser condescendientes e irónicos con respecto a la magia, pero Julia se la tomaba en serio. Iba de siniestra de los pies a la cabeza, con un vestido de novia negro y lápiz de ojos negro. A Janet y a Eliot les parecía raro, pero a Quentin le gustaba. Se sentía atraído por ella. Era rara y siniestra, y Fillory los había convertido en seres prácticamente transparentes, Quentin incluido. A él le gustaba que ella no fuera del todo normal y que no le importara quién lo sabía.

A los filorianos también les gustaba. Julia mantenía una relación especial con ellos, sobre todo con los más exóticos, los espíritus, los seres elementales y los *jinnis*, e incluso con los seres más extraños y extremos, el elemento marginal, en la zona borrosa situada entre lo biológico y lo completamente mágico. Era su reina-bruja y la adoraban.

Pero Julia había tenido que pagar un precio por su educación, era difícil señalar qué, pero fuera lo que fuese le había dejado huella. Daba la impresión de no querer ni necesitar ya compañía humana. En medio de una cena de Estado o un baile real o incluso una conversación, perdía interés y se distraía. Le pasaba cada vez más a menudo. A veces Quentin se planteaba exactamente qué alto precio había tenido que pagar por sus conocimientos, y cómo lo había pagado, pero siempre que le preguntaba, ella eludía la cuestión. A veces se preguntaba si es que se estaba enamorando de ella. Otra vez.

Se oyó una corneta a lo lejos, tres notas limpias de plata de ley, amortiguada por el silencio pesado de los bosques. Eliot tocaba una llamada a la caza.

No era como Jollyby, aunque era una llamada perfectamente creíble. No era muy partidario de redactar leyes, pero Eliot era meticuloso con la etiqueta real, que incluía seguir el protocolo de caza filoriano al pie de la letra (aunque matar le parecía de mal gusto y solía evitarlo). El toque de corneta fue suficiente para *Dauntless*. La yegua tembló, electrizada, aguardando la orden de salir disparada. Quentin dedicó una amplia sonrisa a Janet y ella se la devolvió. Él gritó como un vaquero, espoleó a la montura y se marcharon.

Era una locura, como una persecución a toda velocidad por tierra, teniendo en cuenta que había zanjas que se abrían ante ellos sin previo aviso y ramas bajas que descendían de no se sabía dónde para intentar asestarles un golpe en la cabeza (no literalmente, claro está, aunque nunca se sabe a ciencia cierta con algunos de esos árboles viejos y retorcidos). Pero, qué coño, para eso está la magia curativa. *Dauntless* era una purasangre. Habían estado poniéndose en marcha, parando y dando vueltas toda la mañana y se moría de ganas de romper las ataduras.

Además, ¿cuántas veces tenía la posibilidad de arriesgar la vida de su real persona? ¿Cuándo era la última vez que había lanzado un conjuro? No podía decirse precisamente que su vida estuviera trufada de peligros. Se pasaban todo el día entre almohadones y por las noches se ponían ciegos de comer y beber. Últimamente siempre que se sentaba se producía una interacción desconocida entre su abdomen y la hebilla del cinturón. Desde que ascendió al trono debía de haber engordado unos siete kilos. No era de extrañar que los reyes se vieran tan gordos en los cuadros. Un día eres el Príncipe Valiente y al siguiente Enrique VIII.

Janet se salió del sendero, guiada por unas notas de corneta más amortiguadas. Los cascos de los caballos daban golpes de satisfacción en la marga compacta del terreno boscoso. Todo lo que resultaba empalagoso de la vida en la corte, toda la seguridad y la comodidad implacable se desvaneció durante unos instantes. Los troncos, bosquecillos, zanjas y viejos muros de piedra pasaron ante sus ojos como una exhalación. Iban alternando estar bajo el sol abrasador y la frescura de la sombra. Su velocidad paralizaba la lluvia de hojas amarillentas en pleno aire. Quentin ganó impulso y cuando llegaron al prado abierto, realizó un giro abierto hacia la derecha, y durante un largo minuto permanecieron uno junto al otro, cabalgando como locos en paralelo.

Entonces, de repente, Janet se paró en seco. Lo más rápidamente posible, Quentin hizo que *Dauntless* redujera el paso y se diera la vuelta respirando con dificultad. Esperaba que su montura no se quedara coja. Tardó unos instantes en darle alcance.

Estaba sentada quieta y recta en la silla de montar, escudriñando la penumbra del bosque a esa hora del mediodía. No se oían más toques de corneta.

—¿Qué pasa?

—Me ha parecido ver algo —respondió ella.

Quentin entrecerró los ojos para mirar. Había algo. Formas.

—¿Es Eliot?

—¿Qué narices están haciendo? —preguntó Janet.

Quentin bajó con brusquedad de la silla de montar, descolgó el arco otra vez y colocó otra flecha. Janet guio a los caballos mientras él tomaba la delantera. Oyó que ella cargaba cierta magia defensiva menor, un escudo ligero, por si acaso. Notaba el zumbido estático que le resultaba familiar.

—Mierda —dijo con voz queda.

Soltó el arco y corrió hacia ellos. Julia se apoyaba en una rodilla y se presionaba la mano contra el pecho, respirando con dificultad o sollozando, no distinguía bien qué. Eliot estaba inclinado hablando con ella con voz queda. La chaqueta de tela dorada le colgaba del hombro.

—No pasa nada —dijo al ver lo pálido que se había quedado Quentin—. La dichosa civeta la ha tirado y ha salido disparada. He intentado retenerla pero no he podido. Está bien, solo se ha quedado sin aire.

—Estás bien. —Otra vez la misma frase. Quentin le frotó la espalda a Julia mientras ella respiraba entre gemidos—. Estás bien. Te he dicho un montón de veces que utilizaras un caballo normal. Esa bestia nunca me ha gustado.

—A ella tampoco le gustas —alcanzó a decir ella.

—Mira —Eliot señaló hacia la penumbra—, eso es lo que la hizo salir disparada. La liebre ha entrado allí.

A escasos metros había un claro redondo, un apacible círculo de hierba oculto en el corazón del bosque. Los árboles crecían justo hasta el borde, como si alguien lo hubiera despejado a propósito, recortando el borde con precisión. Podía haber sido trazado con un compás. Quentin se acercó a la zona. Una hierba exuberante de un intenso color verde esmeralda crecía sobre un terreno negro abultado. El centro del claro estaba dominado por un único roble gigantesco con un enorme reloj redondo incrustado en el tronco.

Los árboles-reloj eran el legado de la Observadora, la legendaria bruja de Fillory que viajaba por el tiempo. Eran una locura mágica, benévolos que se supiera, y pintorescos de un modo surrealista. No había motivos para librarse de ellos, suponiendo que tal cosa fuera posible. Como mínimo marcaban la hora a la perfección.

Pero Quentin no había visto nunca uno como aquel. Tuvo que echarse hacia atrás para ver la copa. Debía de medir unos trescientos metros y tenía un grosor espectacular, por lo menos quince metros de circunferencia. El reloj era impresionante. La esfera era más alta que Quentin. El tronco brotaba de la hierba verde y era como un estallido de ramas onduladas, como un kraken esculpido en madera.

Y además se movía. Las ramas negras y prácticamente desnudas se retorcían y se agitaban contra el cielo gris. Daba la impresión de que el árbol estaba apresado en una tormenta, pero Quentin no notaba ni oía viento. El día, tal y como lo percibía con sus cinco sentidos, era apacible. Se trataba de una tormenta invisible, intangible, una tormenta secreta. En su agonía, el árbol-reloj había estrangulado el reloj; la madera lo había apretado con tanta fuerza que al final se había torcido el bisel y el cristal se había hecho añicos. La maquinaria de latón sobresalía por la esfera destrozada y se desparramaba en la hierba.

—Dios mío —dijo Quentin—. Menudo monstruo.

—Es el Big Ben de los árboles-reloj —dijo Janet detrás de él.

—Nunca he visto nada por el estilo —reconoció Eliot—. ¿Crees que fue el primero que ella hizo?

Fuera lo que fuera, se trataba de una maravilla filoriana, real, majestuosa y extraña. Hacía mucho tiempo que no había visto ninguna, o quizás hacía mucho tiempo que no se había fijado. Notó una punzada de algo que no había sentido desde la Tumba de Ember: temor y algo más. Sobrecogimiento. Estaban cara a cara con el misterio. Aquello era la materia prima, la arteria principal, la magia más antigua.

Estaban juntos de pie, alineados a lo largo del borde del prado. El minutero del reloj sobresalía formando un ángulo recto desde el tronco como si de un dedo roto se tratase. A un metro escaso de la base brotaba un pimpollo donde había caído el engranaje, como de una bellota, meciéndose adelante y atrás en el vendaval silencioso. Un reloj de bolsillo de plata marcaba la hora en un nudo del tronco esbelto. Un típico toque bonito de Fillory.

Aquello pintaba bien.

—Yo iré primero.

Quentin se dispuso a avanzar pero Eliot le puso la mano en el brazo.

—Yo no lo haría.

—Yo sí. ¿Por qué no?

—Porque los árboles-reloj no se mueven de ese modo. Y nunca he visto uno roto. Creía que era imposible que se rompieran. Este sitio no es natural. La liebre debe de habernos conducido hasta aquí.

—Lo sé, ¿vale? ¡Es una pasada!

Julia negó con la cabeza. Estaba pálida y tenía una hoja seca en el pelo, pero ya se había puesto de pie.

—Mira qué regular es este claro —dijo—. Es un círculo perfecto. O por lo menos una elipse. El centro irradia un hechizo potente que afecta a toda la zona. O los focos —añadió con voz queda—, en caso de una elipse.

—Si entras ahí vete a saber dónde acabarás —aseveró Eliot.

—Vete a saber. Por eso quiero ir.

Aquello era lo que necesitaba. Aquel era el objetivo, había estado esperándolo sin ni siquiera saberlo. Cielos, cuánto tiempo. Era toda una aventura. Le costaba creer que los demás incluso vacilaran. Detrás de él, *Dauntless* se estremeció en silencio.

No era una cuestión de valor. Era como si hubieran olvidado quiénes eran, y dónde estaban y por qué. Quentin volvió a sacar el arco y extrajo otra flecha de la aljaba. A modo de experimento, se colocó en posición, tensó el arco y disparó al tronco del árbol. Antes de alcanzar su objetivo, la flecha perdió velocidad como si estuviera desplazándose por el agua en vez de por el aire. Vieron cómo flotaba, cómo daba vueltas de un extremo a otro, hacia atrás, a cámara lenta. Al final, perdió el impulso que le quedaba y se paró a un metro y medio del suelo.

Acto seguido explotó, sin emitir sonido alguno, y despidió chispas blancas.

—Cielos. —Quentin se echó a reír. No podía evitarlo—. ¡Este lugar está encantado de cojones!

Se volvió hacia los demás.

—¿Qué os parece? A mí esto me huele a aventura. ¿Os acordáis de las aventuras? ¿Como en los libros?

—Sí, ¿os acordáis? —repitió Janet. De hecho parecía estar enfadada—. ¿Os acordáis de Penny? Últimamente no le hemos visto por aquí, ¿verdad? No quiero pasarme el resto de mi reinado cortándoos la comida.

También podía haber preguntado si se acordaban de Alice. Él se acordaba de Alice. Había muerto, pero ellos habían vivido y ¿acaso vivir no era eso? Dio un salto de puntillas. Sentía un hormigueo en los dedos del pie y además le sudaban los pies en las botas, a quince centímetros del borde marcado del prado encantado.

Sabía que los demás tenían razón, aquel lugar rebosaba un tipo de magia misteriosa. Era una trampa, un muelle en espiral ansioso por ser accionado. Y él también lo deseaba. Quería introducir el dedo y ver qué ocurría. Allí se iniciaba alguna historia, alguna búsqueda en la que él quería participar. Le parecía refrescante, sano y seguro, nada semejante a la comodidad sebosa de la vida palaciega. El plástico protector se había retirado.

—¿De verdad que no venís? —preguntó.

Julia se limitó a mirarlo. Eliot negó con la cabeza.

—Voy a ir sobre seguro. Pero puedo intentar cubrirte desde aquí.

Empezó con afán a lanzar una revelación menor destinada a neutralizar cualquier amenaza mágica obvia. La magia crujía y chisporroteaba alrededor de sus manos mientras lo hacía. Quentin desenvainó la espada. Los demás se burlaban de él porque la llevaba, pero a él le gustaba sujetarla con la mano. Le hacía sentir como un héroe. O por lo menos le hacía parecer un héroe.

A Julia no le parecía divertido. Aunque últimamente no es que se riera demasiado de nada. De todos modos, la soltaría en caso de que tuviera que recurrir a la magia.

—¿Qué vas a hacer? —preguntó Janet con los brazos en jarras—. En serio, ¿qué? ¿Trepar por el árbol?

—Llegado el momento sabré qué tengo que hacer. —Hizo girar los hombros.

—Esto no me gusta, Quentin —dijo Julia—. Este lugar, este árbol. Embarcarse en esta aventura podría suponer un gran cambio en nuestro destino.

—A lo mejor nos conviene ese cambio.

—Eso lo dirás por ti —espetó Janet.

Eliot terminó su conjuro y formó un cuadrado con los pulgares e índices. Cerró un ojo y miró por el cuadrado, recorriendo el claro.

—No veo nada...

Se oyó un retumbo lúgubre desde lo alto de las ramas. Cerca de la copa del árbol habían brotado un par de campanas de bronce que se balanceaban. ¿Por qué no? Once campanadas; por lo que parecía, seguía marcando la hora aunque el mecanismo estuviera roto. Entonces el silencio volvió a inundarlo todo, como agua que hubiera sido desplazada momentáneamente.

Todo el mundo lo observaba. Las ramas del árbol-reloj crujían en el viento insonoro. Él no se movió. Pensó en la advertencia de Julia: un gran cambio en su destino. Tenía que reconocer que su situación era envidiable en esos momentos. Vivía en un castillo espectacular, lleno de patios tranquilos y torres aireadas y espaciosas, además del sol dorado de Fillory que se desparramaba como miel caliente. De repente no era capaz de decir a cambio de qué se jugaba todo aquello. Quizás allí le esperara la muerte. Alice había muerto.

Y ahora era rey. ¿Acaso tenía el derecho a galopar detrás de cada conejo mágico que moviera la cola delante de él? Ese ya no era su cometido. De repente se sintió egoísta. El árbol-reloj estaba justo delante de él, con su enorme poderío y la promesa de aventuras. Pero su entusiasmo se estaba desvaneciendo. Estaba siendo presa de la duda. Tal vez tuvieran razón, su lugar estaba allí. Tal vez aquello no fuera tan buena idea.

El impulso de internarse en el prado empezó a disiparse, como el efecto de una droga, y de repente recobró la sobriedad. ¿A quién pretendía engañar? Ser rey no era el comienzo de una historia, era el final. No necesitaba que un conejo mágico le adivinara el futuro, conocía su futuro porque lo estaba viviendo. Aquella era la parte del «fueron felices y comieron perdices». Cierra el libro, déjalo y márchate.

Quentin retrocedió un paso y volvió a envainar la espada con un único gesto fluido. Era lo primero que le había enseñado el maestro de esgrima; dos semanas de envainar y desenvainar antes incluso de que le permitiera cortar el aire. Ahora se alegraba de haberlo hecho. No había nada que resultara más ridículo que intentar encontrar la vaina con el extremo de la espada.

Notó una mano en el hombro. Julia.

—No pasa nada, Quentin —dijo—. No es tu aventura. No vayas más allá.

Le entraron ganas de apoyar la cabeza y frotarse la mejilla contra la mano de ella como un gato.

—Lo sé —dijo. No iba a ir—. Lo entiendo.

—¿De verdad que no vas? —Janet casi parecía decepcionada. Seguramente le habría gustado verlo convertido en una explosión de destellos.

—De verdad.

Tenían razón. Que otro se hiciera el héroe. Él había tenido su final feliz. En ese momento ni siquiera era capaz de decir qué buscaba allí. Nada por lo que valiera la pena morir, eso seguro.

—Vamos, es casi la hora de comer —dijo Eliot—. Busquemos algún prado más normalito en donde comer.

—Claro —dijo Quentin—. Buena idea.

Llevaban champán, o algo parecido, en uno de los cestos y se mantenía mágicamente fresco, aunque seguían buscando el equivalente filoriano de la bebida. Y esos cestos, con receptáculos de cuero especiales para las botellas y las copas, eran el tipo de artículo que recordaba haber visto en los catálogos de objetos caros e inútiles que no podía costearse allá en el mundo real. ¡Y mira ahora! Tenía todos los cestos que quisiera. No era champán, pero tenía burbujas y emborrachaba. Y Quentin iba a pillar una buena durante la comida.

Eliot subió a la montura y cargó a Julia detrás de él. Daba la impresión de que la civeta se había marchado para siempre. Julia todavía tenía un buen pedazo de tierra negra y húmeda en el trasero fruto de la caída. Quentin tenía un pie en el estribo de *Dauntless* cuando oyeron un grito.

—¡Ho!

Todos se volvieron a mirar.

—¡Ho! —Era lo que los filorianos decían en vez de «eh».

El filoriano que los había llamado era un hombre sanote y fornido de treinta y pocos años. Se acercaba a ellos dando grandes pasos, a través del claro circular, prácticamente exultante. Echó a correr lentamente al verlos. No hizo ningún caso de las ramas del árbol-reloj roto que se balanceaban peligrosamente por encima de su cabeza; le daban exactamente igual. Un día de lo más normal en el bosque mágico. Tenía una buena melena dorada y el pecho prominente; se había dejado crecer la barba rubia para disimular la redondez de su mentón.

Se trataba de Jollyby, Maestro de Caza. Llevaba unas mallas a rayas violeta y amarillo. Tenía unas piernas realmente impresionantes, sobre todo teniendo en cuenta que nunca había pisado un gimnasio. Eliot tenía razón, debía de haberlos seguido todo el rato.

—¡Ho! —respondió Janet contenta—. Ahora ya somos una partida de caza —añadió dirigiéndose a los demás en voz baja.

Jollyby sujetaba por las orejas una liebre grande que se revolvía como loca con el enorme puño enguantado de cuero.

—Hijo de puta —dijo *Dauntless*—. La ha cazado.

Dauntless era una yegua parlante. Pero no hablaba demasiado.

—Y tanto —dijo Quentin.

—Menuda suerte he tenido —exclamó Jollyby cuando estuvo lo bastante cerca—. La he encontrado sentada en una piedra, más contenta que unas pascuas, a escasos cien metros de aquí. Estaba muy entretenida vigilándoos y he conseguido que saliera disparada hacia el lado equivocado. La he apresado con las manos, aunque cueste de creer.

Quentin se lo creía. Aunque seguía pensando que no tenía sentido. ¿Cómo es posible acercarse sigilosamente a un animal capaz de ver el futuro? Tal vez viera el de los demás y no el suyo. La liebre ponía los ojos en blanco como una posesa.

—Pobrecilla —dijo Eliot—. Mira qué cabreada está.

—Oh, Jolly —dijo Janet. Se cruzó de brazos fingiendo estar indignada—. ¡Tenías que habernos dejado cazarla! Ahora solo adivinará tu futuro.

No parecía para nada decepcionada por ello, pero Jollyby, un cazador excelente pero no precisamente una lumbrera, pareció disgustarse. Frunció el muy poblado entrecejo.

—A lo mejor nos la podríamos ir pasando —propuso Quentin—. Podría ir uno por uno.

—No es una pipa de agua, Quentin —dijo Janet.

—No —convino Julia—. No lo pidas.

Pero Jollyby estaba disfrutando del hecho de ser el centro de atención real durante un momento.

—¿Es verdad, animal inútil? —dijo. Giró la mano con la que sostenía a la Liebre Vidente y la levantó de forma que él y la liebre estuvieran cara a cara.

Dejó de patalear y se quedó colgando flácida, con los ojos en blanco presa del pánico. Era una bestia impresionante, de casi un metro de largo desde el hocico inquieto hasta la cola, con un bonito pelaje gris pardusco del color de la hierba seca en invierno. No era lo que se dice mona. No era una liebre domesticada, ni el conejo de un mago, sino un animal salvaje.

—¿Qué ves, eh? —Jollyby la zarandeó, como si todo aquello fuera idea del animal y, por consiguiente, culpa suya—. ¿Qué ves?

La Liebre Vidente enfocó la mirada. Miró directamente a Quentin. Dejó entrever los enormes incisivos anaranjados.

—Muerte —dijo con voz áspera.

Se quedaron todos quietos durante unos instantes. No resultaba estremecedor sino inapropiado, como si alguien contara un chiste verde en la fiesta de cumpleaños de un niño.

Entonces Jollyby frunció el ceño y se humedeció los labios, y Quentin vio que tenía sangre en los dientes. Tosió una vez, tanteando la situación, como si probara, y acto seguido la cabeza le colgó hacia delante. La liebre cayó de sus dedos flojos y salió disparada por la hierba como un cohete.

El cuerpo de Jollyby se desplomó hacia delante en la hierba.

—¡Muerte y destrucción! —gritó la liebre mientras corría, por si el mensaje no había quedado claro—. ¡Decepción y desespero!

2

El castillo de Whitespire contaba con un salón especial en el que se reunían los reyes y reinas. El hecho de ser monarca suponía también que todas las posesiones estaban hechas especialmente para uno.

Era un salón maravilloso. Era cuadrado, en lo alto de una torre cuadrada y tenía cuatro ventanas con vistas a las cuatro direcciones. La torre giraba, muy lentamente, igual que otras torres del castillo. El castillo de Whitespire se había construido sobre los complejos cimientos de una mecánica de latón, diseñada de forma inteligente por los enanos, que eran absolutamente geniales para este tipo de cosas. La torre completaba una rotación al día. El movimiento resultaba casi imperceptible.

El salón estaba dominado por una mesa cuadrada especial con cuatro sillas; eran tronos, o algo similar, pero obra de alguien que tenía la habilidad, bastante excepcional según la experiencia de Quentin, de hacer sillas que parecieran tronos pero que también resultaban cómodas para sentarse. La mesa tenía pintado un mapa de Fillory, sellado bajo muchas capas de laca, y en cada uno de los cuatro asientos, grabados en la madera, los nombres de los gobernantes que los habían ocupado junto con pequeños artilugios que les correspondieran. Quentin tenía una imagen del Ciervo Blanco y del derrotado Martin Chatwin, además de una baraja de naipes. El sitio de Eliot era el que gozaba de mayor profusión de adornos, tal como correspondía al Alto Rey. La mesa era cuadrada pero no cabía duda de quién ocupaba la cabecera.

Ese día los asientos no parecían tan cómodos. La escena de la muerte de Jollyby seguía estando muy presente en la mente de Quentin; de hecho se le repetía más o menos de forma constante, cada treinta segundos aproximadamente. Cuando Jollyby se había desplomado, Quentin se había abalanzado hacia delante, lo había cogido y lo había puesto con sumo cuidado en el suelo. Toqueteó con torpeza el enorme pecho de Jollyby, como si su vida estuviera escondida en algún lugar de su cuerpo, en algún bolsillo interior secreto, y si Quentin era capaz de encontrarla, se la devolvería. Janet profirió un grito a pleno pulmón, incontrolable, de película de miedo que duró quince segundos, hasta que Eliot la sujetó por los hombros y la hizo volverse para que no viera el cadáver de Jollyby.

Al mismo tiempo el claro quedó bañado de una luz verde fantasmagórica, un hechizo desolador y extraño obra de Julia cuyos detalles Quentin era incapaz de captar, ni siquiera a grandes rasgos, con la intención de poner al descubierto a cualquier mal actor que pudiera estar presente. Se le pusieron los ojos totalmente negros, sin blanco ni iris. Ella era la única que había pensado ir a por todas. Pero no había nadie a quien atacar.

—Bueno —dijo Eliot—. Hablemos del tema. ¿Qué creemos que ha sucedido hoy?

Intercambiaron una mirada, se sentían histéricos y traumatizados. Quentin quería hacer o decir algo, pero no sabía qué. Lo cierto era que tampoco había conocido tan bien a Jollyby.

—Con lo orgulloso que estaba —dijo al final—. Pensaba que había salvado la situación.

—Tuvo que ser el conejo —dijo Janet. Tenía los ojos rojos de llorar. Tragó saliva—. ¿Verdad? O la liebre, lo que fuera. Eso lo mató. ¿Qué más?

—No podemos darlo por supuesto. La liebre predijo su muerte pero no tuvo por qué haberla causado. *Post hoc ergo propter hoc*. Es una falacia lógica.

Si hubiera esperado ni que fuera un segundo se habría dado cuenta de que a Janet no le interesaba el latinajo de la falacia lógica que ella podía o no estar cometiendo.

—Lo siento —se disculpó él—. Es mi síndrome de Asperger que asoma la cabeza otra vez.

—¿O sea que es pura coincidencia? —espetó ella—. ¿Que muriera justo entonces, justo después de que el animal dijera eso sobre la muerte? A lo mejor nos hemos equivocado. A lo mejor la liebre no predice el futuro, a lo mejor lo controla.

—A lo mejor no le gusta que la apresen —apuntó Julia.

—Me cuesta creer que un conejo parlante esté escribiendo la historia del universo —aseveró Eliot—. Aunque eso explicaría muchas cosas.

Eran las cinco de la tarde, la hora en que solían reunirse. Durante los primeros meses desde su llegada al castillo de Whitespire Eliot les había dejado hacer lo que quisieran partiendo de la teoría de que encontrarían su camino como gobernantes de forma natural, y se encargarían de aquello que mejor encajara con sus distintos dones. Aquello había provocado un caos total y no habían hecho nada, y lo que habían hecho, lo habían hecho dos veces de mano de dos personas distintas y de forma distinta. Así pues, Eliot instituyó una reunión diaria en la que repasaban aquellos asuntos del reino que a los cuatro les parecieran más apremiantes. La reunión de las cinco de la tarde iba acompañada tradicionalmente por el que bien podía considerarse el servicio de whisky más completo y extraordinario jamás visto en cualquiera de los mundos posiblemente infinitos del multiverso.

—He dicho a la familia que nos ocuparíamos del funeral —informó Quentin—. Solo están sus padres. Era hijo único.

—Tengo que decir una cosa —dijo Eliot—. Él me enseñó a tocar la corneta.

—¿Sabíais que era un hombre-león? —Janet sonrió entristecida—. Es verdad. Funcionaba mediante un calendario solar, solo cambiaba en los equinoccios y solsticios. Decía que le ayudaba a comprender a los animales. Era peludo por todas partes.

—Por favor —rogó Eliot—. Daría cualquier cosa para no averiguar cómo lo sabes.

—Servía para muchas cosas.

—Tengo una teoría —se aprestó a decir Quentin—. A lo mejor lo hicieron los Fenwick. Están cabreados con nosotros desde que llegamos aquí.

Los Fenwick eran la familia de mayor tradición de las varias que regentaban el lugar cuando los Brakebills regresaron a Fillory. No les gustó que les expulsaran del castillo de Whitespire, pero carecían de influencia política para evitarlo. Así pues se contentaban con meter cizaña en la corte.

—Un asesinato sería una medida demasiado extrema para los Fenwick —dijo Eliot—. Son bastante más moderados.

—¿Y por qué iban a matar a Jollyby? —preguntó Janet—. ¡Caía bien a todo el mundo!

—Quizá fueran a por uno de nosotros, no a por él —dijo Quentin—. A lo mejor esperaban que uno de nosotros cazara la liebre. ¿Sabéis que ya han empezado a hacer circular el rumor de que lo matamos?

—Pero ¿cómo pueden haber hecho tal cosa? —preguntó Eliot—. ¿Insinúas que enviaron a un conejo asesino?

—No, no pueden manipular a la Liebre Vidente —dijo Julia—. Las Bestias Únicas no intervienen en los asuntos de los hombres.

—Tal vez no fuera la Liebre Vidente, quizá fuera una persona en forma de liebre. Un hombre-liebre. Mirad, ¡no sé!

Quentin se frotó las sienes. Ojalá hubiera ido a la caza del estúpido lagarto. Estaba enfadado consigo mismo por olvidar cómo era Fillory. Se había permitido creer que todo era mejor después de que Alice matara a Martin Chatwin, que no habría más muerte ni desespero ni desilusión y lo que fuera que había dicho la liebre. Pero había más. No era como en los libros. Siempre había más. *Et in Arcadia ego*.

Y aunque sabía que era una locura, de un modo infantil y elegante, no conseguía evitar la vaga sensación de que la muerte de Jollyby era culpa suya, que no se habría producido si no se hubiera dejado tentar por aquella aventura. ¿O quizá no se había sentido lo bastante tentado? ¿Cuáles eran las normas? Tal vez tenía que haberse internado en el claro. A lo mejor la muerte de Jollyby estaba destinada a él. Quizá su destino era que se hubiese internado en el claro y hubiera muerto, pero no había sucedido, por lo que Jollyby había muerto en su lugar.

—Quizá no haya una explicación —dijo en voz alta—. Quizá sea un misterio. Una alocada parada más en el misterioso viaje fantástico de Fillory. No hay motivos ocultos, ocurrió y ya está. No hay que buscarle una explicación.

Aquello no satisfizo a Eliot. Seguía siendo Eliot, el lánguido bebedor de Brakebills, pero el hecho de convertirse en Alto Rey le había hecho sacar una vena rigurosa que producía consternación.

—No pueden producirse muertes inexplicables en el reino —declaró—. No puede ser. —Se aclaró la garganta—. Vamos a hacer lo siguiente. Meteré miedo a los Fenwick con Ember. No tardaremos mucho. Son un puñado de mariquitas de playa. Y lo digo como mariquita de playa que soy.

—¿Y si eso no funciona? —dijo Janet.

—Entonces, Janet, tendrás que presionar a los lorianos. —Eran los vecinos de Fillory al norte. Janet era la encargada de las relaciones con las potencias extranjeras; Quentin la llamaba Fillory Clinton—. Siempre están detrás de todo lo malo. Tal vez intentaran poner fin al liderazgo. Son una especie de vikingos imbéciles de pacotilla. Ahora, por el amor de Dios, cambiemos de tema.

Pero no tenían nada más de que hablar, así que guardaron silencio. Nadie estaba excesivamente contento con el plan de Eliot, y quien menos, él, pero no tenían otro mejor ni peor. Seis horas después de los hechos, Julia seguía teniendo los ojos completamente negros por el conjuro que había lanzado en el bosque. El efecto resultaba desconcertante. No tenía pupilas. Quentin se preguntó qué vería ella que los demás no veían.

Eliot barajó las notas para ver si encontraba otro tema de interés, pero últimamente no abundaban.

—Es la hora —dijo Julia—. Tenemos que acercarnos a la ventana.

Todos los días, después de la reunión de la tarde, salían al balcón y saludaban a la gente.

—Maldita sea —se quejó Eliot—. Bueno.

—Tal vez hoy no deberíamos salir —sugirió Janet—. Me parece mal.

Quentin sabía a qué se refería. La idea de salir al pequeño balcón, con una sonrisa perenne en el rostro, saludando en tanto que monarcas a los filorianos allí reunidos para el ritual diario parecía un poco fuera de lugar.

—Tenemos que hacerlo —dijo él—. Hoy más que nunca.

—Estamos aceptando felicitaciones por no hacer nada.

—Estamos tranquilizando a la población ante una situación trágica.

Salieron en fila al estrecho balcón. Muy abajo, en el patio del castillo, al pie de una caída vertiginosa, se habían reunido varios cientos de filorianos. Desde aquella altura parecían irreales, como muñecos. Quentin saludó.

—Ojalá pudiéramos hacer algo más por ellos —dijo.

—¿Qué quieres hacer? —dijo Eliot—. Somos los reyes y reinas de una utopía mágica.

La ovación procedente de abajo les llegó a los oídos, ligeramente. El sonido resultaba metálico y distante, como una tarjeta de felicitación musical.

—¿Alguna reforma progresista? Quiero ayudar a alguien con algo. Si fuera filoriano me depondría por ser un parásito aristocrático.

Cuando Quentin y los demás ascendieron al trono no sabían exactamente qué esperar. Los detalles de lo que suponía resultaban vagos... tendrían obligaciones ceremoniales, supuso Quentin, y supuestamente un papel primordial en las decisiones políticas, cierta responsabilidad sobre el bienestar de la nación que gobernaban. Pero lo cierto era que no había gran cosa que hacer.

Lo curioso era que Quentin lo echaba de menos. Se había imaginado que Fillory sería una especie de Inglaterra medieval, porque es lo que parecía, por lo menos a primera vista. Imaginó que emplearía la historia de Europa, lo que recordase de la misma, como chuleta. Favorecería el programa humanitario ilustrado estándar, nada extraordinario, solo los grandes momentos, y pasaría a la historia como fuerza del bien.

Pero Fillory no era Inglaterra. Para empezar, la población era reducida, no había más de diez mil humanos en todo el país, aparte de los muchos animales parlantes y enanos y espíritus y gigantes y tal. O sea que él y los demás monarcas —o tetrarcas o como se llamara— eran más parecidos al alcalde de una ciudad pequeña. Para continuar, si bien la magia era muy real en la Tierra, Fillory era mágica. Había una diferencia. La magia formaba parte del ecosistema. Estaba en el clima y en los océanos y en la tierra, que era increíblemente fértil. Si alguien quería que las cosechas fueran mal tenía que esforzarse sobremanera.

Fillory era la tierra de la abundancia eterna. Cualquier cosa necesaria podía obtenerse de los enanos, tarde o temprano, y no eran un proletariado industrial oprimido sino que en realidad disfrutaban haciendo cosas. A no ser que uno fuera un tirano despreciable y activo, como lo había sido Martin Chatwin, había demasiados recursos y pocas personas como para crear algo similar a un conflicto civil. La única escasez que sufría la economía filoriana era la escasez crónica de escasez.

Como consecuencia de ello, siempre que alguno de los Brakebills, que era como los llamaban, aunque Julia nunca hubiera ido a Brakebills, tal como se aprestaba siempre a puntualizar, intentaba ponerse serio sobre algo, resultaba que no había demasiados asuntos sobre los que ponerse serio. Todo eran rituales, boato y circunstancia. Incluso el dinero era pura fachada. Era dinero de mentira. Dinero de Monopoly. Los demás habían dejado de intentar parecer útiles, pero a Quentin le costaba. Quizás esa necesidad fuera la que le había asaltado cuando estaba en el borde del prado en el bosque. Debía de haber algo real ahí fuera, pero no era capaz de echarle mano.

—Bueno —dijo—. ¿Qué hacemos a continuación?

—Pues —dijo Eliot mientras entraban en fila— tenemos el problema con la Isla Exterior.

—¿La qué?

—¿La Isla Exterior? —Cogió unos documentos de aspecto

real—. Es lo que dice. Soy rey de la misma y ni siquiera sé dónde está.

Janet soltó un bufido.

—La Exterior está en la costa este. Bastante lejos, a un par de días de distancia en barco. Cielos, me cuesta creer que incluso te dejen ser rey. Es el extremo oriental del Imperio filoriano, creo.

Eliot miró concentrado al mapa pintado en la mesa.

—No lo veo.

Quentin observó también el mapa. En su primera visita a Fillory se había adentrado en barco en el mar Occidental, al otro lado del continente filoriano, pero sus conocimientos del este eran bastante vagos.

—No es lo bastante grande. —Señaló el regazo de Julia—. Ahí es donde estaría si tuviéramos una mesa de mayor tamaño.

Quentin intentó imaginarla: una pequeña porción de arena blanca tropical, adornada con una palmera decorativa y rodeada de un océano de calma turquesa.

—¿Has estado allí? —preguntó Eliot.

—No, nadie ha estado allí. No es más que un punto en el mapa. Alguien fundó una colonia pesquera ahí después de que su barco chocara con ella hace como un millón de años. ¿Por qué hablamos de la Isla Exterior?

Eliot volvió a consultar sus documentos.

—Parece que hace un par de años que no pagan impuestos.

—¿Y qué? —dijo Janet—. Probablemente sea porque no tienen dinero.

—Envíales un telegrama —sugirió Quentin—. «Queridos Isleños Exteriores STOP enviad dinero STOP si no tenéis dinero entonces no enviéis dinero STOP.»

La reunión decayó mientras Eliot y Janet se enzarzaban en una especie de competición para ver quién redactaba el telegrama más útil posible para los Isleños Exteriores.

—Vale —dijo Eliot. La torre giratoria había rotado hasta donde el ardiente atardecer filoriano iluminaba el cielo detrás de él. Varias capas de nubes rosas se apilaban sobre sus hombros—. Presionaré a los Fenwick sobre Jollyby. Janet hablará con los lorianos. —Hizo un gesto vago con la mano—. Y que alguien haga algo sobre la Isla Exterior. ¿Quién quiere un whisky?

—Yo me apunto —dijo Quentin.

—Está ahí en el aparador.

—No, me refiero a la Isla Exterior. Yo iré. Veré qué pasa con los impuestos.

—¿Qué? —A Eliot pareció molestarle la idea—. ¿Por qué? Está en el culo del mundo. Y, de todos modos, es un asunto que compete al Tesoro. Enviaremos a un emisario. Para eso están los emisarios.

—Envíame a mí.

Quentin habría sido incapaz de describir de qué tipo de impulso se trataba, solo sabía que tenía que hacer algo. Pensó en el prado circular y el árbol-reloj roto y la visión de la muerte de Jollyby se reprodujo de nuevo. ¿Qué sentido tenía todo aquello si uno podía caerse muerto, así, de repente? Eso es lo que quería saber. ¿Qué coño significaba todo aquello?

—Que sepas —dijo Janet— que no vamos a invadirla. No nos hace falta enviar a un rey a la Isla Exterior. No han pagado los impuestos, que, por cierto, ascienden a algo así como ocho peces. No puede decirse que sean el motor de la economía.

—Estaré de vuelta enseguida. —Era consciente de que había hecho bien. La tensión de su interior se desvaneció en cuanto lo hubo dicho. Sentía un gran alivio, pero no sabía por qué—. Quién sabe, a lo mejor aprendo algo.

Aquella sería su búsqueda, recaudar impuestos de un puñado de palurdos atrasados. Se había saltado la aventura del árbol roto y ya estaba bien. La cambiaba por esa otra.

—Quizá parezca un signo de debilidad, después de lo de Jollyby. —Eliot se tocó el mentón real—. El hecho de que te marches cuando surge un problema.

—Soy rey. No es que tenga que ganar las próximas elecciones.

—Un momento —dijo Janet—. No mataste a Jollyby, ¿verdad? ¿Es de lo que va todo esto?

—¡Janet! —exclamó Eliot.

—No, de verdad que no. Todo encajaría...

—Yo no maté a Jollyby —aseguró Quentin.

—Vale. Bueno. Genial. —Eliot dio el tema por zanjado marcándolo en la agenda—. Isla Exterior, marcado. Pues ya está.

—Pues espero que no vayas solo —dijo Janet—. Vete a saber cómo es esa gente. Podría repetirse el capítulo del capitán Cook.

—No me pasará nada —dijo Quentin—. Julia vendrá conmigo. ¿Verdad, Julia?

Eliot y Janet se lo quedaron mirando. ¿Cuándo era la última vez que había sorprendido a esos dos? ¿O a cualquier otra persona? Debía de estar tramando algo. Dedicó una sonrisa a Julia y ella le devolvió la mirada, aunque con las pupilas totalmente negras su expresión resultaba inescrutable.

—Por supuesto que sí.

Esa noche Eliot fue a ver a Quentin a su dormitorio.

Cuando la había visto por primera vez, la habitación estaba repleta de una cantidad abrumadora de cachivaches horripilantes semimedievales. Hacía siglos, literalmente, que no se ocupaban los cuatro tronos de Whitespire a la vez y, mientras tanto, las *suites* reales adicionales habían sufrido una invasión y ocupación por parte de ejércitos paulatinos de candelabros superfluos, lámparas de araña trasnochadas, escoradas y deshinchadas como medusas varadas, instrumentos musicales imposibles de tocar, regalos diplomáticos imposibles de devolver, sillas y mesas adornadas de forma tan lastimosa que se rompían de solo mirarlas o incluso sin mirarlas, animales muertos disecados sin piedad durante el preciso instante en que pedían clemencia, urnas y aguamaniles y vasijas varias tan difíciles de identificar que no se sabía si eran para beber o para ir al baño con ellas.

Quentin había hecho despejar la habitación hasta que solo quedaron las cuatro paredes. Todo fuera. Dejó la cama, una mesa, dos sillas, unas cuantas alfombras de las buenas y algunos tapices bonitos y/o convenientes políticamente, eso era todo. Le gustaba un tapiz en especial que representaba un grifo esplendoroso captado en el momento en que hacía huir a un grupo de soldados de infantería. Se suponía que simbolizaba el triunfo de un grupo de personas muertas también hacía tiempo sobre otro grupo de personas muertas hacía tiempo que no caían bien a nadie, pero por algún motivo el grifo había ladeado la cabeza en medio de la desbandada y miraba directamente desde su universo entretejido al espectador como diciendo, sí, lo reconozco, esto se me da bien. Pero ¿es la mejor manera de pasar el tiempo?

Cuando por fin quedó vacía, la habitación parecía el triple de grande. El aire circulaba. Se podía pensar en ella. Resultó tener el tamaño de una pista de baloncesto, con un suelo de piedra liso, techos altos de madera en donde la luz se perdía en los extremos más elevados y formaba sombras interesantes, y ventanales de arco apuntado y cristal emplomado que tenían unos pocos paneles que se abrían. Era tan absolutamente tranquila y vacía que se oía el eco de los pies en la piedra al andar. Era el tipo de quietud silenciosa que en la Tierra solo se veía a lo lejos, al otro lado de un cordón de terciopelo. Era la quietud de un museo cerrado o de una catedral por la noche.

Los sirvientes de mayor rango murmuraban que una estancia tan espartana no resultaba del todo adecuada para un rey de Fillory, pero Quentin había decidido que una de las ventajas de ser rey de Fillory era que él era quien decidía lo que convenía a un rey de Fillory.

De todos modos, si lo que querían era el estilo monárquico, el Alto Rey era su hombre. Eliot tenía un apetito voraz por él. Su dormitorio era la guarida dorada, con incrustaciones de diamantes y perlas de estilo rococó típica de un rey-dios. Independientemente de otras consideraciones, resultaba totalmente adecuado.

—¿Sabes que según los libros de Fillory se puede entrar en los tapices? —Era tarde, después de la medianoche, y Eliot se encontraba ante el tapiz del grifo sorbiendo un líquido ámbar de un vaso.

—Lo sé. —Quentin estaba tumbado en la cama vestido con un pijama de seda—. Créeme, lo he probado. Si es verdad, lo cierto es que no sé cómo lo hacían. A mí me parecen tapices normales y corrientes. Ni siquiera se mueven como en Harry Potter.

Eliot también le había traído un vaso a Quentin. Este todavía no había tomado nada, pero tampoco había descartado esa posibilidad. De todos modos no pensaba permitir que Eliot se lo tomara, que era lo que intentaría hacer cuando acabara con el suyo. Quentin acomodó el vaso a su lado entre las mantas.

—No estoy seguro de querer entrar en este —reconoció Eliot.

—Lo sé. A veces me pregunto si él no intenta salir.

—Y este tío —dijo acercándose al retrato de cuerpo entero de un caballero con armadura—. No me importaría entrar en este tapiz, no sé si me entiendes.

—Sí que te entiendo.

—Desenvainar esa espada.

—Lo entiendo.

Eliot intentaba llegar a algún sitio pero no tenía prisa. Aunque si tardaba mucho más Quentin se quedaría dormido.

—¿Crees que si entrara verías una versión de mí en pequeño corriendo por ahí? No sé cómo me lo tomaría.

Quentin esperó. Desde que había tomado la decisión de ir a la Isla Exterior se sentía mucho más tranquilo de lo que se había sentido en muchos años. Las ventanas estaban abiertas de par en par y el aire cálido de la noche, que olía a la hierba de final del verano y al mar, que estaba cerca, entraba en la estancia.

—Lo del viaje que vas a emprender —dijo Eliot por fin.

—¿Qué pasa?

—No entiendo por qué lo haces.

—¿Es necesario que lo entiendas?

—Va de búsquedas y aventuras y cosas así. Navegar más allá de la puesta de sol. No importa. No te necesitamos aquí por lo de Jollyby. De todos modos, uno de nosotros debería ir allí, probablemente ni siquiera sepan que vuelven a tener reyes y reinas. Hay que comunicar los detalles procaces como medida de seguridad nacional.

—Eso haré.

—Pero quiero hablarte de Julia.

—Oh. —La hora del whisky. Intentó beber tumbado, tragó más de lo que quería y notó cómo le ardían las entrañas. Contuvo la tos—. Mira, eres el Alto Rey —dijo con voz entrecortada—, no eres mi padre. Ya me las arreglaré.

—No te pongas a la defensiva, solo quiero asegurarme de que sabes lo que estás haciendo.

—¿Y si no lo sé?

—¿Te he contado alguna vez... —empezó a decir Eliot sentado en una de las dos sillas— cómo nos conocimos Julia y yo?

—Sí, seguro. —¿Seguro? Los detalles concretos resultaban vagos—. Bueno, supongo que no con todo lujo de detalles.

Lo cierto es que apenas hablaban de esa época. La evitaban. Ninguno de ellos guardaba buenos recuerdos de entonces. Había sido después del gran desastre en la Tumba de Ember. Quentin se había quedado medio muerto y se había quedado al cuidado de unos centauros exasperantes pero muy eficaces desde el punto de vista médico mientras Eliot, Janet y los demás regresaban al mundo real. Quentin se había pasado un año recuperándose en Fillory, luego había regresado a la Tierra y abandonado la magia. Se pasó seis meses más trabajando en una oficina de Manhattan hasta que Janet, Eliot y Julia por fin habían aparecido para llevárselo. De no ser por ellos, probablemente todavía seguiría allí. Les estaba agradecido y siempre lo estaría.

Eliot miró por la ventana hacia la oscura noche sin luna, como un potentado oriental en su vestidor, con un aspecto demasiado ornamentado como para estar cómodo.

—¿Sabes que Janet y yo estábamos bastante mal cuando nos marchamos de Fillory?

—Sí. Aunque por lo menos Martin Chatwin no os había partido por la mitad a mordiscos.

—No se trata de ninguna competición, pero sí, es cierto. Pero estábamos conmocionados. Nosotros también queríamos a Alice, ¿sabes? A nuestra manera. Hasta Janet la quería. Y pensamos que además de a ella te habíamos perdido a ti. Estábamos convencidos de que Fillory y todos los bienes eran agua pasada, de verdad.

»Josh volvió a casa de sus padres, en New Hampshire, y Richard y Anaïs se fueron a no sé dónde a hacer lo que fuera que estaban haciendo antes de ir a Fillory. No es que lloraran su pérdida demasiado, esos dos. Me veía incapaz de enfrentarme de nuevo a Nueva York y a mi supuesta familia en Oregón, por lo que volví a la casa de Janet en Los Ángeles.

»Lo cual resultó ser una decisión excelente. ¿Sabes que sus padres son abogados? Abogados del mundo del espectáculo. Están forrados, tienen una casa espectacular en Brentwood, se pasan el día trabajando y no parecen tener ningún tipo de vida emocional. Así que estuvimos rondando por Brentwood durante una semana o dos hasta que los padres de Janet se hartaron de ver nuestros rostros postraumáticos dirigiéndose a rastras a la cama mientras ellos se levantaban de madrugada para jugar al *squash*. Nos enviaron a un *spa* pijo de Wyoming un par de semanas.

»Seguro que ni te suena, es un sitio de esos. Imposible conseguir reserva y ridículamente caro, pero el dinero no significa nada para esa gente y tampoco iba a discutir por eso. Janet se crio prácticamente allí, el personal la conocía desde que era pequeña. ¡Imagínatelo, nuestra Janet, ¡de pequeña! Ella y yo teníamos un bungaló para nosotros solos y legiones de personas a nuestro servicio. Creo que Janet tenía una manicurista distinta para cada uña.

»Y hacían un tratamiento con arcilla y piedras calientes, te juro que era mágico. Nada sienta tan bien sin magia.

»Por supuesto, el terrible secreto de los sitios así es que son un soberano aburrimiento. No tienes ni idea de hasta qué extremos llegamos. Yo jugué al tenis. ¡Yo! Se pusieron muy pesaditos diciéndome que no se podía beber en la pista, de verdad. Les dije que formaba parte de mi estilo de juego. A mi edad ya no se puede aprender otra técnica.

»Al tercer día Janet y yo nos planteamos acostarnos juntos ni que fuera para combatir el aburrimiento. Y entonces, como un ángel oscuro de la clemencia llegado para salvaguardar mi virtud, apareció Julia.

»Fue como uno de esos misterios de Poirot ambientados en una casa de campo de postín. Se produjo un accidente junto a la piscina, los detalles nunca llegaron a quedarme claros, pero se armó un revuelo enorme. Supongo que es una de las cosas por las que se paga, un revuelo de primera clase. De todos modos, la primera vez que le puse los ojos encima a nuestra Julia cruzaba el vestíbulo atada en una camilla, totalmente empapada y soltando veneno por la boca e insistiendo en que estaba bien, perfectamente. Quitadme las manos de encima, monos de mierda.

»Al día siguiente bajé al bar a eso de las tres o las cuatro de la tarde y allí estaba ella otra vez, bebiendo sola, vestida totalmente de negro. Gimlets de vodka, creo. La dama misteriosa. Resultaba dolorosamente obvio que en el *spa* estaba fuera de lugar. Ni te imaginas lo greñosa que iba. Incluso peor que ahora. Las uñas mordidas hasta la cutícula. Los hombros caídos. Un tartamudeo nervioso. Y no tenía ni idea de cómo funcionaban las cosas. Intentó dar una propina al personal. Pronunciaba los nombres de los vinos franceses con acento francés.

»Como te imaginarás, me atrajo enseguida. Imaginé que era rusa. La hija de algún oligarca encarcelado, algo así. Solo una rusa podía permitirse el lujo de alojarse allí y llevar el pelo de esa guisa. Janet pensó que acababa de salir de la rehabilitación y, por lo que parecía, volvía a tener problemas. Fuera como fuese, nos abalanzamos sobre ella como seres hambrientos.

»El acercamiento fue sutil. La cuestión era evitar que se le dispararan las alarmas que obviamente estaban a punto de saltar. Janet, la experta seductora, fue quien se llevó el gato al agua; se plantó en un salón público y se quejó en voz alta de un tema informático bastante complicado. Era obvio que Julia se estaba conteniendo, pero era un hecho consumado.

»Después de eso, bueno, ya sabes qué pasa en esos sitios. En cuanto sabes el nombre de otra persona, te la encuentras por todas partes. Es difícil imaginar que un sitio como ese sea su estilo, ¿verdad? Pues ahí estaba, cubierta de arcilla hasta el cuello y con unas rodajas de pepino en los ojos. Estaba constantemente entrando y saliendo de los baños y cosas así. Un día Janet intentó entrar en un baño de vapor con ella pero ella había puesto la temperatura tan alta que todo el mundo salió despavorido. Es probable que hiciera que la atizaran con varas de abedul. Era como si intentara librarse de alguna impureza resistente.

»Resultó ser que tenía debilidad por las cartas, así que nos pasamos horas bebiendo y jugando al *bridge* a tres manos. Sin hablar. Por supuesto, no sabíamos que era maga. ¿Cómo íbamos a saberlo? Pero era obvio que tenía algún secreto inconfesable. Y poseía esas cualidades que tanto gustan de los magos: era asquerosamente brillante, un tanto triste y ligeramente abyecta. Si te soy sincero, creo que una de las cosas que nos gustaba de ella era que nos recordaba a ti.

»Bueno, ya sabes que en los libros de Poirot siempre se va de vacaciones para alejarse de todo, de los misterios y tal, y entonces se comete un asesinato precisamente en la isla a la que ha huido en busca de paz y tranquilidad y un poco de gastronomía civilizada. Era exactamente así, solo que nosotros huíamos de la magia. Una noche me dirigí a su bungaló a eso de las diez o las once de la noche. Janet y yo habíamos discutido y yo buscaba a alguien con quien quejarme de ella.

»Al pasar junto a la ventana de Julia vi que estaba haciendo un fuego. Para empezar, eso ya me extrañó. En esos bungalós las chimeneas eran gigantescas pero estábamos en pleno verano y nadie en su sano juicio las utilizaba. Estaba haciendo el fuego de forma muy metódica, colocando los troncos con sumo cuidado. Marcaba cada tronco antes de colocarlo, rascaba parte de la corteza con una pequeña navaja plateada.

»Y mientras la observaba... no sé cómo describírtelo para que lo entiendas. Se arrodilló delante del fuego y empezó a echar cosas en el mismo. Algunas eran claramente valiosas, una concha especial, un libro antiguo, un puñado de oro en polvo. Algunas debían de ser muy importantes para ella. Una pieza de bisutería. Una fotografía antigua. Cada vez que metía algo se quedaba parada esperando unos instantes, pero no pasaba nada, aparte de que el objeto en cuestión se quemaba o derretía y despedía un olor desagradable. No sé a qué esperaba pero, fuera lo que fuese, nunca llegaba. Mientras tanto ella se ponía cada vez más nerviosa.

»Me pareció totalmente sórdido espiarla pero era incapaz de apartar la mirada. Al final, se quedó sin objetos valiosos y se echó a llorar y entonces entró en el fuego. Avanzó por la chimenea y se desplomó, medio dentro y medio fuera de las llamas, llorando desconsolada. Las piernas le sobresalían. Era una imagen horrenda. La ropa ardió enseguida y la cara se le quedó negra de hollín, pero el fuego ni siquiera le tocó la piel. No paraba de sollozar. Le temblaban los hombros sin control...

Eliot se levantó y se acercó a la ventana. Forcejeó con una de las hojas de cristal durante unos instantes y entonces debió de encontrar el cierre que Quentin no había visto nunca porque consiguió abrir la ventana al completo. Quentin no alcanzó a ver cómo lo había hecho. Dejó el vaso en el alféizar.

—No sé si te estás enamorando de ella o si crees que lo estás o qué estás haciendo —declaró—. Supongo que no puedo culparte, siempre te han gustado los retos. Pero escúchame bien. Así es como empezó, como nos dimos cuenta de que era una de los nuestros. El hechizo era algo muy fuerte. Oí el murmullo que producía incluso por encima del fuego y la luz del cuarto había adoptado un tono raro. Pero mucha de su magia es imposible de analizar. Enseguida me di cuenta de que no había ido a Brakebills porque me resultaba totalmente ininteligible y no tenía ni puñetera idea de cómo funcionaba ni de qué intentaba hacer, y ella no me lo dijo y no se lo pregunté.

»Pero si tuviera que aventurarme a decir algo, diría que intentaba invocar algo, diría que intentaba recuperar algo que había perdido, o que le habían quitado, algo que era muy preciado para ella. Y si tuviera que aventurarme un poco más, diría que no funcionaba.

3

Al día siguiente, Quentin bajó al muelle en un carruaje negro con cortinas de terciopelo y asientos bien acolchados también de terciopelo. El interior resultaba seguro y anticuado, como una sala de estar sobre ruedas. La reina Julia iba sentada a su lado, balanceándose ligeramente por el vaivén del carruaje. Delante de ellos, tan cerca que sus rodillas casi se tocaban, iba el almirante de la armada filoriana.

Quentin había decidido que si iba a viajar a una isla que estaba en el culo del mundo, lo haría como está mandado. Tenía que hacer los preparativos. Ese tipo de aventuras tenía normas propias; por ejemplo, si se sale de viaje se necesita un buque resistente.

En teoría, todos los barcos estaban a disposición de la corona, pero la mayoría de los que tenían por allí eran buques de guerra y su interior resultaba espantosamente espartano. Había hileras de hamacas y palés duros. Ningún çamarote de lujo a la vista. Nada que resultara apropiado para el Viaje del rey Kwentin, como gustaba Eliot de escribir el nombre de Quentin en los documentos oficiales. Por eso iban al muelle a ver si encontraban un barco que estuviera a la altura.

Quentin se sentía bien, embargado de una energía y determinación inusitadas en él desde hacía tiempo. Aquello era lo que había estado esperando. El almirante era un hombre extremadamente bajo llamado Lacker con un rostro ceniciento que parecía sacado de un esquisto por la acción de cincuenta años de viento y rocío del mar.

No es que Quentin no pudiera decir lo que buscaba, lo que pasa es que no quería porque si lo decía se sentiría avergonzado. Buscaba un barco de una de las novelas de Fillory, el *Swift* en concreto, que aparecía en el cuarto libro, *The secret sea*. Perseguidos por la Mujer Observadora, Jane y Rupert (se lo podía haber contado al almirante Lacker pero no lo hizo) se habían escondido en el *Swift*, que resultó estar en manos de piratas, aunque no lo eran. En realidad eran un grupo de nobles filorianos, víctimas de una acusación errónea que querían limpiar su nombre. No aparecía una descripción rigurosa del *Swift* desde un punto de vista náutico, pero no obstante se tenía una impresión clara del mismo; era un pequeño navío animoso pero acogedor, elegante a la vista pero valiente en la batalla, de líneas equilibradas y portillas amarillas brillantes desde las que se veían unos camarotes calentitos y confortables, y en perfecto orden.

Por supuesto, si aquello fuera una novela de Fillory el barco que necesitaba ya estaría amarrado en el muelle, en espera de ponerse a sus órdenes, así sin más. Pero aquello no era una novela de Fillory. Era Fillory. Así que dependía de él.

—Necesito algo que no sea ni demasiado grande ni demasiado pequeño —explicó—. De tamaño medio. Y debería ser cómodo. Y rápido. Y robusto.

—Entiendo. ¿Necesitaréis pistolas?

—No. Bueno, a lo mejor unas cuantas pistolas. Unas cuantas.

—Unas cuantas pistolas.

—Por favor, almirante, no seas tan chulo. Lo sabré cuando lo vea y si por algún motivo no lo veo, me lo dices. ¿Entendido?

El almirante Lacker inclinó la cabeza de forma casi imperceptible para indicar que quedaba todo claro. Se esforzaría por ser lo menos chulo posible.

Whitespire se encontraba en la orilla de una bahía ancha y curvada con un mar de un curioso color verde pálido. Era casi demasiado perfecto, como si algún ser divino la hubiera tallado en la costa con la intención benévola de que los mortales tuvieran un lugar donde dejar los barcos cuando no los utilizaban.

Eso era lo que Quentin imaginaba. Hizo que el cochero le dejara en un extremo del muelle. Los tres bajaron del carruaje, parpadeando bajo el sol de esa hora tan temprana de la mañana después de la penumbra oscilante del carruaje.

El aire rezumaba olor a sal, madera y brea. Resultaba embriagador, como respirar oxígeno puro.

—Bueno —dijo Quentin—. Hagámoslo. —Juntó las manos.

Caminaron lentamente desde un extremo del muelle hasta el otro, pisando vientos tensos y restos de peces secos y aplastados, esquivando puntales y tornos enormes y por entre laberintos de cajones apilados. Los muelles albergaban una increíble variedad de barcos procedentes de todos los puntos del Imperio filoriano y más allá. Había un acorazado colosal de madera negra, con nueve mástiles y una pantera que saltaba como mascarón de proa y un junco con el morro cuadrado con una vela color teja plegada en secciones con listones. Había balandros y botes, galeones y goletas, corbetas amenazadoras y carabelas diminutas y veloces. Era como una bañera llena de juguetes de agua caros.

Tardaron una hora en llegar al otro extremo. Quentin se volvió hacia el almirante Lacker.

—¿En qué has pensado?

—He pensado que el *Hatchet*, el *Mayfly* o el *Morgan Downs* bastarían.

—Probablemente. Seguro que tienes razón. ¿Julia?

Julia no había dicho casi nada en todo el rato. Estaba distante, como sonámbula. Pensó en lo que Eliot le había contado la noche anterior. Se preguntó si Julia había encontrado aquello que buscaba. Tal vez esperara encontrarlo en la Isla Exterior.

—No importa. Están todos bien, Quentin. Servirán.

Ambos tenían razón, por supuesto. Había un montón de barcos que tenían buena pinta. Hermosos incluso. Pero no eran el *Swift*. Quentin se cruzó de brazos y escudriñó lo que había a lo largo del muelle bajo el resplandor de esa hora de la mañana. Miró hacia los barcos que flotaban en la bahía.

—¿Qué me dices de esos de allí?

Lacker hizo una mueca. Julia también miró. Todavía tenía

los ojos negros del día anterior y no le hacía falta protegérselos del sol. Lo miró directamente.

—También están a vuestra disposición, Alteza —dijo Lacker—. Por supuesto.

Julia recorrió el embarcadero más cercano, con la espalda recta y paso firme, hasta donde había un humilde barco de pesca amarrado. Salvó la distancia con agilidad y empezó a desamarrarlo.

—Vamos —llamó.

Lacker le hizo una señal a Quentin para que pasara delante de él.

—A veces hay que actuar, Quentin —dijo Julia cuando él subió a bordo detrás de ella—. Pasas demasiado tiempo esperando.

Le sentó bien salir a mar abierto, pero no hacía demasiado viento y el barco de pesca empezó a oler en cuanto se calentó. La sorpresa fue mayúscula cuando el propietario apareció de debajo de la cubierta, donde debía de estar durmiendo. Era un hombre con el rostro ajado por el sol y el viento con una barba gris, vestido con un simple mono. Lacker se dirigió a él en un idioma que Quentin no reconoció. No parecía ni mucho menos contrariado o ni siquiera sorprendido al descubrir que su barco había sido requisado por dos monarcas y un almirante.

En cuanto a Lacker, parecía bastante incómodo por el calor con el uniforme completo mientras pasaban junto a una variedad incluso mayor de barcos inapropiados. La mayoría estaban allí fuera porque tenían el calado demasiado profundo para anclar más cerca de la costa; un barco enorme, el velero exagerado de un noble, y un cascarón de buque mercante grueso y de color mantequilloso.

—¿Y ese? —preguntó Quentin señalando.

—Os pido indulgencia, Alteza, mi vista ha sufrido al servicio de nuestra gran nación. No os estaréis refiriendo a...

—Sí. —Ya se había hartado del drama de época—. Ese. El de ahí.

Desde uno de los cuernos de la gran bahía de Whitespire sobresalía un bajío plano, cerca del cual había un barco en unos centímetros de agua. La marea baja lo había dejado apoyado en un lateral en el fondo arenoso y la panza quedaba al descubierto como una ballena varada en la playa.

—Ese barco, Alteza, no ha salido de la bahía desde hace mucho tiempo.

—Da igual.

En parte era por meticulosidad y en parte por un deseo perverso de vengarse del almirante por ser, a pesar de lo prometido, un poco chulo. El propietario del barco de pesca intercambió una larga mirada con el almirante Lacker; este hombre, decía su expresión, ama su tierra.

—Regresemos al *Morgan Downs*.

—Ya volveremos —intervino Julia—. Pero antes el rey Quentin desea ver ese barco.

Tardaron diez minutos en cambiar de dirección y llegar hasta el mismo; las velas ondeaban mientras el pescador vencía la fuerza del viento en contra. Quentin tomó nota mentalmente de que debía pagarle algo al hombre por el servicio. Dieron una vuelta alrededor del barco ruinoso de forma cansina en el agua poco profunda. El casco estaba pintado de blanco, pero la pintura se había desconchado y la madera gris quedaba al descubierto. Tenía una silueta curiosa, algo que parecía descender en picado. Acababa en un bauprés largo y fino que estaba partido por la mitad.

Le gustaba. No era ni desagradable ni cuadrado como un buque de guerra, ni apacible y demasiado bonito como un velero. Era elegante pero fiable. Lástima que fuera un armazón en vez de un barco. Tal vez si hubiera llegado cincuenta años antes...

—¿Qué te parece?

La quilla del barco pesquero hizo un ruido fuerte al rascar el fondo arenoso en medio de tanta quietud. El almirante Lacker contempló la línea del horizonte. Carraspeó.

—Creo —dijo— que este barco ha visto tiempos mejores.

—¿Qué crees que era?

—Un burro de carga —intervino el dueño del barco de pesca con voz ronca—. Clase Deer. Cubría la ruta de aquí a Longfall.

Quentin ni siquiera se había dado cuenta de que hablaba su mismo idioma.

—Parece bonito —dijo Quentin—. O parece que fue bonito.

—Este fue —declaró el almirante Lacker con solemnidad— uno de los barcos más hermosos construido jamás.

No era capaz de discernir si Lacker lo decía en serio o en broma. Salvo que estaba bastante claro que nunca bromeaba.

—¿De verdad? —preguntó Quentin.

—No había nada que se moviera como la Clase Deer —dijo Lacker—. Se construyeron para cargar guindastes desde Longfall, y luego traer especias en el trayecto de vuelta. Rápidos y resistentes. Con ellos se podía navegar hasta el infierno y volver.

—Ajá. ¿Y por qué no hay más como este?

—Longfall se quedó sin guindastes —dijo el pescador. De repente estaba muy hablador—. O sea que dejamos de enviarles especias. Fue el fin de la Clase Deer. La mayoría fueron desguazados por la madera y vendidos como chatarra. Los lorianos fueron quienes los construyeron. Todos los calafates de Fillory intentaron copiarlos pero tenían un secreto. El secreto se ha perdido.

—El primer barco que capitaneé —dijo Lacker— fue un piquete muy rápido que tenía que salir de Hartheim. Nada de lo que estaba en servicio podría habernos pillado, pero vi un Clase Deer pasando a toda velocidad por mi lado en dirección norte. Teníamos velas tachonadas a ambos lados. Dio la impresión de que estábamos parados.

Quentin asintió. Se puso en pie. Una bandada de pájaros pequeños alzaron el vuelo desde el casco destruido del barco, se quedaron paralizados en un soplo de aire y luego volvieron a descender. El barco de pesca había dado la vuelta hasta el extremo más alejado y vieron la cubierta, que estaba quebrada en dos sitios por lo menos. El nombre del barco estaba pintado a lo largo de la popa: MUNTJAC.

Aquello no era una novela de Fillory. Si lo fuera, aquel sería el tipo de barco que él tendría.

—Bueno, creo que el asunto está zanjado —dijo—. Llévanos de vuelta al *Morgan Downs*, por favor.

—El *Morgan Downs*, Alteza.

—Y cuando lleguemos dile al capitán del *Morgan Downs* que traiga la ratonera flotante aquí y arrastre esta cosa —señaló el *Muntjac*— al dique seco. Nos los llevamos.

Aquello le sentó bien. Nunca era demasiado tarde para ciertas cosas.

Tardaría dos semanas en conseguir que el *Muntjac*, que resultó ser el nombre de una especie de ciervo, estuviera en condiciones para navegar, aunque Quentin ejerciera sus prerrogativas reales y obligara a trabajar a todos los calafates de la ciudad, que es lo que hizo. Pero no pasaba nada. Así tenía tiempo de realizar más preparativos.

Había pasado tanto tiempo conteniendo la energía acumulada que estaba bien tener algo que hacer y descubrir cuánta tenía. Podía haber alimentado a una ciudad entera con ella. Al día siguiente, Quentin hizo publicar un anuncio en todas las plazas de las ciudades del país. Organizaría un torneo.

Para ser sincero, Quentin no tenía más que una idea muy vaga de cómo funcionaban los torneos, o incluso de qué eran en realidad, aparte de que fueran algo que los reyes solían hacer en algún momento entre la época en que vivió Jesucristo y la de Shakespeare, que era la mayor precisión con la que Quentin era capaz de ubicar la Edad Media. Sabía que en los torneos había justas y también sabía que las justas no le interesaban. Demasiado raras y fálicas, aparte de duras para los caballos.

Los duelos de espadas, por el contrario, resultaban interesantes. No la esgrima, o no solo la esgrima... no quería nada que fuera tan formal. Lo que tenía en mente era algo más parecido a una mezcla de artes marciales. El duelo llevado al extremo. Quería saber quién era el mejor espadachín del reino, el campeón indiscutible de los duelos de espadas de todo Fillory. Así pues, publicó el anuncio. Dentro de una semana todo aquel que pensara que sabía manejar una espada debía presentarse en el castillo de Whitespire y empezar a dar caña hasta que no quedara nadie en pie. El campeón conseguiría un castillo pequeño pero muy selecto en el quinto pino de Fillory y el honor de ser guarda personal del rey en su inminente viaje a un lugar no revelado.

Eliot entró en el gran salón de banquetes mientras Quentin lo despejaba. En ese momento salía una columna de lacayos cargados con una silla cada uno.

—Perdonadme, Alteza —dijo Eliot—, pero ¿qué coño estás haciendo?

—Lo siento. Es el único salón lo bastante grande para los combates.

—Ahora es el momento en que se supone que tengo que decir: «¿Combates? ¿Qué combates?»

—Para el torneo. Duelo de espadas. ¿No has visto los carteles? La mesa también fuera —indicó Quentin al ama de llaves que dirigía el traslado—. Ponedla en el vestíbulo. He organizado un torneo para encontrar al mejor espadachín de Fillory.

—¿Y no lo puedes hacer fuera?

—¿Y si llueve?

—¿Y si me apetece comer algo?

—He ordenado que sirvieran la cena en tu sala de recepción. O sea que tendrás que recibir a las visitas en otro sitio. Fuera, a lo mejor.

Había un hombre a cuatro patas en el suelo delimitando la pista con un trozo de tiza.

—Quentin —dijo Eliot—, me acaban de informar desde el gremio de calafates. ¿Eres consciente de lo que nos va a costar ese barco tuyo? ¿El *Jackalope* o como se llame?

—No. El *Muntjac*.

—Pues los impuestos de veinte años de la Isla Exterior, eso es lo que nos cuesta —dijo Eliot, que contestó él solo a la pregunta—. Más que nada por si tienes curiosidad por saber lo que nos cuesta.

—No tenía tanta curiosidad.

—Pero eres consciente de la ironía.

Quentin se paró a pensar.

—Sí, pero el dinero no es la cuestión.

—¿Cuál es, entonces?

—Es guardar las formas —dijo Quentin—. Precisamente tú eres un experto en ello.

Eliot exhaló un suspiro.

—Supongo que lo entiendo —reconoció.

—Y lo necesito. Es todo lo que puedo decirte.

Eliot asintió.

—Yo también lo entiendo.

Al cabo de unos días los competidores empezaron a llegar poco a poco a la ciudad. Eran una fauna curiosa; hombres y mujeres, altos y bajos, atormentados y montaraces, con cicatrices, marcados con fuego, rapados y tatuados. Había un esqueleto andante y una armadura animada. Portaban espadas que brillaban, zumbaban, ardían y cantaban. Unos gemelos siameses bien parecidos se ofrecieron a participar a título individual y, en caso de que resultaran vencedores, dijeron con gallardía estar dispuestos a luchar entre sí. Apareció una espada inteligente, portada en un cojín de seda, y explicó que deseaba participar, que solo le faltaba alguien dispuesto a empuñarla.

El primer día del torneo hubo tantos emparejamientos que algunas contiendas tuvieron que celebrarse en el exterior, en tarimas de madera montadas en los patios. Reinaba un ambiente circense. El tiempo estaba cambiando, era la primera mañana fría del año, y el aliento de los luchadores despedía vapor en el aire del amanecer. Realizaban todo tipo de estiramientos y calentamientos extraños en la hierba húmeda.

Era todo lo que Quentin deseaba. Era incapaz de permanecer sentado el tiempo suficiente para contemplar un combate entero, siempre había algo que no podía perderse en el siguiente cuadrilátero. Los gritos, choques y curiosos gritos de guerra e incluso ruidos menos identificables rompían la calma de primera hora de la mañana. Era como estar en una batalla pero sin la muerte y el sufrimiento.

Pasaron tres días hasta que los competidores llegaron a la eliminatoria final y solo quedaron dos contrincantes. Durante ese tiempo se produjeron unos cuantos incidentes y explosiones, durante los que armas prohibidas o actos de magia importantes superaron las salvaguardias que se habían montado, pero, por suerte, nadie resultó herido de gravedad. Antes de empezar había fantaseado con la idea de participar en el torneo disfrazado, pero entonces se dio cuenta de que habría sido un desastre. No habría durado ni treinta segundos.

Quentin supervisó el último enfrentamiento personalmente. Eliot y Janet se dignaron asistir, aunque tal despliegue de gruñidos y sudor no era del agrado de la reina Julia. Varios barones y otros grandes de la corte y sus acólitos se sentaron en una hilera contra la pared del salón de banquetes, que presentaba un aspecto extremadamente poco marcial, por lo que al final se arrepintió de no haberlo celebrado en el exterior. Los últimos dos luchadores entraron juntos, el uno junto al otro, sin hablar.

Al fin y al cabo se parecían sobremanera; un hombre y una mujer, ambos esbeltos, ambos de altura mediana, nada extraordinario en apariencia en ninguno de los dos casos. Estaban tranquilos y serios y no mostraban animosidad alguna contra el otro. Eran profesionales, sacados de los estratos superiores del gremio de mercenarios. Estaban allí para hacer negocio. En caso de que sus cuerpos delgados y compactos almacenaran violencia, esta seguía latente, fisible pero inactiva. La mujer se llamaba Aral. El hombre respondía al absurdo nombre de Bingle.

Aral luchó con velo y bien enfajada, como un ninja. Tenía fama de ser una luchadora elegante obsesionada por la técnica. Nadie había sido capaz de romperle la racha y mucho menos tocarla. Su espada era una rareza, estaba ligeramente curvada y luego recurvada, con la forma de una S alargada. Bonita pero un auténtico coñazo para llevar, pensó Quentin. No cabía en la vaina.

Bingle era un hombre de tez aceitunada con ojos caídos, lo cual le otorgaba un aspecto de melancolía permanente. Vestía lo que otrora podía haber sido un uniforme de oficial del que hubieran recortado los ribetes y las insignias, y luchaba con una hoja fina y flexible, tipo látigo, con una empuñadura de mimbre ornamentada que no parecía filoriana. Aunque había ganado todas las contiendas, lo que se rumoreaba era que lo había conseguido sin luchar demasiado. Un duelo infame empezó por la mañana y se prolongó casi hasta el atardecer mientras Bingle se dedicaba a una serie interminable de amagos y evasiones. El torneo entero se retrasó mientras esperaban a que se llenara el paréntesis.

En otra contienda, un contrincante de Bingle esperó a que sonara la campana de inicio y entonces se salió tranquilamente del límite marcado con tiza para que lo sancionaran de forma automática. Al parecer ya se conocían y con una vez habían tenido bastante. Quentin ardía en deseos de que alguien obligara a Bingle a luchar de verdad.

Quentin asintió hacia el Maestro de Espadas para que iniciara el duelo. Aral realizó una serie de movimientos sumamente estilizados, dibujando formas fluidas en el aire con la hoja recurvada. No se acercaba a su oponente. Daba la impresión de estar absorta, practicando una especie de arte marcial formado por rituales, casi abstracto. Bingle la observó durante un rato sacudiendo el extremo de la espada con incomodidad.

Entonces se unió a la danza. Empezó a realizar los mismos movimientos que su contrincante y se convirtieron mutuamente en el reflejo exacto del otro. Por lo que parecía eran practicantes del mismo estilo y habían decidido empezar igual. La muchedumbre se echó a reír. Y era gracioso, como un mimo que imita los movimientos de un transeúnte. Pero ninguno de los luchadores se reía.

Luego a Quentin le costó darse cuenta de cuándo había acabado exactamente aquel preámbulo y había empezado la lucha. Los dos contrincantes pasaban muy cerca el uno del otro, y era como si la llama de una vela rozara una cortina por casualidad. Una chispa salvó la distancia, la simetría se rompió, el material fisible alcanzó un nivel crítico y de repente el salón se llenó del estrépito veloz del acero contra el acero.

Dado el nivel de destreza, la acción se desarrollaba demasiado rápido para que Quentin la siguiera. Los detalles precisos de los movimientos y contramovimientos y negociaciones escapaban a todos los presentes salvo los contrincantes. El estilo que compartían era todo arcos y giros y un movimiento constante mientras cada uno de ellos buscaba aperturas y no encontraba más que callejones sin salida. Daba la impresión de que se leían el pensamiento hasta niveles insospechados, registrando cualquier variación de peso por pequeña que fuera. Los pases empezaban con hermosura, secuencias fijas que a veces incluso incluían una voltereta o salto mortal, luego el fluir se interrumpía y todo quedaba sumido en un caos hasta que las hojas se enmarañaban y quedaban inmovilizadas, y luego se separaban y empezaban otra vez.

Cielos, pensó Quentin. Y él se subiría a un barco con uno de esos dos. Era demasiado real. Pero también resultaba electrizante. Aquellas dos personas sabían exactamente lo que se esperaba de ellas y no vacilaban, independientemente de que ganaran o perdieran.

Entonces de repente todo acabó; Aral se estiró más de la cuenta con un enorme golpe de espada que Bingle consiguió esquivar desde abajo, y por pura casualidad la hoja de ella se hundió en el suelo, en la grieta que había entre dos losas. Al levantarse, Bingle le dio una patada, en un acto reflejo, y se partió limpiamente por la mitad. Aral retrocedió, sin molestarse en ocultar su frustración e indicó que admitía la derrota.

Pero Bingle negó con la cabeza. Por lo que parecía, no estaba satisfecho con el motivo de la victoria. Quería continuar la lucha. Miró a Quentin para que le diera alguna indicación. Igual que todos los demás.

Bueno, si quería hacerse el bueno, pues que así fuera. A Quentin no le importaba que la lucha continuara. Desenvainó su espada y se la tendió a Aral con la empuñadura por delante. Ella notó el contrapeso, asintió a regañadientes y a continuación retomó la postura de lucha. Entonces se reinició el duelo.

Al cabo de cinco minutos, Bingle saltó por encima de un corte bajo e intentó una virguería en el aire que hizo que la espada se le enredara en las envolturas tipo ninja que llevaba Aral. Bingle acabó justo al lado de ella, dentro de su base, y Aral le clavó la espada tres veces en las costillas con saña. Él gruñó y se tambaleó hacia atrás, hacia la línea marcada con tiza, y Quentin estaba convencido de que se saldría, pero en el último instante se dio cuenta de dónde estaba. Se giró y ejecutó un salto como de bailarín hacia la pared, se impulsó desde la misma, dio una voltereta y aterrizó como si nada de pie justo dentro del límite marcado.

La multitud soltó un grito ahogado y aplaudió. Era un movimiento circense, efectista y un poco exagerado. Aral se quitó enfadada el pañuelo que le cubría la cabeza y agitó una sorprendente melena ondulada color caoba antes de retomar su posición.

—Te apuesto lo que quieras a que ha ensayado ese gesto delante del espejo —susurró Eliot.

La dinámica de la lucha había cambiado. En ese momento Bingle dejó de lado el estilo formal y de bailarín que ambos habían empleado. Quentin había supuesto que se había entrenado para practicar ese estilo pero enseguida resultó obvio que era una especie de bicho raro de la técnica porque parecía capaz de cambiar de estilo a voluntad. Fue a por ella como un poseso, rápido y enfurecido, pasando del modo típico de los duelos entre cortesanos al estilo kendo con gritos y zapatazos. Aral estaba cada vez más desconcertada e intentaba adaptarse, lo cual probablemente fuera la intención de Bingle.

Ella rompió el silencio, gritó algo y le embistió de pleno. Bingle recibió su ataque con un gesto tan inverosímil que pareció vodevilesco: detuvo la hoja de ella, la de Quentin, con el extremo de la suya, de forma que la punta de las dos espadas quedaron unidas.

Se doblaron de forma amenazadora durante un segundo que resultó extremadamente tenso pues se oía el sonido tipo sierra del metal en flexión y entonces la espada de Bingle se partió con un sonido gangoso, vibrante y seco. Tuvo que apartar la cabeza a un lado para esquivar un fragmento que salió despedido.

Lanzó la empuñadura inservible a Aral, indignado. El pomo le golpeó con fuerza en la sien, pero ella le restó importancia. Se quedó parada mientras se planteaba si se mostraba igual de magnánima con él. Entonces, tras realizar algún cálculo interior relacionado con el honor, los principios y los castillos, se dispuso a asestar una estocada a Bingle en el hombro, el golpe de gracia.

Bingle cerró los ojos y cayó rápidamente sobre una rodilla.

No se apartó mientras la espada descendía, se limitó a juntar las manos de forma decidida y lenta delante de él. Y entonces el tiempo se detuvo.

Al comienzo, Quentin no estaba seguro de lo que había pasado, pero en la sala se produjo un estallido de asombro. Se levantó para ver mejor. Bingle había encajado la hoja entre las palmas de las manos, en mitad del trayecto, la carne desnuda contra el acero afilado. Debió de calcular el movimiento hasta el último ergio, arco y nanosegundo. Aral tardó unos instantes en comprender qué había hecho y Bingle no desperdició la oportunidad. Aprovechando el factor sorpresa, tiró de la hoja hacia sí mismo y se la arrancó de la mano. Le dio la vuelta con elegancia, la empuñadura fue a parar a su palma con determinación y le colocó la hoja en el cuello. El duelo había terminado.

—Oh, Dios mío —dijo Eliot—. ¿Habéis visto eso? ¡Oh, Dios mío!

Los barones allí reunidos olvidaron sus reservas nobles. Se pusieron en pie, lanzaron vítores y se abalanzaron sobre el vencedor. Quentin y Eliot también le aclamaron. Pero daba la impresión de que Bingle no les veía. Sus ojos caídos no cambiaban de expresión. Se abrió camino entre la multitud hasta el trono de Quentin, donde se arrodilló para devolverle la espada.

La siguiente vez que Quentin fue al puerto el *Muntjac* estaba atestado de trabajadores, como pirañas sobre un desafortunado explorador del Amazonas pero al revés. Estaban recomponiendo el *Muntjac*, lo devolvían a la vida. No había ninguna pieza que no estuviera siendo sometida de forma agresiva al efecto de una lija o del barniz, o tensada, reforzada o sustituida. Lo habían llevado al dique seco, apuntalado sobre un bosque de pilotes, arreglado los listones sueltos, calafateado, breado y pintado. Los martillazos que no estaban sincronizados repiqueteaban desde todos los lados del casco.

Resultó ser que los elementos estructurales del barco estaban en buen estado, lo cual era positivo, porque los calafates consideraban que habrían sido incapaces de reproducir lo que habían encontrado. Al fondo de la bodega, montada en una de las juntas cercana a la proa, habían dado con un fragmento enrevesado de maquinaria de madera conectado a los cabos tensos que se dirigían a varios puntos del barco. No sabían para qué servía, así que Quentin les dijo que lo dejaran estar.

El casco del *Muntjac* quedó entonces de un elegante color negro azabache con un ribete blanco brillante. En esos momentos un batallón de tejedores de velas cosía cientos de metros de vela nueva, un proceso increíblemente especializado que se llevaba a cabo en un almacén naval aireado y espacioso del tamaño de un hangar para aviones. Los olores acusados y honestos del serrín y la pintura fresca inundaban el ambiente. Quentin los aspiró. Él también se sentía como si resucitara. No es que hubiera muerto, pero... no se había sentido demasiado vivo, sino otra cosa.

Cuando ya solo faltaban dos o tres días para que el *Muntjac* estuviera listo para navegar, Quentin visitó la sala de mapas del castillo de Whitespire para ver qué averiguaba sobre su destino. La Isla Exterior era la parte menos emocionante de aquella aventura, pero por lo menos tenía que ser capaz de encontrarla. Tras el estruendo de los muelles, la sala de mapas era un fresco remanso de paz. Una de las paredes era un ventanal y la otra estaba ocupada por un precioso mapa de Fillory que iba del suelo al techo, desde Loria al norte hasta el Desierto Errante al sur. Una escalera corredera de biblioteca atravesaba el mapa de forma que era posible acercarse a cualquier parte y, cuanto más cerca, mayor el nivel de detalle, hasta el punto de distinguir árboles concretos de Queenswood. Sin embargo, no había dríadas. El mapa estaba animado gracias a una sutil magia cartográfica. Podían seguirse pequeños peces cabrilla a medida que golpeaban la Costa Barrida, uno tras otro. Quentin se inclinó; hasta los oía, débilmente, como el rugido de una caracola. Una línea de sombra avanzaba a través del mapa y mostraba dónde era de noche y dónde de día en Fillory. En el techo abovedado, estrellas diminutas parpadeaban en el cielo negro azulado y aterciopelado de un mapa celeste que mostraba las constelaciones filorianas.

Aquel era el reino de Quentin, los territorios que gobernaba. Eran tan frescos, verdes y mágicos como parecía. Así era Fillory tal como lo había imaginado de niño, antes incluso de estar allí: era como los mapas impresos en las guardas de los libros de *Fillory y mucho más*. Se habría pasado todo el día contemplándolo.

La sala de mapas no era precisamente un hervidero de actividad. El único personal visible era un adolescente arisco con un flequillo negro y denso que le caía delante de los ojos. Estaba inclinado sobre una mesa trabajando con ahínco en algún tipo de cálculo, para lo que empleaba una colección de instrumentos cartográficos de acero. Tardó unos instantes en alzar la vista y darse cuenta de que tenía visita.

El chico dijo llamarse Benedict a regañadientes. Debía de tener unos dieciséis años. Quentin tuvo la impresión de que muy pocas personas entraban en la sala de mapas y, seguramente, casi nunca eran reyes; en cualquier caso Benedict había perdido la práctica de mostrar la deferencia adecuada. Quentin lo entendía. A él poco le importaban las reverencias y contemplaciones. Pero sí que necesitaba un mapa.

—¿Tienes algún mapa donde aparezca la Isla Exterior?

Benedict puso los ojos en blanco durante unos segundos mientras consultaba su base de datos mental. Entonces se dio la vuelta y se acercó a rastras hasta una pared que era un entramado de pequeños cajones cuadrados. Tiró de uno, resultó ser que eran estrechos pero muy profundos, y extrajo el único rollo que contenía.

La sala de mapas estaba dominada por una mesa de madera robusta con un complejo mecanismo de latón atornillado a la misma. Benedict montó el rollo en él y accionó una manivela. Fue lo único que hizo con cierto grado de presteza. El cigüeñal desenrolló el pergamino y lo desplegó de forma que se veía bien la sección deseada.

Era mucho más largo de lo que Quentin había imaginado. Vio desenrollarse metros de pergamino prácticamente en blanco a medida que Benedict giraba la manivela, y mostraba curvas y arcos de latitud y longitud o cualesquiera que fueran los equivalentes de Fillory, que atravesaban millas de océano abierto. Al final se paró en una diminuta e irregular pepita de tierra con el nombre debajo escrito en cursiva: *Isla Exterior*.

—Debe de ser ahí —dijo Quentin lacónicamente.

Benedict ni lo confirmó ni lo negó. Le incomodaba sobremanera mirarle a los ojos. Quentin no alcanzaba a identificar a quién le recordaba hasta que cayó en la cuenta de que probablemente él había sido así a ojos de los demás a los dieciséis años. Temeroso de todos y de todo, oculto detrás de una máscara de desdén, con el mayor desdén reservado para sí mismo.

—Parece lejísimos —dijo Quentin—. ¿A cuántos días en barco?

—No sé —respondió Benedict, lo cual no era totalmente cierto porque añadió, casi a regañadientes—: tres, quizás. Está a cuatrocientas setenta y siete millas. Millas náuticas.

—¿Cuál es la diferencia?

—Las náuticas son mayores.

—¿Cuánto más?

—Doscientos cuarenta y un metros más por milla —respondió Benedict enseguida—. Y un poco más.

Quentin se quedó impresionado. Alguien debía de haberle metido toda esa información en la cabeza. El lector de mapas de latón tenía muchos brazos articulados que se extendían de forma seductora hacia fuera, provisto cada uno de ellos de una lupa móvil. Quentin giró una y tuvo ante sus ojos una versión ampliada de la Isla Exterior. Tenía más o menos la forma de un cacahuete, con una estrella marcada en un extremo. El borde era una oscura línea gruesa, con un contorno más fino, que lo duplicaba, como si representara las olas o quizás el borde sumergido de la masa terrestre subacuática.

Era más o menos lo que había imaginado. Un hilillo negro, un único arroyo que discurría desde el interior hasta la costa. Cerca de la estrella estaba la palabra «Exterior» en letras más pequeñas. Debía de ser el nombre de la única población de la isla. La lupa no dejaba ver nada más. Para lo único que servía era para que el grano fino del pergamino se viera basto.

—¿Quién vive ahí?

—Pescadores, supongo. Hay un agente de la corona. Por eso hay una estrella.

Observaron la estrella juntos.

—Es una mierda de mapa —espetó Benedict. Se inclinó de forma que casi lo tocó con la nariz—. Mira el sombreado. ¿Por qué te interesa este sitio?

—Voy a ir para allá.

—¿Ah, sí? ¿Por qué?

—La verdad es que es una buena pregunta.

—¿Buscas la llave?

—No, no busco la llave. ¿Qué llave?

—Hay un cuento de hadas —dijo Benedict como si hablara con alguien de parvulario—. Ahí está la llave que da cuerda al mundo. Se supone.

Quentin no estaba demasiado interesado en el folclore filoriano.

—¿Por qué no vienes? —sugirió—. Podrías hacer un mapa nuevo, si es que este es tan malo.

Ahora se había convertido en asesor de jóvenes atormentados. El chico tenía algo que le hacía querer zarandearlo. Sacarlo del entorno en el que se movía con comodidad para que dejara de desdeñar a todo aquel que no perteneciera al mismo. Que pensara en algo que no fueran sus neuras para variar. Era más complicado de lo que parecía.

—No estoy preparado para el trabajo de campo —masculló Benedict, que volvió a bajar la mirada—. Soy cartógrafo, no agrimensor. —Quentin observó que los ojos de Benedict se sentían atraídos hacia el mapa, hacia aquel cacahuete irregular. Resultaba obvio que el joven maestro Benedict prefería vivir en mapas de lugares, en vez de en lugares verdaderos.

—El trazo es... —Chasqueó la lengua—. Cielo santo.

«Cielo santo» era una expresión que los filorianos jóvenes habían aprendido de sus nuevos gobernantes. Era imposible explicarles qué significaba en realidad. Estaban convencidos de que era una especie de palabrota.

—En nombre del reino de Fillory —declaró Quentin con solemnidad—. Manifiesto que estás capacitado para el trabajo de campo. ¿Es suficiente?

Tenía que haber traído la espada. Benedict se encogió de hombros, incómodo. Era exactamente lo que habría hecho Quentin diez años antes. Quentin se dio cuenta de que el chico empezaba a caerle bien. Probablemente pensara que nadie era capaz de entender cómo se sentía. Quentin se percató de lo lejos que él mismo había llegado. A lo mejor podía ayudar a Benedict.

—Piénsatelo. Tendríamos que llevar a alguien para actualizar los mapas.

Aunque a Quentin el dibujo le parecía bien. Giró con despreocupación la manivela del artilugio de latón para mirar mapas. La verdad es que era genial; unos engranajes medio ocultos giraban y la Isla Exterior iba alejándose y acababa enrollada en el otro extremo del pergamino. Siguió dándole a la manivela. Metros y más metros de papel blanco cremoso le pasaron ante los ojos, decorados aquí y allá con líneas de puntos y números diminutos. El océano vacío.

Al final se acabó el rollo y el extremo suelto ondeó sobre la mesa.

—No hay gran cosa por ahí —dijo por decir algo.

—Es el último rollo del catálogo —dijo Benedict—. Nadie le había echado ni siquiera un vistazo desde que estoy aquí.

—¿Me lo puedo llevar?

Benedict vaciló.

—Bueno. Soy el rey, ¿sabes? Si nos atenemos a las formas, el mapa es mío.

—De todos modos tengo que consignar el préstamo.

Benedict cogió el rollo con cuidado y lo introdujo en una funda de cuero antes de entregarle una ficha que le permitía sacarlo de la sala de mapas. Él la firmó también: Benedict Fenwick.

Benedict Fenwick. Cielo santo. No era de extrañar que estuviera enfurruñado.

Quentin tenía un barco de vela obsoleto que había resucitado de entre los muertos. Contaba con un espadachín un tanto psicótico y una reina-bruja enigmática. No era la Comunidad del Anillo pero tampoco es que intentara salvar el mundo de Sauron, sino que realizaría una inspección fiscal a un puñado de isleños paletos. Seguro que bastaba. Salieron del castillo de Whitespire tres semanas después de la muerte de Jollyby.

Una fuerte brisa salada azotaba el puerto. Las velas del *Muntjac* parecían listas para recibirla y hacerse a la mar hacia el horizonte. Eran de un blanco inmaculado, con el espolón azul cielo de Fillory en ellas como si de una marca de agua se tratara, los bordes vibraban y aleteaban con una emoción apenas contenida. Era una bestia realmente maravillosa.

Una banda tocaba en el paseo marítimo. Era obvio que el director instaba a sus músicos a subir el volumen, pero las notas se las llevaba el viento en cuanto salían de los instrumentos. Benedict Fenwick se había presentado media hora antes con la ropa a la espalda y una bolsa de viaje llena de instrumentos de cartografía tintineantes. El capitán, de nuevo el imperturbable almirante Lacker, le asignó los últimos aposentos libres.

Eliot se acercó al embarcadero con Quentin para despedirle.

—Pues eso —dijo.

—Pues eso.

Los dos estaban al pie de la pasarela.

—O sea que iba en serio.

—¿Pensaste que era un farol?

—Un poco, sí —reconoció Eliot—. Despídete de Julia por mí. No olvides lo que te conté de ella.

Julia ya se había refugiado en el camarote y daba la impresión de que no tenía intención de salir hasta que avistaran tierra.

—No lo olvidaré. ¿Estarás bien sin nosotros?

—Mejor.

—Si averiguas qué le pasó a Jollyby —dijo Quentin—, no te cortes y dale un buen palizón al culpable. No hace falta que me esperes.

—Gracias. Total, no creo que fueran los Fenwick. Pienso que nos toman por unos gilipollas, eso es todo.

Quentin recordó que cuando se habían conocido la mandíbula torcida de Eliot le había parecido de lo más rara. Ahora le resultaba tan familiar que ni siquiera se daba cuenta. Parecía algo natural, como la mandíbula de un rorcual giboso.

—Supongo que podría pronunciar un discurso —dijo Eliot—, pero nadie lo oiría.

—Me comportaré como si me exhortaras a velar por los intereses del pueblo filoriano y quisiera mostrar a esos renegados de la Isla Exterior, a quienes probablemente se les haya olvidado pagar los impuestos, si es que tienen algo sobre lo que o con que pagar impuestos, que representamos todo aquello que es justo y verdadero y que más les vale que lo recuerden.

—Lo cierto es que te mueres de ganas de hacer esto, ¿verdad?

—Si quieres que te diga la verdad, necesito hacer acopio de todo mi autocontrol para seguir aquí en el embarcadero.

—De acuerdo —dijo Eliot—. Márchate. Oh, tienes otro tripulante, se me olvidó decírtelo. Los animales parlantes han enviado a alguien.

—¿Qué? ¿Quién?

—Exacto. A qué o a quién, nunca se sabe. Está a bordo. Lo siento, convenía desde un punto de vista político.

—Podías haberme preguntado.

—Podía, pero pensé que quizá te negaras.

—Ya te estoy echando de menos. Nos vemos dentro de una semana.

Con paso ligero, Quentin trotó por el tablón, que fue retirado rápidamente detrás de él en cuanto pisó la borda. Se oyeron gritos navales incomprensibles por todas partes. Quentin se esforzó para no entorpecer el paso de los demás mientras se dirigía a la toldilla. El barco crujía y se movía de forma lenta y pesada a medida que se inclinaba y salía del embarcadero. El mundo que los rodeaba, que había estado fijo, se tornó vago y móvil.

Cuando salieron del puerto, el mundo volvió a cambiar. El aire se volvió más fresco, el viento se intensificó y el agua de repente se volvió de un gris oscuro y rizado. El fuerte oleaje retumbaba debajo de ellos. Las enormes velas del *Muntjac* atraparon el viento. La madera nueva crujía y se acomodaba en la presión.

Quentin caminó hasta la popa y observó la estela, cuya trayectoria limpia y espumosa se debía al peso de su avance. Se sentía bien. Dio una palmada al viejo pasamanos de la borda del *Muntjac*: a diferencia de muchas cosas y personas de Fillory, el *Muntjac* necesitaba a Quentin y Quentin no le había fallado. Se irguió más. Algo pesado e invisible había relajado la garra con la que lo sujetaba, había abandonado su hombro, en el que estaba posado, y había alzado el vuelo con la fuerte brisa. Que deje caer su peso sobre otra persona, pensó. Probablemente le estuviera esperando cuando volviera a casa. Pero por ahora podía esperar.

Cuando se volvió para bajar se encontró a Julia justo detrás de él. No la había oído. El viento se había apoderado de su melena negra y el pelo le azotaba la cara con fuerza. Estaba escandalosamente hermosa. Quizá fuera un efecto de la luz, pero su piel tenía una apariencia plateada, sobrenatural, como si al tocarla fuera a recibir un calambrazo. Si tenían que enamorarse en algún momento, sería en ese barco.

Contemplaron juntos cómo Whitespire empequeñecía detrás de ellos y quedaba finalmente oscurecido por el cabo. Ella había llegado hasta allí desde el lejano Brooklyn, igual que él, pensó. Probablemente fuera la única persona del mundo, de cualquier mundo, que comprendía cómo se sentía ante aquella situación.

—No está mal, ¿eh, Julia? —dijo él. Inspiró el frío aire marino—. Ya sé que este viaje es básicamente ridículo, pero ¡mira! —Hizo un gesto para señalarlo todo, el barco, el viento, el cielo, el paisaje marítimo, ellos dos—. Teníamos que haber hecho esto hace siglos.

Julia no cambió de expresión. Su mirada no había vuelto a ser normal desde el incidente del bosque. Seguía teniendo los ojos negros, extraños y como antiguos con sus pecas juveniles.

—Ni siquiera me había dado cuenta de que nos estábamos moviendo —reconoció.

4

Hay que remontarse al comienzo, a aquella tarde helada y deprimente en Brooklyn en la que Quentin hizo el examen de Brakebills, para comprender lo que le pasó a Julia. Porque ella también hizo el examen ese día. Y después de hacerlo perdió tres años de su vida.

Su historia empezaba el mismo día que la de Quentin, pero era muy distinta. Aquel día, el día que él, James y Julia recorrieron juntos la Quinta Avenida camino de la entrevista que los chicos tenían que hacer en Princeton, la vida de Quentin se había partido en dos. La vida de Julia no, pero sí que se había agrietado.

Al comienzo había sido una fisura muy pequeña. No gran cosa. Era una fisura pero seguía estando bien. No tenía sentido tirar su vida por la borda. Su vida estaba perfectamente bien.

O no, no estaba tan bien pero funcionaba. Se había despedido de James y Quentin delante de la casa de obra vista. Ellos habían entrado. Ella se había marchado. Había empezado a llover. Julia se había ido a la biblioteca. Hasta entonces ella estaba convencida de que era verdad. Hasta entonces era muy probable que hubiera pasado.

Pero ocurrió algo que no ocurrió: ella se había sentado en la biblioteca con el portátil y una pila de libros y había escrito el trabajo para el señor Karras. Era un trabajo buenísimo. Trataba sobre una comunidad socialista utópica experimental del estado de Nueva York en el siglo XIX. La comunidad tenía algunos ideales encomiables, pero también unas prácticas sexuales espeluznantes y al final perdió atractivo y se convirtió en una empresa exitosa de objetos de plata. Ella tenía ciertas ideas sobre por qué el montaje funcionaba mejor como platería que como tentativa para materializar el reino de Cristo en la Tierra. Estaba convencida de estar en lo cierto. Había analizado los números y, según su experiencia, cuando se analizan los números suelen encontrarse respuestas bastante buenas.

James se reunió con ella en la biblioteca. Le contó lo que había pasado en la entrevista, lo cual ya era suficientemente raro, dado que el entrevistador había aparecido muerto. Luego ella se había marchado a casa, había cenado, subido a su habitación, escrito el resto del trabajo, lo cual le llevó hasta las cuatro de la madrugada, había dormido tres horas, se había levantado, se había saltado las dos primeras clases porque se puso a arreglar las notas al pie y fue a clase a tiempo de llegar a ciencias sociales. Problema arreglado.

Cuando pensaba en aquel momento reconocía cierta sensación rara, irreal, pero es normal tener esas sensaciones si te acuestas a las cuatro y te levantas a las siete. La situación no empezó a descontrolarse hasta al cabo de una semana, cuando le devolvieron el trabajo corregido.

El problema no era la nota. Había obtenido una buena nota. Era un sobresaliente bajo y el señor K no los regalaba. El problema era... ¿cuál era el problema? Volvió a leer el trabajo y, aunque estaba bien, no reconocía todo lo que estaba escrito. Pero es que había escrito rápido. Lo que le extrañaba era lo mismo que había marcado el señor K: se había equivocado en una fecha.

La comunidad utópica sobre la que había escrito había tenido un conflicto sobre un cambio en la legislación federal sobre las relaciones sexuales con menores (realmente espeluznante) que se produjo en 1878. Ella lo sabía. Pero en el trabajo ponía 1881, algo que el señor K nunca habría detectado, aunque si se paraba a pensar el hombre era un personaje bastante repelente y no le extrañaría que supiera bien cómo funcionaba la legislación sobre relaciones con menores, pero resulta que en Wikipedia habían cometido el mismo error, y al señor K le encantaba hacer comparaciones al azar para pillar a quienes se fiaban de Wikipedia. El profesor había comprobado la fecha, y había consultado la Wikipedia y había puesto una enorme cruz de color rojo en el margen del trabajo de Julia. Y un menos al lado del sobresaliente. Se había llevado una sorpresa con ella. Una verdadera sorpresa.

Julia también estaba sorprendida. Nunca utilizaba la Wikipedia, en parte porque sabía que el señor K la consultaba pero, sobre todo porque, a diferencia de muchos de sus compañeros, procuraba corroborar todos los datos. Repasó el trabajo a conciencia. Encontró un segundo error y otro más. Ninguno más, pero con aquello bastaba. Empezó a comparar las versiones guardadas del documento. Siempre guardaba y hacía copias de seguridad de los distintos borradores a medida que escribía porque el Control de cambios de Word era una porquería y ella quería saber en qué momento exacto se le habían escapado esos errores. Pero lo realmente extraño era que no había ninguna versión más. Solo estaba la última.

Aquel hecho, aunque fuera insignificante y pudiera tener múltiples explicaciones plausibles, se convirtió en el gran botón rojo que activó el asiento eyector que sacó a Julia del cómodo habitáculo de su vida.

Se sentó en la cama y observó el archivo, que mostraba una hora de creación en la que ella recordaba haber cenado, y se asustó. Porque cuanto más lo pensaba, más le parecía que tenía dos memorias distintas para esa tarde. Una de ellas era casi demasiado plausible. Le producía la sensación de ser la escena de una novela escrita por un autor serio más preocupado por presentar una amalgama de detalles naturalistas que encajaran de forma convincente que en contar una historia que no fuera un soberano aburrimiento para el lector. Parecía un tema de portada. Era el recuerdo que se correspondía con cuando había ido a la biblioteca y había quedado con James y había cenado y escrito el trabajo.

Pero el otro era una locura rematada. En el otro, había ido a la biblioteca y efectuado una búsqueda sencilla en uno de los ordenadores baratos de las mesas de madera clara situadas junto al mostrador de revistas. En esa búsqueda había obtenido una signatura. La signatura era rara, situaba el libro en los estantes del subsótano. Julia estaba prácticamente convencida de que en la biblioteca no había estantes del subsótano porque no había subsótano.

Como en sueños, se dirigió al ascensor de acero afelpado. Por supuesto, bajo el botón blanco de plástico redondo marcado S, ahora también había otro marcado SS. Lo pulsó. Se encendió. La sensación de descenso que notó en el estómago era la típica, la que se nota cuando se baja rápidamente hacia un subsótano lleno de estanterías metálicas baratas y del zumbido de los fluorescentes y tuberías a la vista con manijas circulares de margarita pintadas de rojo que sobresalen formando ángulos curiosos.

Pero eso no es lo que vio cuando se abrieron las puertas del ascensor, sino que se encontró en una terraza de piedra bañada por el sol en la parte trasera de una casa de campo, rodeada de jardines frondosos. En realidad no era una casa, explicó la gente del lugar, sino una escuela. Se llamaba Brakebills y sus residentes eran magos. Les pareció que quizás ella quisiera ser maga. Lo único que tenía que hacer era aprobar un sencillo examen.

5

La primera mañana que Quentin se despertó a bordo del *Muntjac*, la única comparación posible que se le ocurrió fue la de la primera mañana que se despertó en Brakebills. Su camarote era largo y estrecho y la cama estaba a lo largo frente a una hilera de ventanas que se encontraban a un par de metros escasos de la línea de flotación. Lo primero que vio fue esas ventanas, salpicadas de gotas de agua y brillantes por el sol que se reflejaba en el agua, que surcaban a una velocidad increíble. Las estanterías, armarios y cajones estaban escondidos hábilmente a lo largo de las paredes y bajo la cama. Era como estar dentro de un rompecabezas.

Balanceó los pies descalzos hacia los tablones anchos y fríos del suelo del pequeño camarote. Notaba el ligero cabeceo e incluso el todavía más sutil balanceo del barco así como la inclinación a la que lo sometía el viento. Se sentía como si estuviera en el vientre de algún mamífero marino gigantesco pero agradable cuyo máximo placer en la vida era deslizarse por la superficie del mar con él en su interior. Quentin era una de aquellas personas tan fastidiosas que nunca se mareaban.

Sacó la ropa de una cómoda minúscula empotrada en la pared, o la regala o el mamparo, o como sea que se llame la pared de un barco. Admiró las pulcras hileras de libros de las estanterías empotradas por encima de la cama, sujetas mediante un tablón estrecho para que no cayeran en caso de tormenta. No es que le emocionara lo que les esperaba para desayunar, y mejor no hablar del baño, pero, aparte de eso, estaba en estado de gracia. Hacía meses que no se sentía tan bien. Años, quizá.

Él era la única persona en cubierta que no tenía nada que hacer. La tripulación del *Muntjac* no era muy numerosa para un barco de ese tamaño, ocho manos incluyendo al capitán, y todos los tripulantes que estaban a la vista estaban muy ajetreados gobernando el barco y empalmando cabos y restregando la cubierta y trepando por aquí y por allá. No veía a Julia en ningún sitio y el almirante Lacker y Benedict hablaban sobre alguna sutileza naval con un nivel de animación que a Quentin le resultó insólito.

Quentin supuso que recurriría a la magia del tiempo si era necesario, pero a Julia se le daba mejor que a él y, de todos modos, no se le ocurría cómo Julia podría mejorar lo que ya tenían, es decir, un cielo despejado y un fuerte viento procedente del noroeste. Decidió trepar al mástil.

Caminó hasta el último y menor de los tres mástiles del *Muntjac*, balanceando los brazos hacia delante y atrás y calentando los hombros. Probablemente fuera una estupidez. ¿Pero quién no ha deseado alguna vez encaramarse a lo alto de un velero que navega a toda vela? En las películas siempre parece fácil. No podía decirse que el mástil estuviera hecho para trepar por él, pues no había ni peldaños ni escalones ni pinchos. Puso el pie en una cornamusa de latón. El hombre que iba al timón lo miró. «Tu rey está trepando por el mástil, ciudadano. Y no, no sabe cómo. Asúmelo.»

No resultaba fácil pero tampoco era tan difícil. En vez de cornamusas o palos por lo menos había cabos, aunque había que ir con cuidado para no tirar de nada de lo que no se debía tirar. Se despellejó un nudillo, luego otro y una astilla gruesa se le clavó justo en el pulpejo del pulgar y se le partió ahí. El mástil zumbaba de la tensión, notaba que estaba bien clavado en la bodega, aprovechando la fuerza del viento y equilibrándola con la fuerza del agua en la quilla. Con lo que no contaba era con que de repente hiciera tanto frío, como si hubiera trepado a otra zona climática, o quizás a los límites inferiores del espacio exterior.

El otro elemento con el que no había contado era el ángulo del barco. La mayor parte del tiempo apenas lo notaba, pero cuanto más se alejaba de la seguridad de la cubierta, más peligroso le parecía lo escorado que estaba. Tenía que recordarse continuamente que no corría el peligro inminente de darse la vuelta y ahogarlos a todos. Que no era probable.

Para cuando llegó a lo más alto ya no estaba ni mucho menos encima de la cubierta. Podía haber dejado caer una plomada directamente hasta el agua, que pasaba con fuerza debajo de él, como un torrente de cristal verde borrascoso. Una silueta con el morro romo de color gris lechoso les seguía bajo la superficie a unos quince metros del lado de estribor. Era enorme. No era una ballena ya que tenía la cola vertical, no horizontal. O sea que debía de ser un pez gigantesco o un tiburón. Mientras lo miraba, el animal nadó a mayor profundidad y se tornó más difuso, hasta que dejó de verlo por completo. Cuanto más se sube, más obvio resulta que todo lo demás es mucho mayor que nosotros.

Bajar fue más fácil. En cuanto llegó a la seguridad que le brindaba la cubierta, Quentin decidió ir en el otro sentido, a la bodega. El ajetreo y la luminosidad del mundo exterior se desvanecieron en cuanto bajó por la escotilla oscura de la cubierta. No es que se pudiera ir muy lejos; tres escalones cortos lo condujeron al fondo del pequeño mundo hueco del *Muntjac*.

Hacía calor. Notaba que el océano le presionaba desde el otro lado de la madera húmeda y sudorosa. La bodega estaba tan llena de suministros que apenas había sitio para moverse. No resultaba muy pintoresco. Se disponía a volver a subir, a regresar a la realidad, o a lo que así se consideraba en Fillory, cuando un rostro extraño, peludo y cabeza abajo apareció por entre la oscuridad delante de él.

Profirió un fuerte grito del susto, impropio de un rey, y se golpeó la cabeza con algo. El rostro estaba suspendido en el aire. Cuando se le acostumbró la vista vio que la criatura colgaba boca abajo de una viga tan cómodamente que parecía que llevaba allí toda la vida. Tenía un aspecto alienígena, como si estuviera medio derretido.

—Hola —dijo.

Misterio resuelto. Aquel animal parlante era un perezoso. Probablemente fuera el mamífero más feo que Quentin había visto en su vida.

—Hola —saludó Quentin—. No sabía que estabas aquí abajo.

—Nadie parece haberse percatado —dijo el perezoso muy formal—. Espero que vengas a verme. A menudo.

Tardaron tres días en llegar a la Isla Exterior y cada día hacía más calor. Dejaron las playas otoñales y las aguas aceradas de Whitespire por una zona más tropical. Lo consiguieron navegando hacia el este, en vez de hacia el norte o el sur, lo cual resultaba extraño para los terrícolas, pero ningún filoriano pareció sorprenderse. Incluso le hizo plantearse si aquel mundo era esférico, Benedict no había oído hablar nunca de un ecuador. La tripulación se puso ropa blanca más apropiada para el clima tropical.

Benedict estaba al lado del almirante Lacker en el timón con un libro de cartas que trazaba el acceso a la Isla Exterior, página tras página llena de puntos de aspecto técnico e isobaras concéntricas que parecían manchas. Cooperando, se abrieron paso por un laberinto de bancos de arena y arrecifes que solo ellos veían hasta que la isla por fin apareció ante sus ojos; un pequeño montículo de arena blanca y selva verde en el horizonte, con un pico modesto en el centro, no muy distinto de lo que había imaginado. Rodearon un cabo y entraron en una bahía poco profunda.

En cuanto llegaron el viento dejó de soplar. El *Muntjac* recorrió la costa hasta el centro del puerto con los últimos coletazos de impulso, rizando la apacible superficie verde a su paso. Las velas se quedaron flojas en el silencio. Parecía algún pueblecito tranquilo de la Costa Azul. La costa era una playa estrecha de arena recubierta de algas secas y los fragmentos fibrosos que sueltan las palmeras constantemente, tostándose bajo el calor de la tarde. En un extremo había un embarcadero y unas cuantas estructuras bajas y un edificio de aspecto majestuoso que podía haber sido un hotel o un club de campo. No se veía ni un alma.

Probablemente estuvieran haciendo la siesta. Quentin notó que la emoción iba en aumento. No seas imbécil. Era una misión. Estaban allí para recaudar los impuestos.

Bajaron la lancha en silencio. Quentin descendió seguido de Bingle y Benedict, que perdió su hosca timidez durante unos instantes ante la emoción de empezar el estudio topográfico. Julia subió en el último momento y apareció a bordo. El perezoso, cómodamente colgado de la viga de la bodega, rehusó acompañarles, aunque antes de cerrar los ojos caídos y sombríos les ordenó que si encontraban algún brote especialmente suculento, o incluso un lagarto pequeño, recordaran que él era omnívoro.

Un muelle largo, estrecho y desvencijado sobresalía del embarcadero hacia el agua, con una absurda torreta pequeña en el extremo. Remaron hacia ella. La bahía estaba lisa como un estanque. A lo largo de todo el proceso no habían visto ni oído a nadie.

—Espeluznante —dijo Quentin en voz alta—. Cielos, espero que no sea parecido al caso de la colonia perdida de Roanoke y este sitio esté desierto.

Nadie dijo nada. Echaba de menos poder hablar con Eliot o incluso Janet. Si a Julia le divirtió, o si siquiera pilló la referencia, no soltó prenda. Había estado ensimismada desde que zarparan de Whitespire. No quería hablar con nadie, ni tocar a nadie... mantenía las manos en el regazo y los codos hacia dentro.

Escudriñó la orilla con un telescopio plegable que había hechizado de forma que mostraba tanto las cosas visibles como las invisibles o, en todo caso, la mayoría de ellas. La costa estaba realmente desierta. Si se ajustaba el telescopio, pues disponía de una esfera adicional, la vista retrocedía en el tiempo. Nadie había visitado la playa desde hacía una hora por lo menos.

El muelle crujió en aquel entorno tan silencioso. El calor era atroz. Quentin consideró que él debía ir en cabeza, en tanto que rey, pero Bingle insistió. Se tomaba muy en serio su función de guardaespaldas real. No era ni por asomo tan alegre como su nombre parecía indicar, aunque eso habría resultado casi imposible dado que sonaba al de un payaso que anima fiestas infantiles.

El edificio grande que habían visto con anterioridad era de madera y estaba pintado de blanco, con columnas jónicas en la parte delantera y unas majestuosas puertas de cristal. Todo estaba desconchado. Se asemejaba a la mansión de una plantación sureña. Bingle empujó la puerta y entró. Quentin le siguió muy de cerca. Por lo menos, de toda aquella aventura sacaría la emoción de lo desconocido, por corta que fuera. El interior era de un negro profundo tras el resplandor de la tarde y de un fresco agradable.

—Con cuidado, Alteza —dijo Bingle.

Cuando Quentin se acostumbró a la oscuridad, vio un salón cochambroso pero acondicionado a lo grande con un escritorio en el centro. Había una niña sentada a él de pelo rubio y liso que coloreaba un trozo de papel con ahínco. Cuando los vio, se dio la vuelta y gritó hacia las escaleras.

—¡Ma-má! ¡Tenemos visita!

Se volvió hacia ellos.

—Procurad que no entre arena en la casa.

Continuó pintando.

—Bienvenidos a Fillory —añadió, sin alzar la vista.

La niña se llamaba Eleanor. Tenía cinco años y era experta en dibujar conejos-pegaso, que eran como pegasos normales pero en vez de ser caballos alados eran conejos con alas. A Quentin no le quedaba claro si eran reales o inventados; en Fillory nunca se estaba totalmente seguro de esas cosas. La madre tenía treinta y muchos años o algo así, guapa, con los labios finos y una tez pálida poco propia de los trópicos. Bajó las escaleras con elegancia, con tacones y un traje chaqueta con falda de aspecto ligeramente formal, e hizo levantar a su hija de la silla con brusquedad. Sin rechistar, recogió sus dibujos y lápices de colores y subió las escaleras corriendo.

—Bienvenidos al reino de Fillory —dijo la mujer con una voz de contralto ronca—. Soy la agente de aduanas. Por favor, díganme su nombre y país de origen.

Abrió un libro mayor de aspecto muy oficial y preparó un enorme sello de tinta púrpura sosteniéndolo en alto.

—Me llamo Quentin —dijo—. Coldwater. Soy rey de Fillory.

Se quedó pasmada y arqueó las cejas mientras seguía teniendo la mano en posición de sellar. Sabía sacarle provecho a algo tan rutinario; eficiente pero *sexy*, lo cual no dejaba de tener cierta ironía. Aquella agente de aduanas tenía algo de vampiresa.

—¿Eres el rey de Fillory?

—Soy uno de los reyes de Fillory. Hay dos.

Dejó el sello. En la columna correspondiente a PROFESIÓN escribió «rey».

—En tal caso... ¿de Fillory?

—Pues sí.

Tomó nota.

—Ah, bueno. —Exhaló un suspiro y cerró el libro mayor. Al final no usó el sello—. No hay mucho papeleo por hacer si sois de Fillory. Pensaba que veníais del extranjero.

—Dirígete a su Alteza con respeto —espetó Bingle—. Estás hablando con un rey, no con un pescador errante.

—Ya sé que es el rey —dijo—. Lo ha dicho.

—¡Entonces dirígete a él como «alteza»!

—Disculpa. —Se dirigió a Quentin intentando, no con demasiado denuedo, disimular cuánto le divertía la situación—. Alteza. Aquí no llegan demasiados reyes. Una tarda en acostumbrarse.

—Bueno, vale. —Quentin dejó el tema—. Mira, Bingle, ya me ocuparé yo de preservar mi dignidad, gracias. —Luego se dirigió a la agente de aduanas—. De todos modos si quieres puedes ponerle un sello a mi documento.

Bingle dedicó a Quentin una mirada que decía «no tienes ni idea de cómo ser rey, ni la más remota idea».

La agente de aduanas se llamaba Elaine y, en cuanto se quedó contenta con su estatus de inmigrantes, se convirtió en una anfitriona magnánima. En la Isla Exterior era habitual tomar cócteles al cabo de más o menos una hora, explicó, pero antes

¿les apetecería ir a ver alguna parte de la isla? Por supuesto que sí. Ya que estaban. Lo que ocurre es que tenían que ser conscientes de que alguien acabaría llevando a Eleanor sobre los hombros. Era una niña encantadora pero se distraía enseguida y era muy vaga.

—Es una coqueta de cuidado. Va directa a los hombres del grupo y, cuando encuentra un blanco fácil, acaba cargando con ella el resto del día.

Siguieron a Elaine por la embajada, que es lo que resultó ser el edificio majestuoso. Tenía una iluminación tenue y era increíblemente elegante, con un montón de butacas tapizadas y madera oscura, algo parecido a un club inglés para caballeros. Era difícil imaginar la riqueza de una época en la que todo aquello se había enviado y montado hasta allí. La Isla Exterior debió de haber tenido su época dorada. Salieron por la puerta trasera y recorrieron una pista abierta entre la vegetación tropical. Elaine cogió un fruto agridulce de sabor fuerte de una rama baja y se lo ofreció a Quentin.

—Pruébalo —susurró sensualmente. Tenía un denso enjambre de semillas que se escupían a las hierbas.

El olor especiado de la orilla del mar cedió paso al aire viciado rebosante de clorofila de la jungla. Pasaron por algunas verjas de hierro forjado, pintadas de blanco pero medio oxidadas, con un sendero curvado que se perdía en la maleza. Elaine relató las distintas historias y escándalos de las familias que vivían en las casas a las que conducían los senderos. Era bien parecida y tenía una actitud decidida que resultaba atractiva. Aunque Quentin se preguntaba por qué no era más cariñosa con su hija, la servicial Eleanor. Más que nada es que no encajaba con su talante hospitalario. Bingle les precedía, con la espada desenvainada, dispuesto a atacar o forcejear con cualquier malhechor que apareciera de repente en la jungla con las miras puestas en el rey. A Quentin le pareció de mala educación, pero Elaine no pareció darse cuenta.

Se pararon a admirar un árbol-reloj tropical, que había adoptado la forma de una palmera en vez de un roble. Quentin le preguntó a Eleanor si sabía leer la hora y la niña respondió que no sabía y que, además, tampoco quería saberlo.

—Somos como las princesas del rey —dijo Elaine.

Benedict se esforzaba en ir haciendo esbozos a medida que caminaban e intentaba no manchar la libreta de sudor. Julia se detuvo a contemplar un hierbajo, o quizás a hablar con él, y la dejaron atrás. ¿Hasta qué punto era capaz de meterse en líos? A Quentin se le había medio ocurrido coquetear con Elaine para despertar el espíritu celoso de Julia, pero si tal espíritu habitaba en su interior, estaba adormecido.

Después de casi un kilómetro llegaron al centro del pueblo. La pista describía un bucle irregular y volvía a enderezarse. Había un mercado, o por lo menos unos cuantos puestos, que olía a pescado y donde había unas cuantas frutas desechadas y pisoteadas del tipo que se habían encontrado por el camino. En la parte superior del bucle se encontraba un majestuoso edificio oficial estilo ayuntamiento con un reloj parado en el frontón como un ojo de cíclope ciego y la bandera descolorida pero aun así reconocible de Fillory, que colgaba lánguida y agotada bajo el calor húmedo.

En el centro del bucle había un monumento de piedra, un obelisco coronado con la estatua de un hombre. Los monzones lo habían deteriorado sobremanera y los hierbajos tropicales habían conseguido agrietar una esquina de la base, pero todavía se apreciaba la actitud heroica del hombre, estoico ante lo que parecía una desgracia inminente.

—Es el capitán Banks —informó Elaine—. Fundó el asentamiento filoriano en la Isla Exterior, que en realidad quiere decir que su barco chocó contra ella.

Quentin se preguntó si el hombre no había tenido más remedio que fundar el asentamiento dado el encontronazo. Si así era, sería de todos conocido en la Isla Exterior.

—¿Dónde está la gente?

—Oh, por ahí —respondió ella—. En general, aquí somos muy reservados.

Eleanor puso a prueba a Elaine y la soltó. La niña alzó los

brazos hacia Quentin y él se la colocó encima de los hombros. Elaine puso los ojos en blanco como diciendo «estabas advertido». El sol se estaba poniendo en un atardecer rojizo detrás de los árboles y los insectos típicos de esa hora se habían vuelto más osados.

Eleanor chilló de felicidad al ver lo alto que era Quentin en comparación con su montura. Cubrió los ojos de Quentin con el borde de su falda. Él la levantó suavemente y ella volvió a chillar y la bajó otra vez. Era un juego. La niña tenía una fuerza increíble. Quentin supuso que había cosas peores en la vida que ser un blanco fácil.

Se quedó ahí parado un buen rato, en la oscuridad tropical que se creaba bajo el dobladillo de la falda de Eleanor. Aquí estoy, noble líder de la osada expedición a la Isla Exterior. Rey de todo lo que contemplo. Era eso, en realidad no habría ningún giro inesperado, ninguna gran revelación. La sensación de resignación casi le resultaba agradable, le producía un placer sosegado, adormecedor, como la primera bebida fuerte de la velada.

Exhaló un suspiro. No era un suspiro de insatisfacción pero venía a decir que en cuanto tuviera los impuestos se largaría de allí enseguida.

—Antes has hablado de unos cócteles —dijo.

La cena en la embajada fue mejor de lo esperado; un pescado local con unos dientes que daban miedo servido entero con una salsa dulce que incluía alguna fruta local parecida al mango. Eleanor sirvió a los invitados con una dignidad increíble, transportando saleros y copas y otros artículos de la cocina a la mesa con la espalda bien recta y pasos lentos, reflexivos, de los dedos al talón, como si caminara por una barra de equilibrio. A eso de las ocho y media se le cayó un vaso de cristal.

—Por el amor de Dios, Eleanor —dijo Elaine—. Vete a la cama. Te has quedado sin postre, vete a la cama. —La acusada se echó a llorar y pidió pastel, pero Elaine ni se inmutó.

Después todos se acomodaron en unos sofás y sillas de mimbre en un porche de la planta superior y fueron dando sorbitos a un licor local demasiado dulzón. La bahía se extendía bajo sus ojos en la oscuridad, con el *Muntjac* flotando en ella, iluminado por unos faroles en la proa y en la popa y en lo alto de los mástiles. Julia ideó un conjuro para mantener a los bichos a raya.

Quentin preguntó dónde estaba el baño y se disculpó. Era una tapadera. Hizo una parada en la cocina, donde encontró el pastel que había sobrado bajo una tapa de cristal abovedada. Cortó una porción y la subió a la habitación de Eleanor.

—Chitón —dijo cuando cerró la puerta detrás de él. Ella asintió muy seria, como si él fuera un espía que portara un comunicado en tiempos de guerra. Él esperó mientras se comía el pastel y luego devolvió la prueba del delito, el plato vacío y el tenedor, a la cocina.

Cuando regresó al porche Elaine estaba sola. Julia se había ido a la cama. Si sentía algo por él, no pensaba demostrárselo a nadie. Lo que creía sentir por Julia se le estaba escapando de las manos. No pasaba nada si no había nada entre ellos, dadas las circunstancias se conformaba con conseguir que ella le dirigiera la palabra. Lo tenía preocupado.

—Pido perdón por lo de antes —dijo Elaine—. Alteza. Lo de ser rey.

—Olvídalo. —Se esforzó por centrar la atención en ella y sonrió—. Yo todavía no me he terminado de acostumbrar.

—Habría sido más fácil si llevaras corona.

—La llevé durante un tiempo, pero era sumamente incómoda. Y siempre se me caía en el momento más inoportuno.

—Me lo imagino.

—Bautizos. Cargas de caballería.

Influido por el claro de luna de la isla, estaba empezando a sentirse despreocupadamente encantador. *Le roi s'amuse*.

—Parece un engorro público.

—Casi era como un enemigo del Estado. Ahora solo conservo un porte real. Estoy seguro de que te has dado cuenta.

En la penumbra era difícil ver la expresión de ella. El cielo oscuro estaba trufado de exóticas estrellas orientales.

—Oh, es inconfundible.

Ella empezó a liarse un cigarrillo. ¿Estaban ligando? Por lo menos tenía quince años más que Quentin. Ahí estaba él, llegado en un barco en los salvajes trópicos mágicos de Fillory y se encontraba con la única asaltacunas en un radio de 477 millas náuticas a la redonda. Se preguntó quién sería el padre de Eleanor.

—¿Te criaste aquí? —preguntó él.

—Oh, no, mis padres eran de tierra firme, de Huerto del Sur. Nunca conocí a mi padre. Llevo toda la vida en el cuerpo diplomático. Para mí, esto es otro destino más, he estado por todo el imperio.

Quentin asintió con expresión sabia. No estaba al corriente de que Fillory tuviera cuerpo diplomático. Tendría que informarse al respecto cuando regresara.

—¿Y por aquí pasa mucha gente? Me refiero a gente de fuera de Fillory. ¿Por mar?

—Por desgracia, no. En realidad voy a contarte un secreto terrible: nadie ha pasado jamás por aquí, no desde que yo estoy en la embajada. De hecho, en la historia de esta oficina, que tiene tres siglos de antigüedad, nadie ha pasado por la aduana procedente del otro lado del océano Oriental. Los registros están completamente vacíos. En ese sentido supongo que puede considerarse una sinecura.

—Vaya, o sea que no hay trabajo.

—Es una pena, tendrías que ver los impresos de aduanas, son realmente espléndidos. El membrete mismo. Tienes que llevarte unos cuantos. Y el sello... mañana por la mañana te sello algo. El sello es una obra maestra.

El extremo del cigarrillo brillaba en la penumbra. Quentin recordó la última vez que había fumado, durante la fase hedonista breve pero intensa que había tenido en Nueva York, hacía tres años. El cigarrillo de ella era dulce y aromático. Le pidió uno. Ella se lo lio, pues él había olvidado cómo se hacía. ¿O acaso lo había sabido alguna vez? No, Eliot contaba con un artilugio de plata que liaba tabaco.

—Odio sacar el tema —dijo Quentin—, pero estoy aquí por un motivo.

—Ya me lo imaginaba. ¿Es por lo de la llave mágica?

—¿Qué? Oh, no. No es por la llave mágica.

Se recostó en el asiento y puso los pies en un baúl que utilizaba de mesa.

—¿Y entonces qué es?

—Es por el dinero. Los impuestos. El año pasado no enviasteis nada. Me refiero a la isla.

Soltó una carcajada con la boca bien abierta. Se recostó en el asiento y dio una palmada.

—¿Y te han enviado a ti? ¿Han enviado al rey?

—No me han enviado. Soy el rey, me envío a mí mismo.

—Claro. —Se secó los ojos delicadamente con la parte inferior de la palma de la mano—. Supongo que eres de los que quiere controlarlo todo, ¿no? Bueno, imagino que te preguntas dónde está el dinero. Teníamos que haberlo enviado. Podíamos haberlo hecho, aquí en la Isla Exterior nadie corre el riesgo de morirse de hambre. Mañana os llevaré a ver los escarabajos de oro. Son increíbles, comen porquería y cagan mineral de oro. ¡Hacen los nidos de oro! —Dio una patada al baúl en el que había posado los pies—. Llévatelo. Está lleno de oro. Baúl incluido.

—Perfecto —dijo Quentin—. Gracias. Trato hecho.

Misión cumplida. Dio una chupada al cigarrillo y reprimió la tos. Su época de fumador había sido muy breve. Tal vez se había excedido con lo que estaba tomando. ¿Ron? Era dulce y estaban en un isla tropical, así que vamos a llamarlo ron.

—Hacía años que no sabíamos nada de vosotros. Tampoco parece que importara. Me refiero a que ¿qué hacéis con el material?

Quentin podía haber respondido pero incluso él tenía que reconocer que la respuesta no habría sido muy buena. Probablemente lo emplearan para volver a dorar el cetro de Eliot. Pagar impuestos y carecer de representación. Era motivo suficiente para empezar una revolución. Tenía razón. Resultaba irreal.

—De todos modos, mira qué ha pasado. Nos han enviado a

un rey. Creo que se nos puede perdonar el hecho de que estemos un tanto satisfechos con nosotros mismos. Pero ¿por qué habéis venido? No me digas que ese es el motivo, resulta demasiado... demasiado decepcionante. ¿Buscáis algo?

—Me temo que voy a decepcionarte. No voy en busca de nada.

—Estaba convencida de que buscabais la llave mágica —dijo—. La que da cuerda al mundo.

Era difícil saber cuándo bromeaba.

—Para serte sincero, Elaine, no sé gran cosa sobre la llave. Supongo que hay una historia al respecto, ¿no? ¿Viene mucha gente a buscarla?

—No. Pero es el único motivo que nos da fama, aparte de los escarabajos.

Estaba saliendo una enorme luna anaranjada, tan naranja como los filtros de cigarrillo. Era una luna creciente tan baja que parecía capaz de agarrar un cuerno del cordaje del *Muntjac*. En realidad la luna de Fillory tenía forma de media luna, no redonda. Una vez al día, al mediodía exactamente, pasaba entre Fillory y el sol, y formaba un eclipse. Cuando se producía todos los pájaros se quedaban mudos. Todavía parecía que los pillaba por sorpresa. Quentin estaba tan acostumbrado a ello que ya apenas lo advertía.

—De todos modos no está aquí —dijo ella.

—Me lo imaginaba. —Quentin se sirvió más ron de una licorera. No es que lo necesitara, pero qué más daba. Se preguntó si ya habrían solucionado el tema de la muerte de Jollyby.

—Está en Después. La siguiente isla que está más allá.

—Disculpa —dijo—. No te sigo. ¿Qué está dónde?

—Hay una isla que está más lejos llamada Después. A dos días en barco, o quizá tres. Nunca he estado allí, pero la llave está allí.

—La llave. Debes de estar de broma.

—¿Estoy de broma? —¿Estaba de broma? Le dedicó una media sonrisa curiosa.

—Estoy pensando que se trata de una llave metafórica. La

llave de la vida. Es un trozo de papel donde dice «vísteme despacio que tengo prisa» o «a quien madruga Dios le ayuda».

—No, Quentin, es una llave de verdad. De oro. Con ruedas dentadas y tal. Muy mágica, o por lo menos es lo que dice la gente.

Quentin se quedó mirando el fondo del vaso. En esos momentos necesitaba pensar, pero había tomado medidas para desactivar su maquinaria pensante. Demasiado tarde. Vísteme despacio que tengo prisa.

—¿Quién hace una llave de oro? —preguntó—. No tiene sentido. Sería demasiado blanda. Se doblaría constantemente.

—Sin duda habría que tener cuidado con dónde se introduce.

Quentin sintió calor en la cara. Menos mal que por la noche al fin refrescaba y entre los árboles que rodeaban la embajada se había levantado un poco de brisa.

—O sea que hay una llave de oro mágica a un par de días en barco de aquí. ¿Por qué no has ido a buscarla?

—No sé, Quentin. A lo mejor no tengo ninguna cerradura mágica.

—Nunca se me ocurrió que la llave fuera real.

Resultaba tentador. Más que eso, era un gran letrero de neón zumbante en la oscuridad que rezaba AVENTURALANDIA. Notaba la atracción que ejercía sobre él, desde más allá del horizonte. La Isla Exterior era un timo, un señuelo, pero lo único que eso significaba era que no había ido lo bastante lejos.

Elaine se sentó hacia delante en el sofá, con un aspecto más sobrio y convincente que el de Quentin. Probablemente estuviera acostumbrada a tomar el ron ese. Se preguntó qué se sentiría al besarla. Se preguntó cómo sería acostarse con ella. Estaban solos en una sudorosa noche tropical. La luna brillaba. Aunque para planteárselo en serio probablemente tendría que haber dejado de beber un poco antes. Y ahora que se paraba a pensarlo, no estaba del todo convencido de querer besar esos labios finos y sonrientes.

—¿Me dejas que te cuente una cosa, Quentin? —dijo—. Yo

me plantearía muy en serio si vale la pena ir a buscar la llave. Esta isla es un lugar bastante seguro comparada con otras, pero es un punto de partida. Aquí acaba Fillory, Quentin.

»Ahí fuera —señaló hacia el mar, más allá de los faroles acogedores del *Muntjac*, más allá de las tenues siluetas negro sobre azul de las palmeras que bordeaban la bahía, de donde procedía el susurro distante del oleaje—, no es Fillory. Tu reino acaba aquí. Aquí eres el rey, eres todopoderoso. No eres rey de nada de todo eso. Ahí fuera eres Quentin y punto. ¿Estás seguro de que bastará?

Quentin la entendió enseguida. Estaban en el borde externo de algo, en el límite. El borde de aquel prado en el bosque, donde Jollyby había muerto. El alféizar de la ventana de su despacho, donde Eliot y los demás habían ido a buscarlo en la Tierra. Aquí era poderoso. Allí no sabía qué era.

—Por supuesto que no estoy seguro —reconoció—, por eso quiero ir. Para saber si bastará. Hay que estar convencido de querer descubrirlo.

—Sí, claro, Alteza —dijo Elaine—. Sí, claro.

Quentin fue el último en acostarse y el primero en levantarse por la mañana. La sensación que tenía del paso del tiempo se había vuelto agradablemente flexible en Fillory puesto que allí no se sentía constantemente agredido por relojes digitales que parpadeaban como en el mundo real, pero era lo bastante tarde como para que el sol resultara abrasador. Lo bastante tarde como para avergonzarse al oír a otras personas dedicadas a sus menesteres mientras él seguía envuelto en las sábanas sudorosas. Su habitación era espaciosa y ecuatorial, con ropa blanca y fresca y las ventanas abiertas de par en par, y el calor seguía siendo sofocante.

El ron, que tan delicioso le había parecido la noche anterior, tan bueno y necesario, había revelado ahora su verdadera naturaleza como toxina atroz, seca-bocas, que causaba estragos en el cerebro. Maldijo su encarnación anterior, la que bebía en exceso. Se levantó y fue a buscar agua.

El agua abundaba. Probablemente hubiera algún hermoso pájaro cantor por los alrededores que escupía litros de agua de manantial cada mañana. Se preparó un baño de agua fría, se sentó en la bañera y sorbió más agua hasta que se sintió mejor. Es difícil sentirse más fresco y limpio que estando en remojo en agua fría con vistas al océano.

La mayor parte de la noche anterior le quedaba borrosa, o disponible solo en la memoria en forma de imágenes de cámara de seguridad, figuras con mucho grano con voces difusas, pero había una cosa que le quedaba clarísima y en alta definición: la llave de oro. Ella había dicho que existía. Se preguntó qué magia poseía. Se preguntó qué abría. ¿Acaso se lo había dicho y se le había olvidado? No, no le sonaba. Pero sí que le había dicho que estaba en la Isla de Después. Necesitaba saber más. Tenían que tomar una decisión: continuar o marcharse a casa.

Para cuando bajó a desayunar, Elaine ya se había marchado. Había dejado una nota recordándole que se llevara el baúl, el que contenía los impuestos, y transmitiéndole sus mejores deseos. También le dejó un libro gris y fino llamado *Las siete llaves de oro*. No dijo adónde se había marchado.

Supongo que al final no me enseñará los escarabajos de oro, pensó. Ni el sello exclusivo. Menos mal que no había intentado ligar con ella.

Elaine también había dejado a su hija. Eleanor volvía a estar en el escritorio de su madre, exactamente igual que cuando la habían encontrado al llegar, documentando minuciosamente los hábitos del conejo-pegaso con lápices de colores primarios en el papel de carta oficial de la Embajada de la Isla Exterior. Daba la impresión de que las existencias eran ilimitadas.

Quentin miró por encima del hombro. El membrete era realmente bonito.

—Buenos días, Eleanor. ¿Sabes adónde ha ido tu madre?

Quentin no había pasado mucho tiempo con niños en su vida. La mayoría de las veces acababa tratándolos como adultos. A Eleanor no parecía importarle.

—No —dijo alegremente. No alzó la mirada ni dejó de pintar.

—¿Sabes cuándo va a volver?

Negó con la cabeza. ¿Qué clase de madre dejaba sola a su hija de cinco años? Quentin se compadeció de Eleanor. Era una niña dulce y seria. Sacaba su vena paternal, sensación a la que no estaba demasiado acostumbrado, aunque estaba descubriendo que le gustaba. Era obvio que la niña no recibía mucha atención y no podía decirse que lo que obtenía rezumara afecto maternal.

—Vale. Tenemos que marcharnos pronto, pero esperaremos a que regrese.

—No hace falta.

—Bueno, en cierto modo, sí. ¿Todavía estás dibujando conejos-pegaso?

—Sí.

—¿Sabes? Creo que parecen más liebres-pegaso, no conejos. Las liebres son mayores y mucho más fieras.

—Son conejos.

El eterno dilema. Eleanor cambió de tema.

—Los he hecho para ti.

Le costó un poco abrir un cajón del escritorio; la humedad lo había dejado atascado y, cuando se desatascó, se salió del todo y cayó al suelo. Rebuscó en él y extrajo cuatro o cinco papeles que le tendió a Quentin. Estaban llenos de garabatos hechos con lápices de colores.

—Son pasaportes —dijo ella anticipándose a la pregunta—. Los necesitáis para salir de Fillory.

—¿Quién ha dicho que vaya a marcharme de Fillory?

—Los necesitas si te marchas de Fillory —puntualizó—. Si no, no te hacen falta. Son solo por si acaso. —Luego añadió con voz más queda—: Tienes que doblarlos por la mitad.

Debía de haberlos copiado de algún documento oficial porque eran impresionantes por derecho propio. Tenían el escudo de armas de Fillory delante, o un tosco facsímil del mismo. Dentro del de Quentin, una vez doblado por la mitad, había una imagen de Quentin, más o menos aproximada, con una gran sonrisa roja y una corona dorada en la cabeza, además de unas líneas onduladas que representaban palabras. En el dorso estaba el escudo de armas de la Isla Exterior, una palmera y una mariposa. Había hecho uno para cada uno de ellos, incluso para el perezoso, al que nunca había visto pero en quien se había interesado sobremanera. Debía de estar aburrida como una ostra sin más niños alrededor, pensó Quentin. Era como si se criara ella sola.

Quentin se identificaba con ella. Él también era hijo único y sus padres nunca le habían hecho mucho caso. Consideraban que su actitud hacia la paternidad era bastante progresista ya que no tenían intención alguna de ser la típica pareja cuya vida gira en torno a su hijo. Le concedieron mucha libertad y nunca le pidieron gran cosa. Aunque lo curioso de que nunca te pidan nada es que acabas pensando que quizá no tienes nada que valga la pena.

—Gracias, Eleanor. Ha sido todo un detalle por tu parte. —Se inclinó y le dio un beso en la coronilla rubia.

—Lo he hecho porque me trajiste pastel —dijo con timidez.

—Lo sé.

Pobre niñita. Quizá cuando regresara a Whitespire podía fundar el equivalente filoriano a los Servicios Sociales para la Infancia.

—Esperaremos a que tu madre vuelva para marcharnos.

—No hace falta.

Pero se quedó y esperó el máximo tiempo posible. Se pasaron el día holgazaneando por la embajada y pescando en el muelle. Volvió a intentar enseñar a Eleanor a interpretar la palmera-reloj, pero se llevó otro desplante. Alrededor de las cuatro Quentin dio la espera por concluida. Hizo que Benedict se llevara a Eleanor al pueblo, a pesar de sus objeciones estridentes, para dejarla a cargo de alguien, y ordenó a todos los demás que regresaran al *Muntjac*, reabastecido de provisiones y de agua.

Benedict regresó al cabo de una hora, demacrado pero victorioso. Levaron anclas cuando aparecieron las primeras estrellas. Se había acabado el recreo. Zarparon con rumbo al castillo de Whitespire.

6

A Julia le ocurrió algo curioso después del asunto del trabajo de ciencias sociales falso. Incluso podría considerarse un truco de magia; donde había habido solo una Julia, ahora había dos Julias, una para cada grupo de recuerdos. La Julia que se correspondía con el primero, la normal, la que había redactado el trabajo y se había marchado a casa y había cenado, hacía las cosas que eran normales para Julia. Iba al instituto. Hacía los deberes. Tocaba el oboe. Por fin se acostó con James, lo cual en cierto sentido había tenido intención de hacer pero, por algún motivo, había ido retrasando.

Pero había una segunda Julia, más extraña, que crecía en el interior de la primera Julia, como un parásito o un tumor horrible. Al comienzo era diminuto, como una bacteria, una única célula de duda, pero se multiplicaba y no paraba de crecer. A esta segunda Julia no le interesaban las clases, ni el oboe, ni siquiera James en particular. James daba fe de la historia de la primera Julia, recordaba haberse reunido con ella en la biblioteca, pero ¿qué demostraba eso? Nada. Solo demostraba que además de redactar el trabajo sobre comunidades voluntarias, esa gente también había llegado a James.

Y James se tragó la historia de cabo a rabo. Solo había un James.

El problema era que Julia era lista y le interesaba la verdad. No le gustaban las incoherencias y no paraba hasta que las resolvía, jamás. A los cinco años había querido saber por qué Goofy hablaba y Pluto no. ¿Cómo era posible que un perro tuviera a otro perro por mascota y uno fuera sensible y el otro no? Del mismo modo quería saber quién era el cabrón vago que había escrito el trabajo sobre comunidades voluntarias por ella y había buscado la información en Wikipedia. Huelga decir que «los infames agentes de una escuela secreta para magos en el norte del estado de Nueva York» no era una respuesta ni mucho menos plausible a la pregunta. Pero era la respuesta que encajaba con sus recuerdos, y esos recuerdos se tornaban cada vez más nítidos.

Además, a medida que se volvían más nítidos, la segunda Julia fue ganando fuerza y cada granito de fuerza que ganaba se lo restaba de la primera Julia, que se iba debilitando y adelgazando, hasta el punto en que se volvió prácticamente transparente y el parásito tras la máscara de su rostro se tornó casi visible.

Lo curioso o, mejor dicho, una de las muchas curiosidades de esta historia tan graciosísima, era que nadie se percataba de nada. Nadie se dio cuenta de que cada vez tenía menos que decirle a James o que cuando faltaban tres semanas para el concierto de vacaciones perdió la primera posición de la sección de oboe en la muy competitiva Orquesta Juvenil del Conservatorio de Manhattan, con lo que sacrificaba el solo jugoso de *Pedro y el lobo* (el tema del pato) a favor de la claramente inferior Evelyn Oh, cuya interpretación del tema, como no podía ser de otro modo, sonaba como un puto pato graznando, al igual que todo lo demás que salía del puto Oh-boe de Evelyn Oh.

A la segunda Julia no le interesaba demasiado James, ni tocar el oboe, ni el instituto. Le interesaba tan poco el instituto que cometió la estupidez de fingir que había hecho la preinscripción para la universidad cuando no era cierto. La cagó con todas las solicitudes. Tampoco nadie se dio cuenta. Pero en abril sí que se darían cuenta, cuando la brillante Julia que siempre rendía más de lo esperado no entrara en ninguna universidad. La segunda Julia había colocado una bomba de relojería que haría saltar por los aires la vida de la primera Julia.

Aquello ocurrió en diciembre. Para marzo ella y James pendían de un hilo. Ella se había teñido el pelo de negro y se había pintado las uñas de negro para parecerse más a la segunda Julia. Al comienzo a James le pareció *sexy* y siniestro, y aumentó sus esfuerzos en el terreno sexual, lo cual no fue precisamente un efecto secundario bien recibido, pero evitó hablar con él, lo cual costaba cada vez más. Nunca habían sido tan buena pareja como parecía. Él no era un verdadero empollón, solo amigo de los empollones, compatible con los empollones, pero las referencias a *Gödel, Escher, Bach** tenían los días contados antes de que empezaran a convertirse en un problema. Pronto descubriría que ella no se hacía pasar por una chica siniestra *sexy* y deprimida sino que en realidad se había convertido en una chica siniestra *sexy* y deprimida.

Y a ella le gustaba. Mojaba el dedo gordo del pie en el estanque del mal comportamiento y la temperatura le parecía ideal. Ser problemática resulta divertido. Julia había sido muy buena durante mucho tiempo y lo curioso del caso era que si eres buena la mayor parte del tiempo, la gente te empieza a olvidar. Si no supones un problema, la gente te tacha de la lista de cosas por las que preocuparse. Nadie te presta atención. Prestan atención a las chicas malas. Con discreción, la segunda Julia llamaba un poco la atención, por una vez en la vida, y le gustaba.

Entonces Quentin fue a verla. Centrarse en la cuestión de adónde había ido Quentin después del primer semestre le causaba un problema enorme, pero la neblina que lo rodeaba le resultaba familiar. La había visto otras veces, era la misma neblina que rodeaba su tarde perdida. Su coartada, que había dejado el instituto antes de tiempo para matricularse en una escuela experimental superexclusiva, le olía a asunto de la primera Julia. A un asunto inventado.

Quentin siempre le había gustado. Era sarcástico y tan listo que daba miedo y, básicamente, una buena persona que no nece-

---

* Se refiere a la obra *Gödel, Escher, Bach: un eterno y grácil bucle*, de Douglas Hofstadter, sobre la interacción de los logros creativos de los tres personajes del título. *(N. de los T.)*

sitaba más que un montón de terapia y quizás algún fármaco que le modificara el estado de ánimo. Algo que inhibiera de forma selectiva la voraz recaptación de la serotonina que se producía en su cerebro a todas horas. El hecho de saber que estaba enamorado de ella le hacía sentir mal y encima no le resultaba nada *sexy*, pero no estaba tan mal. En realidad no era feo, era más guapo de lo que él creía, pero esa obsesión por Fillory de hombremuchacho voluble le resultaba insoportable y era lo bastante lista para saber quién tenía un problema, y no era ella.

Pero cuando él regresó en marzo tenía un aire distinto, algo espiritual y que hacía que le brillaran los ojos. Él no dijo nada, pero no hacía falta. Había visto cosas. Sus dedos despedían cierto olor, el olor que se queda después de que pongan en marcha el enorme generador de Van de Graaff en el museo de la ciencia. Se trataba de un hombre que había manejado la luz.

Fueron todos juntos a la botadura del barco en el canal de Gowanus, y ella fumaba un cigarrillo tras otro y se limitaba a mirarlo. Y Julia se dio cuenta; Quentin había estado en el otro lado, y ella se había quedado atrás.

Le pareció que lo había visto allí, en el examen de Brakebills, en el vestíbulo con el reloj de tiza, con los vasos de agua y los niños que desaparecían. Ahora sabía que tenía razón. Pero se dio cuenta de que para él había sido muy distinto. Cuando entró en esa habitación se había puesto manos a la obra y había acabado el examen, pero ¿por qué la escuela de magia? Era lo que llevaba esperando toda la vida. Era como si hubiera presagiado aquella mierda. Se había preguntado cuándo aparecería y, cuando lo hizo, él estaba más que dispuesto y listo para vivirlo.

A Julia, por el contrario, le pilló por sorpresa. Nunca había esperado que le ocurriera algo especial. Su plan era buscarse la vida y conseguir que le pasara algo especial, lo cual era mucho más sensato desde el punto de vista de las posibilidades teniendo en cuenta lo improbable que era que algo tan emocionante como Brakebills le cayera del cielo. O sea que cuando llegó tuvo la sensatez de tomárselo con calma y sopesar lo extremadamente raro que era todo aquello. Podía haber obtenido buenas notas en matemáticas, eso estaba claro. Había ido a clase de mates con Quentin desde los diez años y cualquier cosa que él supiera hacer, ella lo hacía igual de bien, de espaldas y con tacones si hacía falta.

Pero se pasó demasiado tiempo mirando a su alrededor, intentando asimilarlo, comprender las implicaciones. No lo aceptaba sin darle más vueltas como hacía Quentin. La cuestión prioritaria que tenía en la cabeza era: ¿por qué estáis todos ahí sentados haciendo geometría diferencial y pasándolas canutas cuando las leyes fundamentales de la termodinámica y la física newtoniana se incumplen por todas partes a vuestro alrededor? Aquello era demasiado. El examen era la última de sus prioridades. Era lo menos interesante de la sala. Aun así, se comportó con la inteligencia y sensatez que requería la situación.

Pero ahora Quentin estaba dentro y ella fuera fumando como un carretero en el embarcadero de Gowanus con su novio medio orco. Quentin había aprobado y ella no. Daba la impresión de que la sensatez y la inteligencia ya no servían. Estaban totalmente desconectadas entre sí.

Aquel día, cuando Quentin se marchó, Julia cayó por un acantilado. Es justo llamarle depresión. Se sentía fatal constantemente. Si aquello era una depresión, ella la tenía. Debía de ser contagioso. La había pillado del mundo.

El psiquiatra al que la enviaron le diagnosticó que padecía distimia, lo cual definió como la incapacidad de disfrutar de las cosas con las que debería disfrutar. A ella le pareció justo dado que no disfrutaba con nada, aunque, como buena especialista en semiótica distímica, ella habría rebatido ese «debería» si hubiera tenido la energía suficiente. Porque había algo con lo que disfrutaba o disfrutaría independientemente de que debiera o no. Lo que pasaba es que no tenía acceso a ese algo: la magia.

El mundo que la rodeaba, el mundo convencional, mundano, se había convertido en un terreno baldío. Estaba vacío, era un mundo postapocalíptico: tiendas y casas vacías, coches calados con la tapicería quemada, semáforos estropeados que colgaban por encima de las calles vacías. Aquella tarde perdida de noviembre se había convertido en un agujero negro que había absorbido el resto de su vida. Y una vez traspasado el radio de Schwarzschild era muy difícil deshacer el camino ni que fuera con un esfuerzo sobrehumano.

Imprimió la primera estrofa de un poema de Donne y la clavó en la puerta:

> se extingue el sol y ahora sus redomas
> envían luces débiles, mas no incesantes rayos;
> ya la savia del mundo fue absorbida:
> el bálsamo universal hidrópica la tierra ha bebido
>   hasta el término,
> donde, como a los pies del lecho, la vida está encogida,
> difunta y enterrada; mas todas estas cosas parecen sonreír
> comparadas conmigo, pues yo soy su epitafio.

Al parecer, así escribían en el siglo XVII.

De todos modos, era un buen resumen de su estado mental. Hidrópica significa sedienta. La tierra sedienta. La savia había desaparecido del mundo sediento y había dejado una corteza seca que no pesaba nada, una cosa muerta que se desmigajaba al tocarla.

Una vez a la semana su madre le preguntaba si había sufrido una violación. Quizás habría sido más sencillo responder que sí. Su familia nunca la había comprendido. Siempre habían temido su inteligencia voraz. Su hermana, una morena timorata y poco amante de las matemáticas cuatro años menor, pasaba de puntillas por su lado como si fuera un animal salvaje presto a morderla con furia si se la provocaba. Nada de movimientos bruscos. Mantened los dedos bien lejos de la jaula.

De hecho, pensó que la locura era un diagnóstico posible. No le quedaba más remedio. ¿Qué persona en su sano juicio (¡ja!) no lo pensaría? Sin duda parecía más loca de lo normal. Había adoptado algunas malas costumbres como arrancarse las cutículas y no ducharse y, ya puestos, no comer o marcharse de su habitación varios días seguidos. Claramente, se explicó la doctora Julia a sí misma, padecía algún tipo de alucinación inducida por Harry Potter, con tintes paranoicos, probablemente de origen esquizofrénico.

Lo que pasaba, doctora, era que todo eso era demasiado metódico. No presentaba la calidad de una alucinación, era demasiado seco y firme al tacto. Para empezar, era su única alucinación. No traspasaba a otras cosas. Tenía unos límites claros. Y para acabar, no era una alucinación. Pasaba de verdad.

Si aquello era de locos, se trataba de una locura totalmente distinta, todavía no registrada en el Manual Diagnóstico y Estadístico de Trastornos Mentales. Ella padecía obsesofrenia. Era estupicótica.

Julia cortó con James. O quizás es que dejó de responder a sus llamadas y de saludarle cuando se cruzaban por el pasillo. O lo uno o lo otro, no lo recordaba con claridad. Hizo unos cuantos cálculos minuciosos con su nota media, la cual hasta el momento había sido muy buena, y llegó a la conclusión de que podía ir al instituto dos días a la semana, sacar aprobados justillos y aun así sacarse el título. Bastaba con asumir el máximo riesgo y en esos momentos ella habitaba en la zona límite.

Mientras tanto seguía yendo al psiquiatra con regularidad. Era un buen tipo, como mínimo bienintencionado, con barba incipiente en la cara curiosa y expectativas razonables acerca de lo que podía esperar de la vida. De todos modos, ella no le dijo nada sobre la escuela secreta de magia en la que no había conseguido entrar. Quizás estuviera loca pero no era imbécil. Había visto *Terminator 2*. No acabaría como Sarah Connor.

De vez en cuando Julia notaba que le flaqueaba la convicción. Sabía lo que sabía pero, en el día a día, no había gran cosa a la que aferrarse para seguir manteniendo sus convicciones. A lo más que aspiraba era a que cada quince días Google le ofreciera un resultado sobre Brakebills, o quizá dos, pero al cabo de unos minutos desaparecía. ¡Como por arte de magia! Al parecer no era la única persona que tenía una alerta de Google al respecto, y esa persona era lo bastante lista para borrar la memoria caché de Google cuando saltaba la alerta. Pero eso le daba que pensar.

Luego, en abril, dieron su primer paso en falso. La cagaron de verdad. Metieron la pata hasta el fondo. Porque encontró siete sobres en el buzón: Harvard, Yale, Princeton, Columbia, Stanford, MIT y Caltech. Felicidades, tenemos el honor de aceptarla como miembro del curso de ja, ja, ja, ¡esto debe de ser una puta broma! Se tronchó de la risa cuando las vio. Sus padres también se rieron. Se rieron de alivio. Julia se reía porque le parecía una auténtica gilipollez. Siguió riendo cuando rasgó las cartas por la mitad, una tras otra, y las tiró a la papelera de reciclaje.

Mira que sois idiotas, pensó. Os pasáis de listos. No me extraña que dejarais entrar a Quentin, sois igual que él, no podéis evitar haceros los listos. ¿Os pensáis que sois capaces de comprar mi vida así como así? ¿Con un puñado de sobres abultados? ¿Acaso creéis que aceptaré esto en vez del reino mágico que me corresponde por justicia?

Ni hablar. Ni en sueños, caballero. Esto es un punto muerto, que vaya pasando el tiempo a ver qué sucede, y yo tengo todo el día. Buscáis una solución rápida al problema de Julia, pero tal solución no existe. Más vale que te acomodes, amigo, porque Julia va a jugar sin límite de tiempo.

7

En el trayecto de vuelta a casa, Quentin asumió como responsabilidad real darse una vuelta por el *Muntjac* y preocuparse del bienestar de la tripulación una o dos veces al día. La mañana después de que se marcharan de la Isla Exterior, Benedict fue la primera parada de Quentin. El barco navegaba a toda velocidad bajo el sol tropical, con todos los cabos y velas tensos y perfectos en su vibración, y Quentin se sentía un poco tonto por haber preparado el *Muntjac* tan a conciencia para lo que había acabado siendo un viaje a la vuelta de la esquina. Encontró a Benedict sentado en un taburete en el camarote, inclinado sobre su pequeño escritorio plegable. Encima había desplegado una carta de navegación trazada a mano en la que aparecían unas cuantas islas pequeñas de contorno irregular y salpicadas con números diminutos que quizá denotaran la profundidad del océano. Alguien había pintado el agua poco profunda con una capa fina de azul cielo para darle una apariencia más acuosa.

Benedict no había mostrado afecto alguno hacia Quentin desde que salieran de tierra firme, pero a Quentin le caía bien de todos modos. La clara coherencia del desprecio que mostraba por Quentin resultaba incluso vigorizante porque, al fin y al cabo, Quentin era su rey. Hacían falta agallas para mantener esa postura. Además, había que reconocer que Quentin no había conocido en Fillory a nadie que se obsesionase tanto con los mapas, algo insólito en el mundo real.

—¿Qué has estado haciendo?

Benedict se encogió de hombros.

—Me he pasado mareado la mayor parte del tiempo.

No había visto mucho a Benedict, aunque había intentado darle clases de matemáticas. Benedict era extraordinariamente hábil con la aritmética mental, pero las matemáticas filorianas no estaban demasiado avanzadas. Era sorprendente que hubiera llegado tan lejos por sí solo.

—¿En qué estás trabajando?

—En un mapa antiguo —repuso Benedict sin alzar la vista—. Muy antiguo. Tendrá unos doscientos años.

Quentin atisbó por encima de su hombro, con las manos entrelazadas detrás de la espalda.

—¿Es de la embajada?

—Yo no haría una cosa así. Estaba en la pared. En un marco.

—Es que resulta que tiene el sello de la Embajada de la Isla Exterior.

—Lo he copiado.

—¿También has copiado el sello?

—He copiado el mapa. El sello estaba en el mapa.

Era un mapa precioso. Si estaba diciendo la verdad, Benedict era un verdadero genio. Era detallado, preciso, sin vacilaciones ni borrones.

—Es alucinante. Tienes un don especial.

Benedict se sonrojó al oír aquello y trabajó con más ahínco si cabe. Las alabanzas de Quentin, así como sus críticas, le parecían igual de insoportables.

—¿Qué te ha parecido el trabajo de campo? Debe de ser distinto de lo que acostumbras a hacer.

—Lo odio —reconoció Benedict—. Es un follón. Nada es como debería ser. No hay matemáticas para eso. —Su frustración le hizo salir un poco de su caparazón—. Nunca hay nada correcto, nunca, ¡No hay líneas rectas! Siempre supuse que los mapas eran aproximaciones, pero nunca supe cuánto se queda fuera. Es el caos. No lo volveré a hacer nunca.

—¿Ya está? ¿Te das por vencido?

—¿Por qué no? Mira eso... —Benedict señaló la pared en dirección al mar oscilante—. Y ahora mira esto. —Señaló el mapa—. Esto puede hacerse perfecto. Eso... —Se estremeció—. Es un follón.

—Pero el mapa no es real. Sí, claro, a lo mejor es perfecto, pero ¿qué sentido tiene?

—Los mapas no marean.

A Quentin no se le escapó lo irónico del comentario. Él era quien le había dado la vuelta al barco, de regreso a Whitespire. Miró el mapa en el que Benedict trabajaba. Como era de esperar, una de las pequeñas islas situadas hacia el extremo de la página, casi cayéndose por el margen, tenía la palabra «Después» escrita al lado en letra diminuta.

—La Isla de Después. —Ahí estaba, ahí mismo. Quentin la tocó con cuidado con el dedo. Era como si esperara que le pasara la corriente—. ¿Vamos a pasar cerca?

—Está al este de aquí. Vamos en dirección contraria.

—¿Muy lejos?

—A dos, tres días. Como he dicho, este mapa es muy antiguo. Y estas islas son remotas.

Benedict explicó, poniendo los ojos en blanco de forma exagerada ante la ignorancia de Quentin, que las islas más lejanas del océano Oriental no se quedaban quietas después de enterarse de que aparecían en un mapa. No les gustaba y por obra y gracia de una magia tectónica vagaban por ahí para asegurarse de que los mapas no eran precisos. Más caos.

Benedict susurró algún cálculo para sus adentros, velocidad y tiempo, y entonces, con agilidad y precisión, lo cual parecía imposible viendo el flequillo negro que le caía encima de los ojos, trazó un círculo perfecto a mano alzada alrededor de la Isla de Después con un lápiz claro.

—Tiene que estar en algún punto del interior de este círculo.

Quentin miró fijamente el pequeño punto que representaba la isla, perdido en el entramado de líneas curvas de meridianos y paralelos. Una especie de red que no lo atraparía si se caía. Aquello no era Fillory. Pero en algún lugar de ese abismo brillaba una llave, una llave mágica. Tenía la posibilidad de regresar con ella en la mano.

Una imagen le asaltó el pensamiento, la portada de un álbum de la década de 1970, el dibujo de un velero antiguo en el borde de una catarata bajo la cual rugía un mar verde. El barco empezaba a inclinarse y la corriente era fuerte pero, aun así, una bordada audaz con el viento fuerte podría salvarlo. Si el capitán daba a gritos una orden seca giraría bruscamente y vencería la corriente para quedar a salvo.

Pero entonces, ¿adónde iría el barco? ¿A casa? Todavía no.

—¿Me lo dejas? —preguntó—. Quiero enseñárselo al capitán.

Al cambiar el rumbo dejaron atrás el cálido océano turquesa y se internaron en un mar oscilante de color negro. La temperatura descendió treinta grados. Las gotas de lluvia fría tamborileaban en la cubierta. Quentin no habría sabido señalar la línea divisoria, pero el agua que los rodeaba parecía un elemento totalmente distinto al mar en el que habían navegado con anterioridad, algo opaco y sólido que tenía que golpearse y apartarse en vez de surcarlo en silencio.

El *Muntjac* se abrió camino con valentía a través de las olas gracias a un viento salado constante y apremiante. El barco les tenía una sorpresa reservada, parecía, aunque era difícil de ver con claridad, que le habían salido un par de aletas de madera lustrosas en unos orificios del casco que los impulsaba hacia delante. Quentin desconocía si las accionaba la magia o algún dispositivo mecánico, pero se sintió agradecido. El viejo barco le devolvía el favor con creces.

Le pareció que quizás el perezoso supiera algo al respecto, teniendo en cuenta el tiempo que pasaba en la bodega, pero cuando lo fue a ver se lo encontró profundamente dormido, colgado con sus garras tipo bichero, meciéndose con suavidad al compás del barco. Por lo menos estaba más sereno con el tiempo inclemente. El aire de la bodega era cálido, húmedo y desidioso, y una mezcla de pieles de fruta podridas y deshechos menos identificables chapoteaba por el pantoque.

Julia, entonces. Quizás ella lo supiera. Y quería hablar de la llave mágica con ella. Era la única persona de su misma condición a bordo del *Muntjac* y tenía acceso a fuentes que él desconocía. Además, le tenía preocupado.

Julia permanecía más tiempo de lo habitual en su camarote ahora que el tiempo había empeorado. A nivel espiritual se identificaba con Fillory, pero la llovizna helada la había atrincherado bajo cubierta. Quentin se tambaleó por el pasaje estrecho que conducía a su habitación dado que el oleaje errante lo inclinaba primero hacia un mamparo y luego hacia el otro como si de un juego se tratara.

La puerta estaba cerrada. Durante unos instantes, justo cuando el *Muntjac* se detuvo ingrávido brevemente sobre la cresta de una ola, Quentin pensó en el romanticismo de la escena, y el encaprichamiento que sentía se removió en su interior y desplegó sus alas correosas. Sabía que en parte no era más que una fantasía. Julia era tan solitaria, estaba tan embebida en Fillory, que era difícil imaginar que le quisiera a él o a otra persona o, en todo caso, a algo humano. Le faltaba algo, pero probablemente no fuera un novio.

De todos modos, allí estaban ellos dos, en alta mar, azotados por una tormenta, juntos en una cálida litera en el páramo helado que era el océano. Resultaba liberador escapar de la mirada criticona y lenguaraz de Eliot y Janet. No era probable que Julia estuviera tan ida como para no reconocer el atractivo de una aventura a bordo. La escena se escribía prácticamente sola. Al fin y al cabo, era humana. Y pronto estarían en casa. Llamó a su puerta.

En el fondo, aunque no lo dijera pero sí lo sintiera, era consciente de que Julia era de antes, de antes de Brakebills, de antes de que él supiera que la magia era verdadera, de antes de todo. Ella nunca había conocido a Alice. Si era capaz de volver a enamorarse de Julia, sería como retroceder en el tiempo y podría empezar de nuevo. A veces no estaba seguro de si estaba enamorado de Julia o de si solo quería estar enamorado de ella, porque resultaría muy reconfortante, un gran alivio. Le parecía muy buena idea. ¿Acaso había tanta diferencia?

Julia abrió la puerta. Estaba desnuda.

O no, no estaba desnuda. Llevaba un vestido, algo así, pero solo le llegaba a la cintura. La parte superior le colgaba por delante y llevaba los pechos al aire. Eran pálidos y cónicos, ni generosos ni pequeños. Eran perfectos. A los diecisiete años se había pasado meses enteros construyendo una imagen mental del torso desnudo de Julia basada en pruebas forenses recogidas en estudios furtivos de su silueta vestida. Pues no había ido demasiado desencaminado. Los pezones eran lo único que difería un poco de la imagen que se había hecho. Más pálidos, apenas un poco más oscuros que la piel clara que los rodeaban.

Él volvió a cerrar la puerta; no dio un portazo, pero la cerró con fuerza.

—¡Cielo santo, Julia! —dijo en un susurro. Aunque lo decía más para él que para ella.

Transcurrió un minuto que se hizo largo. Se lo pasó con la espalda apoyada en el mamparo de al lado de la puerta de Julia. Notaba cómo el corazón le palpitaba contra la madera dura. Claro que quería que pasara algo, pero no eso. O al menos no así. ¿Qué demonios pretendía, enseñándole esas cosas? ¿Acaso para ella era una broma? Oía cómo se desplazaba por la habitación. Respiró hondo y volvió a llamar, despacio. Cuando abrió la puerta iba vestida del todo.

—¿Qué demonios estás haciendo? —preguntó él.

—Lo siento —se limitó a decir ella.

Julia se sentó en un pequeño taburete del otro extremo de la habitación, de cara a las ventanas. No le pidió que entrara pero tampoco cerró la puerta. Él entró con recelo.

Los aposentos de Julia eran clavados a los de Quentin pero, debido a una irregularidad en la planta del barco, una escalera errante en el caso de él, eran un poco mayores y había espacio para dos personas si una de ellas se sentaba en la cama. La luz procedía de una resplandeciente bola azul que chocaba contra el techo como un globo sin cordel, una curiosa pieza de Julia que parecía un fuego fatuo atrapado.

—Lo siento —se disculpó ella—. Se me olvidó.

—¿Qué es lo que se te ha olvidado? —Sonó más enfadado de lo que pretendía—. ¿Que los brazos se meten por las mangas? Mira, no es que no... —Esa frase tenía mal final—. Da igual.

La miró, la miró realmente por primera vez desde hacía mucho tiempo. Seguía siendo hermosa pero estaba delgada, demasiado delgada. Y seguía teniendo los ojos negros. Se preguntó si el cambio era permanente y, de ser así, qué más había cambiado en ella que no resultara visible.

—No sé. —Dejó la mirada perdida en el rocío del mar—. Se me ha olvidado lo que olvidé.

—Bueno, vale, pero ahora te has acordado.

—Mira, a veces se me olvida cómo funcionan las cosas, ¿vale? O no tanto el cómo sino el porqué. Por qué la gente dice hola, por qué se bañan, por qué se visten, leen libros, sonríen, hablan, comen. Todas esas cosas humanas. —Se tiró de la comisura de los labios.

—No lo entiendo, Julia. —Ya no estaba enfadado. Seguía revisando los problemas que Julia tenía y cada vez que los revisaba, era al alza—. Ayúdame a entenderlo. Eres humana. ¿Por qué ibas a olvidar tales cosas? ¿Cómo es posible que las olvides?

—No lo sé. —Negó con la cabeza. Acto seguido lo miró con sus ojos negros—. Estoy perdiendo la cabeza. Estoy perdida. La situación se me escapa.

—¿A qué te refieres? ¿Qué te ha pasado, Julia? ¿Necesitas regresar a la Tierra?

—¡No! —exclamó rápidamente—. Allí no vuelvo. Nunca.

Daba la impresión de que la idea la asustaba.

—Pero te acuerdas de Brooklyn, ¿verdad? Somos de allí. Y de James, del instituto y de todo eso, ¿no?

—Lo estoy recordando. —Hizo otra mueca de amargura con su delicada boca. Habló con lo que parecía su voz anterior, con contracciones y tal—. Ese ha sido siempre mi problema, ¿no? Recordaba Brakebills, no podía olvidarlo.

Quentin recordaba que ella recordaba. Había suspendido el

examen de ingreso a Brakebills, que él sí había aprobado, y se suponía que debía olvidarlo después para que la escuela siguiera siendo secreta. Le habían lanzado conjuros para asegurarse. Pero los conjuros no habían perdurado y ella no había olvidado.

Pero aquello la había llevado hasta allí, se recordó él. A un hermoso velero en un océano mágico. La había convertido en reina de un mundo secreto. El sendero era tortuoso pero conducía a un final feliz, ¿no? Cayó en la cuenta de que Fillory era su final feliz pero quizá no fuera el de Julia. Ella necesitaba otra cosa. Ella seguía en el sendero tortuoso y la noche estaba al caer.

—¿Desearías no haber recordado Brakebills? ¿Desearías haberte quedado en Brakebills?

—A veces. —Se cruzó de brazos y se apoyó en la pared del camarote de un modo que seguro que era incómodo—. Quentin, ¿por qué no me ayudaste? ¿Por qué no me rescataste cuando te pedí ayuda aquel día en Chesterton?

La pregunta tenía razón de ser. No podía decirse que él no se la hubiera planteado. Incluso se le habían ocurrido unas cuantas respuestas buenas.

—No pude, Julia. No dependía de mí. Ya lo sabes. No podía conseguir que entraras en Brakebills, a mí me costó lo suyo.

—Pero podías haber venido a verme. Enseñarme lo que sabías.

—Me habrían expulsado.

—Y después de que te graduaras...

—¿Por qué todavía seguimos hablando de esto, Julia? —contraatacó Quentin a sabiendas de que entraba en un terreno resbaladizo. La mejor defensa es el ataque—. Mira, me pediste que les hablara de ti. Hice lo que me pediste. Se lo dije. ¡Pensé que te habían encontrado y que te habían borrado la memoria! Es lo que siempre hacen.

—Pero no lo hicieron. No me encontraban. Para cuando vinieron a buscarme, yo ya hacía tiempo que me había marchado. Me había esfumado. —Chasqueó los dedos—. Como por arte de magia.

—De todos modos, Julia, ¿cómo se supone que iba a funcionar? ¿Acaso ibas a ser la aprendiza de bruja, como Mickey Mouse? ¿Y cómo te crees que me sentía yo al respecto? Yo no te importaba lo más mínimo y de repente soy Don Hechizos Hechizado y me colmas de atenciones. Las cosas no funcionan así.

—Tú me importabas un bledo, lo que no quería era acostarme contigo, ¡joder! —Lo atacó en aquel espacio tan reducido. Había estado apoyando el taburete en dos patas solamente y entonces lo apoyó en las cuatro—. Aunque, por cierto, lo habría hecho si me hubieras dado lo que necesitaba.

—Bueno, lo conseguiste de todos modos, ¿no?

—Oh, por supuesto que sí. Conseguí eso y mucho más. Nada de todo esto debería sorprenderte lo más mínimo. Me abandonaste en el mundo real, ¡sin magia! ¡Todo lo que me pasó empezó contigo! ¿Quieres saber de qué se trata? Te lo diré, pero no hasta que te lo ganes.

Un silencio pesado se apoderó de la habitación. La noche se cernía sobre las olas color piedra y la ventanita estaba salpicada de agua de mar.

—Nunca quise esto para ti, Julia. Sea lo que sea. Lo siento.

Tenía que decirlo y además era verdad. Pero no era la única verdad. Había otras verdades que no resultaban tan atractivas. Como por ejemplo que se había enfadado con Julia. Había sido su perrito faldero en el instituto, arrastrándose detrás de ella mientras se enrollaba con su mejor amigo, y en cierto modo había disfrutado cuando habían cambiado las tornas. ¿Era ese el motivo por el que no había rescatado a Julia? No era el único. Pero era uno de ellos.

—Me volví a sentir yo misma —reconoció ella con apatía—. Solo entonces. Cuando me enfadé. —El cristal de la ventana empezaba a empañarse. Julia empezó a dibujar una silueta y luego la emborronó—. Se me está pasando.

Mejor olvidarse de la llave mágica. Debía centrarse en aquello. Julia no necesitaba su amor. Necesitaba su ayuda.

—Ayúdame a comprender —le instó él. Le cogió los dedos fríos—. Dime qué puedo hacer. Quiero ayudarte. Quiero ayudarte a recordar.

En la habitación había algo más que brillaba, algo aparte del fuego fatuo azul. No estaba seguro de cuándo había empezado a brillar. Era Julia, o quizá no, pero algo de su interior. El corazón le brillaba, lo veía a través de la piel, a través incluso del vestido.

—Estoy recordando, Quentin —dijo ella—. Aquí en el océano, lejos de Fillory, vuelve a mí. —Entonces desplegó una sonrisa radiante y fue peor que cuando se mostraba inexpresiva—. ¡Estoy recordando tanto... hasta cosas que nunca había sabido!

Esa noche, tras una pesada cena náutica, Quentin bajó, desplegó el jergón que estaba contra la pared y se acostó. El frío, la oscuridad, la climatología, la conversación con Julia, todo se había combinado de tal modo que tenía la impresión de que el tiempo se había acelerado sobremanera y había pasado una semana despierto. No eran las horas, era el kilometraje. Contempló las vigas marrón rojizo que tenía por encima bajo la luz oscilante de la lámpara de aceite.

Tenía frío y se sentía pegajoso por la sal. Podía haberse lavado. Sabía cómo convertir el agua salada en dulce. Pero el hechizo era complicado y tenía los dedos agarrotados, por lo que decidió soportar la pegajosidad. De todos modos, fue entrando en calor bajo las mantas. Al subir a bordo había encontrado una manta oficial de la Armada en la cama, una bestia pinchuda que pesaba unos cinco kilos y era capaz de repeler una bala encadenada. Era como estar en la cama con el cadáver de un jabalí. La había cambiado por un edredón grueso que siempre estaba húmedo y que no era para nada reglamentario pero que resultaba infinitamente más cómodo.

Quentin esperó a dejarse vencer por el sueño. Como vio que no había manera y que no pensaba darse por vencido, se incorporó y miró los libros de las estanterías. En su vida anterior, en una coyuntura similar, habría cogido una novela de Fillory, pero los acontecimientos habían pisoteado ese placer en concreto. Pero tenía el libro que Elaine le había dado, *Las siete llaves de oro*.

Siete. Eran más llaves de oro de las que había llegado a imaginar. Con una se conformaba. Resultó ser que el libro no era una novela sino un cuento de hadas con un tipo de letra grande e ilustraciones grabadas en madera. Un libro infantil. Debía de habérselo mangado a Eleanor. Menuda mujer. La contraportada llevaba el sello de la biblioteca de la embajada. Colocó la almohada de forma que pudiera apoyar bien la cabeza.

La historia iba sobre un hombre, su hija y una bruja. Era viudo y la hija apenas gateaba cuando la bruja llegó a la ciudad. Celosa de la belleza de la niña y sin hijos, la bruja se la llevó soltando una risotada y diciendo que iba a encerrarla en el castillo plateado de una isla remota. El hombre podía liberar a su hija, pero solo si encontraba la llave del castillo, lo cual era imposible porque estaba en el Fin del Mundo.

Inasequible al desaliento, el hombre se dispuso a buscar la llave. Hacía calor y caminó todo el día y al atardecer se detuvo junto a un río para refrescarse. Cuando se agachó para beber, oyó una vocecilla que decía: «¡Ábreme! ¡Ábreme!» Miró a su alrededor y enseguida vio que la voz pertenecía a una ostra de agua dulce adherida a una roca del río. A su lado, en el barro del río, había una llave de oro minúscula.

El hombre cogió tanto la ostra como la llave y, ciertamente, había un ojo de cerradura pequeñísimo en la concha de la ostra, al otro lado de la bisagra. Introdujo la llave en el ojo de la cerradura, la giró y la concha empezó a abrirse. La abrió más con el cuchillo. Al hacerlo, la ostra murió, pues es lo que les pasa cuando se les abre la concha. En el interior, en el sitio donde debía estar la perla, había otra llave de oro, ligeramente mayor que la primera.

El hombre se comió la ostra, cogió la llave y siguió su camino. Enseguida llegó a una casa en un bosque y llamó a la puerta para ver si los propietarios lo cobijaban por la noche. La puerta estaba ligeramente abierta, por lo que la empujó y entró. Encontró la casa llena de camas, todas las habitaciones estaban atestadas de ellas y en cada cama dormía un hombre o una mujer. Recorrió la casa hasta que encontró una vacía. En la pared había un reloj que se había parado. No había ninguna llave para darle cuerda, por lo que utilizó la llave que había encontrado en la concha de la ostra. Acto seguido se fue a la cama.

Por la mañana, el reloj tocó las siete y se despertó. Igual que el resto de las personas que dormían en la casa. Cada una de ellas repitió la misma historia; habían llegado a la casa como forasteros y se habían acostado por la noche, pero parecían haber dormido durante años, durante siglos en algunos casos, hasta que el reloj había sonado. Cuando el hombre se puso a recoger sus cosas encontró una llave de oro debajo de la almohada, un poco mayor que la que había utilizado para darle cuerda al reloj.

El frío se hacía más intenso a medida que el hombre caminaba. Quizás hiciera más frío en todas partes desde que su hija estaba encerrada en el castillo. En un momento dado, el hombre conoció a una hermosa mujer que estaba sentada en un pabellón y lloraba porque el arpa estaba desafinada. Le dio la llave de oro para que afinara el arpa y ella le dio otra de mayor tamaño a cambio. Aquella resultó ser la llave que abría un baúl enterrado bajo la raíz de un árbol que contenía otra llave mayor en el interior y que le condujo a un castillo, pero no el castillo en el que estaba su hija, donde encontró una llave encima de una mesa en la habitación más elevada de la torre más alta.

El hombre caminó sin cesar durante semanas o meses o años, no lo sabía porque había perdido la noción del tiempo. Cuando ya no pudo andar más, navegó, y cuando ya no pudo navegar más, llegó al Fin del Mundo, donde encontró a un hombre majestuoso y vestido con esmoquin cuyas largas piernas colgaban por el borde. Se daba palmaditas en las solapas, se vaciaba los bolsillos y tenía una expresión de perplejidad generalizada.

—Caramba —dijo el hombre bien vestido—. He perdido la Llave del Mundo. Si no le doy cuerda y pongo el reloj en marcha otra vez, el sol y la luna y las estrellas no girarán y el mundo quedará sumido en una desagradable noche eterna de frío y oscuridad. ¡Caramba!

Ser un héroe consiste en saber cuándo actuar. Sin mediar palabra, extraje la llave que había encontrado en el castillo.

—¿Cómo demonios...? —exclamó el hombre—. Caramba. Dámela.

Cogió la llave y se tumbó cuan largo era en el suelo, el bonito traje se le arrugó y estiró el brazo hacia el Borde Mismo del Mundo y empezó a darle cuerda con fuerza. El sonido de trinquete resonó por todas partes.

—La tengo en el bolsillo trasero —gritó por encima del hombro mientras trabajaba—. Tendrás que cogerla tú mismo.

Vacilante, el hombre introdujo la mano en el bolsillo mientras el hombre bien vestido no dejaba de dar cuerda, y extrajo la última llave. Se retiró a su barco y volvió navegando por donde había venido.

Al cabo de muy poco tiempo llegó al castillo mágico, donde la bruja había encerrado a su hija sin ser siquiera consciente de cuánto tiempo hacía. Era realmente impresionante, con muros de plata brillantes que resplandecían bajo el sol, y flotaba por encima del terreno, por lo que había que subir por una estrecha escalera de plata serpenteante que se flexionaba de forma inquietante cuando soplaba el viento.

La puerta era de hierro negro. El hombre introdujo la última llave en la cerradura y la giró.

En cuanto la giró del todo las puertas se abrieron y apareció una hermosa mujer justo detrás, como si lo hubiera estado esperando durante todo aquel tiempo. Era igual de alta que él, y debía de haber aprendido mucho con la bruja en su ausencia porque resplandecía poder mágico por los cuatro costados.

Él la reconoció de todos modos. Era su hija.

—Niña preciosa —dijo el hombre—, soy yo. Tu padre. He venido a llevarte a casa.

—¿Mi padre? —preguntó ella—. Tú no eres mi padre. ¡Mi papá no es viejo!

La mujer hermosa soltó una risotada que le resultó familiar.

—Pero soy tu padre —dijo—. No lo entiendes. He estado buscando todo este tiempo...

La mujer no lo escuchaba.

—Gracias de todos modos por liberarme.

Ella le dio un beso en la mejilla. Entonces le tendió una llave de oro y salió volando con el viento.

—¡Espera! —la llamó él. Pero ella no esperó. No entendía qué pasaba. Observó cómo desaparecía a lo lejos. Entonces fue cuando se sentó y rompió a llorar.

El hombre nunca volvió a ver a su hija ni tampoco utilizó la llave. Porque ¿adónde iría, qué puerta abriría, qué tesoro desvelaría que le resultara más valioso que la llave de oro que le había entregado su hija?

8

Quentin se despertó temprano por culpa del grito del vigía avisando a voz en cuello al timonel, como un conductor de metro que anuncia la próxima parada, que había avistado tierra. Se puso un grueso sobretodo negro encima del pijama y subió a cubierta.

Había soñado toda la noche con el hombre, la hija, la bruja y las llaves. La historia le inquietaba, más que nada porque le parecía improbable que acabara de ese modo. ¿El hombre no había podido explicarse más? ¿De verdad que la hija no entendía lo que había pasado? No cuadraba. Si lo hubieran hablado y encontrado una solución habría habido un final feliz. En los cuentos los personajes no se limitaban a encontrar una solución.

Las nubes estaban bajas y eran grises y densas, apenas un poco más arriba que lo más alto del palo mayor del *Muntjac*. Quentin entrecerró los ojos en la dirección hacia la que apuntaba el vigía. Allí estaba, la tierra prometida apenas resultaba visible entre la neblina. Estaba a horas de distancia.

Bingle estaba realizando sus ejercicios matutinos en la cubierta del castillo de proa. La escasa interacción que Quentin mantenía con él había hecho que se planteara la posibilidad de que el mejor espadachín de Fillory sufriera una depresión clínica. Nunca se reía y ni siquiera sonreía. Tenía dos espadas al lado, todavía en la vaina de cuero, mientras realizaba una serie de ejercicios de aspecto isométrico solo con las manos, no muy distintos de los ejercicios con los dedos que Quentin había aprendido en Brakebills.

Se preguntó cómo se llegaba a ser tan bueno luchando como Bingle. Si pensaba llegar un poco más lejos en el tema de las aventuras, pensó Quentin, debería averiguarlo. Le gustaba la idea. Un hechicero espadachín, una amenaza doble. No necesitaba ser tan bueno como Bingle. Solo tenía que mejorar porque era bastante malo.

—Buenos días —saludó Quentin.

—Buenos días, Alteza —respondió Bingle. Nunca cometía el error de llamar a Quentin «Majestad», tratamiento reservado al Alto Rey.

—Siento interrumpir.

Bingle siguió ejercitándose, lo cual Quentin supuso que significaba que en realidad no interrumpía nada. Subió por la escalera corta que conducía hasta donde estaba Bingle. Este entrelazó las manos y luego les dio la vuelta con un movimiento que hizo poner cara de dolor incluso a Quentin.

—Estaba pensando que a lo mejor podías darme unas clases. Del manejo de la espada. Ya he hecho algunas, pero no he llegado muy lejos.

Bingle permaneció inmutable.

—Será más fácil protegeros —declaró— si os podéis proteger solo.

—Eso pienso yo.

Bingle desentrelazó los dedos, lo cual costó lo suyo, y miró a Quentin de arriba abajo. Extendió el brazo y desenvainó la espada de Quentin con suavidad. Lo hizo con tal rapidez y facilidad que, aunque Quentin pensó que probablemente podría habérselo impedido, pues estaba muy cerca de Bingle, no habría puesto la mano en el fuego.

Bingle examinó la espada de Quentin, primero por un lado y luego por el otro, palpó el borde y la sopesó con una mueca que le otorgaba un aire pensativo.

—Os proporcionaré un arma.

—Ya la tengo —señaló Quentin—. Esa espada.

—Es hermosa pero no es buena para un principiante. —Durante unos instantes Quentin pensó que haría algo drástico, como lanzarla por la borda, pero se limitó a dejarla en la cubierta al lado de las otras dos espadas.

Bingle fue abajo y regresó con la espada de entrenamiento que Quentin utilizaría, un arma corta y pesada de acero engrasado, roma y casi negra y desprovista de adornos. La hoja y la empuñadura estaban hechas a partir de una única pieza de metal. Era el objeto de aspecto más industrial que Quentin había visto en Fillory. Pesaba la mitad de lo que pesaba su espada. Ni siquiera tenía vaina, por lo que no tendría que mostrar su habilidad desenvainando y envainando la espada.

—Sostenedla bien recta —indicó Bingle—. Así.

Le puso el codo recto y le levantó el brazo en paralelo a la cubierta. Quentin sostenía el arma con el brazo bien estirado. Empezaba a notar calambres en los músculos.

—Apuntad hacia delante. Manteneos ahí. El máximo tiempo posible.

Quentin esperaba más instrucciones, pero Bingle retomó tranquilamente sus ejercicios isométricos. A Quentin se le agarrotó el brazo, luego le ardió de dolor y al final se le quemó. Duró unos dos minutos. Bingle le hizo cambiar de brazo.

—¿Cómo se llama este estilo? —preguntó Quentin.

—El error que comete la gente —dijo Bingle— es pensar que existen estilos distintos.

—De acuerdo.

—Fuerza, equilibrio, presión, impulso... estos principios nunca cambian. Son el estilo de cada uno.

Quentin estaba convencido de que sus conocimientos de física excedían a los de Bingle con creces, pero nunca se le había ocurrido aplicarla de esa manera.

Bingle explicó que en vez de practicar una sola técnica de lucha, su técnica consistía en dominar todas las técnicas y emplearlas según las circunstancias y el terreno. Una única metatécnica, por así decirlo. Había pasado años vagando por Fillory y las tierras de más allá, buscando a monjes marciales en monasterios de las montañas y luchadores callejeros en medinas atestadas y había extraído sus secretos hasta convertirse en el hombre que

Quentin tenía delante, una enciclopedia andante del manejo de la espada. Era mejor no hablar de las promesas que había hecho e incumplido, de las mujeres hermosas a las que había seducido y traicionado para obtener sus secretos.

Quentin volvió a cambiar de brazo una y otra vez. Le recordaba a sus días como mago semiprofesional por arte de birlibirloque. El comienzo, los principios básicos, era siempre lo peor, por lo que supuso que era el motivo por el que lo hacía tan poca gente. Así era el mundo; no es que las cosas fueran más duras de lo que uno pensaba, sino que eran duras por motivos en los que uno no pensaba. Para quitárselo de la cabeza observó a Bingle, que estaba al acecho en cubierta, mirando con expresión acusadora hacia delante, realizando movimientos complicados y veloces con la espada, trazando signos ortográficos y nudos de Kells en el aire con ella.

El océano escupía una bruma glacial. Ahora veía la Isla de Después con claridad; enseguida desembarcarían. Decidió que ya había practicado bastante por el momento. Por lo menos tenía que quitarse el pijama y vestirse antes de salir en busca de la llave de oro.

—Me largo, Bingle —dijo. Dejó la espada de prácticas en la cubierta al lado de las otras dos. Tenía la impresión de que los brazos le flotaban.

Bingle asintió, sin cambiar de ritmo.

—Regresad cuando seáis capaz de aguantar media hora —dijo—. Con cada brazo.

Dio una voltereta sin manos tan espectacular que parecía que se saldría de la cubierta del castillo de proa, pero consiguió contrarrestar la inercia a tiempo de clavar la caída. Acabó hundiendo la hoja entre las costillas de un agresor imaginario. La retiró y se limpió la hoja con la pernera del pantalón.

Probablemente le faltaran unas cuantas clases para llegar a eso.

—Tened cuidado con lo que aprendéis de mí —sentenció—. Lo que se escribe con una espada no se puede borrar.

—Por eso te tengo a ti —dijo Quentin—. Para no tener que escribir nada. Con mi espada.

—A veces pienso que soy la espada del destino. Me maneja con crueldad.

Quentin se preguntó qué se sentiría al ser tan melodramático de un modo tan natural. Probablemente debía de estar bien.

—Vale. Bueno, en este viaje no habrá demasiada crueldad. Pronto estaremos de vuelta en Whitespire. Entonces podrás ir a ver qué tal es tu castillo.

Bingle se volvió para situarse de cara al viento. Daba la impresión de estar viviendo alguna historia personal en la que Quentin era un personaje menor, un miembro del coro, sin que su nombre apareciera siquiera en el programa.

—Nunca volveré a ver Fillory.

Quentin sintió un escalofrío muy a su pesar. La sensación no le gustó. Ya tenía escalofríos de sobra por culpa del tiempo.

La Isla de Después era una franja poco elevada de rocas grises y hierba fina salpicada de ovejas. Si la Isla Exterior era un paraíso tropical, Después podría haber sido una isla descarriada de las Hébridas.

La rodearon, pegados a la costa, hasta que encontraron un puerto y echaron el ancla. Había un par de barcos de pescadores arrasados por la lluvia amarrados allí y un puñado de boyas vacías indicaba que había más en el mar. Era un lugar deprimente como pocos. Un rey más emprendedor habría intentado reclamarla para Fillory, supuso Quentin, aunque no parecía que valiera la pena. No era exactamente la joya de la corona.

No había embarcadero y el oleaje de la bahía era de lo más hosco. A duras penas consiguieron que la lancha superara el oleaje sin anegarse. Quentin bajó de un salto, se mojó hasta la cintura y se arrastró hacia la playa rocosa. Un par de pescadores que fumaban y remendaban una enorme red enmarañada que tenían extendida a su alrededor en el esquisto se les quedó mirando. Tenían la tez roja y agrietada de los hombres que han pasado toda su vida al aire libre y compartían el mismo aspecto de tarugos. No parecían tener frente ya que el nacimiento del pelo les quedaba justo por encima de las cejas. A ojos de Quentin, tendrían entre treinta y sesenta años.

—Hola —dijo.

Asintieron hacia él y emitieron un gruñido. Uno de ellos se tocó la gorra. Tras unos minutos de negociación, el más amable accedió a divulgar la dirección aproximada del pueblo más cercano, que probablemente fuera también el único. Quentin, Bingle y Benedict dieron las gracias a los hombres y se dispusieron a remontar la playa por la arena blanca y fría festoneada de marcas negras de la marea. Julia les seguía en silencio. Quentin había intentado convencerla de que se quedara a bordo, pero ella había insistido. Independientemente de lo que le pasara, seguía teniendo ganas de aventura.

—¿Sabes qué espero de este viaje? —dijo Quentin—. No espero que nadie se alegre de vernos. Me basta con que alguien se sorprenda de vernos.

La lluvia se tornó más borrascosa. A Quentin los pantalones húmedos le hacían rozadura. La arena cedió el paso a las dunas cubiertas de masiega y luego apareció un sendero; arena y hierba, luego hierba y arena y luego solo hierba. Recorrieron prados llenos de baches y colinas bajas, más allá de un pozo perdido y huérfano. Intentó adoptar una actitud heroica, pero el entorno no resultaba demasiado propicio. Le recordaba a cuando había recorrido la Quinta Avenida en Brooklyn bajo una lluvia helada con James y Julia el día que había hecho el examen de Brakebills. «En los viejos tiempos, hubo un chico, joven y fuerte, que...»

El pueblo, cuando lo encontraron, resultó ser una población medieval de casitas de piedra, tejados de paja y calles embarradas. La característica más destacada era la absoluta falta de interés que los lugareños mostraron por la aparición de unos forasteros vestidos de forma extraña. Media docena de ellos estaban sentados en una mesa exterior delante de un pub. Comían sándwiches y bebían cerveza de unas jarras metálicas que, teniendo en cuenta el tiempo que hacía, Quentin habría evitado por todos los medios.

—Hola —saludó.

Coro de gruñidos.

—Soy Quentin, de Fillory. Hemos venido a vuestra isla en busca de una llave. —Miró a los demás y tosió una vez. Era prácticamente imposible hacer aquello y no tener la impresión de estar interpretando un episodio de los Monty Python—. ¿Os suena de algo? ¿Una llave mágica? ¿De oro?

Se miraron los unos a los otros y asintieron. Guardaban un parecido familiar entre ellos. Tal vez fueran hermanos.

—Sí, sabemos cuál dices —dijo uno de ellos, un hombre corpulento y de aspecto brutal enfundado en un abrigo de lana enorme. La mano que tenía sobre la rodilla era como un pedazo de granito rosado—. Está camino abajo.

—Camino abajo —repitió Quentin.

Claro. Por supuesto. La llave de oro está camino abajo. ¿Dónde si no iba a estar? Se preguntó de dónde procedía aquella sensación, de estar improvisando su parte en una obra en la que todos los demás tenían el guion.

—Sí, lo sabemos. —Sacudió la cabeza—. Camino abajo.

—Entendido. Está camino abajo. Bueno, pues muchas gracias.

Se preguntó si allí alguna vez hacía sol y calor o si vivían en el equivalente permanente del mes de noviembre en Nueva Inglaterra. ¿Sabían que estaban a tres días en barco de una zona tropical?

Los viajeros se dispusieron a ir camino abajo. Habrían presentado un aspecto más majestuoso si hubieran ido a caballo en vez de chapotear por el barro como un puñado de campesinos, pero el *Muntjac* no estaba preparado para llevar caballos. Tal vez pudieran alquilar caballos locales. Ponis peludos y robustos resignados a estar siempre fríos y húmedos y nunca lustrosos y hermosos. Echaba de menos a *Dauntless*.

La calle pasó a ser adoquinada, cubos redondos que se volvían resbaladizos y con los que se tenían muchas posibilidades de torcerse el tobillo bajo la llovizna. No era un entorno demasiado propicio para una búsqueda, una aventura o siquiera un recado. Tal vez Bingle estuviera en lo cierto, quizá no fueran más que personajes menores en su obra de teatro.

Benedict ni siquiera tomaba notas como solía hacer.

—Lo recordaré —dijo.

Eso es lo que era, una isla cuyo mapa ni siquiera Benedict se molestaría en trazar.

No era un pueblo grande y el camino no era largo. El último edificio era una construcción de piedra semejante a una iglesia, aunque no lo era, sino una estructura cuadrada de dos plantas, construida a partir de las piedras grises lisas de la zona sin argamasa. Tenía una fachada vacía que parecía inacabada o quizá la ornamentación que había tenido se había desprendido.

Quentin se sintió como el niño del comienzo de *El Lorax*, en la misteriosa torre del tétrico Once-ler. Tenían que estar enfrentándose y saliendo victoriosos de desafíos lanzados por caballeros negros provistos de escudos o resolviendo dilemas teológicos espinosos planteados por ermitaños santos. O, como mínimo, resistiéndose a las tentaciones diabólicas de súcubos cautivadores. No intentando combatir el trastorno afectivo estacional.

Si se hubiera visto obligado a señalar algo con el dedo, habría dicho que, más que nada, lo que fallaba era el ritmo. Era demasiado pronto. No tenían que encontrarla tan rápido ni obtenerla sin pelear.

Pero a tomar por saco. A lo mejor es que tenía suerte. A lo mejor era el destino. A pesar de las circunstancias, notó que su emoción iba en aumento. Era lo que había. Las puertas eran de roble y enormes, pero había otra puerta más pequeña, del tamaño de un hombre, incrustada en una de ellas, supuestamente para los días en que a uno no le apetecía abrir todo un portal doble de roble. El umbral estaba flanqueado por unas hornacinas vacías para estatuas, pasadas o futuras pero no presentes.

Acabaron parándose delante de ella, una compañía de valientes caballeros frente a la Capilla Peligrosa. ¿Quién de ellos afrontaría lo que yacía en el interior? Quentin moqueaba. Tenía el pelo húmedo por culpa de la lluvia; llevaba sombrero pero sentía la necesidad pertinaz de enfrentarse a todo sufrimiento que se le pusiera por delante, y en ese caso se trataba de una llovizna fría. Él y Julia se sorbieron los mocos a la vez.

Al final entraron todos en la capilla aunque solo fuera para guarecerse de la humedad. El interior no resultaba más cálido que el exterior. El ambiente era el de una vieja iglesia rural cuyo sacristán se había ausentado unos minutos. El aire olía a polvo de piedra. Una tenue luz gris se filtraba por unos ventanales largos y estrechos. En una esquina había una colección de enseres de jardinería, una azada, una pala y un rastrillo.

La sala estaba dominada por una mesa de piedra, en la mesa de piedra había un cojín de terciopelo rojo, y en el cojín una llave de oro, con tres dientes.

Al lado había un trozo de papel amarillento en el que ponía en letras impresas:

LLAVE DE ORO

La llave no brillaba y no estaba empañada. Presentaba la pátina mate de un objeto realmente antiguo. Su dignidad no quedaba minada por el entorno humilde; la quietud de la sala parecía proceder de ella. Probablemente los paletos de los alrededores no supieran lo bastante para tomársela en serio. Al igual que algunas poblaciones europeas con un cañón como monumento bélico del que nadie se da cuenta que sigue teniendo una bala de verdad en la recámara hasta que un día...

Bingle cogió la llave.

—¡Cielos! —exclamó Quentin—. Cuidado.

A Bingle debían de gustarle las sensaciones extremas. Le dio la vuelta en las manos y examinó ambos lados. No ocurrió nada.

Quentin se percató de lo que sucedía. Le habían dado una segunda oportunidad. Volvía a estar en el borde de ese prado en el bosque, pero esta vez se internaría en el mismo. La vida consistía en algo más que estar gordo, seguro y calentito en un centro vacacional de lujo que funcionara a la perfección. O quizá no, pero Quentin lo averiguaría. ¿Y cómo se averiguaba? Viviendo una aventura. Así. Cogiendo una llave de oro.

—Déjame verla —dijo.

Contento al ver que no era letal, o al menos no de forma instantánea, Bingle se la pasó a Quentin. No zumbaba ni resplandecía. No cobró vida en su mano. Era fría y pesada al tacto, pero no más fría ni más pesada de como se la había imaginado.

—Quentin —dijo Julia—. Esa llave tiene magia antigua. Mucha. Lo noto.

—Bien.

Él le dedicó una amplia sonrisa. Estaba eufórico.

—No tienes por qué hacer esto.

—Ya lo sé. Pero quiero hacerlo.

—Quentin.

—¿Qué?

Julia le tendió la mano. Bendita Julia. Independientemente de lo que hubiera perdido, su amabilidad seguía siendo infinita. Él le tomó la mano y con la otra tanteó el aire con la llave. ¿Y si...? Sí. Notó que chocaba contra algo duro, algo que no estaba allí.

Durante unos instantes lo perdió. Movió la llave pero no lo encontraba. Y entonces volvió a notarlo, el clac del metal contra metal. Se quedó quieto apoyando la llave en eso, empujó y se deslizó hacia el interior de un fiador que sonaba a trinquete y encajaba bien. La soltó para ver qué pasaba. Se quedó allí; una llave de oro suspendida en el aire, en paralelo al suelo.

—Sí —susurró—. Ahora sí.

Respiró hondo temblando más de lo que le habría gustado. Bingle hizo algo curioso, colocar el extremo de la espada en el suelo y apoyarse en una rodilla. Quentin volvió a coger la llave y la giró en el sentido de las agujas del reloj. Por instinto, palpó a ver si encontraba el pomo de una puerta y lo encontró, se lo imaginaba mentalmente, porcelana blanca y fría. Lo giró y tiró, y entonces un crujido desgarrador inundó la estancia. No era un sonido desagradable, sino gratificante, la rotura de un sello que había permanecido intacto durante siglos, en espera de ser abierto. Julia lo apretó más con su mano suave. Una ráfaga de aire surgió de detrás de él y se dirigió a la grieta que estaba abriendo y una luz cálida lo inundó.

Estaba abriendo una puerta en el aire, lo bastante alta como para atravesarla sin agacharse. Era un espacio luminoso y había calor, sol y vegetación. Se trataba de eso. La piedra gris de la Isla de Después parecía imaginaria. Aquello era lo que había echado de menos, se llamara aventura o lo que fuera. Se preguntó si iría a algún lugar de Fillory o a un sitio totalmente distinto.

Entró en una zona cubierta de hierba, seguido de Julia. Estaban rodeados de luz por todas partes. Parpadeó. Los ojos empezaron a acostumbrarse a tal luminosidad.

—Espera —dijo él—. No puede ser.

Se abalanzó rápidamente hacia la puerta pero ya había desaparecido. No había nada que atravesar, no había vuelta atrás, solo aire vacío. Perdió el equilibrio, cayó con las manos por delante y se despellejó ambas palmas en la acera de cemento caliente que había delante de la casa de sus padres en Chesterton, Massachusetts.

LIBRO SEGUNDO

9

—De acuerdo —dijo—. De acuerdo. Es decepcionante.

Se sentó en el bordillo con los codos apoyados en las rodillas mientras contemplaba los cables del tendido eléctrico e intentaba razonar consigo mismo. Las heridas de las manos le escocían y le daban punzadas. Parecía ser finales de verano. Por algún motivo, lo que más le sorprendía, después de haber pasado dos años en Fillory, eran los cables del tendido eléctrico.

Eso y los coches. Parecían animales. Animales ariscos y extraños. Julia estaba sentada en la hierba, abrazándose las rodillas y meciéndose ligeramente. Daba la impresión de que estaba peor que él.

A Quentin se le estaba cayendo el alma a los pies en aquel maldito planeta inútil. Yo era rey. Tenía un barco. Tenía un hermoso barco, ¡mi propio barco!

Era como si alguien intentara enviarle un mensaje. Si era así, ya lo tenía. Mensaje recibido.

—Lo pillo —dijo en voz alta—. Te oigo. Ya lo pillo.

Soy rey, pensó. Sigo siendo un rey aunque esté en el mundo real. Nada puede arrebatarme eso.

—No pasa nada —declaró—. Esto va a salir bien.

Era un experimento que consistía en decir lo que quería que fuera verdad, para ver si así realmente lo era.

Julia estaba entonces a cuatro patas. Vomitó algo fino y amargo en la hierba. Él se le acercó y se arrodilló a su lado.

—Te pondrás bien —dijo.

—No me encuentro bien.

—Vamos a arreglar esto. Te pondrás bien.

—Deja de decir eso. —Tosió y escupió en el césped—. No lo entiendes. No puedo estar aquí. —Intentó encontrar las palabras adecuadas—. No debería. Tengo que marcharme.

—Cuéntame.

—¡Tengo que marcharme!

¿Acaso la llave pensaba que él quería regresar a casa? Aquel no era su hogar. Quentin alzó la vista hacia la casa. No había señales de vida. Se sintió aliviado, en esos momentos no estaba de humor para hablar con sus padres. Era un barrio elegante, con casas grandes que incluso podían permitirse el lujo de estar rodeadas de césped.

Una vecina los observaba desde la ventana del salón.

—¡Hola! —Saludó con la mano—. ¿Qué tal?

El rostro desapareció. La propietaria corrió la cortina.

—Vamos —le dijo a Julia. Exhaló con determinación. Seamos valientes—. Entremos, duchémonos. Quizá podamos cambiarnos de ropa.

Iban con la vestimenta típica de Fillory. Nada discreta. Ella no respondió.

Quentin intentaba controlar el pánico. Cielos, había tardado veintidós años en llegar a Fillory la primera vez. ¿Cómo lo conseguiría otra vez? Se giró hacia Julia pero no estaba allí. Se había levantado y se alejaba de él caminando con paso inseguro por la ancha y vacía calle de la zona residencial. Se la veía diminuta en medio de tanto asfalto.

Aquello era otra cosa rara. El asfalto no se parecía a nada que existiera en la naturaleza.

—Eh, ven. —Se levantó y trotó tras ella—. ¡Probablemente haya barritas de helado en el congelador!

—No puedo quedarme aquí.

—Yo tampoco. Pero no sé qué hacer al respecto.

—Yo vuelvo.

—¿Cómo?

No respondió. La alcanzó y caminaron juntos bajo la luz

mortecina. Reinaba el silencio. La luz multicolor de televisores gigantescos parpadeaba en las ventanas. ¿Desde cuándo los televisores eran tan grandes?

—Solo sabía una forma de llegar a Fillory y era con el botón mágico. Y Josh lo tenía la última vez que lo vimos. A lo mejor lo encontramos. O quizás Ember podría invocarnos para que volvamos. Aparte de eso, tengo la impresión de que estamos jodidos.

Julia estaba sudando. Se tambaleaba ligeramente al andar. Independientemente de lo que le pasara, aquello no mejoraba su situación. Tomó una decisión.

—Iremos a Brakebills —dijo—. Allí encontraremos a alguien que nos ayude.

Ella no reaccionó.

—Sé que está lejos...

—No quiero ir a Brakebills.

—Lo sé —dijo Quentin—. Yo tampoco me muero de ganas de ir. Pero es un lugar seguro, nos darán de comer y alguien de allí tendrá la fórmula para hacernos regresar.

En su fuero interno dudaba que algún profesor tuviera idea de cómo moverse por el multiverso, pero quizá supieran cómo encontrar a Josh. O a Lovelady, el chatarrero que había sido el primero en encontrar el botón.

Julia tenía la vista fija en lo que había delante. Durante unos instantes Quentin pensó que no respondería.

—No quiero ir —declaró ella.

Pero dejó de caminar. Junto a la acera había un potente coche azul brillante aparcado, un vehículo bajo y con el morro pronunciado con un capó turbo delante y alerón trasero. El regalo de algún ricachón impresentable de dieciséis años. Julia miró en derredor unos instantes y luego se situó en el césped, donde un paisajista había colocado una hilera de piedras del tamaño de una cabeza. Cogió una como si fuera una pelota medicinal y la levantó con una facilidad pasmosa con sus brazos tipo palillo y medio la tiró y medio la dejó caer contra la ventana del conductor del coche.

Quentin ni siquiera tuvo tiempo de dar un consejo o su opinión, algo parecido a «no tires la piedra contra la ventana». Ya había ocurrido.

Necesitó dos intentos para atravesarla; el cristal de seguridad se rayó y expandió antes de ceder. La alarma resultaba ensordecedora en la quietud de la zona residencial pero, increíblemente, no se encendió ninguna luz de la casa. Julia introdujo la mano por el boquete y abrió la puerta con destreza, luego dejó la piedra en el asfalto y ocupó el asiento envolvente de vinilo negro.

—Debes de estar de broma —dijo él.

Julia cogió una esquirla de cristal y se cortó la almohadilla del pulgar con ella. Susurrando algo, presionó el extremo del pulgar ensangrentado contra el contacto.

La alarma paró. El coche cobró vida y sonó la radio, «Poundcake» de Van Halen. Levantó el culo y retiró con la mano el resto de los cristales del asiento.

—Entra —dijo ella.

A veces hay que hacer lo que te mandan. Quentin dio la vuelta, aunque para que hubiera quedado más auténtico tendría que haberse deslizado por el capó, pero ella apretó el acelerador antes de que él siquiera tuviera tiempo de cerrar la puerta. Se marcharon de la manzana de sus padres a toda velocidad. Le costaba creer que nadie hubiera llamado a la policía, pero no oía ninguna sirena; o era magia de la buena o una suerte muy tonta. Ella no apagó la música de Van Halen, ni siquiera la bajó. La calle gris discurría bajo sus pies. De todos modos, era mejor que un carruaje.

Julia bajó lo que quedaba de la ventanilla rota para que no se viera el desaguisado.

—¿Cómo narices has hecho eso? —preguntó él.

—¿Sabes hacer el puente? —preguntó—. Pues esto es el «no puente». Así lo llamábamos nosotros en los viejos tiempos.

—¿En qué viejos tiempos ibas por ahí robando coches? ¿Y con quién lo hacías?

No respondió, dobló una esquina a demasiada velocidad y el coche se escoró sobre la ridícula suspensión demasiado flexible.

—Era una señal de stop —dijo Quentin—. Sigo pensando que deberíamos ir a Brakebills.

—Estamos yendo a Brakebills.

—Has cambiado de opinión.

—Cosas que pasan. —El pulgar le seguía sangrando. Se lo chupó y se limpió en los pantalones—. ¿Sabes conducir?

—No. Nunca me he sacado el carné.

Julia soltó un juramento. Subió el volumen de la radio.

El trayecto entre Chesterton y Brakebills, o lo más cerca posible, duraba unas cuatro horas. Julia lo cubrió en tres. Cruzaron Massachusetts a toda velocidad, zumbando por las carreteras interestatales de Nueva Inglaterra que se habían abierto a través de bosques de pinos y tronaron por colinas verdes y bajas, flanqueadas por roca roja desnuda. La superficie de las rocas estaba resbaladiza por el agua de los manantiales subterráneos que aparecían por la onda expansiva del coche.

Atardeció. El coche olía al humo del tabaco del propietario. Todo era tóxico, químico y antinatural; el ribete de plástico, las luces eléctricas, la gasolina que consumía y que los impelía hacia delante. Aquel mundo era un derivado del petróleo. Julia dejó puesta la emisora de rock clásico durante todo el trayecto. Sería exagerado decir que se sabía la letra de todas las canciones que sonaban, aunque no demasiado.

Cruzaron el río Hudson en Beacon, Nueva York, y salieron de la interestatal para tomar una carretera secundaria de dos carriles que serpenteaba y presentaba elevaciones por culpa de marcas de arrastre sobre el hielo antiguas. Aparte de lo que canturreaba Julia, no hablaban. Quentin intentaba explicarse lo que les acababa de pasar. Estaba demasiado oscuro para la caminata hasta Brakebills esa noche, por lo que Julia le enseñó a sacar dinero sin tarjeta de un cajero automático de una gasolinera infestada de insectos. Compraron gafas de sol para ella, para ocultarle los ojos, y pasaron la noche en un motel en habitaciones separadas. Quentin retó mentalmente al recepcionista a que dijera algo sobre su vestimenta, pero no hubo suerte.

Por la mañana, Quentin se duchó con agua caliente en un

cuarto de baño de estilo occidental. Un punto a favor de la realidad. Permaneció bajo el agua hasta quitarse toda la sal del mar del pelo, aunque la bañera fuera de plástico y hubiera arañas en las esquinas y apestara a detergente y «ambientadores». Para cuando recogió, pagó la cuenta y se agenció una botella de Coca-Cola de medio litro de la máquina expendedora, Julia lo esperaba sentada en el capó del coche.

Había prescindido de la ducha pero había mangado dos botellas de Coca-Cola. El coche escupió gravilla al salir del aparcamiento.

—Pensaba que no sabías dónde estaba —dijo Julia—. Eso es lo que me dijiste cuando te pregunté.

—Te dije eso —repuso Quentin— porque es verdad. No sé dónde está. Pero creo que hay forma de encontrarlo. Como mínimo conozco a alguien que supo cómo hacerlo.

Se refería a Alice. Lo había descubierto en el último año de instituto, por lo que ellos también tenían posibilidad de conseguirlo. Qué curioso que lo pensara en esos momentos. Iba a seguir los pasos de ella.

—Tendremos que caminar unos tres kilómetros por el bosque —dijo él.

—Eso no me importa.

—Un conjuro de visión debería revelarlo. Está velado para mantener alejados a los civiles. Hay un conjuro de los anasazi. O Mann. Tal vez baste con una revelación de Mann.

—Conozco el de los anasazi.

—Vale, perfecto. Entonces ya te diré cuándo.

Quentin se esforzó por mantener un tono neutral. No había nada que sacara más de quicio a Julia que la sensación de que un graduado en Brakebills la trataba con condescendencia. Por lo menos no le echaba la culpa de que les hubieran enviado de vuelta a la Tierra. O probablemente se la echara pero al menos no en voz alta.

Era una mañana calurosa de finales de agosto. El aire estaba saturado de una luz color bronce. A un kilómetro y medio de distancia, en el fondo del valle, avistaron el enorme río Hudson azul. Aparcaron en una curva de la carretera.

Comprendía que le tocara la moral e incluso algo más vital ser arrastrada de vuelta a Brakebills para suplicar ayuda. El hecho de que fuera su primera y mejor opción, y posiblemente la única, no cambiaba nada. Él no tenía la menor intención de quedarse en la Tierra. ¿Quería ir en busca de algo? Pues ahora ya sabía qué. La búsqueda consistía en regresar al lugar en el que se encontraba cuando había iniciado la dichosa búsqueda. Aquello tenía que servirle de escarmiento.

Antes de ponerse en marcha, Julia dedicó quince minutos a un conjuro sobre el que le informó secamente que haría que el coche les esperara una hora y luego condujera solo hasta Chesterton. Quentin no entendía cómo aquello podía ser siquiera remotamente posible, al nivel que fuera, pero se guardó las dudas para sus adentros. Si se le hubiera ocurrido guardar el cristal por lo menos habría podido arreglar la ventana, pero no, así que mala suerte para el propietario del coche. Introdujo doscientos dólares en billetes de veinte en la guantera y luego se acabaron la Coca-Cola y saltaron al otro lado de la barrera de protección metálica.

No era un bosque para ir a hacer excursiones ni picnics. Los guardas forestales no lo habían acondicionado para visitantes. Era frondoso y la luz era tenue, por lo que recorrerlo no era divertido. Quentin siempre agachaba la cabeza demasiado tarde para evitar que una rama le hiciera un corte en la cara. Cada cinco minutos tenía la sensación de haber atravesado una telaraña, pero no encontraba la araña.

Y no sabía a ciencia cierta qué ocurriría si entraban en el recinto de Brakebills sin darse cuenta. En teoría, nada, por supuesto, pero Quentin había visto a la profesora Sunderland colocando la barrera después del ataque de la Bestia. Había visto algunas de las cosas que había molido para convertir en polvo. En cualquier momento podían chocar contra ella. La mera idea le estremecía. Al cabo de media hora hicieron un alto en el camino.

El bosque estaba en silencio. No había ni rastro de la escuela pero notaba su presencia por los alrededores, como si acechara detrás de un árbol presta a saltarle encima. Además, imaginó que notaba rastros más antiguos que recorrían el bosque. Como el de Alice, la pobre adolescente Alice maldita, vagando toda la noche para ver si encontraba la forma de entrar. Para ella habría sido mejor no haberla encontrado jamás. Cuidado con lo que persigues, no sea que lo caces.

—Probemos por aquí —sugirió.

Julia lanzó el conjuro anasazi con el estilo tosco y fiero que la caracterizaba, despejando capas invisibles del aire en un cuadrado que tenía delante, como si quitara el vaho de un parabrisas. Él hizo una mueca para sus adentros al ver cómo alzaba las manos, pero eso no restaba fuerza alguna a sus conjuros. A veces incluso parecía que la aumentaba.

Quentin, por su parte, empezó a trabajar en el de Mann. Era mucho más fácil, pero no se trataba de una competición. Mejor diversificarse.

No llegó a acabar. Oyó el grito de la habitualmente imperturbable Julia y dio un salto hacia atrás. Delante de ella, suspendida en el aire que tenía delante, en el cuadrado que había despejado, había una cara. Era un hombre mayor con perilla y vestido con una corbata azul real y una espantosa americana amarilla.

Era el decano Fogg, el director de Brakebills. Su rostro estaba en el cuadrado porque estaba de pie delante de Julia.

—Hooooombre —dijo el decano arrastrando la vocal hasta llegar casi a cantar—. El hijo pródigo ha regresado.

Al cabo de menos de cinco minutos estaban cruzando a pie el Mar, que era tan frondoso, verde e inmenso como siempre. Se extendía a su alrededor con un tamaño de media docena de campos de fútbol. El sol del verano les caía directamente encima de la cabeza. Allí, en el interior de las murallas mágicas, era junio.

Era increíble. Hacía tres años que Quentin no estaba allí, desde que había acudido a Fogg y pedido que lo eliminaran de la lista del mundo mágico, pero nada había cambiado lo más mínimo. Los olores, el césped, los árboles, los jóvenes... aquel lugar era como Shangri-la, olvidado en el tiempo, anclado en un presente eterno.

—Os hemos estado observando desde que salisteis de la carretera. Las defensas van mucho más allá de cuando tú estabas aquí. Mucho más. Líneas de fuerza con trenzado doble. En el departamento teórico tenemos a un joven excepcional, ni siquiera yo entiendo muchas de las cosas que hace. Ahora puede verse un mapa de todo el bosque, en tiempo real, que muestra a todos aquellos que estén dentro. Incluso está codificado por colores según sus intenciones y estado mental. Asombroso.

—Asombroso. —Quentin estaba traumatizado. Julia, al otro lado, no decía nada. A saber lo que sentía, era incapaz de adivinarlo. No había estado allí desde el examen suspendido en el instituto. No había hablado desde que Fogg había aparecido, aunque había conseguido estrecharle la mano cuando se la había tendido.

Fogg seguía parloteando sobre la escuela y el terreno y los compañeros de clase de Quentin y de la cantidad de cosas impresionantes y respetables que hacían. Por lo que parecía, ninguno de ellos parecía haberse exiliado por equivocación a la dimensión equivocada. También había muchas noticias sobre la comunidad. Brakebills se había convertido en una fuerza importante dentro del circuito internacional de los pesos wélter gracias al esfuerzo de un joven profesor especialmente aficionado al deporte. Uno de los animales del jardín, una cría de elefante, había salido de su cerco y corría descontrolado por el lugar, aunque muy despacio, a una velocidad de un metro al día. El grupo Natural trabajaba con todas sus fuerzas para acorralarlo y llevarlo ante la justicia, pero por el momento no habían tenido suerte.

La biblioteca seguía sufriendo brotes de libros voladores, tres semanas atrás una bandada entera de atlas del Lejano Oriente había alzado el vuelo y aterrorizado a volúmenes anchos y robustos como albatros, y destrozado la zona de circulación, por lo que los alumnos habían acabado debajo de la mesa. Los libros salieron por la puerta delantera y se posaron en un árbol junto al tablón de los wélter, desde el que interrumpieron de forma estridente y sin contemplaciones a los transeúntes en un batiburrillo de lenguas hasta que les llovió encima y volvieron a rastras y enrabietados a los estantes, donde los estaban restaurando de forma agresiva.

A Quentin lo único que se le ocurría era que era muy raro que todo aquello siguiera pasando. No debería ser posible, debía de quebrantar alguna ley física. Había unos cuantos estudiantes desperdigados por la hierba, chicas sobre todo, que bronceaban sus cuerpos ávidos de luz hasta el límite que permitía el uniforme de la escuela. Las clases de ese semestre ya habían terminado, pero los de último curso todavía no se habían graduado. Si Quentin giraba a la izquierda y caminaba cinco minutos, más allá del grupo de robles vivos, llegaría a la Casita. Y estaría llena de desconocidos, repantingados en los asientos de ventana, bebiendo vino, leyendo libros, follando en las camas. Se había planteado si querría verlo, pero ahora que estaba allí se lo repensó.

Los estudiantes los observaron pasar a los tres, apoyados en los codos, llenos de compasión arrogante por quienes habían cometido la estupidez de graduarse y envejecer. Sabía cómo se sentían. Se sentían como reyes y reinas. Disfrutadlo mientras dura.

—Creía que no te volveríamos a ver. —Fogg seguía hablando—. Después de tu... ¿cómo la llamaríamos?... ¿jubilación? No mucha gente que toma esa decisión regresa, ¿sabes? Cuando los perdemos, los perdemos para siempre. Pero tú, supongo que viste lo... ¿cómo lo digo?... ¿erróneo de tu comportamiento?

Era obvio que Fogg había decidido tomar la vía alta y sin duda disfrutaba de la vista desde allá arriba. Sustituyeron la extensión ardiente del Mar por los senderos frescos del Laberinto, que se abrían a intervalos inesperados en pequeños cuadrados y círculos cuyo interior albergaba fuentes de piedra clara. Las mismas fuentes por las que había ganduleado con Alice, aunque los senderos fueran distintos. El Laberinto había cambiado de trazado desde su época, lo hacían una vez al año. Siguió a Fogg.

—Cambié de parecer. —La vía alta era lo bastante ancha para dos personas—. Pero ha sido un detalle por tu parte volverme a acoger en mi... ¿cómo llamarlo?... ¿momento de dificultad?

—Eso mismo.

Fogg se sacó un pañuelo del interior de la solapa y se secó la frente. Se le veía mayor. La perilla era nueva y la tenía prácticamente blanca. Había permanecido allí todo aquel tiempo, todos los días, haciendo lo que siempre había hecho, con otros jóvenes que luego seguían con su vida y se marchaban. Al cabo de cinco minutos Quentin ya sentía claustrofobia. Fogg seguía viéndolo como el jovencito que había sido, pero ese joven ya no existía.

Caminaron hasta la Casa y subieron al despacho de Fogg. Antes de seguirle al interior, Quentin se dirigió a Julia.

—¿Quieres esperar aquí fuera?

—Vale.

—Quizá sea mejor táctica hacer esto de hombre a hombre.

Julia le dio el visto bueno con un gesto. Fantástico. Se sentó en el banco situado al otro lado de la puerta del despacho de Fogg, que solía estar reservado para los alumnos que se portaban mal o que no aprobaban. Quentin esperó que Julia estuviera más o menos a gusto.

El decano se sentó y juntó las manos encima del escritorio. Los olores intensos, a cuero, le resultaban familiares y se apoderaron de Quentin, para ver si lo arrastraban al pasado. Se planteó qué diría si pudiera hablar con el jovencito que había sido, sentado exactamente en la misma silla, hacía muchos años, vestido con la ropa arrugada con la que había dormido, moviendo la rodilla por los nervios e intentando averiguar si todo aquello era una broma. ¿Avanzar con cautela? ¿Tomar la pastilla azul? Quizás algo más práctico. No te acuestes con Janet. No toques llaves extrañas.

¿Y qué habría dicho él si fuera más joven? Lo miraría igual que Benedict miraba a Quentin, como diciendo «yo no haría una cosa así».

—Y pues —dijo Fogg—. ¿En qué puedo ayudarte? ¿Qué te trae de vuelta a tu humilde alma máter?

El problema consistía en cómo pedir ayuda sin desvelar más de lo que debía sobre Fillory. Su existencia, su realidad, seguía siendo un secreto y Fogg era la última persona del mundo que quería que se enterase. Si se enteraba, entonces lo contaría a todo el mundo y, a la mínima, se convertiría en la zona conflictiva de los jovencitos de Brakebills en las vacaciones de primavera, el Fort Lauderdale del multiverso mágico.

Pero tenía que empezar por algún sitio. Fingiría ser tan ignorante como él.

—Decano Fogg, ¿cuánto sabe sobre viajar entre mundos distintos?

—Un poco. Más teoría que práctica, por supuesto. —Fogg se rio por lo bajo—. Hace unos años tuvimos a un alumno interesado en esos temas. Creo que se llamaba Penny. Pero no era su nombre real.

—Estaba en mi curso. Su nombre real era William.

—Sí, él y Melanie, la profesora Van der Weghe, pasaron bastante tiempo trabajando en ese tema en concreto. Ella ya está jubilada, por supuesto. ¿Qué es lo que te interesa, exactamente?

—Bueno, siempre me cayó bien —respondió Quentin improvisando con muy poca fortuna—. Penny. William. Y he preguntado por ahí, pero hace tiempo que nadie lo ha visto. —Desde que un dios menor le arrancara las manos de un mordisco—. Y pensé que quizás usted tuviera idea de dónde está.

—¿Crees que podría haber... pasado al otro lado?

—Claro. —Por qué no—. Sí.

—Bueno —declaró Fogg. Se acarició la perilla, cavilando o fingiendo cavilar—. No, no, no puedo ir por ahí proporcionando información sobre estudiantes sin su consentimiento. No sería correcto.

—No pido su número de móvil. Solo pensé que quizás hubiera oído algo.

Los muelles de la silla de Fogg graznaron cuando se inclinó hacia delante.

—Mi querido muchacho —dijo—. Oigo todo tipo de cosas, pero no puedo repetirlas. Cuando organicé tu rescate junto a esa empresa de Manhattan, como te imaginarás no fui por ahí contándole a la gente dónde habías acabado.

—Supongo que no.

—Pero si realmente te interesa el paradero de Penny, te aconsejo que empieces la búsqueda en esta realidad —risa lacónica— en vez de en otra. ¿Te quedas a comer?

Julia tenía razón. No tenían que haber venido. Era obvio que Fogg no sabía nada y su compañía no era beneficiosa para Quentin. Notaba cómo sufría una regresión en forma de rabieta adolescente, era como intentar hablar con sus padres. Perdía toda perspectiva acerca de quién era y hasta dónde había llegado. Le costaba creer hasta qué punto aquel hombre lo había intimidado. El mago imponente estilo Gandalf ante el cual solía amilanarse se había convertido en un burócrata retrógrado y petulante.

—No puedo. Pero gracias, decano Fogg. —Quentin dio una palmada en las rodillas—. En realidad creo que es mejor que nos marchemos.

—Antes de marcharte, Quentin —Fogg no se había movido—, me gustaría que prolongáramos esta conversación un poco más. He oído unos rumores un tanto excéntricos sobre lo que habéis estado haciendo tú y tus amigos estos últimos años. Los estudiantes hablan de ello. ¿Sabes? Eres una especie de leyenda en el campus.

Entonces Quentin se levantó.

—Bueno —dijo—. Jovencitos. No se crea todo lo que oye.

—Te aseguro que no lo hago. —Los ojos de Fogg habían recuperado el brillo despiadado—. Pero permite que tu viejo decano te aconseje. A pesar de mi lamentable ignorancia del viaje entre dimensiones, no sé por qué te interesa Penny pero lo que sí sé a ciencia cierta es que nunca te cayó bien. Y hace años que nadie sabe nada de él. Tampoco sabe nadie nada de Eliot Waugh o Alice Quinn desde hace años. Ni de Janet Pluchinsky.

Quentin advirtió que Josh no figuraba en los recuerdos de Fogg. Tenía que haber empezado preguntando por Josh. Aunque probablemente habría recibido la misma respuesta.

—Y ahora apareces vestido de forma muuuuy rara y entras en el recinto acompañado de una civil, una de las que fueron rechazadas, si mal no recuerdo, lo cual es... bueno, no es algo que solamos tolerar. No sé en qué lío estás metido, pero me he ocupado de ti a lo largo de los años, bastante, y tengo que pensar en la reputación y en la seguridad de la escuela.

Ajá. Ese era el Fogg que había conocido y temido. No había cambiado, solo se había hecho el sueco. Pero Quentin ya no era el estudiante travieso que había sido.

—Oh, lo sé, decano Fogg. Créame.

—Bien, vale. No escarbes demasiado, Quentin. No remuevas. La mierda. —Fogg articuló esa obscenidad con sequedad—. Ahora mismo tienes la pinta de alguien que sabe no meter la pata. La humildad es una cualidad útil en un mago, Quentin. La magia sabe lo que conviene, no tú. ¿Recuerdas lo que te dije la noche antes de que te graduaras? La magia no es nuestra. No sé de quién es, pero la tenemos en préstamo, como mucho. Es como lo que el pobre profesor March decía sobre las tortugas. No las hostigues, Quentin. Con un mundo debería bastarnos a todos.

Fácil de decir. Tú solo has visto uno.

—Gracias. Intentaré recordarlo.

Fogg exhaló un suspiro trágico, como Casandra advirtiendo a los troyanos, condenado a que no le hicieran caso.

—Bueno, vale. El profesor Geiger debería estar en la sala de profesores de primero, por si necesitas un portal. A no ser que prefieras marcharte por donde has venido.

—Un portal me vendría de fábula. Gracias. —Quentin se levantó—. Por cierto, la «rechazada» que está sentada en el pasillo es mejor maga que la mayoría de sus alumnos. Que la mayoría del profesorado, incluso.

Quentin se dirigió con Julia a la sala de profesores de primero. Tenía que salir de allí. Todo era más pequeño de lo que recordaba, era como *Alicia en el país de las maravillas*, y se había tomado la pócima mágica. Se sentía como si la cabeza le sobresaliera por la chimenea y el brazo por la ventana.

—No te has perdido gran cosa por no entrar —dijo.

—¿Ah, no? —respondió Julia—. Pues tú sí.

10

Julia se lo tomaba con filosofía. Pero el problema de tomárselo así era que era lento. Sabían que estaba ahí fuera y tarde o temprano tendrían que lidiar con ella. Lo único que tenía que hacer era esperarlos. Pero mientras tanto iban pasando las semanas. Los alumnos se graduaban. Julia incluida, probablemente, aunque no asistió a la ceremonia.

El verano convirtió su habitación oscura en un horno de convección, que horneaba el contenido hasta que quedaba crujiente, hidrópico y duro, y luego llegó el otoño y el tiempo se suavizó. La hiedra que ascendía por la parte trasera de la casa cambió de color y se onduló por efecto del viento, y la lluvia salpicaba la ventana. Notó que el barrio se vaciaba a medida que sus compañeros de clase se marchaban a la universidad. Ella no. Había cumplido los dieciocho, era una adulta responsable. La historia de su falta de mayoría de edad ya había terminado. Nadie podía obligarla ya a hacer nada.

Volvía a respirar más tranquila con respecto a sus viejos amigos, los amigos de la primera Julia, que se habían marchado de la ciudad, pero al mismo tiempo estaba nerviosa. Estaba completamente sola. Muy sola. Había llegado hasta el extremo del mundo, colgada del borde por los dedos y se había decidido por la caída libre. ¿Caería continuamente?

Julia hacía cualquier cosa para pasar el tiempo. Perdía el tiempo, lo mataba, lo masacraba y ocultaba los cadáveres. Arrojaba sus días a puñados a la hoguera con ambas manos y contemplaba cómo se convertían en humo fragante. No resultaba fácil. A veces tenía la impresión de que las horas se habían detenido. Se enfrentaban a ella al pasar, una tras otra, como heces persistentes. El Scrabble *online* y las películas la ayudaron a matar el tiempo. Pero fue incapaz de ver *Jóvenes y brujas* más de tres veces.

Y sí, claro, pasó seis semanas en un centro psiquiátrico. Bueno, ya lo había dicho. Era horrible, y ella lo vio venir, pero lo cierto es que no podía culpar a sus padres. Le dieron a elegir, la escuela universitaria o la academia de la risa, y ella eligió la segunda puerta. ¿Qué iba a decir? Pensó que era un farol y lo exigió. Los entendió y se echó a llorar.

Así que eso fue lo que ocurrió. Pese a pensar que sería malo, fue peor. Seis semanas de mal olor, comida mala y de escuchar a su compañera de habitación, que tenía los brazos repletos de cicatrices de cuchilla desde la muñeca hasta la axila, revolviéndose y hablando en sueños sobre transformadores, transformadores, todo es un transformador, ¿por qué no se transforman de una vez?

¿Quién es la loca ahora? Esas películas eran incluso peores que *Jóvenes y brujas*.

Así pues, hablaba con los psiquiatras dando rodeos y se tomaba las medicinas, lo cual ayudó a que el calendario fuera avanzando. Está claro que el tiempo vuela cuando uno se divierte, y con lo de divertirse se refería a Nardil. A veces realmente pensaba que era preferible estar muerta, pero no pensaba darle ese gusto a esos cabrones. No conseguirían agotarla. Ni hablar. Ni hablar.

Al final la devolvieron al remitente. Los médicos no sabían qué hacer con ella. No suponía un peligro ni para ella ni para los demás. Resultó que no estaba tan loca.

O sea que aquella era otra institución elitista de la que la habían echado. Para troncharse de la risa. Muchas gracias, habéis sido un público excelente. Me pasaré aquí toda la semana, todo el mes, todo el año, indefinidamente, hasta nuevo aviso.

Al final, dado que tenía un poco de tiempo libre, abrió otro frente de guerra. Si la magia era real, tenía sentido que circulara información fiable sobre cómo usarla. Era imposible que los de Brakebills tuvieran la exclusiva. Era inevitable; resultaba obvio para cualquiera que supiera algo sobre la teoría de la información. Era imposible almacenar tal cantidad de datos con un hermetismo absoluto. Habría demasiada información y demasiados poros por los que filtrarse. Empezaría a abrir un túnel desde su lado de la pared.

Inició un estudio sistemático. Su siempre hambriento cerebro agradecía tener algo que masticar, así lo mantenía ocupado, aunque no contento. Hizo una lista de las principales tradiciones mágicas y de las secundarias. Compiló bibliografías de los textos más importantes. Los leyó todos y centrifugó la información práctica y rechazó el resto, la matriz de tonterías místicas inútiles en la que estaba suspendida. Para ello tuvo que salir varias veces de casa, hacer algunas incursiones furtivas al Gran Salón Azul. Pero aquello tuvo el beneficio adicional de aplacar a sus padres un poco, por lo que, en el fondo, era positivo.

Molió e hirvió. Olisqueó y embadurnó. Era divertido, como la búsqueda de un animal carroñero. Rebuscó por tiendas de marihuana y por las secciones de hierbas ecológicas y se familiarizó con las tiendas de suministro para restaurantes de Bowery, una gran fuente de artículos de ferretería baratos, y con las tiendas *online* que vendían a los laboratorios. Era increíble lo que te llegaban a mandar por correo con una identidad falsa, una cuenta de PayPal y un apartado de correos. Si aquello de la magia no prosperaba, siempre podía dedicarse al terrorismo doméstico.

En una ocasión se pasó una semana entera intentando hacer unos mil nudos en un pedazo de cuerda antes de seguir leyendo y darse cuenta de que la cuerda debía tener entrelazado un pequeño mechón de su pelo, por lo que tuvo que repetirlo otra vez. Siempre había sido una obsesa del trabajo, nunca conseguía llevar la obsesión al máximo, esa era la broma de James, pero incluso ella tenía sus límites. En dos ocasiones llegó incluso a matar a un animal pequeño, un ratón y un sapo, en silencio en el patio, al amparo de la oscuridad. Eh, era el ciclo de la vida. *Hakuna matata*. Lo cual, por cierto, es una frase en suajili de origen moderno y que no sirve absolutamente de nada independientemente de las veces que la cantes.

De hecho, nada servía. Siguió no sirviendo cuando se mudó de la casa de sus padres a un estudio situado encima de una tienda de *bagels*, que tuvo que pagarse con un trabajo temporal, si bien suponía que tenía más espacio para trazar pentagramas y su hermana no le robaría los hechizos ni aporrearía la puerta y se largaría corriendo mientras ella hacía sus cánticos (por desgracia, el miedo que solía provocarle en cierto modo ya se había atenuado). No sirvió de nada incluso después de hacerle una paja a un simio de unos veintitantos años que no podía creerse lo afortunado que era en el baño en una fiesta solo porque dijo que conseguiría hacerla entrar en el zoo de Prospect Park fuera del horario de apertura, dado que el zoo ofrecía algo así como un servicio integral para algunos preparados africanos. Además, necesitaba semen para un par de cosas, aunque afortunadamente para el trabajador del zoo ninguna de las dos funcionó.

En una ocasión, solo una, llegó a oler algo real. No salió de un viejo códice mohoso sino de Internet, aunque era antiguo para los estándares de la Red, el equivalente en Internet a un viejo códice mohoso encuadernado con la mejor piel de becerro fetal.

Había estado investigando los archivos de una vieja BBS gestionada desde Kansas City a mediados de la década de 1980. Probaba con las típicas palabras de búsqueda clave y obtenía la cantidad habitual de basura, como suele pasar. Era como rastrear las radiaciones estelares en busca de vida extraterrestre. Pero uno de los resultados se parecía sospechosamente a una señal y no al ruido de siempre.

Era un archivo de imagen. En los oscuros días de los módems de 2.400 baudios, los archivos de imagen tenían que enviarse en código hexadecimal en paquetes de diez o veinte partes, dado que la cantidad de datos de una imagen superaba con creces la longitud permitida para un único envío. Se guardaban todos los archivos juntos en una carpeta y luego se utilizaba una pequeña utilidad para comprimirlos en un único documento y descodificarlos. La mitad de las veces un carácter o dos se perdía por el camino y el marco completo se perdía y uno acababa sin nada. Ruido, interferencias, nieve. La otra mitad acababas con la fotografía de una bailarina de estriptis con barriga y la cicatriz de la cesárea, vestida tan solo con la parte inferior del uniforme de animadora de instituto.

Pero si pensaba descifrar el negocio de la magia, necesitaría algo más que una mitad.

Aquella imagen, una vez comprimida y descodificada, era el escáner de un documento manuscrito. Un pareado, dos líneas en un idioma que no reconocía, transcritas fonéticamente. Encima de cada sílaba había un pentagrama musical que indicaba el ritmo y (en un par de casos) la entonación. Debajo había un dibujo de una mano humana realizando un gesto. No había indicaciones de lo que era el documento, ningún título ni explicación. Pero era interesante. Poseía una calidad llena de intención, como de delineante, y precisa. No parecía un proyecto artístico ni una broma ya que había requerido demasiado esfuerzo.

Primero practicó por separado. Dio las gracias a los diez años de clase de oboe que le permitieron cantar a simple vista. Las palabras eran sencillas pero la posición de las manos era matadora. Cuando iba por la mitad volvió a pensar que era una broma, pero era demasiado tozuda como para darse por vencida. Lo habría dejado en aquel mismo instante pero, a modo de experimento, probó con las primeras sílabas y descubrió que tenían algo distinto. Empezó a notar que se le calentaban las yemas de los dedos. Le bullían como si hubiera tocado una batería. El aire se le resistía, como si se hubiera vuelto ligeramente viscoso. Algo nuevo se le revolvió en el pecho. Algo que había estado dormido toda su vida y que, ahora de repente, haciendo aquello, había tocado y se había movido.

El efecto se esfumó en cuanto paró de hacerlo. Eran las dos de la mañana y a las ocho empezaba su turno de procesadora de textos en un bufete de abogados de Manhattan (el procesamiento de textos era lo único que le quedaba. Mecanografiaba a la velocidad del rayo pero su aspecto y modales al teléfono habían degenerado hasta tal punto que en su último trabajo de recepcionista la habían mandado a la mierda nada más verla). No se había duchado ni había dormido en dos días y hacía dos meses que no cambiaba las sábanas. Tenía los ojos llenos de arenilla. Se puso de pie ante el escritorio y lo volvió a probar.

Tardó dos horas más antes de completarlo todo por primera vez. Las palabras estaban bien, y la entonación y el ritmo. La posición de las manos seguía siendo de chiste, pero algo había encontrado. Aquello no era una chorrada. Cuando paraba, los dedos dejaban rastro en el aire. Era como una alucinación, el tipo de efecto óptico que se obtiene después de una operación con láser chapucera, o quizá después de pasarse dos noches seguidas sin dormir. Movió la mano y dejó estelas de color en su campo de visión: rojo del pulgar, amarillo, verde, azul y luego púrpura del meñique.

Notó aquel olor eléctrico. Era el olor de Quentin.

Julia subió al tejado. No quería tocar nada mientras el hechizo estuviera en marcha, era como el esmalte de uñas recién aplicado, pero tenía que ir a algún sitio, por lo que subió por la escalera de acero, abrió la trampilla y apareció en la jungla de papel de alquitrán y aparatos de aire acondicionado. Se puso de pie en el tejado e hizo formas de arco iris con las manos contra el cielo azulado previo al amanecer hasta que dejó de funcionar.

Era magia. ¡Magia verdadera! ¡Y la hacía ella! *Hakuna matata*, qué pasada. O no estaba loca o había perdido la chaveta definitivamente, y no pensaba recuperarla. De cualquiera de las maneras, sentía una alegría inmensa.

Luego bajó y durmió una hora. Cuando se despertó vio que los dedos habían dejado manchas multicolores en las sábanas. Notaba un enorme vacío en el pecho, como si alguien le hubiera limpiado todos los órganos con un cuchillo de cocina, como quitarle la médula a una calabaza hueca lista para Halloween. Hasta entonces no se le había ocurrido rastrear quién había enviado el archivo al BBS, pero cuando lo hizo resultó que el envío había desaparecido.

Pero el hechizo seguía funcionando. Lo volvió a practicar y funcionó otra vez. Luego, procurando no tocarse la cara con los dedos de colores, apoyó la cabeza en la mesa y lloró como un niño al que han pegado.

11

Quentin hizo que la profesora Geiger los devolviera a Chesterton. Se materializaron sin problemas en el centro de la ciudad. Geiger, una mujer de mediana edad, una gorda feliz, se había ofrecido a enviarlos directamente a la casa de Quentin, pero había olvidado la dirección de sus padres.

Era media tarde. Quentin ni siquiera sabía qué día era. Se sentaron en el banco de una zona verde donde se había librado una pequeña batalla en la guerra de la Independencia. Los turistas aturdidos por el sol pasaban junto a ellos. No era hora de que un veinteañero en perfectas condiciones como él estuviera por ahí sin hacer nada. Tenía que haber estado en la oficina, o estudiando en la universidad, o por lo menos jugando al fútbol un poco colocado. Quentin notó que la luz del día le absorbía la energía. Cielos, pensó, mirándose las mallas. La verdad es que tengo que cambiarme esta ropa.

Aunque Chesterton era uno de los centros más importantes de la Costa Este para las recreaciones históricas, o sea que tampoco llamaba tanto la atención.

—Ha ido bien —dijo—. ¿Starbucks?

Julia no se rio.

Estaban estáticos, sentados bajo viejos robles. El rey y la reina de Fillory, sin nada que hacer. El ambiente estaba lleno de zumbidos y murmullos modernos y extraños en los que nunca se había fijado antes de vivir en Fillory: coches, cables de la electricidad, sirenas, obras lejanas, aviones en la corriente en chorro que dejaban líneas dobles en el cielo azul claro. Era interminable.

Recordó que en una ocasión había quedado allí con Julia, o no muy lejos de allí, en el cementerio de detrás de la iglesia. Fue cuando ella le dijo que seguía recordando Brakebills.

—No tienes ningún plan, ¿verdad? —Julia tenía la mirada perdida.

—No.

—No sé por qué pensé que tendrías alguno. —La ira altanera había vuelto. Se estaba despertando otra vez—. En realidad, nunca has estado aquí. Aquí, en el mundo real.

—Bueno, lo he visitado.

—Te crees que la magia es lo que aprendiste en Brakebills. No tienes ni idea de lo que es la magia.

—Bueno —dijo él—. Digamos que no lo sé. ¿Qué es?

—Voy a enseñártelo.

Julia se levantó. Miró a su alrededor, como si olisqueara el viento, y luego cruzó la calle de repente. Un Passat plateado tocó el claxon y frenó bruscamente para evitar atropellarla. Ella siguió caminando. Quentin la siguió con un poco más de cuidado.

Julia se fue alejando de la calle principal. El barrio pasó a ser residencial enseguida. El bullicio del tráfico y las tiendas fue disipándose y la calle acabó flanqueada por árboles grandes y casas. La acera tenía baches y era irregular. Por algún motivo, Julia prestaba mucha atención a los postes de teléfono. Cada vez que pasaban al lado de uno, se paraba y lo observaba.

—Hace tiempo que no hago esto —dijo casi para sus adentros—. Tiene que haber alguno por aquí.

—¿Un qué? ¿Qué estamos buscando?

—Podría decírtelo, pero no me creerías.

Esta Julia era una caja de sorpresas. Bueno, resulta que en esos momentos a él le sobraba el tiempo. Tardó cinco minutos más en parar junto a un poste de teléfonos concreto. Tenía un par de pegotes de pintura rosa fluorescente que quizás hubiera dejado un técnico chapucero.

Ella lo observó moviendo los labios en silencio. Interpretaba el mundo de una forma que a él se le escapaba.

—No es lo ideal —dijo al final—. Pero servirá. Vamos.

Siguieron caminando.

—Vamos a un piso franco —añadió.

Caminaron tres kilómetros bajo la luz de la tarde por aquel barrio residencial, en la zona que separaba Chesterton de la menos pija pero agradable ciudad de Winston. Los niños que volvían a casa después de la escuela los miraban con curiosidad. A veces Julia se paraba y observaba una marca de tiza en un bordillo o algo pintado con *spray* junto a unas flores silvestres al borde de la carretera y luego aceleraba el paso. Quentin no sabía si sentirse esperanzado o no, pero esperaba que el plan de Julia se materializara, más que nada porque no tenía ninguna sugerencia. Aunque le dolían los pies y estaba a punto de proponer que robaran otro coche. Pero eso habría estado mal.

Al igual que Chesterton, Winston era una zona antigua de Massachusetts y algunas de las casas junto a las que pasaron no eran de «estilo» colonial sino de la época colonial. Eran fáciles de identificar porque eran más compactas que las otras, más densas y apartadas de la carretera en las depresiones húmedas llenas de pinos podridos, donde el césped descuidado libraba una batalla constante por la invasión de círculos de pinos armados con agujas ácidas. Las casas más nuevas, por el contrario, las McMansiones de «estilo» colonial, eran enormes y luminosas y el césped había ganado la partida a los pinos, de los que solo quedaba uno o dos ejemplares a lo sumo, temblorosos y traumatizados, para ofrecer cierto equilibrio a la composición.

La casa en la que se pararon era del primer tipo, colonial de veras. Había empezado a oscurecer. Julia se había fijado en otro par de pintadas en los postes de teléfono, una de las cuales se había parado a analizar de forma minuciosa con una especie de tomadura de pelo visual que él no había pillado porque ella no había querido; en realidad la había ocultado con una mano mientras la preparaba con la otra.

El camino de entrada se hundía de forma pronunciada en la depresión. Varias generaciones de niños debían de haberse matado encima del monopatín y el patinete intentando bajar por ahí y parar antes de chocar contra el garaje. Los aprendices de conductor debían de haberse martirizado practicando el arranque en una colina con coches de transmisión estándar.

Bajaron a pie. Quentin se sentía como un adventista del Séptimo Día o un niño mayor de lo normal en Halloween llamando a las puertas. Al comienzo le pareció que las luces estaban apagadas, pero cuando se acercó lo suficiente vio que en realidad estaban todas encendidas. Las ventanas estaban empapeladas con papel de carnicería para mantener la oscuridad.

—Me rindo —dijo Quentin—. ¿Quién vive aquí?

—No lo sé —respondió Julia alegremente—. ¡Descubrámoslo!

Llamó al timbre. Abrió la puerta un hombre de unos veinticinco años, alto y gordo, con un corte de pelo parecido a un casco y cara enrojecida de troglodita. Llevaba una camiseta metida en los pantalones de chándal.

Iba de guay.

—¿Qué pasa? —dijo.

A modo de respuesta, Julia hizo una cosa rara: se volvió, se levantó la melena de pelo negro ondulado con una mano y permitió que el hombre echara un vistazo rápido a algo que tenía en la nuca. ¿Un tatuaje? Quentin no lo captó.

—¿Vale? —dijo ella.

Debió de valer porque el gorila emitió un gruñido y se hizo a un lado. Cuando Quentin la siguió, el hombre entrecerró los ojos de por sí pequeños y le puso una mano en el pecho.

—Espera.

Cogió unas ridículas gafas diminutas para la ópera, como de juguete, que colgaban de una correa que llevaba al cuello, y observó a Quentin a través de ellas.

—Cielos. —Se giró hacia Julia realmente ofendido—. ¿Quién coño es este?

—Quentin —dijo Quentin—. Coldwater.

Quentin le tendió la mano. El tipo, cuya camiseta rezaba MAESTRO DE POCIONES, no se molestó en estrechársela.

—Es tu flamante nuevo novio —dijo Julia. Cogió a Quentin de la mano y lo arrastró al interior.

Un bajo retumbaba en algún lugar de la casa, que había sido bonita antes de que alguien llevara a cabo una renovación de mierda en el interior y luego otra persona se cargara la renovación de mierda. Dicha renovación debió de producirse en la década de 1980, puesto que fue la era de lo chic: paredes blancas, muebles negros y cromados, iluminación por focos. El ambiente estaba muy cargado de humo de cigarrillo. El yeso estaba desconchado en un montón de sitios. No era la clase de lugar en el que le apeteciera pasar mucho tiempo. Se esforzaba al máximo por conservar la esperanza, pero era difícil ver que aquello pudiera acercarles a Fillory.

Con recelo, Quentin siguió a Julia escaleras arriba y llegó a una sala de estar donde había un grupo variopinto de personas. El lugar podía haber pasado por un centro de reinserción para fugitivos adolescentes si no fuera un centro de reinserción de fugitivos veinteañeros, de mediana edad y ancianos. Había los típicos siniestros, pálidos, delgaduchos y sarnosos hasta límites preocupantes, pero también había un tipo con una sombra de barba y un traje formal hecho polvo de una calidad considerable hablando por un teléfono móvil y diciendo «sí, sí, ajá» con un tono de voz que sugería que realmente había alguien al otro lado a quien le importaba si decía ajá o no, no. Había una mujer de unos sesenta y pico años con un corte de pelo tipo Gertrude Stein, de un color blanco glacial. Un anciano asiático estaba sentado en el suelo sin camisa, solo. Delante de él, en la moqueta de pelo blanco había un brasero quemado rodeado de un círculo de cenizas. Cabía suponer que ese día la señora de la limpieza no había pasado por allí.

Quentin se paró en el umbral.

—Julia —dijo Quentin—. Dime dónde estamos.

—¿Todavía no lo has adivinado? —Podía decirse que casi estaba radiante de placer. Disfrutaba con la incomodidad de él—. Aquí es donde estudié. Esto es mi Brakebills. Es el anti-Brakebills.

—¿Esta gente se dedica a la magia?

—Lo intentan.

—Dime que es una broma, por favor, Julia. —La tomó del brazo, pero ella se lo apartó. Él la volvió a coger y la empujó hacia las escaleras—. Te lo ruego.

—Pero es que no es broma.

Julia desplegó una sonrisa de depredadora. La trampa había saltado y la presa se retorcía en el interior.

—Esta gente no es capaz de hacer magia —dijo él—. No es posible, no hay garantías. No están cualificados. ¿Quién los supervisa?

—Nadie. Se supervisan entre sí.

Tuvo que respirar hondo. Aquello estaba mal, no mal desde un punto de vista moral, sino fuera de lugar. La idea de que cualquiera pudiera enredar con la magia... bueno, para empezar era peligroso. Así no funcionaba la cosa. Además, ¿quién era esa gente? La magia era de él, él y sus amigos eran los magos. Esa gente eran desconocidos, unos don nadie. ¿Quién les había dicho que podían dedicarse a la magia? En cuanto Brakebills se enterara de la existencia de ese lugar, lo cerrarían para vengarse. Enviarían a los GEO, una unidad volante encabezada por Fogg.

—¿De verdad conoces a esta gente? —preguntó.

Julia puso los ojos en blanco.

—¿A estos tíos? —Resopló—. Estos tíos no son más que perdedores.

Julia volvió a la sala de estar.

Lo único que los habitantes de aquel antro tenían en común, aparte de lo zarrapastrosos que eran, era un tatuaje, una pequeña estrella azul, de siete puntas, del tamaño de una moneda de diez centavos. Un heptagrama, pero compacto y coloreado. Guiñaba el ojo a Quentin desde el dorso de las manos, o de los antebrazos, o de la parte carnosa entre el pulgar y el dedo índice. Uno de ellos tenía dos, uno a cada lado del cuello, como los tornillos del cuello de Frankenstein. El asiático sin camisa llevaba cuatro. Mientras Quentin lo miraba inició un conjuro complejo que Quentin no reconoció mientras tenía la mirada perdida en el entramado que formaban sus manos en movimiento. Quentin ni siquiera podía mirar.

Un pelirrojo con pecas, un tipo pequeñajo parecido a Daniel el Travieso, estaba sentado en la repisa de la chimenea de pizarra gris que tenía delante, controlando la escena, pero cuando los vio, bajó de allí de un salto y se les acercó pavoneándose. Vestía una chaqueta del ejército que le quedaba grande y llevaba una carpeta con sujetapapeles hecha polvo.

—¡Hola, chicos! —saludó—. Me llamo Alex, bienvenidos a mi *dojo*. ¿Vosotros sois...?

—Me llamo Julia. Él es Quentin.

—Vale. Disculpad el desorden. La tragedia de la plebe. —A diferencia de los demás, Alex era elegante y formal—. ¿Me enseñáis las estrellas, por favor?

Julia le mostró la nuca.

—Vale. —Alex enarcó las cejas color anaranjado. Lo que vio, fuera lo que fuese, le impresionó. Se dirigió a Quentin—. ¿Y tú?

—No tiene ninguna —reconoció Julia.

—No tengo ninguna. —Podía responder él solo.

—¿Ha querido hacer la prueba? Porque, de lo contrario, no puede quedarse aquí.

—Lo entiendo —repuso Julia.

Lo realmente increíble era que ni siquiera era descarada con ese tío. ¡Era cortés! Ella, una reina de Fillory, respetaba el puto protocolo de ese lugar.

—Quentin, quiere que hagas una prueba —dijo ella— para demostrar que haces magia.

—Yo también quiero un montón de cosas, ¿tengo que acceder?

—Sí, tienes que hacerlo, joder —dijo ella con tranquilidad—. Así que hazlo. No es más que el primer nivel, toda la gente que viene aquí lo hace la primera vez. Solo tienes que lanzar un destello. Probablemente tengas un nombre pretencioso para ello.

—Enséñamelo.

Julia colocó las manos en tres posturas cuidadosamente ensayadas; en un periquete, chasqueó los dedos y dijo:

—¡*işik*!

El chasquido produjo un pequeño destello de luz, como una bombilla de *flash*.

—¿Está bien?

—Un momento —dijo Quentin—. Las posiciones de las manos no eran muy genéricas. ¿Puedes...?

—Vamos, chicos —dijo Alex, no tan contento—. ¿Lo hacemos?

Entonces Quentin vio que Alex tenía ocho estrellas, cuatro en el dorso de cada mano. Aquello debía de convertirlo en el rey de aquel antro.

—Vamos, Quentin.

—Vale, vale. Enséñamelo otra vez.

Volvió a hacer el conjuro. Quentin fue a por él, intentando doblar los dedos igual que ella. En Brakebills te enseñaban todas las líneas rectas, las manos próximas a la geometría platónica, pero aquellas posturas eran poco exactas y orgánicas. Nada quedaba alineado. Y hacía dos años que no trabajaba en el contexto del mundo real. Lo probó una vez, chasquido, y no obtuvo nada. Luego otra vez, nada.

Gracias a eso obtuvo una ronda de aplausos irónicos. Los lugareños se interesaban por aquella transacción.

—Lo siento, otro intento y te quedas fuera —dijo Alex—. Puedes volver dentro de un mes. —Julia empezó a enseñárselo otra vez, pero Alex le puso una mano encima—. Déjale probar.

El matón, el Maestro de las Posturas, había aparecido por la puerta delantera y observaba de brazos cruzados. Quentin oía a otra gente diciendo «¡işik!». Y cada vez se apagaba una bombilla de *flash*.

A la mierda. No pensaba pillar un conjuro de bruja disidente en treinta segundos que probablemente le estropearía la técnica. Él había recibido una formación clásica y era un maestro de brujos además de rey. Que se haga la luz.

«יְהִי אוֹר וַיְהִי־אוֹר: —dijo—. וַיֹּאמֶר אֱלֹהִים»

A ver quién domina el arameo. Cerró los ojos y dio una fuerte palmada.

La luz era blanca y cegadora, como una bombilla allí mismo,

justo encima de la cabeza. Durante un segundo la habitación entera (moqueta asquerosa, lámparas de pie inclinadas, rostros con la mirada perdida) se quedó paralizada, sin color. Quentin tuvo que parpadear para recuperar la visión, y eso que había estado con los ojos cerrados.

Se hizo el silencio durante unos instantes.

—Joooder... —dijo alguien. Entonces todo el mundo empezó a hablar a la vez. Alex no parecía muy contento, pero tampoco los echó.

—Regístrate —dijo. Parpadeó y se secó los ojos con la manga—. No sé dónde has aprendido eso, pero asegúrate de que el destello te funciona la próxima vez.

—Gracias —dijo Quentin.

Alex despegó un adhesivo con una estrella azul de una lámina y se la enganchó a Quentin en el dorso de la mano. A continuación le pasó la carpeta con sujetapapeles. Donde ponía «Nombre» escribió «Rey Quentin» y se la tendió a Julia.

Cuando ella acabó, Quentin la sacó a rastras por la cocina, con el suelo de linóleo abultado y una gama de electrodomésticos de quince años de antigüedad que parecían de juguete, además de que la encimera estuviera llena de una metrópolis multicolor de platos por lavar. Demasiado.

—¿Qué coño estamos haciendo aquí? —susurró.

—Ven.

Se internaron en la casa por un pasillo que en otro universo, más juicioso, habría conducido al estudio de papá y a la salita de estar y al lavadero, hasta que encontró la puerta hueca que conducía a la escalera del sótano.

La cerró detrás de ellos. Quedaron rodeados por el típico silencio frío y mohoso de los sótanos de las zonas residenciales. Las escaleras eran de planchas de pino sin pulir, llenas de telarañas.

—No lo entiendo, Julia —dijo—. Estás tan fuera de lugar aquí como yo. Tú no eres como esta gente. No aprendiste lo que sabes de un puñado de perdedores sin titulación en un antro de colegas. Es imposible.

Aparte de ellos, la estancia estaba repleta de cajas de cartón precintadas, un televisor estropeado del tamaño de una lavadora y la mitad de una mesa de pimpón.

—A lo mejor no soy quien te piensas. A lo mejor también soy una perdedora sin titulación.

—No estoy diciendo eso. —¿Ah, no? Seguía intentando asimilar el lugar—. No me puedo creer que todavía no hayan pegado fuego a esta casa.

—Creo que lo que intentas decir es que no te parecen lo bastante buenos. No están a la altura.

—¡Esto no tiene nada que ver con alturas! —exclamó Quentin, aunque notó que estaba pisando terreno pantanoso—. Esto va de... mira, me he ganado a pulso lo que tengo, es lo único que digo. Este tipo de poder hay que ganárselo. No se coge en el 7-Eleven junto con la bebida y unas cartas de Pokémon.

—¿Y qué hice yo? ¿Te crees que no me lo he ganado?

—Sé que te lo has ganado. —Respiró hondo. Relájate. El problema no era aquel sitio. El problema era regresar a Fillory—. ¿Cómo ha llamado a la casa? ¿Un *dojo*?

—*Dojo*, piso franco, es lo mismo. Son pisos francos. Él es un gilipollas.

—¿Y hay muchos?

—Unos cien, quizás, en esta zona. Hay más en la costa.

Cielos. Era una epidemia.

—¿Qué era eso del examen?

—¿Te refieres al que has cateado? Es la prueba para ser mago de primer nivel. Tienes que cumplir ese requisito para entrar aquí. Si apruebas el examen, te tatúan una estrella y te puedes quedar. La mayoría de la gente la lleva en la mano, en algún lugar visible. Cuantos más exámenes apruebas, más estrellas consigues.

—¿Pero quién lleva todo esto? ¿Ese tal Alex?

—Él no es más que el jefe de la guarida. Cuida de la casa. El sistema jerárquico se autogestiona. Cualquier mago puede pedir a otro mago de nivel igual o inferior que haga una demostración de la prueba correspondiente a su nivel o niveles inferiores —recitó—. Para demostrar que saben lo que les toca. Si no sabes lo que te toca, te degradan rápidamente.

—Ja. —Quería encontrarle algún defecto a la idea pero no se le ocurría nada así, de repente. La archivó para desacreditarla más adelante—. ¿En qué nivel estás tú?

A modo de respuesta se volvió y le mostró lo que le había enseñado al portero y a Alex, una estrella azul de siete puntas en la nuca. Los extremos desaparecían en la raíz del pelo; debió de raparse para que le hicieran el tatuaje. Era como los que había visto arriba pero de mayor tamaño, como un dólar de plata, y tenía un círculo en el medio con el número 50 en el centro.

—¡Joder! —Era imposible no quedar impresionado—. El Huevo Pelirrojo llevaba el ocho. ¿O sea que eres una maga de nivel cincuenta?

—No.

Cogió el dobladillo de la blusa y cruzó los brazos por delante.

—Espera un momento...

—Tranqui, tío. —Se levantó la parte posterior de la blusa, pero solo hasta la mitad. Tenía la espalda llena de estrellas azules, docenas de ellas en líneas rectas. Las contó, por lo menos había cien. Soltó la blusa y se volvió hacia él.

—¿En qué nivel estoy? En el más alto, en ese nivel estoy, y que te den por preguntar. Venga, voy a conseguir que volvamos a Fillory.

Llamó a una pesada puerta ignífuga de esas que en la mayoría de los sótanos suelen llevar a una sala de calderas. Se deslizó sobre unos rodillos. El hombre que la deslizó parecía un bachiller en toda regla, de pelo rubio y corto y un polo color salmón, salvo que solo medía un metro veinte. De la sala salía un calor sofocante.

—¿En qué puedo ayudaros en una tarde tan bonita? —preguntó. Tenía los dientes resplandecientes e iguales.

—Tenemos que ir a Richmond.

El enano tampoco era del todo sólido. Era translúcido por los bordes. Al principio Quentin no se percató, pero luego se dio cuenta de que veía cosas detrás de los dedos del hombre que se suponía que no podía ver. Realmente estaban viendo a través del espejo.

—Me temo que esta noche es la tarifa completa. Es por el tiempo. Tensa los cables. —Tenía los típicos tics de un revisor de tren de antaño. Le hizo un gesto a Julia para que entrara.

—Solo la dama, por favor —dijo el bachiller translúcido—. El caballero no.

Aquello era demasiado, a pesar de la deferencia hacia el mundillo de magia extra-Brakebills. Quentin tenía un poco olvidadas las circunstancias del mundo real, pero no tanto. Susurró una serie de sílabas chinas rápidas y entrecortadas, y una mano invisible cogió al hombre por la nuca y lo arrastró contra la pared de cemento ligero que tenía detrás, de forma que la cabeza le golpeó contra la misma.

Julia no mostró sorpresa alguna. El hombre se encogió de hombros y se frotó la nuca con una mano.

—Iré a buscar el libro —acertó a decir—. ¿Tienes saldo?

Era una sala de máquinas, calurosa y hecha con bloques de cemento ligero sin enyesar. Había un horno, con un cubo lleno de arena al lado, pero también había dos espejos de cuerpo entero de aspecto curioso apoyados en una pared. Daba la impresión de que los habían sacado de una casa antigua: empañados en algunos sitios y con el marco de madera.

Julia tenía saldo. El libro era un volumen de cuero en el que escribió algo, y se paró a la mitad para realizar cálculos mentales. Cuando terminó, el hombre le echó un vistazo y les dio a cada uno una tira de tickets de papel, de los que te dan si ganas al *skeeball* en una feria. Quentin tenía nueve.

Julia cogió el suyo y entró en el espejo. Desapareció como si una bañera llena de mercurio la hubiera engullido.

Pensó que era posible. Los espejos eran fáciles de hechizar, puesto que por naturaleza ya eran un tanto sobrenaturales. Los observó con mayor detenimiento y vio la señal reveladora; eran espejos verdaderos que no invertían la derecha y la izquierda. Aunque había visto a Julia entrar en él caminando, no pudo evitar cerrar los ojos y prepararse para chocar contra el espejo. Pero, en cambio, lo atravesó con una sensación gélida.

Qué ordinariez, pensó. Un portal bien hechizado no debía provocar ninguna sensación.

Lo que vino a continuación le resultó parecido a un montaje cinematográfico, una serie de trastiendas y sótanos indefinidos, con un vigilante en cada uno para coger uno de los tickets y otro portal que atravesar. Viajaban en un sistema de transporte público mágico improvisado, de sótano en sótano. Esos aficionados debían de haberlo creado de forma desordenada. Quentin rezó para que hubiera alguien dedicado al control de seguridad que no fuera meramente voluntario, para que no acabaran materializándose a tres kilómetros en el aire o directamente en la mesosfera tres kilómetros bajo tierra. Sería una verdadera tragedia de la puta plebe.

En cierto sentido, había que reconocer que quien montara el portal tenía sentido del humor. Uno era del estilo de una típica cabina de teléfonos británica. Un portal tenía un mural en la pared alrededor de una mujer gorda gigantesca de las que actúan en un circo inclinada hacia delante y levantándose el vestido, por lo que había que entrar por el culo.

Una de las paradas era totalmente distinta a las demás: una silenciosa *suite* de ejecutivo situada en lo alto de un rascacielos por la noche en alguna metrópolis inidentificable. Desde aquella altura, a aquella hora, podría haber sido cualquier sitio: Chicago, Tokio o Dubai. A través de un cristal ahumado, probablemente de una sola cara, Quentin y Julia veían una sala llena de hombres trajeados deliberando alrededor de una mesa. Allí no había ningún vigilante. Regía un sistema de honor, se dejaba el ticket en una pequeña estatua de bronce con la boca abierta y se alcanzaba el espejo.

—Hay salas como esta por todo el mundo —declaró Julia mientras caminaban—. Las montan, las mantienen. Normalmente están bien, aunque a veces hay alguna que no.

—Cielos. —Habían hecho todo aquello y en Brakebills nadie tenía ni idea. Julia tenía razón, no se habrían creído que fuera posible—. ¿Quién era aquel bachiller translúcido?

—Una especie de hada. De rango inferior. No se les permite subir.

—¿Adónde vamos?

—En mi dirección.

—Lo siento pero no me sirve. —Dejó de caminar—. ¿Adónde vamos en concreto y qué estamos haciendo aquí?

—Vamos a Richmond, Virginia. A hablar con alguien. ¿Te sirve?

Servía pero solo porque el listón de lo que se consideraba suficiente había bajado mucho, mucho.

Sorprendentemente, uno de los portales estaba apagado, la sala vacía y oscura, el cristal destrozado. Retrocedieron y negociaron con un vigilante que les hizo esquivar el nodo inservible. Entregaron el último ticket a una jovencísima dama de honor dócil con el pelo rubio oscuro con mechas más claras, y la raya al medio. Julia marcó el libro de la mujer.

—Bienvenidos a Virginia —dijo.

De alguna manera habían viajado en el tiempo y en el espacio. Al subir las escaleras, lo primero que vieron fue la luz matutina en las ventanas. Estaban en una casa grande, bien acondicionada e impoluta, con un aire victoriano: mucha madera oscura, alfombras orientales y un silencio cómodo. Desde luego que habían subido de nivel en comparación con la casa de Winston.

Daba la impresión de que Julia conocía la distribución. La siguió mientras merodeaba por las habitaciones vacías hasta llegar al umbral de una sala de estar espaciosa, que revelaba otra faceta de lo que Quentin, en su interior, había calificado como el mundillo mágico alternativo. Un hombre mayor vestido con vaqueros y una corbata entretenía a tres adolescentes, unas estudiantes con pantalones de yoga que lo observaban impresionadas y con adoración desde un sofá más mullido de la cuenta.

Dios mío, pensó. Esta gente está en todas partes. La magia se había salido de madre. El campo de contención de la antimateria se había hundido. A lo mejor no había existido nunca.

El hombre hacía la demostración de un hechizo para su público: magia sencilla y fría. Tenía un vaso de agua delante y estaba trabajando en su congelación. Quentin reconoció el hechizo del primer curso en Brakebills. Una vez realizado, de un modo que a Quentin le pareció correcto pero excesivamente ostentoso, el hombre ahuecó las manos alrededor del vaso. Cuando las apartó, tenía un pedazo de hielo dentro. Había conseguido no romper el vaso, que era lo que pasaba normalmente cuando el hielo se expandía.

—Ahora probadlo vosotras —dijo.

Las chicas tenían vasos de agua. Repitieron las palabras al unísono e intentaron imitar la posición de las manos. Como era de esperar, no pasó nada. No tenían ni idea de lo que estaban haciendo; sus dedos suaves y rosados no estaban ni por asomo bien colocados. Ni siquiera se habían cortado las uñas.

Cuando el hombre vio a Julia en el umbral, su rostro expresó asombro y horror durante medio segundo antes de adoptar una encantadora sonrisa de sorpresa. Debía de tener unos cuarenta años y tenía el pelo castaño revuelto y un poco de barba. Parecía un insecto grande y hermoso.

—¡Julia! —llamó—. ¡Qué sorpresa tan increíble! ¡No me puedo creer que estés aquí!

—Tengo que hablar contigo, Warren.

—¡Por supuesto!

Warren se esforzaba por que pareciera que era dueño de la situación, de cara a la galería, pero estaba claro que Julia no ocupaba uno de los primeros puestos en la lista de visitas sorpresa deseadas.

—Esperad un momento —dijo a sus acólitas—. Enseguida vuelvo.

En cuanto estuvo de espaldas a las estudiantes, dejó de sonreír. Cruzaron el pasillo y entraron en un estudio. Caminaba de forma curiosa, como si tuviera un pie deforme.

—¿A qué viene todo esto, Julia? Tengo clase —dijo—. Warren —añadió mirando a Quentin con una sonrisa recelosa. Se estrecharon la mano.

—Tengo que hablar contigo —dijo Julia con desgana.

—De acuerdo. —Y antes de que Julia tuviera tiempo de responder, añadió con voz queda—: Aquí no. En mi despacho, por el amor de Dios.

Acompañó a Julia hacia una puerta que había al otro lado del pasillo.

—Esperaré en el pasillo —dijo Quentin—. Llámame si...

Julia cerró la puerta detrás de ellos.

Supuso que era juego limpio, teniendo en cuenta que él había aparcado a Julia en el pasillo que daba al despacho de Fogg. Para ella, debía de ser tan raro como para él regresar a Brakebills. No acertaba a captar lo que decían, no sin pegar la oreja a la puerta, lo cual habría llamado mucho más la atención de las chicas del salón, que lo observaban con curiosidad probablemente porque seguía llevando los ropajes de Fillory.

—Hola —dijo. Todas desviaron la mirada.

Voces altas pero que seguían resultando imprecisas. Warren la estaba apaciguando, intentando ser razonable, pero al final Julia acabó por hartarse y él empezó a alzar la voz.

—... todo lo que te enseñé, todo lo que te di...

—¿Todo lo que me diste? —replicó Julia a gritos—. Lo que yo te di...

Quentin carraspeó. Mamá y papá se pelean. La escena empezaba a parecerle divertida, claro indicio de que se estaba alejando peligrosamente de la realidad. La puerta se abrió y apareció Warren. Estaba colorado; Julia, pálida.

—Quiero que te marches —dijo él—. Te di lo que querías. Ahora lárgate.

—Me diste lo que te tocaba —espetó ella—. No lo que yo quería.

Abrió unos ojos como platos y estiró los brazos a los lados como diciendo «qué quieres que haga».

—Coloca la puerta —dijo ella.

—No me lo puedo permitir —respondió él entre dientes.

—¡Cielos, eres pa-té-ti-co!

Julia volvió sobre sus pasos dentro de la casa con paso rígido, seguida de Warren. Quentin los alcanzó en la sala del espejo. Julia hacía garabatos enfurecida en el libro mayor. Warren se ocupaba de sus asuntos. Le pasaba algo raro. De la camisa, a la altura del codo, le salía una ramita. Parecía una prolongación del cuerpo.

Era como un sueño que se prolongaba. Quentin hizo caso omiso de él. De todos modos, parecía que se marchaban.

—¿Has visto lo que me haces? —dijo Warren. Intentaba retorcer y partir la ramita, pero estaba verde y tierna y daba la impresión de que tenía otra rama que le sobresalía de las costillas, bajo la camisa—. ¿Ves lo que provocas por el mero hecho de estar aquí?

Al final la arrancó y la blandió hacia ella con actitud amenazadora.

—Eh —dijo Quentin. Se colocó delante de Julia—. Tranquilo. —Eran las primeras palabras que Quentin le dirigía.

Julia acabó de escribir y se quedó mirando el espejo.

—Me muero de ganas de salir de aquí —sentenció sin mirar a Warren.

La mujer mansa de las mechas parecía horrorizada por todo aquello. Otra acólita de Warren, sin duda. Se había retirado todavía más a su rincón.

—Vamos, Quentin.

Recibió otra vez la descarga y, en esta ocasión, cuando la cruzaron, la transición no fue instantánea. Estaban en otro sitio, en algún lugar poco iluminado e intermedio. Estaban en un suelo de obra, con viejos bloques de piedra. Había un puente estrecho sin barandilla. Detrás de ellos estaba el rectángulo brillante del espejo que habían atravesado; delante de ellos, a seis metros, había otro. Debajo de ellos y a los lados no había más que oscuridad.

—A veces se desmontan así —informó Julia—. Procura no perder el equilibrio.

—¿Qué hay ahí abajo? ¿Debajo del puente?

—Trolls.

Era difícil saber si bromeaba.

La estancia en la que aparecieron estaba oscura, era un almacén lleno de cajas. Apenas tenían espacio para salir del espejo.

El aire olía bien, a granos de café. No había nadie allí para recibirlos.

El olor a café quedó explicado cuando encontró una puerta y la abrió, ya que apareció en la cocina atestada de un restaurante. Un cocinero les ladró en italiano que se movieran. Pasaron como pudieron por su lado, intentando no quemarse y tal, y salieron al comedor de una cafetería.

Se abrieron paso por entre las mesas y aparecieron en una amplia plaza de piedra. Una hermosa plaza, delimitada por edificios de piedra somnolientos de una época indeterminada.

—Si no fuera porque es imposible, pensaría que estamos en Fillory —dijo Quentin—. O en Ningunolandia.

—Estamos en Italia, en Venecia.

—Quiero un poco de café. ¿Por qué estamos en Venecia?

—Primero el café.

La luz brillaba en las piedras del pavimento. Había grupos de turistas por ahí, haciendo fotos y consultando guías, con expresión abrumada y aburrida a la vez. Había dos iglesias en la plaza; los demás edificios eran una curiosa mezcla veneciana de piedra antigua, madera antigua y ventanas irregulares. Quentin y Julia caminaron hacia la otra cafetería de la plaza, la de cuya cocina no habían salido por arte de magia.

Era un oasis de sombrillas amarillo brillante. Quentin tenía la sensación de estar flotando. Nunca había cruzado tantos portales en un solo día y le desorientaba. Pidieron una consumición antes de darse cuenta de que no llevaban euros.

—Mierda —dijo Quentin—. Me he levantado en Fillory esta mañana, o quizá fuera ayer por la mañana; de todos modos necesito un *macchiato*. ¿Por qué estamos en Venecia?

—Warren me dio una dirección. De alguien que quizá pueda ayudarnos, una especie de intermediario. Consigue cosas. Quizá pueda conseguirnos un botón.

—O sea que ese es el plan. Bien. Me gusta. —Estaba dispuesto a cualquier cosa siempre y cuando hubiera un café de por medio.

—Perfecto. Después podemos probar el alucinante plan que no tienes.

Se tomaron el café en silencio. Como en sueños, Quentin contempló la superficie caótica del *macchiato*. No habían dibujado una hoja con la leche como solían hacer en Estados Unidos. Las palomas se paseaban por entre las mesas y recogían migas sumamente sucias y las garras se les veían lívidas y rosadas desde tan cerca. La luz del sol lo bañaba todo. La luz de Venecia era tan pétrea como la de Fillory.

El mundo había vuelto a cambiar. No estaba tan claramente dividido como lo recordaba, entre el mágico y el no mágico. Ahora había aquel entremedio anárquico y mugriento. No le importaba demasiado, era caótico y nada glamuroso y él desconocía las reglas. Probablemente a Julia tampoco le gustara, pensó, pero ella no tenía la posibilidad de escoger, no igual que él.

Bueno, su mundo no les había hecho ningún bien. Ya puestos, podían ir a rebuscar un rato en el de ella.

—¿Quién era ese tal Warren? —preguntó Quentin—. Parece que hace tiempo que os conocéis.

—Warren es un don nadie. Sabe un poco de magia y por eso ronda por la academia e intenta impresionar a las estudiantes y enseñarles ciertas cosas para tirárselas.

—¿En serio?

—En serio.

—¿Qué le ha pasado al final? En el brazo... ¿qué era eso?

—Warren no es humano. Es otra cosa, una especie de espíritu de madera. Tiene debilidad por los humanos. Cuando se enfada es incapaz de conservar el disfraz.

—¿Y entonces te has tirado a Warren? —preguntó.

A saber de dónde salía aquella pregunta. Brotó de repente: un ataque de celos, amargo y cálido como el reflujo ácido. No se lo esperaba. Había tenido mucho que digerir en un solo día, o noche, fuera lo que fuese, y era demasiado y demasiado rápido. Se le escapó.

Julia se inclinó hacia delante y le dio una bofetada a Quentin. Solo le dio una pero bien fuerte.

—No tienes ni idea de lo que tuve que hacer para conseguir

lo que a ti te pusieron en bandeja —susurró—. Y sí, me tiré a
Warren. También hice cosas mucho peores.

La oleada de ira resultaba visible, como los gases que despide
la gasolina. Quentin se tocó la mejilla donde le había abofeteado.

—Lo siento —dijo.

—No lo bastante.

Unas cuantas personas los miraron, pero solo unas pocas. Al
fin y al cabo estaban en Italia. Probablemente las bofetadas estuvieran a la orden del día.

12

Julia no volvió a ver a Quentin hasta al cabo de un año y medio.

Era difícil localizarlo. Al parecer no tenía móvil o ni siquiera teléfono ni dirección de correo electrónico. Sus padres hablaban con vaguedades. Ni siquiera estaba convencida de que supieran cómo encontrarlo. Pero ella sí sabía cómo encontrarlos a ellos y tenía que volver a casa de vez en cuando, como un perro a su vómito. Quentin no tenía una relación muy buena con sus padres, pero tampoco era del tipo que los evitaba por completo. En realidad, no tenía necesidad.

Sin embargo, Julia sí que tenía esa necesidad. No le costaba nada desaparecer, no tenía ningún vínculo fuerte con la comunidad. Cuando se enteró de que los Coldwater habían vendido la casa y se habían mudado a Massachusetts, levantó el campamento y los siguió. Incluso un pueblo de mala muerte como Chesterton tenía conexión a Internet y agencias de trabajo temporal, no, sobre todo los pueblos de mala muerte como Chesterton, y aquello era lo único que le hacía falta. Alquiló una habitación encima de un garaje a un jubilado con bigote de conserje que probablemente tuviera una cámara de vídeo escondida en el cuarto de baño. Se compró un Honda Civic destartalado cuyo maletero se cerraba con un alambre.

No odiaba a Quentin. No se trataba de eso. No tenía problemas con Quentin, solo que se interponía en su camino. Para él había sido todo fácil y para ella muy difícil, y ¿por qué? No había ningún motivo justificable. Él había aprobado un examen y ella había suspendido. Aquello ponía la prueba en tela de juicio, no a ella, pero ahora su existencia era una verdadera pesadilla y él tenía todo lo que había deseado en la vida. Vivía una fantasía. La fantasía de ella. Quería recuperarla.

O ni siquiera eso. No pensaba arrebatarle nada. Solo necesitaba que él le confirmara que Brakebills era real y abrir una grieta en la pared del jardín secreto lo bastante ancha para dejarla pasar. Él era su infiltrado.

La cosa funcionaba así: todas las mañanas antes de ir a trabajar pasaba con el coche delante de la casa de los Coldwater. Cada noche alrededor de las nueve volvía a pasar por delante, salía y recorría en silencio el perímetro del jardín en busca de indicios de su presa. Por la noche y desde el exterior, en una McMansion como aquella, con ventanales de cristal doble, se ve perfectamente todo lo que hacen los del interior como si fuera un cine al aire libre. Volvía a ser verano, y las noches de estío olían a hierba masacrada y sonaban al folleteo de los grillos. Al comienzo, de lo único que se enteró fue de que la señora Coldwater era pintora aficionada predecible pero buena en la modalidad de *pop art*, ya pasada de moda, y que el señor Coldwater tenía debilidad por el porno y las lloreras.

La bestia no asomó el rostro hasta septiembre.

Quentin no había cambiado, siempre había sido larguirucho, pero ahora parecía un esqueleto. Tenía las mejillas hundidas, los pómulos marcados. La ropa le colgaba; el pelo lacio (córtate el pelo de una puta vez, no eres Alan Rickman).

Tenía una pinta horrible. Pobrecillo. En realidad tenía la misma pinta que Julia.

No le abordó de inmediato. Tenía que prepararse psicológicamente para la ocasión. Ahora que estaba donde ella quería, de repente le daba miedo tocarlo. Dejó de aceptar trabajos temporales y se dedicó a Quentin a tiempo completo. Pero no se alejó del radar.

Cada mañana alrededor de las once lo veía salir de la casa dando un portazo con una mochila marrón y dirigirse al centro a toda pastilla en una bicicleta de diez velocidades blanca tan antigua que daba risa. Lo siguió desde cierta distancia. Menos mal que estaba totalmente ensimismado y obsesionado consigo mismo porque, de lo contrario, se habría fijado en el Honda rojo que petardeaba y que seguía todos sus movimientos. Allí estaba, la prueba fehaciente de todo aquello que ella siempre había querido. Si él no podía, o no quería, ayudarla, todo acabaría. Habría perdido dos años de su vida. El temor de descubrirlo la paralizaba, pero con cada día que pasaba el riesgo de que él volviera a desaparecer iba en aumento. Entonces volvería al punto de partida.

Lo único que a Julia se le ocurría era que, si era necesario, se acostaría con él. Sabía lo que él sentía por ella. Haría cualquier cosa por acostarse con ella. Era la opción nuclear, pero funcionaría. Riesgo cero. Era su as en la manga, por así decirlo.

Quién sabe, a lo mejor no estaba tan mal. Sin duda sería distinto de las exhibiciones gimnásticas de James con un ritmo tan perfecto. Ni siquiera sabía por qué estaba tan decidida a que Quentin no le gustara. A lo mejor tenía razón, a lo mejor era el hombre que necesitaba. Era difícil saberlo porque se mezclaba con todo lo demás y había perdido la práctica de albergar sentimientos hacia otras personas. Hacía tiempo que nadie la tocaba. Nadie desde el trabajador del zoo en la fiesta, y la cosa se había reducido a un manoseo espástico por encima de la ropa, totalmente aséptico. El paciente se resistía bajo el bisturí mientras ella practicaba la operación. Se sentía desconectada de su cuerpo, de cualquier tipo de placer. La doctora Julia observó, como mera constatación, que se había vuelto tan poco cariñosa y tan poco receptiva que daba miedo. Había guardado todo aquello a puerta cerrada y había fundido la llave.

En un cementerio que había detrás de la iglesia, en el que Quentin se había refugiado, activó la trampa. Cuando lo recordaba se enorgullecía de ello. Podía haber perdido la chaveta pero no fue así. Triunfó. Dijo su parte y conservó su orgullo y le demostró que era tan buena como él. Dejó las cosas claras. Incluso le enseñó el conjuro, el del rastro del arco iris, el que había perfeccionado durante los últimos seis meses. Incluso la posición matadora de las manos, la de los pulgares, la realizaba con gran precisión. Nunca se lo había enseñado a nadie y le agradó sobremanera poder practicarlo con público delante. Se apoderó de la playa como un puto marine.

Y cuando llegó el momento de la opción nuclear, cuando el teléfono rojo sonó en la sala de guerra, Julia ni se había inmutado. Oh, no. Había cogido el teléfono. Si era necesario, seguiría ese camino.

Pero el problema fue que él no quiso. Ella no había contemplado esa posibilidad. Se le había ofrecido, de la forma más clara posible. Se había atravesado con el anzuelo y se había pavoneado delante de él, meneando su cuerpo rosado, pero él no había picado. Julia sabía que se había dejado llevar un poco por las apariencias, pero aun así... Vamos. No cuadraba.

El problema no era ella, sino él. Algo o alguien le fastidiaba. No era el Quentin que recordaba. Curioso, casi se le había olvidado que la gente podía cambiar. El tiempo se había detenido para ella el día que el señor Karras le había devuelto el trabajo de ciencias sociales, pero fuera del interior mohoso y oscuro de su habitación, el tiempo había seguido avanzando. Y durante aquel tiempo Quentin Coldwater el Pacífico había conseguido que se le pusiera dura con alguien que no era Julia.

Bueno, mejor para él.

Cuando él se marchó, se tumbó en la hierba fría, suave y húmeda del cementerio. Llovía y no le importó mojarse. No es que estuviera equivocada, estaba en lo cierto. Él había confirmado todo lo que ella había sospechado, sobre Brakebills, la magia y todo lo demás. Era todo verdad y era extraordinario. Era todo lo que quería que fuera. Su obra teórica había sido sumamente rigurosa y había recibido la recompensa de la plena validación experimental.

Lo que pasaba era que él no podía hacer nada por ella. Era todo cierto, no era un sueño ni una alucinación psicótica, pero no iban a dejar que se saliera con la suya. Existía un sitio que era tan perfecto y mágico que había hecho feliz incluso a Quentin.

Allí no solo había magia sino también amor. Quentin estaba enamorado. Pero Julia no. Estaba desamparada. Hogwarts estaba completo y su candidatura había pasado. La motocicleta de Hagrid nunca retumbaría delante de su puerta. Ninguna carta color crema le caería por la chimenea.

Se quedó ahí pensando, en la hierba húmeda y fértil del cementerio, ante la tumba de un feligrés cualquiera, querido hijo, esposo, padre, y pensó que había estado en lo cierto acerca de casi todo. Casi había sacado la mejor nota. Solo un negativo. Solo había fallado una pregunta.

Pensó en lo que se había equivocado. «Creía que nunca podrían conmigo.»

13

Robar el plano de una ciudad en un lugar turístico no resultaba una actividad especialmente elevada desde un punto de vista espiritual... ¿dónde estaba Benedict cuando lo necesitabas? Y la magia necesaria resultaba trivial. Pero dio a Quentin el tiempo suficiente para serenarse. Ojalá no hubiera dicho aquello sobre Warren. Ojalá no estuviera tan cansado ni se sintiera tan estúpido. Deseó poder volver a enamorarse de Julia o superarla por completo. A lo mejor se quedaba para siempre en una situación intermedia, como el espacio entre portales. Alimento para los trolls.

Quentin respiró hondo. Estaba sorprendido de sí mismo. Sabía que era un poco raro y un tanto gilipollas. Así pues, ¿qué más daba que se hubiera acostado con Warren y con quien fuera o lo que fuera? Ella no le debía nada. No estaba en situación de juzgarla. En parte era culpa suya que ella hubiera hecho lo que había hecho.

Le habría ido bien contar con alguien equilibrado a quien agarrarse, pero resultaba que, aunque no fuera concretamente por culpa de ella, Julia no era una persona a quien aferrarse. Necesitaba una de esas pegatinas de advertencia que ponen en ciertas partes de un avión: NO PISAR. Él tendría que ser esa persona, la equilibrada en quien confiar, la que les sacaría de un apuro. Lo podían hacer juntos o por separado, aunque tenían que hacerlo juntos, porque él se había quedado sin iniciativa y ella estaba a punto de perder la cabeza. No era un papel especialmente glamuroso, no era el papel de Bingle, pero era el que le había tocado. Ya iba siendo hora de que lo aceptara.

Aunque hasta el momento ella había resultado de mucha más ayuda que él. Cuando Quentin volvió a la mesa de la cafetería, Julia había sufrido otra transformación inesperada. Estaba sonriendo.

—Pareces contenta. —Se sentó—. A lo mejor tendrías que darme más bofetadas.

—A lo mejor —repuso ella. Sorbió el café—. Está bueno.

—El café.

—Se me había olvidado lo bueno que puede ser. —Volvió la cara pálida hacia la luz y cerró los ojos, como un gato tomando el sol—. ¿Alguna vez echaste de menos estar aquí?

—La verdad es que no.

—Yo tampoco. No hasta ahora. Se me había olvidado.

Warren había escrito la dirección en un Post-it azul que Julia había llevado agarrado en el puño desde Richmond. Entonces se pusieron a observar juntos el plano de la ciudad, como el resto de los turistas de la plaza, hasta que averiguaron dónde estaban y adónde iban. Su destino era un barrio llamado Dorsoduro, en una calle que estaba a una manzana del Gran Canal. No estaba lejos. Solo tenían que cruzar un puente.

Quentin calculó que debían de ser las nueve o las diez de la noche en su reloj interno, pero en Venecia era media tarde y él se sentía como si llevara varios días sin dormir. En la plaza hacía calor, pero en el puente se estaba más fresco por la corriente de aire que llegaba del mar y soplaba por el Gran Canal, por lo que se pararon allí para orientarse. En Venecia no había coches o por lo menos no en aquella zona. El puente era de madera, decepcionantemente moderno. Por lo menos tenían que pasar cien años hasta que empezara a parecer que pertenecía a Venecia.

Las góndolas negras y lubricadas pasaban por debajo dejando un pequeño remolino detrás, y los *vaporetti* robustos resollaban y las barcazas largas y finas se deslizaban agitando el agua verde detrás de ellas con una suavidad lechosa. El canal estaba flanqueado por palacios decadentes e inclinados, todos llenos de azulejos, terrazas y columnatas. Venecia era la única ciudad que había visto que tenía el mismo aspecto en la vida real que en imágenes. Resultaba un consuelo que en aquel mundo hubiera algo que estuviera a la altura de las expectativas. La única información que Quentin recordaba del Gran Canal era que después de tirarse a sus amantes, Byron solía volver a casa nadando por el canal portando una antorcha encendida en una mano para que los barcos no le pasaran por encima.

Se preguntó qué estaría pasando en Fillory. ¿Les esperarían en la Isla de Después? ¿Llevarían a cabo una investigación? ¿Pasarían a los lugareños por las armas? ¿O regresarían a Whitespire? Lo cierto era que independientemente de lo que fuera a pasar, lo más probable era que ya hubiera pasado. A lo mejor ya habían transcurrido varias semanas, o incluso años, nunca se sabía cómo funcionaba la diferencia de tiempo. Notaba que Fillory se desvanecía de su interior, se alejaba hacia el futuro y a él lo dejaba atrás. Debía de haberse armado la gorda cuando desaparecieron, pero la vida seguiría, volvería a la normalidad. Lo echarían de menos pero sobrevivirían. Quentin, el rey de Fillory, necesitaba a Fillory más de lo que Fillory lo necesitaba a él.

En Dorsoduro las calles eran estrechas y silenciosas. Era menos parecido a un decorado y más como una ciudad real que la parte de la que habían venido; de hecho, ahí sí que parecía que la gente vivía y trabajaba y no que hacía un espectáculo para turistas. Por mucho que Quentin quisiera darse prisa y regresar a Fillory rápidamente, no podía evitar reconocer la hermosura de Venecia. La gente había vivido allí durante... ¿cuánto, mil años? ¿Más? A saber quién había tenido la idea descabellada de construir una ciudad en medio de una laguna, pero no podía negarse que el resultado era bueno. Todo era de ladrillo antiguo y piedra, con bloques tallados de piedra incluso más antigua en las paredes a intervalos irregulares como ornamento. Las ventanas antiguas estaban tapiadas y habían abierto otras nuevas en el ladrillo que permitían atisbar patios silenciosos y secretos. Cada vez que pensaban que habían dejado el mar atrás, se lo volvían a encontrar en forma de vena de agua angular y oscura que se bifurcaba entre los edificios, flanqueada a ambos lados por esquifes de colores vivos.

El hecho de estar allí hacía que Quentin se sintiese mejor. Era más apropiado para un rey y una reina que una zona residencial de Boston. Todavía no sabía si se estaban acercando en modo alguno a Fillory pero se sentía más cerca.

Julia andaba a paso ligero y tenía la mirada clavada delante. Tenía que haber sido un paseo corto, de diez minutos como mucho, pero el callejero era tan caótico que tenían que pararse literalmente a cada esquina para reorientarse. Se quitaban el plano por turnos y se perdían y volvían a quitárselo el uno al otro. Solo uno de cada cinco edificios tenía número y los números ni siquiera estaban en orden secuencial.

Era una ciudad hecha para caminar por ella, lo cual estaba muy bien a no ser que se tuviera algún asunto importante que atender en un lugar concreto.

Al final se detuvieron junto a una puerta de madera pintada de color marrón que era apenas tan alta como ellos. No sabían a ciencia cierta si estaban en la calle correcta pero, por lo menos, la puerta tenía el número que buscaban en una pequeña placa de piedra encima de la misma. Tenía una pequeña ventana empotrada que habían pintado por encima. No había pomo.

Quentin puso la mano en la piedra cálida que había al lado. Contó una secuencia rítmica en voz baja y unas líneas gruesas de color naranja intenso como los filamentos térmicos destellaron durante unos segundos encima de la piedra antigua.

—Los guardianes de este lugar son inflexibles —declaró—. Si tu contacto no vive aquí, quien viva sabe lo que se llevan entre manos.

Una de dos, la situación estaba a punto de mejorar o de empeorar de forma sustancial. Como no había timbre, Quentin llamó a la puerta. La puerta no resonó con el golpe de los nudillos, podía haber un kilómetro de roca maciza detrás. Pero la ventana se abrió rápidamente.

—Sí. —Oscuridad en el interior.

—Nos gustaría hablar con el jefe —dijo Quentin.

La ventana se cerró de inmediato. Miró a Julia y se encogió de hombros. ¿Qué otra cosa se suponía que debía decir? Ella le devolvió la mirada, impasible, desde detrás de las gafas negras. Quentin quería marcharse. Quería regresar, pero no había ningún lugar al que regresar. La única vía era ir a través. Hacia delante y hacia abajo.

La calle estaba en silencio. Era estrecha, prácticamente un callejón, con edificios de cuatro plantas a cada lado. No pasó nada. Al cabo de cinco minutos, Quentin musitó unas palabras en islandés y colocó la palma a tres centímetros de la puerta. Notó la pared a su alrededor, que estaba a la sombra pero todavía cálida.

—Retrocede —dijo.

Quienquiera que hubiera realizado la advertencia sabía lo que se hacía. Pero no sabían todo lo que Quentin sabía. Traspasó todo el calor de la pared a la pequeña ventana de cristal, que se expandió, tal como ocurre con el cristal cuando se calienta. Los guardianes tenían suerte de que el calor no quisiera marcharse, pero Quentin tenía formas de alentarlo. Cuando el cristal ya no pudo expandirse más estalló con un *ping* parecido al de una bombilla. Los alumnos de Warren se habrían quedado impresionados.

—*Stronzo!* —exclamó a través del marco vacío—. *Facci parlare con tuo direttore del cazzo!*

Pasó un minuto. El conjuro de transferencia térmica de Quentin había hecho aparecer una capa de escarcha en el viejo muro de piedra. La puerta se abrió. El interior estaba a oscuras.

—¿Lo ves? —dijo—. Algo aprendí en la universidad.

Un hombre bajito y fornido los recibió en el vestíbulo, una estancia diminuta revestida de azulejos de cerámica marrones. Era sorprendentemente magnánimo. Era de suponer que tenían que cambiar la ventanita muy a menudo.

—*Prego.*

Los hizo subir por una pequeña escalera que conducía a una de las salas más hermosas que Quentin había visto en su vida.

La curiosa topografía de Venecia le había cautivado. Había supuesto que acabarían en algún dormitorio cutre de estilo europeo con paredes blancas y sofás incómodos y lámparas geométricas diminutas, pero el exterior del edificio era puro camuflaje. Estaban en uno de los palacios más grandes del Gran Canal. Habían entrado por detrás.

La fachada delantera era una hilera de ventanas altas con picos de estilo árabe, todas ellas con vistas al agua. La intención obvia era sobrecoger a los invitados de forma que acabaran en un estado de sumisión temblorosa y Quentin se rindió de inmediato. Era como un mural a escala real, un *tintoretto* quizá, con un agua verde brillante y barcos de todas las formas y tamaños, imaginables e inimaginables, que se entrecruzaban. Tres lámparas de araña horrorosas y resplandecientes de Murano iluminaban la habitación, pulpos translúcidos de los que goteaban cristales. Las paredes estaban llenas de cuadros, paisajes clásicos y escenas de Venecia. El suelo era de viejas baldosas de mármol, cuyos bultos y cicatrices se habían amortiguado bajo alfombras orientales que se superponían.

Todo lo que había en la sala era del mismo estilo. Era el tipo de sala en la que uno pasaría un montón de años. No era Fillory, pero sin duda la situación había mejorado. Parecía el castillo de Whitespire.

Su acompañante se marchó y durante un momento les dejaron que se las apañaran solos. Quentin y Julia se sentaron juntos en un sofá; tenía las patas tan labradas que daba la impresión de que iba a echar a andar. Había cuatro o cinco personas más en la estancia, pero era tan grande que parecía privada y vacía. Había tres hombres en mangas de camisa hablando en un tono bajo en una mesa diminuta, sorbiendo algún líquido claro de unos vasos pequeñísimos. Una anciana de hombros anchos contemplaba el agua de espaldas a ellos. Un mayordomo, o comoquiera que se llamara en Italia, estaba al pie de las escaleras.

Nadie les hacía caso. Julia se despachurró en un rincón del sofá. Levantó los pies y puso los zapatos en la bonita tapicería antigua.

—Supongo que nos darán número —dijo Quentin.

—Tenemos que esperar —dijo Julia—. Nos llamará.

Se quitó las gafas y cerró los ojos. Empezaba a ensimismarse otra vez. Se daba cuenta. Daba la impresión de que eso le pasaba por oleadas. Quizá se dejaba ir porque allí se sentía segura. Es lo que él esperaba. Partía de esa base.

—Voy a buscar un poco de agua.

—Agua mineral —dijo ella—. Con gas. Y pídele whisky de centeno.

Si había algo para lo que ser rey preparaba, era para dirigirse al servicio doméstico. El mayordomo tenía tanto agua mineral *frizzante* como whisky. Trajo el whisky sin hielo, como Julia lo quería. Pasó del agua. Le preocupaba lo mucho que ella bebía. A Quentin le gustaba tomar una copa de vez en cuando, eso estaba claro, pero la cantidad de alcohol que Julia era capaz de engullir era heroica. Pensó en lo que Eliot le había contado, lo que había visto en el balneario. Era como si Julia intentara anestesiarse, o cauterizar una herida, o llenar alguna parte de su ser que le faltara.

—El contacto de Warren debe de ser muy bueno arreglando cosas —declaró Quentin—. Este sitio es bonito incluso para el nivel de un mago.

—No puedo quedarme aquí —se limitó a decir Julia.

Se quedó allí sentada dando sorbos al whisky y tiritando, sujetando el vaso con ambas manos como si fuera un refresco curativo y mágico. Bebía sin abrir los ojos, como un bebé. Quentin pidió al mayordomo que le trajera un bocadillo a ella y ella le pidió otro whisky.

—Ni siquiera consigo emborracharme —dijo con amargura.

Después de eso no habló. Quentin deseó que pudiera descansar. Ocupó el otro extremo del sofá mientras sorbía un *spritz* veneciano (Prosecco, Aperol, soda, un trozo de peladura de limón, aceituna) y se puso a contemplar el canal sin pensar qué harían si aquello no funcionaba. El palacio que tenían justo delante era de color rosa, la luz del atardecer lo volvía color salmón. Todas las contraventanas estaban cerradas. Se había asentado de forma irregular a lo largo de los años, una mitad se había hundido ligeramente mientras la otra permanecía en su sitio, lo cual creaba una línea de falla en el medio. Debía de recorrer todo el edificio, todas las habitaciones, pensó Quentin. Probablemente la gente tropezara con ella constantemente. Unos postes a rayas sobresalían del agua formando ángulos curiosos delante del palacio rosa.

Resultaba extraño estar en un palacio y no ser su rey. Había perdido la costumbre. Era como lo que había dicho Elaine, allí nada lo hacía especial. Nadie se fijaba en él. Tenía que reconocer que le resultaba curiosamente relajante. Al cabo de una hora, y Quentin había perdido la noción del tiempo después del tercer *spritz*, un joven italiano bajito y muy serio vestido con un traje de color claro, sin corbata, vino y los invitó a subir. Era el tipo de vestimenta con la que un americano sería el hazmerreír durante un millón de años.

Los hizo pasar a un pequeño salón completamente blanco con tres delicadas sillas de madera dispuestas alrededor de una mesa, encima de la cual había un cuenco de plata sencillo.

Nadie ocupó la tercera silla, pero una voz les habló desde el aire, una voz masculina pero aguda y susurrante, casi andrógina. Era difícil distinguir de dónde procedía.

—Hola, Quentin. Hola, Julia.

Qué espeluznante. Él no había dicho a nadie cómo se llamaban.

—Hola. —No sabía dónde mirar—. Gracias por recibirnos.

—De nada —respondió la voz—. ¿Por qué habéis venido? Supongo que no lo sabe todo.

—Queremos pedirte ayuda.

—¿Qué necesitáis?

Que empiece el espectáculo. Se preguntó si el intermediario era siquiera humano, o una especie de espíritu como Warren, o peor. Julia tenía la mirada perdida, como era habitual en ella, a un millón de kilómetros de distancia.

—Resulta que acabamos de llegar de otro mundo. De Fillory. Que resulta que es un lugar real. Probablemente ya lo sabes. —Ejem. Empecemos otra vez—. No queríamos marcharnos, fue una especie de accidente, y queremos regresar.

—Entiendo. —Pausa—. ¿Y por qué iba yo a ayudaros?

—A lo mejor yo también puedo ayudarte. A lo mejor podemos ayudarnos el uno al otro.

—Oh, lo dudo, Quentin. —La voz bajó una octava—. Lo dudo muchísimo.

—Vale. —Quentin miró detrás de él—. Bueno, mira, ¿dónde estás?

Estaba empezando a ser dolorosamente consciente de lo vulnerables que eran. No podía decirse que tuviera una estrategia para una escapatoria. Y el intermediario no tenía por qué haber sabido cómo se llamaban. A lo mejor Warren lo había llamado antes. No era una idea especialmente reconfortante.

—Sé quién eres, Quentin. En algunos círculos no eres una persona muy apreciada. Algunas personas piensan que abandonaste este mundo. Tu propio mundo.

—De acuerdo. Yo no diría que lo abandoné, pero bueno.

—Y luego Fillory te abandonó. Pobre reyecito rico. Parece que nadie te quiere, Quentin.

—Míralo así si quieres. Si conseguimos regresar a Fillory todo irá bien. O, de todos modos, no es problema tuyo, ¿no?

—Yo soy quien juzga lo que es o no mi problema.

A Quentin le picaba la nuca. Él y el intermediario no habían empezado con buen pie. Sopesó las ventajas de poner en práctica algo de magia defensiva básica. Prudente pero que asustara lo bastante al intermediario para que probara un ataque preventivo. Lanzó una mirada a Julia, pero ella apenas seguía la conversación.

—Vale. He venido aquí a negociar.

—Mira en el cuenco.

Mirar el cuenco de plata en aquella situación parecía mala idea. Quentin se levantó.

—Mira, si no puedes ayudarnos, vale. Nos marchamos. Pero si puedes ayudarnos, danos un precio. Lo pagaremos.

—Oh, pero no tengo por qué darte nada de nada. No os he invitado aquí y yo decidiré cuándo os podéis ir. Mira en el cuenco.

La voz adoptó entonces un tono agudo y susurrante.

—Mira en el cuenco.

La situación estaba empeorando por momentos. Todo parecía negativo. Cogió a Julia del brazo y la obligó a levantarse.

—Nos vamos —dijo—. Ahora mismo.

Dio un golpe al cuenco de plata, se cayó de la mesa y chocó contra la pared. De él salió un trozo de papel. A pesar de sus reticencias, Quentin lo miró. Había conjuros que podían practicarse con solo leerlos. El papel incluía las palabras PAGARÉ: UN BOTÓN MÁGICO con un rotulador mágico de trazos toscos.

La puerta se abrió detrás de ellos y Quentin se esforzó para colocarse detrás de la mesa.

—¡Oh, mierda! ¡Ha mirado en el cuenco!

La voz era mucho más baja que la que había hablado hasta entonces. Era una voz que Quentin conocía bien. Era la de Josh.

Quentin lo abrazó.

—¡Cielos! —dijo hacia el hombro ancho y reconfortante de Josh—. ¿Qué pasa, tío?

No comprendía cómo siquiera era posible que Josh estuviera allí, pero daba igual. Probablemente no diera igual, pero ya se vería. Ni siquiera le importaba que Josh los hubiera manipulado. Lo que importaba en esos momentos es que no iban encaminados a otro desastre. No iban a pelear. A Quentin le temblaban las rodillas. Era como si hubiera navegado tan lejos desde el mundo seguro y ordenado que conocía que regresaba dando la vuelta por el otro lado, por el extremo contrario, y ahí estaba Josh, una isla de calidez y familiaridad.

Josh se separó con delicadeza.

—¡Y bueno! —exclamó—, ¡bienvenido a la mierda, tío!

—¿Qué coño estás haciendo aquí?

—¿Yo? ¡Estoy en mi casa! ¿Qué haces tú aquí? ¿Por qué no estás en Fillory?

Era el mismo Josh: cara redonda, con sobrepeso y risueño. Parecía un abad de los que hacen cerveza, no más viejo en apariencia que la última vez que Quentin lo había visto, hacía más de tres años. Josh cerró la puerta detrás de ellos con cuidado.

—Toda prudencia es poca —dijo—. Tengo una imagen que proteger. Pasa algo así como lo del Mago de Oz, no sé si me entiendes.

—¿Qué pasa con el cuenco?

—Eh, no tenía mucho tiempo. Me pareció espeluznante, ¿sabes? «Mira en el cuenco... mira en el cuenco...» —Imitó la voz.

—Josh, Julia. Os conocéis, ¿no?

Se habían visto una vez antes, en la carrerilla caótica previa al gran retorno a Fillory, antes de que Josh se marchara solo a Ningunolandia.

—Hola, Julia. —Josh le dio un beso en cada mejilla. Por lo que parecía, ahora actuaba a la europea.

—Hola.

Josh meneó ambas cejas hacia Quentin con expresión lasciva y de una manera que parecía físicamente imposible. Quentin estaba empezando a darse cuenta de la enorme suerte que había tenido. Josh tendría el botón mágico. Era su billete de vuelta a Fillory. Sus días de vagabundeo se habían acabado.

—Escucha —dijo—, tenemos ciertos problemas.

—Sí, debéis de tenerlos si habéis venido aquí.

—Ni siquiera sé dónde es aquí.

—Estás en mi casa, ahí es donde estás. —Josh hizo un movimiento exagerado con los brazos—. En un enorme «palatso» que te cagas en el Gran Canal.

Les acompañó a recorrer el edificio. El *palazzo* tenía cuatro plantas, las dos inferiores para comercios y las dos superiores para los aposentos privados de Josh, a los que se retiraron. El suelo era de losas de mármol enormes con remolinos de color rosa y las paredes de yeso medio desmoronado. Todas las habitaciones tenían dimensiones distintas y daban la impresión de estar construidas sobre la marcha, siguiendo una serie de impulsos caprichosos que ahora eran imposibles de reconstruir.

Viva la gran búsqueda de Fillory, pero ahora necesitaban un respiro. Julia pidió un baño caliente que, francamente, necesitaba de verdad. Quentin y Josh se retiraron al gigantesco comedor, iluminado por una sola lámpara de araña modesta. Mientras daban cuenta de unos espaguetis negros, Quentin explicó lo mejor que pudo lo que había ocurrido y por qué estaban allí. Cuando acabó, Josh explicó lo que le había pasado a él.

Con Quentin, Eliot, Janet y Julia cómodamente instalados en los tronos de Fillory, Josh había cogido el botón y se había embarcado en una exploración de Ningunolandia. Había visto todo lo que le interesaba de Fillory y no le había gustado y, de todos modos, estaba harto de estar a la sombra de los demás. No quería ser co-monarca de Fillory, quería hacer las cosas a su manera. Quería encontrar su propio Fillory. Quería rollo.

Josh era despreocupado en muchos aspectos, lo que comía, lo que vestía, lo que fumaba, lo que decía, lo que hacía, pero en Brakebills no te aceptaban sin ser un genio en algún sentido, y dependiendo de lo que estuviera en juego, era perfectamente capaz de ser sumamente metódico e incluso meticuloso. En este caso lo que estaba en juego era lo adecuado. Inició un estudio exhaustivo de Ningunolandia.

No era algo que tomarse a la ligera. Que se supiera, las plazas y fuentes de Ningunolandia se extendían hasta una distancia infinita en todas direcciones, nunca se repetían y cada una conducía a un mundo distinto y quizás incluso a un universo totalmente diferente. No era nada difícil estar tan perdido que resultara imposible encontrar el camino de vuelta a casa.

Josh se había propuesto ir a la Tierra Media, igual que el escenario de *El señor de los anillos* de Tolkien. Porque si Fillory era real, ¿por qué no la Tierra Media? Y si la Tierra Media era real, aquello significaba que un montón de cosas probablemente también fueran reales: las elfas y las lembas y el miruvor y Eru Ilúvatar y vete a saber qué más. Pero, en realidad, cualquier sitio habría bastado siempre y cuando fuera razonablemente cálido y revitalizador y habitado por personas dotadas de los órganos apropiados y las ganas de compartirlos con Josh. El multiverso era su cadena de restaurantes preferida.

Estaba resuelto a subir en espiral desde la fuente de la Tierra, cuadrado a cuadrado, trazando el mapa con cuidado al hacerlo. No le haría falta gran cosa. En Ningunolandia no se pasaba hambre. Se llevó una hogaza de pan, una botella de vino bueno, ropa cálida, seis onzas de oro y una pistola inmovilizadora.

—El primer mundo fue una cagada total —dijo—. Desierto por todas partes. Dunas increíbles, pero nadie a la vista, así que usé el botón para salir rápidamente de allí. El siguiente era de hielo. El otro, un bosque de pinos. Ese estaba habitado por una especie de amerindios. Pasé dos semanas allí. Nada de amor, pero perdí casi cinco kilos. También me gané una tonelada de wampum.

—Un momento, espera. ¿Estos mundos eran igual en todas partes? Me refiero a si tenían el mismo clima y ya está.

—Pues no sé. Ni siquiera sé si esos otros mundos son esféricos. O si tienen forma de disco o de anillo o yo qué sé. Tal vez no funcionen del mismo modo. Quizá no tengan latitud. Pero tampoco pensaba ir a otra zona climática para descubrirlo. Era bastante más fácil pasar a la siguiente fuente.

»Cielos, la de cosas que vi. La verdad, tendrías que hacerlo algún día. Algunos días iba a una docena de mundos. Era como una caída libre por el multiverso. Un árbol gigante sin comienzo ni final. Una especie de mundo magnético, en el que todo se pegaba. Otro era elástico. Otro solo tenía escaleras, escaleras y más escaleras. ¿Qué más? Otro estaba al revés. Uno era ingrávido y flotabas por el mundo exterior, salvo que el espacio era cálido y húmedo y olía a algo parecido al romero.

»¿Y sabes lo que es real? ¡Los *teletubbies*! Lo sé, ¿vale? Es una locura.

—No me dirás...

—No, no, ahí no fui. Pero no me habría costado nada. De todos modos, no todo era tan exótico. A veces encontraba un mundo que era como el nuestro pero con una cosa que era distinta, como que la economía se basaba en el estroncio o que los tiburones eran mamíferos o que había más helio en el aire, por lo que todo el mundo tenía la voz aguda.

»Después de todo eso conocí a una chica. Tío, qué bonito.

Ese mundo estaba lleno de montañas, como en las pinturas chinas, que sobresalían por entre la neblina y en realidad la gente tenía pinta asiática. Vivían en esas ciudades tipo pagoda colgante y adornada. Pero quedaba muy poca gente porque siempre estaban enzarzados en esas guerras interminables con otros pueblos de las montañas, por ningún motivo aparente. Además, se caían muy a menudo de los acantilados.

»Probablemente yo fuera la persona más gorda que habían visto en su vida, pero les daba igual. Creo que les parecía atractivo. Como si significara que era buen cazador o algo así. Nunca antes habían visto magia, o sea que con esto tenía mucho ganado. Durante una temporada fui una especie de celebridad.

»Empecé a salir con una chica, una gran guerrera de una de las ciudades. Estaba muy metida en lo de la magia. Y además supongo que los hombres no estaban especialmente dotados con respecto al aparato, no sé si me entiendes.

—Creo que capto la esencia, sí —respondió Quentin.

—Resulta que murió. La mataron. Fue horrendo. Muy pero que muy triste. Al comienzo quería quedarme a luchar e intentar pescar a los asesinos, pero luego me vi incapaz. Fue todo una estupidez. No podía meterme en lo de la guerra como hacían ellos, y aquello era vergonzoso para ellos, supongo, así que me echaron.

—Cielos. Lo siento.

Pobre Josh. Por su forma de hablar, a veces uno olvidaba que tenía sentimientos. Pero estaban allí, si se escarbaba lo suficiente.

—No, da igual. Bueno, no me dio igual pero qué se le va a hacer. Nunca iba a funcionar. Creo que quería morir de ese modo. A esa gente no le gustaba demasiado la vida o quizá sí y eso fuera lo que era la vida, yo qué coño sé.

»Entonces se fue todo a la mierda. Se acabó la diversión. Fui a esa especie de mundo griego, lleno de acantilados blancos y sol abrasador y mares oscuros. Ahí me acosté con una harpía.

—¿Mantuviste relaciones sexuales con una harpía para recuperarte de la otra pérdida?

—No sé si lo hice por eso. Alas en vez de brazos, básicamente. En los pies también tenía una especie de garras.

—Vale.

—Prácticamente echó a volar en plena faena. Plumas por todas partes. Fue más molestia que otra cosa. Todavía tengo una cicatriz donde me clavó las garras. Puedo...

—No quiero verlo.

Josh exhaló un suspiro. Se había quedado blanco, o mejor dicho, gris bajo la barba incipiente. Entonces, Quentin vio los años que se había perdido.

—Me refiero a que básicamente yo buscaba un montaje tipo *Y: el último hombre*, ¿vale? En el que yo era el único tío en un mundo de tías. Sé que existe. Por mí, como si eran todas lesbianas y yo me limitaba a mirar. Cualquier cosa me iba bien.

»De todos modos, después de eso empecé a deslizarme entre los mundos. Mundos, mundos, mundos. Dejó de importarme. Es como cuando has visto demasiado porno en Internet y ya nada parece real pero sigues dándole de todas formas. Llegaba a un mundo e inmediatamente empezaba a buscar una excusa para marcharme y pasar al siguiente. En cuanto veía que algo estaba mal, oh, aquí hay moscas, o el cielo tiene un color raro, o no hay cerveza, cualquier cosa que no fuera perfecta, me piraba.

»Entonces, una de esas veces, regresé y Ningunolandia se había ido a tomar por saco.

—¿Qué? ¿Qué quieres decir a tomar por saco?

—Destrozado. Acabado. ¿Lo sabías? Si no lo hubiera visto, no me lo habría creído.

Apuró la copa de vino. Un hombre vino a rellenársela y Josh lo despidió.

—Whisky —pidió.

Continuó.

—Al comienzo pensé que era yo, que lo había roto. Que lo usaba demasiado, algo así. Cuando atravesé el agua con la cabeza esa última vez fue como si el frío me diera un puñetazo en la cara. El aire estaba helado y el viento removía la nieve seca en forma de polvo por las plazas.

—¿Cómo es eso? —preguntó Quentin—. Pensaba que en Ningunolandia ni siquiera tenían clima.

Le hizo pensar en la tormenta silenciosa, la que había destrozado el árbol-reloj en Fillory. A lo mejor era el mismo viento.

—Allí hay algo muy fastidiado, Quentin. Algo va mal, algo básico. Sistémico, por así decirlo. La mitad de los edificios estaba en ruinas. Daba la impresión de que había caído un bombardeo. Todos esos bonitos edificios de piedra abiertos al cielo. ¿Te acuerdas de que en una ocasión Penny dijo que estaban llenos de libros? Creo que tenía razón porque el aire estaba lleno de páginas que revoloteaban por la ciudad.

Josh negó con la cabeza.

—Supongo que tenía que haber cogido unas cuantas para ver qué había en ellas. Tú lo habrías hecho. No se me ocurrió hasta después.

»¿Sabes en qué estaba pensando? En no morir. En ese momento estaba bastante lejos de la fuente de la Tierra, a un kilómetro y medio más o menos. Había cogido ropa de abrigo, pero la había dejado cuando conocí a la harpía. Allí hacía un calor infernal. Y de todos modos ella me tiraba de la ropa constantemente.

»O sea que estaba prácticamente desnudo y muchos de mis puntos de referencia habían desaparecido. Muchas fuentes también habían desaparecido. Algunas estaban niveladas, otras, heladas. ¿Sabes qué? Allí realmente no puede hacerse magia. Un par de veces me quedé agachado en un rincón. Pensé en esperar la tormenta pero en realidad solo quería dormir. Creía que no podía continuar. Podía haberme muerto. Me quedé ahí fuera durante media hora. Es un milagro que encontrara la fuente de la Tierra. Lo cierto es que pensaba que no lo conseguiría.

—Es increíble que lo consiguieras. —Típico de Josh. Justo cuando uno pensaba que estaba acabado, metía una marcha y, cuando lo hacía, era realmente indomable. Como aquella ocasión en Fillory, cuando había derrotado al gigante ardiente con el conjuro del agujero negro. Probablemente los enterrara a todos.

—Sigo intentando entenderlo —reconoció Josh—. Era como si alguien hubiera atacado Ningunolandia o lo hubiera maldecido, aunque ¿quién iba a hacerlo? No vi a nadie. Estaba tan vacío como siempre. Pensé que quizá... ya sé que es una tontería... pero pensé que a lo mejor veía a Penny.

—Sí.

—Me refiero a que no es que quisiera. No soportaba a ese tío. Pero estaría bien saber que no está muerto.

—Sí, estaría bien.

Quentin se puso enseguida a calcular si aquello significaba que él y Julia podían regresar a Fillory a través de Ningunolandia. En teoría seguía siendo posible. Tendrían que prepararse para el clima frío. Llevar un piolet.

—Siempre pensé que Ningunolandia era invulnerable —dijo Quentin—. Parecía estar fuera del tiempo, creía que nunca cambiaría. Pero parece ser que le alcanzó un terremoto, un terremoto y una tormenta de nieve a la vez.

—Ya lo sé. Increíble, pero cierto.

—Supongo que no te diste cuenta de si la fuente de Fillory seguía allí, ¿no? —preguntó Quentin—. Pensé que a lo mejor volvíamos por allí. A Fillory.

—No. ¿Entonces vuelves? No es que me parara un segundo mientras pasaba por allí. Pero, escucha, de todos modos no sé si puedes volver por ahí.

—¿Por qué no? Soy consciente de que Ningunolandia es una zona catastrófica, pero vale la pena probar. Regresaste a la Tierra. Pareces bastante asentado. Préstanos el botón un momento y nos vamos.

—Sí, ya, ahí está la cosa precisamente.

Josh no miró a Quentin a los ojos. Observó un cuadro que colgaba de una pared desconchada detrás de Quentin como si nunca lo hubiera visto.

—¿Qué?

—Ya no tengo el botón.

—¿Que no lo tienes?

—No. Lo vendí. No sabía que todavía lo querías.

Quentin no daba crédito a sus oídos.

—No es verdad. Dime que no lo vendiste.

—¡Te estoy diciendo que sí! —replicó Josh indignado—. ¿Cómo coño te crees que pagué el puto *palazzo* veneciano?

14

Quentin notaba en la frente la madera fría de la mesa de comedor de Josh. Volvería a erguirse al cabo de unos segundos. Eso es lo que su cerebro tardaría en regresar al estadio anterior en el que creía que los problemas se habían acabado. Hasta entonces, Quentin seguiría disfrutando de la fría solidez de la madera. Se dejó embargar por la desesperación. El botón había desaparecido. Se planteó golpearse la cabeza varias veces, pero habría sido un poco exagerado.

Se dio cuenta de lo muy tranquila que se había tornado la ciudad. Al anochecer las calles y los canales se vaciaban. Como si esa noche Venecia hubiese decidido dejar de formar parte de ese milenio y hubiese retomado su antigua apariencia medieval.

De acuerdo. Se irguió. La sangre volvió a fluirle por el rostro. A ponerse las pilas.

—Bien. Vendiste el botón.

—Oye, seguramente tenías otro plan —repuso Josh—. A ver, no me creo que planearas toparte conmigo por casualidad en Venecia para pedirme el botón. Eso no es un plan ni nada.

—Exacto —reconoció Quentin—, no es un plan. El plan consistía en que no me echaran de Fillory, pero ya es demasiado tarde, así que estoy ideando otro plan. ¿A quién coño le vendiste el botón?

—Eso sí que fue una aventura. —Josh comenzó a contarle lo sucedido, sin reprocharse nada. Si Quentin había seguido adelante él también podría hacerlo, y se trataba de una historia mucho más divertida que su estancia en Ningunolandia—. Me di cuenta de que el botón ya no me interesaba, ni tampoco Ningunolandia, Fillory y todo ese rollo. Si iba a echar un polvo, y de eso estaba seguro, sería aquí en el mundo real. Comencé a investigar qué haría en la Tierra y descubrí la movida clandestina. Los pisos francos y todo eso. ¿Te has enterado?

—Julia me ha puesto al día.

—Siempre había sabido que había brujas y magos inconformistas ahí fuera, pero esto va en serio, tío. No tenía ni idea. Hay montones. Muchos se pasan por Venecia por el rollo de que es antigua y piensan que es mágica. Se imaginan que pillarán algo. Da un poco de pena, la verdad. Algunos son la hostia, han averiguado muchas de las cosas que sabemos e incluso las que no, pero la mayoría no tiene ni idea de nada y están desesperados. Son capaces de cualquier cosa.

»Hay que andarse con ojo con los desesperados. No son lo que se dice peligrosos, pero atraen a los carroñeros. Hadas y demonios y todo eso. Chacales de los cojones. Entonces es cuando llegan los problemas. Los depredadores no se meten con nosotros porque somos duros de pelar, pero esos cabroncetes, los magos disidentes, están sedientos de poder y harán lo que sea para conseguirlo. He oído decir que han conseguido tratos terribles.

»Pero, ¿sabes qué? Me caen bien. Nunca llegué a encajar en Brakebills. Todo el rollito hipócrita de Oxford, con las catas de vino, los disfraces y todo eso, pegaba más contigo y con Eliot. Y, y Janet. —Estuvo a punto de mencionar a Alice, pero lo evitó en el último segundo—. Estaba bien, no me malinterpretes, pero no va conmigo.

»Me llevo mejor con la gente de la movida clandestina. En Brakebills era el hazmerreír de todos, pero aquí soy un tipo importante. Supongo que me harté de ser un don nadie. No me apreciaba nadie, ni siquiera tú, Quentin. Pero aquí soy el rey del mambo.

Quentin podría haberlo negado, pero le era imposible. Era cierto. Josh caía bien a todo el mundo si bien nadie lo tomaba en serio. Había llegado a pensar que era porque Josh no quería que lo tomaran en serio, pero nada distaba más de la verdad. Todo el mundo quería ser el héroe de su propia historia. Nadie quería ser el graciosillo. Josh lo había sido desde que Quentin lo conocía. No era de extrañar que les hubiera hecho pasar un mal rato en aquella habitación con el cuenco.

—¿Por eso vendiste el botón? ¿Porque creías que no te tomábamos en serio?

Josh estaba herido.

—Vendí el botón porque me ofrecieron un huevo de pasta, pero ¿habría sido un mal motivo? Oye, estaba enfadado. Aquí me respetan. Desconocía esa sensación. Soy el puente entre los dos mundos. Hay cosas que no pueden conseguirse aquí y sé cómo encontrarlas, y viceversa. A mí acuden personas de ambos mundos con problemas.

»Es una pasada. La movida clandestina tiene cosas que nunca habríamos conseguido, y ni siquiera lo saben. Hacen unos trueques de pena, pero a veces aparecen objetos legendarios y ni siquiera los reconocen. Una vez encontré una esfera Cherenkov. Nadie sabía qué era y tuve que enseñarles a sostenerla.

—¿Qué me dices del botón? ¿Lo vendiste en uno de esos trueques?

—¡Ajá! Estabas tardando en preguntarlo —dijo sin inmutarse—. Fue una transacción más especial. Algo excepcional con un cliente pudiente.

—Sí, claro. Tal vez podrías ponerme en contacto con ese cliente pudiente, quizá también quiera hacer una transacción especial conmigo.

—No perderías nada por intentarlo, pero no me haría muchas ilusiones. —Sonreía como un poseso. Se moría por contar el secreto.

—Desembucha.

—¡Vale! —Josh levantó las manos como para situar la acción—. Tras regresar de Ningunolandia me voy a dar un garbeo por Nueva York, contento de tener todavía todas las extremidades, y entonces un tipo me llama al móvil y me dice que me reúna con él al día siguiente en Venecia. Quiere hablar de negocios, se trata de algo confidencial, todos esos rollos. Vale, le digo, pero ando algo falto de pasta y no sé cómo montármelo. Mientras hablo por el móvil voy caminando por la acera, y justo entonces un Bentley se detiene a mi lado y se abre la puerta. Como el idiota que soy, entro y nos dirigimos a LaGuardia, donde espera un reactor privado. A ver, ¿cómo sabía dónde estaba yo? ¿Cómo sabía que no tenía algo importante entre manos?

—Claro, ¿por qué iba a saberlo? —Cuesta abandonar las costumbres de toda la vida. De todos modos, Josh no pilló la ironía.

—Pues bueno, se suponía que tenía que reunirme con el tipo en tal muelle a tal hora, y es lo que hago, aunque el día en que las benditas señales verdes y blancas norteamericanas lleguen a este continente lo celebraré a lo grande, joder. Un tipo llega al muelle en una embarcación que te cagas, no en la típica lanchilla veneciana de tres al cuarto. Es una pasada, como una especie de cuchillo de madera gigante. Ni se oye. Se desliza hasta el muelle y el tipo sale de un salto. Ni siquiera la amarra; la lancha le espera.

»Y es un enano. Una persona bajita... lo siento, una persona bajita, pero una persona bajita de primera. Viste tan bien que ni siquiera parece una persona bajita. Proviene de una antigua familia veneciana, un marqués de no sé qué y no sé cuántos. Tarda una hora en decir su nombre.

»Pero luego todo fue más rápido. Dice que representa a alguien que quiere comprar el botón. No sé cómo saben que tengo el botón y le pregunto de quién se trata. Se limita a decir que no puede revelarlo. Le digo cuánto me pagará y él dice que cien millones de dólares. Y yo le digo que doscientos. Cincuenta. Doscientos cincuenta millones.

»¡Toma ya! Solo quiero saber quién es el comprador, es normal, ¿no? A ver, ¿quién desperdició la infancia tragándose millones de horas de televisión? Para mí es como una costumbre arraigada, joder.

»Entonces el enano saca un sobre y dentro hay un cheque por valor de doscientos cincuenta millones. Es como si hubiera sabido lo que iba a pedir. Y me quedo como si tal cosa. Y el tipo me dice que me acerque con sus deditos regordetes. Creía que me susurraría algo al oído, así que me paro y me inclino, y me dice que no y me indica que me acerque al final del muelle y luego señala el agua. Y entonces veo una cara.

»Asciende hasta la superficie. Es enorme... es como si un camión fuera a embestirme. Casi me cago en los pantalones.

—¿Qué era?

—Un dragón. ¡En el Gran Canal vive un dragón! Ese era el comprador del anillo.

Quentin sabía de la existencia de los dragones. No había muchos y vivían en ríos. Un río por dragón. Eran muy territoriales. Casi nunca salían ni hablaban con nadie. No hacían casi nada, se pasaban la vida en un olvido fluvial secreto. Menos uno de ellos, que al parecer se había despertado el tiempo suficiente como para hablar con un pequeño aristócrata. Y se había esforzado para enseñarle la cara a Josh y comprar el botón mágico por doscientos cincuenta millones de dólares.

—Vamos al banco, comprobamos que el cheque no es falso y volvemos al muelle. Saco el botón y se lo doy al tipo, que se ha puesto un guante blanco al estilo Michael Jackson. Mira el botón con una lupa de joyero, se dirige al final del muelle y lo tira al agua como si tal cosa. Luego sube a la lancha y se larga.

—Increíble —dijo Quentin. Costaba enfadarse por lo sucedido, aunque no era del todo imposible.

—Todavía no me creo que un dragón nos haya comprado el botón —exclamó Josh—. ¡Sabe quiénes somos! O al menos sabe quién soy. Seguro que nadie sabía que hay un dragón en el Gran Canal. A ver, es de agua salada, lo sabías, ¿no? No es un río, sino un estuario con mareas o como se llame. ¡Seguro que nadie sabe que hay dragones de agua salada!

—Josh, ¿cómo podría ponerme en contacto con el dragón?

Se quedó parado.

—Pues ni idea. Creo que no puedes.

—Tú lo hiciste.

—Lo hizo él.

—Bueno, ¿cómo lo intentarías?

Josh suspiró exasperado.

—De acuerdo, conozco a una chica que sabe mucho de dragones. Supongo que podría preguntárselo.

—Vale, perfecto. Oye, lo haremos así. —Quentin hizo un esfuerzo indecible para mirar a Josh de hito en hito—. Con todo el respeto del mundo por el hecho de que aquí seas el rey del mambo, pero Julia y yo somos el rey y la reina de Fillory y queremos volver allí. A efectos prácticos, estamos metidos en una búsqueda de los cojones. Tú también estás en el ajo y te voy a suplir. Tenemos que regresar a Fillory y no sabemos cómo. Ese es el problema.

Josh se lo pensó.

—Pues es un problema bien gordo.

—Sí, y tú eres quien todo lo arregla, ¿no? En marcha, entonces.

Lo de Josh tenía mérito: tal vez echara por tierra la única oportunidad de volver al reino mágico y secreto donde Quentin era rey, pero lo cierto es que se había comprado un palacio de primera. Era una grotesca y espléndida montaña de mármol del siglo XV. La fachada que daba al canal era blanca, con un pequeño muelle impoluto delante. La decoración interior era puro enlucido barroco. De las paredes, a modo de liquen, colgaban viejos óleos. Sin saberlo, con la compra de la casa Josh había adquirido un *canaletto* menor.

Era un palacio en toda regla y seguramente habría costado lo suyo adecentarlo. Josh había renovado las cañerías y el cableado, había diseñado una cocina tipo restaurante y había hecho obras subacuáticas para apuntalar los cimientos y evitar que el palacio se desmoronase en el canal. Se había esmerado tanto en los cambios que solo se notaban al abrir el agua de la ducha.

Apenas le había costado veinticinco millones de dólares, más diez millones para las reformas. No es que Quentin fuera un genio de las matemáticas ni nada, pero se imaginaba que a Josh todavía le quedarían unos ahorrillos considerables. Sin duda alguna le servirían de solaz durante sus años de gloria.

Todo ello indicaba que Josh tenía una faceta resuelta y eficaz que se merecía todos los respetos, aunque por motivos personales solía esforzarse por mantenerla oculta. Quentin acababa de darse cuenta de que Josh había cambiado. Se le veía más seguro. Caminaba de otra manera. Había adelgazado en Ningunolandia y había mantenido el tipo. La gente cambia. El tiempo no se detenía mientras Quentin se pasaba el día holgazaneando en Fillory.

Tenía cosas que aprender de Josh. Se lo estaba pasando en grande. Hacía lo que le daba la gana y se divertía. Había pasado por lo mismo que Quentin: había perdido a la chica que amaba y había estado a punto de morir, pero no se dedicaba a lamentarse y a filosofar al respecto. Se recuperó y se hizo con un *palazzo*.

Quentin durmió como un tronco hasta el mediodía siguiente, tras lo cual desayunó en el comedor. (Josh estaba orgulloso de la mesa que había preparado: «Aquí se usan cucharas para la mermelada. Increíble, ¿no? ¡Cucharillas! ¡Dignas de un rey!») Luego apareció Julia, que no se quitó las gafas de sol y se limitó a comer, directamente del bote, una crema para untar de levadura y vegetales, lo cual era una prueba indudable de su cada vez más deteriorada humanidad.

También vino Poppy, la amiga de Josh que se suponía que sabía mucho sobre dragones. Era como un fideo, alta y delgada, con unos ojos azules enormes y el pelo rubio rizado. Poppy había estado en Brakebills, pero solo como becaria investigadora de posgrado. Había aprendido magia en una universidad de Australia, que era de donde procedía.

Quentin creía que los australianos eran divertidos y tranquilos, y si eso era cierto entendía por qué Poppy se había largado de Australia. Era aguda y despierta, con una vocecita que destilaba seguridad. Se mostraba especialmente segura cuando hablaba de los errores de los demás. No es que fuera una sabelotodo, no parecía una cuestión de ego. Tan solo daba por supuesto que todo el mundo compartía su deseo de hablar sin trabas de cualquier tema, y esperaba que los demás hicieran lo mismo con ella. Al parecer en Esquith, la escuela de magia de Tasmania, había sido la estrella académica de su curso. Eso lo había dicho Josh, pero Poppy no le había contradicho, con lo cual tenía que ser cierto o, de lo contrario, habría ido en contra de su naturaleza.

Poppy era una académica convencida, pero no vivía encerrada en una torre de marfil. Vivía en el mundo real. Le iba el trabajo de campo, en concreto los dragones.

Quentin supuso que se debía al interés general de los australianos por los animales peligrosos. De los cocodrilos de agua salada y las medusas avispas de mar a los dragones apenas había un saltito de nada. Poppy sabía todo cuanto era posible saber sobre los dragones sin haberlos visto jamás. Había seguido pistas por todo el mundo y ahora estaba siguiendo otra. Josh había tanteado el terreno en busca de entendidos en la materia y se alegró de que la mayor experta estuviera tan buena como Poppy. Llevaba tres semanas allí y a Josh no se le habían hecho pesadas.

La presentó como su amiga, pero conociendo a Josh y dado que Poppy era indudablemente atractiva, a Quentin no le pareció improbable que Josh quisiera acostarse con ella o que ya lo hubiera hecho. Josh había cambiado, y mucho, pero seguía siendo Josh.

Para ser francos, a ratos Poppy sacaba de quicio a Quentin, pero ella les sería muy útil. Josh todavía tenía que contarle todo lo sucedido con el dragón en el Gran Canal. Josh le dijo a Quentin que lo había dosificado para así intentar prolongar la visita de Poppy. Pero había llegado el momento de la verdad. La necesitaban. Huelga decir que Poppy estaba más contenta que unas pascuas. Estuvo a punto de desorbitar sus ya de por sí enormes ojos azules.

—Vale, vale —dijo a toda prisa—. Casi todos los dragones conocen un lugar en el río al que se puede saltar para que se den cuenta. Controlan ese lugar por si alguien que valga la pena quiere hablar con ellos. Si quieren hablar contigo te llevarán a su morada. Pero el proceso no está nada claro. Hay muchas leyendas urbanas al respecto. Muchas personas aseguran haber hablado con dragones, pero es difícil comprobarlo. Se dice que el dragón del Támesis escribió casi todos los temas de Pink Floyd. Al menos después de que Syd Barrett dejara el grupo. Pero no puede demostrarse.

»En teoría hay que abordarlos en el primer puente río arriba desde el mar, en este caso el de la Accademia. ¿No habéis oído hablar de todo esto? No me lo puedo creer. Id a medianoche. Id hasta el centro del puente. Llevad un ejemplar del periódico de hoy y un buen filete. Id bien vestidos. Eso es todo.

—¿Eso es todo?

—Eso es todo. Luego tenéis que lanzaros al agua. Así es la tradición. Nadie sabe si sirve de algo. Hay muy poca información y no es precisamente fiable.

Y luego hay que lanzarse al agua. Eso era todo.

—Pero ¿funciona? —preguntó Quentin.

—¡Pues claro! —Poppy asintió con energía—. Algunos dragones son más dicharacheros que otros. El encargado del discurso de despedida de la escuela de magia de Calcuta intenta contactar con el dragón del Ganges todos los años, y funciona la mitad de las veces.

»Pero se trata de un dragón en el Gran Canal. Una auténtica novedad. Empezaba a pensar que erais una panda de pringados. —Repasó a Josh con la mirada.

—¿Empezabas? —preguntó Quentin.

—Entonces, ¿cuándo lo hacemos?

—Esta noche. Pero hazme un favor y no se lo cuentes a nadie todavía.

Poppy frunció el ceño de un modo que le sentaba bien.

—¿Por qué no?

—Danos una semana —repuso Quentin—, es lo único que pedimos. El dragón no se va a ir a ninguna parte y necesitamos abordarlo con tranquilidad. Si corre la voz, el puente estará abarrotado.

Poppy caviló al respecto durante unos instantes.

—De acuerdo —prometió.

El modo en que lo dijo hizo que Quentin pensara que mantendría su palabra.

Recobró los ánimos de inmediato y se concentró en la tostada y la crema de untar. Aunque era delgada, comió más que Josh y seguramente lo quemó todo en el horno interior que la mantenía siempre tan activa y entusiasmada.

Tenían el resto del día libre. La vida en el Palazzo Josh era jauja (anteriormente se llamaba Palazzo Barberino, en honor al clan del siglo XVI que lo construyó y acabó vendiéndoselo a un multimillonario de las nuevas tecnologías, quien nunca llegó a pisarlo y se ventiló los millones en los esquemas Ponzi y en un viaje a la estación espacial internacional, tras lo cual se lo vendió a Josh). Se sintió desleal al pensar en ello, desleal a Fillory, pero no le costaría acostumbrarse a esa vida repleta de comodidades. Era perfectamente posible pasarse la mañana en la cama leyendo y observando la luz veneciana avanzar lentamente por una alfombra oriental tan recargada de motivos geométricos que parecía resplandecer en el suelo. También se podía deambular por Venecia; los encantos estructurales y los titánicos puntos de unión que evitaban que la ciudad se hundiese en la laguna eran de obligada visita para cualquier turista.

El traguito a última hora de la tarde también era una maravilla. Toda aquella conjunción de elementos hacía que Quentin olvidase durante unos instantes que otrora había sido rey de un mundo mágico y sobrenatural.

Julia no se sentía así. Sorbía lentamente las bebidas junto al *piano nobile* mientras admiraba el paisaje urbano por encima del muro de piedra. Observaban juntos el tráfico del canal, en mayor parte compuesto de turistas a bordo de embarcaciones desde las que los miraban y se preguntaban quiénes eran y si serían famosos.

—Te gusta estar aquí —comentó Julia.

—Es increíble. Nunca había estado en Italia. No tenía ni idea de que fuera así.

—Viví en Francia una temporada —dijo Julia.

—¿En serio? ¿Cuándo fue eso?

—Hace mucho tiempo.

—¿Ahí es donde aprendiste a robar coches?

—No. —Aunque había sacado el tema, no parecía tener ganas de hablar al respecto—. Aquí se está bien —reconoció.

—¿Quieres quedarte? —preguntó Quentin—. ¿Todavía quieres volver a Fillory?

Julia dejó el vaso sobre el parapeto de mármol. Más whisky solo. Sintió una punzada en la mandíbula.

—Tengo que regresar, no puedo quedarme aquí. —Antes lo había dicho con ira y desesperación, pero ahora el tono era apesadumbrado—. Debo ponerme en marcha. ¿Vienes conmigo?

A Quentin se le partió el alma al escuchar que Julia le pedía algo. Necesitaba su ayuda. El que la gente le necesitara era una sensación nueva. Empezaba a gustarle.

—Por supuesto que sí. —Era lo que ella le había dicho cuando Quentin le pidió que lo acompañase a la Isla Exterior.

Julia asintió sin dejar de observar el paisaje.

—Gracias.

Esa noche, cinco minutos antes de medianoche, Quentin recordaba esa conversación y trataba de aferrarse a ese sentimiento mientras merodeaba por el Ponte dell'Accademia con ejemplares de *Il Gazzettino* y del *International Herald Tribune* y un filete enorme y caro, esforzándose por no aparentar que se arrojaría al Gran Canal.

Después del calor sofocante del día, la brisa nocturna resultaba casi glacial. Desde el punto de vista de alguien que estaba a punto de sumergirse en las mismas, las aguas verdosas del Gran Canal resultaban tan tentadoras como unas de escorrentía heladas. También daban la impresión de estar más lejos que desde la orilla. Y también parecían estar limpias, lo cual Quentin sabía que no era cierto.

Pero allá abajo había un botón y un dragón. Todo parecía irreal. Casi sospechaba que Josh había perdido el botón en un sofá y se había inventado lo del dragón porque resultaba menos vergonzoso.

—Las vas a pasar canutas, colega —dijo Josh—. No creo que te lo pases teta.

—No me digas. —Había confiado en que Josh se ofreciese a hacerlo o a acompañarlo, pero ni por asomo era el caso.

—Te acostumbrarás —dijo Poppy mientras se abrazaba a sí misma.

—¿Y tú por qué has venido? —quiso saber Quentin.

—Por el bien de la ciencia. Además, quiero comprobar si de veras tienes agallas.

Poppy tenía ese tic, decir la verdad cuando muchos otros mentirían. Era admirable o una falta de tacto por su parte, según se mire.

Quentin respiró hondo varias veces y se apoyó en la valla de madera astillada, la cual todavía conservaba el calor del sol. Tenía que recordar lo que estaba en juego. Julia no vacilaría. Saltaría la valla como una auténtica profesional. Había pedido que no le dijeran que irían esta noche y habían salido a hurtadillas cuando se había acostado o, de lo contrario, habría insistido en acompañarlos.

—Casi nunca comen personas —dijo Poppy—. Vamos, unas dos veces al siglo. Eso sí lo sabemos.

Quentin no replicó.

—¿Cuán profundo crees que es? —preguntó Josh. Dio una chupada al cigarrillo. De los tres era el que estaba más nervioso.

—Unos seis metros —respondió Quentin—. Lo he leído en Internet.

—Joder. Bueno, pues no te tires de cabeza.

—Si me parto el pescuezo y me quedo paralizado, dejad que me ahogue.

—Dos minutos —anunció Poppy. Un *vaporetto* vacío pasó por debajo del puente, fuera de servicio y con las luces apagadas, salvo la del puente de mando. El noventa por ciento del agua seguramente estaba compuesta de *E. coli* y el diez por ciento restante de gasóleo. No estaba pensada para nadar.

Alguien había tallado lo que parecía un dragón estilizado, o una «s» fantasiosa, en la madera del vértice del puente.

—¿Te vas a quitar la ropa? —preguntó Josh.

—Ni te imaginas cuánto llevo esperando a que me lo preguntes.

—En serio, ¿te la quitarás?

—No.

Poppy lo dijo al mismo tiempo que Quentin.

—En serio —añadió.

El grupo permaneció en silencio. A lo lejos se oyó ruido de cristales rotos. Una botella contra una pared. Quentin se preguntó si de verdad se lanzaría al agua. Tal vez pudiera dejar una nota. Un mensaje en una botella. Llámame.

—Oye, ¿recuerdas cuando el enano te llamó al móvil? —preguntó—. ¿Tienes el número? A lo mejor podríamos...

—Era privado.

—¡La hora! —exclamó Poppy.

—¡Maldita sea!

No te lo pienses dos veces, se dijo. Retrocedió hasta el centro del puente, estrujó los periódicos y la bolsa con el filete con una mano, corrió hasta la valla y saltó por encima de lado. Le sorprendió la agilidad con la que lo había hecho. Tal vez fuera la adrenalina. De todos modos, mientras caía estuvo a punto de darse un golpetazo con una viga de apoyo que sobresalía.

Por puro instinto agitó los brazos y soltó el filete y los periódicos a media caída. La noche engulló los objetos. A su izquierda vio algo que caía en paralelo a él. Alguien... ¡Era Poppy! También había saltado.

Impactó con fuerza, más o menos de pie, y se hundió. Lo único que pensó mientras descendía era en sacar aire por todos los orificios para evitar que le entrara agua u otros fluidos. El canal estaba helado y muy salado. Durante unos instantes se sintió aliviado porque no estaba tan frío como había creído, pero entonces notó que la ropa se empapaba por completo y se convertía en plomo congelado y el frío lo presionaba por todos lados. Le entró el pánico y se agitó con fuerza. La ropa pesaba demasiado y lo arrastraría hasta el fondo. Entonces sacó la cabeza al exterior.

Había perdido un zapato. Poppy salió a la superficie en el

mismo instante unos metros más allá, escupiendo y resoplando, con el rostro pálido bajo la luz de las farolas. Debería estar cabreado con ella, pero la locura de estar nadando en el Gran Canal en plena noche le hizo echarse a reír como un poseso.

—¿Qué coño estás haciendo? —le preguntó susurrando.

El frío le impedía enfadarse con Poppy. Además, admitía que era más valiente de lo que había imaginado. Estaban juntos en aquello.

—Si somos dos tendremos más oportunidades, ¿no? —Sonreía como una posesa. Aquella mierda le encantaba—. Me equivoqué, tendríamos que habernos quitado la ropa.

Quentin se mantuvo a flote a duras penas. Al cabo de unos treinta segundos estaba exhausto y temblaba sin parar. La corriente los arrastraba hacia debajo del puente... no, no era la corriente, sino la marea, se dijo, ya que el canal no era un río. Joder, igual había tiburones y todo. Alguien les gritó en italiano desde la orilla. Ojalá no fuera un poli.

Quentin se meó en los pantalones y sintió la calidez durante diez segundos, seguida del frío. No quería ni pensar en los bifenilos policlorados y las demás toxinas industriales que estarían en aquellas aguas. Desde aquel lugar el canal parecía enorme y la orilla, a kilómetros de distancia. ¿Cómo había llegado hasta allí? ¿Cómo era posible que se hubiera desviado tanto de su destino? Tenía la sensación de que nunca lograría recuperar su cómodo trono. Una ola pequeña surgió de la nada y le salpicó en la cara. Había llegado el momento de tirar la toalla. Al menos lo había intentado.

—¿Cuánto se supone que debemos esperar? —preguntó a Poppy.

Justo entonces sintió que unas garras de hierro se le cerraban alrededor del tobillo y lo arrastraban hacia las profundidades.

Tendría que haber muerto de inmediato. El factor sorpresa hizo que el tirón lo dejase sin aire y descendiese con los pulmones completamente vacíos.

Pero estaba claro que una fórmula mágica lo mantenía con vida. Se trataba de algo que el dragón había perfeccionado con los años para comodidad de los visitantes humanos. Resultaba comprensible y conveniente. Era una magia refinada durante siglos de uso y conjuros por parte de un antiguo maestro con alas y cola. Quentin no moriría, al menos no de manera fortuita.

De hecho, por primera vez en lo que le pareció una eternidad, sintió calor y vio, no sin dificultad, algo que no debería ser capaz de hacer. Respiraba agua. No era como respirar aire ya que pesaba más y costaba que entrase y saliese del pecho, pero lo mantenía con vida. El oxígeno seguía llegándole al cerebro. Respiró hondo a grandes tragos, agradecido. Se relajó. Alguien lo cuidaba. Viajaba en primera clase.

Quentin siempre había tenido reservas acerca de los dragones reales, de los que existían de verdad. Se había criado con los dragones que echaban fuego por la boca, volaban alto y tenían tesoros. Dragones sacados de *Beowulf*, Tolkien o *Dragones y mazmorras*. Le decepcionó un poco que los dragones de verdad viviesen en ríos y no fueran por la campiña prendiendo fuego a los árboles. Los dragones de río eran más pequeños de lo que había imaginado, eran casi como tritones.

Por eso se alegró de que el dragón que le había sujetado el tobillo con la pequeña pero férrea extremidad anterior y lo había arrastrado con cuidado hasta el fondo del canal, como si fuera una cría a la que le decía «quieta», fuera en esencia draconiano. Tenía un aspecto siniestro y calculador, como si pudiera devorarle en un abrir y cerrar de ojos, pero era canónico. La enorme cabeza del saurio era del tamaño de un coche pequeño. Los ojos despedían un brillo grisáceo si se los miraba desde el ángulo correcto. Las escamas eran de un verde claro. Tras depositar a Quentin sobre la arena del fondo, el dragón del Gran Canal lo soltó, se agazapó como un gato y apoyó la cabeza en el extremo de la cola. Aquel cuerpo descomunal destacaba en la penumbra.

Quentin estornudó. Los senos nasales se le habían llenado de agua sucia mientras el dragón lo arrastraba hacia abajo, pero el agua que lo rodeaba ahora estaba limpia. Se encontraban bajo una cúpula de agua verde oscuro. El lecho del canal, que debería estar repleto de basura, fragmentos metálicos y aguas residuales, estaba impoluto. El dragón tenía bien limpio su territorio.

Quentin se sentó con las piernas cruzadas. Solo estaban ellos dos; al parecer el dragón no había traído a Poppy. A Quentin le costaba mantenerse en el fondo, pero encontró algo pesado y redondo a su lado, tal vez una bala de cañón, y se lo colocó en el regazo a modo de contrapeso.

Transcurrió un minuto sin que el dragón mediara palabra. De acuerdo. El juego había comenzado.

—Hola —dijo Quentin. La voz sonaba normal, un tanto distante, como si se estuviera escuchando a sí mismo desde otra habitación—. Gracias por recibirme. —El dragón ni se inmutó. Su expresión era inescrutable, aunque los ojos emitieron un destello—. Seguramente sabes por qué estoy aquí. Quiero hablar del botón, el que le compraste a Josh. —Se sentía como un niño que le pide al abusón del colegio que le devuelva el dinero de la comida. Se irguió—. Lo cierto es que no tenía derecho a venderlo. El botón también me pertenecía a mí, y a otras personas, y lo necesitamos. Lo necesito para volver a casa, al igual que mi amiga Julia.

—Lo sé.

La voz del dragón era como un instrumento de cuerda mucho más grave que el contrabajo. Era como el bombo de una batería. Notó las vibraciones en las costillas y en las pelotas.

—¿Nos ayudarás? ¿Nos devolverás el botón? ¿Nos lo venderías?

El resto del canal era como una pared negra que los rodeaba por completo. Se oyó un ruido a lo lejos y Quentin alzó la vista: una barcaza trasnochada retumbaba en la superficie. Sintió que el agua se enfriaba o tal vez era él quien perdía calor. Se acercó un pelín al dragón ya que despedía calor. Si el dragón pensaba comérselo, se lo comería de todas maneras, pero al menos moriría calentito.

—No —respondió.

El dragón abrió y cerró los ojos.

La puerta de regreso a Fillory se estaba cerrando. Quentin tenía que meter el pie para impedirlo. El mundo, el mundo de su vida real, la vida que se suponía que debía vivir, se estaba alejando, o él se estaba alejando de esa vida. Se habían cortado las amarras y la marea subía. No tenían que haber ido a la Isla de Después. No tenían que haber abandonado el castillo de Whitespire.

—¿No nos lo podrías prestar? —sugirió tratando de disimular la desesperación que lo embargaba—. Para un viaje de ida. Si tengo algo que quieras, es tuyo. Soy rey, al menos en Fillory. Allí tengo muchos recursos.

—No te he traído aquí para que te jactes de nada.

—No estoy...

—He vivido diez siglos en el canal. Todo cuanto entra aquí me pertenece. Tengo espadas y coronas. Tengo papas y santos y reyes y reinas. Tengo novias en el día de su boda y niños en Navidades. Tengo la Santa Lanza y la soga que ahorcó a Judas. Tengo todo cuanto se ha perdido.

Vale, vale. Quentin se preguntó si Byron habría estado ahí abajo. Seguro que habría tenido alguna ocurrencia genial.

—Bien, de acuerdo. Pero hay algo que no entiendo. ¿Por qué me has traído hasta aquí si no quieres venderme el botón?

El dragón abrió unos ojos como platos. Era como si acabara de despertarse y viera a Quentin por primera vez. Levantó la cabeza de la cola. Estaba tan cerca que Quentin tenía que bizquear para verlo bien. Quentin se había acostumbrado a la oscuridad y vio las escamas en el lomo del dragón. Parecían enciclopedias gigantescas y algunas tenían inscripciones, símbolos mágicos y pictogramas que Quentin no reconocía.

—Humano, no volverás a hablarme salvo para darme las gracias —dijo el dragón—. Te gustaría ser un héroe, pero ni siquiera sabes qué significa ser un héroe. Crees que los héroes son los que ganan, pero un héroe también debe estar preparado para perder, Quentin. ¿Lo estás? ¿Estás preparado para perderlo todo?

—Ya lo he perdido todo —respondió Quentin.

—Oh, no. Te queda mucho por perder.

El dragón era mucho más gruñón de lo que se había imaginado, y demasiado críptico para su gusto. Por algún motivo, había pensado que el dragón querría ser su amigo y que volarían juntos por el mundo resolviendo misterios. Ahora todo eso le parecía imposible. Esperó. Tal vez el dragón les diera algo que les sirviera para regresar a Fillory.

—Los dioses antiguos regresarán para recuperar lo que les pertenece. Yo cumpliré con mi cometido, y será mejor que te prepares para el tuyo.

—Me parece una gran idea, pero ¿cómo...?

—No vuelvas a hablar. El botón no te serviría de nada. Ningunolandia está cerrada. Pero la primera puerta está abierta. Siempre lo ha estado.

Quentin notó que se le agarrotaban las piernas de tenerlas tanto tiempo cruzadas. Le apetecía sacarse el agua salada de la boca, pero sería inútil porque volvería a llenársele otra vez. El dragón apartó la cola con un movimiento brusco y levantó una nube de limo.

—Ahora puedes darme las gracias.

Un momento, ¿cómo? Quentin abrió la boca para hablar, para darle las gracias al dragón del Gran Canal como un buen niño, o para preguntarle a qué se refería, o para decirle que se fuera a tomar por culo por hablarle en clave, pero nunca lo sabría porque se atragantó. No podía respirar. El conjuro había llegado a su fin y Quentin se había atragantado con el agua sucia y helada del canal. Se estaba ahogando.

Dejó el zapato que le quedaba hundido en el barro y nadó con todas sus fuerzas hacia la superficie.

15

¡Oh, el regreso de la hija pródiga! ¡Con qué gozo recibieron de vuelta a Julia en el hogar familiar! Los rostros borrosos y radiantes de sus padres, como un par de faros enfocados hacia ella bajo la lluvia, mientras se presentaba ante ellos como una granujilla reformada. Los había decepcionado tantas veces, y de tantas maneras distintas, que ya no albergaban esperanza alguna. Habían sufrido lo indecible.

Allí estaba, de vuelta de Chesterton, desolada, lista para integrarse de nuevo en la familia, y la dejaron. Sí, la dejaron. La aceptaron con una dulzura de la que ella carecía, y no era para menos. Los restos del buen barco de Julia, que había partido de Brooklyn con el impagable cargamento de Su Amor, estaban listos para ser sacados del Acantilado de la Vida, para ser rescatados y reflotados, y eso hicieron. La aceptaron sin reproche alguno.

Había llegado el momento del duelo interno de Julia, y la dejaron, lo cual fue otro regalo. Lloró por su vida perdida y lloró por la maga que nunca sería. Enterró a esa poderosa hechicera con todos los honores. Y con el dolor, sin quererlo, llegó su preciado primo fantasmal, el alivio. Se había esforzado durante tanto tiempo en ser algo que el mundo no quería que fuese... Ahora podía tirar la toalla. El mundo había ganado. Se entregó a los abrazos de la familia y los agradeció. ¿Qué tenía de especial la magia comparada con el amor? En serio, ¿qué?

Oh, ¡los timoratos preludios de su hermana, la humanista!

Ya estaba acabando el instituto y había comenzado a rellenar las solicitudes para la universidad. Julia recuperó las suyas y las dos trabajaron juntas, codo con codo, en la mesa de la cocina, aconsejándose mutuamente; su hermana la ayudó con el trabajo y Julia le hizo aprender cálculo básico a la fuerza. Volvían a formar un equipo. Julia había olvidado la vida en familia. Había olvidado lo bien que le sentaba y lo mucho que la necesitaba.

De las siete universidades que la habían aceptado, toda una proeza, solo le serviría la de Stanford, pero ya le iba bien. Había varias lagunas en el currículum, pero si se ladeaba la cabeza y se entrecerraban los ojos la investigación sobre la magia podría interpretarse como una especie de proyecto etnográfico independiente. Iría a la soleada California, justo lo que necesitaba. Diversión y sol. Coger un poco de color. Ahorraría durante un año y se matricularía en otoño. Tema zanjado.

Julia se había dado por vencida. Lo dejaba. Se lavaba las manos de los reinos invisibles que se habían lavado las manos de ella. Arrancaría una página del sacro libro de los socialistas utópicos pederastas sobre los que había escrito para el señor Karras: cuando tu querida y santa comunidad se desmorona hay que armarse de valor y ponerse a hacer otra cosa.

Julia cogería una página de John Donne. ¿Acaso no había, al final del poema, corrido hasta la Cabra (una nota al pie de página le indicaba que era una referencia a la constelación de Capricornio) para encontrar al Nuevo Amor? ¿O era lujuria? O tal vez ya era demasiado tarde para él. Quizá se tratase de otra persona. El poema era ininteligible, joder. Bueno, el final era feliz, eso estaba claro. Más o menos.

Había días que lo pasaba mal, eso era innegable, sobre todo cuando el perro negro de la depresión daba con ella, la aplastaba con su peso y le echaba su aliento acre en la cara. Esos días llamaba para decir que estaba enferma a la tienda de informática donde trabajaba como experta en redes. Esos días bajaba las persianas y se quedaba a oscuras doce, veinticuatro o setenta y dos horas, lo que hiciese falta para que aquel perro negro regresara a su morada.

Ahora sabía que no podría volver. El reino mágico le había cerrado las puertas. Pero a veces le costaba seguir con su vida.

Siempre acababa encontrando una salida, esta vez con la ayuda de una nueva y genial psiquiatra de mirada felina y los geniales 450 miligramos diarios de Wellbutrin y los 30 miligramos de Lexapro, y el nuevo y genial grupo de ayuda *online* para depresivos.

De hecho, el grupo de apoyo era genial de veras. Era especial. Lo había fundado una mujer que había triunfado en Apple, luego en Microsoft y después en Google. Destacaba sobremanera en esas empresas durante cuatro o cinco años y acumulaba paquetes de opción de compra de acciones antes de que una depresión clínica la derribara del firmamento empresarial. Para cuando Google se hubo hartado de ella, tenía cuarenta y cuatro años y estaba forrada. Se jubiló joven y fundó Free Trader Beowulf.

Había que tener cuarenta años y ser un viciado de los juegos de rol de papel y boli para pillar la referencia del nombre, pero era adecuado. Búscalo en Google. FTB era un grupo de apoyo *online* para depresivos, pero no para los depresivos de toda la vida, qué va.

Para que te dejaran formar parte del grupo primero tenías que enseñarles tus recetas. Querían credenciales de las buenas. Un grupo tan exigente no quería oír tus lamentos, ni leer tus poemas (lo siento, Jack) ni mirar tus tenebrosas acuarelas. No eran unos blandengues. Si estabas deprimido querían ver la parte más dura, un diagnóstico de un psiquiatra y acción neuronal a tope. Y si te iba la penetración doble neuroquímica, como a Julia, pues mejor.

Si superabas esa parte te enviaban un vídeo de invitación. El vídeo no valía nada, era una especie de pista falsa, un montón de tópicos alternativos en boca de un actor hippy. Pero si mirabas bien encontrabas la verdadera pista: un fotograma que parecía ruido blanco pero que contenía datos. Los píxeles en blanco y negro representaban unos y ceros los cuales, una vez unidos, formaban un archivo sonoro en el que una persona mencionaba el número de teléfono de un Sistema de Boletines Electrónicos a la vieja usanza. Si llamabas, se te presentaban una serie de problemas matemáticos complejos que, caso de resolverlos en seis horas o menos, te proporcionaba una secuencia de números que resultaban ser números de Ulam, y Ulam era la contraseña para el sitio web y la dirección IP que te daban si superabas el test, en donde había un juego Flash que no tenía sentido alguno salvo que supieras pensar en cuatro dimensiones espaciales, pero si sabías te facilitaban un par de coordenadas GPS en Dakota del Sur en donde había un escondite para los amantes de hallazgos por GPS en el que se encontraba un puzle de madera en tres dimensiones infinitamente complicado, dentro del cual había, etcétera, etcétera, etcétera.

Diversión a la americana, nada más y nada menos. Una jubilada de cuarenta y cuatro años sin hijos, con depresión clínica, con un coeficiente intelectual de genio, podrida de dinero y con demasiado tiempo. Era detestable, pero nadie obligaba a Julia y a ella también le sobraba el tiempo. Tardó tres semanas en superar la carrera de obstáculos intelectuales (cuánto le hubiera gustado ver a Quentin intentarlo), pero al final de todo encontró, tras gastarse un montón de monedas, una burbuja de plástico en la máquina de juguetes que se cogían con una garra móvil en una vieja sala recreativa de Jersey Shore. Dentro de la burbuja había un lápiz de memoria. El lápiz contenía la invitación real. Nada de trucos esta vez. Había entrado.

Free Trader Beowulf tenía catorce miembros y Julia se convirtió en la decimoquinta. Apenas era un foro, pero desde que Julia pasara dos horas en Brakebills hacía cuatro años nunca se había sentido tan como en casa. Los miembros de FTB la entendían. No tenía que explicarse. Comprendían su humor macabro y las referencias a Gödel, Escher y Bach, sus ataques de ira y los largos silencios. Ella pilló enseguida sus bromas privadas y misteriosas y los chistes recurrentes. Siempre se había sentido como la última superviviente de una tribu perdida del Amazonas, hablando un dialecto en extinción, pero, ahora, por fin, había dado con su grupo étnico. Era un grupo de depresivos sabihondos, pero le parecían humanos. O tal vez no fueran humanos, pero, fueran lo que fuesen, Julia se identificaba con ellos.

En FTB se desaconsejaban las referencias a la vida real. No se usaban nombres de verdad. En la mayoría de los casos, Julia apenas intuía dónde vivían los demás miembros o qué hacían para ganarse la vida, si estaban casados o incluso si eran hombres o mujeres. Al parecer nunca se habían conocido. FTB no era un lugar para ligotear. Revelar la identidad real de otro miembro era una ofensa que se castigaba con la expulsión, aunque nunca se había dado tal caso. Bienvenidos a Facebook a la inversa: una red antisocial.

Durante la primavera Julia fue más feliz que nunca desde que renunciara a su antigua existencia. Se pasaba el día de cháchara en el foro. Aquel grupo invisible metía cuchara y bromeaba sobre sus proyectos. Julia escribía mientras desayunaba. Escribía mientras caminaba por la calle. Lo último que veía antes de dormirse era la aplicación Free Trader en su móvil de última generación junto a la almohada, y era lo primero que veía cuando se despertaba por la mañana. Se abrió con ellos como nunca lo había hecho: nada de ironías, reservas o remordimientos. Abrió su corazón a los miembros del foro, quienes lo tomaron, lo limpiaron, lo sanaron y se lo devolvieron lozano y rebosante de energía y sangre.

Nunca mencionó Brakebills, habría resultado inaceptable incluso para FTB, pero descubrió aliviada que tampoco lo necesitaba. Si algo andaba mal, los detalles no importaban. A ellos les bastaba saber que en el mundo de Julia había un vacío enorme, cosa que comprendían a la perfección porque les sucedía otro tanto. Los pormenores eran lo de menos. A Julia no le habría sorprendido que otros miembros del foro hubieran estado en Brakebills, pero no llegó a preguntarlo.

Todos los miembros le caían bien, pero, como suele ser habitual, conectó mejor con algunos de ellos: una pequeña camarilla, un círculo dentro del círculo que formaban tres miembros y ella. Failstaff, un miembro cuyas referencias culturales indicaban que era tres o cuatro décadas mayor que Julia; Pouncy Silverkitten, cuyo sarcasmo descarnado era casi intolerable pero que, sin embargo, elegía sus blancos con suma humanidad, y Asmodeus, quien comprendía a la perfección los sentimientos de Julia, y cuyo conocimiento de la física teórica era tan extraordinario que parecía escribir desde otro planeta.

El apodo que Julia usaba era ViciousCirce. Los tres ya formaban un trío mucho antes de que Julia se incorporara al foro, pero la aceptaron como una más del grupo y sus conversaciones interminables pasaron a ser a cuatro bandas.

En FTB no se prohibían los hilos de discusión privados siempre y cuando todos los miembros estuvieran de acuerdo, y de vez en cuando Asmo, Pouncy, Failstaff y Julia se recluían en su mundo abstracto. En esos hilos privados aparecían más detalles sobre sus vidas, aunque seguía considerándose de mal gusto revelar su verdadero paradero. Mantener la identidad oculta formaba parte del juego, así como elaborar complejas biografías ficticias y currículos para los demás miembros. Julia ideó un perfil de asesino en serie, que incluía un esbozo policial, para cada uno de ellos.

Otro juego con el que disfrutaban era Series. Era bien sencillo: alguien enumeraba tres palabras, o tres números, o nombres, moléculas, formas o lo que fuera. Eran los tres primeros términos de la serie. A continuación, había que averiguar cuál sería el siguiente término de la serie y qué principio lo generaba. Las series debían de ser sumamente difíciles pero con una única solución teórica posible, es decir, solo un principio podía extrapolarse a los otros tres ejemplos. En cuanto alguien daba con la solución, el segundo premio era para el miembro que supiese repetir las series diez veces.

El FTB se adueñó de su vida y Julia lo permitió. A veces no estaba conectada y era como si FTB siguiera en marcha en su interior; había pasado tanto tiempo con esas personalidades invisibles que habían parido pequeños clones en su cerebro, versiones piratas de Asmo, Pouncy y Failstaff y todos los demás, que permanecían encendidas en el *hardware* de Julia. No estaba loca (¡que no!), no era más que un juego con el que se entretenía. Era algo raro, pero, bueno, todo vale para salir adelante, ¿no? Y todo lo demás iba sobre ruedas. Había subido de peso, había dejado de rascarse y casi nunca se mordía las cutículas. Hacía muchísimo que no pronunciaba el conjuro del arco iris. Estaba obsesionada, lo sabía, pero era la clase de persona que necesitaba obsesionarse con algo, y la verdad es que las cosas podían haberle ido mucho peor. No habría sido la primera vez.

Pensó que lo mejor sería dejar que la fiebre siguiese su curso. Acabaría remitiendo y la paciente se despertaría sudorosa pero lúcida, y los sueños fruto de la fiebre acabarían esfumándose. Iría a Stanford en otoño, comenzaría una nueva vida y tendría amigos de carne y hueso. Haría borrón y cuenta nueva.

Pero primero le daría un poco de vida y por eso, un fin de semana de marzo por la tarde, Julia fue paseando por Prospect Heights hasta Bed-Stuy. Se había convertido en una caminante de fábula porque necesitaba ejercitarse y, además, el sol le sentaba bien y le alegraba la existencia. Se llevaba los miembros del foro consigo, no solo como criaturas espectrales en su interior, sino como seres reales en el móvil, para el cual Failstaff había ingeniado una aplicación de lo más útil (para el Android, nada de iPhones. Los foreros eran amantes del código abierto). Avanzaba protegida por la armadura invisible de sus compañeros virtuales.

Julia caminaba mientras escribía. Se había vuelto una experta al respecto ya que incluso empleaba la visión periférica para evitar las bocas de incendios, las cacas de perro y a los otros transeúntes. A Julia le daba lo mismo parecer un bicho raro. Gracias a la función que convertía el texto en audio, Julia medio escuchaba a Pouncy y Asmodeus discurrir sobre la validez de la teoría de la conciencia del bucle extraño de Hofstadter derivada de los números de Gödel, o algo así.

La otra parte de su conciencia, tuviera que ver con Hofstadter o no, se dedicaba a observar las puertas de las casas por las que pasaba. En concreto, analizaba el modo en que se dividían en paneles cuadrados o rectangulares de distinto tamaño. No se trataba de una actividad de sumo interés; de hecho, le habría costado explicar por qué lo hacía. Las puertas le recordaban a una partida reciente del juego Series.

Pouncy había planteado un puzle geométrico, presentado con gran meticulosidad en caracteres ASCII, que consistía en formas cuadradas sencillas en una cuadrícula. Resultó que, como Failstaff dedujo, las formas eran estadios sucesivos de un sencillo autómata celular, tan sencillo que, una vez comprendida la idea general, era fácil resolver el resto. Bueno, al menos lo era para Failstaff.

Lo más divertido de todo era que Julia creía ver secuencias de la serie en las distintas formas de las puertas por las que pasaba. Tenía la sensación de que si seguía caminando acabaría encontrando la siguiente pauta.

Era un ejercicio mental de lo más tonto. A veces la pauta estaba en la madera, a veces en el cristal, otras en una puerta de hierro forjado. En una ocasión la vio en un bloque de cemento ligero de una ventana tapiada, lo cual equivalía a hacer trampa, pero era sorprendente con cuánta frecuencia veía aquella pauta. Julia se impuso una serie de normas: dejaría de caminar si no encontraba la pauta en una manzana, luego tendría que estar en la misma manzana y en el mismo lado de la calle, etcétera, pero siempre acababa encontrando la pauta a tiempo. No sabía si se trataba de un hallazgo importante, pero no podía dejarlo. Se imaginaba el sarcasmo con el que Pouncy la machacaría si contase a los demás qué estaba haciendo. Sería antológico.

Todo estaba saliendo a pedir de boca. La única diferencia entre los autómatas celulares de Pouncy y las pautas que Julia veía era que las suyas iban al revés; las normas se aplicaban a la inversa de modo que la serie retornaba al estadio inicial. Ese era otro motivo por el que seguía caminando: la serie era finita. Acabaría en breve. En una ocasión perdió el rastro en una manzana, pero se dio cuenta de que había transformado la información y, en cuanto lo hubo hecho, vio una vieja puerta de madera con paneles, tres de ellos de un color más claro, lo cual bastaba para dar con la configuración correcta. Una especie de quimera la guiaba hacia las peligrosas marismas de Bed-Stuy, hacia un estado hipnagógico y onírico.

A un reducto alerta del cerebro de Julia no le entusiasmaba

adentrarse tanto en Bed-Stuy. Las casas adosadas comenzaban a dar paso a solares sin edificar, desguaces y apartamentos que la recesión había dejado a medio acabar. Faltaba una hora para el anochecer y ya no podía engañarse diciéndose que algunas casas estaban entabladas porque las estaban reformando ya que, en realidad, eran casas donde se vendían drogas. No tardaría mucho en encontrar la casa que correspondía a la configuración inicial de Pouncy, y entonces la serie habría llegado a su final, es decir, a su principio, y podría dar la vuelta y regresar a Park Slope.

Dicho y hecho. Dio con ella justo después de Throop Avenue. No era una casa bonita, pero tampoco se vendían drogas. Era una casa de tablones de madera de dos plantas de color verde lima con una vieja antena de cuernos en lo más alto y varios cubos de basura de aluminio en el patio de cemento agrietado. La puerta de entrada tenía ocho hojas de cristal. La hoja superior izquierda se había roto y estaba cubierta con un trozo de plástico, lo cual completaba la serie.

Ya estaba. Se había acabado. Ver la pauta final, el estadio inicial, liberó a Julia del conjuro. La lógica onírica se había agotado. Miró en derredor como una sonámbula que acabara de despertarse, preguntándose dónde coño estaba. Una voz informatizada seguía parloteándole en el oído sobre Hofstadter. De repente, se sintió agotada. Debía de haber caminado varios kilómetros y el sol se estaba poniendo. Se sentó en el porche.

Necesitaba que la llevaran de vuelta a casa. Un taxi le saldría caro, pero peor sería que la atracaran y/o agredieran. Además, estaba muerta y caería redonda si daba otro paso. Apagó la aplicación del FTB, se quitó los auriculares y las voces desaparecieron. Silencio. La realidad.

Oyó que se abría la puerta. Se puso de pie y sostuvo en alto una mano a modo de disculpa. Suponía que la explicación de los autómatas celulares no colaría como excusa por haber entrado sin permiso en una casucha verde lima en Throop Avenue.

Pero el hombre que acababa de abrir la puerta no la estaba echando. Era un tipo blanco de unos treinta años con aspecto de estudioso vestido con una chaqueta deportiva prehistórica, vaqueros y un sombrero de copa baja.

El hombre la miraba como si la evaluase. Detrás de él vio más personas en la casa, sentadas y de pie, hablando y con expresión deprimida, y haciendo cosas con las manos aunque no tenían nada en las mismas. Una luz verde resplandeció durante unos instantes en el umbral, como si estuvieran soldando en el interior. Alguien se rio con ironía. Aquel lugar apestaba tanto a magia que apenas se podía respirar.

Julia se puso en cuclillas en la acera, como una niña pequeña, se llevó las manos a la cabeza y rompió a llorar y a reír al mismo tiempo. Tenía la sensación de que se desmayaría, vomitaría o enloquecería. Había intentado alejarse del desastre, de veras que lo había intentado con todas sus fuerzas. Había roto la varita, se había deshecho del libro y había renunciado a la magia para siempre. Había seguido con su vida y no había dejado sus datos de contacto a nadie. Pero no había bastado. La magia había ido a su encuentro. No había corrido lo bastante lejos ni lo bastante deprisa ni se había ocultado lo suficiente, y el desastre la había perseguido hasta dar con ella. No pensaba dejar que se marchase.

Todo estaba a punto de comenzar de nuevo.

16

Durante el transcurso de lo que sucedió a continuación, cuando un *vaporetto* estuvo a punto de pasarle por encima mientras nadaba hacia la orilla y luego subía a duras penas por una escalera de piedra que salía del agua (el Gran Canal estaba provisto de varias salidas para quienes se cayeran o arrojaran al mismo) y se arrastraba hasta el *palazzo* de Josh a solas (Josh se las vio y deseó para arrebatar a Poppy de las garras de los *carabinieri*, que habían llegado poco después de que Quentin saltara), Quentin no dejó de pensar en la única información útil que le había proporcionado el dragón: era posible regresar a Fillory. No recuperarían el botón, pero daba igual porque existía otro camino de vuelta. Solo tenían que descifrar las palabras del dragón.

Caviló al respecto mientras se quitaba la sal, el gasóleo, las partículas de metal pesado y otras porquerías en una ducha de media hora con el agua bien caliente y a toda presión, y luego se lavó las manos tres veces, se secó y tiró la ropa a la basura, sus queridos ropajes de Fillory se habían echado a perder, y se metió en la cama. La primera puerta, había dicho el dragón. La primera puerta. La primera puerta. ¿A qué se refería?

También tenía otras cosas en las que pensar. Aquella breve conversación estaba repleta de información. Los dioses antiguos volverían. Algo sobre un héroe. Todo ello era de suma importancia. Pero la clave estaba en la primera puerta. Lo haría, seguiría las pistas, los sacaría a todos de allí y los llevaría de vuelta a su reino. Sería un héroe, joder, le daba igual lo que hubiera dicho el dragón. Perdería todo cuanto tenía con tal de conseguirlo.

Poppy le despertó a la mañana siguiente a las siete. Para ella era como el día de Reyes. No cabía en sí de la emoción. Ni siquiera estaba celosa. Ya se había tomado tres *cappuccinos* y le había traído uno. Vaya con los australianos. Creía que en cualquier momento Poppy comenzaría a saltar en la cama.

Repasaron todas las posibilidades mientras desayunaban.

—La primera puerta —dijo Josh—. Sería la puerta primaria, algo así como Stonehenge.

—Stonehenge es un calendario —repuso Poppy—, no una puerta.

Durante la orientación general a Poppy se le había mencionado de pasada la existencia de Fillory. Como de costumbre, Poppy ni se había inmutado. Solo le interesaba desde un punto de vista intelectual. Asimilaba la información, pero no la trastocaba como había sucedido con Quentin.

—Tal vez sea un sistema de apertura retardada como los que se usan en las cámaras de seguridad.

—¡Tíos! —exclamó Quentin—. ¡Olvidaos de Stonehenge! Tiene que estar en Venecia, igual es un paso de salida al mar.

—Venecia es un puerto. Es como una puerta, un portal. Toda la ciudad es una puerta.

—Sí, pero ¿la primera?

—O se trata de una puerta metafórica —dijo Poppy—. La Biblia o algo. Como en las novelas de Dan Brown.

—Apuesto lo que sea a que tiene que ver con las pirámides —vaticinó Josh.

—Se refiere a la casa de Chatwin —aseguró Julia.

Todos se callaron.

—¿Qué quieres decir? —preguntó Poppy.

—A la casa de su tía en Cornualles, donde descubrieron Fillory. Esa fue la primera puerta.

Que alguien fuera más rápido que Poppy era todo un acontecimiento digno de celebración.

—Pero, ¿cómo lo sabes? —preguntó Poppy.

—Lo sé —respondió Julia. Quentin esperaba que no dijera lo que estaba a punto de decir, pero lo dijo de todas maneras—. Lo siento.

—¿A qué te refieres con lo de «lo siento»? —quiso saber Poppy.

—¿Y a ti qué más te da? —repuso Julia.

—Tengo curiosidad.

Quentin intervino. Estaba claro que Poppy le caía mal a Julia, y no lo disimulaba.

—Tiene sentido. ¿Cómo llegaron las primeras personas a Fillory? Por la casa de Chatwin, por el reloj del pasillo posterior.

—No sé —dijo Josh. Se frotó el mentón regordete poblado de una barba incipiente—. Creía que no se podía entrar dos veces por el mismo sitio. Además, Martin Chatwin era un niño pequeño. Él pasó bien, pero yo no paso por la puerta de un reloj de pared ni en sueños. Ni tú tampoco.

—Vale —dijo Quentin—, es verdad, pero...

—Y se trataba de una invitación personal para los Chatwin —prosiguió Josh—. Esos niños tenían algo de excepcional y Ember los llamó para que se valiesen de sus cualidades personales excepcionales para arreglar desaguisados en Fillory.

—Todos tenemos cualidades personales —dijo Quentin—. Creo que deberíamos ir, es la mejor pista.

—Me apunto —dijo Julia.

—¡A viajar se ha dicho! —exclamó Josh cambiando de parecer en un abrir y cerrar de ojos.

—Perfecto. —Tomar decisiones era bueno, independientemente de los motivos. Ponerse en marcha de nuevo era bueno—. Saldremos mañana por la mañana, salvo que a alguien se le ocurra antes una idea mejor.

Cada vez era más obvio que a Poppy le costaba contener la risa.

—¡Lo siento! —dijo—. Lo siento de veras. Es que... sé que es real, bueno, supongo que es real, pero ¿os dais cuenta de que es una cosa para niños? ¿Lo de Fillory? ¡Es como si os preocupara ir a Candy Land! O, no sé, a Pitufolandia.

Julia se levantó y se marchó. Ni siquiera se enfadó. Se tomaba Fillory en serio y no le interesaban, e incluso exasperaban, quienes no lo hacían. No se había percatado hasta ese momento, pero a veces Julia era bastante antipática cuando se lo proponía.

—¿Crees que Candy Land existe? —preguntó Josh—. Porque pasaría de Fillory en menos de lo que canta un gallo por esa mierda. Chocolate Swamp y todo eso. ¿Y habéis visto a la princesa Frostine?

—Tal vez no te parezca real —dijo Quentin forzadamente—, pero para nosotros sí que lo es. O al menos para mí. Es donde vivo. Es mi hogar.

—¡Lo sé, lo sé! Lo siento de veras. —Poppy se secó los ojos—. Lo siento. Tal vez haya que verlo para creerlo.

—Tal vez.

Pero, pensó Quentin, seguramente nunca lo verás.

Al día siguiente partieron hacia Cornualles.

Allí estaba la casa de los Chatwin: la casa en la que en 1917 los niños se quedaron con su tía Maude, conocieron a Christopher Plover y encontraron el camino a Fillory, donde comenzó una historia magnífica y desdichada. Era increíble que la casa todavía existiera, que hubiera resistido todos esos años, y que pudiera visitarse de nuevo.

Pero lo más increíble era que nunca hubiera estado allí. La casa no estaba abierta al público, pero su paradero era un secreto a voces. No la habían demolido. Nadie podría impedirles el paso, salvo los propietarios actuales y la policía local. Había llegado el momento de que entrara en la casa, aunque solo fuera para presentar sus respetos al lugar que básicamente fuera el origen y nacimiento de la mitología filoriana.

En cuanto a cómo llegar allí, Josh juró y perjuró que últimamente había abierto varios portales y que estaba convencido de que encontraría uno que diese a Cornualles. Quentin le preguntó a Josh dónde creía que estaba Cornualles e, inmediatamente, lo reformuló y le dijo que le daría cien dólares si sabía si Cornualles estaba en Inglaterra, Irlanda o Escocia. Josh supuso que había gato encerrado y dijo que estaba en Canadá.

Pero cuando Quentin sacó un mapa para mostrarle su ubicación, en el extremo suroccidental de Inglaterra, Josh redobló la ristra de juramentos («¡joder, está ahí mismo, en Europa!») y se enzarzó en una compleja disquisición sobre las líneas de fuerza magnética y los campos astrales. Quentin tendría que dejar de infravalorar a Josh.

Poppy dijo que también quería ir a Cornualles.

—Nunca he estado allí —anunció— y siempre he querido conocer a un hablante nativo.

—¿Del inglés? —dijo Josh—. Porque, bueno, podría presentarte a alguno.

—Del córnico, idiota. Es una lengua britónica, es decir, autóctona de Gran Bretaña, como el galés y el bretón. Y el picto. Antes de que los anglosajones y los normandos lo contaminaran todo. Esas lenguas antiguas son muy poderosas. El córnico desapareció hace un par de siglos, pero ahora mismo hay un resurgimiento importante. ¿Adónde vamos exactamente?

Seguían sentados a la mesa del desayuno que había acabado convirtiéndose en la del almuerzo. Las tazas de *espresso* y las montañas tambaleantes de platos y vajilla de plata se habían trasladado al suelo para hacer hueco al atlas gigantesco que Josh había traído de la biblioteca junto con los libros sobre Fillory y la biografía de Christopher Plover.

—Se llama Fowey —dijo Quentin—. Está en la costa sur.

Poppy indicó un lugar en el mapa.

—Entraríamos por Penzance. Está a dos horas de allí como mucho.

—¿Penzance? —repitió Josh—. ¿Como en los piratas del mismo nombre? ¿Desde cuándo es un lugar real?

—A ver, me gustaría decir algo al respecto —dijo Poppy. Apartó el atlas y se recostó en la silla—. Si me dais la palabra unos instantes, claro. Sí, Penzance es un lugar real. Es una ciudad. Está en Cornualles. Y es real porque existe en el planeta

Tierra. Estáis tan obsesionados con otros mundos, estáis tan convencidos de que este es una porquería y el resto es una maravilla, que nunca os habéis fijado en qué pasa aquí. ¡Penzance es tan real como Tintagel!

—¿No vivió ahí el rey Arturo? —preguntó Quentin con un hilo de voz.

—El rey Arturo vivió en Camelot, pero en teoría fue concebido en Tintagel. Es un castillo en Cornualles.

—A la mierda —dijo Josh—. Poppy tiene razón, vayamos allí.

Era increíble. Quentin nunca había conocido a un mago como Poppy. ¿Cómo era posible que alguien tan poco imaginativo, tan poco interesado en algo que no fuera la realidad más prosaica, hiciera magia?

—Sí, claro —dijo Quentin—, pero resulta que el rey Arturo seguramente no fue concebido en Tintagel porque seguramente no existió. Y si existió seguramente fue un señor de la guerra picto que se pasó la vida asesinando y torturando a personas y violando a las viudas. Seguramente fue víctima de la peste a los treinta y dos años. Ese es el problemilla que tengo con este mundo, por si te interesa. Estoy convencido de que cuando has dicho que el rey Arturo es «real» no te referías al rey Arturo de los libros, al bueno del rey Arturo.

»Mientras que en Fillory, y puedes reírte cuanto quieras, Poppy, pero es cierto, existen reyes reales. Soy uno de ellos. Además, hay unicornios, pegasos, elfos, enanos y todo eso.

Podría haber añadido que en Fillory había cosas muy peligrosas que no existían en la Tierra, pero no habría servido para reforzar su argumento.

—No hay elfos —puntualizó Julia.

—¡Da igual! ¡Eso es lo de menos! Podría fingir que no tengo elección y pasarme aquí el resto de mis días. Hasta podría vivir en Tintagel. Pero tengo elección y vida solo hay una, así que, si os parece bien, pienso pasármela en Fillory, en mi castillo, relajándome con los enanos y durmiendo sobre plumas de pegaso.

—Porque es lo más fácil —dijo Poppy—. ¿Y por qué no hacer lo más fácil de todo? ¿No es eso siempre lo mejor?

—Sí, ¿por qué no? ¿Por qué no?

Quentin no sabía por qué Poppy lo incordiaba tanto y de manera tan eficaz y precisa. Tampoco sabía por qué en esos momentos hablaba como Benedict.

—Ya basta —dijo Josh—. Dejadlo correr. Tú vives aquí. Tú, en Fillory. Todos contentos.

—Claro —terció Poppy con mofa.

Joder, pensó Quentin. Es igual que Janet.

Dos horas más tarde se reunieron en la estrecha calle situada detrás del *palazzo*. El edificio estaba demasiado protegido como para conjurar un portal en el interior.

—Me pareció que allí sería un buen lugar. —Josh observó la calle con aire dubitativo—. Es uno de esos callejones venecianos que nadie pisa.

A nadie se le ocurrió nada mejor. Quentin estaba incómodo, era como si estuvieran buscando un lugar para pincharse o echar un polvo al aire libre. Josh les condujo veinte metros más allá por la calle, que no era mucho mayor que un callejón, y luego giró a la izquierda a un hueco que había entre los edificios. Apenas cabían dos personas la una junto a la otra. Al final del callejón se veía un resplandor de luz y agua, el Gran Canal. No había nadie, pero Josh se equivocaba al decir que nunca lo pisaba nadie porque no hacía mucho alguien había meado allí.

Quentin recordó que a finales de verano solía usar un portal para regresar a Brakebills. Normalmente lo enviaban a un callejón local elegido al azar y ubicaban el portal al final del mismo. Sintió una punzada de nostalgia por una época en la que no sabía tanto como ahora.

—A ver cuánto recuerdo...

Josh extrajo un trozo de papel arrugado del bolsillo en el que había garabateado varias columnas de coordenadas y vectores. Poppy, que era más alta que él, lo observó por encima del hombro.

—Veamos, no es directo —dijo—, pero hay un cruce que podemos tomar en el canal de la Mancha.

—¿Por qué no vamos por Belfast? —preguntó Poppy—. Es

lo que hace todo el mundo. Luego solo tendríamos que volver sobre nuestros pasos hacia el sur. Según la geometría astral es el camino más corto.

—No, no. —Josh miró el papel entrecerrando los ojos—. Este método es más elegante, ya lo veréis.

—Solo digo que si nos pasamos el cruce habría que nadar un buen trecho hasta Guernsey...

Josh se guardó el papel en el bolsillo y adoptó la postura para lanzar el conjuro. Pronunció las palabras en voz baja y con claridad, sin apresurarse. Con una confianza inusual, realizó varios movimientos simétricos con los brazos, cambiando los dedos de posición rápidamente. Entonces se puso recto, flexionó las rodillas y entrelazó los dedos con firmeza en el aire, como si se dispusiera a abrir una puerta de garaje más pesada de lo normal.

Salieron chispas disparadas. Poppy gritó de sorpresa y retrocedió a toda prisa. Josh se irguió y empujó hacia las alturas. La realidad se agrietó, y esa grieta se ensanchó poco a poco hasta revelar otro lugar con un pasto verde y una luz más blanca y brillante. Cuando el portal estaba a medio abrir, Josh se paró para sacudirse las manos, que humeaban. Perfiló con los dedos la parte superior del umbral y luego los laterales. Uno de ellos no era muy recto y, sin querer, cortó un trozo de la pared del callejón. Volvió a agacharse y lo terminó por la parte inferior.

Mientras tanto, Quentin no dejaba de observar la entrada del callejón. Oía voces, pero no pasaba nadie. Josh se detuvo para echar un vistazo a su obra. En aquella tarde veneciana había creado un rectángulo de mediodía inglés luminoso en alta definición. Josh se metió un trozo de manga en el puño y borró el último trozo de Venecia.

—¿Qué tal? —dijo—. Bastante bien, ¿no? Tenía los pantalones repletos de agujeritos por culpa de las chispas.

Todos reconocieron que estaba bastante bien.

Uno a uno, con mucho tiento, atravesaron el portal. La zona inferior del umbral no estaba alineada con respecto al pavimento y si no se tenía cuidado era posible romperse los dedos del pie con el borde. Pero la conexión era firme y no se notaba nada al pasar. Satisfecho, Quentin consideró que se trataba de un trabajo de excelente factura a años luz de los portales rudimentarios que habían empleado entre los pisos francos.

Al final se saltaron Penzance y Belfast: Josh los condujo hasta un parque público que no estaba muy lejos del centro de Fowey. Esa precisión no habría resultado posible años atrás, pero Google Street View era una bendición para el arte de crear portales de larga distancia. Josh fue el último en atravesarlo, tras lo cual lo borró.

Quentin nunca había visto ningún lugar que pareciera tan inglés como Fowey, o tan de Cornualles, no estaba seguro de cuál era la diferencia. Poppy la sabría. En cualquier caso, era una ciudad pequeña en la desembocadura de un río que también se llamaba Fowey, y parecía sacado de una ilustración de Beatrix Potter. Comparado con el ambiente veraniego y cargado de Venecia, el aire estaba fresco y limpio. Las calles eran estrechas, serpenteantes y empinadas. La asombrosa cantidad de jardineras florales de las casas casi ocultaban el sol.

En la pequeña oficina de información ubicada en el centro de la ciudad averiguaron que había lugares ficticios por doquier, salvo los relacionados con Christopher Plover. Manderley, de *Rebeca*, estaba en las inmediaciones, al igual que Toad Hall, de *El viento en los sauces*. La casa de Plover se encontraba a varios kilómetros del centro. Ahora era propiedad del National Trust; era enorme y algunos días abría a los turistas. La casa de los Chatwin era de propiedad privada y, aunque no aparecía en los mapas, no estaría muy lejos. Según la leyenda, y todas las biografías, lindaba con la propiedad de Plover.

Se sentaron en un banco bajo el tenue sol inglés, una especie de mantequilla clarificada, mientras Poppy iba a alquilar un coche ya que era la única que llevaba documentación en regla y tarjetas de crédito (cuando Julia dijo que podría haber robado un coche con facilidad, Poppy la miró muda de horror). Regresó en un Jaguar plateado. ¿Quién iba a decir que encontraríamos un coche así en Pitufolandia?, preguntó. Almorzaron en un pub y comenzaron la ruta.

Era la primera vez que Quentin pisaba Inglaterra, y estaba asombrado. En cuanto llegaron subieron la cuesta de la costa y salieron de la ciudad, llegaron a unos pastos irregulares y frondosos salpicados de ovejas, unidos entre sí con setos oscuros. Quentin pensó que no había visto ningún lugar en la Tierra que se pareciera tanto a Fillory, ni siquiera Venecia. ¿Por qué no se lo habían dicho? Claro que se lo habían dicho, pero no les había creído. Poppy, en el asiento del conductor, le sonreía por el retrovisor como diciendo, «¿lo ves?».

Tal vez tuviera razón y hubiera infravalorado este mundo. Mientras conducían zumbando por las estrechas carreteras y los caminos umbríos de la campiña de Cornualles, los cuatro podrían haber sido personas normales. ¿Habrían sido menos felices por ello? Incluso sin la magia tenían la hierba, la tranquilidad de los pastos, el sol resplandeciendo por entre las ramas y el consuelo de un coche lujoso que pagaba otra persona. ¿Qué gilipollas no sería feliz así? Por primera vez en la vida, Quentin se planteó que podría ser feliz de veras sin Fillory.

Era el lugar más cercano a Fillory en la Tierra. Se estaban aproximando a la casa de los Chatwin. Hasta los nombres parecían filorianos: Tywardreath, castillo de Dore, Lostwithiel. Era como si el paisaje verde de Fillory estuviera oculto justo detrás del que estaban viendo y lo atravesase hasta asomarse al otro lado.

Cornualles le sentaba bien a Julia. Estaba alegre. Era la única que poseía el don de no marearse leyendo en el coche, por lo que aprovechó aquel trayecto para hojear los libros sobre Fillory, marcar algunos fragmentos y leer otros en voz alta. Había recopilado una lista de todos los métodos que los niños habían empleado para pasar, una especie de guía práctica del viajero para dejar este mundo atrás.

—En *The World in the Walls*, Martin entra por el reloj de pared, al igual que Fiona. En el segundo, Rupert entra por la escuela, lo cual no nos sirve de nada, y creo que Helen también, pero no lo encuentro. En *The Flying Forest* entran trepando por un árbol. Tal vez sea la mejor opción.

—No tendríamos que entrar en la casa sin permiso —añadió Quentin—, y cabríamos todos.

—Exacto. En *The Secret Sea* usan una bicicleta mágica. A lo mejor la encontraríamos en un garaje o cobertizo con trastos viejos.

—Supongo que imaginarás que los admiradores habrán repasado este sitio hace años —dijo Josh—. No creo que seamos los primeros a quienes se les ocurra esto.

—En *The Wandering Dune*, Helen y Jane pintan en un prado cercano. Tal vez sea una probabilidad remota, pero si hace falta podríamos volver a Fowey para comprar material para pintar. Y eso es todo.

—No del todo. —Lo siento, pero nadie sabía tanto sobre Fillory como Quentin, ni siquiera Julia—. Martin regresa al final de *The Flying Forest*, aunque Plover no dice cómo. Y has olvidado un libro, *Los magos*, que es donde Jane cuenta que volvió a Fillory para buscar a Martin. Usó uno de los botones mágicos que Helen había arrojado al pozo. Tal vez haya más botones en el pozo.

Julia se volvió.

—¿Cómo lo sabes?

—Conocí a Jane Chatwin en Fillory. Me estaba recuperando después de luchar contra Martin, justo después de que Alice muriera.

Se produjo un silencio espectral en el coche que rompió uno de los intermitentes mientras Poppy tomaba un desvío. Julia observó a Quentin con mirada inexpresiva.

—A veces olvido lo mucho que has vivido —dijo finalmente, y se volvió hacia delante.

Apenas tardaron cuarenta y cinco minutos en encontrar la casa de Plover, también llamada Casa de Darras. Es probable que antes se encontrara en lo más profundo de la campiña, pero ahora se podía llegar desde una carretera de dos carriles en buen estado. Poppy aparcó en el otro lado. No había arcén y el Jaguar se quedó parado en un ángulo peligroso.

Salieron del coche y caminaron tambaleándose por la carretera. No había tráfico. Eran las tres y media de la tarde. Una pared de piedra enorme delimitaba el jardín y la puerta enmarcaba, con una perfección cuasi arquitectónica, la vista de una casa solariega señorial de estilo georgiano al final de unos jardines bien cuidados. La Casa de Darras era una de esas casas inglesas rectangulares de piedra gris que seguramente se ajustaba a alguna teoría descabellada del siglo XVIII sobre la simetría, las perspectivas ideales y las proporciones perfectas.

Quentin sabía que Plover había sido rico. Había ganado una fortuna en América vendiendo artículos de confección antes de regresar a Cornualles y escribir las novelas sobre Fillory. Era espectacular. Más que una casa era un acantilado con ventanas.

—¡Caray! —exclamó Josh.

—Y que lo digas —comentó Poppy.

—Cuesta imaginarse a alguien viviendo aquí solo —dijo Quentin.

—Seguramente tenía criados.

—¿Era gay?

—Cien por cien, tío —dijo Josh.

Había un letrero en la puerta que rezaba CASA DARRAS/ GRANJA PLOVER y que indicaba el horario para las visitas guiadas y el precio de la entrada. Una placa azul ofrecía una breve biografía de Plover. Era jueves y la casa estaba abierta. Un pájaro negro enorme hizo ruido de arcadas en la maleza.

—¿Entramos? —preguntó Poppy.

Quentin había pensado que tal vez se toparían con algo valioso en la casa, pero ahora que habían llegado allí la casa no le decía nada. Plover nunca había ido a Fillory. Había escrito los libros, nada más. La magia estaba en otra parte.

—No —dijo—, no creo.

Nadie discrepó. Podrían regresar al día siguiente, si es que seguían en la Tierra.

Volvieron a cruzar la carretera y desplegaron el mapa en el capó del coche. La ubicación exacta de la casa en la que se habían quedado los Chatwin cerca de Fowey era pura conjetura, aunque no descabellada. Solo podía estar en un número determinado de lugares. Los libros de Plover estaban repletos de descripciones en las que los niños, solos o en grupo, corrían o iban en bicicleta desde la casa de tía Maude hasta la de su querido «tío» Christopher. Plover había incluso hecho construir una puerta para niños en la pared que separaba las propiedades para que pasaran por allí.

Habían traído dos biografías sobre Plover, una hagiografía de los años cincuenta autorizada por la familia y un contundente libro de denuncia psicoanalítico de comienzos de los noventa que diseccionaba la compleja y «problemática» sexualidad de Plover, tal y como demostraban las novelas sobre Fillory en términos simbólicos. Hicieron caso de la segunda porque la geografía era más acertada.

Sabían que la casa de los Chatwin estaba en Darrowby Lane, lo cual era útil, si bien la señalización era incluso peor que en Venecia. Por suerte, a Poppy se le daba bien orientarse en aquel contexto rural. Al principio creyeron que empleaba algún tipo de magia compleja para la geografía, pero Josh se percató de que llevaba un iPhone en el regazo.

—Sí, pero usé magia para liberarlo —dijo.

Atardecía y habían recorrido lo que parecía una infinidad de carreteras secundarias sin ningún tipo de señalización y, mientras la luz se tornaba azulada, escogieron una propiedad situada en un camino estrecho que no se llamaba Darrowby ni por asomo pero que creyeron que daba por la parte de atrás a la finca de Plover.

No había pared ni puerta, solo un camino de gravilla que se abría paso por entre los árboles de finales de verano. Junto al mismo había un poste de piedra del que colgaba un cartel que ponía PROHIBIDO EL PASO. Desde allí no se veía la casa.

En voz baja, Julia leyó el fragmento correspondiente de *The World in the Walls*:

La casa era grandiosa. Contaba con tres plantas, una fachada de ladrillo y piedra, ventanas enormes y un sinfín de chimeneas, asientos junto a la ventana, escaleras de servicio y otras ventajas que no figuraban en la casa de Londres. Entre ellas, los jardines que rodeaban la casa, repletos de largos caminos rectos, senderos de gravilla blanca y áreas de césped verde oscuro.

No hacía mucho, Quentin seguramente habría sido capaz de recitar ese fragmento de memoria.

Quentin permaneció sentado en el coche y miró hacia el otro lado del camino. Aunque aquel sitio no tenía un letrero que indicara «portal a otro mundo», resultaba idóneo. Se imaginó a los Chatwin llegando allí por primera vez, los cinco apretujados en el asiento trasero de algún prototipo de automóvil negro y ruidoso que, más que un coche, parecería un vagón con un innegable ADN de locomotora, con el equipaje sujeto en el maletero con bramante y correas de cuero victorianas. Irían sumidos en un silencio fúnebre, resignados al exilio de Londres. La menor, Jane, de cinco años, la futura Mujer Observadora, descansaría en el regazo de su hermana mayor como si fuera una tumbona, perdida en la neblina de la añoranza de sus padres, quienes estaban, respectivamente, luchando en la Primera Guerra Mundial y delirando en una residencia geriátrica de lujo. Martin (que acabaría siendo el monstruo que mataría a Alice) mantendría la compostura para dar ejemplo a los pequeños, con una expresión adusta de determinación preadolescente.

Eran tan jóvenes, inocentes y optimistas, y habían encontrado algo más maravilloso que sus propios sueños que, sin embargo, los había destruido.

—¿Qué te parece? —preguntó—. ¿Julia?

—Es aquí.

—Bien. Voy a entrar. Vigilad.

—Te acompaño —dijo Poppy.

—No —repuso Quentin—. Quiero ir solo.

Por sorprendente que fuera, le hizo caso y se quedó allí.

En teoría, volverse invisible era una idea sencilla, pero a la hora de la verdad era mucho más difícil de lo que parecía. Era factible, pero se necesitaban años de autoborrado meticuloso, y, una vez logrado, era casi imposible volver atrás y saber con seguridad que se había recuperado con precisión la forma visible. Acabas pareciendo un retrato de ti mismo. La mejor técnica que Quentin conocía era la homocromía de los animales. Si estabas cerca de unas hojas, tenías un aspecto frondoso. Si no te movías ni saltabas, pasabas inadvertido a los ojos de un observador. Era lo normal, sobre todo si no había mucha luz. Cerró la puerta del coche en silencio. Notó que los demás lo miraban mientras cruzaba el camino.

En la parte superior del poste de piedra había varios botones. También estaban diseminados por la hierba. Grandes, pequeños, de nácar y de carey. Debía de ser un ritual de los admiradores. Venían y dejaban botones del mismo modo que ponían porros en la tumba de Jim Morrison.

De todos modos, los tocó uno a uno para asegurarse de que no eran auténticos.

El hechizo de camuflaje era de lo más rudimentario. Recogió una hoja de roble grande, arrancó un trozo de corteza de un árbol y una hoja de hierba del suelo y cogió un guijarro de granito del borde del camino. Susurró un cántico en francés, escupió sobre los objetos y se los guardó en el bolsillo. La vida del brujo moderno era de lo más glamurosa.

Siguió adentrándose. Se mantuvo alejado del camino de gravilla y se abrió paso por entre los árboles durante cinco minutos hasta que llegaron a su fin, y entonces vio la casa de la tía Maude Chatwin.

Era como viajar al pasado. El poco prometedor camino de entrada no era más que una finta, un engaño. Era una casa grandiosa; le habría parecido opulenta y magnífica si no acabara de estar en la de Plover. A medida que se acercaba, el camino de gravilla iba tomando forma hasta convertirse en un auténtico camino de entrada que se dividía en dos y trazaba un círculo con una modesta pero eficaz fuente justo en el medio. Tres hileras de ventanas altas adornaban la fachada y el tejado de pizarra gris estaba repleto de chimeneas y hastiales.

Quentin no sabía qué encontraría. Una ruina, quizás, o puede que una horrorosa fachada modernista. Pero la casa de los

Chatwin estaba bien equipada y reformada con gusto y parecía que el césped lo habían recortado esa misma mañana. Todo estaba como Quentin quería, salvo por un detalle. No estaba vacía.

El césped impoluto estaba lleno de coches lujosos. A su lado, el Jaguar de alquiler resultaba de lo más modesto. Una luz amarilla emergía de la planta baja hasta fundirse con la del crepúsculo apacible, seguida de una buena selección de la primera etapa de los Rolling Stones a un volumen aceptable. Los propietarios de la casa estaban celebrando una fiesta.

Quentin se quedó quieto, observando el interior desde fuera, mientras un pequeño grupo de mosquitos comenzaba a zumbar por encima de su cabeza. Le parecía un sacrilegio; le hubiera gustado irrumpir allí y echar a todo el mundo, como cuando Jesucristo expulsó a los prestamistas del templo. La casa era la zona cero de la principal fantasía del siglo XX, el lugar en que la Tierra y Fillory se habían besado por primera vez como dos bolas de billar cósmicas. Se oyó un grito por encima del parloteo y una mujer chilló y luego rompió a reír sin poder parar.

Pero, mirándolo desde el lado positivo, se trataba de un golpe de suerte táctico. Era una fiesta con mucha gente y podrían mezclarse sin llamar la atención, sobre todo las chicas. No entrarían a hurtadillas sino por la puerta principal. Le echarían mucha cara a la situación. Cuando hubieran despejado cualquier posible sospecha subirían a la planta superior para ver qué había. Regresó al coche para buscar a los demás.

Aparcaron en el césped. Nadie tendría por qué fijarse en ellos por cuestiones de vestimenta. Quentin había comprado ropa de calidad en Venecia con la tarjeta de fondos infinitos de Josh.

—Si alguien pregunta, decid que os ha traído John.

—Muy buena. Tío, ¿piensas...? —Josh señaló el aspecto de Quentin.

Ah, claro. Sería mejor no presentarse como una montaña de mantillo. Rompió el conjuro de camuflaje. Quentin cerró los ojos durante unos instantes mientras cruzaba el umbral. Pensó en la pequeña Jane Chatwin, quien todavía seguía viva y coleando en alguna parte. Tal vez también estuviera en la fiesta.

Josh fue directo al bar.

—¡Tío! —susurró Quentin—. ¡Cumple con la misión!

—No te preocupes, pienso tomarme mi personaje muy en serio.

Aunque se celebrase en un lugar tan especial como la casa de Maude Chatwin, la fiesta en sí era como cualquier otra. Había gente guapa y gente no tan guapa, había gente borracha y gente no tan borracha, y había personas a las que les daba igual lo que pensaran de ellas mientras que había otras en los rincones, temerosas de abrir la boca para que nadie las mirara directamente.

A pesar de las precauciones, Josh reveló de forma llamativa que era americano al pedirle una cerveza al camarero. Se tuvo que conformar con un Pimm's Cup, que bebió con expresión de decepción y desconcierto. Tanto Josh como Poppy caían simpáticos a los demás invitados con una facilidad y soltura sobrecogedoras para Quentin. Las personas sociables de verdad no dejaban de asombrarle. Sus cerebros eran como un pozo sin fondo de información que comunicaban sin esfuerzo alguno. Quentin no había logrado comprenderlo del todo. Por defecto, al ser un americano sin pareja entre desconocidos ingleses, se sentía incómodo. Se esforzó por adherirse a grupos pequeños y asentir con educación a personas que ni siquiera le hablaban directamente.

Julia encontró una pared en la que apoyarse, dándose cierto aire misterioso. Solo un hombre se atrevió a abordarla, un tipo alto con una barba a medio crecer, y Julia lo mandó a freír espárragos con tal ímpetu que el pobre tuvo que irse a lamerse las heridas con un sándwich de pepino. Al cabo de media hora de aquella farsa, Quentin pensó en acercarse lentamente a las escaleras, no a las principales, sino a unas más modestas y prácticas situadas en la parte posterior de la casa. Miró a los demás, uno a uno, haciéndoles un gesto con la cabeza. Usarían la excusa del baño. Sí, para los cuatro. Una pena que no llevaran drogas, eso habría sido más creíble.

La escalera daba un giro brusco hasta la segunda planta, un laberinto oscuro y en silencio de paredes blancas y parqué. El ruido y el tintineo de la fiesta resultaba audible, pero como un oleaje lejano. Había varios niños arriba, armando jaleo por los pasillos y entrando y saliendo de las habitaciones riéndose como posesos, jugando a un juego sin reglas, dejándose caer sobre los abrigos cuando estaban cansados, la clase de amigos a la fuerza que se produce al margen de las fiestas de adultos.

The World in the Walls no era un manual con instrucciones y era muy vago sobre la ubicación exacta del famoso reloj de pared. «En uno de los pasillos posteriores de una de las plantas superiores» era lo único que Plover decía al respecto. Tal vez habría sido mejor dividirse en grupos, salvo que así habrían incumplido lo que enseñaban todas las películas. Quentin habría temido que todos se largasen a Fillory sin él, dejándole atrás, en el mundo real, como el último participante en el juego de las sardinas.

Quienquiera que viviera en la casa no usaba la última planta, ya que estaba sin reformar. Otro golpe de suerte. Ni siquiera habían terminado el suelo. El barniz se había desgastado y en las paredes había varias capas de papel pintado. Los techos eran bajos. Las habitaciones estaban llenas de muebles desvencijados y que no pegaban cubiertos con sábanas. Cuanto mayor era el silencio, más se notaba la presencia de Fillory. La percibía en las sombras, debajo de las camas, detrás del papel pintado, por el rabillo del ojo, en todas partes. En menos de diez minutos volverían a estar a bordo del *Muntjac*.

Aquel era el sitio en el que los niños jugaban, donde Martin desapareció, donde Jane observaba, donde comenzó la terrible fantasía. Y en el pasillo, el pasillo posterior, tal y como la profecía había vaticinado, se encontraba el reloj de pared.

Era un reloj descomunal con una enorme esfera de latón alrededor de la cual giraban cuatro esferas más pequeñas que indicaban los meses, las fases de la luna, los signos del zodíaco y vete a saber qué más, todo ello enmarcado en madera oscura sin tallar. El mecanismo debía de haber sido la hostia de completo, el equivalente a un superordenador del siglo XVIII. Según el libro, la madera era del árbol del ocaso filoriano, cuyas hojas se tornaban de un color naranja intenso cada día al atardecer. El árbol perdía las hojas durante la noche y, al amanecer, le brotaban hojas nuevas de color verde.

Quentin, Julia, Josh y Poppy rodearon el reloj. Era como si estuvieran reconstruyendo un libro sobre Fillory... no, estaban escribiendo un libro nuevo entre todos. El péndulo no se movía. Quentin se preguntó si la conexión seguiría funcionando o si se habría roto después del paso de los niños. No sentía nada. Pero tenía que funcionar, haría que funcionase. Joder, volvería a Fillory aunque tuviera que meterse a la fuerza en cada armario de la casa.

Le costaría pasar por el reloj. Tendría que vaciarse los pulmones de aire y entrar retorciéndose de lado. No es como había planeado su triunfal regreso a Fillory, pero en aquellos momentos haría lo que fuese con tal de que funcionase.

—Quentin —dijo Josh.

—¿Sí?

—Quentin, mírame.

Se obligó a apartar la mirada del reloj. Vio que Josh lo miraba con una gravedad desconocida en él. Era una gravedad del todo nueva en Josh.

—Sabes que no iré, ¿no?

Quentin lo sabía, pero con tanto entusiasmo lo había olvidado. Las cosas habían cambiado. Ya no eran niños. Josh formaba parte de otra historia.

—Sí —respondió Quentin—, supongo que lo sé. Gracias por venir tan lejos. ¿Qué hay de ti, Poppy? Es una oportunidad única.

—Gracias por preguntármelo. —Parecía sincera. Se llevó una mano al pecho—, pero mi vida está aquí, no puedo ir a Fillory.

Quentin miró a Julia, que se había quitado las gafas de sol en deferencia a la oscuridad de la planta. Solo tú y yo, jovencita. Dieron un paso adelante juntos. Quentin se arrodilló. El rugido de la huida inminente le reverberaba en los oídos.

En cuanto se hubo acercado lo suficiente supo que no saldría bien. El reloj no solo no funcionaba sino que además era demasiado sólido. El reloj era lo que era y nada más, una masa normal y corriente de madera y metal. Giró el pomo, abrió la vitrina y observó el péndulo, el carillón y el resto del mecanismo de latón, colgando allí impotentes. El entusiasmo le había abandonado.

Estaba muy oscuro. Alargó la mano y dio unos golpecitos con los nudillos en la parte posterior de la vitrina. Nada. Cerró los ojos.

—Maldita sea —dijo.

Daba igual. No era la única opción. Podían trepar por los árboles. Aunque en aquel momento no había nada que le apeteciera menos en el mundo que trepar por los árboles.

—Así no se hace.

Todos volvieron la cabeza al unísono. Era la voz de un niño. Los observaba, en pijama, desde el fondo del pasillo. Tendría unos ocho años.

—¿Qué estoy haciendo mal? —preguntó Quentin.

—Primero tienes que ponerlo en marcha —dijo el niño—. Sale en el libro. Pero ya no funciona, lo he intentado.

El niño tenía los ojos azules y el pelo castaño alborotado. Era el chavalín inglés por antonomasia, incluso en los típicos problemas para pronunciar las «l» y las «r». Podrían haberlo clonado de uno de los cortaúñas de Christopher Robin.

—Mamá dice que lo enviará al relojero para que lo arreglen, pero nunca lo hace. También he trepado por los árboles. Y pinté un cuadro. Muchos cuadros. ¿Queréis verlos?

Todos se quedaron mirándolo. Al ver que no lo rechazaban, se les acercó descalzo. Tenía ese aire de serenidad vivaracha propio de algunos niños ingleses. Bastaba mirarlo para darse cuenta de que se las traía.

—Una vez incluso le pedí a mamá que me llevara en un carro viejo que encontramos en el garaje —dijo—. No es lo mismo que una bicicleta, pero tenía que intentarlo.

—Entiendo —replicó Quentin—. Comprendo que quisieras hacer una cosa así.

—Pero podemos seguir buscando —dijo—. Me gusta. Me llamo Thomas.

Le tendió la mano a Quentin para que se la estrechara, como si fuera un pequeño embajador alienígena. Pobrecito. No tenía la culpa. Seguramente sus padres lo habían desatendido tanto que obligaba a los invitados a prestarle atención. A Quentin le recordó a la lejana Eleanor, la niñita de la Isla Exterior.

Lo peor de todo es que Quentin le seguiría el juego, y no por motivos loables. Tomó la mano que le tendía. No es que solo se compadeciera de Thomas, sino que además era un aliado de lo más valioso. Los adultos nunca entraban en Fillory solos, al menos no sin el botón mágico. Siempre eran los niños. Quentin sabía que necesitaba un guía que le hiciera de cebo. Tal vez si dejaba que el pequeño Thomas fuese delante de él, como un sabueso por los páramos, darían con un portal o dos. Usaría a Thomas de carnada.

—Necesito un trago —dijo Quentin a Josh mientras Thomas se lo llevaba de allí. Al pasar junto a Poppy, Quentin le sujetó la mano con fuerza. El tren de la tristeza estaba a punto de partir y Quentin no viajaría solo.

Sin que apenas Quentin y Poppy le preguntaran al respecto, Thomas les contó que sus padres habían comprado la casa de los Chatwin hacía un par de años a los hijos de Fiona Chatwin. Thomas y sus padres eran, por un vínculo que Quentin no acababa de entender, parientes lejanos de Plover. Quizás ese fuera el origen del dinero. Thomas se alegró lo indecible cuando se enteró de la noticia. ¡Anda que no estaban celosos sus compañeros del colegio! Por supuesto, ahora tenía nuevos amigos porque antes había estado en Londres y ahora estaba en Cornualles. Los amigos de aquí le caían mejor y solo echaba de menos Londres cuando pensaba en la exposición «La vida en la selva tropical» del zoo. ¿Había Quentin ido al zoo de Londres? Si pudiera elegir, ¿preferiría ser un león asiático o un tigre de Sumatra? ¿Y sabía que había un mono que se llamaba tití rojo? Aunque sonara raro era un nombre real. ¿Y estaba de acuerdo en que, en ciertas circunstancias extremas, el asesinato de niños era del todo justificable desde un punto de vista ético?

Recorrieron la casa a remolque de la locomotora cisterna que era Thomas. Como trío, inspeccionaron hasta el último recoveco de la planta superior, incluyendo armarios y desvanes. Repasaron siete u ocho veces el enorme prado situado detrás de la casa, prestando especial atención a las madrigueras de roedores, los árboles que daban miedo y las arboledas lo bastante grandes como para que se infiltrara un ser humano. Mientras tanto, Josh hacía acopio de provisiones y le pasaba un gin-tonic a Quentin cada vez que se cruzaban, como un espectador que entrega un Gatorade a un maratonista.

Podría haber sido peor. La vista desde la terraza posterior era incluso mejor que la frontal. Era como si hubiesen arrancado a la fuerza una finca inglesa ordenada de la campiña más agreste de Cornualles, incluyendo una piscina de aguas mansas que, gracias al ingenio de algún paisajista, no había caído en el anacronismo más absoluto. Más allá, un paisaje de colinas verdes, campos de heno en barbecho y aldeas que se difuminaba lentamente en la luz viscosa del dorado atardecer inglés.

A Thomas le encantaba que le hicieran caso. Quentin reconoció que Poppy era buena persona. Le daba igual cómo acabaría todo aquello, pero se lo tomaba en serio y colaboraba. Era de las que se apuntaba a un bombardeo. Además, se le daba mejor que a Quentin, acostumbrada como estaba a lidiar con niños durante sus muchas horas de canguro.

Como era de imaginar, acabaron en el dormitorio de Thomas. A las diez y media ni siquiera Thomas, a pesar de sus inmensas ganas de disfrutar de la vida, tenía ganas de seguir buscando el camino a Fillory. Se sentaron o se despatarraron en la alfombra de hilo con los colores del arco iris de la habitación de Thomas. Era un dormitorio grande, un pequeño reino para Thomas. Incluso tenía una cama extra en forma de cohete espacial, como si fuera una especie de broma cruel por el hecho de que Thomas era hijo único y sus amigos no se quedaban a pasar la noche. Josh y Julia fueron a su encuentro. La fiesta prosiguió hasta bien entrada la noche y, del mero cóctel que había sido hasta entonces, degeneró en una fiesta como mandan los cánones.

Tendrían que marcharse. Llegados a aquel punto, Thomas

pasó de acosador a acosado. Tal vez Josh estuviera en lo cierto y debieran probar en Stonehenge, pero antes agotarían hasta la última de las posibilidades en casa de los Chatwin.

Decidieron probar otros juegos. Echaron varias partidas de cartas emparejando animales y al tres en raya. Luego pasaron a juegos de mesa como el Cluedo, el Monopoly y el Mouse Trap hasta que Thomas estuvo demasiado cansado y ellos demasiado borrachos como para seguir las normas. Rebuscaron en el armario de juguetes de Thomas, y por lo tanto retrocedieron en su infancia, buscando juegos tan sencillos que apenas podían considerarse juegos ya que carecían de elementos de estrategia: Serpientes y Escaleras, Hi Ho! Cherry-O y, finalmente, High C's, un sencillo juego del alfabeto cuyo principal objetivo era ganar el argumento previo al juego para ver cuál de los jugadores hacía de delfín. Después de eso todo era cuestión de azar y peces de colores.

Quentin tomó un trago de gin-tonic caliente e insípido. Sabía a derrota. Así era como el sueño llegaba a su fin, en una sucesión de piezas de plástico de juegos de mesa de colores básicos, un par de plantas por encima de una fiesta para olvidar. Seguirían buscando, llamarían a todas las primeras puertas que recordasen, pero por primera vez, tumbado de cualquier manera en la cama para invitados, con las piernas largas estiradas y la espalda recostada en el cabecero del cohete espacial de Thomas, Quentin se planteó en serio la posibilidad de que quizá nunca regresara a su reino. De todos modos, seguramente habían pasado cientos de años en Fillory. Las ruinas del castillo de Whitespire se estarían desintegrando bajo la lluvia, cual piedras blancas que se ablandaban como terrones de azúcar bajo el musgo, junto a una bahía ya sin nombre. Las tumbas del rey Eliot y la reina Janet estarían recubiertas de hiedra. Tal vez se convirtiese en una leyenda, Quentin, el Rey Desaparecido. El que fuera y sería rey, como el rey Arturo. Salvo que, a diferencia del rey Arturo, Quentin no regresaría de Ávalon. El que fuera rey a secas.

Bueno, al menos era el mejor lugar para poner fin a la aventura, en la casa de los Chatwin, donde todo había comenzado.

La primera puerta. Lo más divertido de todo era que, aunque había tocado fondo, no se sentía tan mal. Estaba con sus amigos, al menos algunos de ellos. Tenían el dinero de Josh. Todavía les quedaba la magia, el alcohol, el sexo y la comida. Lo tenían todo. Recordó Venecia y el paisaje verde de Cornualles por el que acababan de pasar. Este mundo tenía muchas más cosas de las que jamás había imaginado. ¿De qué coño iba a quejarse?

La respuesta estaba clara, a la mierda con todo. Un día tendría una casa como esa y un hijo como Thomas, que se dormía enseguida con las luces encendidas y los brazos estirados por encima de la cabeza, como un corredor de maratón llegando a la meta en sueños. Él y una hermosa señora Quentin con mucho talento (¿Quién? Poppy no, desde luego) se casarían y Fillory se desvanecería como el sueño que en el fondo era. Qué más daba si no era rey. Lo había disfrutado durante una época, pero la vida real estaba en este mundo y la aprovecharía al máximo como el que más. ¿Qué clase de héroe era si ni siquiera era capaz de eso?

Julia le propinó una patada en el pie. Por una especie de acuerdo tácito estaban resueltos a acabar el juego de High C's, y era su turno. Giró la rueda y avanzó dos olas. Josh, que jugaba de ballena, llevaba la delantera, pero Julia (el calamar) se le estaba acercando, dejando que Poppy (el pez) y Quentin (la medusa) se peleasen por el tercer puesto.

Josh dio vueltas a la rueda. Cayó en la casilla de la imitación. Emitió varios graznidos.

—Gaviota —dijeron todos al unísono como un grupo de gansos. Josh giró de nuevo la rueda. Julia eructó.

Quentin se desplomó sobre las almohadas suaves y de olor agradable. Desde allí veía con claridad que Poppy llevaba tanga. La cama no era del todo estable. Las bebidas le estaban pasando factura. No tenía claro si las vueltas acabarían desapareciendo o si cobrarían fuerza y se vengarían de él por sus muchas transgresiones. Bueno, el tiempo diría.

Josh graznó de nuevo.

—Ya basta —dijo Quentin.

Los graznidos se repitieron.

—¡Gaviota! ¡He dicho gaviota!

La luz le dolía en los ojos. El cuarto de Thomas estaba demasiado iluminado. Ya había bebido bastante. Se irguió.

—Lo sé, tío —repuso Josh—, ya te he oído.

Otro graznido.

Los graznidos y las vueltas no se detuvieron. La cama se estaba moviendo, aunque más que dar vueltas se balanceaba con suavidad. Se quedaron paralizados.

Poppy fue la primera en reaccionar.

—Ni hablar. —Saltó de la cama y cayó al agua—. ¡Maldita sea! ¡No, joder, no!

El sol les calentaba desde lo alto. Un albatros curioso volaba en círculos por encima de ellos.

Quentin se levantó de un salto en la cama.

—¡Oh, Dios mío! Lo hemos conseguido. ¡Lo hemos conseguido!

Habían pasado al otro lado. No era el final, todo estaba a punto de comenzar de nuevo. Extendió los brazos hacia la luz del día y dejó que el sol le diese de lleno en el rostro. Se sentía como si hubiera vuelto a nacer. Julia miraba en derredor y sollozaba como si el corazón estuviera a punto de partírsele. Estaban de vuelta. El sueño volvía a ser real. Iban a la deriva por los mares de Fillory.

LIBRO TERCERO

17

—Thomas estará muy desilusionado —dijo Poppy—. Se lo perdió todo.

Se sentó con aire sombrío en el pañol de velas de la cubierta del *Muntjac*, envuelta en una manta de marinero. La sal del mar le había aplanado el pelo rizado. Había intentado alejarse a nado para volver a la Tierra, al dormitorio del pequeño Thomas, pero cuando se dio cuenta de que era imposible regresó a la cama y la ayudaron a subir a la misma a la espera del rescate. Era una buena nadadora, lo cual hasta cierto punto tenía poco de sorprendente.

La cama, aunque fuera de buena calidad y tuviera bastante madera maciza ya que los padres de Thomas no reparaban en gastos, era una balsa más bien mediocre que comenzó a inclinarse hacia abajo en cuanto la ropa de cama y el colchón se empaparon y perdieron su flotabilidad. Josh se sentó con las piernas entrecruzadas, enfurruñado y resignado, como un Buda dispuesto a hundirse con el barco, mientras la cama se anegaba y el agua fría del mar le lamía las rodillas.

Pero el *Muntjac* ya estaba a la vista, surcando las olas en su dirección un tanto ladeado por la fuerza del viento. Las velas (las velas de Quentin, con el carnero azul claro de Fillory) se elevaban con curvas tirantes y orgullosas. El poderío, el color, la solidez y la realidad de las mismas eran casi demasiado emocionantes. Un minúsculo marinero señalaba hacia ellos.

Quentin siempre había sabido que el *Muntjac* acudiría al rescate. Tenía la sensación de no haberlo visto en años. Habían venido a buscarlo para llevarlo a casa.

Mientras se aproximaba se planteó algo preocupante: ¿y si habían pasado varios siglos, y si Eliot y Jane estaban muertos y el *Muntjac* era el último superviviente de la era Brakebills y en la corte solo hubiera desconocidos? Pero no, vio a Bingle a bordo del barco, con el mismo aspecto de siempre, dispuesto a cargar con su cuerpo real hasta cubierta para volver a protegerlo.

Mientras se secaban, se abrazaban y se presentaban, se ponían ropa seca y tomaban té caliente, Quentin se dio cuenta de que algunas cosas sí habían cambiado en el *Muntjac*. El barco se veía más viejo. No estaba en mal estado, pero sí avejentado. El brillo y lustre de antaño de la cubierta había dado paso al mate actual. Las cuerdas, brillantes y rugosas en el pasado, habían perdido color y cuerpo por el uso continuado.

Además, Quentin ya no estaba al mando del *Muntjac*, sino Eliot.

—¡Pero dónde te habías metido! —exclamó después de abrazarlo—. Vaya, vaya, vaya. Empezaba a pensar que te habías muerto.

—He estado en la Tierra. ¿Cuánto tiempo hemos estado fuera?

—Un año y un día.

—Santo cielo. Para nosotros solo han sido tres días.

—Ahora soy dos años mayor que tú. ¿Qué te parece? ¿Qué tal por la Tierra?

—Lo mismo de siempre. Nada que ver con Fillory.

—¿Me has traído algo?

—Una cama. A Josh. A Poppy, una australiana. No tuve mucho tiempo. Y ya sabes que no es fácil encontrar cosas que te gusten.

Quentin seguía estando eufórico, pero la adrenalina comenzaba a perder fuelle y notaba el cansancio y el desfase horario. Hacía apenas veinte minutos era medianoche, el final de una larga y ardua fiesta de borrachos, y ahora era la tarde de nuevo. Bajaron al camarote de Quentin, que ahora era el de Eliot, donde se terminó de secar, se cambió de ropa y maldijo a Ember por no haber bendecido Fillory con el milagro de los granos de café.

Se tumbó en la cama de Eliot, observó el techo de madera bajo y le contó todo lo sucedido. Le explicó lo de volver a Brakebills, lo de los pisos francos de Julia y lo de que Josh había vendido el botón. Le contó que Ningunolandia estaba en ruinas, lo del dragón y lo de la casa de los Chatwin.

Eliot se sentó al pie de la cama. Cuando Quentin terminó, este lo miró durante un largo minuto mientras se daba golpecitos en el labio superior con la yema del índice.

—Vaya —dijo finalmente—, qué interesante.

Sí, lo era, aunque el interés personal de Quentin empezaba a flaquear. Estaba rendido y sabía que se dormiría en un abrir y cerrar de ojos. Volver a Fillory suponía una dosis de comodidad inimaginable, una almohada inflable de alivio como las que usaban los dobles para tirarse desde las alturas sin hacerse daño, y se hundió en la misma.

Aunque, puestos a pedir, cambiaría una cosa: ya no le apetecía estar en el barco. Tenía ganas de ir a casa, pero no a Fillory en general, sino a su habitación en el castillo de Whitespire, con su techo alto, la cama grande y la tranquilidad acogedora. Quentin no se tenía por intérprete de señales y milagros, pero la lección de la llave de oro resultaba obvia: si has ganado, deja de jugar. Quédate donde estés, en el castillo, y estarás a salvo. No tienes que hacer nada más.

—Eliot —dijo—. ¿Dónde estamos?

—Al este, muy al este. Salimos de la Isla de Después hace dos semanas.

—Oh, no.

—Estamos en el horizonte.

—No, no, no. —Quentin cerró los ojos—. No es posible. —Quería que fuese de noche, pero la implacable luz amarillenta del sol del atardecer continuaba filtrándose por la ventana del camarote de Eliot—. Vale, es posible. Pero ahora regresaremos, ¿no? Nos has encontrado. Misión cumplida. Fin.

—Volveremos, pero antes debemos hacer una cosa.

—Eliot, basta. Lo digo en serio. Haz que el barco dé la vuelta. No pienso marcharme de Fillory nunca jamás.

—Solo es una cosa. Te gustará.

—Lo dudo mucho.

Eliot sonrió de oreja a oreja.

—Oh, te encantará —afirmó—. Es una aventura.

Increíble. Él, el mismísimo Quentin, no había dado una desde que había salido de la Isla Exterior.

Supo la verdad durante un festín bajo cubierta esa misma noche. Para entonces, Quentin ya había aceptado que cuando se navega por el espacio interdimensional algunos días llegaban a durar treinta y seis horas y no había nada que hacer al respecto, salvo esperar a que pasaran. Los recién llegados comieron como descosidos. El agotamiento había dado paso a un hambre voraz. La noche anterior apenas habían probado bocado. Julia era la única que picoteaba con desgana la comida, como si su cuerpo fuera una mascota a la que no quería y a la que debía alimentar a la fuerza.

—Sabía que pasaba algo —dijo Eliot mientras abría un cangrejo carmesí gigantesco de aspecto letal. Como Julia, daba la impresión de que nunca comía, pero siempre se servía cantidades ingentes, lo cual no le ayudaba a adelgazar, claro está—. Para empezar, dos días después de que os marcharais de Whitespire alguien trató de asesinarme en el baño.

—¿En serio? —dijo Josh con la boca llena—. ¿Y eso te sirvió de aviso?

Josh no tardó mucho en adaptarse a la vida en el *Muntjac*. Lo suyo no era estar incómodo. Se dirigía a Eliot como si no hubieran pasado dos años.

—Qué horror —dijo Quentin—. Santo cielo.

—Y que lo digas. Estaba disfrutando del baño una noche, inocente como un recién nacido, y uno de los chicos de las toallas se me acercó con sigilo por detrás con un enorme cuchillo curvo en la mano. Trató de rebanarme el pescuezo.

»No entraré en detalles —Eliot siempre decía lo mismo justo antes de contar hasta el último detalle—, pero le tiré del brazo y se cayó al agua. Nunca había destacado como chico de las toallas. Tal vez creía que estaba destinado a otras cosas, aunque asesinar tampoco era su fuerte, os lo aseguro. Me puso el cuchillo en el cuello, pero lejos de la arteria, y no se había preparado bien. Así que se cayó, y yo salí del agua y la helé.

—¿El hechizo de Dixon?

Eliot asintió.

—No fue ninguna tragedia. Estaba a punto de salir del agua de todos modos. Había echado tantas sales de baño que no sabía si funcionaría, pero se heló de inmediato. Parecía Han Solo congelado en carbonita. El parecido resultaba bastante sorprendente, la verdad.

—Tú y los chicos de las toallas —dijo Josh—. Pero si te pido un harén me vienes con rollos de moralidad y derechos humanos.

—Bueno, evité que te apuñalaran, ¿no?

Eliot no se ponía moreno, era demasiado pálido, pero el sol y el viento habían dado un poco de vida a su inmaculada lividez, y tenía una barba incipiente de marinero. Se había deshecho de la afectación real que dominaba su imagen pública en Whitespire, se daba menos aires. Se dirigía a la tripulación con familiaridad y don de mando, incluso a personas como Bingle, a quienes no conocía antes de que el barco zarpara y a quienes, según Quentin, no se suponía que debía conocer. Pero ahora las conocía mejor que Quentin. Llevaban juntos un año en alta mar.

—Lo saqué, por supuesto. No me atreví a ahogarlo. Pero no soltó prenda. Ver para creer. Era una especie de fanático. O tal vez un lunático. Es lo mismo. Varios generales querían torturarlo. Creo que Janet también lo habría hecho, pero yo no podía, aunque tampoco podía dejarle marchar. Ahora está en la cárcel.

»Estaba trastornado, pero supongo que no se llega a ser un Alto Rey hasta que intentan asesinarte en el baño. Por cierto, si alguna vez lo logran, dejadme allí y que alguien pinte un cuadro. Como Marat.

»Quería dejar correr el asunto, pero me era imposible. No sabía qué me lo impedía. Fillory, supongo. En cualquier caso, fue entonces cuando comenzaron los milagros.

»Todo el mundo los llamaba así y no se me ocurrió otro nombre mejor. Al principio eran como sensaciones. Mirabas algo, una alfombra o un cuenco con fruta, y los colores parecían cambiar. Eran más brillantes e intensos. De repente, sin motivo aparente, sentías punzadas de dolor, entusiasmo o amor. A algunos barones les daban unas lloreras muy poco viriles.

»Era como estar drogado, pero no había tomado nada. Una noche estaba tumbado en el dormitorio y comencé a oler una especia detrás de otra. Canela, jazmín, cardamomo y otro aroma delicioso que no reconocía. Los cuadros cambiaban cuando pasaba a su lado. Solo el fondo. Las nubes se movían o el cielo pasaba del día a la noche.

»Al principio creí que estaba enloqueciendo y justo entonces apareció el árbol. Un árbol-reloj creció en el centro de la sala del trono y atravesó la alfombra, a pleno día. Lo hizo de una tirada, todo seguido, mientras la corte al completo observaba. Y se quedó allí plantado, en silencio, como una especie de alucinación, haciendo tictac y balanceándose un poco tras el impulso de haber crecido tan rápido. Era como si dijera: "Bueno, aquí estoy. Soy yo. ¿Qué pensáis hacer?"

»Entonces me di cuenta de que no había enloquecido. Era Fillory.

»No tengo problema en admitir que todo aquello me resultó un poco irritante. Me estaban convocando y no me apetecía ir. Entiendo que os interesen cosas del estilo, las búsquedas, el rey Arturo y todo eso. No os lo toméis a mal, pero siempre me han parecido un tanto infantiles. Agotadoras y nada elegantes, ya sabéis a qué me refiero. No hacía falta que me convocaran para sentirme especial porque ya me sentía especial. Soy inteligente, rico y de buen ver. Era completamente feliz fundiéndome átomo a átomo con el lujo que me rodeaba.

—Bien dicho —comentó Quentin. Eliot debía de haber ensayado esa representación.

—Bueno, y entonces la maldita Liebre Vidente cruzó como un rayo la sala durante la reunión de las tardes. Derramó el servicio de whisky y asustó de muerte a uno de mis protegidos más sensibles. Todos tenemos un límite. A la mañana siguiente pedí que me trajeran la armadura, ensillé un caballo y cabalgué solo hacia Queenswood. Ya no voy solo a ninguna parte, pero estas cosas tienen su protocolo y supongo que ni siquiera el Alto Rey se salva.

—Queenswood —repitió Quentin—, no me digas.

—Pues sí. —Eliot se acabó el vino y un joven larguirucho con la cabeza rapada le rellenó la copa sin que se lo pidiese—. Volví a ese prado ridículo que decías, el redondo. Tenías razón. Al fin y al cabo, era nuestra aventura.

—Tenía razón. —Quentin estaba abatido. Se miró las manos—. No me lo puedo creer, ¡tenía razón!

Si no hubiera estado tan cansado, y un poco borracho, no se lo habría tomado de esa forma, pero lo cierto era que se sentía... ¿cómo decirlo? Creía que había aprendido una lección importante sobre el mundo y ahora se daba cuenta de que tal vez había aprendido la lección equivocada. Le habían ofrecido la aventura correcta y le había dado la espalda. Si ser un héroe consistía en reconocer las pistas, Quentin no había dado una. Es más, se había pasado tres días dando vueltas en la Tierra para nada, y casi se había quedado atrapado allí para siempre, mientras que Eliot había iniciado una búsqueda real.

—Es cierto —dijo Eliot—. Desde un punto de vista histórico y estadístico, incluso desde cualquier punto de vista, casi nunca tienes razón. Un mono que tomara decisiones de suma importancia basadas en el horóscopo del periódico acertaría más que tú. Pero en este caso tenías razón. No lo eches a perder.

—Se suponía que tenía que ir yo, no tú.

—Tenías que haber ido cuando se te presentó la oportunidad.

—¡Me dijiste que no lo hiciera!

—Fue Janet quien te dijo eso. No sé por qué le hiciste caso. Pero te entiendo. —Eliot le puso la mano en el brazo—. Te entiendo. No tenía elección. Quienquiera que se encargue de las búsquedas tiene un sentido del humor de lo más peculiar.

»En cualquier caso, partí. Aquella mañana, mientras salía, sentí algo especial. El aire fresco, el sol en la armadura, un caballero espoleando al caballo en la llanura. Ojalá hubieras estado a mi lado.

»Aunque te habría resultado difícil superar mi atuendo. La armadura, especialmente diseñada para ese día, había sido repujada y damasquinada hasta el último milímetro. No te mentiré, Quentin, me quedaba de fábula.

Quentin se preguntó qué habría estado haciendo en ese momento. Al menos se habría bebido una Coca-Cola. Algo es algo. Ahora mismo estaba agotado y se tomaría una si pudiera.

—Tardé tres días en encontrar el prado de los cojones, pero al final di con él. La Liebre Vidente estaba allí, por supuesto, esperándome bajo las ramas de aquel árbol gigantesco, que se agitaba con un viento invisible.

—Intangible —corrigió Poppy con un hilo de voz—. El viento es intangible.

Poppy seguía siendo la misma de siempre. Bien.

—La liebre no estaba sola. El pájaro estaba allí, y también el varano, el Tritón Total, el Lobo Amable y el Escarabajo Paralelo, dispuestos en forma geométrica. Es tan aburrido que no sabría explicarlo. Todos ellos, todas las Bestias Únicas, el cónclave al completo. Bueno, salvo las dos especies acuáticas. La Bestia Rastreadora te manda recuerdos. Por algún motivo le caes bien, y eso que le disparaste.

»Bueno, cuando los vi todos juntos, en dos hileras ordenadas, con los pequeños delante, como si posaran para una fotografía de la clase, supe que había llegado el momento de la verdad. Fue el tritón el que habló. Anunció que el reino corría peligro y que solo yo podía salvarlo recuperando las Siete Llaves de Oro de Fillory. Le pregunté por qué, para qué servían, qué abrían. No supo o no quiso responderme. Dijo que lo sabría a su debido tiempo.

»Negocié un poco, claro está. Por ejemplo, quería saber

cuán rápido debía recuperar las llaves. Suponía que bastaría con encontrar una cada tantos años y así no me quedaría sin vacaciones. De ser así, era algo que incluso me apetecía. Es mucho mejor viajar cuando tienes un asunto importante entre manos. Pero, al parecer, era una cuestión apremiante. Insistieron al respecto.

»Me entregaron una Anilla de Oro que se suponía que iba con las llaves y me marché. ¿Acaso tenía elección? Cuando regresé a Whitespire, todo el mundo estaba furioso. Se estaban produciendo toda clase de portentos por el reino. La tormenta se había extendido... comenzaron a aparecer árboles-reloj por doquier. ¿Recuerdas la catarata de las Ruinas Rojas, la que sube? Pues comenzó a bajar, como las cataratas normales. Eso fue la gota que colmó el vaso.

»Entonces el *Muntjac* atracó y me comunicaron que Julia y tú habíais desaparecido.

De manera heroica Eliot tomó el mando del *Muntjac*. Se pasó un día reparándolo y aprovisionándolo mientras el reino bullía de animación e inquietud. ¡El Alto Rey Eliot emprendería una búsqueda! Fue todo un exitazo de relaciones públicas. El puerto se llenó de voluntarios dispuestos a colaborar en la búsqueda de las Siete Llaves. Los enanos enviaron un montón de llaves mágicas que tenían guardadas en un sótano por si acaso servían, pero la mayoría resultaron ser inútiles.

Sin embargo, una de ellas encajó en la anilla. Faltaban seis. Aunque fuera en contadas ocasiones, a veces los enanos cumplían.

Eliot dejó a Janet a cargo del castillo. Le supo mal hacerle asumir más responsabilidades de las que ya tenía, pero lo cierto es que ella se relamió de gusto. Para cuando regresaran, Janet seguramente habría instaurado una dictadura fascista. Eliot partió entonces.

No tenía ni idea de cuál era la ruta a seguir, pero había leído lo bastante como para saber que un estado de relativa ignorancia no tenía por qué ser un impedimento para emprender una búsqueda. Se trataba de algo que un caballero imperturbable aceptaba con los ojos cerrados. Había que adentrarse en los páramos al azar y si el estado mental, o tal vez el espiritual, era el adecuado, entonces la aventura se presentaría por sí sola siguiendo el curso natural de los acontecimientos. Era una especie de asociación libre, no había respuestas equivocadas. Funcionaba siempre y cuando no se intentase con demasiada vehemencia.

Eliot no caería en esa tentación. El *Muntjac* navegó veloz con el viento húmedo y cálido, pasó por la Isla Exterior, la de Después, salió de Fillory y del mundo conocido.

Permanecieron en silencio. Durante unos instantes solo se oyó el crujido de las maderas y cuerdas del barco y, por primera vez, Quentin cayó en la cuenta de lo muy lejos que estaban de Fillory. Trató de imaginarse cómo los vería alguien desde las alturas: un barquito iluminado perdido en la inmensidad de un océano oscuro e inexplorado.

Eliot observó el techo. Buscaba torpemente las palabras adecuadas. Toda una novedad a ojos de Quentin.

—No te lo habrías creído, Q. —dijo por fin con expresión maravillada—, de veras que no. Hemos estado en el océano Oriental. Qué tierras. Algunas de las islas... no sé por dónde empezar.

—Cuéntale lo del tren —dijo el joven con la cabeza rapada. Quentin lo reconoció de inmediato. Era Benedict, pero con músculos fibrosos y dientes de un blanco cegador. El flequillo y la actitud hosca habían desaparecido. Miraba a Eliot con un respeto que Quentin no había advertido antes.

—Sí, el tren. Al principio pensamos que se trataba de una serpiente marina. Apenas tuvimos tiempo de virar para evitarlo. Era un tren, uno de esos trenes de carga con un millón de vagones cisterna o de mercancías, salvo que este no tenía fin. Salió a la superficie, con el agua chorreando por los laterales de los vagones, avanzó retumbando a nuestro lado durante varios kilómetros y volvió a sumergirse en el mar.

—¿Así como si nada?

—Así como si nada. Bingle se subió al tren, pero no logró abrir ninguno de los vagones. También encontramos un castillo flotando en el océano. Al principio lo oímos a lo lejos, las campanas resonaban en mitad de la noche. A la mañana siguiente nos topamos con él. Era un castillo de piedra que iba sobre una flota de barcazas que gemían. No había nadie en el interior, solo las campanas en una de las torres que tañían con el movimiento de las olas.

»A ver, ¿qué más? Había una isla en la que nadie podía mentir. Madre mía, que sensación más rara. Sacamos a relucir un montón de trapos sucios, os lo aseguro.

En el rostro de los tripulantes presentes se dibujaron sonrisas de arrepentimiento.

—En otra isla las personas eran olas, olas del océano, no sabría explicarlo de otra manera. En otro lugar el océano caía hacia una sima insondable y apenas había un puente pequeño para salvarla. Un puente de agua sobre el que tuvimos que navegar.

—Como un acueducto —puntualizó Benedict.

—Como un acueducto. Qué extraño era todo. Creo que aquí la magia se multiplica, se vuelve más poderosa y crea toda suerte de sitios imposibles. Nos pasamos una semana atrapados en la zona de las calmas ecuatoriales. No soplaba viento y el océano estaba como un plato, y también había un mar de los Sargazos, un remolino enorme de restos de naufragios en medio del océano. Había personas que vivían allí, rebuscando entre los desechos. Todo lo que la gente olvida acaba allí algún día, decían. Juguetes, mesas, casas enteras. Las personas también acaban allí, olvidadas.

»Estuvimos a punto de quedarnos atrapados, pero el *Muntjac* sacó una hilera de remos para ayudarnos a salir. ¿No es cierto, viejo amigo? —Eliot dio un golpecito afectuoso en el mamparo—. Era posible llevarse cosas del mar de los Sargazos, pero había que dejar algo a cambio. Ese era el trato. Bingle se encaprichó de una espada mágica. Muéstrasela, Bingle.

Bingle, sentado al otro extremo de la mesa, se levantó y desenvainó la mitad de la espada con expresión tímida. Era estrecha y reluciente, con grabados plateados circulares que despedían un brillo blanco.

—No quiere decir qué dejó a cambio. ¿Qué dejaste, Bing?

Bingle sonrió, se tocó la nariz y no respondió.

Quentin estaba fatigado. Se había despertado en Venecia, había pasado el día en Inglaterra y medio día más en Fillory. Ya se había emborrachado y despabilado una vez, y ahora estaba emborrachándose de nuevo sentado en un banco astillado de la cocina del *Muntjac*. Seguramente a Eliot le habría gustado dar un paseo por la Tierra, pensó, donde el vino y el café eran mejores. Quién sabe, tal vez no habría salido bien si hubiera sido al revés. Quizá no lo habría conseguido y se habría quedado atrapado en el mar de los Sargazos. Y a lo mejor Eliot no habría encontrado a Josh, no habría visto al dragón y no habría jugado con Thomas. Era posible que Eliot hubiera fracasado donde Quentin había triunfado, y viceversa. Tal vez todo había sucedido de la única manera posible. No se tenía la búsqueda que se quería, sino la que se podía completar.

Eso era lo más duro, aceptar que no se elegía el camino a seguir. Salvo que en su caso sí que había elegido.

—No nos tengas en suspense —dijo—. ¿Encontraste las llaves?

Eliot asintió.

—Encontramos varias. Siempre después de una batalla o de un acertijo. Una llave estaba en el corazón de una bestia gigante que parecía una langosta. Otra en una playa con millones de llaves, y tuvimos que repasarlas todas hasta dar con la correcta. Seguramente había un truco para ir más rápido, pero a nadie se le ocurrió, así que optamos por la fuerza bruta: hicimos turnos las veinticuatro horas del día probando todas y cada una de las llaves en la anilla. Tardamos dos semanas en dar con la que encajaba.

»Siento ser directo, pero recordad que llevamos un año metidos de lleno en la búsqueda y, sinceramente, estamos agotados. Así que, resumiendo: tenemos cinco de las siete llaves. La que nos dieron los enanos y otras cuatro que hemos encontrado. ¿Tenéis una de ellas? ¿La de la Isla de Después?

—No —respondió Quentin—. Julia y yo la dejamos allí

cuando cruzamos la puerta. ¿No la cogió nadie? —Quentin miró a Bingle y luego a Benedict, pero no le devolvieron la mirada—. ¿No? Pues nosotros tampoco la tenemos.

—Maldita sea —dijo Eliot—. Lo que me temía.

—Pero, ¿qué pasó? No pudo desaparecer así como así. Tiene que estar en la Isla de Después.

—No está —dijo Benedict—. La buscamos por todas partes.

—Bueno, pues tendremos que proseguir con la búsqueda. —Eliot suspiró y alzó la copa para que se la rellenaran—. Parece que, después de todo, vais a vivir alguna que otra aventura.

18

La casa de Bed-Stuy fue el primer piso franco de Julia y supuso el final de Stanford. Ya no iría a la universidad. Les había roto el corazón a sus padres por segunda y última vez. Le dolía pensar en ello, por lo que lo evitaba a toda costa.

Podría haberse negado, por supuesto. Podría haber terminado de marcar el número del servicio de taxis, haberle dado la espalda al hombre con el sombrero de copa baja y haber esperado hasta que llegase el taxi, haberse subido a él y haberle repetido su dirección al montañés guatemalteco al volante para que se la llevase rápidamente bien lejos de aquel lugar. Podría haberse negado, pero no lo hizo. Lo deseó entonces y lo volvería a desear en repetidas ocasiones en años venideros.

No podía marcharse sin más porque el sueño, el sueño de la magia, no estaba muerto. Lo había intentado eliminar a base de trabajo, drogas, terapia, familia y el foro Free Trader, pero no lo había conseguido. Era más fuerte que ella.

El joven de aspecto estudioso que esa noche se ocupaba de la puerta del piso franco de Bed-Stuy se llamaba Jared. Tenía unos treinta años, barba incipiente, no era alto, sonreía con alegría y lucía unas gafas negras pesadas. Llevaba nueve años cursando un doctorado en lingüística en la Universidad de Nueva York. Se dedicaba a la magia por las noches y los fines de semana.

No todos eran así, académicos raros y tal. Era un grupo sorprendentemente heterogéneo. Había un prodigio de doce años que vivía en el barrio y una viuda de sesenta y cinco años que los fines de semana venía en un BMW todoterreno desde el condado de Westchester. En total había unas veinticinco personas: físicos, recepcionistas, fontaneros, músicos, universitarios, inversores y pirados marginados por la sociedad. Y ahora Julia se había sumado al grupo.

Algunos iban una vez al mes para probar los conjuros y otros llegaban cada mañana a las seis y se quedaban hasta las diez de la noche o incluso se quedaban a dormir allí, si bien según las normas de la casa aquello debía evitarse en la medida de lo posible. Algunos tenían vidas normales, profesión, familia y no eran excéntricos ni tenían problemas físicos. Pero hacer magia junto al resto exigía ciertos malabarismos por su parte, y en ocasiones perdían el equilibrio y se caían en un suelo bien duro. Si se levantaban de nuevo lo hacían cojeando. Todos se caían tarde o temprano.

Cuando la magia entraba en tu vida, cuando vivías la doble vida de un mago clandestino, pagabas un precio innegable: la vida secreta te tentaba en todo momento. Tu parte de mago, ese *doppelgänger* chiflado, te acompañaba a todas partes, te tiraba de la manga, te susurraba en silencio que tu vida real era un fracaso, una farsa poco digna y falsa que, de todos modos, nadie se la tragaba. Tu yo verdadero, el que importaba, era el otro, el que agitaba las manos en el aire y salmodiaba en un dialecto eslavo muerto en un sofá desvencijado en la casa con tablones de madera de Throop Avenue.

Julia siguió trabajando, pero iba a la casa casi todas las noches y todo el día los fines de semana. Había recuperado la ilusión y esta vez parecía que no la perdería. Iría a por todas. Dejó de participar en el foro de FTB. Los miembros podían esperar. Estaban acostumbrados a que otros foreros desapareciesen del mapa de manera inesperada durante meses o incluso años. En la comunidad de los trastornos crónicos del estado de ánimo entraba dentro de lo normal.

En cuanto a sus padres... Julia se aisló de ellos. Sabía lo que se traía entre manos y sabía lo mucho que les dolería verla obsesionarse de nuevo, adelgazar, dejar de bañarse y todo lo demás, pero lo hizo de todos modos. No le quedaba más remedio. Era una adicción. Pensar en las consecuencias que tendría para su familia, pensar seriamente en ello la habría matado de remordimiento, así que no lo hacía. La primera mañana que se dio cuenta de que se pasaba el pulgar distraída, casi sensualmente, por el brazo a la mesa del desayuno, dejando una línea roja en la piel, o mejor dicho, cuando vio que su madre se percataba de ello, ninguna de las dos dijo nada. Pero esa mañana vio morir una parte de su madre y Julia no tomó ninguna medida heroica para resucitarla.

Julia sabía que ella también había podido morir esa mañana. De hecho, había estado a punto de morir. Pero si dejas que se te aferre una mujer que se está ahogando, te arrastrará al fondo, ¿y de qué serviría eso? En cualquier caso, eso es lo que Julia se decía a sí misma. Tienes que mirarla a los ojos, apartarle la mano de tu brazo y observar cómo se hunde en las profundidades verdes hasta morir ahogada. O eso o morían las dos. ¿De qué serviría?

Su hermana lo sabía. Se le notaba la decepción en los ojos marrones astutos, que luego se transformaba en algo claro, calmo y protector. Era bastante joven, tendría tiempo de evitar los restos del naufragio y seguir adelante. Dejó a Julia en paz, la hermana de los secretos misteriosos. Una chica lista. Había hecho un trato sensato. Julia también.

¿Qué obtuvo Julia a cambio del trato? Cuando subastabas tu familia, tu corazón, tu vida y tu futuro, ¿cuánto te embolsabas? ¿Qué te llevabas a cambio?

Pues mucho. Para empezar, un pasadón de conocimientos oscuros, ni más ni menos, joder.

Aquel primer día la pusieron a prueba. Nada más entrar en la casa (Jared puso en marcha el cronómetro del iPhone cuando la vio cruzar el umbral) tenía quince minutos para aprender y ejecutar el hechizo del destello que Quentin había lanzado en el piso franco de Winston, o tendría que marcharse y no podría regresar en un mes. Lo llamaban, sin ninguna imaginación, el Primer Destello. Lo podría probar en otro piso franco ya que no compartían la información entre sí, pero solo había dos en Nueva York, por lo que si quería que su magia valiese en los cinco municipios tendría que ir a por todas o largarse a casa.

A pesar de estar cansada, Julia lo hizo en ocho minutos. Si le hubiera quedado un poco de tono muscular después de la etapa de bruja del arco iris habría acabado antes.

Desconocían el conjuro del arco iris, así que imprimió la imagen escaneada que se había bajado de Internet, hacía ya dos años, y la llevó a la casa. Jared el lingüista, con gran pompa y ceremonia, la introdujo en una funda de plástico transparente, la perforó en tres puntos y la colocó en una carpeta de anillas manoseada en la que guardaban la lista de conjuros del club. Una carpeta de anillas, eso es lo que tenían a modo de libro de conjuros.

La llamaban la Carpeta de Conjuros. Ese indicio debería haberle bastado a Julia.

De todos modos, le sirvió para aumentar de manera considerable sus conocimientos de magia, lo cual le produjo una alegría indescriptible. Bajo la tutela de Jared, o quienquiera que fuera el mago con más experiencia de la casa, Julia estudió el libro. Aprendió a unir cosas. Aprendió a encender un fuego desde lejos. Aprendió un hechizo para adivinar de qué lado caería una moneda, otro para evitar que los clavos se herrumbrasen y otro para eliminar la carga magnética de un imán. Competían los unos con los otros para ver cuántas tareas cotidianas podían hacer gracias a la magia: abrir tarros, atarse los zapatos y abotonarse.

Era un poco aleatorio y de poca entidad, pero por algo se empezaba. Clavo a clavo, imán a imán, comenzó a conseguir que el mundo se ajustase a sus especificaciones. La magia era lo que sucedía cuando la mente se topaba con el mundo y, para variar, era la mente la que salía vencedora.

Había otra carpeta con ejercicios de manos en estado lamentable, seguramente porque más de uno la habría arrojado contra el suelo en señal de frustración, y Julia puso en práctica esos ejercicios. Pronto hubo memorizado todo el libro y practicaba a todas horas: en la ducha, debajo de la mesa a la hora de la comida, debajo del escritorio en el trabajo, por la noche en la cama. Y se tomó en serio las lenguas. La magia no solo era cuestión de números.

A medida que aprendía conjuros subía de nivel. Sí, de nivel, ese era el término que empleaban. La endeblez del sistema de niveles, tomado al cien por cien de *Dragones y mazmorras* (que seguramente lo había tomado de la masonería), era innegable, pero preservaba el orden y las jerarquías bien definidas, que a Julia le gustaban cada vez más a medida que subía de nivel. Comenzó a tatuarse en la espalda. Dejó mucho espacio porque estaba aprendiendo muy rápido.

Tardó un mes en darse cuenta de que aprendía más rápido que las demás personas que acudían a la casa con regularidad, y otros tres meses en percatarse de que la diferencia era más que notable. Para entonces ya tenía siete estrellas, las mismas que Jared, y él llevaba tres años allí. En Brakebills Julia habría sido una aprendiz del montón, pero no estaba en Brakebills, sino en el piso franco, y destacaba por encima de los demás, a quienes no parecía interesarles el aspecto teórico de la magia. Se aprendían los conjuros de memoria, pero no estudiaban las pautas básicas subyacentes. Solo algunos analizaban los elementos lingüísticos, las gramáticas y las etimologías. Preferían memorizar las sílabas y los gestos y olvidar el resto.

Se equivocaban. Minaba la fuerza de sus conjuros, lo cual significaba que cada vez que comenzaban uno tenían que partir de cero. No veían las conexiones entre los mismos. Y nada de inventarse hechizos, algo que a Julia le atraía sobremanera. Junto con Jared formó un grupo de trabajo dedicado a las lenguas antiguas. Solo había cuatro miembros más y la mayoría participaba porque Julia estaba buena. Los sacó a patadas en cuanto vio que no hacían los deberes.

En cuanto a los ejercicios de manos, se esforzó el doble porque sabía que no se le daban demasiado bien. Nadie le seguía el ritmo, ni siquiera Jared. No eran masocas como ella.

Aunque odiaba Brakebills con todo su ser, con una especie de fuego interno que avivaba constantemente, entendía por qué eran tan elitistas. Por el piso franco de Throop Avenue pasaba mucha gentuza.

Julia había tenido una vena competitiva implacable. En el

pasado le había puesto freno. Ahora cambió de estrategia. Sin que nadie la controlara, la alimentó y la dejó florecer. Del mismo modo que en Brekebills la habían humillado, Julia humillaría a quien no pudiese estar a su altura. La magia no era un concurso de popularidad. Throop Avenue sería su Brakebills particular. Cualquier visitante que fuese al piso franco de Throop Avenue con un nivel igual o inferior al de Julia tendría que ponerse las pilas. Le darían un toque a la más mínima gilipollada.

Daba igual si eras negro o blanco o si estabas cansado o enfermo o si tenías doce años. Era increíble la cantidad de magos que subían de nivel con trucos falsos. Eso enfurecía a Julia. ¿Quién les otorgaba las estrellas? A esos pisos francos les bastaba un empujoncito para venirse abajo como un castillo de naipes. Era desalentador. Por fin había encontrado una especie de escuela de magia y resultaba que vomitaba impostores y tramposos por todas partes.

Gracias a la actitud de Julia, el piso franco de Throop Avenue comenzó a ganar cierta reputación. Ya no llegaban tantos mirones, y los pocos que lo hacían quedaban bonitos. Físicamente hablando. A los fantasmas no les gusta que pongan en evidencia sus fantasmadas, y había un solapamiento del diagrama de Venn bastante considerable entre las personas metidas en la magia y las amantes de las artes marciales.

Pero, vamos a ver, ¿dónde creías que estabas, so joputa? ¿En Connecticut? Estás en un piso franco mágico en Bed-Stuy, municipio de Brooklyn. Había un solapamiento del diagrama de Venn bastante considerable entre las personas que vivían en Bed-Stuy y las personas que tenían armas, joder. Idiota. Bienvenido a la ciudad de los petardos.

De todos modos, a pesar de que la cruzada de Julia por el rigor mágico mejorara un poco la situación, había un problema en el piso franco de Bed-Stuy que no era otro que la carpeta de anillas. La Carpeta de Conjuros. De vez en cuando llegaba alguien que se tomaba las cosas en serio y aprendía un conjuro que no estaba en el libro y, si ese era el caso y el libro contenía un conjuro que el visitante desconocía, se realizaba un intercambio y el libro aumentaba de tamaño.

Pero esas transacciones eran escasas. Julia necesitaba ir más deprisa. No tenía sentido: ¿de dónde habían salido todos esos hechizos? ¿Cuál era el origen? Nadie lo sabía. En los pisos francos había mucho movimiento y la memoria institucional brillaba por su ausencia. Julia cada vez estaba más convencida de que alguien operaba a un nivel superior que el suyo, y quería saber quién, dónde y cómo, ya de ya.

Así que Julia volvió las tornas. Pasó a ser una visitante. Había conservado el Civic de la época de Chesterton, dejó el trabajo de resolución de problemas en las redes y comenzó a darle caña al coche, a veces con Jared al volante. No era fácil encontrar los pisos francos porque ocultaban las ubicaciones al mundo en general y también entre sí, ya que solían entrar en guerra con resultados catastróficos. Pero a veces era posible sonsacarle la dirección a un visitante simpático. Julia tenía el don de la persuasión. Si todo lo demás fallaba, siempre le quedaba el truco de la paja en el baño, que ponía en práctica con mano de hierro.

Algunos pisos francos eran mayores que otros, y algunos eran lo bastante grandes y seguros como para permitirse cierta popularidad, al menos en el mundillo en cuestión, ya que creían que nadie se atrevería a joderles la vida. La carpeta que le entregaron en un viejo edificio reutilizado de un banco en Buffalo era tan grande que cayó de rodillas y rompió a llorar. Se quedó una semana allí, subiendo terabytes y terabytes de conocimientos de magia a su cerebro sediento de información.

Ese verano vagó hasta Canadá, al norte, Chicago, al oeste, Tennessee y Louisiana, al sur, y Cayo Hueso, un viaje extenuante, sudando en el coche, que tuvo como recompensa un decepcionante libro de conjuros de doce páginas en un bungaló lleno de gatos al lado de la casa de Hemingway. Fue su etapa errante. Dormía en camas libres, en moteles y en el Civic. Cuando el Civic pasó a mejor vida se dedicó a hacerle el puente a los coches de la calle. Conoció a muchas personas y a personas que no eran personas. Las casas más rurales en ocasiones tenían como anfitriones a demonios y hadas menores, espíritus y seres elementales de la zona que se vendían al sistema a cambio de vete a saber qué bienes y servicios. Esos seres resultaban un tanto románticos; parecían encarnar la mismísima promesa de la magia, que no era otra que transportarla a un mundo mejor que aquel en el que había nacido. En el momento en que entrabas en una habitación y el tipo que jugaba al billar tenía un par de alas de cuero rojas en la espalda y la chica que estaba fumando en el balcón tenía ojos de fuego dorado líquido, en ese momento saltaba a la vista que la tristeza, el aburrimiento o la soledad no volverían a formar parte de tu vida.

Pero Julia llegó al fondo de estas cuestiones en un santiamén, por lo que solía encontrarse con personas tan desesperadas y confundidas como ella. Así es como se lio con Warren y esa fue la lección que aprendió.

En cualquier caso, tenía la espalda repleta de estrellas de siete puntas. Se tuvo que poner la de 50 puntos en la nuca para ahorrar sitio. No era lo convencional, pero las convenciones existían para facilitarle las cosas a los impostores y a los tramposos. Había que saltarse las convenciones para dejar paso a personas como Julia.

Pero Julia estaba perdiendo fuelle. Era un tren de carga de pedagogía mágica que necesitaba información nueva para avanzar, pero el combustible escaseaba y era de mala calidad. Cada vez que entraba en un piso franco lo hacía entusiasmada, pero la realidad acababa enseguida con sus esperanzas. La cosa iba así: abría la puerta, dejaba que los hombres se la comiesen con los ojos, alardeaba de sus estrellas, intimidaba a quien estuviera al cargo para que le enseñara la carpeta, la hojeaba con desánimo con la remota esperanza de encontrar algo que no supiera, pero no encontraba nada, tras lo cual arrojaba la carpeta al suelo, se marchaba y dejaba que Jared se disculpara.

Sabía que su conducta dejaba mucho que desear. Lo hacía porque estaba enfadada y porque no estaba a gusto consigo misma. Cuanto más a disgusto estaba, más la tomaba con los demás, y cuanto más la tomaba con los demás, más a disgusto estaba. He aquí la prueba, señor Hofstadter: soy un bucle extraño.

Podría haberse largado a la costa Oeste o a la frontera mexicana, pero ya se imaginaba lo que encontraría. En el mundo al revés que era la movida clandestina mágica las perspectivas estaban cambiadas: cuanto más de cerca se observaban las cosas, más pequeñas parecían. Los objetos que se veían por el retrovisor estaban más lejos de lo que parecía. Dicho de otro modo: ¿cuántas veces adivinaría de qué lado caerían las monedas? ¿Cuántos clavos podría proteger del óxido? El mundo no necesitaba más imanes desmagnetizados. Aquella era una magia de tres al cuarto. Había sintonizado con un coro invisible que cantaba melodías de concurso. Había dado toda su vida como depósito a cambio de aquello, y tenía la impresión de que le habían tomado el pelo.

Después de todo por lo que había pasado, después de todo lo que había sacrificado, ya no lo soportaba más. Se preguntó si Jared le estaría escondiendo algo, si sabía algo que ella desconocía, pero estaba convencida de que no era el caso. Para asegurarse, recurrió a la opción nuclear. Nada. Cero patatero. Vaya, vaya.

Para ser sinceros, había empleado la opción nuclear en varias ocasiones durante los viajes y comenzaba a sentirse como una especie de desecho nuclear, irradiada y tóxica. No le gustaba pensar en ello. Ni siquiera se lo decía a sí misma: «nuclear» era una palabra en clave y nunca quiso descifrar esos recuerdos codificados. Había hecho lo que tenía que hacer, y punto. Ya ni siquiera fantaseaba con el amor verdadero. No le entraba en la cabeza que ella y el amor pudieran estar en el mismo mundo. Lo había intercambiado por la magia.

Pero el invierno nuclear se acercaba y la magia no la mantendría caliente. Comenzaba a hacer frío, caía nieve contaminada y la tierra volvía a estar sedienta, sedienta de un bálsamo. El perro negro estaba al acecho. Julia sintió de nuevo la oscuridad.

La oscuridad habría sido un alivio, la oscuridad habría sido un trabajo de campo comparado con lo que le esperaba, la desesperación pura y dura. La desesperación era incolora. A Julia le habría gustado que fuese oscura, de una negrura suave aterciopelada en la que pudiera acurrucarse y quedarse dormida, pero era mucho peor que eso. Era como la diferencia entre cero y el conjunto vacío, el que no contiene nada, ni siquiera el cero. Ese era el atavío de la desdicha. «Todas estas cosas parecen sonreír / comparadas conmigo / pues yo soy su epitafio.»

Llegó diciembre y los días se acortaron. La nieve amortiguaba el tráfico en Throop Avenue. Entonces, un día, el de santa Lucía, el mismo que el del poema de Donne, ocurrió. Y ocurrió como en las películas del oeste: una desconocida llegó a la ciudad.

La desconocida no estaba mal con su pinta de pertenecer a alguna universidad prestigiosa. Tenía unos veintinueve años, llevaba un vestido negro y el pelo negro recogido y sujeto con palillos. Cara redonda, gafas de empollona y expresión dura: seguramente habían abusado de ella, pero debía de hacer mucho tiempo de eso. De acuerdo con el protocolo de Throop Avenue, en cuanto llegase a la puerta la mandamás saldría a su encuentro, y la mandamás no era otra que Julia.

Bien. La universitaria se quitó la chaqueta y se desabotonó los puños. Tenía los brazos repletos de estrellas hasta los hombros. Los extendió hacia los lados, como nuestro salvador, para mostrar sendos tatuajes de 100 puntos en las muñecas. La habitación enmudeció. Julia le enseñó sus estrellas a la universitaria, quien le pidió que demostrase su valía.

Nunca le había pasado eso, pero sabía de qué iba el rollo. Tendría que poner en práctica todos los conjuros que conocía para satisfacer la petición de la universitaria. Paso a paso, nivel a nivel, monedas, clavos, fuegos e imanes, desde el primer nivel hasta el septuagésimo séptimo, que era hasta donde había llegado Julia. Tardó cuatro horas, mientras el sol se ponía y los estudiantes diurnos y los trabajadores de media jornada regresaban a casa.

Por supuesto, disfrutaba como una niña. Solo metió la pata un par de veces, en el nivel quincuagésimo, pero los estatutos le permitían varias repeticiones, y así consiguió superar todos los niveles, temblando pero con expresión resuelta. Después de lo cual la universitaria asintió con frialdad, se bajó las mangas, se puso la chaqueta y se marchó.

Julia tuvo que tragarse el orgullo para no salir corriendo tras ella gritándole: «¡Llévame contigo, desconocida!» Se imaginaba quién debía de ser. Era una de los Otros, los que usaban la magia real, la que molaba de veras. La universitaria había estado en contacto con la fuente de los conjuros. Julia había sabido que estaban ahí fuera por el modo en que trastocaban el universo, igual que un planeta oscuro, y había estado en lo cierto. Por fin se habían dejado ver y la habían puesto a prueba.

Al igual que Brakebills, no había dado la talla. Seguramente tenía un defecto que no veía pero que los demás percibían con facilidad.

Cuando llegó a casa se dio cuenta de que tenía una tarjeta en el bolsillo. No tenía nada escrito, pero un complejo hechizo de desbloqueo reveló un mensaje impreso en eslavo antiguo: «Quémala.» Julia quemó la tarjeta en un cenicero y para ello no empleó un conjuro de fuego sencillo, sino el del nivel cuadragésimo primero, que en esencia hacía lo mismo pero en la posición decimocuarta y en eslavo antiguo.

La llama despidió tonos violetas y naranjas de forma rítmica. Esos destellos eran en código morse. Una vez descifrado indicaba un par de coordenadas de GPS que correspondían a un villorrio al sur de Francia. La aldea se llamaba Murs. Todo aquello era idéntico al foro de Free Trader Beowulf.

Por fin habían llamado a Julia. La notificación había llegado y esta vez acudiría. Había hecho su apuesta hacía ya mucho tiempo y, finalmente, parecía que recogería los frutos.

¿Cómo se lo explicaría a sus padres, a quienes cabría pensar que ya todo les daba igual? Julia tenía veintidós años, ¿cuántas veces les rompería el corazón? Aunque temía la conversación, salió mucho mejor de lo esperado. Ocultó muchos detalles a sus padres, pero fue incapaz de ocultarles que, por primera vez, era optimista. Creía que se le había presentado una ocasión única para ser feliz y no pensaba desperdiciarla. Hacía años que no se sentía así. Sus padres lo comprendieron y no se enfadaron. Su decisión les hizo felices y la dejaron marchar.

Hablando de lo cual, Julia le dio calabazas al estudioso de Jared. Llámame cuando termines la tesis, sombrero de copa.

Un hermoso día de abril Julia subió al avión, sin ninguna de sus posesiones terrenales, y voló rumbo a Marsella, a orillas del Mediterráneo, de un azul deslumbrante. Se sentía tan libre y liviana que habría podido volar hasta allí ella sola.

Alquiló un Peugeot que no devolvería y condujo hacia el norte durante una hora, topándose con la glorieta de turno cada cien metros, giró a la derecha en Cavaillon y se perdió ochenta veces cerca de Gordes, un *village perché* espectacular que colgaba de forma vertiginosa del macizo del Luberon como si lo hubieran fijado allí con una llana. A las tres de la tarde llegó a Murs, un pueblecito casi muerto, en el corazón de la fotogénica Provenza.

Y hete aquí que era un auténtico paraíso sin apenas turistas, un grupo de casas antiguas edificadas con piedras decoloradas por el sol procedentes del sur de Francia que emitían una luz extraña. Había una iglesia, un castillo y un hotel. Las calles eran medievales y sumamente estrechas. Julia aparcó en la plaza del pueblo y observó el desolador monumento conmemorativo de la Primera Guerra Mundial. La mitad de los muertos tenían el mismo apellido.

Las coordenadas del GPS indicaban un lugar que estaba a unos diez minutos del pueblo. Correspondían a una granja que flotaba sobre un mar de heno y campos de lavanda. Tenía contraventanas de un azul celeste y una entrada de gravilla blanca en la que dejó el Peugeot arañado. Un hombre acicalado y de aspecto sano apenas un poco mayor que Julia abrió la puerta. Era guapo, aunque tuvo la impresión de que no siempre habría tenido ese aspecto sano, de que en algún momento habría perdido mucho peso. Ese cambio le había dejado unas arrugas de lo más interesantes en la cara.

—Hola, Circe —dijo—. Soy Pouncy Silverkitten. Bienvenida a casa.

19

A la mañana siguiente, Quentin estaba con Eliot en la proa; los dos reyes de Fillory se adentraban en lo desconocido, en el sol naciente, sin saber qué aparecería por el horizonte de manos de Dios o el Destino o la Magia. Aquello era real, la búsqueda auténtica.

Al principio costaba cambiar de planes de nuevo, seguir la corriente, pero, de repente, bajo el sol matutino, a bordo del *Muntjac*, avanzando a toda máquina, ya no costaba. Quentin se había perdido muchas cosas, pero ya no se perdería nada más. La Tierra era un sueño, no así Fillory, y la relegaría a la parte del cerebro que albergaba los sueños, esos sueños repletos de detalles diabólicos, inquietantes, que parecían durar una eternidad, con infinidad de giros inesperados que ni siquiera conducían a la muerte sino a un bochorno permanente. Fillory lo había acogido de nuevo. Bienvenido a la Búsqueda de las Siete Llaves. La aventura ha comenzado.

Como de costumbre, Bingle estaba en el castillo de proa, luchando con otro espadachín. Era Benedict, desnudo hasta la cintura, esbelto y moreno. Hizo una mueca al perder terreno pero luego, de manera increíble, hizo retroceder a Bingle y lo puso entre la espada y la pared. No apartaba la muñeca de la cintura, cual aventurero espadachín. Resonaba el chirrido del metal contra el metal, como el rechinar de unas tijeras gigantes.

Las espadas se quedaron entrecruzadas. Tablas. Se separaron y se dieron una palmada en el hombro entre risas mientras comentaban algún detalle técnico. Era como observar una versión alternativa en el tiempo de sí mismo, de una época en la que estaba en Fillory y sostenía la espada en alto durante más de dos minutos. Quentin miró a Benedict, quien le saludó y sonrió dejando entrever sus dientes blancos. Quentin le devolvió el saludo. Se cuadraron de nuevo.

Bingle había dado con un discípulo.

—Qué pasada de tíos. —No había oído a Poppy acercándosele por detrás. También observaba el enfrentamiento—. ¿Sabes hacer eso?

—¿Bromeas? —Poppy negó con la cabeza. No bromeaba—. Ojalá supiera. ¿Ves al tipo de la derecha, el mayor de los dos? Es el mejor espadachín de Fillory. Hicimos un concurso.

—Tengo la impresión de estar viendo una película. No puedo creerme que sea de verdad. ¡Joder! —Bingle ejecutó uno de sus movimientos más acrobáticos—. Oh, Dios mío. Creía que se caería del barco.

—Lo sé. Me iba a dar clases.

—Qué interesante. ¿Qué pasó?

—Volví al mundo real sin querer. Apenas tres días en la Tierra y aquí transcurrió un año.

—Bueno, ahora entiendo por qué querías volver. Es un lugar maravilloso. Siento habérmelo tomado a coña antes. Me equivocaba.

Quentin había pensado que Poppy se deprimiría a bordo del *Muntjac*. Al fin y al cabo, la habían raptado hasta aquel lugar, bien lejos de todo cuanto le importaba. De acuerdo con sus principios, era un ultraje en toda regla.

Todo eso era cierto y se había pasado un día ultrajada. Bueno, medio día. La tarde anterior había estado de morros, pero por la mañana se había presentado a desayunar con una actitud bien diferente y resuelta. El enfurruñamiento continuo no era lo suyo. Vale, de acuerdo, la habían transportado sin querer a un mundo mágico que hasta entonces creía ficticio. La situación no era la ideal, pero era la que tenía entre manos y lidiaría con ella. Poppy era dura de pelar.

—Anoche hablé con el otro durante la cena —dijo—. El joven. Benedict. Te admira.

—¿Benedict? ¿En serio?

—¿Has visto cómo se emocionaba cuando se ha dado cuenta de que lo estabas mirando? Fíjate, se muere de ganas de impresionarte. Eres una figura paterna para él.

Quentin no se había percatado de eso. ¿Cómo era posible que Poppy sí lo hubiera hecho en apenas un día?

—Si quieres que te sea sincero, siempre he creído que me odiaba.

—Se llevó un chasco enorme cuando no te acompañó a la Tierra.

—Debes de bromear. ¿Y perderse todas las aventuras que hay aquí?

La mirada cándida de Poppy se desvió de la lucha entre espadachines para detenerse en Quentin.

—¿Qué te hace pensar que lo que te pasó en la Tierra no fue una aventura?

Quentin comenzó a responder, pero se quedó con la boca abierta, sin mediar palabra. No sabía qué decir.

Tardaron otros cinco días en avistar tierra.

Quentin, Eliot, Josh y Poppy estaban desayunando en cubierta. Se trataba de una práctica que Eliot había instaurado: la tripulación preparaba la mesa en la toldilla con un mantel de un blanco cegador bien sujeto para que no saliese volando. Lo hacía fueran cuales fuesen las condiciones meteorológicas. En una ocasión, Quentin lo vio allí solo en medio de un vendaval, masticando una tostada con mermelada empapada de rocío salino. Para Eliot era una cuestión de principios.

Pero hoy hacía buen día. El clima volvía a ser tropical. La luz del sol se reflejaba en la vajilla y el cielo era una cúpula azul perfecta. La comida, sin embargo, empezaba a ser bastante mala, la clase de cosas que no se echaban a perder que se sacaban del fondo de la despensa al final de una larga travesía marítima: tostadas duras y carne tan salada que había más sal que carne. Lo único que se conservaba bien era la mermelada. Quentin se la zampaba a cucharadas.

—Entonces, ¿la búsqueda consiste en esto? —preguntó—. ¿Navegar hacia el este hasta que encontremos algo?

—Salvo que se te ocurra algo mejor —repuso Eliot.

—No, pero recuérdame por qué lo conseguiremos de este modo.

—Porque las búsquedas siempre son así —respondió Eliot—. No entiendo la mecánica interna, pero parece que la lección básica es que las cosas no se pueden forzar a base de investigaciones. Es una pérdida de tiempo y energía. Quienes van por ahí llamando a las puertas y buscando pistas nunca encuentran esa cosa, el Grial o lo que sea. Se trata de tener la actitud correcta.

—¿Y cuál es la actitud correcta?

Eliot se encogió de hombros.

—Ni idea. Supongo que deberíamos tener fe.

—Nunca te tomé por alguien que se guiara por la fe —dijo Quentin.

—Yo tampoco, pero ha funcionado hasta el momento. Tenemos cinco de las siete llaves. Los resultados son indiscutibles.

—Lo son —convino Quentin—, pero eso no es lo mismo que tener fe.

—¿Por qué siempre quieres estropearlo todo?

—No estoy estropeando nada, solo trato de comprenderlo.

—Si tuvieras fe no tendrías que comprender nada.

—¿Y por qué buscas las llaves, si puede saberse? —preguntó Poppy como si tal cosa—. O mejor dicho, ¿por qué las buscamos?

—Eso, ¿por qué las buscamos? —intervino Josh—. No me malinterpretes, seguro que las llaves molan y todo eso. ¿Puedo verlas?

—No lo sabemos —respondió Eliot—. Las Bestias Únicas quieren que las encontremos.

—Pero, ¿qué haremos cuando las encontremos? —dijo Poppy.

—Supongo que nos lo dirán cuando las tengamos, o tal vez lo sepamos cuando las encontremos. O quizá nunca lo sepamos.

Igual se quedan con las llaves, nos dan una palmadita en la espalda y nos mandan de vuelta a casa. No lo sé. Es mi primera búsqueda.

—Entonces, el viaje es la llegada y todo ese rollo, ¿no? —dijo Josh—. Lo odio. Yo soy de la vieja escuela, la llegada es la llegada.

—Por si sirve de algo, dijeron que el reino corría peligro —añadió Eliot—. Ahí queda la cosa. Tampoco es que el Grial fuera útil.

—Le dije a todo el mundo que Ningunolandia estaba para el arrastre, ¿no? —dijo Josh.

—¿Crees que tiene que ver con esto? —preguntó Quentin—. ¿Crees que las dos cosas están relacionadas?

—No. Bueno, tal vez. —Josh se frotó el mentón con el pulgar y el índice—. Pero, ¿cómo?

—Ningunolandia está inservible —comenzó a enumerar Quentin—, Jollyby está muerto. El reino corre peligro. Las Siete Llaves de Oro. Un dragón que colecciona botones. Si hay un nexo de unión, no lo veo.

Quizá no quería verlo. Habría sido un nexo de unión de la hostia. Era como para pensárselo dos veces antes de intentar dar con el mismo.

Alguien gritó desde las jarcias que veía una isla.

La proa del barco crujió con suavidad sobre la húmeda arena blanca. Quentin saltó por encima de la proa en el momento justo en que el barco perdía impulso y se quedaba inmóvil y cayó sobre la arena fina con las botas secas. Se volvió hacia la embarcación, hizo una reverencia y recibió una salva de aplausos por parte de los pasajeros.

Cogió la amarra y tiró de la misma mientras Eliot, Josh, Poppy, Julia, Bingle y Benedict salían a gatas por ambos lados. No se oía nada. Resultaba extraño volver a pisar tierra firme.

—El peor equipo visitante de la historia —dijo Josh—. Ni una sola camiseta roja.

La isla les había parecido hermosa desde lejos. Los acantilados calcáreos se apartaban para dar paso a una pequeña bahía con una playa. Una hilera de árboles finos, inmóviles y verdes se elevaban contra el cielo azul de tal manera que parecían esculpidos en jade. Un paraíso vacacional.

Atardecía; habían tardado casi todo el día en avistar tierra. Permanecieron juntos en la orilla. La arena estaba tan limpia que parecía que la habían cribado. Quentin avanzó a duras penas hasta la parte más alta de la primera duna para ver qué había más allá. La duna era empinada y, poco antes de llegar arriba, se dejó caer en la pendiente y atisbó por encima de la duna. Se sentía como un niño en la playa. Más allá había otras dunas coronadas de maleza, luego un prado, luego una hilera de árboles y luego vete a saber qué más. Perfecto.

—Bien —dijo Quentin—, que comience la búsqueda.

Pero antes tenían que ocuparse de asuntos más mundanos. Quentin, Poppy y Josh habían estado en Venecia hacía tres días, pero la tripulación llevaba casi tres semanas sin pisar tierra. Formaron grupos de dos y de tres en la playa; algunos empujaron los laterales del *Muntjac* hasta el tranquilo mar verde. Después de que holgazanearan un rato, Eliot los reunió en la orilla para que fueran en grupos a buscar agua fresca, leña para el fuego y madera para vergas nuevas, montaran las tiendas, recogieran la fruta de la isla y cazaran animales de la zona.

—Estamos de suerte —dijo Eliot en cuanto todos tuvieron alguna tarea asignada—. ¿No creéis? Es una isla de primera.

—¡Es tan bonita! —exclamó Poppy—. ¿Estará habitada?

Eliot negó con la cabeza.

—No lo sé. Estamos a dos meses por mar del castillo de Whitespire. No conozco a nadie que haya llegado tan lejos. Tal vez seamos los primeros humanos en pisar la isla.

—Pues ahora que lo dices —comentó Quentin—, ¿quieres...?

—¿Qué?

—Ya lo sabes. Reclamarla. Para Fillory.

—¡Ah! —repuso Eliot—. Nunca lo hemos hecho, es un poco imperialista. No me parece de buen gusto.

—Pero ¿no has querido decirlo siempre?

—Pues claro —dijo Eliot—. De acuerdo. Siempre estamos a tiempo de devolverla. —Alzó la voz como cuando llamaba al orden durante las reuniones en el castillo de Whitespire—. Yo, el Alto Rey Eliot, por el presente acto, reclamo esta isla para el glorioso Reino de Fillory. En lo sucesivo recibirá el nombre de —se calló unos instantes— ¡la nueva Hawái!

Todos asintieron distraídamente.

—No es una isla tropical —apuntó Poppy—. La vegetación corresponde a una zona más templada.

—¿Qué tal entonces Isla Remota? —sugirió Quentin.

—Isla del Alivio. —Poppy se lo estaba tomando en serio—. Isla de Arena Blanca. ¡Isla Frondosa!

—Isla Calavera —dijo Josh—. No, un momento, ¡Isla Calavera Araña!

—Bien, Isla Sin Nombre —dijo Eliot—. Vamos. Averigüemos qué hay en la isla antes de ponerle nombre.

Pero para entonces faltaba poco para que anocheciera, así que echaron una mano trayendo ramas y hierba seca del prado. Con cinco magos expertos hacer un fuego a mano no resultaría complicado. Podrían haberlo hecho con arena aunque no habría olido tan bien.

El grupo de caza regresó henchido, cargando a hombros dos cabras montesas, y uno de los forrajeadores había visto una parcela de algo parecido a zanahorias que crecían silvestres junto al bosque y tenían pinta de ser comestibles. Se sentaron en círculos sobre la arena, de espaldas al aire frío del mar, con el calor del fuego en los rostros, y disfrutaron de la sensación de estar de nuevo en tierra firme con espacio de sobra para estirarse sin tocar a los demás. La playa estaba llena de huellas y, a medida que el sol se hundía en el horizonte, la luz dibujaba sombras con forma de araucaria en la arena. Estaban muy lejos de casa.

El sol poniente se ocultó tras una nube, iluminándola por dentro como un manto mientras que algunos rayos asomaban por los bordes. Cientos de estrellas extrañas aparecieron en el cielo oscurecido. Nadie quería regresar al *Muntjac*, no todavía, así que cuando la luz se desvaneció por completo los viajeros se envolvieron en mantas y se durmieron sobre la arena.

A la mañana siguiente parecían tener menos prisa que cuando llegaron a la isla. Sí, el reino corría peligro, pero ¿se trataba de un peligro inminente? Costaba imaginar un lugar que corriese menos peligro que la Isla Sin Nombre. Tenía cierto aire místico. Además, se suponía que la aventura vendría a su encuentro. No había que forzarla. Bastaba adoptar la actitud correcta. De momento, saborearían con ilusión la llegada de ese momento y descansarían.

Hasta Julia se había relajado.

—Antes temía no regresar —dijo—, ahora temo qué nos pasará si seguimos adelante.

Treparon hasta la zona más elevada de los acantilados y desde allí vieron que el resto de la isla era bien verde, con montañas rocosas apiñadas en el interior. Los pájaros sobrevolaban los acantilados en bandadas; tenían plumas grises en el lomo y las alas, pero se movían de tal manera que, de repente, mostraban sus pechos color rosa al unísono. Quentin iba a llamarlos cacatúas de pecho rosado o algo parecido, pero Poppy le indicó que ya tenían nombre. Eran las cacatúas Galah. En Australia había muchas.

El cocinero era un pescador nato y sacó varios peces atigrados suculentos del oleaje, uno detrás de otro. Por la tarde, Quentin observó a Benedict y a Bingle hacer esgrima con florines, en cuyas puntas clavaban tapones de corcho como medida de seguridad. Se pasó una hora entera recostado sobre los codos, mirando las olas. No tenían nada que ver con las olas heladas y puritanas de su juventud en la Costa Este, las cuales le habían quitado de la cabeza cualquier frivolidad como hacer surf o retozar. Las olas de la isla avanzaban con suavidad, cargadas de espuma, se alzaban durante unos instantes, verdes y ligeras bajo la luz del sol, y luego rompían con un sonido que recordaba al desgarro de una tela.

Meneó los dedos gordos del pie en la arena caliente y contempló los curiosos efectos ópticos que creaban los aludes de arena en miniatura. Se acostaron esa noche habiendo apenas explorado la pequeña parte de la isla que ya habían visto. Al día siguiente se adentrarían en el bosque e irían hasta las montañas.

Quentin se levantó temprano. Todavía no había salido el sol aunque al este se adivinaban los primeros rayos. Se preguntó qué pasaría allí, en el lejano oriente. Las normas eran distintas en Fillory. Por lo que a él respectaba, el mundo era plano y el sol se desplazaba sobre rieles.

Todo era gris: la arena, los árboles, el mar. Los rescoldos humeaban bajo las cenizas grises de las hogueras. Hacía calor. Parecía como si quienes dormían en la playa hubieran caído desde las alturas. Poppy había apartado las mantas de una patada y dormía con los brazos entrecruzados sobre el pecho, como un caballero en una tumba.

Habría vuelto a dormirse, pero las ganas de orinar le pudieron. Se levantó y corrió hasta lo alto de una duna y descendió hacia el otro lado. Por motivos higiénicos no le pareció lo bastante lejos, así que salvó otra duna y, llegados a ese punto, pensó que, ya puestos, podría ir hasta el campo y orinar allí.

Mientras descargaba en la hierba alta se sentía vulnerable, si bien la mañana era como una naturaleza muerta y habían tomado alguna que otra medida. Cualquiera que conociera bien los hechizos de proyección, es decir, casi nadie, habría advertido una finísima línea de energía mágica, de color azul pálido, tendida a lo largo del final del bosque como si fuera un cable trampa. La habían preparado el día anterior. No le haría daño a nadie que entrase en el bosque, al menos no de manera permanente, pero los magos sabrían que allí había alguien. No podrían caminar y, con un poco de suerte, estarían conscientes. Ya habían atrapado a un jabalí con ese método.

Hasta los insectos permanecían en silencio. Quentin estornudó (era alérgico a alguna planta autóctona) y se frotó los ojos. En el otro extremo del prado Quentin vio algo que se deslizó hacia el bosque. Habría estado allí, inmóvil, viéndolo mear. Tuvo la impresión de que era grande, tal vez un jabalí.

Quentin se abrochó los pantalones (en Fillory no había cremalleras, no habían encontrado la manera de reproducirlas y era imposible explicar el concepto a los enanos) y atravesó el prado hasta el lugar donde había visto el animal. Se detuvo cerca de la línea azul y miró por entre los árboles. El bosque era tan espeso que todavía era de noche. De todos modos, vio la sombra de un par de patas retrocediendo hacia el interior.

¿Sería posible? Con cuidado, como si sorteara una valla electrificada, pasó una pierna por encima de la línea azul invisible, luego la otra y se internó en el bosque. Sabía a quién perseguía incluso antes de verlo con claridad.

—Eh, Ember —gritó—. ¡Ember! ¡Espera!

El dios lo miró impertérrito por encima del hombro y siguió trotando.

—Oh, venga ya.

No se había visto al dios carnero en Fillory desde que los Brakebills ascendieran al trono. Parecía haberse recuperado por completo de la paliza que Martin Chatwin le había propinado. Incluso la pata trasera, inservible la última vez que Quentin lo había visto, volvía a estar en forma y cargaba con el peso del dios sin cojear.

Quentin tenía sentimientos encontrados respecto a Ember. No era el mismo que aparecía en los libros. Quentin todavía estaba enfadado porque Ember no les había salvado en el enfrentamiento contra Martin. Suponía que no era culpa de Ember, pero estaba enfadado de todos modos. ¿Qué clase de dios no estaba al mando de su propio mundo?

Pues uno con lana y cuernos. Quentin no le tenía tirria a Ember, pero no quería rendirse a sus pies del modo que el dios esperaba que todo el mundo hiciera. Si Ember fue tan grandioso habría salvado a Alice, y si no era tan grandioso Quentin no pensaba mostrarse servil. A los hechos se remitía.

Pero si Ember estaba allí significaba que iban por buen camino. Dentro de poco pasarían a la acción. No sabía con cuál se toparían, la mágica y hermosa o la aterradora y oscura. En cualquier caso, era un momento propicio para recibir algún que otro consejo divino. Orientación desde las alturas. Una columna de humo.

Ember condujo a Quentin colina arriba, hacia el interior de la isla. Quentin se estaba quedando sin respiración. Al cabo de unos cinco minutos, Ember aminoró la marcha para que Quentin le diera alcance. Para cuando llegaron a la mitad de una colina el sol había comenzado a despuntar en el horizonte. Estaban lo bastante altos como para ver las copas de los árboles.

—Gracias —dijo Quentin respirando a duras penas—. Joder. —Se apoyó en el costado de Ember durante unos instantes antes de preguntarse si sería un gesto de excesiva confianza para el dios—. Hola, Ember. ¿Cómo te va?

—Hola, hijo mío.

La voz grave y resonante transportó de inmediato a Quentin a la caverna situada debajo de la tumba de Ember. No la había oído desde entonces y se puso tenso. No quería volver a aquel lugar por nada del mundo.

Mantendría un tono jovial.

—Me alegro de verte por aquí.

—No ha sido una casualidad. Las casualidades no existen.

Así era Ember. Nada de cháchara. El carnero comenzó a subir de nuevo. Quentin se preguntó si el dios sabía que a sus espaldas Quentin y los demás lo llamaban Ram-bo. El menos considerado era Miembro.

—Supongo que no —repuso Quentin, aunque no estaba seguro de estar del todo de acuerdo—. Entonces, ¿cómo has llegado hasta este lugar?

—Fillory es mi reino, hijo. Por lo tanto, estoy aquí, allí y en todas partes.

—Ya. Pero ¿no podrías habernos traído hasta aquí mediante algún conjuro en vez de hacernos navegar tanto tiempo?

—Podría haberlo hecho, pero no lo hice.

Olvídalo. Quentin volvió la vista y observó el *Muntjac* fondeado. Visto así, cabía en una botella. También vio el campamento, las hogueras y las mantas. Pero no había tiempo para disfrutar del paisaje porque el carnero ascendía por la ladera rocosa a toda velocidad. El dios estaba preparado para esos esfuerzos, al fin y al cabo era un carnero. Quentin jadeó y se fijó en la lana dorada y mullida del ancho lomo de Ember y se preguntó si le llevaría. Seguramente no.

—Por cierto —prosiguió Quentin—, aprovechando que andas por aquí y eso, estaba pensando en las Siete Llaves. Si eres omnipresente y tal vez omnisciente, ¿por qué no vas a buscar las llaves tú mismo? ¿No son tan importantes para el reino? No creo que te llevara más de media hora, si acaso.

—La Magia Profunda está de por medio, hijo mío. Hasta los dioses deben rendirse ante la misma. Así son las cosas.

—Ah, claro. La Magia Profunda. Lo había olvidado.

La Magia Profunda siempre aparecía cuando a Ember no le apetecía hacer algo o había una laguna en la trama.

—No creo que lo comprendas, hijo mío. Los dioses no pueden hacerlo todo, algunas cosas quedan en manos de los hombres. Quien finaliza una búsqueda no se limita a encontrar algo. Se convierte en algo.

Quentin se detuvo, resoplando, con los brazos en jarras. El horizonte se había teñido de naranja por el este. Las estrellas estaban desapareciendo.

—¿En qué se convierte?

—En un héroe, Quentin. —El carnero prosiguió el camino, seguido de Quentin—. Fillory necesita dioses, reyes, reinas, y ya los tiene. Pero también necesita un héroe. Y necesita las Siete Llaves.

—Fillory tampoco pide tanto, ¿no?

—Fillory lo pide todo.

Con una acometida extraña pero poderosa, Ember se impulsó y salvó una cúpula rocosa que resultó ser la cima. Se volvió y observó a Quentin con sus curiosos ojos en forma de cacahuete. En teoría las ovejas habían evolucionado de ese modo para poder ver a los lobos por el rabillo del ojo. Una visión periférica mejorada, aunque el efecto resultaba desconcertante.

—Eso es mucho pedir.

—Fillory pide lo que necesita. ¿Y tú, Quentin? ¿Qué necesitas? ¿Qué pides?

La pregunta hizo que se parara en seco. Estaba acostumbrado a las preguntas pseudosocráticas y cargadas de regañinas de Ember, pero aquello era todo un tesoro: una buena pregunta. ¿Qué quería? Había querido regresar a Fillory y lo había logrado. Creía que quería volver al castillo de Whitespire, pero ya no estaba tan seguro. Había temido perder Fillory, pero había encontrado el camino de vuelta. Ahora quería encontrar las llaves. Quería acabar la búsqueda. Quería que su vida fuese importante y tuviese sentido. Y quería ayudar a Julia. Haría lo que fuese por ella, aunque no sabía cómo.

—Supongo que tienes razón —dijo Quentin—. Quiero ser un héroe.

Ember se dio la vuelta y contempló el sol naciente.

—Entonces se te presentará una oportunidad —dijo.

Quentin subió con dificultad hasta la cima rocosa y observó el amanecer junto a Ember. Se disponía a preguntarle por el sol, qué era y qué sucedía en los confines del mundo, si es que había confines en Fillory, pero cuando se volvió hacia el carnero se percató de que estaba solo en la cumbre. Ember había desaparecido.

Justo cuando la cosa comenzaba a ponerse interesante. Giró sobre sí mismo por completo, pero el carnero no estaba por ninguna parte. Se había esfumado sin dejar rastro. Vaya. Ahora que ya no estaba, Quentin casi que lo echaba de menos. Estar junto a una presencia divina, aunque fuera Ember, tenía algo de especial.

Se desperezó, en lo más alto de la isla, bajó de las rocas de un salto con cuidado y comenzó a descender rápidamente hacia la playa. Se moría de ganas de contarle a los demás lo que había pasado, aunque tenía la impresión de que se trataba de un sueño, un sueño medio despierto enmarañado de sábanas y almohadas y la luz del amanecer colándose por entre las cortinas corridas, la clase de sueño que suele recordarse por casualidad al cabo de unas horas, apenas durante unos segundos, poco antes de ir a dormir de nuevo. Se preguntó si alguien se habría levantado. Tal vez tenía tiempo de echar una cabezada.

Debería haberse dado cuenta de que algo había cambiado,

pero se había distraído mientras ascendía la colina. Se había pasado todo el rato corriendo y hablando con un dios. Además, nunca había sido un observador atento de la flora y fauna. No se habría fijado en un haya espectacular ni en un olmo poco común porque no sabía en qué se diferenciaban.

Aun así, al cabo de unos minutos comenzó a preguntarse si estaba bajando por el mismo camino por el que había subido porque el terreno le parecía más rocoso de lo que recordaba. La proporción de piedras y plantas y de tierra y maleza no era la misma. No se preocupó demasiado porque, de haberse preocupado, tendría que haber subido a la cumbre de nuevo para encontrar el camino de vuelta correcto, y quería evitar eso a toda costa. Además, mantenía el sol a su derecha y así es como se hace en navegación, ¿no? Si la cosa se torcía mucho podría descender hasta la playa y atajar por la costa. Así el campamento no tendría pérdida. Todavía confiaba en llegar a tiempo para el desayuno.

Sin embargo, lo que no pudo pasar por alto, por mucho que lo intentara, era que las sombras ya no se acortaban, que es lo normal cuando sale el sol. Se estaban alargando. Lo cual significaba que el color naranja-rojizo del horizonte no era del amanecer sino del atardecer.

Eso también indicaba que estaba en el lado equivocado de la isla, aunque era imposible. Lo más raro de todo es que no se dio cuenta de que le habían golpeado con una espada hasta que hubo sucedido.

Perdió el equilibrio de repente y sintió que el brazo izquierdo se le entumecía.

—¡Mierda! —exclamó.

Se tambaleó y colocó la mano derecha en el suelo frío para no caerse. Había un hombre detrás de él, un joven de rostro pálido con perilla. No podían zafarse el uno del otro. Una espada corta de hoja ancha se había quedado clavada en la clavícula de Quentin, y el joven trataba de arrancarla de un tirón.

La clavícula le había salvado la vida a Quentin. La mitad era de madera noble; los centauros la habían puesto para sustituir la parte que Martin Chatwin había arrancado a mordiscos. El joven de la espada, que no lo sabía, había elegido con muy mala fortuna ese lado cuando trató de rebanar en dos a Quentin por detrás.

—¡Hijo de puta! —exclamó Quentin. No se dirigía al joven en concreto, aunque tampoco sabía a quién.

Si hubiera pensado con claridad, Quentin podría haber ganado la lucha a brazo partido por la espada, pero en ese momento lo único que quería era sacársela de encima. De hecho, los intereses de los hombres coincidían en ese sentido. Preso del miedo, Quentin alargó la mano del lado opuesto para sujetar la espada. Se cortó la palma. El joven hundió una bota en la espalda de Quentin y sacó la espada con un gruñido.

Se plantaron el uno frente al otro, jadeando. El silencio era extraño: las peleas reales no tenían banda sonora. El joven llevaba una armadura ligera y una especie de librea azul. Parecía que se lo tomaba como algo personal en aquel claro de la isla silenciosa, bajo la luz tenue del amanecer (atardecer). Se fulminaron con la mirada durante un segundo que fue como una eternidad mientras Quentin, como cualquiera que se haya enfrentado a una espada desarmado, amagaba a un lado y otro como si fuera un defensa y el joven de la espada tratara de sortearle para llegar a la canasta. Por si acaso perdía ese partido, Quentin susurró las primeras palabras de un conjuro, un conjuro en persa para provocar desmayos, que podía hacer con una mano, lo cual le fue de perlas porque todavía no sentía la izquierda...

De malas maneras, el joven no esperó a que acabara. Avanzó, dejando a Quentin sin ángulos, y luego se abalanzó sobre él con suma velocidad con la intención de clavarle la espada. Quentin se apartó cuanto pudo a la derecha, pero no lo bastante ya que la espada se le hundió en la carne. Era increíble que no hubiera logrado evitarlo porque en su interior estaba convencido de que lo evitaría, pero el metal le atravesó el costado izquierdo.

Se había contorsionado tanto que la espada le entró por detrás. Al principio la sensación fue extraña, una presencia dura y desconocida ocupando el espacio de su cuerpo, abriéndose paso hacia las costillas. Luego sintió una calidez casi agradable que dio paso a un calor abrasador, como si la espada no solo estuviera afilada sino también al rojo vivo, recién sacada de la fragua.

—Ahhh... —farfulló Quentin, y respiró hondo con los dientes apretados, como si se hubiera cortado picando una cebolla.

Saltaba a la vista que el joven era un soldado, aunque Quentin nunca se había planteado qué significaba ese término. Era un mercenario eficiente y que no se andaba con rodeos. Carecía de la elegancia de Bingle. Era como un panadero, salvo que en lugar de hacer pan acumulaba cadáveres y quería que Quentin pasara a engrosar su lista de víctimas. Ni siquiera le costaba respirar. Sacó la espada de un tirón para hundirla de nuevo, pero esta vez apuntaría mejor. Había llegado la hora de los donuts. Quentin era incapaz de pensar.

—¡işik! —gritó, y chasqueó los dedos.

Fue lo primero que se le ocurrió; no había conseguido olvidarlo desde lo del piso franco. Esta vez le salió bien: se produjo un destello luminoso entre ellos en el claro. Sobresaltado, el joven retrocedió un paso. Debió de pensar que Quentin le había hecho daño. No tardó mucho en darse cuenta de que estaba bien, pero Quentin tampoco tardó mucho en lanzar el hechizo para desmayos en persa.

El joven dejó caer la espada y se desplomó de bruces sobre la hierba. Quentin se quedó de pie, jadeando y con la mano en el costado. La camisa se le empapó de sangre. Por poco. Por muy poco. Había estado a punto de morir. El dolor resultaba insoportable, como una bengala encendida a primera hora de la tarde, un lucero vespertino. Sin mirar, ni tan siquiera habría sabido determinar si el dolor en realidad procedía de su cuerpo. Vomitó cuando ya no lo soportó más. Pescado agrio de la cena de anoche. Entonces el dolor se intensificó.

Se quitó la camisa con mucho cuidado, separándola de golpe de la herida, y arrancó una de las mangas. La enrolló hasta formar una bola y la usó para presionar contra la herida, y luego se ató como pudo el resto de la camisa a su alrededor para sostener aquel vendaje improvisado. Se pasó el siguiente minuto apretando los dientes para evitar desmayarse. El corazón le palpitaba como un gorrión atrapado. No dejaba de repetirse en voz baja la frase «control de daños». Por algún motivo le ayudaba.

Cuando se inspeccionó la herida de nuevo vio que sangraba mucho menos. No podía respirar hondo sin que la visión se le tornase gris de dolor. Trató de pensar qué había en esa zona. El dolor le indicaba que la espada había atravesado algún músculo, pero no había llegado a los pulmones. ¿Qué más había allí? Lo más probable es que simplemente se hubiera hundido en el costado.

Sintió que la adrenalina se apoderaba de su organismo, apagaba la bengala del dolor y le robaba el oxígeno. El dolor seguía presente pero había comenzado a vencerlo. Entonces cayó en la cuenta de qué era lo que sucedía. Lo vio con una claridad meridiana. Estaba en medio de una aventura, y esta vez era real. De ahí el dolor.

Se miró las manos. Volvía a sentir la izquierda. Cerró los puños. Tenía una muesca en la clavícula de madera, pero los daños no revestían peligro y podrían repararse con masilla a base de resinas. Negó con la cabeza. Todo estaba claro. Más o menos.

Observó al joven que roncaba boca abajo sobre la hierba. Recogió la espada y se encaminó hacia el lugar por el que había venido el atacante.

El castillo se dividía en tres partes: una torre del homenaje achaparrada con dos atalayas en los extremos, todas de piedra gris y rodeadas de árboles enormes. La distribución era visible desde la ladera rocosa en la que Quentin se encontraba. El castillo se había levantado sobre una zona poblada de hierba al pie de las colinas que dominaban una de las costas de la isla, por lo que quedaba oculto desde otros ángulos. No era de extrañar que no lo hubieran visto.

Quentin se deslizó con sigilo de roca en roca para que no le viera quienquiera que estuviera vigilando la ladera y luego descendió en zigzag hacia el castillo. No se topó con otros soldados. Tal vez había tenido mala suerte. No quería arriesgarse, por lo que bajó hasta el mar por un desfiladero rocoso. Se dirigiría al castillo desde la orilla.

La playa rocosa que discurría junto al mar era tan estrecha que costaba no mojarse. Las olas, pequeñas y veloces, la lamían con brío. Quentin ni tan siquiera pensaba en lo que estaba haciendo. Si tuviera que explicarle a alguien que se disponía a atacar él solito el castillo, en plan *La jungla de cristal*, le habría sido difícil justificarse. Habría dicho que estaba haciendo un reconocimiento del terreno, inspeccionando las defensas, pero eso solo significaba que si se asustaba lo bastante saldría corriendo. En realidad estaba pensando que eso era a lo que Ember se había referido, lo que Ember le había dado. Su oportunidad. Allí había algo, algo relacionado con las llaves, Jollyby, Julia o todos ellos, y pensaba ir a buscarlo y llevárselo.

Entonces se detuvo. Había un bote de remos deteriorado en la pequeña playa de guijarros. Los remos estaban cuidadosamente colocados en el interior, como las alas entrecruzadas de una libélula. Estaba en buen estado. La amarra estaba atada a una rama crecida.

En ese momento, Quentin se bloqueó mentalmente. Era como si ninguna fuerza del mundo pudiera obligarlo a ir más allá del bote sin subirse al mismo. Se subiría y huiría. Remaría hasta el otro lado de la isla para ir al encuentro de sus amigos. La herida de espada le dificultaría el manejo de los remos, pero no se lo impediría. La repentina sensación de inercia era abrumadora. Nadie lo acusaría de cobarde; es más, seguir adelante sería temerario, incluso egoísta.

Estaba tratando de liberar la amarra de la rama del árbol con la mano izquierda ya que no podía levantar el brazo derecho por encima de la cabeza cuando un rostro pálido apareció en el otro extremo de la playa. Otro soldado.

Los dos tardaron una eternidad en reaccionar. Quentin no creía posible que el soldado pudiera verlo, pero si lo veía no tenía por qué presuponer que era un intruso. Sin embargo, aunque ya anochecía, ambos supuestos eran del todo improbables. Una ola pequeña y fría rompió a los pies de Quentin.

Si el hombre hubiera salido corriendo para dar la voz de alarma, todo se habría acabado. Pero no lo hizo. Se dirigió hacia

Quentin a grandes zancadas y desenvainó una espada corta, idéntica a la que Quentin blandía. Todo el mundo quiere ser un héroe. Quentin supuso que su apariencia no imponía.

Pero las apariencias engañan. Quentin hundió en la arena la espada del primer soldado y se cuadró.

La cinética se le daba bien. Susurró rápido, reviviendo un seminario de Brakebills en el que no había pensado en al menos cinco años, tendió ambas manos con las palmas hacia arriba y las agitó en dirección al soldado como si espantara una bandada de palomas. Los guijarros negros de la orilla se elevaron al unísono como un arroyo oscuro, semejante a un enjambre de abejas molestas, y apedrearon al soldado en la cara y en el pecho con un golpeteo que sonaba como un camión descargando gravilla. Confundido, el soldado se dio la vuelta para correr, pero se cayó tras apenas dar unos pasos y los guijarros lo sepultaron.

Perfecto. De repente, el miedo desapareció, el dolor desapareció y la inercia desapareció. Quentin volvía a tener libertad de movimientos. Podría ir más allá del bote. Siempre había sido libre. Ojalá lo hubiera sabido.

Se acercó al soldado. Soplaba un viento cálido y húmedo de tierra. Quentin le retiró algunos guijarros de la cara: un rostro enjuto y quemado por el sol en el que el acné había causado estragos. Su historia había llegado a su fin por el momento. Quentin cogió la espada del soldado y la tiró lo más lejos posible hacia el mar. Rebotó un par de veces y se hundió.

Recogió una pequeña piedra plana y se la guardó en el bolsillo.

Un sendero estrecho y serpenteante atravesaba el bosque desde el final de la playa hasta la atalaya más cercana. La cuesta era empinada y la subió inclinado hacia delante, lo cual hizo que no sintiese tanto dolor en el costado herido. No temía nada salvo perder el impulso. Ensayó varios conjuros en voz baja sin llegar a pronunciarlos; sentía cómo la energía se acumulaba y luego se desvanecía.

La atalaya era redonda y estaba edificada en una pendiente, por lo que al subirla incluso la planta baja le quedaba por encima. Colocó la mano sobre los cimientos a la vista. Se preguntó quién la habría construido. Los ladrillos estaban fríos al tacto y parecían imperecederos. ¿Quién había dispuesto esos ladrillos rectangulares de manera tan elegante, formando un círculo perfecto? ¿Quién estaba dentro? ¿Bastaba que el destino o Ember o quienquiera que fuera hubiera interpuesto a unas personas en su camino a las que ahora haría daño o mataría? Al fin y al cabo, no podía pasarse la noche con gilipolleces inocuas. ¿Bastaba que dos de ellos hubieran intentado acabar con él, y que uno de ellos incluso le hubiera clavado la espada?

Basta de pensar. A veces tenía la impresión de pasarse el día pensando mientras que los demás actuaban. Ahora volvería las tornas para ver qué tal le sentaba.

Empleó cinco minutos en un ritual silencioso que, en teoría, servía para agudizar los sentidos, aunque no lo había probado desde la época universitaria, e incluso entonces nunca lo había hecho sobrio. Lo mejor sería que subiese volando y sorprendiese así a quienes estuvieran dentro. Volar era uno de los principales arcanos, y si lo usaba no sabía si le quedarían fuerzas para luchar. Pero, por otro lado, era espectacular. No había nada que superara la sensación de volar con tu propia energía de hechicero, joder. ¡Yupi, yupi, cabronazos!

Se elevó bajo la luz del crepúsculo. Pasó volando junto a los ladrillos antiguos. No se oía nada. Sintió que el pecho se le debilitaba por el esfuerzo. La sensación no era de ingravidez, sino como si te transportasen por los hombros sin tocarte. Era como si un padre gigantesco alzase en volandas a su bebé. A ver, ¿qué niñito se ha portado bien?

Las piernas le colgaban mientras se elevaba por encima de las copas de los árboles. Ojalá lo pudieran ver los demás. Ascendió hasta la parte más alta de la torre con los brazos extendidos; en una mano sostenía la espada robada y la otra despedía un resplandor violeta y crepitaba por la magia en la oscuridad. En el último momento flexionó una rodilla hacia el pecho tal y como hacen los superhéroes en los tebeos.

El hombre que estaba en el tejado apenas tuvo tiempo de

dejar de agitar los brazos y estirar el cuello hacia atrás, sorprendido, con los ojos entornados, antes de que Quentin alargase la mano en su dirección. Dos rayos añil oscuro salieron de sus dedos, impactaron en la frente del hombre y lo derribaron; los rayos salieron rebotados y la oscuridad los engulló. Quentin había tenido tiempo de mejorar el viejo conjuro del Misil Mágico de Penny, y le salía a la perfección, con efectos especiales resplandecientes y todo. La cabeza del hombre se inclinó hacia atrás y luego hacia delante, y luego quedó postrado a cuatro patas. Otro rayo, esta vez a las costillas, y acabó despatarrado de costado.

Tres a cero. Quentin aterrizó con suavidad en el tejado de piedra, circundado por una muralla baja. Volvió a darse cuenta de que no se oía nada. Allá arriba había un cañón negro y, junto al mismo, una pirámide de balas de cañón. Se sacó del bolsillo la piedra plana que había recogido en la playa. Desenvainó una daga que el hombre inconsciente llevaba en el cinturón (era su única arma) y comenzó a dibujar una runa en la misma. No era fácil, aunque en su interior visualizaba la runa con claridad y recordaba incluso la página del libro donde la había visto. Las líneas y los ángulos no tenían por qué ser exactos, pero la estructura sí. Con la topología no se jugaba.

Cuando hubo enlazado la última línea con la primera, Quentin sintió la unión en las tripas. Había funcionado. El poder estaba encerrado en el interior. La piedra zumbaba y le daba saltitos en la mano como si tuviera vida propia.

Esperó durante unos instantes en lo alto de las escaleras. Una vez que hubiera arrojado la piedra no habría vuelta atrás, no podría regresar a la oscuridad. Sintió el viento cálido del océano bajo el cielo oscuro. El tiempo estaba empeorando y el mar estaba salpicado de olas grandes. La tormenta estaba al caer. De repente, le preocupó qué le pasaría al soldado que había dejado en la playa. ¿Y si la marea subía? Quentin estaba seguro de que el agua lo despertaría antes de que se ahogase.

Vio un fugaz resplandor blanco azulado por el rabillo del ojo. Había salido de la otra atalaya, al final de la torre del homenaje. Era como si alguien hubiera hecho una fotografía con *flash* en el interior. Escudriñó en la oscuridad. ¿Lo habrían visto? ¿Se lo había imaginado? Transcurrió lo que le pareció una eternidad. Diez segundos. Veinte. Volvió a relajarse.

La otra torre se partió en dos. Algo caliente, brillante y blanco estalló dentro. La última planta saltó por los aires y varios fogonazos salieron por todas partes y prendieron fuego a las copas de los árboles de los alrededores. Multitud de piedras cayeron a la maleza. El tejado de la torre se desplomó sobre el suelo.

Justo entonces la silueta borrosa del *Muntjac* apareció en silencio en el mar. Era como un perro enorme al que no había visto en semanas que corría a su encuentro. Sus amigos habían llegado. La aventura era real.

Sonriendo como un loco Quentin arrojó la piedra escaleras abajo y se apartó.

Un estallido descomunal hizo que el suelo resonase como un tambor a medida que la piedra liberaba la energía que Quentin había encerrado en su interior. Salió polvo a raudales por entre las baldosas del suelo y una polvareda ascendió por las escaleras. Quentin se agachó de manera instintiva y durante unos instantes se preguntó si se habría propasado, pero la torre seguía en pie. Bajó corriendo por las escaleras mientras preparaba otro hechizo y la punta de la espada raspaba la pared. La habitación estaba a oscuras. Apenas veía dos hombres; uno de ellos estaba tumbado boca abajo debajo de una mesa rota y el otro trataba de ponerse en pie.

Quentin siguió corriendo. Entusiasmado, pensaba con lucidez. Mientras corría se sopló en la mano y la agitó para cargarse de energía para otro conjuro. Tendría que esperar porque apareció un tercer hombre subiendo a toda velocidad por las escaleras mientras se enfundaba los guantes a toda prisa. Quentin le hundió el puño en el pecho, lo cual podría haber funcionado o no, pero tenía la mano cargada como una pistola eléctrica y la descarga hizo que el soldado saliese despedido escaleras abajo.

Quentin saltó por encima del cuerpo quejumbroso y siguió corriendo hasta llegar a la plaza del castillo.

Tenía cuatro lados: la torre del homenaje a la izquierda, las atalayas en ambos extremos y el océano a la derecha. Había un pequeño obelisco en el centro. Al cabo de unos instantes, Poppy apareció caminando por el otro lado de la plaza. Quentin no había caído en la cuenta de la pinta que debía de tener, descamisado y ensangrentado, hasta que vio la expresión con la que Poppy lo miraba. La saludó con efusividad de modo que pareciese que no se estaba muriendo. Se disponía a correr a su encuentro cuando un palo cayó ruidosamente cerca de Quentin en los adoquines. Lo miró con curiosidad y, al ver que era una flecha, retrocedió asustado hasta salir del patio.

Poppy la vio al mismo tiempo que él. Corrió a ocultarse detrás del pedestal, donde cantó algo en polaco a toda velocidad, tras lo cual apareció un trazador verde, semejante a un láser verde, que unió la flecha con el tejado del castillo. Poppy había trazado a la inversa la trayectoria de la flecha.

No era fácil desconcertarla. Igual era cosa de los australianos. Seguramente se había criado ahuyentando serpientes, dingos y vete a saber qué más. Nunca la había visto lanzar un conjuro y había sido increíble. Nunca había visto a nadie mover las manos tan rápido.

—Eh —le gritó con la espalda apoyada en el obelisco de piedra—. ¿Estás bien?

—¡Estoy bien!

—Eliot y Benedict están acabando en la torre —dijo.

—¡Voy a entrar! —dijo Quentin señalando la torre del homenaje.

—¡Espera! ¡No! Bingle también irá.

—¡Voy a entrar ya!

Quentin no oyó la réplica de Poppy. Se alegraba de verlos, y en especial, por extraño que parezca, a la buena de Poppy, pero las ansias le podían. Era su oportunidad. Si no les llevaba la delantera, si no llegaba antes que ellos, la habría desperdiciado y, aunque no quería ser egoísta, a ellos les daba igual que Quentin quisiera ser el héroe de esta aventura. Quentin le susurró varias palabras a la espada y la hundió dos veces en el suelo. Adquirió un brillo dorado. Poppy se estaba ocupando del extremo de la trayectoria verde de la flecha. El extremo se convirtió en una chispa que recorrió la trayectoria como un fusible encendido. Desapareció al otro lado del parapeto y se oyó un estruendo.

Quentin corrió hacia la puerta de la torre del homenaje. Era una sensación gloriosa. No sabía cómo sabía qué tenía que hacer, pero lo sabía. Tras haber dejado a los demás atrás, las últimas dudas se esfumaron.

Las puertas eran de vigas revestidas en hierro de treinta centímetros de grosor. Retrocedió un paso, alzó la espada por encima de la cabeza y golpeó las puertas. El conjuro que había empleado no le afectaba a él, pero sí a todo lo demás como si pesara media tonelada. La estructura vibró y la madera se agrietó y astilló. Más polvo. El estruendo resonó en la oscuridad. Otro golpe dividió la puerta en dos y un tercero le dejó libre el paso.

Entró a zancadas en el castillo sintiéndose tan poderoso que casi le dolía. Tenía energía a raudales. No sabía de dónde provenía; sentía el pecho más grande de lo normal, como una olla a presión a punto de estallar. Era una bomba andante. Había cinco hombres en el pasillo armados con espadas y lanzas. Una ráfaga de viento nació de las manos de Quentin y los derribó. Los cegó con un destello y los arrojó en volandas por el pasillo. ¡Todo era tan obvio!

Se volvió, puso la mano sobre los restos de la puerta que acababa de destrozar y comenzó a arder. Le pareció una buena idea, y muy espectacular, pero por si acaso pudiera causarle problemas más tarde, endureció la piel con un hechizo para protegerla del fuego.

Estaba descubriendo, en cierto modo por primera vez, qué se sentía al ser un Rey Mago de verdad. ¿El gordo cabrón que había sido cuando holgazaneaba en el castillo de Whitespire, jugando con las espadas y emborrachándose todas las noches? Entonces no había sido un rey, y ahora sí que lo era. Capitán de todos los ejércitos. Era la culminación de todo cuanto había empezado el día que había entrado en aquel jardín helado de Brooklyn hacía ya tantos años. Por fin había encontrado el suyo.

Tal vez lo único que le había hecho falta era el permiso de Ember. Hay que tener fe.

El ritual que había ejecutado para agudizar los sentidos funcionaba: percibía a las personas a través de las paredes, notaba la electricidad de sus cuerpos, igual que un tiburón. El tiempo, ese mecanismo aburrido que solía marcar un segundo detrás de otro, como piezas en una cinta transportadora, estalló en una melodía gloriosa. Estaba recuperando todo lo que había perdido y muchas más cosas. Poppy tenía razón, el viaje a la Tierra también había sido una aventura. No había sido una pérdida de tiempo, sino que le había preparado para lo que estaba viviendo en esos momentos. A partir de ahora siempre viviría así.

—Este sí que soy yo —susurró—. Este sí que soy yo.

Corrió escaleras arriba y por varias habitaciones grandiosas. Cuando se le acercaban soldados, les lanzaba objetos para derribarlos: sillas, mesas, urnas, cofres, cualquier cosa que pudiera arrojar con un conjuro. Los destellos los aturdían. Medio desganado, detuvo un hacha en pleno vuelo con la mano extendida e hizo que volviera por donde había venido. Respiraba hondo y agotaba el oxígeno de las habitaciones hasta que los presentes se ahogaban y se desmayaban con los labios azules y los ojos desorbitados. Al cabo de poco comenzaban a salir corriendo nada más verle.

Se sentía distinto, como si se hubiera convertido en un gigante. Los hechizos se sucedían uno tras otro, sin esfuerzo alguno. El enemigo estaba compuesto de humanos, hadas y algunos seres exóticos como uno animado a partir de la piedra, uno elemental de agua, un enano barbirrojo o una pantera charlatana. Daba igual, era un héroe que brindaría las mismas oportunidades a todos. Era un pozo surgente, una manguera de incendios. Ya casi no notaba la herida del costado. Tiró la espada bien lejos. A la mierda con las espadas. Los magos no necesitan espadas. Un mago solo necesita lo que porta en su interior. Lo único que tenía que hacer era ser él mismo: el Rey Mago.

No sabía adónde se dirigía, iba de habitación en habitación, repasando el edificio. En dos ocasiones oyó los cañones del

Muntjac retumbar a lo lejos. En otra abrió una puerta y se topó con Julia y Bingle obligando a recular a una multitud de soldados entre los restos de un salón repleto de mobiliario recargado. La espada mágica de Bingle parpadeaba frente a él, tan rápida y precisa como una máquina industrial, y sus filigranas resplandecientes dejaban estelas de neón hipnóticas en el aire. Parecía sumido en un estado de éxtasis marcial con la túnica empapada de sudor pero la cara relajada y los ojos casi cerrados.

Pero el verdadero peligro era Julia. Había convocado una especie de magia transformadora que Quentin desconocía o tal vez su parte no humana había salido al exterior durante los enfrentamientos. Apenas la reconocía. La piel le despedía un brillo fosforescente plateado y había crecido por lo menos quince centímetros. Luchaba sin armas. Se acercaba a los soldados hasta que alguno era lo bastante estúpido como para arrojarle una lanza, tras lo cual ella la cogía al vuelo como si se moviera a cámara lenta y comenzaba a darle de hostias al soldado en cuestión y a sus amigos con la misma. Poseía una fuerza inusitada y las hojas de metal le rebotaban en la piel.

No parecía necesitar ayuda. Quentin encontró las escaleras que conducían a la última planta. Abrió de una patada la primera puerta que vio y estuvo a punto de morir cuando una enorme bola de fuego le pasó volando por encima.

Se trataba de un hechizo de lo más poderoso. Alguien se había pasado mucho tiempo preparándolo y llenándolo de energía. Lo envolvió por completo y notó que las llamas le lamían la piel, helada gracias al conjuro para protegerse del fuego. El hechizo aguantó. Cuando el fuego se apagó le salía humo de las extremidades, pero estaban intactas.

Estaba en el umbral de una biblioteca a oscuras. Dentro, sentado junto a un escritorio con dos faroles encima, había un esqueleto ataviado con un elegante traje marrón. Tal vez no fuera un esqueleto, sino un hombre, pero estaba muerto. Tenía carne, pero se había encogido y era correosa.

En la biblioteca reinaba un gran silencio. Las estanterías humeaban y crepitaban sin hacer ruido a ambos lados de Quentin tras el paso de la bola de fuego. El cadáver lo miró con unos ojos que parecían frutos secos pasados.

—¿No? —dijo finalmente. La voz zumbaba y resonaba como un altavoz reventado. Saltaba a la vista que las cuerdas vocales estaban en las últimas. Alguna fuerza sobrenatural lo mantenía con vida mucho después de que hubiera pasado la fecha de caducidad—. Bueno. Era mi único conjuro.

Quentin esperó. El rostro del cadáver era inescrutable. Los labios secos no le cubrían los dientes por completo. No resultaba agradable a la vista, pero a Quentin no le molestó. Que alguien le recordara por qué estaban luchando. Se preguntó si se habría adelantado demasiado a los demás. Daba igual, era cosa suya. Él lo había iniciado todo y había llegado la hora de la verdad, la gran lucha.

El cadáver se convulsionó y le lanzó una daga con un brazo esquelético parecido al de una marioneta. Quentin se agachó por puro instinto, pero había sido un mal lanzamiento. La daga salió disparada por la puerta abierta que estaba detrás de él y rebotó en las losas.

—De acuerdo —dijo—, ahora sí que se me han acabado los recursos.

Tal vez suspirara.

—¿Dónde está la llave? —preguntó Quentin—. Tienes una, ¿no? —Durante unos terribles instantes pensó que quizá no la tuviera.

—Ya no sé ni lo que hago —respondió el cadáver resollando. Empujó una cajita de madera hacia Quentin con una mano arrugada. La piel de los nudillos se había desgastado, como el cuero de los brazos de un sillón viejo—. Era de mi hija.

—¿Tu hija? —repitió Quentin—. ¿Y tú quién eres?

—¿No conoces la historia? —Volvió a suspirar con resignación. Quentin no sabía si el cadáver necesitaba respirar, pero todavía inhalaba y exhalaba por el pecho correoso como un fuelle—. Creía que todo el mundo estaba al corriente.

Como ya no se movía, Quentin se percató de que estaba bañado en sudor. Por la noche en la isla hacía frío.

—Un momento. No irás a decirme que eres el hombre del cuento de hadas *Las siete llaves de oro*.

—¿Ahora lo llaman un cuento de hadas? —musitó entre dientes. ¿Se estaba riendo?—. Supongo que es un poco tarde para poner pegas a ese tipo de detalles.

—No lo entiendo. Creía que eras uno de los buenos.

—No todos podemos ser héroes. ¿A quiénes se enfrentarían los héroes entonces? Es cuestión de números, pura matemática.

—Pero ¿no es esta la llave que te dio tu hija? —Quentin temía haber errado por completo—. Eso es lo que contaba la historia. La liberaste de la bruja y, aunque no te recordaba, te dio la llave.

—No era una bruja, sino su madre. —Otra risita musitada. Para hablar se limitaba a mover la mandíbula inferior. Era como hablar con un presidente de animación por ordenador en un parque temático—. Las dejé para partir en busca de las Siete Llaves. Supongo que quería ser un héroe. Nunca me lo perdonaron. Cuando finalmente regresé mi hija no me reconocía. Su madre le había dicho que estaba muerto.

»La llave me mantuvo vivo. Tú te lo tomas bien. Es terrible vivir en un cuerpo muerto, no siento nada. Deberías ver cómo me miran los demás.

Quentin abrió la caja de madera. Había una llave de oro en el interior. Supuso que había pasado a formar parte del cuento de hadas. Se había colado en la obra. Entra el Rey Mago.

—¿Para qué sirve? —preguntó el cadáver—. Nunca llegué a saberlo.

—Yo tampoco lo sé. Lo siento.

Oyó pasos detrás de él. Quentin se arriesgó a volver la vista. Era Bingle. Por fin le había dado alcance.

—No lo sientas. Has pagado un precio por ello. —La vida había comenzado a abandonarlo en cuanto había soltado la caja. Se desplomó hacia delante y la cabeza golpeó la mesa. Masculló sus últimas palabras sobre el escritorio de madera—. Igual que yo. Todavía no lo sabes.

No volvió a moverse.

Quentin cerró la caja. Oyó que Bingle se le acercaba. Contemplaron juntos la cabeza del cadáver, tan calva, moteada y llena de uniones como un globo terráqueo.

—Bien hecho —dijo Bingle.

—No creo haberlo matado —repuso Quentin—. Se ha muerto solo.

—Total. —Debía de haber oído a Josh diciendo algo parecido.

Los niveles de magia de Quentin volvieron a la normalidad rápidamente. Se sentía exhausto y débil. Tenía la vaga sensación de despedir un desagradable olor a pelo quemado. El conjuro para protegerse del fuego no era perfecto.

—Era el hombre del cuento de hadas —dijo Quentin—, pero su versión era diferente. ¿Cómo sabías dónde encontrarme?

—El cocinero pescó un pez hablador. Nos indicó qué debíamos hacer. Llevaba una botella en el estómago con un mapa dentro. ¿Y a ti qué te pasó?

—Me topé con Ember.

Por el momento bastarían esas explicaciones. Regresaron por el pasillo hasta las escaleras. Bingle comprobaba todas las puertas y recovecos para evitar sorpresas de última hora.

Lo habían conseguido, habían encontrado otra llave. Solo faltaba una. Quentin se había anotado un tanto. Encontraron a una dicharachera Poppy, emocionada por su primera aventura en Fillory («¡Lo hemos conseguido!») y a una Julia silenciosa y todavía fluorescente que recorría los pasillos. Quentin les mostró el trofeo y las abrazó, aunque en el caso de Julia fue un tanto incómodo ya que no le devolvió el abrazo y seguía midiendo más de lo normal después de adoptar otra forma para la batalla. Poppy tenía razón, lo habían conseguido y Quentin había estado al mando. Saboreó esa sensación de victoria, todos y cada uno de los detalles de la misma, para asegurarse de que no la olvidaría. Bingle sacó a la fuerza a un rezagado de detrás de las cortinas, pero ya había depuesto las armas. No le interesaba lo más mínimo morir por una causa perdida.

El *Muntjac* había atracado en el embarcadero y emergía de forma abrupta por encima de la plaza de piedra. La bahía debía de ser más profunda de lo que parecía. Alguien, tal vez Eliot, había conjurado varias luces flotantes redondas del tamaño de una pelota de baloncesto en el patio, confiriéndole una iluminación rosa-amarillo suave y un ambiente de feria rural. El viento soplaba con más fuerza y las esferas flotantes temblaban y se agitaban mientras trataban de permanecer en el mismo sitio.

Eliot y Josh estaban de pie en el embarcadero con la reconfortante mole del *Muntjac* a sus espaldas. ¿Por qué se quedaban allí? El subidón se le había pasado y Quentin notaba que las rodillas le flaqueaban. Ser un héroe era agotador. Se sentía vacío, como una piel lánguida de sí mismo. El costado volvía a dolerle. La idea de tumbarse en la cómoda litera de a bordo era más que tentadora. Ahora que ya tenían la llave podrían acurrucarse en la cama y la gran bestia lo acogería en sus brazos. Cansado, los saludó con la mano. Hablarían largo y tendido, explicarían lo sucedido, se felicitarían, pero en esos momentos lo único que le apetecía era regresar a bordo del barco.

Eliot y Josh no le devolvieron el saludo. Observaban con seriedad algo en el embarcadero. Josh dijo algo, pero el viento se llevó sus palabras hacia al océano negro. Ambos esperaban a que Quentin viese a Benedict tumbado sobre la madera húmeda y áspera.

Una flecha le atravesaba la garganta. Estaba muerto. Apenas había bajado del barco. Estaba hecho un ovillo y tenía la cara ennegrecida. No había muerto de inmediato. Había tirado de la flecha durante unos instantes antes de morir ahogado en su propia sangre.

20

La casa de Murs fue lo mejor que le había pasado jamás a Julia en la vida. En cualquiera de sus muchas vidas.

Pouncy tenía razón, había llegado a casa. Hasta entonces su vida había sido un inacabable juego de búsquedas sin gracia alguna, pero por fin había dado con su morada. Ahora descansaría. A diferencia de los pisos francos, la casa de Murs era segura. Era su Brakebills personal. Había hecho las paces.

Había diez personas en Murs, incluida Julia. Algunos eran del foro Free Trader Beowulf, y otros no. Pouncy, Asmodeus y Failstaff estaban allí, al igual que Gummidgy y Fiberpunk: foreros tímidos a quienes Julia nunca habría asociado con la magia. Cayó en la cuenta de que seguramente se habían pasado la mayor parte del tiempo intercambiando conjuros en hilos privados.

Asmodeus, Failstaff y Pouncy tampoco eran como se los había imaginado. Había pensado que Pouncy era chica o gay, pero en persona no parecía gay en absoluto y, en todo caso, no se lo había imaginado tan atractivo. En el foro siempre estaba enfadado por algo, como si estuviera a punto de volverse majareta por culpa de algún ultraje perpetrado contra su persona y que mantenía la cordura gracias a la fuerza de voluntad. La teoría favorita de Julia era que Pouncy era víctima de un accidente, tal vez un parapléjico, o alguien sumido en un dolor crónico que trataba de tomarse su enfermedad con filosofía. Nunca habría dicho que era alguien que iba a la última moda.

Failstaff no era guapo. Julia se lo había imaginado como a un jubilado con el pelo blanco, un caballero de la vieja escuela. De hecho tenía unos treinta años y tal vez fuera un caballero, pero desde luego uno de los caballeros más grandes que había visto en la vida. Medía más de metro noventa y era corpulento. No es que estuviera gordo, sino que era gigantesco. Debía de pesar unos ciento ochenta kilos. Su voz era un rugido subsónico.

En cuanto a Asmodeus, resultó que era más joven que Julia ya que como mucho tenía diecisiete años, era una habladora nata con una gran sonrisa y unas cejas en forma de V marcada que la hacían parecer una adolescente traviesa. Guardaba cierto parecido con Fairuza Balk, un toque de *Jóvenes y brujas*. Eran sus mejores amigos y Julia ni siquiera los reconocía.

También eran magos, y muy buenos, mejores que ella, y vivían en una casa enorme en el sur de Francia. Tardaría un poco en acostumbrarse a ellos.

Y en perdonarlos.

—¿Cuándo pensabais decírmelo? —preguntó. Estaban sentados alrededor de una mesa de madera restaurada con varias copas de vino tinto local en el patio trasero de la casa. El azul de la piscina resplandecía bajo el sol de la tarde. Era como un maldito anuncio de cigarrillos.

»¡En serio! ¡Quiero saberlo! ¿Estabais aquí todo el tiempo, haciendo magia y engullendo *foie-gras* de la zona y no sé qué más y ni siquiera me lo dijisteis? Pero me obligasteis a superar una prueba. ¡Otra prueba! ¡Lo que me faltaba, como si nunca hubiera superado pruebas en la vida!

Una lágrima se le deslizó por el rostro enfurecido. Se abofeteó como si le hubiera picado una avispa.

—Julia. —La voz de Failstaff era tan grave que era inconfundible y hacía que la vajilla tintinease.

—Lo sentimos —dijo Asmodeus en tono fraternal—. Todos hemos pasado por lo mismo.

—Créeme, no nos produjo ningún placer saber que estabas en el piso franco de Bed-Stuy. —Pouncy dejó la copa en la mesa—. Pero piénsalo bien. Cuando desapareciste del foro intuimos que te habías metido de lleno en el mundo mágico, así que esperamos. Te dimos tiempo para que te prepararas bien, aprendieras los fundamentos, todas las tonterías de principiante. Perfeccionar las posiciones de los dedos, descifrar las principales familias de lenguas. Queríamos saber si tenías madera para esto o no.

—Bueno, pues mil gracias, joder. Todo un detallito por vuestra parte. —Mientras ella había estado sola por esos mundos de Dios, ellos habían estado en aquella casa, observándola. Respiró hondo—. Ni os imagináis por lo que he pasado.

—Lo sabemos —repuso Failstaff.

Los observó sorbiendo el vino, un tinto del Ródano tan oscuro que parecía negro, holgazaneando bajo el sol de los cojones como en la típica película británica de turno. La casa estaba rodeada de campos de heno granados. Parecían amortiguar los sonidos. Estaban inmersos en un océano de silencio.

—Estabas saldando tus cuentas —dijo Pouncy—. Digamos que fue un trámite iniciático.

—De eso nada —repuso Julia—, me estabais poniendo a prueba. ¿Quiénes os pensáis que sois para ponerme a prueba?

—Sí, te pusimos a prueba, ¡joder! —Pouncy estaba exasperado pero de buen rollete, sin perder la compostura—. ¡Nos habrías hecho lo mismo! Te pusimos a prueba sin tregua, coño. No para ver si eras lista. Ya sabemos que eres lista. Eres un puto genio, aunque Iris dice que tu eslavo antiguo es una mierda. Teníamos que saber por qué estabas aquí. No nos interesaba que solo quisieras jugar con nosotros ni tampoco bastaba que estuvieses coladita por nosotros. Tenías que estar colada por la magia.

—Todos pasamos por lo mismo, Julia —repitió Asmodeus—. Todos nosotros, y nos cabreamos nada más saberlo, pero luego lo superamos.

—¿Has cumplido ya los diecisiete? —resopló Julia—. ¿Acaso has saldado tus cuentas?

—Las he saldado, Julia —respondió Asmodeus con tranquilidad. Un reto.

—Y para satisfacer tu curiosidad respecto a quiénes somos —añadió Pouncy—, pues somos nosotros. Y ahora eres uno de los nuestros y nos alegra que estés aquí, pero no nos arriesgamos por los demás. —Esperó a que Julia lo asimilara—. Hay demasiado en juego.

Julia entrecruzó los brazos enfadada o con cuanta ferocidad pudo aparentar para no darles la impresión de que los había perdonado por completo. Pero se moría de curiosidad, a la mierda con todo. Quería saber más detalles sobre la casa y qué se traían ellos entre manos. Quería saber de qué iba el juego para participar en él.

—¿De quién es la casa? —preguntó—. ¿Quién ha pagado todo esto?

Saltaba a la vista que allí había pasta gansa. Julia había esperado mientras Pouncy llamaba a la empresa de alquiler de coches y, en un francés perfecto, compró el Peugeot arañado con una tarjeta de crédito.

—Es de Pouncy —respondió Asmodeus—. En su mayor parte. Trabajó de operador de bolsa durante una temporada. Era bastante bueno.

—¿Bastante bueno? —Pouncy arqueó las cejas.

Asmo negó con la cabeza.

—Si hubieras hecho mejor los cálculos ahora estarías forrado. Te lo repito de nuevo, si ves el mercado como un sistema caótico...

—Da igual. No era un problema interesante. Era un medio para un fin.

—Si apostases...

—Todos pusimos dinero cuando llegamos —dijo Failstaff—. Yo puse todo lo que tenía. ¿De qué me serviría ahorrarlo? El dinero es para disfrutarlo en un sitio como este, con ellos.

—No os lo toméis a mal, pero tiene un toque sectario.

—¡Exacto! —exclamó Asmodeus dando palmadas—. ¡La secta de Pouncy!

—A mí me recuerda a la Organización Europea para la Investigación Nuclear —dijo Pouncy—. Es un instituto dedicado al estudio de la energía mágica.

Julia no había probado el vino. Lo que más le apetecía en

esos momentos era controlar la situación, algo poco compatible con el vino.

—O sea, que busco un acelerador de hadrones o su equivalente mágico.

—Alto, alto —dijo Pouncy—. Vayamos paso a paso. Primero te enseñaremos todos los niveles hasta el doscientos cincuenta. Ya veremos qué pasa después.

Resultaba que la casa de Murs era, en cierto modo, una ramificación natural del mundillo de los pisos francos. Aquel mundillo era un filtro: atraía a unas cuantas personas selectas, las sacaba de sus vidas cotidianas y las conducía hasta los pisos francos, donde jugaban con la magia. Murs era un segundo filtro para destilarlos de nuevo. La mayoría de las personas se conformaban con el mundillo de los pisos francos y las carpetas de anillas. Para ellas era algo social. Les gustaba la doble vida que les proporcionaba. Les encantaba el aire misterioso y saberse conocedoras de un secreto. Era lo que necesitaban y era lo único que necesitaban.

Pero algunas personas, muy pocas, eran diferentes. Para ellas la magia era algo primordial y prioritario, no poseían un secreto, el secreto las poseía. Querían más. Querían descubrir el misterio que estaba detrás del misterio. No se conformaban con los conocimientos básicos, querían aprender más, y cuando el mundillo de los pisos francos se les quedaba pequeño, gritaban, chillaban y pataleaban hasta que aparecía alguien que les mostraba el camino a seguir.

Así era como habían acabado en Murs. Pouncy y su equipo se habían quedado con los mejores magos de los pisos francos y los habían conducido hasta Murs.

La vida en Murs era plácida, al menos al principio. Había un ala para trabajar y otra para vivir. A Julia le asignaron un hermoso dormitorio entarimado de techo alto con ventanas con cortinas a rayas que permitían que la luz color champán francesa entrase a raudales. Todos cocinaban y limpiaban, aunque recurrían a la magia para facilitarse las tareas. Era increíble ver cómo los suelos repelían el polvo y formaban montoncitos ordenados, como limaduras en un campo magnético. Y los productos del campo eran incomparables.

Para ser sinceros, no recibieron a Julia con los brazos abiertos. No era su estilo, pero la respetaban. Estaba preparada para demostrar su valía de nuevo; estaba acostumbrada a hacer gala de sus conocimientos a un grupo de imbéciles cada medio año. Lo habría hecho, de veras que lo habría hecho, pero no se lo pedirían. Las demostraciones habían llegado a su fin. El viaje era la prueba y ya había llegado al destino. Era uno de ellos.

No era como Brakebills. Era mejor. Sentía que por fin había ganado. Había ganado a las malas, pero había ganado.

En Murs estaban al tanto de Brakebills. Eran muy presuntuosos al respecto. Las pocas veces que se paraban a pensar en Brakebills lo consideraban un lugar mono: un parque aséptico y ultraseguro para quienes carecían del coraje y la fuerza de voluntad para espabilarse en el exterior. Lo llamaban Fakebills [Impostores] y Breakballs [Rompepelotas]. En Brakebills había que ir a clase y respetar las normas. Perfecto para quienes gustasen de eso, pero en Murs las normas las hacía uno mismo, sin supervisión adulta. Brakebills eran los Beatles y Murs, los Stones. Brakebills era para los amantes del reglamento mientras que Murs era para los tipos fríos adictos a las peleas callejeras.

La mayoría de ellos habían ido al examen de Brakebills, como Julia, pero, a diferencia de ella, no se habían dado cuenta hasta que habían llegado a Murs y Failstaff, a quien se le daban bien los conjuros relativos a la memoria, los había liberado de la magia que los estaba obnubilando. Se enorgullecían de ser inconformistas. Gummidgy incluso aseguraba que había superado el examen para luego, por primera vez en la historia, declinar la oferta de Fogg para matricularse. Se marchó tan campante. Había elegido la vida de la bruja disidente.

A Julia le parecía una auténtica locura y creía que los estudiantes de Brakebills eran más espabilados de lo que los magos de Murs admitían. Pero disfrutaba con su presuntuosidad. Se lo había ganado a pulso.

En Murs había una mezcla de personalidades de lo más curiosa. Era una especie de parque zoológico privado. Se necesitaba un coeficiente intelectual de genio para llegar a Murs, si bien la excentricidad no resultaba un impedimento, pero es que había que ser un poco rarito para superar el filtro del mundillo de los pisos francos sin acabar un tanto atrofiado. La mayoría de la magia era casera, por lo que la variedad de estilos y técnicas resultaba desconcertante cuando menos. Algunos eran elegantes y malabaristas mientras que otros eran tan minimalistas que apenas se movían. Un tipo se contorsionaba tanto que parecía que bailaba.

También había especialistas. Uno de ellos diseñaba objetos mágicos. Gummidgy era un vidente en cuerpo y alma. Fiberpunk, un bicho raro bajito y fornido que era casi igual de ancho que de alto, se autoproclamaba metamago: su magia actuaba sobre otra magia o sobre sí misma. Casi nunca hablaba y se pasaba el día dibujando. La única vez que Julia lo miró por encima del hombro, Fiberpunk le explicó susurrando que estaba dibujando representaciones en dos dimensiones de sombras en tres dimensiones arrojadas por objetos en cuatro dimensiones.

Aunque la vida era plácida en Murs, había que trabajar duro. Le concedieron un día para vencer el desfase horario y lidiar con el equipaje, y entonces Pouncy le dijo que se presentase en el Ala Este a primera hora de la mañana siguiente. A Julia no le entusiasmaba que Pouncy Silverkitten le dijera lo que tenía que hacer ya que lo consideraba un amigo y un igual. Pero se acababa de desabrochar la camisa para mostrarle sus estrellas (así como su torso musculado y terso). Tenía muchísimas. Tal vez fueran iguales, pero solo en un sentido filosófico abstracto. En términos prácticos, le daba mil vueltas en lo que a magia se refería.

Por ese motivo se tragó el orgullo, y puede que otros sentimientos, obedeció a Pouncy y se presentó a las ocho de la mañana en una habitación de la planta alta del Ala Este llamada Gran Estudio.

El Gran Estudio era una sala estrecha repleta de ventanas en una de las paredes, como si fuera una especie de galería. Allí no había nada para estudiar. No había libros, ni escritorios ni ningún tipo de mobiliario. Solo estaba Iris.

Con cara de niña y el pelo recogido en un moño, Iris, la universitaria, había visto por última vez a Julia en el piso franco de Bed-Stuy. Era como reencontrarse con una vieja amiga, o casi. En su territorio, Iris iba más informal, con vaqueros y una camiseta blanca que dejaba al descubierto sus estrellas.

—Hola —dijo Julia. Sonó un tanto quejumbroso. Se aclaró la garganta y lo intentó de nuevo—. ¿Qué tal?

—Hagámoslo otra vez —respondió Iris—. Desde el principio. Comienza con el destello.

—¿El destello?

—Repasaremos los niveles. Empieza con el destello. Si fallas uno comenzarás desde el principio. Si los haces todos tres veces seguidas, desde el primero hasta el septuagésimo séptimo, sin equivocarte ni una vez, entonces podremos empezar a trabajar de veras.

—¿Quieres decir que empezarás a tratarme de igual a igual?

—Empieza con el destello.

Para Iris no era como reencontrarse con una vieja amiga. Más bien, era como cuando el sargento entrecano de las películas sobre Vietnam se topa con un soldado raso que acaba de salir del centro de reclutamiento. El soldado acabará perdiendo la virginidad y se transformará en un hombre, pero primero el sargento tendrá que arrastrarlo por la jungla hasta que llegue el momento en que el soldado sepa desplegar la pala plegable sin destrozarse las pelotas.

Por supuesto, Iris estaba en su derecho. Así es como funcionaba el sistema. Joder, le estaba haciendo un favor a Julia. Hacer de canguro de la recién llegada no era una tarea deseada en Murs y no pensaba fingir que se lo estaba pasando bien. Pero Julia tampoco estaba obligada a fingir que estaba agradecida. Pensó que debería cagarla varias veces para cabrear a Iris, para dejarle bien claro que no tenía por qué demostrar nada, para ver cuánto tardaba en perder la compostura. Que le dieran a ella y al destello de los cojones.

Pero, para ser sinceros, no era necesario que Julia la cagara a posta. Metió la pata de manera involuntaria cuatro veces antes de llegar al nivel septuagésimo séptimo por primera vez. En dos ocasiones falló en el mismo conjuro, el del nivel quincuagésimo sexto, en el que había que crujir los nudillos y pronunciar muchas «ll» en galés con el fin de endurecer cristales para evitar su rotura. Tardaba apenas dos minutos por nivel, lo cual era de una eficiencia asombrosa y llevaban ya dos horas y media cuando Julia comenzó la segunda ronda. Iris estaba sentada en el suelo con las piernas cruzadas.

Julia había decidido que no soltaría tacos, ni se pondría nerviosa ni tampoco suspiraría delante de Iris aunque fallara el nivel quincuagésimo sexto dos veces o doscientas. Sería todo un encanto. Espero que no nos «ll»eve mucho, querida Iris.

A las dos de la tarde Julia se equivocó en el nivel sexagésimo octavo en una perfecta sucesión de niveles hasta entonces. Iris puso los ojos en blanco, gimió, se tumbó boca arriba en el suelo de madera y clavó la mirada en el techo. Ni siquiera podía mirar a Julia. Esta no perdió un segundo y comenzó de nuevo el repaso, tras lo cual la cagó en el decimocuarto nivel, un conjuro tan tirado que hasta Jared lo haría con los ojos cerrados.

—¡Joder! —gritó Iris al techo—. ¡Hazlo bien!

Para cuando Julia acabó de un tirón dos rondas perfectas hasta el nivel septuagésimo séptimo eran las seis y media de la tarde. No habían descansado para comer. El sol del atardecer, que se hundía por el oeste, tiñó de rosa la pared. Los pies la estaban matando.

—Bien —dijo Iris—. Ya está. Mañana a la misma hora.

—Pero no hemos terminado.

Iris se puso de pie.

—Ya está bien por hoy. Acabaremos mañana.

—No hemos terminado.

Iris se detuvo y fulminó a Julia con la mirada. Tal vez Iris estuviera molesta por tener que hacer de canguro de la recién llegada, pero Julia tenía muchísima más ira a su disposición que Iris. Estaba abasteciéndose de sus reservas tras haber gastado un poco de la fuente principal, y apenas se notó. Se dirigió hacia una ventana y le propinó un puñetazo. Se habría roto de no ser porque ya le había lanzado el conjuro quincuagésimo sexto en tres ocasiones.

—De acuerdo, Julia, lo pillo. He sido dura contigo. Venga, vamos a cenar algo.

—Habremos terminado cuando diga que hemos terminado.

Julia bloqueó la puerta con un conjuro (nivel septuagésimo segundo). Se trataba de un gesto simbólico ya que había dos puertas en el Gran Estudio y, además, Iris seguramente no habría tardado ni un par de minutos en romper ese hechizo. Esa no era la cuestión. La cuestión era que Iris había esperado cuatro años para ir a Murs. La cena podría esperar.

Iris volvió a sentarse y se llevó las manos a la cabeza.

—Lo que tú digas.

Julia pensó que, de todos modos, a Iris no le iría mal saltarse algunas comidas ya que varios michelines le asomaban por encima de los vaqueros.

Julia comenzó de nuevo. Esta vez se lo tomó con más calma y, para cuando hubo acabado, la habitación estaba a oscuras. Eran casi las nueve. Iris se levantó. Trató de abrir la puerta que Julia había bloqueado, juramentó, y recorrió todo el Gran Estudio hasta llegar a la otra puerta sin volver la vista ni mediar palabra. Julia observó cómo se marchaba.

No se produjo ningún momento conmovedor de unión femenina. El sargento entrecano no le dio una palmadita en el hombro ni admitió de mala gana que el principiante podría llegar a ser un soldado cojonudo algún día. Cuando se presentó en el Gran Estudio a las ocho de la mañana siguiente, las dos sabían de manera tácita que ahora ya podían saltarse todas las gilipolleces típicas de las hembras alfa.

Había llegado la hora de ampliar conocimientos, de los grandes secretos. Al menos esta vez no tendría que tirarse a nadie.

Tampoco tuvo que quedarse de pie. Al parecer tenía derecho a estar sentada. Iris y ella se sentaron en sendas sillas, la una frente a la otra, junto a una mesa de verdad, un trozo de tajo macizo. En la mesa había una carpeta de anillas, pero era la carpeta de anillas más hermosa que Julia había visto en su vida: encuader-

nada en cuero con anillas de acero, y no esas mierdosas de aluminio, y, sobre todo, gruesa, gruesa, gruesa. Estaba llena de conjuros transcritos con gran esmero.

Bajo la atenta mirada de Iris, Julia subió dos niveles ese día.
Al día siguiente superó cinco. Cada nivel ganado contribuía a
borrar la mala experiencia vivida en Brooklyn. Julia estaba sedienta de información, siempre lo había estado, y durante demasiado tiempo había subsistido con cantidades ínfimas. De hecho,
le preocupaba que su cerebro perdiera plasticidad y muriera por
falta de combustible, que llevara tanto tiempo bajo mínimos que
careciera del tono muscular mental para procesar tantos datos fi-
dedignos. Pero no lo creía posible. En todo caso, vagar por la
jungla de la información la había vuelto más eficiente y resistente. Estaba acostumbrada a hacer mucho con poco. Ahora tenía
mucho y haría maravillas. Y eso hizo.

Resultaba frustrante currarse los niveles a base de bien mientras los demás estaban por ahí haciendo vete a saber qué. Estaba
ensayando nuevos campos de energía, retozando en ellos, pero
se moría de ganas de hacer lo mismo que los demás, fuera lo que
fuese. Trataba de adelantarse e Iris tenía que ponerle freno y
obligarla a recorrer los niveles en orden. A ver, era obvio que si
se cogían los elementos cinéticos del nivel 112 y se tomaban
prestados los aspectos reflexivos del conjuro para el autocalen-
tamiento del nivel 44, se obtenía un modelo básico funcional
para levitar. Pero eso no tocaba hasta el nivel 166 y todavía le faltaban 54 niveles para llegar al 166.

Mientras tanto, la trataban como a una niñita junto a la cual
había que comportarse. Cada vez que miraba por la ventana del
Gran Estudio veía a Pouncy y Asmodeus paseando, enzarzados
en la conversación más interesante en la historia de la comunica-
ción verbal. En cualquier caso, o se acostaban juntos (aunque en
Francia Asmodeus era menor y eso era meterse en líos, pero
bueno) o se traían algo entre manos, pero Julia no tenía la antigüedad suficiente para estar al tanto. Cada vez que entraba en el
comedor las conversaciones cambiaban de tono. No es que no se
alegraran de verla, sino que al parecer Julia había desarrollado la

capacidad de que los demás olvidasen de inmediato lo que estaban a punto de decir e hiciesen comentarios sobre el tiempo, el café o las cejas de Asmodeus.

Una noche se despertó de un sueño profundo a las dos de la madrugada. Estaba tan cansada de repasar los niveles con Iris que se había saltado la cena y se había ido directa a la cama. Al principio creyó que había un teléfono en la habitación que sonaba en el modo vibración, salvo que en el dormitorio no había ningún teléfono. Las vibraciones fueron cobrando cada vez más fuerza hasta tal punto que la casa zumbaba cada cinco segundos. El sonido le recordaba al de los coches que pasaban por la calle de Brooklyn con la música a todo trapo. Las cosas comenzaron a repiquetear. Era como si unos pasos de gigante se acercaran a la casa, a los tranquilos campos de Murs.

Aquello duró unos dos minutos. El ritmo aumentó hasta que Julia lo notó justo encima de ella. Las ventanas tintinearon tanto que creyó que acabarían agrietándose. Durante la última vibración su cama se desplazó unos treinta centímetros a la izquierda y el polvo del yeso del techo, de trescientos años de antigüedad, le cayó en la cara. Algo se hizo añicos en la casa, una ventana o un plato. Un silencioso fogonazo de luz salió de la planta baja de la casa e iluminó la hilera de cipreses que flanqueaba el césped.

Entonces, de buenas a primeras, se acabó, aunque el silencio posterior todavía parecía zumbar. Más tarde, tal vez al cabo de una hora, oyó a los demás acostarse. Asmo susurró enfadada que aquello era una pérdida tiempo y alguien la hizo callar.

A la mañana siguiente la rutina fue la de siempre, como si no hubiera pasado nada, si bien Fiberpunk lucía un cardenal bien visible en la sien. Vaya, vaya.

Cuando Julia llegó al nivel 200 le prepararon una tarta. Al cabo de dos semanas, un mes y medio después de su llegada a Murs, se acostó tras haber superado el nivel 248 y sabía que al día siguiente llegaría al final. Y así fue: a las tres de la tarde Iris le enseñó un conjuro complejo que, bien hecho, revertía la entropía en una zona demarcada durante cincos segundos. El efecto era limitado en el espacio, apenas abarcaba un círculo de un metro de circunferencia, pero no por ello resultaba menos espectacular.

La teoría que lo sustentaba era un lío de efectos entrelazados. A Julia le costaba creer que algo tan improvisado y tosco funcionase, pero Iris lo hacía y, al cabo de unas horas, Julia también. Iris derribó un grupo de bloques. Lanzó el conjuro. Los bloques volvieron a apilarse solos.

Y ese era el nivel 250. Nada más superarlo Iris la besó en ambas mejillas a la francesa y le dijo que habían acabado. Julia no se lo creía. Por si acaso, le propuso repasar todos los niveles, desde el 1 hasta el 250, pero Iris le dijo que no era necesario. Ya había visto todo lo que tenía que ver.

Julia se pasó el resto de la tarde paseando por los caminos sombreados que formaban ángulos rectos en los campos soleados que rodeaban la granja. Notaba el cerebro lleno como después de una buena comida; era la primera vez en mucho tiempo que se sentía saciada. Se entretuvo una hora con juegos de ordenador. Esa noche Fiberpunk preparó una bullabesa, con rape y azafrán, y descorcharon una botella de Châteauneuf-du-Pape cubierta de polvo y una etiqueta de lo más aburrida sin tan siquiera un triste dibujo, lo cual significaba que sería la hostia de cara. Antes de que se fuera a dormir, Pouncy le dijo que se presentase en la biblioteca a la mañana siguiente. No en el Gran Estudio sino en la Biblioteca.

Se levantó temprano. Aunque era verano todavía no hacía calor. Recorrió el terreno sin ajardinar durante una hora. Asustó a unos bichitos franceses de lo más raros y observó los minúsculos caracoles blancos que había por doquier. El rocío le empapó los zapatos mientras esperaba a que los demás se despertasen. Se sentía como si fuera la mañana de su cumpleaños. Por pura superstición, Julia evitó el comedor mientras los otros desayunaban. Cuando faltaban cinco minutos para las ocho fue a buscar un bocadillo a la cocina y lo mordisqueó con nerviosismo de camino a la Biblioteca.

El día que Julia había entrado en el ascensor de la biblioteca de Brooklyn había caído al vacío por el hueco. No había dejado de caer desde entonces. Pero las cosas estaban a punto de cambiar. En breve volvería a tocar tierra firme. Casi no recordaba la sensación de estar entre los suyos, viviendo la misma realidad que todo el mundo.

Había intentado abrir la puerta de la Biblioteca en una ocasión, pero no había podido y no se molestó en emplear un conjuro para desbloquearla. Estaba cansada de forzar cerraduras. Se quedó delante de la puerta durante unos instantes, toqueteando la tela del vestido de verano que llevaba y observando la manecilla de los segundos del reloj del pasillo.

A la hora señalada la puerta se abrió sola. Julia se armó de valor y entró.

Allí estaban todos, sentados alrededor de una larga mesa de trabajo. Saltaba a la vista que la Biblioteca era el máximo logro de quienquiera que hubiera reformado la granja de Murs. Habían vaciado la sala por completo, eliminado las tres plantas y dejado a la vista las vigas del techo, a unos nueve metros de altura. La luz de la mañana se filtraba por unas ventanas estrechas y alargadas. Las paredes estaban repletas de estanterías hasta lo más alto, lo cual no habría sido muy práctico de no ser por las plataformas de roble que flotaban como por arte de magia junto a las mismas, listas para subir a los interesados hasta el nivel que quisieran.

Se callaron en cuanto Julia entró. Los nueve rostros se volvieron para mirarla. Algunos tenían libros, carpetas y notas frente a ellos. Podría haberse tratado de la reunión del consejo de una empresa llamada Genios Raros Sueltos. Pouncy estaba en la cabecera de la mesa. Había un asiento libre al final.

Retiró la silla y se sentó, casi con recato. ¿Por qué no hablaban? Se limitaban a mirarla con toda la tranquilidad del mundo, como una junta de libertad condicional.

Julia había estado a la altura de las expectativas. Había llegado el momento de que ellos estuvieran a la altura de las de Julia, de que pusieran las cartas sobre la mesa y le enseñaran qué tenían. La suya sería la baza ganadora.

—Bien —dijo—. ¿Qué haremos?

—¿Qué te gustaría hacer? —repuso Gummidgy. Pues ya dirás, quiso decirle Julia. Eres la vidente. Era alta y esbelta como una modelo, aunque el rostro era demasiado enjuto y adusto como para ser guapa. Julia no sabía a qué etnia debía de pertenecer. ¿A la persa?

—Lo que toque, lo que venga después del nivel 250. Estoy preparada para el nivel 251.

—¿Qué te hace pensar que existe un nivel 251?

Julia entornó los ojos.

—¿Los 250 niveles previos?

—El nivel 251 no existe.

Julia miró a Pouncy, Failstaff y Asmodeus. Le devolvieron la mirada con tranquilidad. Asmo asintió.

—¿Cómo es posible que no exista?

—No hay nada después del nivel 250 —respondió Pouncy—. Sí, es posible crear hechizos nuevos. Lo hacemos a diario. Pero llegados a este punto ya tenemos todos los cimientos, todos los componentes básicos necesarios. El resto son meras permutaciones. A partir del nivel 250 lo único que se hace es reordenar los pares de bases de la hélice doble. Es la meseta de los niveles.

Julia se sentía ingrávida, como si flotase. No era una sensación desagradable, sino de liberación. Había llegado al final. Después de tantas pruebas arduas no era precisamente como para quedarse boquiabierto.

—¿Eso es todo? —preguntó.

—Eso es todo. Has superado todos los niveles.

Bien. Podría hacer muchas cosas con lo que había aprendido. Se le habían ocurrido varias ideas para desarrollar conjuros relacionados con temperaturas extremas, con estados extremos de la materia. Los plasmas, los condensados de Bose-Einstein y cosas así. Julia creía que nadie los había probado. Tal vez Pouncy le adelantara dinero para el equipo necesario.

—O sea, que aquí os dedicáis a ensayar permutaciones.

—No, no hacemos eso.

—Aunque hemos ensayado un montón de permutaciones —puntualizó Asmo—. En cuanto supimos que avanzar consistía en una serie indefinida de avances progresivos nos preguntamos si existiría una alternativa, una forma de romper el ciclo, de abordar la curva energética de manera no lineal.

—No lineal —repitió Julia lentamente—. Queréis dar con una singularidad mágica.

—¡Exacto! —Asmodeus sonrió de oreja a oreja a Pouncy, como diciéndole: «¿Lo ves? Te dije que lo pillaría»—. Una singularidad. Un avance tan radical que nos lleve a otro nivel en términos de energía, a energías exponencialmente mayores.

—Creemos que la magia puede dar mucho más de sí —dijo Pouncy—. Estamos perdiendo el tiempo en divisiones de ínfima categoría cuando existen fuentes de energía que podrían lanzarnos de cabeza a la primera división. Solo necesitamos encontrar la fuente eléctrica adecuada.

—O sea, que lo que hacéis es buscar esa fuente eléctrica.

Se dio cuenta de que repetía sus palabras mientras trataba de asimilar lo que le decían. Así que la magia podría dar mucho más de sí. Qué curioso, la verdad es que casi se había sentido aliviada cuando le habían dicho que no había nada después del último nivel, que había llegado al final.

Durante los últimos cuatro años no había hecho otra cosa que dedicarse en cuerpo y alma al estudio de la magia, y el resto de su ser, el que no era mágico, estaba un tanto abandonado. Vacío. No le habría importado rellenar esas lagunas en alguna granja francesa con un puñado de buenos amigos. Las energías podrían esperar. O podrían haber esperado. Pero no así sus buenos amigos. Julia seguiría sus pasos porque los quería (era algo tan tierno de decir, incluso a sí misma, que no se lo decía a nadie, ni siquiera a sí misma). Eran su verdadera familia. ¡Con ellos hasta el fin del mundo!

—Sí, eso es lo que hacemos. —Pouncy se reclinó y entrelazó las manos en la nuca. Era temprano, pero se le veían manchas de sudor en las axilas—. A no ser que se te ocurra algo mejor.

Julia negó con la cabeza. Todos la observaban con atención.

—De acuerdo —dijo—. Enseñadme hasta dónde habéis llegado.

La suya sería la baza ganadora.

21

Subieron el cuerpo de Benedict por la pasarela todos juntos. Quentin, Josh y Eliot forcejando con dificultad con sus pesadas extremidades de muñeca de trapo. Parecía que la muerte había hecho extrañamente denso su larguirucho cuerpo de adolescente. Resbalándose en la madera mojada, no tenían en absoluto el porte solemne que hubiese resultado apropiado para los portadores del féretro. Nadie había reunido el coraje suficiente para arrancarle la flecha del cuello, por lo que apuntaba alocadamente en todas direcciones.

Cuando dejaron a Benedict sobre la cubierta, Quentin fue a buscar una manta a su camarote y la extendió sobre el cuerpo. Sentía unas fuertes punzadas en el costado en sincronía con el pulso. Bien. Eso es lo que quería. Quería sentir dolor.

Bingle fue quien sacó con destreza la flecha del cuello de Benedict; tuvo que partirla por la mitad para ello porque un extremo era afilado y el otro tenía plumas. Empezó a llover sin parar, las gotas golpeaban y salpicaban en la cubierta y en el pálido rostro inmutable de Benedict. Llevaron el cuerpo adentro, a la enfermería, aunque ya no se podía hacer nada.

—Nos vamos —dijo Quentin en voz alta, dirigiéndose a nadie en particular y a todos.

—Quentin —contestó Eliot—. Estamos en plena noche.

—No quiero quedarme aquí. Sopla un buen viento. Debemos irnos.

Eliot estaba oficialmente a cargo, pero a Quentin le daba

igual. Era su barco y no quería pasar otra noche en la isla. Todo son juegos y risas hasta que a alguien le atraviesan el cuello con una flecha.

—¿Y los prisioneros? —preguntó alguien.

—¿A quién le importa? Déjalos aquí.

—Pero ¿adónde vamos a ir? —inquirió Eliot con razón.

—¡No lo sé! ¡Simplemente no quiero quedarme aquí! ¿Tú sí?

Eliot tuvo que reconocer que tampoco tenía ningún interés en quedarse.

Quentin no pensaba irse a la cama de ninguna de las maneras. Benedict no entraría en calor esa noche, entonces ¿por qué iba a hacerlo él? Prepararía el barco. Al bajar la mirada, al rostro inexpresivo e insensible de Benedict, Quentin casi se enfadó con él por haber muerto. Todo estaba saliendo a pedir de boca. Pero eso era ser un héroe, ¿o no? Por cada héroe, ¿acaso no mueren legiones de soldados de infantería en segundo plano? Era una cuestión de números, como dijo el cadáver en el castillo. Pura matemática.

Así que Quentin, el Rey Mago, líder de hombres, ayudó a acorralar al resto de los soldados vencidos e indicó a la tripulación que regase y aprovisionase el *Muntjac*, pese a que estaban en mitad de la noche y llovía a cántaros. Ahora que Benedict había muerto, otro tendría que trazar la ruta, pero eso no era un problema porque no sabían adónde iban. No importaba. Ya no entendía lo que hacían. Desde luego era una forma muy efectiva de conseguir llaves mágicas, pero ¿cómo ayudaría eso a Julia? ¿O a reconstruir Ningunolandia? ¿O a tranquilizar a los árboles-reloj? ¿Qué utilidad podían tener las llaves que justificase pasar por aquello: Benedict hecho un ovillo en la cubierta como un niñito que intenta entrar en calor?

Por la noche trabajaron todos juntos, pálidos y afanosos. Julia, que iba retomando su forma humana, se sentó junto al cadáver; por una vez su vestimenta de luto resultaba totalmente apropiada para la ocasión. También estaba a tono con la situación Bingle, cuyo semblante atormentado había ensombrecido hasta llegar a ser fúnebre. Pasó la noche solo vagando por la proa del barco, encorvado dentro de su capa como si fuese un pájaro herido.

En una ocasión, Quentin fue a ver si estaba bien, pero le oyó murmurar para sí mismo:

«Otra vez no. Debo ir allá donde no ocasione más daños.»

Y Quentin pensó que lo mejor sería dejarlo tranquilo para que encontrase una solución solo.

El cielo palidecía a través de los nubarrones cuando Quentin salió solo a la plaza situada delante del castillo para acabar el trabajo. Estaba helado y muerto de cansancio. Se sentía como el cadáver vivo en la biblioteca. No era la persona más adecuada para este trabajo, pero era su trabajo. Se postró sobre una rodilla delante del pequeño obelisco con el martillo y el cincel que había tomado prestado del carpintero del barco.

Seguramente se podría hacer con magia, pero no recordaba cómo y además no quería hacerlo así. Quería sentirlo. Colocó la punta del cincel en la piedra y empezó a tallar. Cuando acabó se veían dos palabras, irregulares pero legibles:

ISLA DE BENEDICT

De vuelta en el barco, ordenó partir hacia el este aunque todo el mundo sabía cuál sería el rumbo antes de que lo dijese. Después bajó. Oyó cómo levaban anclas. El mundo se inclinó, soltó amarras y por fin Quentin partió.

El *Muntjac* navegaba a toda velocidad propulsado por un vendaval helado. Los llevaba a través de vastas extensiones de mar sin islas, castigando las velas que mansamente aceptaban el abuso y navegaban todavía más rápido. Un enorme oleaje verde esmeralda los instaba a desplazarse hacia delante desde abajo, elevándose por debajo de ellos y ondeando por delante, como si hasta el mar estuviese harto de ellos y no pudiese esperar más al fin de todo aquello. Eliot había hecho que la travesía de salida sonase como una sucesión infinita de riquezas, maravillas e islas misteriosas; sin embargo, ahora el mar era una inmensidad vacía, en el que por fortuna no había rastro alguno de nada remotamente fantástico.

Tal vez las islas se apartaban de su camino. Se habían convertido en intocables. No avistaron tierra ni una sola vez, era como si hubieran dado un gran salto hacia el vacío.

El único milagro que se produjo ocurrió a bordo. Fue pequeño, pero real. Dos noches después de la muerte de Benedict, Poppy fue al camarote de Quentin para ver cómo estaba y decirle que sentía lo sucedido. No se marchó hasta la mañana siguiente.

Era un momento extraño para que sucediese algo bonito. Era el momento equivocado, no el adecuado, pero tal vez fuese el único en el que podía haber sucedido. Tenían las emociones a flor de piel. Quentin estaba, cuando menos, sorprendido, y lo que más le sorprendió era lo mucho que la deseaba. Poppy era guapa e inteligente, al menos tan inteligente como Quentin, tal vez más. Y era amable y graciosa cuando bajaba la guardia un poco, y sus largas piernas eran lo más maravilloso que Quentin había visto en este mundo o en cualquier otro.

Pero aparte de eso, Poppy tenía algo que Quentin deseaba tanto como la muda inconsciencia del sexo (que sabe Dios que podría haber sido suficiente, desde luego que sí): el sentido de la perspectiva. No estaba totalmente absorta en los grandes mitos de las búsquedas y las aventuras y tal. En el fondo Fillory le importaba un carajo. Aquí era una turista. Fillory no era su hogar y no era el depositario de todas las esperanzas y todos los sueños de la infancia. No era más que un lugar y solo estaba de visita. Era un alivio no tomarse Fillory muy en serio durante un rato. Cuando se imaginaba que algo así era posible, siempre lo imaginaba con Julia. Pero Julia no lo necesitaba, no de esa manera. Y, en realidad, la persona a quien Quentin necesitaba no era Julia.

Quentin no se había mantenido célibe desde la muerte de Alice, pero la verdad es que tampoco había hecho estragos. El problema de acostarse con alguien que no fuese Alice es que en cierto sentido el sentimiento de pérdida era más fuerte. Suponía saber y admitir verdaderamente que ella nunca volvería. Con

Poppy lo admitió un poco más y eso hubiese tenido que dolerle más; sin embargo, por extraño que parezca, hizo que le doliese un poco menos.

—¿Por qué no te quedas? —le sugirió un día mientras almorzaban en su camarote con las piernas cruzadas encima de la cama. Pescado otra vez—. Ven a vivir una temporada a un castillo. Ya sé que no estás obsesionada con Fillory como yo, pero ¿nunca has querido vivir en un castillo? ¿Nunca has querido ser reina?

Cuando consiguiesen regresar al castillo de Whitespire, si es que lo conseguían, con o sin la última llave, tendrían un recibimiento bastante menos que triunfal. Estaría bien tener a Poppy a su lado como apoyo moral cuando regresase a ese puerto, y como apoyo inmoral también.

—Hum. —Poppy saló su pescado en exceso y a continuación lo empapó con zumo de limón. Por intenso que fuese el sabor, nunca parecía bastarle—. Haces que suene romántico.

—Es romántico. No es que lo diga yo. Vivir en un castillo es objetivamente romántico.

—Ves, así habla alguien que no ha crecido en una monarquía. Australia todavía tiene reina. Allí hay mucha historia. Recuérdame que algún día te explique la crisis constitucional de 1975. Muy poco romántica.

—Te prometo que no habrá crisis constitucionales si vamos a Whitespire. Ni siquiera tenemos constitución. Y si la tenemos te prometo que nadie la ha leído.

—Lo sé, Quentin. —Apretó los labios—. Pero creo que no. No sé cuánto tiempo más podré quedarme aquí.

—¿Por qué no? ¿Qué tienes que te haga regresar?

—¿Mi vida entera? ¿Todas las personas que conozco? ¿El mundo real?

—Este mundo es real. —Se acercó un poco más a ella y sus caderas se rozaron—. Aquí. Toca.

—No es esto a lo que me refiero.

Puso el plato en el suelo y se tumbó en la litera. Se golpeó la cabeza con la pared. No estaba hecha para una persona alta y menos para dos.

—Lo sé. —Quentin no sabía por qué la intentaba convencer. Sabía que no se quedaría. Tal vez eso era lo que hacía que resultase tan fácil, el saber el resultado con antelación. No había ninguna posibilidad de que ella se encariñase demasiado. La partida estaba perdida de antemano—. Ahora en serio, ¿qué tienes allí? ¿La tesis? ¿Sobre Dracología o lo que sea? ¿No me digas que no tienes novio?

Le cogió el pie y se lo puso en el regazo para frotárselo. Tenía nuevas callosidades de andar descalza por el barco y le rascó una. Poppy apartó el pie con premura.

—No. Pero sí, mi tesis versa sobre el estudio de los dragones. Siento que te parezca aburrido, pero es lo que yo hago y da la casualidad de que me gusta.

—Hay dragones en Fillory. Creo. Bueno, quizá no haya. Nunca he visto uno.

—¿No lo sabes?

—Podrías averiguarlo. Podrías solicitar una real beca de investigación. Te prometo que tu solicitud será considerada favorablemente.

—Tendría que empezar de cero. No voy tirar por la borda cuatro capítulos de la tesis.

—Bueno, ¿y qué tiene de malo un poco de irrealidad? —preguntó Quentin—. La irrealidad está subestimada. ¿Sabes cuántas personas matarían por estar donde tú estás ahora?

—¿Dónde, en la cama contigo?

Le levantó la camisa y la besó en el vientre, plano y cubierto por un vello muy fino y aterciopelado.

—Me refiero aquí, en Fillory —dijo.

—Lo sé. —Suspiró genuinamente y con gracia—. Me gustaría ser una de ellas.

Estaba muy bien decidir que Poppy regresaba al mundo real (o no tan bien, pero era lo que había), pero lo que todavía no sabían era cómo lograrían devolverla a la Tierra. No cabía duda de que en algún momento Ember aparecería para echarla de Fillory, como siempre hacía con los visitantes. Aunque podrían pasar semanas o meses, nunca se sabía, y ella no quería esperar.

Puede que Quentin estuviese en el paraíso, pero para Poppy era el exilio.

Al final decidieron probar las llaves. No tenían la de la Isla de Después, la que tan eficientemente había llevado a Quentin y a Julia a la Tierra, aunque todas tenían más o menos el mismo aspecto excepto por el tamaño. Empezaron con la última, que era la mayor, la que habían encontrado en la Isla de Benedict. Estaba guardada en el camarote de Quentin, en la caja de madera. La subieron a cubierta. Poppy no había traído nada, así que no tenía que preparar el equipaje. Quentin supuso que Josh, en su momento, también querría regresar, aunque no parecía tener mucha prisa. Ya estaba hablando del dormitorio que ocuparía cuando regresaran a Whitespire. Además Quentin prefería despedirse de Poppy a solas.

La llave había estado tanto tiempo en la caja que los tres dientes habían dejado una marca en el terciopelo rojo. Se la ofreció a Poppy, como si fuese un puro especial. Ella la cogió.

—Ten cuidado.

—Pesa. —Poppy le dio la vuelta en los dedos para sopesarla—. Jo. No es solo el oro, es la magia. El hechizo que tiene es complicado. Denso.

Observaron la llave y después se miraron.

—La probé a tientas en el aire —explicó Quentin—. Había que encontrar un agujero invisible. Es difícil de explicar, más bien se aprende haciéndolo.

Asintió con la cabeza. Lo había entendido.

—Bueno.

—Espera. —Le cogió ambas manos—. Antes no te lo he pedido bien. Quédate. Por favor, quédate. Quiero que te quedes.

Negó con la cabeza y lo besó en los labios con suavidad.

—No puedo. Llámame la próxima vez que estés en la realidad.

Sabía que contestaría eso. De todas formas, se sentía mejor sabiendo que se lo había pedido en serio.

Poppy dio varios golpes tímidos al aire con la llave a modo de prueba. Quentin se preguntó con despreocupación si la llave comprendía que se encontraban en un barco en movimiento. ¿Y si abría una puerta en el aire y después se quedaba atascada y ellos la dejaban tras de sí, la llave se escapaba de las manos de Poppy y la puerta permanecía en el aire en medio del océano, bien lejos de ellos? Una parte de Quentin deseaba que sucediese.

Pero no hubo suerte. Normalmente la magia antigua ya había solventado errores o resquicios como ese hacía tiempo. Quentin no oyó el clic, pero vio que la mano de Poppy encontraba resistencia en el aire. La llave se deslizó al interior. Sin soltarla, Poppy le dio otro beso, esta vez más apasionado, y después giró la llave. Con la otra mano encontró el pomo.

Se entreabrió y se oyó un «puf» por la presión del aire al equilibrarse. El sol no brillaba como antes. Estaba oscuro. Resultaba extraño ver un rectángulo de noche flotando derecho en la cubierta de un barco a plena luz del día. Quentin caminó a su alrededor detrás de Poppy e intentó asomarse. Sintió una corriente de aire frío. Aire invernal. Ella se volvió y lo miró: ¿hasta ahora todo bien?

Se preguntó qué mes sería en la Tierra o incluso qué año. Tal vez los flujos de tiempo habían enloquecido y Poppy acabaría en una Tierra del futuro lejano, una Tierra apocalíptica, un mundo frío y muerto en órbita alrededor de un sol extinto. Se le puso la piel de gallina y un par de copos de nieve errantes dieron vueltas y se deshicieron en la madera caliente de la cubierta del *Muntjac*. «Tuve un sueño que no era del todo un sueño.» El bueno de Byron. Algo para cada ocasión.

Poppy soltó la llave, agachó la cabeza ya que la puerta era un poco pequeña para su cuerpo larguirucho y entró. Quentin la vio mirar a su alrededor y temblar en su vestido veraniego, y entrevió lo que ella miraba. Una plaza de piedra. La puerta empezó a cerrarse. La llave la debía de haber trasladado a su última residencia conocida, es decir, a Venecia. Tenía sentido. Se podría quedar en el *palazzo* de Josh una temporada. Seguro que conocería gente. Allí estaría segura.

Oh, no, no estaría segura. Eso no era Venecia y estaba completamente sola. Quentin se lanzó hacia la puerta que se cerraba tras ella.

—¡Poppy!

Ella se detuvo justo en el umbral y Quentin chocó con ella por detrás. Poppy chilló y él la agarró por los hombros para evitar que cayesen los dos. Entonces alargó la mano hacia atrás para que la puerta no se cerrase, pero ya era demasiado tarde. El aire era helado. El cielo estaba plagado de extrañas estrellas. Era de noche y no estaban en la Tierra, sino en Ningunolandia.

Durante unos instantes, Quentin se alegró de estar allí. Hacía dos años que no había ido a Ningunolandia, desde que él y los demás habían viajado a Fillory. El país le hacía sentir nostálgico. La primera vez que lo vio sintió, probablemente por primera vez en su vida, pura alegría: el tipo de alegría pura y cruda, blanca y caliente, la alegría que sientes cuando crees, o no solo cuando crees, sino cuando sabes que todo va a ir bien, no solo en esos momentos o las siguientes dos semanas, sino siempre.

Era evidente que se había equivocado. La verdad es que esa certeza duró unos cinco segundos: justo hasta que Alice le dio un puñetazo en la cara por haberle engañado con Janet. Al final resultó que no todo iría bien. Todo era casualidad y nada era perfecto, y la magia no te hacía feliz y Quentin había aprendido a asumirlo, algo que de todos modos la mayoría de las personas que conocía ya hacía y ya iba siendo hora de que hiciera otro tanto. Sin embargo, ese tipo de felicidad no se olvida. Algo tan luminoso deja una imagen permanente en el cerebro.

La Ningunolandia que él había conocido siempre fue cálida, tranquila y crepuscular. Esta era oscura como boca de lobo, de un frío recio y además nevaba. En las esquinas de la plaza se había acumulado más nieve, enormes franjas cremosas.

Y el horizonte era diferente. De los edificios que estaban alrededor de la plaza, los que estaban a un lado se veían exactamente igual que siempre, pero los del otro lado habían desaparecido. Sus siluetas negras resaltaban recortadas contra el cielo azul profundo y la nieve frente a ellos se mezclaba con bloques de piedra que se habían derrumbado. La siguiente plaza resultaba visible y a través de esta la otra.

—Quentin —dijo Poppy. Ella también miró hacia atrás buscando la puerta e intentado comprender qué sucedía—. No lo entiendo. ¿Qué haces... dónde estamos?

Se acurrucó para protegerse del frío. Lo cierto es que no iban vestidos para aquel clima, pero ella no se amedrentó.

—Esto no es la Tierra —afirmó Quentin—. Esto es Ningunoladia. O Ningunolandias, nunca sé cuál es la correcta. Es el mundo que hay entre la Tierra y Fillory y todos los demás mundos.

—Bien. —Él ya le había explicado lo que era anteriormente—. Vale, muy bien, pero hace un frío del demonio. Vámonos de aquí.

—No estoy muy seguro de cómo lo haremos. Se supone que se entra por las fuentes, pero se necesita un botón.

—Vale. —En cuanto hablaron, sus voces se perdieron en el aire helado—. Bueno, pero haz un hechizo o algo. ¿Qué ha sido lo que nos ha traído hasta aquí?

—No lo sé. Estas llaves son la monda. —Resultaba difícil hablar con el intenso frío.

Observó el aire vacío en el que acababan de aparecer, le salía vaho al respirar. En verdad no quedaba nada del portal que llevaba a Fillory. Poppy caminó con las piernas entumecidas hasta la fuente. Se encontraban en la plaza de Fillory; la fuente tenía una estatua de Atlas, agachado y apoyado en el suelo bajo el peso demoledor de un globo terráqueo de mármol.

El agua de la fuente estaba congelada. El hielo se elevaba por encima del borde de piedra. Lo tocó con la mano.

—¡Qué horror! —exclamó con calma. Hablaba como si fuera otra persona.

Quentin empezaba a darse cuenta del lío en que estaban metidos. Hacía frío, mucho frío. La temperatura debía de estar entre los seis y los diez grados bajo cero. No había madera, nada con lo que hacer un fuego, solo piedra y más piedra. Quentin recordó que Penny le había advertido que no hiciese magia allí. Tendrían que probarlo.

—Vamos hasta la fuente de la Tierra —sugirió—. Está a un par de plazas de aquí.

—¿Para qué? ¿De qué nos sirve si no tenemos el botón?

—No lo sé. Tal vez haya alguien allí. No se me ocurre nada más; además, tenemos que empezar a movernos o moriremos congelados.

Poppy asintió y se sorbió la nariz. Le moqueaba. Ahora se la veía más asustada que cuando estaba en la isla, cuando lucharon por la llave.

Empezaron caminando, pero enseguida se pusieron a correr para calentarse. Aparte de las pisadas, reinaba un silencio absoluto. La única luz era la de las estrellas, aunque sus ojos se ajustaban con rapidez. Quentin no dejaba de pensar que aquello no funcionaría, y si no funcionaba las cosas se pondrían muy feas. Intentó hacer cálculos mentales sobre termodinámica. Había demasiadas variables, pero la hipotermia no estaba ni mucho menos descartada en el futuro cercano. Unas pocas horas como mucho, quizá ni siquiera eso.

Corrieron a través del paisaje urbano en ruinas. Nada se movía. Cruzaron un puente sobre un canal helado. El aire olía a nieve. Un error tonto y los dos muertos, pensó, y le entró vértigo.

La plaza de la Tierra era más grande que la de Fillory, aunque no estaba en mejor estado. Uno de los edificios mostraba una hilera de huecos de ventanas y a través de los huecos se veían las estrellas. La fachada había sobrevivido a la catástrofe, pero el resto del edificio había desaparecido.

La fuente también estaba congelada. El hielo había cubierto la gran flor de loto de bronce y había agrietado totalmente un lateral. Se detuvieron delante de la fuente y Poppy resbaló en un trozo de hielo negro bajo la nieve, aunque no llegó a caer. Se enderezó y dio unas palmadas para secarse las manos.

—Lo mismo —dijo—. Tienes razón. Necesitamos una forma de salir de aquí. O un refugio y algo para quemar.

Estaba nerviosa, pero se controlaba. Bendita Poppy. Daba un buen ejemplo y eso le animó un poco.

—Parece que las puertas de algunos de estos edificios son de madera —dijo Quentin—. Y en el interior de los edificios hay libros. Creo. Podemos coger algunos y quemarlos.

Caminaron juntos por la plaza hasta que encontraron una puerta rota, un monstruo gótico arqueado, que alguien había golpeado hasta dejarla torcida. Quentin la tocó. Rompió una astilla. Parecía madera normal. Tendrían que intentar un conjuro para el fuego. Explicó cómo actuaba la magia en Ningunolandia: tenía mucha más carga, era explosiva. Penny le había dicho que nunca la utilizara. Eran momentos de desesperación.

—¿Desde qué distancia puedes lanzar un hechizo para el fuego? —preguntó—. Porque cuanto más lejos estemos cuando se encienda, mejor.

—Va hacia arriba. —Al pronunciarlo con los labios entumecidos sonó algo así como «v cia iba». Lo repitió, intentando pronunciar un poco mejor, aunque solo un poco. La situación empeoraba mucho más rápido de lo que había creído. No les quedaba tiempo. Quizás unos quince minutos más para ejecutar el hechizo.

—Averigüemos qué pasa —sugirió Poppy.

Empezó a caminar hacia atrás, alejándose de la puerta, de vuelta al centro de la plaza. Quentin no podía evitar pensar que eso no era más que una medida provisional, una parada en el camino hacia lo inevitable. Después de encender el fuego tendrían que encontrar un refugio. Después de encontrar el refugio, necesitarían comida y no había alimentos. La cabeza le daba vueltas de forma incontrolable. Podrían derretir nieve para beberla, pero no era comida. Tal vez encontrasen algunas encuadernaciones de cuero para mordisquear. Quizás hubiese peces en los canales bajo el hielo. Y aunque pudiesen sobrevivir indefinidamente, lo cual era imposible, ¿cuánto tiempo pasaría hasta que aquello que había destrozado Ningunolandia los destrozase a ellos?

—¡Vale! —gritó Poppy—. ¡Quentin, apártate!

Apretó las palmas de la mano contra la madera, si es que era madera. Si no funcionaba, ¿podrían fabricar un botón mágico de la nada? No en quince minutos. Ni tampoco en quince años.

Se abrió una hendidura entre las dos puertas. Una delgada luz azul brilló tenuemente a través de ella. Luz de estrellas. Pero no era la luz de las estrellas. Parpadeaba.

—¡Espera! —exclamó.

—¡Quentin! —Notó un atisbo de desesperación en la voz de Poppy. Tenía las manos debajo de las axilas—. No nos queda mucho tiempo.

—Me había parecido ver algo. Allí hay algo.

Apretó la cara contra la madera congelada, pero no vio nada más. Fue de ventana en ventana, pero todas estaban oscuras. Quizá desde el otro lado. Llamó a Poppy a gritos para que se acercase y corriese por debajo de una arcada hasta la siguiente plaza.

El edificio era un inmenso palacio de estilo italiano con ventanas separadas a intervalos regulares. Por un momento consideró la posibilidad de que todavía les fuese peor si lo que producía una luz azulada en el interior saliese al exterior, pero parecía bastante improbable que les produjese una muerte más agónica y desagradable que la que estaban a punto de experimentar. Se preguntó si, antes de morir, caería tan bajo como para suplicarle a Ember que le salvase. Pensó que probablemente sí.

No había ninguna puerta en ese lado del palacio, pero la fachada estaba rota y acababa en piedra irregular por encima de la segunda hilera de ventanas. Probablemente podría franquearla si fuera necesario, y así fue. Subía un viento helado. Se preguntó qué habría pasado allí. Había sido un mundo sereno y protegido con anterioridad, un mundo bajo el cristal. Alguien había cortado la electricidad, había roto las ventanas y había dejado que los elementos entraran con gran estruendo.

Un salto con carrerilla le permitió subir hasta el alféizar de la primera ventana. Le dio gracias a Dios o a Ember o a quien fuese por el gusto excesivo del arquitecto de Ningunolandia por la decoración barroca. Sabía que la piedra tosca le estaba pelando la piel de los dedos helados, pero no lo notaba.

—Ponte aquí de pie —dijo, y señaló. Puso un pie en el hombro de Poppy, cosa que ella aceptó de buen grado. Desde ahí podía llevar el pie a la moldura superior y la mano al alféizar de la ventana que estaba por encima, aunque no iba muy bien para agarrarse, pero era lo único que había. Desde allí saltó y se agarró a la parte superior de la pared rota. Tenía que insistir para que los dedos se doblasen.

Con la mejilla apretada contra la piedra fría, Quentin se arriesgó a bajar la mirada. Poppy lo observaba con expectación. A la luz de las estrellas su bonito rostro se veía pálido y con una expresión grave. Lentamente se impulsó hacia arriba hasta que consiguió poner el antebrazo por encima de la pared, después colocó la rodilla con torpeza. Miró hacia abajo por primera vez, al interior de Ningunolandia.

Tenía el mismo aspecto que recordaba de las fotografías que había visto del bombardeo alemán sobre Londres. No había tejado y gran parte de lo que había sido el segundo piso se había desmoronado y yacía en ruinas sobre el primero. El suelo estaba repleto de papeles que el viento agitaba en círculos lentos. Por el suelo había libros grandes y pequeños desparramados en varios estados de deterioro, algunos estaban enteros; otros, abiertos y destripados.

En el otro extremo, donde algunos restos del piso superior formaban un refugio parcial, alguien había colocado los libros en mejor estado en montones altos. El hombre que presumiblemente los había organizado estaba de pie entre los libros. No, no estaba de pie, flotaba a unos treinta centímetros del suelo con los brazos extendidos.

De allí provenía la luz azulada. En el suelo, debajo del hombre, había runas que despedían un tenue y frío resplandor. O bien era un compañero que se había refugiado de la destrucción o el autor de la misma. Parecía un buen momento para correr un mal riesgo.

—¡Hay alguien dentro! —le gritó a Poppy, que estaba abajo. Gritó más fuerte—. ¡Eh!

El hombre no levantó la vista.

—¡Eh! —gritó Quentin de nuevo—. Hola. —Quizá fuese de Fillory.

—Quentin —llamó Poppy.

—Espera. ¡Hola! ¡Hola!

—Quentin, se están abriendo las puertas.

Miró hacia abajo. Efectivamente. Las puertas se estaban abriendo hacia fuera, por sí solas.

—Vale. Ya bajo.

No resultó mucho más fácil bajar; no sentía los dedos. Tomó la mano entumecida de Poppy entre las suyas. Realmente esa era su última oportunidad.

—¿Vamos? —preguntó. Sonó todavía más decaído de lo que esperaba.

22

Pasaron entre los escombros con dificultad, intentando por educación pisar el menor número de páginas posible. Quentin estuvo a punto de torcerse un tobillo con una piedra que le rodó bajo el pie.

La luz azulada de las runas parecía sostener al hombre. Sus pies descalzos colgaban a un metro del suelo. Tenía el cabello rubio y una cara grande y redonda; daba la impresión de que la cabeza redonda era lo que lo mantenía en el aire, como si fuese un globo. A su alrededor, en una nube, colgaban una docena de libros y unas cuantas páginas sueltas, todas abiertas en su dirección, supuestamente para poder consultarlas a la vez. Las páginas de dos de los libros pasaban lentamente.

No los saludó, ni siquiera los miró cuando se acercaron. Llevaba unas mangas largas que le cubrían las manos, aunque la tela tenía una caída extraña. Cuando Quentin se acercó vio claramente lo que era: no tenía manos. Era Penny.

Quentin no lo había reconocido sin la cresta y con el pelo largo. Nunca había sabido cuál era su color natural, pero probablemente no fuera el verde metálico. Penny se volvió de cara a ellos, mirando hacia abajo desde las alturas. Estaba más delgado, mucho más. Antes no se le marcaban los pómulos.

Quentin estaba de pie al borde de las misteriosas letras azules grabadas en el suelo. El frío le había calado en los huesos. Los hombros no paraban de temblarle.

—Penny —dijo sin convicción—. Eres tú.

Penny lo observó con calma.

—Esta es mi amiga Poppy —prosiguió Quentin—. Me alegro de verte, Penny. Me alegro de que estés bien.

—Hola, Quentin.

—¿Qué te ha pasado? ¿Qué ha sucedido aquí?

—He ingresado en la Orden.

Hablaba con voz suave y tranquila. No parecía sentir el frío en absoluto.

—¿Qué es eso, Penny? ¿Qué es la Orden?

—Cuidamos de Ningunolandia. Ningunolandia no es un fenómeno natural, es algo fabricado. Un objeto. Fue construido hace mucho tiempo por magos con grandes conocimientos, conocedores de una magia mucho más profunda que la tuya.

Que la mía no, ojo. Que la tuya, tal vez. El bueno de Penny. Perder las manos de la forma en que las perdió fue una tragedia que Quentin no había superado, pero si existía alguien que hubiera nacido para ser un monje flotante, místico y manco, ese era Penny. Se helarían de frío antes de que acabase su intensa exposición.

—Desde entonces, hombres y mujeres como yo han cuidado de él. Lo reparamos y lo defendemos.

—Penny, perdona, pero es que estamos helados —dijo Quentin—. ¿Nos puedes ayudar?

—Por supuesto.

Cuando Penny perdió las manos, Quentin pensó que nunca más podría volver a practicar magia. Haber excluido a Penny fue un error que no podía dejar de cometer. Colgado en el aire delante de ellos, Penny juntó los muñones frente a sí y empezó a recitar algo rítmicamente en una lengua desconocida para Quentin. Bajo la túnica se percibía algún tipo de esfuerzo físico, pero Quentin no lograba adivinar cuál.

De repente, el aire que los rodeaba se tornó cálido. Quentin temblaba de forma todavía más incontrolada a medida que entraba en calor. El alivio fue inmenso. No pudo evitarlo, se agachó y la boca se le llenó de saliva. Creía que vomitaría y eso le pareció terriblemente gracioso y empezó a reírse. A su lado oía a Poppy gimiendo a medida que su cuerpo se recuperaba.

No vomitó. Pero tuvo que transcurrir un minuto antes de que cualquiera de los dos pudiera volver a hablar.

—¿Qué ha pasado aquí? —preguntó Poppy al fin—. ¿Quién ha destruido este lugar?

—No ha sido destruido —lo corrigió Penny con un atisbo de su vieja susceptibilidad—. Ha resultado dañado, gravemente dañado. Tal vez de forma irreparable. Y lo peor está por llegar.

Los libros y papeles que rodeaban a Penny se cerraron y se colocaron con celeridad en su sitio en varias pilas y montones. Penny empezó a flotar en dirección a las puertas abiertas del palacio. Al parecer, aquellas runas azules no eran lo único que hacía de soporte. La Orden parecía suscribir el principio de que los tontos andan y los iniciados levitan.

—Es mejor si os lo muestro —dijo Penny.

Quentin tomó a Poppy de la mano y siguieron a Penny hasta la plaza. Quentin flotaba en un subidón de endorfinas. Al final parecía que no moriría, así que, en comparación, cualquier noticia era buena. Penny hablaba mientras flotaba. Su cabeza todavía estaba a unos sesenta centímetros por encima de las de ellos. Era como conversar con alguien montado en un Segway.

—¿Alguna vez te has preguntado —inquirió Penny— de dónde viene la magia?

—Sí, Penny —repuso Quentin diligentemente—. Sí que me lo he preguntado.

—Henry tenía una teoría. Me la explicó cuando estábamos en Brakebills.

Se refería al decano Fogg. Penny solo se refería a los miembros del cuerpo docente de Brakebills por sus nombres de pila para demostrar que él se consideraba su igual.

—Le parecía mal que el ser humano tuviese acceso a la magia. O si no mal, extraño. No tenía sentido. Pensaba que era demasiado bueno para ser verdad. Como magos nos aprovechamos de algún tipo de laguna cósmica para ejercer el poder que en justicia nunca debimos tener. Los pacientes han encontrado la llave del manicomio y nosotros corremos descontrolados por la farmacia.

»O imagínate que el universo es un ordenador inmenso. Somos usuarios que han conseguido el nivel de administrador para acceder al sistema y lo estamos manipulando sin autorización. Henry tiene una mente caprichosa. No es en absoluto un teórico riguroso, aunque a veces sí tiene momentos de gran lucidez. Ese fue uno de ellos.

Habían dejado la plaza, Poppy y Quentin caminaban abrazados para darse calor. La zona de aire caliente se concentraba alrededor de Penny y se movía con él, de manera que, si se rezagaban, el frío los alcanzaba. Tenía un público cautivado. Un sermón de Penny era preferible a morir congelado.

—Ahora profundicemos un poco en la teoría de Henry. Si los magos son piratas informáticos que han entrado en el sistema, entonces ¿quiénes son los administradores legales del sistema? ¿Quién ha construido el sistema, el universo, en el que nosotros hemos entrado?

—¿Dios? —sugirió Poppy.

Era bueno que Poppy estuviese allí para tratar con Penny. A ella no le ponía nerviosa. Penny no la sacaba de sus casillas como a Quentin. Solo quería conocer lo que él sabía.

—Exactamente. O más exactamente, los dioses. No hay necesidad de ponerse excesivamente teológico con este tema; cualquier mago que fuese capaz de hacer magia a una escala tan fundamental sería, casi por definición, un dios. Sin embargo, ¿dónde están? ¿Y por qué no nos han pillado y nos han expulsado de su sistema? Deben de haber creado hechizos a una escala de energía que ya no es concebible para nosotros. Su poder habría empequeñecido incluso el poder de los magos que crearon Ningunolandia.

»Tienes que verla, Quentin. Me refiero a que tienes que ver Ningunolandia como yo la he visto. No es infinita, ¿sabes?, pero se extiende miles de kilómetros en todas direcciones. Es maravilloso. Te lo muestran todo cuando ingresas en la Orden.

Penny era rarito. Era un gilipollas arrogante, bastaba con ver la forma en que había ignorado a Poppy, y había sufrido muchísimo, pero en lo profundo de su ser todavía era muy inocente y, de vez en cuando, la inocencia superaba a la arrogancia. A Quentin no le acababa de caer bien, pero sentía que lo comprendía. Era la única persona que conocía que amaba la magia, que la amaba de verdad, de la misma manera que él la amaba: de forma inocente, romántica, absoluta.

—Con el tiempo uno empieza a entender las plazas, como si fuese un idioma. Cada plaza es una expresión del mundo al que lleva, si entiendes su gramática. No hay dos iguales. Hay una plaza, solo una, cuyos lados miden un kilómetro y medio y tiene una fuente dorada en el centro. Dicen que el mundo al que lleva es como el paraíso. Todavía no me han dejado pasar.

Quentin se preguntó qué sería el paraíso para Penny. Probablemente en el paraíso uno siempre tendría razón y nunca pararía de hablar. Dios mío, a veces era un imbécil con respecto a Penny. Seguramente en el paraíso tendría manos.

Guardaron silencio un rato mientras cruzaban un puente de piedra sobre un canal. Los remolinos de nieve giraban vertiginosamente y se perseguían por el hielo.

—¿Adónde se fueron los dioses?

—No lo sé. Puede que hayan estado en el cielo, pero han vuelto. Han regresado para cerrar el resquicio. Vuelven a recuperar la magia, Quentin. Nos lo van a arrebatar todo.

Habían llegado a una plaza que era idéntica a las demás salvo por el hecho de que la fuente del centro estaba cerrada. Una cubierta de bronce mate, adornada con inscripciones, la recubría. La mantenían cerrada con un simple pestillo. Penny se deslizó hacia la fuente por la nieve, rozándola con las puntas de sus dedos descalzos. Con suavidad, bajó flotando hasta el suelo.

Quentin intentaba asimilar lo que Penny había dicho. Eso debía de ser lo que el dragón había querido decir en Venecia. Debía de ser el misterio que se encontraba en el origen de todo. Pero no podía ser real. Tenía que ser un error. El final de la magia: eso significaría el final de Brakebills, de Fillory, de todo lo que le había pasado desde Brooklyn. Ya no sería mago, nadie lo sería. La doble vida se convertiría de nuevo en una sola. La chispa desaparecería del mundo. Intentó calcular cómo habían llegado hasta allí. Un viaje a la Isla Exterior, eso era todo. Había tirado de un hilo y ahora el mundo entero se desenredaba. Quería no haber tirado del hilo, ponerlo en su sitio, tejerlo de nuevo otra vez.

Penny esperaba algo.

—Abre esto, por favor —dijo—. Tienes que correr el pestillo.

Claro. No tenía manos. Entumecido, pero ahora no por el frío, Quentin desenganchó el gancho de bronce que mantenía la cubierta en su sitio, después colocó la punta de los dedos entre la cubierta y la piedra. Pesaba, el metal tenía dos centímetros y medio de grosor, pero con la ayuda de Poppy la levantó y la ladeó un poco. Atisbaron en su interior.

Tardaron un segundo en reconocer lo que veían y cuando lo hicieron ambos retrocedieron de forma instintiva. Tenía mucha profundidad.

No había agua en la fuente. En su lugar solo había una vasta oscuridad reverberante. Era como si mirasen hacia abajo por el óculo de una enorme cúpula. Debía de ser lo que yacía debajo de Ningunolandia. Mucho más abajo, según Quentin aproximadamente a un kilómetro y medio de distancia, había un dibujo plano de líneas blancas brillantes, como una especie de diagrama de un sistema de circuitos o un laberinto sin salida. Entre las líneas, metida en ellas hasta la cintura, se hallaba una figura canosa. Era calva y musculosa y debía de haber sido enorme. Estaba oscuro, pero el gigante emitía su propia luz. Brillaba con una preciosa y constante luminiscencia plateada.

El gigante estaba ocupado. Trabajaba. Cambiaba el dibujo. Cogía una línea, la desconectaba, la doblaba, la conectaba a otra línea. Sus brazos, del tamaño de una grúa, se movían con lentitud y atravesaban distancias enormes, pero nunca estaban quietos. Su hermoso rostro permanecía inexpresivo.

—¿Penny? ¿Qué es lo que estamos viendo?

—¿Es Dios? —preguntó Poppy.

—Es un dios —lo corrigió Penny—. Aunque ese no es más que un término para describir a un mago que opera a una escala titánica de energía. Hemos visto como mínimo una docena; es difícil distinguirlos. Hay uno en cada punto de acceso. Pero sabemos lo que están haciendo. Lo están arreglando. Están cambiando el cableado del mundo.

Quentin observó el sistema expuesto de circuitos de creación y al artífice de todo ello. Se parecía un poco a Estela Plateada.

—Supongo —dijo Quentin lentamente— que vas a decir que se trata de un ser de una belleza y un poder sublimes y que su aspecto se debe a que mis cansados ojos de mortal son incapaces de percibir su verdadera magnificencia.

—Venga —dijo Poppy. Inclinó la cabeza—. Es bastante imponente. Es grande. Y canoso.

—Un portero grande y canoso. Penny, es imposible que el universo funcione así.

—En la Orden lo llamamos «profundidad inversa». Lo hemos observado en varios casos. Cuanto más profundizas en los misterios cósmicos, menos interesante es todo.

Así que ese era él. El mayor cabrón de todos, el eslabón superior de la cadena trófica. De ahí provenía la magia. ¿Había entendido alguna vez lo que hacía, su belleza, lo mucho que la gente la amaba? No parecía que él amase nada. Se limitaba a ser. Ahora bien, ¿cómo se podía crear algo tan bello como la magia y no amarla?

—Me pregunto cómo lo habrá descubierto —planteó Poppy—. Que nosotros usamos la magia. Me pregunto quién se habrá chivado.

—Tal vez deberíamos hablar con él —añadió Quentin—. Tal vez logremos hacerle cambiar de opinión. Podríamos, no sé, demostrarle que somos merecedores de la magia o algo así. Puede que tengan una prueba.

Penny negó con la cabeza.

—No creo que cambien de opinión. Cuando llegas a ese nivel de poder, de conocimiento y de perfección, la cuestión de lo que hay que hacer a continuación resulta cada vez más obvia. Todo se rige por normas estrictas. Todo lo que se puede hacer en una situación determinada es la cosa más gloriosamente perfecta y solo hay una. No hay elección posible.

—Estás diciendo que los dioses no tienen voluntad propia.

—El poder de cometer errores —repuso Penny— solo lo tenemos nosotros. Los mortales.

Durante un rato, observaron en silencio cómo trabajaba el dios. Nunca se detenía ni dudaba. Sus manos se movían sin parar, doblaban líneas, rompían una conexión y hacían otra. Quentin no lograba entender por qué un dibujo era mejor que otro, pero se imaginó que se debía a su falibilidad de mortal. Le dio un poco de pena. Imaginaba que no dudar nunca, no vacilar nunca, estar eternamente seguro de su absoluta rectitud debía de ser motivo de alegría. Pero en realidad era como un gigantesco robot divino.

—Vamos a poner la cubierta —sugirió—. No quiero mirarlo más.

La cubierta de bronce chirrió al rozar la piedra y, con un ruido metálico, cayó en su sitio. Quentin le echó el pestillo. Aunque no lograba imaginar a quién dejaría dentro o fuera el pestillo. Se quedaron de pie como si estuviesen ante una tumba que acababan de llenar de tierra.

—¿Por qué está pasando esto ahora? —preguntó.

Penny negó con la cabeza.

—Algo les ha llamado la atención. Alguien en algún lugar ha debido de tropezar con una alarma y los ha convocado desde donde estuviesen. Puede que ni siquiera se diesen cuenta de que lo hacían. Nosotros no sabíamos que estaban aquí hasta que empezó el frío. Entonces el sol se apagó y llegó la nieve y el viento. Los edificios empezaron a desmoronarse. Todo se está acabando.

—Josh estuvo aquí —dijo Penny—. Nos lo explicó.

—Lo sé —repuso Penny. Se movió incómodo bajo la túnica. Se olvidó de sí mismo y habló de nuevo con su antigua voz—. Con el frío me duelen los muñones.

—¿Qué va a suceder? —inquirió Poppy.

—Ningunolandia será destruida. Nunca formó parte del plan divino. Mis predecesores la construyeron en el espacio entre universos. Los dioses la quitarán de en medio, como si fuese un nido de avispas en una pared. Pero no acabará ahí. Ni siquiera van detrás de Ningunolandia, lo que quieren es la base según la que funciona.

Una cosa sí podía decirse de Penny, y es que no tenía problemas para enfrentarse a una dura verdad. Mostraba una extraña integridad con respecto a cosas como aquellas. Estaba tranquilo y sereno. No se inmutaba. No se le hubiese ocurrido hacerlo.

—El problema es la magia. Se supone que no debemos tenerla. Van a cerrar cualquier resquicio que hayan dejado abierto y que nos haya permitido utilizar la magia. Cuando hayan acabado dejará de funcionar, no solo aquí, sino en todas partes, en todos los mundos. Ese poder será exclusivo de los dioses.

»La mayoría de los mundos simplemente perderán la magia. Creo que Fillory se desmoronará y dejará de existir por completo. Es un poco especial en ese sentido, todo el proceso es mágico. Tengo la teoría de que probablemente Fillory sea el resquicio, la fuga por donde salió en un principio la magia. El agujero en el dique.

»El cambio ya habrá empezado. Puede que hayáis visto indicios.

Los árboles-reloj destrozados. Es posible que sean algo parecido a uno de los primeros sistemas de alarma de Fillory, sensibles a cualquier problema. La muerte de Jollyby: quizá los filorianos no puedan vivir sin magia. Ember y las Bestias Únicas furiosos.

Arreglaban el mundo, pero Quentin lo prefería estropeado. Se preguntaba cuánto tardarían. Años, quizá, tal vez podría regresar a casa y no pensar en ello y todo ocurriría una vez que hubiese muerto. Pero no le daba esa impresión. Se preguntaba qué haría si la magia desapareciera. No sabía cómo viviría en un mundo así. La mayoría de la gente ni siquiera notaría el cambio, por supuesto, pero si uno conocía la magia, sabía lo que perdía y eso lo consumiría. No sabía si sería capaz de explicárselo a una persona lega en la materia. Todo sería simplemente lo que era y nada más. Todo lo que habría sería lo que se pudiese ver. Lo que sintieses y pensases, todos los anhelos y los deseos de la mente y del corazón no contarían nada. Con la magia podías hacer que esos sentimientos fuesen reales. Podían cambiar el mundo. Sin ella, se quedarían para siempre atascados en el interior, productos de la imaginación.

Y Venecia. Venecia se hundiría. Su peso aplastaría esos montones de madera y desaparecería en el mar.

El punto de vista de los dioses era comprensible. Hacían magia. ¿Por qué iban a querer que un insecto ignorante como Quentin jugase con ella? Pero él no podía aceptarlo. No pensaba hacerlo. ¿Por qué iban a ser los dioses los únicos en disponer de la magia? Ellos no la apreciaban. Ni siquiera disfrutaban con ella. No les hacía felices. Les pertenecía, pero no la amaban, no de la forma en que él, Quentin, la amaba. Los dioses eran grandes, pero ¿de qué servía esa grandeza si no la amabas?

—Entonces, ¿va a suceder? —preguntó. Por ahora se mostraba estoico como Penny—. ¿Hay alguna forma de detenerlo?

Tenía calor otra vez, pero el frío empezaba a colarse de nuevo por las suelas de las botas.

—Probablemente no. —Penny empezó a caminar, como un mortal normal, con los pies. No parecía que la nieve le molestase. Quentin y Poppy caminaban a su lado—. Pero hay una forma. Siempre supimos que esto podría suceder. Estamos preparados. Decidme, ¿qué es lo primero que un pirata informático hace cuando se cuela en un sistema?

—No lo sé —repuso Quentin—. ¿Roba un montón de números de tarjetas de crédito y se suscribe a un montón de páginas porno de pago?

—Coloca una puerta trasera. —Era bueno saber que incluso después de haber alcanzado cierto grado de iluminación, Penny seguía siendo insensible al humor—. De manera que si alguna vez se queda fuera, pueda volver a entrar.

—¿La Orden hizo eso?

—Eso dice. Se construyó una puerta trasera en el sistema, metafóricamente hablando, para que la magia pudiese entrar de nuevo en el universo en caso de que los dioses regresaran para reclamarla. Solamente hay que abrirla.

—¡Dios mío! —Quentin no sabía si debía atreverse a albergar esperanzas. Sería demasiado doloroso si al final no fuese cierto—. ¿Así que tú puedes arreglarlo? ¿Lo vas a arreglar?

—La «puerta trasera» existe. —Penny hizo el gesto de entrecomillar, cosa que en realidad no podía hacer—. Pero las llaves las escondieron hace mucho tiempo. Hace tanto tiempo que ni siquiera nosotros sabemos dónde están.

Quentin y Poppy se miraron. No podía ser tan sencillo, era imposible que tuviesen tanta suerte.

—Penny, ¿no habrá por casualidad siete llaves? —preguntó Quentin.

—Siete, sí. Siete llaves de oro.

—Penny. Santo Dios, Penny, creo que las tenemos. O seis. Las tenemos en Fillory. ¡Tienen que ser esas llaves!

Quentin tuvo que sentarse en un bloque de piedra, pese a que estaba un poco fuera del círculo de calor de Penny. Se sujetó la cabeza con las manos. Esa era la búsqueda. No era falsa y no era un juego, era real. Después de todo importaba. Habían luchado por la magia todo el tiempo. Solo que no lo sabían.

Como era de esperar, Penny ni se inmutó. No sería tan tonto como para darle el mérito a Quentin de salvar el universo o algo así.

—Eso está muy bien. Es excelente. Pero tienes que recuperar la séptima llave.

—Ya. Hasta ahí llego. Encontraremos la séptima llave. ¿Y después qué?

—Entonces las llevaremos todas hasta el Fin del Mundo. La puerta está allí.

Ya estaba. Ahora sabía lo que tenía que hacer. Le daban entrada. Así era como se sentía en la isla, en el castillo, pero esta vez más tranquilo. Así debe de ser como se sienten los dioses, pensó. Una certeza total. Habían llegado al edificio de Penny, de vuelta al punto de partida.

—Penny, tenemos que regresar a Fillory, a nuestro barco, para terminar la búsqueda. ¿Nos puedes enviar de vuelta? ¿Me refiero a si puedes hacerlo incluso con las fuentes heladas?

—Por supuesto. La Orden me ha hecho partícipe de todos

los secretos para viajar entre dimensiones. Si comparas Ningunolandia con un ordenador, entonces las fuentes son meras...

—Increíble. Gracias, tío. —Se volvió hacia Poppy—. ¿Quieres participar? ¿O todavía quieres regresar al mundo real?

—¿Estás de broma? —Sonrió y se apretó contra él—. A la mierda la realidad, cariño. Salvemos el universo.

—Prepararé el conjuro para enviaros de regreso —dijo Penny.

Nevaba con más intensidad, los copos caían inclinados a través de la pequeña cúpula de calor, pero ahora Quentin se sentía invulnerable. Lucharían y vencerían. Penny empezó a salmodiar en la misma lengua incomprensible que había utilizado antes. Tenía algunos sonidos vocálicos que a Quentin apenas le parecían humanos.

—Tarda un poco en hacer efecto —añadió cuando terminó—. Evidentemente a partir de aquí el viaje lo llevarán a cabo miembros de la Orden.

Silencio.

—¿Qué quieres decir?

—Mis compañeros y yo regresaremos con vosotros a vuestro barco y continuaremos lo que queda de la búsqueda. Podréis observar, claro está. —Penny les dio un momento para que lo asimilaran—. No pensarías que íbamos a dejar una misión de esta importancia en manos de un grupo de aficionados, ¿no? Os agradecemos el buen trabajo que habéis realizado para llevarnos tan lejos, de verdad que sí, pero ahora ya no está en vuestras manos. Es hora de que se hagan cargo los profesionales.

—Lo siento, pero no —repuso Quentin—. De eso nada.

No renunciaría a aquella misión. Y definitivamente no invitaría a Penny a que los acompañase.

—Entonces supongo que encontraréis solos el camino de regreso a Fillory —añadió Penny. Cruzó los brazos mancos—. Romperé el hechizo.

—¡No puedes romperlo! —se quejó Poppy—. ¿Es que tienes nueve años? ¡Penny!

Al final había conseguido enervar incluso a Poppy.

—No lo entiendes —añadió Quentin, aunque él tampoco estaba muy seguro de entenderlo—. Este trabajo es nuestro. Nadie puede hacerlo por nosotros. Así son las cosas. Debes enviarnos de regreso.

—¿Debo? ¿Acaso me vas a obligar a hacerlo?

—¡Santo Dios! ¡Penny, eres increíble! ¡Literalmente increíble! Y yo que pensaba que habías cambiado, de verdad que sí. ¿No eres consciente de que esto no va contigo?

—¿Que no va conmigo? —Penny volvió a perder el control de su voz de monje de otra dimensión y habló con el tono agudo de siempre, el que solía utilizar cuando se sentía especialmente agraviado y santurrón—. No me vengas con esto, Quentin. Me has venido con muchas cosas durante nuestra larga relación, pero no me vengas con esto. Yo he encontrado Ningunolandia. He encontrado el botón. Gracias a mí llegamos a Fillory. No fuiste tú quien hizo todo esto, Quentin, fui yo.

»Y la Bestia me arrancó las manos de un mordisco. Y vine aquí. Y ahora lo terminaré porque yo lo empecé.

Quentin se imaginó a Penny y a sus compañeros miembros de la secta Ostra Azul presentándose en el *Muntjac* y dando órdenes a todo el mundo, ¡dando órdenes a Eliot! Seguramente eran mejores magos que él desde un punto de vista técnico. Pero, a pesar de todo, no, él no podía hacerlo. Era imposible.

Se miraron. Estaban en un punto muerto.

—Penny, ¿puedo preguntarte algo? —inquirió Quentin—. ¿Cómo haces magia ahora? Quiero decir, sin manos.

Lo gracioso de Penny es que sabías que esa clase de preguntas no le incomodaban y así fue. De hecho, enseguida se puso de mejor humor.

—Al principio pensé que nunca más podría volver a practicar la magia —explicó—, pero cuando la Orden me acogió, ellos me enseñaron otra técnica que no depende de los movimientos de las manos. Si lo piensas, ¿qué tienen las manos de especial? ¿Y si se pueden utilizar otros músculos del cuerpo para hechizar? La Orden me enseñó. Ahora me doy cuenta de lo limitado que era. Si te soy sincero, me sorprende un poco que tú todavía lo hagas a la antigua usanza.

Penny se secó la barbilla con la manga. Siempre escupía un poco cuando se emocionaba hablando. Quentin respiró hondo.

—Penny, no creo que tú o la Orden podáis terminar esta búsqueda. Lo siento. Ember nos ha asignado esta tarea a nosotros y seguro que tiene sus razones. Supongo que así es como funciona. Es su voluntad. No creo que funcione con nadie más.

Penny caviló al respecto durante unos instantes.

—De acuerdo —repuso al final—. De acuerdo. Creo que tiene cierta lógica. Y la Orden tiene mucho que hacer en Ningunolandia. De hecho, en muchos aspectos el esfuerzo crucial se realizará aquí mientras vosotros recuperáis las llaves.

Quentin tuvo la sensación de que eso era todo cuanto conseguiría de Penny.

—Perfecto. Te lo agradezco. Si quieres puedes aprovechar la oportunidad para disculparte por haberte acostado con mi novia.

—Habíais cortado.

—Vale, mira, sácanos de aquí de una vez, que tenemos que salvar la magia.

Si se quedaban más tiempo, Quentin sentenciaría el universo de nuevo por matar a Penny con sus propias manos. Pero la verdad, casi que merecería la pena.

—¿Qué vas a hacer tú mientras tanto?

—Nosotros, la Orden y yo, captaremos directamente la atención de los dioses. Eso los demorará mientras vosotros recuperáis la última llave.

—Pero, ¿qué es lo que podéis hacer? —preguntó Poppy—. ¿No son todopoderosos? ¿O prácticamente todopoderosos?

—Bueno, la Orden puede hacer cosas increíbles. Hemos pasado milenios estudiando en la biblioteca de Ningunolandia. Conocemos secretos que nunca imaginaríais. Secretos que os volverían locos tan solo mencionándolos.

»Y no estamos solos. Tenemos ayuda.

Un fuerte golpe amortiguado cerca de la fuente que llevaba de regreso a la Tierra retumbó en la plaza. Sacudió el aire, lo notaron en las rodillas. En algún lugar cayó una piedra. Siguió otro golpe y después otro, como si estuviesen llamando a una puerta, intentando abrirse camino en el mundo desde algún lugar inferior. ¿Eran los dioses? Tal vez habían llegado demasiado tarde.

Se oyó un último golpe y de repente el hielo de la fuente explotó hacia arriba. Quentin y Poppy se agacharon mientras pedazos de fuente salían disparados en todas direcciones y rebotaban en las losas. Con un quejido metálico, la gran flor de loto de bronce se abrió, los pétalos se esparcieron como si floreciese, y surgió de ella una forma gigantesca y sinuosa que se agitaba y se retorcía. La cosa ascendió con violencia en el aire, mientras extendía las alas y se sacudía el agua, y con el batir de alas se abría camino en el cielo nocturno, azotando la nieve que caía y formaba grandes espirales y círculos a su alrededor.

Otra le siguió, y después una tercera.

—¡Son los dragones! —gritó Poppy. Aplaudía como una niña pequeña—. ¡Quentin, son los dragones! ¡Oh, míralos!

—Son los dragones —corroboró Penny—. Los dragones nos van a ayudar.

Poppy lo besó en la mejilla y Penny sonrió por primera vez. Se notaba que su intención no era sonreír, pero no pudo evitarlo.

Seguían apareciendo dragones, uno tras otro. Debían de haber vaciado todos los ríos del mundo. La plaza se iluminó cuando uno de ellos vomitó una llama de fuego en el cielo brumoso.

¿Cómo sabía que sucedería eso en ese preciso momento?

—Lo has planeado tú, ¿verdad? —dijo Quentin, pero justo entonces el hechizo de Penny surtió efecto y Quentin ya no se encontraba en el mismo mundo que la persona con la que había hablado.

LIBRO CUARTO

23

Esa mañana en Murs, sentados alrededor de la mesa en la Biblioteca, le explicaron a Julia todo lo sucedido.

Por un lado tenía suerte de no haber conseguido entrar hasta ahora. Añoraba los primeros tiempos, cuando pasaban muchas horas simplemente descartando cosas. Por ejemplo, habían desperdiciado seis meses en una teoría que proponía que los hechizos ganaban más fuerza cuanto más te acercabas al centro de la Tierra. Un efecto menor, apenas medible, pero que si se pudiese verificar abriría inmensos campos adecuados para una nueva teoría. Cambiaría todo.

Eso había propiciado una apoteósica gira por minas abandonadas y domos salinos y otras profundas topografías subterráneas, sin excluir una costosa fase para la que se necesitó un carguero alquilado y una batisfera de segunda mano. Pero todo lo que aprendieron después de medio año de duras expediciones espeleológicas y de submarinismo en las profundidades del océano fue que los conjuros de Asmodeus funcionaban un poco mejor una vez que te encontrabas a ochocientos metros bajo tierra y que la explicación más probable era que a Asmodeus la espeleología le entusiasmaba.

Siguieron con la astrología y la magia del océano e incluso con la oniromancia, la magia de los sueños. Parece ser que se pueden lanzar unos conjuros increíbles en sueños. Pero cuando te despiertas todo resulta un tanto inútil y en realidad a nadie le interesa que se lo cuentes.

Trabajaron con el campo magnético de la Tierra, con un aparato copiado de unos dibujos de un tal Nikola Tesla, hasta la noche en que Failstaff a punto estuvo de dar la vuelta a los polos magnéticos del planeta, tras lo cual dejaron esa línea de investigación y poco a poco abandonaron el proyecto. Gummidgy se pasó una semana sin dormir para desarrollar una hipótesis agotadoramente abstracta relacionada con los rayos cósmicos y los efectos cuánticos y el bosón de Higgs que al final solo ella medio entendía. Juraba poderla demostrar matemáticamente, pero que los cálculos necesarios eran tan complicados que para realizarlos se hubiese necesitado un ordenador del tamaño del universo y una cantidad de tiempo que hubiese excedido la prevista muerte térmica del universo. Se acercaba bastante a la definición de discutible.

Fue entonces cuando se refugiaron en la religión.

En ese momento Julia apartó la silla de la mesa. Notaba que el reflejo nauseoso del intelecto estaba a punto de hacer acto de presencia.

—Lo sé —dijo Pouncy—, pero no es lo que tú crees. Escúchanos.

Failstaff empezó a desenrollar un inmenso diagrama lleno de anotaciones, casi tan grande como la mesa.

La religión nunca había sido un tema de interés para Julia. Se consideraba demasiado inteligente para creer en cosas de las que no tenía pruebas y que se comportaban de una manera que incumplía todos los principios que ella había seguido o de los que había oído hablar. Y se consideraba una persona demasiado realista para creer en cosas por el mero hecho de que la hiciesen sentirse mejor. La magia era otra cosa. Con la magia al menos los resultados son reproducibles. Pero ¿con la religión? Con la religión todo se basa en la fe. Suposiciones sin fundamento realizadas por mentes débiles. Que ella supiera, o creyera saber, los demás miembros de Free Trade compartían sus opiniones sobre ese tema.

—Faltaba una parte —continuó Pouncy—. Pensábamos que habíamos regresado a los primeros principios. Pero ¿y si no era así? ¿Y si había principios anteriores a los que habíamos regresado?

»Suponíamos, hasta que se demostrase lo contrario, que había energías mayores, mucho mayores, y que existía una técnica con la que se podían manipular. El hombre no ha conseguido en la era moderna, que sepamos, acceder a estas energías. Pero supongamos que existe otro tipo de seres que sí tiene acceso a ellas. Quizá no humanos.

—Otro tipo de seres —repitió Julia de forma monótona—. Te refieres a Dios.

—Dioses. Quería averiguar más sobre los dioses.

—Eso es una locura. Los dioses no existen. Ni Dios. ¿Sabes, Pouncy?, una de las cosas que me encanta de no haber ido a la universidad es que no tuve que holgazanear en una residencia de estudiantes colocándome y discutiendo sobre tonterías como esta.

A Pouncy no le ofendió el comentario desdeñoso.

—«Una vez eliminado lo posible, lo que queda, por imposible que sea, ha de ser la verdad.» Sherlock Holmes.

—La cita exacta no es así. Y no quiere decir que los dioses sean reales, Pouncy. Quiere decir que tienes que volver a tu trabajo y repasarlo, porque en algún momento la has cagado.

—Ya lo hemos repasado.

—Entonces tal vez tengas que abandonarlo —añadió Julia.

—Pero yo no abandono nada —repuso Pouncy. Sus ojos eran del color del aguanieve, un gris frío que le daba un aire en absoluto informal—. Y ellos tampoco. —Señaló a los demás, sentados alrededor de la mesa—. Y tú tampoco. ¿O sí, Julia?

Julia parpadeó y le sostuvo la mirada para indicar que seguiría escuchando, pero que no pensaba prometerle nada. Pouncy prosiguió.

—No nos referimos al monoteísmo. O al menos no al monoteísmo como se entiende en la actualidad. Nos referimos a la religión antigua. Al paganismo, o más exactamente al politeísmo.

»Olvida todo lo que se asocia normalmente al estudio de la religión. Suprime toda la veneración y el temor y el arte y la filosofía que la rodea. Trata el tema con frialdad. Imagina que eres teóloga, pero una teóloga especial, alguien que estudia los dioses de la misma forma que un entomólogo estudia los insectos. Toma como conjunto de datos la totalidad de la mitología del mundo y trátalo como una serie de observaciones de campo y de datos estadísticos que pertenecen a una especie hipotética: el dios. Continúa a partir de ahí.

Con meticulosidad al principio, con guantes de goma y pinzas y un desagrado altivo, como si estuviesen manipulando el equivalente intelectual a los residuos médicos, Pouncy y los demás se dedicaron al estudio comparativo de la religión. De forma muy parecida a lo que Julia había hecho con la magia en su apartamento situado sobre la tienda de *bagels*, empezaron a buscar información práctica en las narraciones y las tradiciones religiosas del mundo. Lo denominaron Proyecto Ganímedes.

—¿Qué coño esperabas encontrar? —preguntó Julia.

—Quería aprender sus técnicas. Quería poder hacer lo que los dioses hacían. No veo una verdadera diferencia entre religión y magia o, lo que es lo mismo, entre dioses y magos. Creo que el poder divino no es más que otra forma de practicar magia. Sabes lo que dijo Arthur C. Clarke sobre tecnología y magia, ¿no? Cualquier tecnología suficientemente avanzada es indistinguible de la magia. Dale la vuelta. ¿De qué es indistinguible la magia avanzada? Cualquier magia suficientemente avanzada es indistinguible de lo milagroso.

—El fuego de los dioses —gruñó Failstaff. Cielos, él también era un verdadero creyente.

A su pesar, y se cuidó de no demostrarlo, Julia sintió que despertaba su curiosidad. Se recordó a sí misma que conocía bien a esas personas. Eran tan inteligentes como ella y presumían de intelectuales como mínimo tanto como ella. No era probable que se le ocurriesen objeciones en las que ellos no hubiesen pensado antes.

—Mira, Pouncy —prosiguió—. Conozco lo bastante sobre religión para saber que incluso si los dioses existen, no se dedican exactamente a repartir el fuego sagrado como caramelos.

Esta historia solo puede terminar de una manera. Es Prometeo de nuevo. Faetón. Ícaro. Escoge al incauto que más te guste. Vuelas demasiado cerca del Sol y su energía térmica arrolla las débiles fuerzas de atracción que permiten que la cera de tus alas se mantenga sólida y allá vas, directo al mar. De fuego nada. Y eso si tienes suerte. Si no tienes suerte acabas como Prometeo. Los pájaros se comerán tu hígado durante toda la eternidad.

—En general —terció Failstaff—. Hay excepciones.

—Por ejemplo, no todo el mundo es tan idiota como para hacer las alas de cera —añadió Asmodeus.

Rápidamente, Failstaff le explicó a Julia el enorme diagrama situado en la mesa delante de ellos; dibujaba arcos y conexiones con sus dedos blandos y gruesos. El diagrama mostraba las principales narraciones de las tradiciones religiosas más importantes y otras de menor importancia con remisiones, las comparaba (¡y todo en diferentes colores!) para destacar zonas donde coincidían y se corroboraban unas a otras. Al parecer, si uno era lo bastante empollón, no hay nada que no se pueda plasmar en un diagrama de flujo.

—La *hubris*, el orgullo que desafía a los dioses y conlleva la muerte de aquel que desafía, no es más que una de una serie de posibles situaciones. Y generalmente el mal resultado se puede achacar a una preparación deficiente por parte de los protagonistas. En absoluto implica que sea categóricamente imposible que un mortal acceda al poder divino.

—Hum —repuso Julia—. En teoría.

—No, en teoría no —replicó Asmodeus con sequedad—. En la práctica. En la historia. Técnicamente el proceso se denomina ascensión o algunas veces asunción o, la palabra que a mí me gusta más, «traslación». Todas significan lo mismo: el proceso por el cual un ser humano sube al cielo sin morir y se le concede cierto estatus divino. Y después está la apoteosis, que también está relacionada, por la cual un hombre se convierte en dios. Se ha hecho montones de veces.

—Dame ejemplos.

—María. —Hizo la señal de uno con un dedo—. La madre de

Jesús. Nació mortal y terminó siendo divina. Galahad. Leyenda artúrica. Hijo de Lancelot. Encontró el Santo Grial y fue llevado directamente al cielo. Igual que Henoc, uno de los primeros descendientes de Adán.

—Hay un par de generales chinos —añadió Gummidgy—. Guan Yu. Fan Kuai. Están los ocho inmortales del taoísmo.

—Dido, Buda, Simón el Mago... —terció Pouncy—. Y la lista sigue y sigue.

—O fíjate en Ganímedes —dijo Asmo—. Leyenda griega. Era mortal, pero de tal belleza que Zeus se lo llevó con él al Olimpo para que sirviese como copero. De ahí el nombre del proyecto.

—Creemos que «copero» fuera probablemente un eufemismo —añadió Failstaff.

—No me digas —repuso Julia—. Vale, ya me he enterado. No todo el mundo acaba como Ícaro. Pero eso no son más que historias. Salen inmortales en *Los inmortales* y eso no quiere decir que existan.

—Esos no son dioses —añadió Failstaff—. ¿No me digas que has visto la película?

—Y los hombres de los que estáis hablando no son meros mortales. Todos tenían algo especial. Como ya habéis dicho, Henoc era descendiente de Adán.

—¿Y tú no? —preguntó Asmo.

—Galahad era inhumanamente virtuoso. Ganímedes inhumanamente bello. Yo creo que no pertenecemos a ninguna de esas categorías. A mí me parecéis todos bastante humanos.

—Muy cierto —contestó Pouncy—. Muy cierto. Es un tema de debate. Mira, por el momento estamos intentando probar el concepto. Estamos en la fase inicial. Todavía estamos muy lejos de alcanzar conclusiones definitivas. Simplemente no queremos descartar nada.

Como un profesor que le enseña la facultad a un futuro alumno, Pouncy le mostró a Julia la parte del ala oeste a la que todavía no había accedido. Recorrió habitación tras habitación llenas de parafernalia de cientos de iglesias y templos. Había vestimentas y vestiduras. Había altares y antorchas, incensarios y mitras. Había cientos de inciensos distintos.

Cogió un haz de bastones sagrados atado con hilo de bramante, entre ellos reconoció un báculo de obispo y una cachiporra druídica. Eran objetos distintos a los que estaba acostumbrada a manipular, por no decir otra cosa. Le parecía basura. Pero, ¿quién podía decirlo con seguridad sin comprobarlo? Quizá fueran objetos importantes. Tal vez eran el gran ordenador, el equivalente mágico del Gran Acelerador de Hadrones. No se podía descartar hasta haberlo descartado. ¿O sí?

Así que Julia se unió al Proyecto Ganímedes. Se puso a trabajar con los demás, haciendo lo propio de los empollones: diseccionó la información, la organizó, la presentó en una hoja de cálculo, creó listas de comprobaciones y después la comprobó hasta la extenuación. Los magos de Murs salmodiaban, bebían, sacrificaban, ayunaban, se bañaban, se pintaban la cara, consultaban las estrellas e inhalaban extraños gases emanados por líquidos burbujeantes.

Resultaba difícil asimilar la imagen de la solemne y desgarbada Gummidgy ululando colocada de peyote, medio desnuda y con el rostro completamente pintado pero, como indicó Pouncy, en el contexto del actual campo de estudio, eso era rigor. (Asmodeus juraba en voz baja, resplandeciente por la alegría contenida, que Pouncy y Gummidgy practicaban rituales báquicos de sexo a hurtadillas, pero si tenía pruebas se negó a enseñárselas a Julia.) Tenían que averiguar si tras toda esa mierda inmoral existía una técnica mágica y, si era así, vete a saber, tal vez lograsen que todo lo que aparecía en las carpetas de anillas pareciese magia de *bar mitzvah*.

Cuando Julia entró en el Proyecto Ganímedes, Pouncy no tenía gran cosa que mostrarle, aunque había visto lo suficiente para seguir confiando en que no fuese una pérdida de tiempo absoluta, con muchas pistas falsas y nada definitivo. Al parecer, un día por la noche Iris estaba intentando una nueva transcripción de un canto sumerio cuando algo parecido a una nube de insectos brotó, a falta de otro verbo que lo defina mejor, de su boca.

Revoloteó por la habitación durante unos instantes, emitiendo un intenso zumbido, y después rompió una ventana y desapareció en el exterior. Iris se quedó muda durante dos días. Esa cosa le había quemado la garganta al salir.

También hubo otras señales, manifestaciones aisladas de algo, sobre lo que nadie tenía siquiera una teoría. Objetos que se movían solos. Vasos y ollas que se hacían añicos. Gigantescas pisadas fantasmales que despertaron a Julia. Fiberpunk, el metamago de la boca de incendios, ayunó y meditó durante tres días y la mañana del cuarto juró haber visto una mano en un rayo de sol que sintió cómo descendía y le tocaba suavemente la cara regordeta con los dedos calientes.

Pero nadie más podía lograr que sucediese. Eso era lo frustrante. La magia no era una cuadrícula lineal perfecta ni nada parecido; sin embargo, en comparación con ella, la religión no era más que caos, un montón de desechos. Es cierto que tenía muchos rituales, que estaba muy formalizada y codificada, pero los rituales no producían resultados coherentes y reproducibles. Lo bueno de la magia verdadera es que una vez que aprendías un conjuro y lo sabías practicar y no estabas muy cansado y las circunstancias eran propicias, entonces, en general, funcionaba. Sin embargo, esto de la religión no ofrecía datos fiables. Pouncy estaba convencido de que si lograban profundizar lo suficiente, analizar la sintaxis subyacente, obtendrían la base de una técnica mágica totalmente nueva y radicalmente más poderosa, pero cuanto más profundizaban más caótico y menos gramatical era todo. A veces daba la sensación de que había una presencia caprichosa y traviesa al otro lado que apretaba botones y tiraba de palancas al azar, solo para cabrearlos.

Pouncy tenía la paciencia necesaria para ello, para sentarse y esperar a que emergiesen pautas de la confusión de datos, pero era un individuo peculiar. Así que mientras él y sus acólitos estudiaban con detenimiento textos sagrados y llenaban disco duro tras disco duro de un enorme caos de datos falsos, Asmodeus llevó a un grupo más pequeño al campo en busca de un atajo. Buscaba un espécimen vivo.

A Pouncy no le entusiasmó descubrir que Asmo lideraba un movimiento disidente, pero ella le hizo frente con la firmeza gélida de una vicepresidenta corporativa de diecisiete años. Había, explicó, aunque todos lo supieran, una población de seres mágicos en la Tierra. Se trataba de una población modesta pues la Tierra no era un entorno especialmente hospitalario para ellos. Hablando en términos de magia, el suelo era rocoso y áspero, el aire enrarecido, los inviernos duros. La vida en la Tierra para estos seres era análoga a la vida en el Ártico para un humano. Sobrevivían, pero no prosperaban. Y, sin embargo, algunos se quedaban; eran, por analogía, los inuit del mundo mágico.

Entre esos pocos existía una jerarquía. Algunos eran más poderosos, otros menos. Los últimos eran los vampiros, miserables asesinos en serie de entre cuya población los no psicópatas se habían reproducido por selección natural cientos de generaciones atrás. La empatía no era un rasgo de supervivencia entre los *strigoi*. No eran apreciados.

Por encima de ellos se encontraba una serie de órdenes de hadas y duendes, seres sobrenaturales, licántropos y rarezas excepcionales que ascendían por la cadena de poder. Y aquí era donde Asmodeus había visto su oportunidad: si subía por la escalera con paciencia, peldaño a peldaño, quién sabe dónde llegaría. Puede que no llegase hasta los dioses, pero tal vez conociese a alguien que a su vez conociese a alguien más que tuviese el número de fax de los dioses. Era mucho mejor que ayunar.

Para empezar, se limitaron a la zona; viajes de un día a puntos conflictivos cercanos. En la Provenza todavía quedaban bastantes terrenos agrícolas y praderas, así que aún podían indagar sin mucho problema en busca de duendecillos autóctonos, sirenas de río menores, incluso algún que otro dragón heráldico. Pero eso eran menudencias. Cuando julio dio paso a agosto y las colinas que rodeaban Murs se iluminaron con campos de lavanda tan idílicamente bellos que parecían el típico paisaje del calendario de la consulta de un dentista, Asmodeus y su selecto equipo, que ahora también incluía a Failstaff, desaparecían en el campo varios días seguidos.

Al principio, su trabajo no fue un éxito evidente. Asmo llamaba a la puerta de Julia a las tres de la madrugada, con hojas secas en la cabeza y una botella de Prosecco en la mano por la mitad y las dos se sentaban en la cama de Julia mientras Asmo le describía una noche de infructuosas sandeces en provenzal antiguo con un grupo de *lutins* —básicamente el equivalente francés al duende común— que intentaba subirle por la falda (ella misma reconocía que era tentadoramente corta).

No obstante, iban progresando. Failstaff tenía una habitación especial, bien limpia, con un mantel blanco con comida disponible, como una especie de tarro de miel para los espíritus locales llamados fadas, que llegarían portando buena suerte en la mano izquierda y mala en la derecha. Asmo la despertó alardeando de que había conseguido una audiencia con la Cabra Dorada, un ser que generalmente solo ven los pastores y desde lejos.

No todo era buena suerte y Cabras Doradas. Una noche Asmo regresó con el pelo mojado, temblando de frío a principios de otoño después de que un dragón la arrojase de repente al Ródano mientras mantenían una entrevista de lo más civilizada. Al día siguiente vio a la cosa en el supermercado encarnada en un hombre que llenaba el carro de la compra con tarros de anchoas. Le guiñó el ojo alegremente.

Además, alguien robaba los tapacubos. Asmo pensaba que debía de ser una deidad timadora de la zona llamada Reynard el Zorro. Se supone que era un héroe antiburgués y anticlerical del campesinado, pero ella lo consideraba un coñazo.

Una mañana Julia vio a Failstaff a la hora del desayuno con una expresión más adusta de lo habitual. Mientras tomaban un *espresso* y muesli él le juró que la noche anterior había visto un caballo negro, con un lomo tan largo como un autobús escolar y treinta niños llorando montados sobre él, corriendo a la misma velocidad que la furgoneta en la que regresaban a casa. Los acompañó durante dos minutos enteros, a veces trotando sobre la tierra, otras galopando a lo largo del cableado eléctrico o por encima de los árboles. De repente, dio un salto y cayó a un río, con niños y todo. Se detuvieron y esperaron, pero el caballo nunca regresó. ¿Espejismo o realidad? Buscaron en los periódicos historias sobre niños desaparecidos, pero nunca encontraron nada.

La mayoría de los días los dos grupos se reunían a mediodía, el equipo de Pouncy durante la comida y el de Asmo durante el desayuno, pues casi todas las noches se dedicaban al trabajo de campo hasta el amanecer y se levantaban tarde. Cada grupo presentaba sus datos y los dos grupos utilizaban la información que habían compartido en la siguiente fase de las investigaciones. Había cierta competitividad saludable entre los dos grupos. También cierta competitividad malsana.

—Joder, Asmo —exclamó Pouncy un día de septiembre, interrumpiéndola a mitad de su informe. Los campos de heno alrededor de la casa se estaban volviendo de color marrón tostado—. ¿Adónde nos lleva todo esto? Si vuelvo a oír una palabra más sobre la maldita Cabra Dorada, me voy a volver loco. Completamente loco. La cabra no sabe nada. ¡Toda esta región es una mierda! Mataría por algo griego. Cualquier dios o semidiós, espíritu, monstruo, ni me importa el qué. Un cíclope. Tiene que quedar alguna de esas cosas. ¡Estamos junto al Mediterráneo!

Asmodeus le lanzó una mirada torva desde el otro lado de una mesa cubierta de cortezas de pan y manchas de mermelada de la zona. Se le veían los ojos hundidos. Estaba exhausta de no dormir. Una avispa inmensa, cuyas patas le colgaban sin fuerzas, volaba de una mancha de mermelada a la otra.

—Cíclopes no —repuso—. Sirenas. Te podría conseguir una sirena.

—¿Sirenas? —A Pouncy se le iluminaron los ojos. Golpeó la mesa con la palma de la mano—. ¿Por qué no lo habías dicho? ¡Es fantástico!

—Pero no son sirenas griegas. Son francesas. Son medio serpientes, de la cintura para abajo.

Pouncy frunció el ceño.

—Como una gorgona.

—No. Las gorgonas tienen serpientes en lugar de cabellos. Además, no creo que las gorgonas existan.

—Una mujer medio serpiente —repitió Julia—, será una lamia.

—Podría ser —espetó Asmodeus—, si estuviese en Grecia. Pero estamos en Francia, así que es una sirena.

—De acuerdo, pero quizá conozca a una lamia —interpeló Pouncy—. Quizás estén emparentadas. Tal vez sean primas. Es muy probable que todas las mujeres con cuerpo de serpiente tengan una red...

—No conoce a ninguna lamia. —Asmodeus apoyó la cabeza en la mesa—. Cielos, no tenéis ni idea de lo que pedís.

—No te lo pido, te lo digo, tienes que ampliar la búsqueda. Estoy harto de esta cursi gilipollez franchute. ¿Alguna vez te has preguntado por qué nunca han hecho una película titulada *El enfrentamiento de los lutins*? ¡Los niveles de energía que hay por aquí no valen nada! Podemos enviarte en un avión a Grecia, por dinero no será. Podemos irnos todos a Grecia. Pero aquí te has topado contra un muro y eres demasiado tozuda para reconocerlo.

—¡No te enteras! —Asmodeus se incorporó, los ojos rojos le echaban chispas—. ¡No entiendes lo que estoy haciendo! No te puedes limitar a llamar a las puertas como si estuvieses haciendo un censo. Tienes que inspirar confianza. Ahora tengo una red de agentes aquí. Algunos de estos seres no han hablado con un humano en siglos. La Cabra Dorada...

—¡Dios santo! —Le clavó un dedo en la cara a Asmodeus—. ¡Para ya con la cabra!

—Asmo tiene razón, Pouncy.

Todas las miradas se dirigieron a Julia. Se daba cuenta de que Pouncy había esperado que le mostrase su apoyo. Pues bien, no estaba ahí para participar en juegos de poder. Si hay una cosa que la magia le había enseñado es que el poder no era un juego.

—Tienes una visión equivocada de la situación. La respuesta no ha de ser más extensa, sino más profunda. Si empezamos a dar saltos alrededor del globo seleccionando los mejores mitos y leyendas vamos a agotar todo nuestro tiempo y nuestro dinero y vamos a acabar sin nada.

—Bueno, pues hasta ahora lo único que hemos conseguido es el queso de la maldita Cabra Dorada.

—Eh, venga —dijo Failstaff—. Era perfectamente comestible.

—No lo has entendido. Si salimos a buscar algo específico, nunca encontraremos nada. Pero si nos concentramos en algún lugar rico y profundizamos de verdad, si vamos hasta el fondo de lo que hay allí, seguro que al final encontraremos algo a lo que aferrarnos. Si es que hay algo sólido que encontrar.

—Algún lugar rico. Como Grecia. Es lo que yo decía...

—No hace falta que vayamos a Grecia —continuó Julia—. No hace falta que vayamos a ninguna parte. Todo esto tiene que estar conectado de algún modo. Todo el mundo pasó por la Provenza: los celtas estuvieron aquí, los romanos, los vascos. Los budistas enviaron misioneros. Los egipcios tenían colonias, igual que los griegos, Pouncy, si es que necesitas a los griegos para que se te ponga dura. Hasta los judíos vinieron. Desde luego, todo acabó cubierto por el cristianismo, pero la mitología está muy arraigada. Si no podemos encontrar un dios en todo esto, es que no hay dioses que encontrar.

—¿Qué quieres decir entonces? —Pouncy la miraba escéptico, nada contento con su muestra de deslealtad—. ¿Que debemos dejar todo el rollo de las religiones del mundo y dedicarnos a los mitos y al folclore local?

—Eso es. Ahí es donde están nuestras fuentes. Abalancémonos sobre ellas y veamos lo que nos ofrecen.

Pouncy frunció los labios mientras reflexionaba. Todo el mundo lo miraba.

—De acuerdo. —Alzó las manos—. De acuerdo. Vale. Hagamos una prueba de un mes sobre el asunto provenzal y veamos adónde nos lleva. —Lanzó una mirada feroz alrededor de la mesa—. Pero nada de perder el tiempo con duendes. Súbenos por la cadena trófica, Asmo. Quiero saber quién manda en esta zona. Averigua a quién temen esos mequetrefes y después consigue el número del tipo. Con ese es con quien queremos hablar.

Asmodeus suspiró. Parecía diez años mayor que en junio.

—Lo intentaré —contestó—. De verdad, lo intentaré, Poun-cy. Pero no sabes lo que me estás pidiendo.

Pouncy nunca lo reconocería, pero al final resultó que Julia tenía razón. El Proyecto Ganímedes empezó a funcionar cuando se centraron en la mitología local. En cuanto empezaron a buscar solamente por una esquina del rompecabezas y guardaron el resto de las piezas en la caja, todo empezó a cuadrar.

Mediante el estudio minucioso de Gregorio de Tours y otros cronistas medievales anónimos, Julia empezó a familiarizarse con la magia de la zona. Al igual que el vino, la magia provenzal tenía su región característica. Rica, caótica y romántica. Era una magia nocturna, hecha de lunas y plata, de vino y sangre, de caballeros y hadas, de viento, ríos y bosques. Se ocupaba de lo bueno y lo malo, aunque también del vasto reino intermedio, el reino de la malicia.

También era madre-magia. Poco a poco, Julia empezó a notar algo, o a alguien de pie detrás de las páginas viejas y gastadas, que no alcanzaba a ver. Julia no la podía ver o nombrar, todavía no, pero la sentía. Debía de ser antigua, muy anciana. Debió de llegar allí hacía mucho tiempo, mucho antes que los romanos. Nada de lo que Julia leía hablaba de ella de forma explícita, no se la podía mirar directamente, pero sabías que estaba allí por las pequeñas formas en que perturbaba el universo a su alrededor. Julia advirtió su presencia solo por triangulación, gracias a pistas minúsculas, pequeños atisbos, como las curiosas figuras de la Virgen Negra dispersas por Europa y especialmente en la Provenza. Las vírgenes negras no eran más que imágenes normales de la Virgen María, pero con la tez inexplicablemente oscura.

Pero era más antigua que la Virgen María y más extravagante. Julia pensó que debía de ser algún tipo de diosa de la fertilidad local que provenía de la oscuridad del extenso pasado preliterario de la región, antes de que llegasen los conquistadores cosmopolitas y dejasen todo limpio y pulido para pavimentarlo con el cristianismo oficial que todo quiso homogeneizar. Una prima lejana de Diana o de Cibeles o de Isis, desde un punto de vista etnográfico. Cuando los cristianos llegaron probablemente la pusieron con María, pero Julia pensaba que todavía debía de estar por ahí ella sola. Notaba a la diosa que miraba desde detrás de la máscara del dogma cristiano, de la misma forma que la segunda Julia había mirado desde detrás de la máscara de la primera.

La diosa llamaba a Julia, a Julia, que había dado la espalda a su propia madre para salvarse y de quien ahora solo tenía noticias indirectas a través de los infrecuentes correos electrónicos de su hermana, enviados desde la seguridad de una pequeña y prestigiosa facultad de arte progresista en el oeste de Massachusetts. Julia recordó la elegancia y la indulgencia con la que había sido recibida al volver a su casa, cuando regresó humillada de Chesterton. Fue algo que nunca antes había experimentado y que desde entonces no había vuelto a experimentar. Nunca había estado tan cerca de lo divino.

Cuanto más leía, comprobaba, deducía y cotejaba, más convencida estaba de que su diosa era real. Era imposible que no existiese algo que deseara con tanto fervor, era como si la diosa simplemente estuviese al otro lado de estas inútiles palabras, intentando encontrar a Julia mientras Julia la buscaba a ella. No era una gran diosa que gobernaba el mundo, una Hera o una Frigg. Era algo más parecido a un peso medio, un componente más del equipo en un gran panteón. No era una diosa de la cosecha como Ceres, la Provenza era rocosa y mediterránea, no una región donde se cultivara el trigo. La diosa de Julia se encargaba de uvas y aceitunas, los frutos oscuros e intensos de árboles retorcidos y de parras. Y también tenía hijas: las dríadas, las feroces defensoras de los bosques.

La diosa era cálida, incluso graciosa y cariñosa, pero tenía una vertiente oculta, terrible por su carácter desolador: el aspecto doliente que adoptaba en invierno, cuando descendía al Hades, lejos de la luz. Existían diferentes versiones de la historia. En algunas se enfadaba con la humanidad y se escondía bajo tierra a causa de la ira que la embargaba. En otras la enredaba un dios timador tipo Loki y se veía obligada contra su voluntad a pasar la mitad del año en el Hades para esconder su calidez y su fertilidad. Sin embargo, en todas las versiones su naturaleza dual resultaba evidente. Era una diosa de la oscuridad y también de la luz. Una Virgen Negra: la negrura de la muerte, pero también la negrura de la buena tierra, oscura por la descomposición que da paso a la vida.

Julia no era la única que oía la llamada de la diosa. Los demás también hablaban de ella. Sobre todo los ex foreros del Free Trader Beowulf, que en general no habían recibido los mejores cuidados maternales del mundo en su infancia, se sentían atraídos por ella. En la cripta de la catedral de Chartres también había un antiguo druida y cerca una famosa estatua de la Virgen Negra conocida como *Notre-Dame Sous-Terre*. Así es como llamaban a la diosa, a falta de su nombre verdadero: Nuestra Señora del Subsuelo. O algunas veces, en tono familiar, simplemente N.S.S.

Asmo empezó a llevar a Julia a algunas de las expediciones nocturnas. Salían en el antiguo Peugeot de alquiler de Julia o, en caso de que se plantearan extraer y transportar a alguien o algo, en la sufrida furgoneta Renault Traffic. Una noche siguieron una pista y se adentraron en la Camarga, la vasta zona pantanosa del delta del Ródano cuando desemboca en el Mediterráneo: 775 kilómetros cuadrados de marismas y lagunas.

Fue un viaje de dos horas en coche. En la Camarga vivía, supuestamente, un ser llamado tarasca. Cuando Julia le pidió detalles a Asmodeus, esta se limitó a responder:

—Si te lo contara, no te lo creerías.

Tenía razón. Tras chapotear durante kilómetros a través de cenagales donde se hundían los pies, lograron localizar a ese ser y sacarlo de su escondite en una depresión llena de raquíticos pinos de pantano rotos. Les miraba a la luz de la luna y emitía un desagradable sonido al respirar, como si tuviese un resfriado persistente.

—¿Qué coño es esto? —exclamó Julia.

—¡Hostias! —exclamó Failstaff.

—Esto supera nuestras expectativas —añadió Asmo.

La tarasca era un animal del tamaño de un hipopótamo, pero con seis patas. Tenía una cola de escorpión, una cabeza entre león y hombre, el pelo largo y lacio y en el torso un caparazón de tortuga con púas. El caparazón de tortuga tenía la culpa. Se parecía a Bowser de *Super Mario Bros.*

Estaba agazapada en el fondo de la depresión, resoplaba, tenía la barbilla apoyada en un tocón mojado y miraba hacia arriba, a ellos, con su cara increíblemente fea. Su postura era más resignada que defensiva.

—Franceses tenían que ser los que inventasen el dragón más feo... —suspiró Asmodeus.

Cuando la tarasca se dio cuenta de que no la atacarían, empezó a hablar. De hecho, no lograban hacerla callar. El animal no necesitaba una fuerza de combate itinerante de magos folcloristas, necesitaba un psicólogo. Se pasaron la noche sentados en tocones escuchándola quejarse sobre lo solitario y lo poco húmedo que era aquello. No regresó a la depresión hasta el amanecer con caminar pesado.

Pero al final la tarasca mereció la pena. A quejas no la ganaba nadie, y si intentaban averiguar a quién temían los habitantes de esa zona, pues bien, ella estaba asustada de casi todo el mundo. Tenían dónde elegir.

La tarasca era demasiado grande para que los más insignificantes se metieran con ella, pero si leías entre líneas era evidente que era la cabeza de turco de los rangos superiores de la sociedad mitológica. Al parecer, Reynard el Zorro le tomaba el pelo con frecuencia, pero les pidió que no le dijesen nada por temor a las represalias. Y lo que resultaba todavía más interesante era que cada cierto tiempo le daba una paliza una especie de hombre de dios que se había pasado los últimos mil años merodeando por las pendientes del Mont Ventoux.

Muchas veces se la malinterpretaba por su aspecto terrorífico. Un ser de semejante magnificencia feroz como la tarasca a menudo se consideraba diabólico y había que azotarlo y vilipendiarlo, ¡no fuera a devorar a seis o siete aldeanos! Por esa razón había decidido pasar los días revolcándose en las lagunas saladas de la Camarga y devorar ocasionalmente algún caballo salvaje para seguir viva. ¿Por qué no se quedaban? Allí se estaba fresco y seguro. Además, casi nunca hablaba con personas agradables. Aquel horrible hombre de dios era todo menos agradable. Ellos eran mucho más simpáticos que él.

Mientras en las horas previas al amanecer recorrían en coche las autopistas vacías y miraban con ojos pegajosos las lagunas planas, todos estuvieron de acuerdo en que el santo ermitaño daba la sensación de ser un tipo muy desagradable. Exactamente la clase de tipo que tenían que llegar a conocer mejor.

Un ambiente diferente se adueñó de la casa de Murs. Siempre se había considerado un principio básico que el lujo y la comodidad eran parte integral del estilo de vida mágico, no solo por el bien de ese estilo de vida, sino por cuestión de principios. Como magos, ¡magos de Murs!, constituían la aristocracia secreta del mundo y vivirían como tales.

Pero la situación empezaba a cambiar. Nadie decía nada y desde luego no había llegado ningún edicto de Pouncy, pero el ambiente era más espartano. La seriedad de la investigación enfriaba y empañaba el estado de ánimo colectivo. Se servía menos vino en la cena y a veces ni siquiera eso. La comida era más sencilla. Se conversaba en voz baja, como si estuviesen en las dependencias de un monasterio. Una actitud seria y austera comenzaba a arraigar entre ellos. Julia sospechaba que algunos ayunaban. De ser un vigoroso centro de investigación para la magia, Murs había pasado a convertirse en algo parecido a un centro de retiro espiritual.

Julia también lo notaba. Empezó a levantarse al amanecer. Solo hablaba cuando era necesario. Su mente funcionaba con rapidez y precisión, sus pensamientos eran como pájaros que se llamaban unos a otros en un cielo vacío. Por la noche dormía como un tronco: un sueño como las profundidades del océano, tranquilo y oscuro, a la deriva junto a extrañas y luminosas criaturas silenciosas.

Una noche soñó que Nuestra Señora del Subsuelo la visitaba en su dormitorio. Llegaba en forma de estatua, como la que se encontraba en la cripta de la catedral de Chartres, rígida y fría. Le daba una taza de madera. Julia se incorporaba, se la llevaba a los labios y bebía como un niño febril al que le dan la medicina en la cama. El líquido era frío y dulce y ella pensaba en el poema de Donne sobre la tierra sedienta. Después bajaba la taza y la diosa se inclinaba y la besaba con su rostro de icono, hermético y dorado.

Entonces la estatua se rompía, el exterior se desmoronaba como si fuese una cáscara de huevo, y de su interior aparecía la diosa verdadera, por fin nítida. Hierática e insoportablemente bella, sujetaba sus atributos en cada mano: un bastón de olivo retorcido y nudoso en la derecha y un nido con tres huevos en la izquierda. La mitad de su rostro estaba en sombra, por la mitad del año que pasaba en el subsuelo. Sus ojos rezumaban amor e indulgencia.

—Eres mi hija —dijo—. Mi hija verdadera. Vendré a por ti.

Julia se despertó cuando Pouncy llamó a su puerta.

—Ven y verás —susurró cuando le abrió—. Tienes que ver esto.

En camisón y todavía adormilada, Julia le siguió por la casa a oscuras. Tenía la sensación de que seguía soñando. El suelo crujía mucho, como siempre pasa cuando se intenta recorrer una casa sin hacer ruido por la noche. Bajaron con suavidad los escalones de piedra que llevaban a una habitación del sótano reservada para realizar experimentos especiales. Pouncy prácticamente corría delante de ella.

La luz estaba apagada. Un único rayo de luna se filtraba por una ventana elevada que en el exterior quedaba a ras del suelo. Se restregó los ojos para despertarse.

—Venga —dijo Pouncy—. Antes de que perdamos la luz.

En la habitación había una mesa con un mantel blanco y un espejo redondo. Pouncy dibujó tres veces con el dedo un signo cabalístico.

—Pon las manos así. —Ahuecó las manos.

Cuando Julia hubo ahuecado las suyas, Pouncy sujetó el espejo de manera que el rayo de luna se reflejase en las mismas. Julia dio un grito ahogado. Enseguida notó que las manos se le llenaban de algo frío y duro. Monedas. Emitían un sonido parecido al de la lluvia.

—Son de plata —añadió Pouncy—. Creo que son de verdad.

Una de las monedas tintineó en el suelo y desapareció rodando. Era magia poderosa. Nunca había visto nada igual.

—Déjame probar —susurró.

Copió el signo que Pouncy había dibujado en el espejo. Esta vez el rayo de luna en lugar de convertirse en plata se convirtió en algo blanco y líquido. Formaba charcos en la mesa y empapaba el mantel. Lo tocó con un dedo y lo probó. Leche.

—¿Cómo lo has hecho? —preguntó.

—No estoy seguro —repuso Pouncy—, creo que he rezado.

—Dios mío. —Consiguió contener una risita histérica—. ¿A quién le has rezado?

—Lo he encontrado en uno de los antiguos libros provenzales. Cosas en occitano. La lengua parecía un conjuro, pero me preguntaba por qué no le acompañaban los gestos. Así que me puse de rodillas, junté las manos y repetí las palabras. —Pouncy se sonrojó—. Pensé en, bueno, pensé en N.S.S.

—Vamos a ver qué más hay.

Había conjuros sencillos para hacer que la magia fuera visible: mostraban las formas en que la energía circulaba por el interior y alrededor de un objeto encantado. Pero lo que Julia vio cuando hizo un hechizo en el espejo desafiaba cualquier explicación. Se trataba del tejido mágico más denso que jamás había visto: una filigrana de finas líneas que formaban un elaborado dibujo parecido al de un tapiz, tan denso que casi oscurecía el espejo que tenía debajo. Para poner todos esos canales en su sitio habría sido necesario el trabajo de un equipo de magos durante un año. Sin embargo, Pouncy lo había hecho solo, en una noche, con una sencilla oración. Nunca había visto una obra igual.

—¿Tú has hecho esto? ¿Ahora mismo?

—No lo sé —contestó—. No lo creo. He repetido las palabras, pero creo que alguien más debe de haberlo hecho.

Notaba el cuerpo y las manos extrañamente ligeros. En el aire se percibía un olor dulce. En un arranque inesperado, se puso un poco de leche en los párpados. Inmediatamente vio mejor y con más claridad, como cuando un oftalmólogo te cambia los cristales.

—Nos estamos acercando, Julia —afirmó Pouncy—. Nos estamos acercando a la praxis divina. Lo noto.

—No me gusta notar cosas —repuso Julia—. Me gusta saberlas.

Pero no le quedaba más remedio que admitir que ella también lo notaba. La única palabra que se le ocurría para definir esa magia era «grave». No tenía nada de ligero o de juguetón; era magia absoluta y seria de cojones. Tan grave como un infarto. ¿Dónde estaba la línea entre un hechizo y un milagro? Convertir la luz de la luna en plata no era exactamente separar las aguas del mar Rojo, pero la facilidad con la que se había conseguido indicaba que existían posibilidades de mucho mayor calado. Se trataba de un efecto menor que escapaba de una enorme fuente de energía.

A la mañana siguiente, Asmodeus estaba desayunando. En el desayuno de verdad, no en su típico desayuno-comida. Estaba visiblemente emocionada. No quiso comer nada.

—Lo he encontrado —dijo con rotundidad.

—¿A quién? —preguntó Julia—. Era un poco temprano para que Asmodeus estuviese sumida en ese estadio de intensidad—. ¿A quién has encontrado?

—Al ermitaño. Al hombre de dios de la tarasca. Es un santo. Bueno, no un santo exactamente, no en el estricto sentido cristiano. Pero así se hace llamar.

—Explícate —dijo Pouncy mientras masticaba un trozo del pan basto, casi penitencial, que habían estado comiendo.

—Bueno —y entonces Asmodeus se sacudió por un instante la fatiga maníaca y adoptó el aire de mujer empresarial—, diría que este tipo tiene unos dos mil años. ¿Me seguís? Se hace llamar Amadour, dice que fue santo, pero que lo depusieron.

»Lo he encontrado en la cueva donde vivía. Pelirrojo, la barba hasta aquí abajo. Dice que sirve a la diosa, a la antigua, esa de la que siempre oímos hablar. No ha querido nombrarla, pero tiene que ser ella. Nuestra Señora, N.S.S. Durante un tiempo lo tomaron por un santo cristiano, me contó, decía que adoraba a la Virgen María, pero al final se descubrió que era pagano e intentaron crucificarlo. Desde entonces ha vivido en una cueva.

»Y al principio pensé, vale, tío, santo o vagabundo loco, no hay mucha diferencia. Pero me mostró cosas. Cosas extrañas, tíos, cosas que nosotros no sabemos hacer. Puede modelar una piedra con las manos. Cura a los animales. Sabía cosas de mí que nadie sabe. Me ha curado una cicatriz que tengo. Que tenía. La ha hecho desaparecer.

Balbuceaba. Julia nunca había visto a Asmodeus tan seria. Los miraba fijamente, enfadada porque había dejado que se le escapase un secreto. Julia nunca había visto su cicatriz. Se preguntaba si se refería a una cicatriz física o a una de otra índole.

Sacudió la cabeza con rapidez para intentar recuperarse, pero no lo logró.

—Id a verlo solo una vez —prosiguió—. Quizá podáis encontrarlo vosotros, pero yo no os puedo decir dónde está la cueva. Me acuerdo, pero no os lo puedo decir. Literalmente, lo acabo de intentar. —Encogió los hombros con impotencia—. Las palabras no me salen.

Se miraron los unos a los otros por encima de las cortezas de pan duro y el café frío.

—Casi lo olvidaba —añadió—. Me ha dado una cosa. —Bajó la cremallera de la mochila y hurgó en ella para sacar una hoja de pergamino escrita con letra apretada—. Es un palimpsesto. ¿No os parece increíble? Tan de la vieja escuela. Lo observaba mientras rascaba la tinta de un himnario antiguo de valor incalculable o algo parecido. Probablemente un manuscrito del mar Muerto o algo así. Ha escrito cómo invocar a la diosa. A Nuestra Señora del Subsuelo.

Pouncy le arrebató el papel. Los dedos le temblaban un poco.

—Una invocación —dijo.

—Entonces ya lo tenemos —añadió Julia—. El número de teléfono de Nuestra Señora.

—Eso es. Es en fenicio, me parece, es increíble. No sabía si vendría, pero...

Asmo cogió la punta de la barra de pan de Pouncy y empezó a mordisquearla como si no supiera lo que estaba haciendo. Cerró los ojos.

—Mierda —exclamó—. Tengo que irme a la cama.

—Vete a la cama. —Pouncy no levantó la vista del papel—. Ve. Ya hablaremos después de que hayas descansado.

24

El *Muntjac* estaba al pairo, balanceándose en el ligero oleaje de esa forma agitada y desasosegada que tienen los barcos cuando se han construido para la velocidad pero no avanzan. Los cabos sueltos y los aparejos entrechocaban y golpeaban los mástiles. No le gustaba estarse quieto.

La lluvia empañaba la superficie del mar con un borroso gris oscuro. Nadie hablaba. Había transcurrido una semana desde que Quentin y Poppy regresaran de Ningunolandia con noticias sobre la llegada de un Apocalipsis mágico y la verdadera naturaleza de las llaves. En el camarote largo y de techos bajos donde se sentaban a comer resonaban las gotas que golpeaban repetidamente la cubierta que tenían sobre sí, por lo que tenían que chillarse para comunicarse.

Encontrarían la última llave. No cabía duda. Aunque todavía no estaban seguros de cómo lo harían.

—Vamos a repasarlo otra vez —dijo Eliot levantando la voz para que lo oyesen a pesar de la lluvia—. Estas cosas siempre siguen unas normas, sencillamente hay que averiguar cuáles son. Pasaste con Julia. —Señaló a Quentin—. Pero no cogiste la llave.

—No.

—¿Es posible que se cayese antes de que se cerrase la puerta? ¿Podría estar en el césped del jardín de tus padres?

—No. Imposible. —Estaba casi seguro. No, estaba seguro. Parecía el césped de un puto campo de golf, la hubiesen visto.

—Pero entonces tú —se dirigió a Bingle—, tú registraste la habitación y no encontraste ninguna llave.

—Exacto.

—Pero cuando vosotros dos, Quentin y Poppy, fuisteis a Ningunolandia, esa llave se quedó atrás, aquí, en este lado.

—Correcto —repuso Poppy—. No me digas que tampoco está aquí.

—No, la tenemos nosotros.

—¿Qué pasó cuando se cerró la puerta? —inquirió Quentin—. ¿Se quedó colgada en el aire?

—No, cayó en la cubierta al cerrarse la puerta. Bingle la oyó caer y la recogió.

Se callaron y el resonar de la lluvia llenó el silencio. No hacía ni frío ni calor. La cubierta era estanca, pero el aire era tan húmedo que Quentin tenía la sensación de estar completamente empapado. Todas las superficies estaban pegajosas. La madera estaba hinchada. Tenía la dichosa clavícula hinchada. Cuando se movían en las sillas de madera, se oía un chirrido triste. Quentin oyó los pasos del pobre desgraciado que hacía guardia en la cubierta.

—Tal vez había un espacio entre medio —sugirió Quentin—. Uno de esos huecos entre dimensiones. Quizá cayó por ahí.

—Pensaba que Ningunolandia era el espacio entre dimensiones —repuso Poppy.

—Lo es, pero también hay un espacio diferente. Cuando un portal se separa. Pero eso lo hubiésemos visto.

El *Muntjac* crujió suavemente cuando se balanceó para estabilizarse. Quentin deseó que Julia estuviese allí, pero estaba abajo con una fiebre que podría estar o no estar relacionada con lo que fuese que le pasaba. No había salido del camarote desde la lucha por la última llave. Estaba tumbada en la cama con los ojos cerrados pero sin dormir, y su respiración era rápida y superficial. Quentin bajaba varias veces al día para leerle algo o cogerle la mano u obligarla a beber agua. No parecía que le importase mucho, pero Quentin seguía haciéndolo. Nunca se sabe lo que puede ayudar.

—Así que registrasteis toda la Isla de Después —dijo Quentin.

—Sí —replicó Eliot—. Mira, quizá deberíamos llamar a Ember.

—¡Llámalo! —contestó Quentin de forma más vehemente de lo que pretendía—. Dudo que sirva de algo. Si ese maldito rumiante pudiese conseguir la llave, lo haría y nos dejaría en la estacada.

—¿Pero tú crees que podría conseguirla? —preguntó Josh.

—Probablemente. Él también morirá si Fillory desaparece.

—¿Pero qué es Ember en realidad? —inquirió Poppy—. Pensaba que era un dios, pero él no es como esos tipos plateados.

—Creo que es un dios en este mundo, pero en ningún otro —repuso Quentin—. Esa es mi teoría. No es más que un dios local. Los dioses plateados son dioses de todos los mundos.

Aunque en cierto modo Quentin seguía identificándose con el estado de ánimo exaltado en el que se encontraba cuando regresó de Ningunolandia, su conexión era ahora más tenue. La urgencia seguía estando presente; todas las mañanas se levantaba esperando encontrar magia desconectada en todas partes, como si se hubiese dejado de pagar una factura de la electricidad, y Fillory desmoronándose a su alrededor como Pompeya en sus últimos días. Y la verdad es que iban bien de tiempo, o al menos hasta esa mañana. El almirante Lacker había encontrado escondida en una taquilla secreta de madera una maravillosa vela que no solo atrapaba el viento sino también la luz. Quentin la había reconocido: los Chatwin tenían una a bordo del *Swift*. Colgaba floja gran parte de la noche, renqueando con los susurros de la luz de la luna y de las estrellas; sin embargo, durante el día ondeaba como una vela globo en un vendaval y tiraba de la embarcación casi por sí sola, únicamente necesitaba que la orientasen según el ángulo del sol.

Todo eso estaba muy bien, pero Fillory no cumplía su parte. No renunciaba a la llave. Todos los milagros parecían estar escondidos. La semana anterior habían llegado a islas desconocidas hasta entonces, habían caminado por playas vírgenes, se habían adentrado en manglares, incluso escalado un iceberg solitario que iba a la deriva, pero no había aparecido ninguna llave. No conseguían avanzar. No funcionaba. Faltaba algo. Era casi como si algo hubiese desaparecido del aire: una tensión que se había aflojado, una carga eléctrica que se había disipado. Quentin se devanaba los sesos pensando qué podía ser.

Además no paraba de llover.

Tras la reunión, Quentin se obligó a darse un respiro. Se tumbó en la litera húmeda y esperó a que el calor de su cuerpo se propagase por la ropa de cama húmeda y tibia. Era demasiado tarde para hacer la siesta y demasiado temprano para irse a dormir. En el exterior de su ventana el sol caía por el borde del mundo, o debía haber caído, pero no se distinguía. El cielo y el océano se fundían. El mundo era del gris uniforme de una pizarra mágica para niños, cuyos mandos todavía no se habían tocado.

Miró fijamente por la ventana mientras se mordía el borde del pulgar, una mala costumbre que le había quedado de la niñez, mientras sus pensamientos vagaban sin rumbo.

Alguien habló.

—Quentin.

Abrió los ojos. Debía de haberse quedado dormido. La ventana ahora estaba oscura.

—Quentin. —La voz repitió su nombre. No lo había soñado. La voz sonaba amortiguada, sin dirección. Se incorporó. Era una voz tierna y suave, andrógina y vagamente familiar. No sonaba del todo humana.

Quentin miró por el camarote, pero estaba solo.

—¿Quién eres? —preguntó.

—Estoy aquí abajo, Quentin. Me oyes a través de una reja que hay en el suelo. Estoy abajo, en la bodega.

Entonces reconoció la voz. Se había olvidado hasta de que estaba a bordo.

—¿Perezoso? ¿Eres tú? ¿Tienes otro nombre aparte de Perezoso?

—He pensado que tal vez te apetezca venir a verme.

Quentin no sabía de dónde había sacado esa idea el perezoso.

La bodega del *Muntjac* era oscura y olía a humedad, a podredumbre y a aguas del pantoque, y de hecho olía a perezoso. En resumen, lo mejor habría sido hablar con el perezoso desde donde se encontraba. O no hablar con él, punto.

Cielos, si él oía tan bien al perezoso, entonces el animal debía de haber oído todo lo que había pasado en el camarote desde que salieron de Whitespire.

Pero la verdad es que se sentía mal por el perezoso. No le había prestado mucha atención. Francamente, era un poco aburrido. Pero se merecía cierto respeto pues era el representante a bordo de los animales parlantes, y además en la bodega se estaba calentito y no es que en esos momentos tuviese algo más importante entre manos. Suspiró, apartó la ropa de cama, cogió una vela y encontró la escalera que bajaba a la bodega.

La bodega estaba más vacía de lo que recordaba. Un año de navegación podía tener ese efecto. Un canal de agua negra recorría el suelo formando remolinos. El perezoso era un animal de aspecto extraño, medía aproximadamente un metro veinte de longitud y estaba cubierto por un grueso pelaje verde-grisáceo. Sujeto por sus brazos flacuchos colgaba boca abajo aproximadamente a la altura de los ojos, sus gruesas garras curvadas clavadas en una viga de madera. Su aspecto sugería que la evolución había llegado demasiado lejos. Debajo vio un montón desordenado de las habituales cáscaras de fruta y de excrementos de perezoso.

—Hola —saludó Quentin.

—Hola.

El perezoso levantó la cabeza pequeña y extrañamente plana de manera que miraba a Quentin como si estuviese derecho. Daba la sensación de que la posición era incómoda, pero el cuello del animal parecía estar hecho para eso. Tenía unos mechones de pelo negro sobre los ojos que le otorgaban un aspecto somnoliento y como de mapache.

Entornó los ojos por la luz de la vela de Quentin.

—Siento no haber bajado a verte muy a menudo —titubeó Quentin.

—Da igual, no me importa. No soy un animal muy social.

—Ni siquiera sé cómo te llamas.

—Abigail.

Era un perezoso hembra. Quentin no se había dado cuenta. Habían bajado a la bodega una dura silla de madera, supuestamente por si alguien disfrutaba tanto de la conversación con el animal como para sentarse y seguir disfrutando de la misma.

—Y has estado muy ocupado —añadió con generosidad.

Siguió un largo silencio. De vez en cuando el animal masticaba algo con sus romos dientes amarillos, Quentin no estaba seguro de lo que era. Alguien debía de tener la responsabilidad de bajar a la bodega a darle de comer.

—Te importa si te pregunto —dijo por fin Quentin— por qué te has embarcado en esta travesía. Siempre me lo he preguntado.

—No me importa en absoluto —repuso con calma Abigail—. Me he embarcado porque nadie más quería venir y creímos que debíamos enviar a alguien. El Consejo de los Animales decidió que a la que menos le importaría estar aquí sería a mí. Duermo mucho y no me muevo demasiado. Disfruto de la soledad. En cierto modo, casi no soy de este mundo, de manera que no importa mucho dónde estoy.

—Ah. Nosotros pensábamos que los animales parlantes querían un representante en el barco. Pensábamos que os ofenderíais si no dejábamos embarcar a uno de los vuestros.

—Nosotros pensamos que seríais vosotros quienes os ofenderíais si no enviábamos a alguien. Es curioso ver la de malentendidos que hay en el mundo, ¿no crees?

Desde luego que lo era.

Al perezoso hembra los largos silencios no le resultaban incómodos. Tal vez los animales no sintieran la incomodidad igual que los seres humanos.

—Cuando un perezoso muere se queda colgado en su árbol —explicó el animal sin que viniera a colación—. Muchas veces hasta que el proceso de descomposición está avanzado.

Quentin asintió con la cabeza sabiamente.

—No lo sabía.

No era una pelota fácil de devolver.

—Te lo digo para explicarte la forma en que vive el perezoso. Es diferente de la forma en que vive el ser humano e incluso diferente a como viven otros animales. Se podría decir que nos pasamos la vida entre mundos. Nos colgamos entre la tierra y el cielo y no tocamos ninguno de los dos. Nuestras mentes oscilan entre el mundo del sueño y el de la vigilia. En cierto modo vivimos en la frontera entre la vida y la muerte.

—Es muy diferente a la forma en que viven los seres humanos.

—Debe de parecerte extraño, pero así es como nos sentimos más cómodos.

El perezoso hembra parecía un animal con el que uno podía sincerarse.

—¿Por qué me explicas todo esto? —preguntó Quentin—. Quiero decir que seguro que tienes un motivo, pero no le veo la relación. ¿Se trata de la llave? ¿Tienes idea de cómo encontrarla?

Desconocía cuánto sabía el animal sobre lo que sucedía en cubierta. Tal vez ni siquiera estaba al tanto de la búsqueda.

—No se trata de las llaves —repuso Abigail con su voz líquida y pausada—, sino de Benedict Fenwick.

—¿Benedict? ¿Qué pasa con él?

—¿Te gustaría hablar con él?

—Bueno, sí. Claro. Pero está muerto. Murió hace dos semanas.

Resultaba impensable, casi indecible, igual que lo había sido aquella primera noche.

—Hay senderos cerrados a la mayoría de los seres que están abiertos a un perezoso.

Quentin supuso que se daba por supuesto que la paciencia era una gran virtud cuando se entablaba una conversación con un perezoso.

—No lo entiendo. ¿Vas a organizar una sesión de espiritismo y podremos hablar con el fantasma de Benedict?

—Benedict se encuentra en el Hades. No es un fantasma. Es una sombra.

El animal devolvió la cabeza a la posición invertida sin dejar de mirar a Quentin.

—El Hades. Dios mío. —Ni siquiera se había dado cuenta de que en Fillory había un Hades—. ¿Está en el infierno?

—Está en el Hades, donde van todas las almas de los muertos.

—¿Está bien allí? Quiero decir, ya sé que está muerto, pero ¿está en paz? ¿O lo que sea?

—Eso no te lo puedo decir. Según tengo entendido el estado de ánimo del hombre es impreciso. Un perezoso solo conoce la paz, nada más.

No debe de estar mal ser un perezoso. La idea de que Benedict estuviese en el Hades le producía desasosiego. Le preocupaba que Benedict pudiese estar muerto, sin vida, ¿pero cómo? ¿Consciente? ¿Despierto? Es como si lo hubiesen enterrado vivo. Sonaba horrible.

—Pero no lo están torturando, ¿no? ¿Tipos de rojo con cuernos y tridentes? —En Fillory estaba mal visto asumir que algo era imposible.

—No. No lo están torturando.

—Pero tampoco está en el cielo.

—No sé lo que es el «cielo». Fillory solo tiene un Hades.

—¿Cómo puedo hablar con él, entonces? ¿Puedes, no sé, llamarlo? ¿Conectarme?

—No, Quentin. No soy una médium. Soy un psicopompo. No hablo con los muertos, pero puedo enseñarte el camino al Hades.

Quentin no estaba seguro de querer que le enseñase precisamente eso. Observó el rostro del perezoso hembra boca abajo. Su expresión resultaba inescrutable.

—¿Físicamente? ¿Podría ir físicamente allí?

—Sí.

Respiró hondo.

—De acuerdo. Me encantaría ayudar a Benedict, pero no quiero abandonar el mundo de los vivos.

—No te obligaré. En realidad, no puedo.

La bodega era tenebrosa, no había luz, excepto por la vela de

Quentin, que permanecía totalmente recta mientras la embarcación cabeceaba hacia delante y hacia atrás. El perezoso colgante también se balanceaba ligeramente como un péndulo. La mirada de Quentin recorría la oscuridad. Allí abajo era como otro mundo. Los costados curvados del barco eran como las costillas de un animal enorme que los hubiese engullido. ¿Dónde estaba el Hades? ¿Debajo de la tierra? ¿Debajo del agua?

El perezoso hembra escogió ese momento para asearse, cosa que hizo con su habitual lentitud y meticulosidad, primero con la lengua y después con una garra gruesa que parecía de madera y que lenta y laboriosamente desenganchó de la viga.

—En cierto modo... —dijo mientras se lamía y se arañaba— nosotros los perezosos somos como... pequeños mundos... dentro de nosotros mismos.

Los perezosos eran expertos en pausas y en hablar lo imprescindible. Se preguntó si para un perezoso el mundo del hombre se movía a una velocidad tremenda, parpadeante, si veía a los seres humanos tensos y acelerados, de la misma forma que Quentin la veía a ella ralentizada.

—Hay una especie de algas —prosiguió— que solamente crece... en la piel de los perezosos. Es lo que produce nuestro excepcional... tono verde. El alga nos ayuda a mezclarnos con las hojas. Pero también sirve... para alimentar todo un sistema ecológico. Hay una especie de polilla que únicamente vive... en el grueso pelaje de algas... de los perezosos. Una vez que la polilla llega al perezoso escogido —se peleó con un nudo de pelaje especialmente cartilaginoso durante un largo minuto antes de continuar—, las alas se rompen. Ya no las necesita. Nunca se irá.

Tras asearse volvió a clavar la garra en la viga y retomó su pasivo estado boca abajo.

—Se denominan polillas de perezoso.

—Mira —dijo Quentin—. Te seré franco. Ahora mismo no tengo tiempo de ir al Hades. En cualquier otro momento llorar la muerte de Benedict sería lo más importante de mi vida, pero el universo está atravesando una crisis. Buscamos una llave y eso implica mucho trabajo. Mucho. No encontrarla supondría el fin de Fillory. Esto va a tener que esperar.

—Mientras estés en el Hades el tiempo no pasará. Para los muertos no hay cambio y, por lo tanto, el tiempo no existe.

No podía permitirse ninguna distracción.

—Incluso aunque no pase el tiempo. De todos modos, ¿de qué serviría? No puedo resucitarlo.

—No.

—Odio ser tan sincero, pero ¿de qué serviría?

—Le podrías ofrecer un poco de consuelo. En ocasiones los vivos pueden dar algo a los muertos. Y tal vez él también pueda ofrecerte algo. Mi modo de ver las emociones de los hombres es...

El perezoso hembra hizo una pausa para elegir bien las palabras.

—¿Impreciso? —sugirió Quentin.

—Exactamente. Impreciso. Pero no creo que Benedict estuviese contento con su muerte.

—Fue una muerte terrible. Debió de sentirse muy infeliz.

—Creo que quizás él te quiera decir eso.

Quentin no se había planteado esa posibilidad.

—Creo que quizá también podría darte algo.

El perezoso hembra lo contemplaba con sus ojos gelatinosos y brillantes que parecían absorber la luz procedente de otro lugar. Después los cerró.

El barco gruñía pacientemente cuando las olas se estrellaban contra el casco una y otra vez con monotonía. Quentin observaba al animal. Para entonces ya había aprendido lo suficiente como para saber que cuando él se enojaba con alguien, solía ser por algo que él, Quentin, debía hacer y no hacía. Se imaginó a Benedict atrapado y languideciendo en unos dibujos animados del infierno de pésima calidad. ¿Querría que alguien fuese a verlo? Probablemente sí.

Quentin se sentía responsable. Para algo era rey. Y Benedict había muerto antes de descubrir para qué servían las llaves. Pensó que había muerto en vano. No quería pasarse toda la eternidad rumiando al respecto.

Una de las cosas que Quentin recordaba de las lecturas sobre el rey Arturo era que los caballeros que tenían pecados sobre su conciencia nunca tenían mucho éxito en la búsqueda del Santo Grial. Lo suyo era confesarse antes de partir. Había que enfrentarse a uno mismo y tragarse la propia mierda, así es como se llegaba a alguna parte. En aquel momento, Quentin pensaba que eso era obvio y nunca comprendió por qué Gawain y los caballeros más chulos no tragaron, se confesaron, recibieron la absolución y siguieron adelante. En lugar de eso no hacían más que dar tropiezos, meterse en peleas y sucumbir a las tentaciones y al final acabar lejos del Santo Grial.

Pero cuando uno estaba en medio de todo eso, no resultaba ni mucho menos tan obvio. Tal vez la muerte de Benedict era, si no exactamente un pecado sobre su conciencia, sí un asunto por resolver. El perezoso hembra tenía razón. Le pesaba en el alma y ralentizaba todo el proceso. Quizá se tratase de una de esas ocasiones en las que ser un héroe no implicaba ser especialmente valiente sino cumplir con su cometido.

Pues bien, en resumen, nunca es el momento ideal para ir a ver a los muertos en el Hades. Y si aquel animal decía la verdad, tal vez estaría de vuelta antes de que nadie se percatase de que se había marchado.

—¿Así que puedo hacerlo sin perder el tiempo? —preguntó—. ¿Me refiero a que literalmente aquí no va a pasar el tiempo?

—Puede que haya exagerado. No pasará el tiempo mientras estés en el Hades. Pero tendrás que hacer algunos preparativos antes de partir.

—Y podré regresar.

—Podrás regresar.

—Bien. De acuerdo. —Si no se cambiaba iría de visita al Hades en pijama—. Empecemos. ¿Qué tengo que hacer?

—Olvidé mencionar que el ritual ha de realizarse en tierra.

—Ah, bueno. —Gracias a Dios al final podría volver a la cama. El infierno tendría que esperar—. Pensaba que nos íbamos ahora mismo. Bueno, entonces, ya me pasaré por aquí abajo la próxima vez que...

Se oyó un lejano estrépito de botas arriba.

—Acabamos de avistar tierra, ¿no? —preguntó Quentin.

El perezoso hembra cerró los ojos con gravedad y después los volvió a abrir: «Efectivamente, sí, acabamos de avistar tierra.» Quentin iba a preguntarle cómo lo hacía, pero se contuvo porque tendría que aguantar la respuesta y por el momento ya había escuchado suficiente sabiduría de boca del perezoso hembra.

En menos de una hora, Quentin estaba de pie en una playa llana y gris en plena noche. Hubiese querido marcharse al Hades y regresar discretamente sin que lo supiese el resto del grupo. Y después tal vez podría sacarlo a colación, mencionarlo en una conversación... «por cierto, he ido al infierno y regresado, nada importante, ¿por qué preguntas? Benedict os manda saludos». No se había planteado hacerlo en público.

Pero tenía varios espectadores: Eliot, Josh, Poppy e incluso Julia, que había salido de su aturdimiento para observar. Bingle y uno de los marineros estaban cerca con un remo largo apoyado en los hombros, del cual colgaba el perezoso hembra. Lo habían llevado a la playa así, como si fuese la ijada de una ternera. Les había parecido la forma más fácil.

De todos ellos, Poppy era la única que no parecía convencida de que debiese ir.

—No sé, Quentin —dijo—. Intento imaginármelo. No es como ir a ver a alguien al hospital y decirle ponte bien pronto, aquí tienes unos cuantos globos para que los ates al pilar de la cama. Imagínate que tú estuvieses muerto. ¿Te gustaría que los vivos te fueran a ver sabiendo que no podrías regresar con ellos? Yo no estoy cien por cien segura de que me gustase. Es un poco como si te lo restregasen. Quizá deberías dejarle descansar en paz.

Pero Quentin no haría tal cosa. ¿Qué era lo peor que podía suceder? Benedict lo podía echar si quería. Los demás se acurrucaban en sus túnicas y abrigos para protegerse del aire frío. La isla no era mucho más que un gran bajío, llano y uniforme. La marea había bajado y el mar más que tranquilo estaba lánguido. Cada pocos minutos reunía la suficiente energía para formar una ola que se elevaba quince centímetros y después se desplomaba en la playa con un chasquido que sobresaltaba, como si quisiese recordar a todo el mundo que todavía estaba allí.

—Estoy listo —dijo Quentin—. Dime qué tengo que hacer.

El perezoso hembra les había pedido que trajesen una escalera y una tabla larga del barco. Ahora les indicaba que pusiesen los dos elementos derechos y los apoyasen el uno contra el otro para formar un triángulo. La escalera y la tabla se resistían a quedarse de ese modo, el triángulo no paraba de desmoronarse, así que Josh y Eliot tuvieron que sujetarlo. Como antiguo miembro de un club infantil, Quentin estaba acostumbrado a hacer magia con materias primas poco prometedoras, pero aquello era de veras tosco. La medialuna de Fillory los contemplaba desde el cielo y bañaba la escena con una luz plateada. Rotaba a una velocidad espeluznante, una vez cada diez minutos aproximadamente, de manera que los cuernos siempre apuntaban en distintas direcciones.

—Ahora sube por la escalera.

Quentin subió. Eliot gruñó por el esfuerzo que le suponía mantenerla derecha. Quentin tenía que llegar hasta arriba.

—Ahora deslízate por el tobogán.

La indicación del perezoso hembra estaba clara. Se suponía que tenía que deslizarse por la tabla como si fuese el tobogán de un parque infantil. Pero no era el tobogán de un parque infantil, y ponerse en la posición adecuada sin barras a las que sujetarse era una especie de número circense. La tabla se tambaleó y a punto estuvo de desplomarse, pero Josh y Eliot consiguieron sujetarla.

Quentin se sentó en la parte superior del triángulo. No había imaginado que ese viaje al Hades fuese tan ridículo. Había pensado que dibujaría signos profanos en la arena en letras de fuego de tres metros de altura y abriría de par en par las puertas del infierno. No se puede ganar siempre.

—Deslízate por el tobogán —repitió el animal.

Era una tabla de madera de pino sin pulir, así que tuvo que impulsarse varios centímetros, pero al final logró deslizarse por el resto hasta llegar abajo. Estaba preparado para que en cualquier momento se le clavase una astilla en el trasero, pero no se le clavó ninguna. Plantó los pies descalzos en la arena dura y fría. Se detuvo.

—Y ahora ¿qué? —gritó.

—Ten paciencia —repuso el animal.

Todo el mundo esperó. Rompió una ola. Una ráfaga de viento le onduló la tela del pijama.

—¿Debería...?

—Intenta mover los dedos de los pies un poco.

Quentin los movió introduciéndolos más en la arena fría y húmeda de la playa. Estaba a punto de levantarse y darse por vencido cuando notó que los dedos del pie atravesaban algo en la nada y la arena cedía y lo dejaba descender.

En cuanto estuvo debajo de la arena, el tobogán se convirtió en uno de verdad, de metal y con pasamanos del mismo material. El tobogán de un parque infantil. Se deslizó por él completamente a oscuras, sin ver nada a su alrededor. No era un sistema perfecto: cada vez que ganaba un poco de velocidad, se quedaba encallado y tenía que impulsarse de nuevo mientras el trasero le chirriaba con fuerza en la más completa oscuridad.

Un poco más adelante, debajo de él, apareció una luz. No iba muy rápido, así que tuvo mucho tiempo para inspeccionarla mientras descendía. Se trataba de una bombilla eléctrica normal sin pantalla instalada en una pared de ladrillo. El enladrillado era viejo e irregular y no le hubiese ido mal un nuevo rejuntado. Debajo de la luz había un par de puertas dobles de metal pintadas en marrón grisáceo. Eran completamente normales, el tipo de puertas que podría haber servido para la sala de actos de un colegio.

Delante de la luz había alguien que parecía demasiado bajo para estar de pie delante de la entrada del infierno. Aparentaba ocho años. Era un niñito de aspecto inteligente, moreno, de pelo corto y rostro alargado. Vestía un traje gris de niño con camisa blanca pero sin corbata. Parecía como si se hubiese puesto nervioso en la iglesia y hubiese salido un momento para tranquilizarse.

Ni siquiera tenía una banqueta para sentarse, así que estaba de pie, en su sitio, todo lo quieto que podía estar un niño de ocho años. Intentó silbar, pero no lo consiguió. Dio una patada a nada en particular.

A Quentin le pareció prudente reducir la velocidad y detenerse a unos seis metros antes del final del tobogán. El niño lo observaba.

—Hola —saludó el niño. Su voz sonaba fuerte en el silencio.

—Hola —respondió Quentin.

Acabó de bajar el tobogán y se levantó con la máxima elegancia posible.

—No estás muerto —afirmó el niño.

—Estoy vivo —contestó Quentin—. Pero ¿es esta la entrada del Hades?

—¿Sabes cómo he sabido que estabas vivo? —El niño señaló detrás de Quentin—. El tobogán. Va mucho mejor si estás muerto.

—Ah, sí. Me he quedado atascado varias veces.

Quentin sentía una picazón en la piel solo de estar allí de pie. Se preguntó si el niño estaba vivo. No parecía muerto.

—Los muertos son más ligeros —añadió el niño—. Y cuando mueres te dan una bata. Es mejor para deslizarse que los pantalones normales.

La bombilla creaba un halo de luz en la oscuridad. A Quentin le daba la sensación de que los rodeaba un vacío enorme. No había cielo ni techo. Las paredes de ladrillo parecían ascender hasta la eternidad... la verdad es que por lo que veía ascendían hasta la eternidad. Se encontraba en el subsótano del mundo.

Quentin señaló las puertas dobles que estaban detrás de él.

—¿Podemos pasar?

—Solo se puede pasar si estás muerto. Esa es la norma.

—Ah.

Menudo contratiempo. Abigail, el perezoso hembra, tendría que haberle informado sobre ese detalle. No le entusiasmaba la idea de escalar el largo tobogán, si es que era así como se regresaba al mundo superior. Creía recordar, de cuando era niño, que se podía hacer, más o menos, pero ese tobogán debía de tener unos ochocientos metros de longitud. ¿Y si se caía? ¿Y si alguien moría y bajaba por el tobogán mientras él subía?

Pero también supondría un descanso. Podría retomar sus asuntos. Proseguir con la búsqueda de la llave.

—Es que resulta que mi amigo Benedict está dentro. Y necesito decirle una cosa.

El niño se quedó pensando un momento.

—Tal vez podrías decírmelo a mí y después yo se lo digo a él.

—Creo que debería decírselo yo.

El niño se mordió el labio.

—¿Tienes pasaporte?

—¿Pasaporte? No creo.

—Sí, sí que tienes. Mira.

El niño se acercó y cogió algo del bolsillo de la chaqueta del pijama de Quentin. Era un trozo de papel doblado por la mitad. Quentin lo reconoció enseguida: era el pasaporte que Eleanor le había hecho en la Isla Exterior. ¿Cómo habría llegado hasta su bolsillo?

El pequeño lo observó como un burócrata de ocho años. Alzó la vista para mirar el rostro de Quentin y compararlo con el de la fotografía.

—¿Así es como se escribe tu nombre?

El niño señaló. Debajo de la fotografía Eleanor había escrito con un lápiz de color, en mayúsculas, KENG. La «k» estaba hacia atrás.

—Sí.

El niño suspiró, exactamente como lo hubiese hecho si Quentin le hubiese ganado a las damas chinas.

—De acuerdo. Puedes pasar.

Puso los ojos en blanco para cerciorarse de que Quentin era consciente de que no le importaba si entraba o no.

Quentin abrió una de las puertas. No estaba cerrada. Se preguntó qué habría hecho el niño si él hubiese entrado por las buenas sin detenerse. Probablemente se habría transformado en algo horrible y atroz, tipo *El exorcista*, y lo habría engullido. La puerta daba a un enorme espacio abierto tenuemente iluminado por unas hileras de fluorescentes situados en lo alto.

Estaba lleno de gente. Le embargó el aire viciado y el estruendo del murmullo de miles de conversaciones. Así, a bote pronto, le recordaba a un gimnasio o a un centro recreativo. La gente estaba de pie, sentada, dando vueltas, pero lo que más hacía era participar en juegos.

Justo delante de él cuatro personas golpeaban cansinamente hacia delante y hacia atrás un volante por encima de una red de bádminton. Un poco más lejos, se veían una red de voleibol que nadie utilizaba y unas mesas de pimpón. El suelo era de madera muy barnizada, rayada con las líneas curvas superpuestas de diversos deportes de pistas de interior, pintadas unas sobre otras en ángulos raros, en colores raros, como en los gimnasios de los colegios. En el ambiente se percibía el vacío y el eco característicos de un gran estadio, donde el sonido recorre un largo trecho, pero no tiene dónde rebotar, de modo que es gris, irregular e indistinto.

Las personas —las sombras, suponía— parecían todas sólidas, a pesar de que la luz artificial las descoloría. Todo el mundo llevaba ropa blanca holgada, de deporte. Al final, el pijama no desentonaría.

La presión del aire seco le comprimía los oídos. Quentin decidió tomarse las cosas como venían, no pensar demasiado, no intentar entenderlo, simplemente limitarse a encontrar a Benedict. Por eso estaba allí. En aquella situación realmente se necesitaba a un Virgilio para que te guiase. Miró detrás de él, pero las puertas ya se habían cerrado. Incluso tenían, en lugar de pomos, esas largas barras de metal que hay que apretar para abrir.

En ese momento una de las puertas se abrió y Julia se coló. Miró alrededor de la habitación, de la misma manera que había mirado Quentin, pero sin su aire de total desconcierto. Su capacidad para tomar las cosas con gran aplomo era increíble. La fiebre y el aturdimiento parecían haber desaparecido. La puerta se cerró tras ella con un estrépito metálico.

Por un instante pensó que estaba muerta y se le paró el corazón.

—Tranquilo —dijo Julia—. He pensado que igual querías compañía.

—Gracias. —El corazón volvió a latirle—. Tienes razón, sí que quiero compañía. Cuánto me alegro de que hayas venido.

Las sombras no parecían especialmente contentas de estar en el Hades. Parecían, sobre todo, aburridas. Nadie corría para golpear el volante en la pista de bádminton. Balanceaban la raqueta sin fuerza y, si alguien mandaba el volante a la red, su compañero no parecía especialmente enfadado por ello. Un tanto disgustado, quizá. Como mucho. No les importaba. Al lado de la pista había un marcador, pero nadie llevaba el tanteo. Mostraba el resultado final del penúltimo partido o tal vez del antepenúltimo.

De hecho, muchos no jugaban a nada, se limitaban a hablar o a tumbarse boca arriba y mirar sin decir nada los fluorescentes que zumbaban. Las luces no tenían mucho sentido. En Fillory no había electricidad.

—¿Te ha cogido el pasaporte? —preguntó Quentin.

—No. No me ha pedido nada. Ni siquiera me ha mirado.

Quentin frunció el ceño. Qué raro.

—Mejor que empecemos a buscarlo —añadió.

—No nos separemos.

Quentin se obligó caminar. A medida que se adentraban en el gentío, parecía que mayor era el riesgo de quedarse atrapados allí para siempre, al margen de lo que el perezoso hembra hubiese dicho. Avanzaron entre los diferentes grupos, a veces tropezaban con las piernas e intentaban no pisar las manos de la gente, como si fuese un picnic multitudinario. Le preocupaba llamar la atención por estar vivo, pero la gente se limitaba a levantar la mirada, echarle un vistazo y después mirar a otro lado. No era un Hades como el de Homero o el de Dante, donde todo el mundo se moría por hablar con los recién llegados.

La verdad es que más que espeluznante era deprimente. Era como ir a un campamento de verano o una residencia de ancianos o una oficina: todo está bien y en orden, pero saber que no tienes que quedarte, que puedes irte a casa al final del día y no regresar nunca más, te hace sentir un alivio de vértigo. No todo el material deportivo estaba impecable. Algunas cosas estaban bastante cochambrosas: los tableros de los juegos tenían arrugas agrietadas y ásperas en la parte central donde se doblaban y a algunas de las raquetas de bádminton les colgaban una o dos cuerdas rotas. Se llevó el primer susto al ver a Fen.

Tenía que habérselo imaginado. Ella había sido una de las guías durante el viaje al interior de la tumba de Ember. Era la buena, la que no los traicionó. Apenas la había conocido en vida, pero era inconfundible, con sus labios carnosos y su pelo corto de lesbiana. La última vez que la vio, un gigante de hierro al rojo vivo la aplastaba y simultáneamente le prendía fuego. Ahora presentaba un aspecto más saludable que nunca, aunque un poco pálida mientras jugaba una partida de pimpón con parsimonia. Resultaba imposible saber si Fen lo había reconocido o no.

Entonces se hizo la pregunta que había intentado evitar desde que el perezoso hembra lo había mencionado por primera vez: ¿estaría Alice allí? Una parte de él anhelaba verla, hubiese dado cualquier cosa por que uno de los rostros de la multitud fuese el de ella. Otra parte esperaba que no estuviese ahí. Ahora era una *niffin.* Quizás eso contaba como todavía con vida.

Aquí y allá había grandes pilares de metal que sostenían el techo y Benedict, sentado, se apoyaba en uno de ellos mientras tenía la mirada perdida en la distancia vacía y pálida. Delante tenía un solitario a medias, pero había perdido interés en el juego, aunque era obvio que no se había atascado. Podía poner un cinco de diamantes rojo en un seis de trébol.

Se parecía más al Benedict que había conocido en la sala de mapas que al forajido tostado por el sol en que se había convertido a bordo del *Muntjac.* Estaba pálido y tenía los brazos delgados, con el típico flequillo negro caído sobre los ojos. Le había vuelto a crecer el pelo. Parecía un hosco joven de Caravaggio. La muerte le hacía parecer más joven.

Quentin se detuvo.

—Hola, Benedict.

—Hola —saludó Julia.

La mirada de Benedict se posó en Quentin y rápidamente la dirigió a la distancia.

—Sé que no me puedes llevar contigo —dijo con calma.

Los muertos no tienen pelos en la lengua.

—Tienes razón —repuso Quentin—. No puedo llevarte conmigo. Es lo que dijo el perezoso.

—Entonces, ¿para qué has venido?

Ahora sí que lanzó a Quentin una mirada acusadora. A Quentin le preocupaba que tuviese una herida abierta en el cuello, pero estaba en perfecto estado. No es un zombi, es un fantasma, se recordó a sí mismo. No, una sombra.

—Quería verte otra vez.

Quentin se sentó a su lado y también se apoyó en el pilar. Julia se sentó al otro lado. Los tres juntos miraron a la inquieta muchedumbre de muertos.

Pasó un rato, tal vez unos cinco minutos, tal vez una hora. Era difícil calcular el tiempo en el Hades. Quentin debería tener cuidado con eso.

—¿Cómo estás, Benedict? —preguntó Julia.

Benedict no respondió.

—¿Viste lo que me pasó? —preguntó—. No podía creerlo. Bingle dijo que nos quedáramos en el barco, pero pensé... —No terminó, se limitó a fruncir el ceño con impotencia y a hacer un gesto de incredulidad con la cabeza—. Quería probar algunas de las cosas que habíamos estado practicando. En serio, en una lucha de verdad. Pero en el momento en que salí del barco, zas. Justo en el cuello. Justo en la parte hueca del cuello.

Apretó el dedo índice en la parte blanda debajo de la nuez, el punto por donde había entrado la flecha.

—Ni siquiera me dolió tanto. Eso fue lo gracioso. Creí que podría sacarla. Me di la vuelta para regresar al barco. Entonces me di cuenta de que no podía respirar, así que me senté. Tenía la boca llena de sangre. La espada se me cayó al agua. ¿Puedes creerte que eso era lo que me preocupaba? Intentaba calcular si podríamos sumergirnos más tarde para recuperar la espada. ¿Alguien la recuperó?

Quentin negó con la cabeza.

—Supongo que no importa —prosiguió Benedict—. No era más que una espada de prácticas.

—¿Qué sucedió después? ¿Bajaste por el tobogán?

Benedict asintió con la cabeza.

Quentin estaba desarrollando una teoría al respecto. El tobogán era humillante, eso es lo que era. Deliberadamente vergonzoso. Eso es lo que hacía la muerte, te trataba como a un niño, como si todo lo que habías pensado y hecho, todo lo que te había importado no fuese más que un juego infantil que se podía desmontar y tirar una vez terminado. No importaba. La muerte no te respetaba. La muerte pensaba que eras una mierda y quería asegurarse de que lo supieses.

—¿Y habéis conseguido la llave? —preguntó Benedict.

—Quería hablarte sobre eso —repuso Quentin—. Sí que la conseguimos. Hubo una gran pelea y conseguimos la llave y al final resultó que era muy importante. Quería que lo supieses.

—Pero no murió nadie más. Únicamente yo.

—No murió nadie más. Yo recibí una puñalada en el costado. —Dadas las circunstancias no había mucho de lo que alardear—. Pero lo que quería decirte es que lo que hiciste fue muy importante. Tu muerte no fue inútil. Esas llaves... las utilizaremos para salvar Fillory. Había una razón para todo ello. Sin ellas toda la magia desaparecerá y el mundo entero se desplomará. Pero las utilizaremos y podremos evitarlo.

La expresión de Benedict permaneció inalterable.

—Pero yo no hice nada —repuso—. Mi muerte no ha servido de nada. Podía haberme limitado a quedarme en el barco.

—No sabemos lo que hubiese sucedido —añadió Julia.

Benedict la ignoró de nuevo.

—No me oye —le dijo Julia a Quentin—. Pasa algo raro. Aquí nadie me ve o me oye. No sabe que estoy aquí.

—¿Benedict? ¿Ves a Julia? Está sentada a tu lado.

—No. —Benedict frunció el ceño de la forma que solía hacerlo, como si Quentin lo avergonzase—. No veo a nadie. Solo a ti.

—Aquí soy como un fantasma —dijo ella—. Un fantasma entre fantasmas. Un fantasma invertido.

¿Por qué motivo los muertos no veían a Julia? Era una cuestión importante, pero ya darían con la respuesta. Observaron un rato más a la multitud y escucharon la sucesión de golpes del juego del pimpón. A pesar de todo el tiempo del que disponían para practicar, a los muertos no se les daba muy bien. Nadie intentaba jamás dar un golpe fuerte o hacer un servicio especial y los peloteos no duraban más de unos cuantos tiros antes de que la pelota se estrellase contra la red o cayese botando entre la multitud.

—Todo este lugar —dijo Benedict—, es como si alguien hubiese intentado hacerlo agradable, con todos los juegos y tal, pero sin importarle lo bastante para pensarlo bien. ¿Entiendes? Quiero decir, ¿a quién coño le importa? ¿Quién quiere pasarse la eternidad jugando? Estoy hastiado y ni siquiera llevo aquí tanto tiempo.

Alguien. Los dioses plateados, probablemente. Benedict le dio una patada al solitario y deshizo las hileras rectas y ordenadas.

—Ni siquiera te dan poderes. Ni siquiera puedes volar. Ni siquiera soy transparente. —Levantó la mano para demostrar su opacidad y la dejó caer de nuevo—. Porque entonces hubiese estado demasiado bien, me imagino.

—¿Qué otras cosas puedes hacer aquí? ¿Aparte de jugar?

—No mucho. —Benedict se puso la mano en el pelo y miró al techo—. Hablar con las otras sombras. No hay nada para comer, pero no se siente hambre. Unas pocas personas se pelean o tienen relaciones sexuales o lo que sea. Incluso puedes observarlas mientras lo hacen. Pero al cabo de un tiempo, bueno, ¿qué sentido tiene? Solo lo hacen los nuevos.

»En una ocasión formaron una pirámide humana para intentar alcanzar las luces. Pero no se puede, están demasiado altas.

Yo nunca tuve relaciones sexuales —añadió—. En el mundo real. Ahora ni siquiera quiero.

Quentin habló durante un rato para explicarle todo lo que había sucedido.

—¿Ya te has acostado con esa chica, con Poppy? —lo interrumpió Benedict.

—Sí.

—Todo el mundo decía que acabarías acostándote con ella. ¿Ah, sí? Julia, fantasma de fantasma, esbozó una sonrisita.

Por el rabillo del ojo Quentin no pudo evitar darse cuenta de que estaban llamando la atención. Nada obvio, pero un par de personas los señalaban. Un niño, de unos trece años, estaba de pie mirándolos fijamente. Quentin se preguntó cómo habría muerto.

—Empiezo a entenderlo —afirmó Julia—. Se ha ido completamente. La parte de mí que era humana, la parte de mí que podía morir. —Le hablaba a él, pero sus ojos negros estaban clavados en la distancia—. Nunca volveré a ser humana. No lo había comprendido hasta ahora. He perdido mi sombra. Supongo que lo sabía. Simplemente no quería creerlo.

Empezó a responderle, a decirle que sentía lo que había perdido, que sentía no poder hacer más, que sentía todo lo que había sucedido y lo que no había sucedido, fuera lo que fuese. Pero había tantas cosas que no entendía. ¿Qué significaba perder la sombra? ¿Cómo ocurría? ¿Cómo se sentía uno? ¿Era ella ahora menos o más humana? Pero Julia levantó la mano y entonces Benedict habló.

—Espero que fracases —le dijo de pronto, como si acabase de tomar una decisión sobre ello—. Espero que nunca encuentres la llave y que mueran todos y que el mundo se acabe. ¿Sabes por qué? Porque así quizás este lugar también se acabe.

Entonces Benedict rompió a llorar. Sollozaba con tal fuerza que ni siquiera hacía ruido. Recobró el aliento y empezó a sollozar más.

Quentin le puso una mano en la espalda. Di algo. Cualquier cosa.

—Lo siento, Benedict. La muerte te llegó demasiado pronto. No tuviste tu oportunidad.

Benedict negó con la cabeza.

—Fue bueno que muriese. —Respiró y se estremeció—. Era un inútil. Estuvo bien que fuese yo y no otro. —Al final de la frase la voz se le convirtió en un chillido.

—No —dijo Quentin con firmeza—, eso es una tontería. Eras un gran cartógrafo e ibas a ser un gran espadachín y, joder, es una tragedia que murieses.

Benedict asintió.

—¿Saludarás... la saludarás de mi parte? Dile que me gustaba.

—¿A quién te refieres?

A pesar de que tenía la cara roja de llorar y mojada por las lágrimas, el rostro de Benedict conservaba todo su antiguo desdén adolescente.

—A Poppy. Fue muy amable conmigo. ¿Crees que podría venir a verme?

—No creo que tenga pasaporte. Lo siento, Benedict.

Benedict asintió con la cabeza. Ahora había más sombras alrededor de ellos dos. No cabía duda de que se estaba formando un grupo y no estaba totalmente claro que sus intenciones fuesen buenas.

—Volveré —dijo Quentin.

—No puedes. Son las normas. Solo puedes venir una vez. ¿No te han cogido el pasaporte? No te lo han devuelto, ¿verdad?

—No. Supongo que no.

Benedict respiró con dificultad y se secó los ojos con la manga blanca.

—Ojalá me hubiese podido quedar. No puedo dejar de pensar en eso. ¡Es tan estúpido! Si hubiese esperado en el barco, todavía estaría allí arriba. Miré la flecha y pensé, este palito, este trocito de madera se lleva toda mi vida por delante. Eso es todo lo que vale mi vida. Un palito la borra por completo. Eso es lo último que pensé. —Miró directamente a Quentin. Fue el único momento en el que no parecía enfadado o avergonzado—. Lo añoro tanto. No sabes cuánto lo añoro.

—Lo siento, Benedict. Nosotros también te añoramos.

—Escucha, es mejor que te vayas. No creo que quieran que estés aquí.

Alrededor de ellos dos se había congregado, en un irregular semicírculo, una multitud silenciosa. Tal vez fuese el pijama de Quentin. Quizá percibían que estaba vivo. El niño que antes lo miraba fijamente era uno de ellos. Quentin deseó que las sombras no tuviesen un aspecto tan sólido.

Quentin y Benedict se levantaron con las espaldas apoyadas en el pilar. Julia hizo lo mismo.

—Tengo una cosa —dijo Benedict recuperando su timidez—. Iba a devolverla.

Sacó algo del bolsillo y se lo puso a Quentin en la mano. Tenía los dedos fríos y lo que le había dado también era duro y frío. Era la llave de oro.

—¡Oh! ¡Dios mío! —Era la última. Quentin la sujetó con las dos manos—. Benedict, ¿cómo la conseguiste?

—Quentin —preguntó Julia—. ¿Es la que buscamos?

—La he tenido todo el tiempo —explicó Benedict—. La cogí cuando nadie miraba después de que tú y la reina Julia traspasarais la puerta. No sé por qué lo hice. No sabía cómo devolverla. Pensé que tal vez podría fingir que la había encontrado. Lo siento. Quería ser un héroe.

—No lo sientas. —El corazón de Quentin palpitaba con fuerza. Ya estaba. Al final ganarían—. No lo lamentes en absoluto. No importa.

—Vino aquí abajo conmigo cuando morí. No sabía qué hacer.

—Hiciste lo que debías, Benedict. —Cuán equivocado había estado. Al final no había tenido que matar a un monstruo ni resolver un enigma. Simplemente le había bastado bajar al Hades para ver qué tal le iba a Benedict—. Gracias. Eres un héroe. De verdad. Siempre lo serás.

Quentin rio con fuerza y le dio una palmada en el hombro al pobre Benedict. Él también se rio, a su pesar, y después no tan a su pesar. Quentin se preguntó cuándo fue la última vez que alguien se había reído allá abajo.

—Ya es hora —dijo Julia—. Estoy lista.

Sí. Era hora de irse, si es que era eso lo que quería decir. Pero las sombras no parecían querer que se marchasen. Estaban de pie alrededor de ellos formando un semicírculo, quizá fueran unas cien, y bloqueaban el camino hacia la puerta. No podría abrirse camino a través de ellas, eran demasiadas. Retrocedió con la esperanza de que el pilar quedase entre él y la turba para tratar de pensar. El corazón le dio un vuelco durante unos instantes al ver a Jollyby sentado en el suelo, a unos cuarenta y cinco metros de distancia, con sus piernas robustas y su barba.

Pero se limitaba a mirar, demasiado apático incluso para levantarse. No haría nada.

La llave. Podría abrir una puerta. Quentin la hundió en el aire en un gesto desesperado, pero no enganchó nada. No encontraba la cerradura. La hundió con más fuerza y violencia. A saber dónde les llevaría, pero cualquier lugar era mejor que ese.

—Eso no funciona aquí —gritó alguien con el acento de un colegial británico—. La magia no funciona. —Era el niño y Quentin lo reconoció entonces. Era Martin Chatwin en persona, pero muy joven; su sombra aparentaba unos trece años. Ese era el aspecto que debía de haber tenido justo antes de convertirse en un monstruo, antes de morir por primera vez.

»No veo a tu novia —dijo Martin con mala intención—. Ella no te salvará.

Tal vez lo que les atraía era el hecho de que Quentin todavía podía morir. Al matarlo podrían cambiar algo, hacer algo, por muy terrible que fuese, que sirviera de algo en el mundo de arriba.

Un par de sombras de la primera fila empezaron a avanzar, la primera ola de la inevitable avalancha, pero Benedict se adelantó para recibirlas y dudaron. Le arrebató una raqueta de bádminton a alguien y la blandió delante de las sombras como si fuese una espada.

—¡Venga, cabrones! —Ahí estaba, el guerrero que Benedict debió haber sido. Adoptó la postura perfecta para batirse en duelo que había aprendido de Bingle y con la raqueta señaló a

Martin Chatwin—. Venga, ¿quién es el primero? —gritó—. ¿Tú? ¡Pues venga!

Quentin dio un paso adelante para ponerse a su lado aunque, sin nada en las manos y sin magia, era perfectamente consciente de que no parecía muy peligroso. Qué pena no haber traído una espada. Se preparó y levantó los puños e hizo lo que pudo para que pareciese que tenía una mínima idea de qué haría con ellos.

—Estoy cambiando —dijo Julia impasible detrás de él. Tras lo cual repitió—: Ya era hora.

Ahora no. Por favor, ahora no. Que no pase nada nuevo ahora. Quentin dirigió una mirada furtiva a Julia, entonces se quedó quieto y la miró fijamente. Todo el mundo la miraba. Julia había crecido y sus ojos eran ahora de un color verde brillante. Algo pasaba. Con un gesto reflexivo en el rostro, el ceño ligeramente fruncido, se miraba cómo los brazos le crecían sin parar y se hacían más fuertes, miraba cómo la piel adquiría una luminiscencia perlada, lustrosa. Como en el combate del castillo, pero con mayor intensidad. Se estaba convirtiendo en otra persona.

Después empezó a sonreír, a sonreír de verdad. Miró, sin fijarse en Quentin, a las sombras congregadas y estas retrocedieron como si estuviesen ante un viento fuerte. Benedict se quedó boquiabierto.

—¿Me ves ahora? —preguntó Julia.

Asintió mientras la miraba con ojos desorbitados.

Ahora era algo diferente, algo que ya no era humano. ¿Un espíritu? Antes era bella, sin embargo ahora era espléndida. El hecho de estar allí debía de haber provocado, o permitido, que acabase de convertirse en lo que había estado convirtiéndose todo ese tiempo. Ahora era tan alta como Quentin, aunque parecía que no crecería más. Con expresión curiosa cogió un palo del suelo, algo parecido a un palo de hockey. Cuando lo tocó, creció. Cobró vida y se convirtió en un bastón largo con un puño nudoso. Lo levantó y las sombras, apresuradamente, retrocedieron todavía más, Martin Chatwin incluido.

—Acércate —le dijo. Su voz era de Julia, pero amplificada y con eco—. Acércate y lucha.

Martin no se acercó. No hacía falta, Julia se acercó a él. En un abrir y cerrar de ojos, con una rapidez fuera del alcance de los humanos, como si fuese un pez venenoso al atacar, lo cogió por la camisa. Lo levantó y lo arrojó a la multitud, los brazos y las piernas abiertos como si fuese una estrella de mar. Su fuerza era surrealista. Quentin no estaba seguro de que pudiese hacer daño a Martin, no moriría por tercera vez, pero no cabía la menor duda de que para él había sido una experiencia desmoralizadora.

La multitud era como una muchedumbre futbolera: las hileras delanteras retrocedían apresuradamente, pero detrás de ellas las sombras llegaban en todas direcciones y las empujaban de nuevo hacia delante. Las voces y el ruido de los pies retumbaban en la enorme sala. Se había corrido la voz. Algo pasaba. No acababan nunca. Probablemente Julia podría abrirse camino entre la multitud para llegar hasta la puerta, pero Quentin no creía que pudiese salvarlos a todos.

Julia tenía la misma impresión.

—No te preocupes —dijo—. Todo saldrá bien.

Quentin le había dicho lo mismo en el jardín de la casa de sus padres en Chesterton. Se preguntó si Julia también lo recordaba. La verdad es que sonaba mucho mejor ahora que era ella quien lo decía.

Julia golpeó el suelo con la punta del bastón y en ese momento Quentin tuvo que mirar hacia otro lado, tal era la intensidad de la luz. No veía nada, pero oyó cómo las sombras apelotonadas del Hades de Fillory daban al unísono un grito ahogado. La luz era diferente, no era el insustancial fluorescente que pasaba por luz allí abajo, era como una verdadera luz solar, blanca y dorada, con toda su longitud de onda intacta. Era como si se hubiese abierto un claro entre las nubes.

Se oyó una voz.

—Basta —dijo. Era la voz de una mujer. Una voz armónica que estremecía.

Cuando Quentin volvió a mirar vio a una mujer de pie delante de Julia, en el lugar donde el bastón había golpeado el suelo. Era la imagen del poder. Tenía un rostro precioso, cálido y divertido, orgulloso y ardiente a la vez. Era el rostro de una diosa. La mitad del mismo estaba en sombra. Denotaba gravedad y una comprensión del dolor. Todo irá bien, parecía decir, y si algo no va bien, lo lamentaremos.

En una mano sostenía un bastón nudoso como el de Julia. En la otra llevaba, cosa extraña, un nido de pájaro con tres huevos azules.

—Basta —repitió.

Las sombras la obedecieron y no se movieron. Julia se arrodilló delante de la diosa con el rostro escondido en las manos.

—Hija mía —dijo la diosa—. Ya estás a salvo. Ya ha pasado todo.

Julia asintió y alzó la vista para mirarla. Las lágrimas cubrían su rostro.

—Eres Ella —dijo—. Nuestra Señora.

—He venido para llevarte a casa.

La diosa hizo una señal a Quentin. No resplandecía exactamente, pero era tan intensa que costaba mirarla, de la misma forma que cuesta mirar al sol. Hasta ese instante no se había dado cuenta de su altura. Debía de medir tres metros.

Los muertos los miraban en silencio. Habían dejado de jugar al pimpón. Por un instante, el Hades al completo estaba en silencio.

Julia se levantó y se secó las lágrimas.

—¿Qué te ha pasado? —preguntó Quentin—. Has cambiado.

—Todo ha terminado —respondió Julia—. Ahora soy hija de una diosa. Una dríade. Soy parcialmente divina —añadió casi con timidez.

Quentin la miró. Estaba espléndida. Todo iría bien.

—Te pega —dijo.

—Gracias. Ahora debemos irnos.

—No te lo discutiré.

La diosa los cogió con su tremendo brazo. Los sujetó y juntos empezaron a ascender hacia las alturas. Alguien gritó y Quentin notó la mano de Benedict que se aferraba a su tobillo.

—¡No me dejéis aquí! ¡Por favor!

Parecía el último helicóptero que partía de Saigón. Quentin se agachó para sujetar a Benedict por la muñeca y por un momento lo logró.

—¡Te tengo! —gritó.

No sabía qué estaba haciendo, pero sabía que sujetaría a Benedict con todas sus fuerzas. Estaban a tres metros de altura, a seis. Lo conseguirían. Recuperarían un alma. Invertirían la entropía. Puede que la muerte ganase la guerra, pero no lo haría con una hoja de servicios perfecta.

—¡Aguanta!

Pero Benedict no aguantó. La mano le resbaló de la de Quentin y cayó entre las sombras sin mediar palabra.

Volaron por encima de los fluorescentes y después por encima de donde debía haber estado el techo. No podía hacer nada más. Como no sujetaba a Benedict, agarró la llave con tal fuerza que se la clavó en la palma de la mano. Había perdido a Benedict, pero no perdería la llave. Ascendieron en la oscuridad, a través del fuego, a través de la tierra, a través del agua y después de nuevo la luz.

25

Antes de hacerlo se tomaron unas vacaciones. Tardarían una semana en pedir algunos de los materiales necesarios: muérdago, más espejos, algunas herramientas de hierro, agua químicamente pura, unos pocos polvos exóticos. El ritual era bastante complicado, más de lo que Julia hubiese pensado, dado el origen. Había esperado algo tosco y pagano, un juego de fuerza bruta, pero la realidad era más compleja y técnica que eso. Tendrían que despejar mucho espacio.

Así que mientras esperaban a que llegase el tipo de FedEx y a que madurasen unos pocos conjuros de desarrollo lento, los magos de Murs, los genios secretos aspirantes a los misterios sagrados de Dios, se dedicaron a jugar a ser turistas. Era el último permiso antes de que su unidad fuese enviada al extranjero: un período de descanso y recuperación. Fueron a la abadía de Sénanque y a pesar de haberla visto en miles de anuncios y de revistas de aerolíneas y en cientos de rompecabezas de quinientas piezas, les pareció de una belleza increíble, el lugar más antiguo y más silencioso que Julia había visto jamás. Fueron a Châteauneuf-du-Pape, que realmente había sido en algún momento el castillo nuevo del Papa tal como indicaba su nombre en francés, aunque ahora lo único que quedaba del mismo era un trozo de muro con unos pocos huecos de ventanas que se erigía en medio de los llanos viñedos como si de un diente viejo y podrido se tratase. Fueron en coche hasta Cassis.

Era octubre, el peor mes de la estación, y Cassis, la peor parte de la Costa Azul, casi no pertenecía a ella, un lugar de alquileres baratos atestado de adolescentes que iban a pasar el día desde Marsella. Sin embargo, el sol calentaba y el agua, aunque estaba más fría de lo que Julia hubiese imaginado en estado líquido, era de un azul celeste puro y espectacular. Allí había un hotelito, no muy lejos de la playa, en un bosque de pinos piñoneros lleno de cigarras invisibles que cantaban sin cesar y en un tono sorprendentemente alto. Cuando se sentaban en el porche a hablar apenas se oían unos a otros.

Bebieron el vino rosado de la zona, un vino que supuestamente perdía su sabor si lo tomabas en cualquier lugar que no fuese Cassis, e hicieron una excursión en barco por las Calanques, esos dedos calcáreos que se adentran en el mar a lo largo de la costa, culpables de que muchos cascos acaben destrozados. Nadie se percató de los magos. Nadie los miró dos veces. Julia se sentía maravillosamente normal. Aunque las playas no eran de arena, sino de guijarros, extendían las toallas sobre ellas y hacían lo que podían para estar cómodos; alternaban largos ratos tomando el sol con baños rápidos, divertidos y aterradores. El agua estaba tan helada que parecía que se les pararía el corazón.

Todos se veían pálidos en bañador. Para seguir la costumbre de la zona, Asmodeus se quitó el sujetador del biquini y Julia pensó que a Failstaff le daría un infarto. Pero no era solo por los pechos de Asmodeus, pequeños, turgentes y sorprendentemente móviles, sino que era evidente que también estaba enamorado de ella. ¿Cómo era posible que no se hubiese dado cuenta a pesar de haber convivido con ellos seis meses? Eran sus amigos, lo más cercano a una familia que ahora tenía. Todo ese asunto de ser dioses estaba afectando su capacidad para pensar como un ser humano, lo cual, además, nunca había sido su fuerte. Tendría que andarse con cuidado. Algo se estaba perdiendo en el proceso.

Julia contemplaba la espuma de las olas dibujar telarañas y letras hebreas en la superficie del mar para borrarlas a continuación. Sacudió la cabeza y cerró los ojos bajo la luz cálida y blanca del sol mediterráneo. Se sentía feliz y satisfecha, como una foca en una roca, rodeada de su familia. Salía de un sueño y todos sus amigos estaban allí con ella: parecía el final de *El mago de Oz*. Pero lo aterrador era saber que se sumiría de nuevo en el sueño. No había terminado. No era más que un intervalo breve y lúcido. La anestesia haría efecto de nuevo enseguida, el sueño se la llevaría y no sabía si alguna vez volvería a despertar.

Esa fue la razón por la que esa noche en el hotel, cuando todos estaban dormidos, se encontró andando por los pasillos. Quería algo, quería a Pouncy. Llamó a su puerta. Cuando le abrió, ella lo besó. Y después de besarlo se acostaron juntos. Quería sentirse una vez más como un ser humano, un ser de emociones tormentosas y complicadas. Incluso aunque se tratase de un ser humano un poco pután.

Se había acostado con otros en el pasado porque pensaba que eso era lo que debía hacer, como en el caso de James, o para conseguir algo que necesitaba: Jared, Warren y muchos otros. Creía que hasta ese momento nunca lo había hecho porque verdaderamente lo deseara. Se sentía bien. No, bien no, de maravilla. Así es como se suponía que había que sentirse.

Parecía más interesada que él. Cuando lo vio, la primera vez, pensó, aja, sí, no vayamos a sacar conclusiones precipitadas, pero por supuesto, esto podría pasar. Siempre le habían gustado los tipos de aspecto cuidado, a saber, James, y Pouncy entraba en los parámetros aceptables. Pero siempre que miraba sus impenetrables ojos grises y se armaba de valor para dejarse llevar y enamorarse de él, parecía que nunca acababa de suceder. Le faltaba algo.

Allí había alguien, sabía que era así. Se daba perfecta cuenta cuando estaban conectados a Internet. Pero cuando estaban juntos en persona, cara a cara, Pouncy se refugiaba en algún lugar muy por debajo de la superficie, debajo del hielo. Su seguridad era demasiado hermética para quebrarla, incluso para una experta de su calibre.

Le contó todo esto después, tumbados en la cama, con el estridente canto de las cigarras en el exterior, afortunadamente amortiguado por las persianas. Durante un largo rato no contestó.

—Lo sé —respondió con cuidado—. Lo siento.

Era la respuesta fácil. Pero al menos lo había intentado.

—No lo sientas. No importa. —Realmente no importaba. Miraron hacia el techo y escucharon a las cigarras un poco más. Julia se sentía agradablemente carnal. Por una vez sentía su cuerpo y su mente, ambos dos—. Pero solo por curiosidad, ¿por eso lo deseas tanto? —preguntó mientras se sentaba—. ¿El poder? Quiero decir que si un día llegas a ser tan fuerte, entonces ¿te sentirás tal vez lo bastante seguro como para que el resto de tu persona salga a la luz?

—Tal vez. —Hizo una mueca y aparecieron esas interesantes arrugas alrededor de la boca. Julia siguió una con el dedo—. No lo sé.

—¿No lo sabes o no lo quieres decir?

Nada. La pantalla azul de la muerte: había roto su sistema. Bueno, qué se la va a hacer. Los chicos eran tan inestables en ese aspecto, llenos de virus, con un código contradictorio, patéticamente poco optimizados. Se recostó en la almohada fina del hotel.

—¿Cómo valorarías las posibilidades de éxito del Proyecto Ganímedes? —preguntó para dar un poco de conversación—. ¿En porcentajes?

—Bueno, me gustan las posibilidades que tenemos —contestó Pouncy. Su personalidad, por ser como era, volvía a conectarse ahora que se encontraba de nuevo en terreno más seguro—. Yo diría setenta-treinta a nuestro favor. ¿Y tú?

—Más igualado. Cincuenta-cincuenta. ¿Qué harás si no sale bien?

—Intentarlo de nuevo en algún otro lugar. Todavía pienso que Grecia es la zona cero para este tipo de cosas. Si fuese, ¿vendrías?

—Tal vez. —No iba a tranquilizarlo sin más—. Aunque aquí el vino es mejor. No me va el *ouzo*.

—Eso es lo que me gusta de ti. —Jugaba con los dedos de ella sobre la áspera manta del hotel, estudiándolos—. Escucha, antes te he mentido —añadió—. Creo que sí sé por qué hago esto, qué es lo que espero encontrar. O parte de lo que espero encontrar. Para mí no tiene nada que ver con el poder, la verdad es que no.

—Vale. Entonces, ¿con qué?

Eso pintaba bien. Julia se incorporó y se apoyó en el codo y la sábana se le resbaló de los hombros. Resultaba extraño estar desnuda delante de Pouncy después de todo el tiempo que habían pasado juntos vestidos. Resultaba extraño estar desnuda delante de cualquier persona. Era como el agua fría fuera de la bahía: aterradora, gélida, pero entonces te zambullías y enseguida te acostumbrabas a ella. Ya se escondían demasiadas cosas en la vida. A veces apetecía enseñarle las tetas a alguien.

—Yo estaba en Free Trader antes que tú. Cuando yo entré tú no estabas.

—¿Y?

—Pues para no andarnos con rodeos, no has visto mis recetas. —Pouncy sonrió; a su pesar, una sonrisa muy diferente de su sonrisa habitual—. En cuanto a la dosis tengo oficialmente el récord de todos los tiempos de Free Trader Beowulf. Al principio, ni siquiera se creían que fuera de verdad.

—¿Y es para... la depresión?

Asintió.

—¿No te has dado cuenta de que nunca bebo café? ¿Ni como chocolate? No puedo con tanto Nardil en el organismo. He realizado media docena de cursos sobre terapia electroconvulsiva. Intenté suicidarme a los doce años. Mis neurotransmisores andan bastante mal. No son viables a largo plazo.

Ahora era Julia quien estaba nerviosa. No era buena con esas cosas y lo sabía. Dubitativa, puso la mano sobre el pecho liso de Pouncy. Era lo único que se le ocurría. Parecía que no funcionaba mal. Dios mío, ¿se había depilado de verdad?

—Entonces ¿piensas que Nuestra Señora del Subsuelo te puede curar? ¿Igual que a Asmo, con esa cicatriz, o lo que fuese?

Estaba digiriendo lo que le había explicado. Para él no era un ejercicio intelectual o una cuestión de poder.

—No lo sé —dijo con ligereza, como si no le importase—. La verdad es que no lo sé. Sería un milagro, y supongo que los milagros son asunto de N.S.S. Pero si te he de ser sincero, no lo había pensado así.

—¿Y cómo entonces?

—Si te ríes te juro por Dios que te mato.

—Ten cuidado, puede que Nuestra Señora te oiga.

—Alegaré locura. Lo puedo demostrar.

Por naturaleza, el rostro de Pouncy no era expresivo. Sus pómulos marcados hubiesen funcionado para modelo, si hubiese sido un poco más alto, pero nunca para actor. Sin embargo, durante unos instantes fue capaz de ver lo que él sentía en el momento que lo estaba sintiendo.

—Quiero que me lleve a casa con ella —explicó—. Quiero que me lleve con ella al cielo.

Julia no se rio. Comprendió que tenía delante a otra persona como ella, una persona destrozada, pero Pouncy estaba todavía más destrozado que ella. Estaba acostumbrada a compadecerse de sí misma y a enfadarse con los demás. Estaba menos acostumbrada a comparecerse de los demás, pero ahora lo sentía. Nunca podría enamorarse de Pouncy, pero sentía que lo amaba.

—Espero que lo haga, Pouncy —dijo—. Si es eso lo que quieres, espero de verdad que lo haga. Pero te añoraremos si te vas.

Al volver a Murs, Julia hizo algo que no había hecho desde que llegara allí en junio. Se conectó a Internet.

Hacía una eternidad que ninguno de ellos se había conectado a Free Trader Beowulf. Les costó un rato averiguar la nueva rutina de inicio que cambiaba cada par de meses. Compitieron entre ellos, solos en sus dormitorios, pero gritando bobadas de aquí para allá, excepto Failstaff, el gigante, que era demasiado amable para decir estupideces, cosa que quizá contribuyese a su victoria final. Asmo se rindió pronto y se dedicó a perder el tiempo introduciéndose en el *router* para desconectar a Pouncy expresamente. Una vez conectada, Julia no anunció su presencia, no era necesario, era posible entrar en el sistema sin que este avisase a todo el mundo, porque no quería recibir una avalancha de mensajes instantáneos de los usuarios de Free Trader que quisieran contactar con ella tras su larga ausencia. Durante un par de horas se limitó a mirar y a navegar por hilos antiguos y nuevos que habían aparecido durante todo el tiempo que no se había conectado. Había habido movimiento en la afiliación: un par de tipos nuevos y un par de antiguos que ya no estaban o que se escondían.

Daba la sensación de que hacía años que había estado allí. Ahora se sentía mucho mayor. El interfaz de Free Trader se podía personalizar de innumerables formas; sin embargo, Julia siempre se había inclinado por la más básica, únicamente caracteres ASCII, más próximos al aspecto y al sentir de una veterana *shell* de Unix. Los ojos se le llenaron de lágrimas al leer el nombre de los otros usuarios escritos en letras verdes sobre fondo negro. Cuántas cosas habían cambiado desde entonces, desde que llevara una vida de discreta desesperación en un universo prosaico, pasando las horas en la tienda de informática y matando el tiempo hasta poder irse a Stanford. Tantas cosas de entonces que no podían cambiarse. Pero aquí tampoco había cambiado mucho.

Pouncy, Asmo y Failstaff estaban en un hilo privado igual que en aquella época. Se registró.

```
[¡ViciousCirce ha entrado en este hilo!]
PouncySilverkitten: ¡hola VC!
Asmodeus: hola
Failstaff: hola
ViciousCirce: hola
```

Silencio electrónico durante unos instantes. Y después:

```
Asmodeus: así que mañana tenemos un espec-
   táculo de primera, ¿no?
```

ViciousCirce: quizá

Failstaff: mucho más importantes no se dan

Asmodeus: ¿qué quieres decir con «quizá»?

ViciousCircle: gran espectáculo si aparece NSS

Asmodeus: ¿por qué no iba a aparecer?

PouncySilverkitten: ...

ViciousCirce: ¿puede que no exista? ¿La llamada puede fracasar? ¿Tal vez tenga la regla? Hay mil razones por las que podría no aparecer. Que conste

PouncySilverkitten: sí, pero ¿qué me dices de espejo/plata monedas/leche/etc.???

Asmodeus: y ella me arregló la cicatriz

ViciousCirce: ya, ya, ya, mira, no quiero ser aguafiestas. He visto algunos hechizos de categoría, aunque dioses todavía no

PouncySilverkitten: pero sí crees que hay una praxis más compleja, ¿no?

ViciousCirce: creo que puede existir. = Motivo por el que todavía estoy aquí

ViciousCirce: y de todas formas

ViciousCirce: ¿qué pasa si NSS viene realmente? ¿Qué pasa si existe de verdad? ¿Después qué? ¿Cómo va a ser acogida? ¿Y si no quiere enseñarnos? La pregunta es si solo queréis invocar a un dios o ser un dios

PouncySilverkitten: vale. Pero esto = primer paso necesario

Failstaff: Vale, de acuerdo, buen argumento VC. Puede que NSS no quiera gente para hacer prácticas

ViciousCirce: ¿en serio dice que aparece mañana? ¿Cómo va la conversación, Pouncy?

Resultaba extraño que no hubiesen hablado de todo esto abiertamente antes, qué dirían y harían si ella viniese. Tal vez fuese más fácil hacerlo en Internet que cara a cara. Había menos presión. Parecía que había menos en juego. Que era más informal.

PouncySilverkitten: ya que lo preguntas, he pensado mucho sobre esto

Asmodeus: más te vale

PouncySilverkitten: bueno, ejem, la cuestión estándar sobre dios sigue dos protocolos, ¿no es así?

Failstaff: oh, explica

PouncySilverkitten: protocolo #1 = oración. Esto se refiere más bien a la deidad cristiana. Rezas por x, dios te escucha y después te juzga. Si se te considera merecedor/bueno/lo que sea consigues lo que has pedido al rezar. Consigues x. Si no, pues no

Asmodeus: vaya, se me ha olvidado ser buena

PouncySilverkitten: ahora bien, la deidad pagana de la antigüedad sigue el protocolo #2, que es más bien un asunto transaccional básico. Exige un sacrificio a cambio de bienes y servicios

Failstaff: qué época

PouncySilverkitten: y después la naturaleza del sacrificio en sí mismo sigue uno de dos protocolos. Simbólico o real

Asmodeus: testifica mi hermanooo

PouncySilverkitten: #1 simbólico = algo que en realidad no necesitas, pero que indica tu devoción a la deidad. Un becerro cebado o lo que sea, etc. #2 = algo que necesitas y que demuestra tu devoción por la deidad, por ejemplo tu mano, tu pie, tu sangre, tu hijo, etc.

ViciuousCirce: como Abraham e Isaac. A veces dios quiere a tu hijo. A veces se conforma con un carnero

PouncySilverkitten: exactamente. Esa es mi primera impresión aproximada

ViciousCirce: de acuerdo, entonces haced números, chicos, y tenemos tres situaciones hipotéticas diferentes y en dos de tres estamos jodidos

ViciousCirce: deidad moderna: estamos jodidos porque supuestamente no somos dignos, de ahí que nuestras oraciones no reciban respuesta

ViciousCirce: deidad pagana #2: si exige un sacrificio verdadero estamos jodidos porque lo siento, Pouncy, pero necesito mi pie o lo que sea

ViciousCirce: deidad pagana #1 es nuestra única posibilidad. Sacrificio simbólico. Ternero cebado a cambio de la praxis divina. Uno de tres. Esa es mi opinión. Una valoración rápida

Failstaff: LO SIENTO, PERO ¿QUÉ PASA SI REALMENTE NECESITO MI TERNERO CEBADO, QUÉ PASA ENTONCES, P, QUÉ PASA ENTONCES?

Asmodeus: lo siento, Pouncy, ¿pero tengo que ser yo quien diga que no tienes ni PUTA idea de lo que hablas?

Asmodeus: literalmente ninguna

PouncySilverkitten: ¿ah, sí?

Failstaff: ¿?

ViciousCirce: ...

Asmodeus: crees que estamos hablando de un dios masculino, de ahí que escribas en

        mayúsculas. Te equivocas. NSS es una dio-
        sA. Un dios femenino. Esto no es cuestión
        de PROTOCOLOS
   Asmodeus: yo creo en Nuestra Señora del Sub-
        suelo y creo que ella nos ayudará, pero
        no porque le interese hacerlo o porque
        quiera comerse tu maldito pie o lo que
        sea, sino porque es BONDADOSA. Pouncy,
        idiota
   Asmodeus: esto no es una transacción comer-
        cial, se trata de compasión, de perdón,
        de la gracia divina. Si Nuestra Señora
        viene, eso es lo que nos salvará

   Largo silencio. Aire inmóvil. El siguiente mensaje llegó al
cabo de dos minutos.

   PouncySilverkitten: así pues, ¿qué te pare-
        ce, VC? ¿Te apuntas, sí o no?
   [ViciousCirce ha abandonado este hilo]

   Lo hicieron en la biblioteca. Era la única sala lo bastante
grande. Tuvieron que empaquetar todos los libros y apilarlos en
el estudio y en los pasillos, y desmontar aquellas preciosas estanterías flotantes. Las paredes estaban desnudas, como debieron
de estar cuando era una granja. Las ventanas estaban abiertas de
par en par para que entrase el aire frío de finales de otoño. El cielo del atardecer tenía un impresionante color azul, tan azul que
parecía antinatural.
   Todo estaba perfectamente organizado según la invocación
fenicia del ex santo Amador, hasta la última letra. El suelo era un
laberinto de runas y dibujos hechos con tiza. Gummidgy de-
sempeñaría el papel de maestra de ceremonias y de suma sacerdotisa. Cualquiera de ellos podría haberse encargado de los detalles técnicos, pero tenía que ser una mujer y, de entre todas las
mujeres, la que corría menos peligro de padecer un ataque de

nervios en un momento crucial era la adusta y enorme Gummidgy. Vestía un sencillo vestido blanco holgado. Igual que el resto. También llevaba una corona de muérdago.

En fin, típico de *La rama dorada*, pensó Julia. Maldito muérdago. Nunca había entendido por qué se le daba tanta importancia. Sí, vale, es bonito, pero al fin y al cabo no deja de ser un parásito botánico que entorpece el crecimiento de su hospedador.

Habían retirado todos los muebles viejos de la habitación. En su lugar solo quedaba una gruesa mesa de tejo, fabricada según unas especificaciones exactas, y un inmenso altar de piedra tallada que hubiese agrietado el suelo si no hubiesen puesto por debajo un jabalcón y hubiesen pronunciado unos cuantos conjuros estructurales para ese fin. La habitación entera había sido purificada de varias formas distintas, al igual que ellos: habían ayunado y luego ingerido unas infusiones asquerosas que hicieron que el pis les cambiase de color y oliese raro, y quemaron hierbas en vasijas de barro.

Habían hecho casi cuanto estaba en sus manos salvo bañarse. La purificación era simbólica, no higiénica. La higiene médica verdadera no parecía ser de gran interés para la diosa.

—Esto no es un espectáculo patriarcal del Antiguo Testamento —dijo Asmodeus secamente cuando los demás se quejaron—. ¿Lo entendéis? La suciedad no contamina, genera. A N.S.S. no le importa si tenemos la menstruación. Ella celebra el cuerpo.

A esto le siguieron ocurrencias procaces por parte de los hombres mostrando su disposición a ofrecerse a la diosa como maridos simbólicos. Todavía tengo un sacrificio del otro mundo aquí, en mis pantalones, etc. Pero el famoso sentido del humor de Asmodeus estaba temporalmente fuera de servicio debido a las circunstancias. Quizá fuesen los nervios. Asmodeus no estaba hecha para ser suma sacerdotisa, pero parecía que se hubiese nombrado directora de cumplimiento normativo político de la diosa. Incluso había propuesto que para la ocasión todos dejaran las diversas medicaciones que tomaban, una sugerencia de la que se mofaron.

Sobre la mesa de madera de tejo había tres velas de cera de abeja y un gran cuenco de plata lleno de agua de lluvia; el cuenco había costado casi tanto como la piscina entera. Encima de la piedra, un enorme bloque de mármol de la zona, no había nada. La verdad es que no estaban totalmente seguros de su función. Gummidgy ocupó su lugar delante de la mesa mientras los demás estaban de pie a lo largo de las paredes a cada lado, cuatro y cinco. Era asimétrico, pero no se especificaba nada contra eso en el palimpsesto de Asmodeus, un manuscrito por lo demás bastante lúcido para ser obra de un tipo que vivía en una cueva y que rondaba los dos mil años como mínimo.

La mente de Julia era un hervidero de emoción y nervios que lograba contener gracias a los latigazos de escepticismo. Aunque recordaba la sensación áspera y rígida del beso de la estatua en su sueño. A pesar de que sonaba espeluznante y freudiano, se había sentido muy querida. Había albergado la esperanza de soñarlo también la noche anterior, pero no pasó nada. Tan solo aire muerto.

Pouncy estaba a su izquierda. Asmodeus y Failstaff delante de ella, los veía, pero evitaba sus miradas. Necesitaban una hora entera de silencio antes de poder iniciar la invocación y había que mantener las risitas absolutamente al mínimo. Del exterior llegaban los mugidos y los balidos de los animales sacrificiales que habían traído para la ocasión: dos ovejas, dos cabras y dos becerros, uno de cada completamente negro y el otro blanco, todos aseados a un tris del inminente peligro que amenazaba sus vidas. En caso de que se necesitase un sacrificio simbólico, querían asegurarse de que la despensa no estaba vacía.

A las siete el sol ya se había puesto y la luna empezaba a ascender bañando de luz las colinas y los campos por detrás de Murs. Una vez que iluminó los árboles, formando un inmenso arco blanco que parecía apuntar solo a la casa donde se encontraban, Gummidgy se desplazó hacia las velas y las encendió una a una con la yema del dedo. Julia inclinó la suya para que la cera no cayese por los costados ni encima de su mano. Una gotita le cayó en el pie descalzo.

Gummidgy regresó a la mesa y empezó la invocación. Mientras tanto, las velas de la mesa se habían encendido de algún modo sin que nadie se diese cuenta.

Julia se alegraba de no tener esa responsabilidad. Para empezar, la invocación era larga y vete a saber qué podía pasar si la fastidiabas. Puede que solo crepitase, pero quizá se revolviera contra uno. Pasaba con algunos hechizos.

En segundo lugar, no era exactamente un hechizo. Tenía mucho de súplica y en su opinión los magos no suplicaban, ordenaban. La forma también era extraña. No dejaba de repetirse y de girar en torno a sí mismo, utilizando las mismas frases una y otra vez. Francamente, a Julia le sonaba a rollo. No tenía una estructura adecuada, solo mucho parloteo sobre madres e hijas, grano y tierra, miel y vino, en fin, todo eso del *Cantar de Salomón*.

Pero no eran chorradas, eso era lo curioso. Gummidgy empezaba a ganar terreno con todas esas tonterías. Julia no veía nada especial, no había fenómenos visuales, pero no hacía falta. Estaba clarísimo que estaba ocurriendo algo mágico. La voz de Gummidgy era cada vez más profunda y tenía más eco. Ciertas palabras hacían vibrar el aire o provocaban una ráfaga de viento súbita.

La vela de Julia empezó a llamear como una antorcha. Le hubiese gustado que no lo hubiese hecho, pues tenía que sujetarla con el brazo estirado para no chamuscarse el pelo, que llevaba suelto porque había pensado que resultaba más femenino y más apropiado para N.S.S. Algo estaba sucediendo. Algo ocurriría. Notaba su inminencia como la llegada de un tren de carga.

Fue en ese instante cuando Julia se dio cuenta de algo, algo completamente terrible, que hubiese sido difícil admitir ante Pouncy o los demás incluso aunque no fuese demasiado tarde: no quería que funcionase. Deseaba que el conjuro fracasase. Había cometido un grave error: había malinterpretado algo sobre ella, algo tan básico que no podía entender cómo se le había pasado hasta ahora. Ni necesitaba ni deseaba todo eso. No quería que la diosa apareciese.

Pouncy le había dicho cuando llegó por primera vez a Murs

que no bastaba con estar coladita por él y los demás, también tenía que estar coladita por la magia. Pero no lo hizo. Llegó a Murs buscando magia, pero también buscaba un nuevo hogar y una nueva familia y lo encontró todo, las tres cosas, y eso había sido suficiente. Estaba satisfecha; no necesitaba nada más, sobre todo no necesitaba más poder. Su búsqueda había terminado y ni siquiera lo había sabido hasta este momento. No quería convertirse en una diosa. Lo único que quería era convertirse en un ser humano y ahí en Murs al fin lo había logrado.

Ahora ya era demasiado tarde. No podía detener los acontecimientos. La diosa aparecería. Julia quería tirar la vela, correr por la habitación y gritarles, romper el flujo, decirles que no pasaba nada, que no tenían que hacer eso, que tenían todo lo que necesitaban allí, a su alrededor, solo tenían que darse cuenta de ello. Nuestra Señora del Subsuelo lo entendería, N.S.S., diosa madre, diosa de la misericordia, ella más que nadie entendería lo que Julia acabada de descubrir.

Sin embargo, era imposible que Julia se lo hiciera entender a los demás. Y ahora en la habitación, con ellos, había energías titánicas, fuerzas gigantescas, y era imposible saber qué sucedería si intentaba entorpecer el conjuro. Se le puso carne de gallina en todo el cuerpo. La voz de Gummidgy era cada vez más fuerte. Iba subiendo de volumen para la gran final. Tenía los ojos cerrados y se balanceaba de un lado a otro mientras cantaba, no era una invocación, la melodía debía de haberle llegado caída del cielo, del éter, a través del sistema inalámbrico celestial. La luz de la luna iluminaba completamente las ventanas de uno de los lados de la habitación, como si la luna hubiese descendido de su órbita y se asomase desde el exterior para mirarles.

Resultaba difícil apartar los ojos de Gummidgy, pero Julia se arriesgó a mirar a su izquierda, a Pouncy. Él le devolvió la mirada y sonrió. No estaba nervioso. Parecía tranquilo. Parecía feliz. Por favor, al menos que le dé lo que necesita, pensó. Julia se aferró a esa verdad: N.S.S. nunca les pediría algo que no pudiesen dar. Ella la conocía y sabía que nunca lo haría.

Una de las velas de la mesa había empezado a chisporrotear,

a crepitar y a llamear. Produjo una gran llama que alcanzó una altura a medio camino entre el suelo y el techo e hizo un puf profundo y gutural para después escupir algo rojo e inmenso que aterrizó de pie en la mesa. Gummidgy emitió una tos ahogada y se desplomó como si le hubiesen disparado, Julia oyó el porrazo de la cabeza al golpear el suelo.

En el silencio repentino el dios adoptó una postura triunfante, con los brazos extendidos. Era un gigante de tres metros y medio de altura, ágil y cubierto de pelo rojo. Tenía el cuerpo de hombre y la cabeza de zorro. No era Nuestra Señora del Subsuelo.

Era Reynard el Zorro. Les habían engañado, pero daba igual.

—¡Mierda!

Era la voz de Asmodeus. Siempre rápida, Asmodeus. En ese instante se oyó un sonido parecido al disparo de un rifle, eran las ventanas al cerrarse de golpe junto con la puerta, como si algo invisible acabase de salir con un resoplido todopoderoso. La luz de la luna se apagó como si hubiesen accionado un interruptor.

Dios mío, Dios mío, Dios mío. Un miedo eléctrico e instantáneo la invadió y su cuerpo entero se contrajo de forma espasmódica. Habían hecho autostop y se habían metido en el coche equivocado. Les habían engañado, igual que habían engañado a N.S.S. en la historia y la habían enviado al Hades, si es que existía. Quizá no existía. Quizá no era más que una broma. Julia lanzó su vela contra el zorro. Le rebotó en la pierna y se apagó. Había imaginado a Reynard el Zorro como un duendecillo, un personaje juguetón. Pero no lo era. Era un monstruo y estaban encerrados con él.

Reynard bajó de la mesa con un salto ligero, como un trapecista de feria. En cuanto el zorro se hubo movido, Julia se dio cuenta de que ella también podía moverse. La magia ofensiva se le daba fatal, pero conocía sus escudos y algunos hechizos de desaparición y confinamiento que eran un mazazo. Por si acaso, empezó a amontonar protecciones y escudos entre el dios y ella, con tanta densidad que el aire se tornó ámbar y ondulado, cristal tintado y ondas de calor. Oía a Pouncy a su lado, todavía tranquilo, preparando un confinamiento. La situación era salvable. No había funcionado, así que deshagámonos del cabrón y salgamos de aquí. Pirémonos a Grecia.

Apenas quedaba tiempo. La boca de Reynard era un nido de dientes afilados. Eso es lo que pasa con esos timadores, ¿no?, nunca son tan graciosos como parecen. Sabía que si iba a por ella, si la miraba, interrumpiría el hechizo y echaría a correr, a pesar de que no podría huir. Tartamudeó dos veces, la voz se le quebró y tuvo que volver a empezar el hechizo. Debió de ser un engaño desde el principio. Ahora lo veía. Nunca hubo una Nuestra Señora del Subsuelo. ¿Oh, sí? No existía. La idea le hizo llorar de terror y de tristeza.

El zorro miraba a su alrededor mientras contaba sus ganancias. Failstaff, oh, Failstaff, fue quien dio el primer paso y se acercó a él por detrás, con pasos suaves para un hombre grande. Había convertido su vela en algo parecido a un lanzador de llamas y apuntaba sujetándolo con las dos manos. A pesar de lo grande que era, se le veía diminuto al lado de un verdadero gigante. Acababa de conseguir que el aparato llamease cuando Reynard se volvió de repente, lo cogió de las vestiduras y lo atrajo hacia sí con una mano inmensa para ponérselo en el brazo, como si fuese a darle un masaje en la cabeza. Le partió el cuello, como cuando un campesino mata a una gallina, y lo arrojó al suelo.

Failstaff yacía sobre Gummidgy, que permanecía inmóvil. Las piernas le temblaban como si lo estuviesen electrocutando. Julia expulsó todo el aire de los pulmones y se quedó atascada. No podía inspirar. Estaba a punto de desmayarse. En el otro extremo de la habitación, tres personas se dirigieron hacia la puerta para intentar abrirla. Trabajaban en grupo, con Iris en el centro: magia a lo grande, a seis manos. Reynard se preparó para su siguiente tarea mientras tarareaba lo que podría haber sido una alegre canción popular provenzal: levantó un gran bloque de piedra con ambas manos y lo lanzó contra los tres. Dos de ellos quedaron aplastados. El tercero, Fiberpunk el Metamago, el de las formas en cuatro dimensiones, resistía valientemente, luchando por los tres sin flaquear. A Julia siempre le había parecido un poco farsante, por todas esas gilipolleces que decía, pero tenía agallas. Estaba soltando una secuencia retorcida e introspectiva de desbloqueo como si no tuviese ninguna importancia.

Con sus dos manazas, Reynard lo abrazó por el pecho, como si fuese una muñeca, y lo lanzó contra el techo, a nueve metros de altura. Se estrelló con fuerza, tal vez Reynard quería que se quedase clavado, pero era probable que todavía estuviera vivo cuando se golpeó en la mesa al caer. El cráneo se reventó como un melón y derramó un abanico de líquido sanguinolento por el parqué liso. Julia pensó en todos los secretos metamágicos que debió de albergar esa mente ordenada ahora irreversiblemente desordenada por culpa de aquella catástrofe.

Todo había acabado. Todo se había ido al garete. Julia estaba preparada para morir, solo confiaba en que no doliese mucho. Reynard se agachó y puso las manos en la sangre y lo que fuese aquello y se embadurnó sensualmente el pecho de lujosa piel de zorro, apelmazándola. Era difícil discernir si se reía como un loco o si las bocas de los zorros eran así.

Dos minutos después de la llegada del dios zorro, Pouncy, Asmodeus y Julia eran los últimos magos de Murs, la flor y nata del piso franco, que quedaban vivos en el planeta. Durante unos instantes, Julia notó que los pies se le elevaban del suelo, debía de ser Pouncy en un intento por ganar algo de tiempo subiéndolos al techo, pero Reynard cortó el hechizo cuando solo se habían elevado unos cincuenta centímetros, por lo que cayeron al suelo con fuerza. Cogió el pesado cuenco de plata, tiró el agua de lluvia y se lo lanzó a Pouncy como si fuese un disco. En ese instante, Asmodeus terminó algo en lo que había trabajado desde la llegada del dios, un Rechazo Máximo quizá, con algún extra, algo afilado que llamó la atención de Reynard.

No le hizo daño, pero lo notó. Sus grandes orejas puntiagudas se contrajeron por el enfado. El cuenco golpeó a Pouncy con fuerza, pero en un lado. Le rozó la cadera izquierda y se alejó a toda velocidad. Pouncy gimió y se dobló.

—¡Basta! —gritó Julia—. ¡Basta!

Miedo: Julia ya lo había agotado. Una mujer muerta no siente miedo. Tampoco le quedaba más magia. Diría unas cuantas palabras normales, para variar, palabras que no eran mágicas. Hablaría con aquel mamón.

—Has aceptado nuestro sacrificio —dijo. Tragó saliva—. Ahora danos lo que hemos pagado.

Sentía como si intentase respirar a nueve mil metros de altura. El zorro la miró hacia abajo por su estrecho hocico. Con la cabeza de perro y el cuerpo de hombre parecía Anubis, el dios de la muerte egipcio.

—¡Dánoslo! —exigió Julia—. ¡Nos lo debes!

Asmo la miraba desde el otro extremo de la habitación, petrificada. La actitud inteligente y espabilada de Asmo había desaparecido por completo. Parecía que tenía diez años.

Reynard dio un fuerte ladrido antes de hablar.

—El sacrificio no hay que aceptarlo —dijo con una voz profunda y razonable, con un ligero acento francés—. El sacrificio hay que ofrecerlo de forma voluntaria. Yo les he quitado la vida. Ellos no me la habían ofrecido. —Era como si eso le hubiera parecido una grosería—. He tenido que arrebatarles la vida.

Pouncy se había incorporado con esfuerzo y estaba sentado apoyado en la pared. El dolor debía de ser horroroso. Tenía el rostro perlado de sudor.

—Quítame la vida. Te la entrego. Tómala.

Reynard ladeó la cabeza. Fantástico don Zorro. Se acarició los bigotes.

—Te estás muriendo. Pronto estarás muerto. No es lo mismo.

—Puedes tomar la mía —intervino Julia—. Yo te la entrego. Si dejas que los demás vivan.

Reynard se aseó, lamiéndose la sangre y los restos de cerebro del dorso de la mano-garra.

—¿Sabéis lo que habéis hecho aquí? —preguntó—. Yo no soy más que el principio. Cuando se invoca a un dios, todos los dioses se enteran. ¿Lo sabíais? Y ningún ser humano ha invocado a un dios en dos mil años. Los dioses antiguos también se habrán enterado. Mejor estar muertos cuando ellos regresen.

Mejor no haber vivido nunca cuando regresen los dioses antiguos.

—¡Mátame! —gimió Pouncy. Lanzó un grito ahogado cuando algo en su interior se hundió y susurró el resto—. Mátame. Te estoy entregando mi vida.

—Te estás muriendo —repitió Reynard con desdén.

Se calló. Pouncy no dijo nada.

—Ha muerto —anunció Reynard.

El dios zorro se volvió hacia Julia y enarcó las cejas, estudiándola. Un zorro de verdad no tendría esas cejas, pensó Julia sin sentido.

—Acepto —dijo—. La otra puede seguir con vida si te entregas a cambio. Y te daré algo más. Te daré lo que querías, lo que buscabas cuando me invocasteis.

—Nosotros no te invocamos —repuso Asmo en voz baja—. Invocamos a Nuestra Señora. —Entonces se mordió el labio y se calló.

Reynard contempló a Julia con una mirada crítica y entonces fue a por ella. Atravesó todas sus protecciones como si no estuviesen allí. Julia estaba dispuesta a morir: cerró los ojos y dejó caer la cabeza hacia atrás, le ofreció el cuello para que se lo desgarrase. Pero no lo hizo. La agarró con sus manos peludas, la arrastró por la habitación y la obligó a doblar la parte superior del cuerpo sobre la mesa de tejo. Julia no entendía nada y, de repente, lo entendió y deseó no haberlo hecho.

Se resistió. Él apretó el torso de Julia contra la madera con una mano pesada y dura y ella le arañó los dedos, pero eran como piedras. Ella había accedido, pero no a eso. Que la matase si quería. Le hizo daño cuando le desgarró el vestido, la tela le quemaba la piel. Intentó mirar hacia atrás para ver qué pasaba y vio —no, no, no lo vio, no vio nada— que el dios se hurgaba con su manaza en la entrepierna mientras se colocaba detrás de ella. Le apartó los pies descalzos con una patada experta. No era la primera vez que el animal participaba en un rodeo.

Entonces la penetró. Julia se había preguntado si la tendría demasiado grande, si la desgarraría y la dejaría destripada y rebotando como un pez. Se tensó. Exhausta, apoyó la frente caliente en el brazo, en lo que supuso era la postura que adoptaban las víctimas de violación desde el principio de los tiempos. Lo único que se oía era su ronco jadeo.

Tardó mucho tiempo. No es que el tiempo se hubiese detenido; Julia no se desmayó ni perdió la noción del tiempo. Diría que el dios tardó entre siete y diez minutos en violarla y ella vivió todos y cada uno de ellos. Desde su posición elevada veía las piernas gruesas de Failstaff en el suelo, ya inmóviles, superpuestas a las piernas largas y morenas de Gummidgy y también donde yacían los dos que habían muerto cerca de la puerta; la sangre que fluía por debajo del bloque de piedra había formado un inmenso charco de sangre.

Mejor a mí que a Asmo. No veía a Asmo, porque ella no podía mirarla, pero sí que la oía. Lloraba ruidosamente. Sonaba como la niña pequeña que era en esencia, un niñita que estaba perdida. ¿Dónde estaba su hogar? ¿Quiénes eran sus padres? Julia ni siquiera lo sabía. Lágrimas calientes descendían también por las mejillas de Julia, le resbalaban por el brazo y mojaban la madera marrón.

El otro ruido que se oía era el que emitía Reynard el Zorro, el dios timador, que gruñía suavemente con voz ronca detrás de ella. En un momento dado, un par de terminaciones nerviosas rebeldes intentaron enviar señales de placer al cerebro de Julia, tras lo cual las fundió con un impulso de electricidad neuroquímica para no volverlas a sentir nunca más.

Antes de que Reynard acabase con Julia, Asmodeus se inclinó hacia delante y vomitó, plaf, en el suelo. Después echó a correr y resbaló, una vez con el vómito y otra con la sangre. Alcanzó la puerta y esta se abrió para dejarla pasar. Tardó mucho tiempo en cerrarse detrás de ella. A través de la puerta y de una ventana que estaba al otro lado del pasillo, Julia vislumbró el inocente mundo exterior verde y negro, lejos de su alcance.

El zorro dios ladró con fuerza cuando eyaculó. Ella lo sintió. Lo terrible, lo indecible, lo que nunca le contaría a nadie, ni siquiera a sí misma, es que fue maravilloso. No de una manera sexual, no, por Dios. Pero la llenó de poder. Fluía por todo su ser, por el tronco, descendía por las piernas y salía por los brazos. Apretó los dientes y cerró los ojos para intentar detenerlo, pero había alcanzado el cerebro, y la iluminó desde el interior con energía divina. Abrió los ojos y vio cómo le llenaba las manos. Cuando alcanzó la punta de los dedos las uñas brillaron.

Y entonces tomó algo de ella. Al sacar el miembro, se llevó algo consigo. Era como si se le hubiese pegado algo, daba la sensación de que era una película transparente, algo de su interior, que tenía su misma forma. Era algo invisible que siempre había tenido y Reynard se lo había arrebatado. Julia no sabía qué era, pero sintió cómo lo perdía y se estremeció. Sin ello era alguien diferente, diferente a lo que había sido hasta entonces. Reynard le había dado poder y había tomado algo de ella a cambio, aunque ella hubiese preferido morir antes que dárselo. Pero no tuvo elección.

Al final, aproximadamente unos diez minutos después, Julia levantó la cabeza. La luna estaba de nuevo en el cielo, en su sitio, como si no tuviese culpa y no hubiese participado. Ahora era una luna normal, una roca estéril, congelada y asfixiada a muerte en el vacío, eso era todo.

Julia se levantó y se dio la vuelta. Miró a Pouncy. Seguía sentado contra la pared, los ojos acerados todavía abiertos, pero completamente muertos. Quizás ahora estaba en el cielo. Sabía que debería sentir algo, sin embargo, no sentía nada y eso hizo que se sintiese fatal. Caminó hasta la puerta y salió; los pies descalzos chapotearon ligeramente en la sangre fría. No miró atrás. Todas las luces estaban apagadas. La casa estaba vacía. No había nadie.

Sin pensar ni sentir nada, porque no había nada más que pensar o sentir excepto la desagradable pegajosidad de la sangre, y a saber qué otras sustancias más en los pies y entre los dedos, salió al jardín. Ha sucedido algo terrible, pensó, pero ningún sentimiento acompañaba a esas palabras. Los animales para los sacrificios se habían ido, habían logrado escapar y habían huido, excepto las dos ovejas, que no querían mirarla. Por algún motivo estaba saliendo el sol. Debían de haber pasado allí toda la noche.

Restregó los pies en el frío rocío, se agachó y lo tocó con las manos y se lo restregó por el rostro.

Después pronunció una palabra que nunca había oído y voló, desnuda y ensangrentada como un recién nacido, hacia el cielo iluminado.

26

Los demás se habían quedado en la playa hasta el amanecer, esperando a que Quentin y Julia regresasen del Hades. Al final, desistieron y se fueron a dormir, helados y exhaustos, a sus literas a bordo del *Muntjac*. Cuando se despertaron unas horas después sintieron alivio y una gran alegría al ver que Quentin y Julia los esperaban en cubierta.

Sin embargo, la escena que se encontraron al despertarse era extraña. Julia estaba de pie, transformada, bella y poderosa de una forma renovada. Irradiaba un aire de paz y triunfo. Quentin no estaba diferente, pero le pasaba algo: alguna razón tendría para estar en el suelo a cuatro patas observando los tablones de madera de la cubierta.

Habían volado hacia arriba, muy arriba, hasta que gradualmente Quentin se dio cuenta de que la sensación de ligereza que sentía era en realidad la del descenso, pero no de la forma en que habían venido: cayeron a través de húmedas nubes pegajosas y entonces vieron una pequeña viruta de madera debajo de ellos en el mar que resultó ser el *Muntjac*, mientras el agua a su alrededor brillaba con la luz del amanecer. La diosa los dejó en la cubierta, besó a Julia en la mejilla y desapareció.

Quentin se dio cuenta de que no se podía mantener en pie por sí solo; o sí podía, pero no quería. Se puso a cuatro patas y colocó la llave en el suelo frente a sí. Observó con atención los tablones de madera maciza con los que se había construido el *Muntjac*: tras una noche en el infierno todo era real y vívido e increíblemente detallado. Los colores se veían muy vivos, incluso los grises, los marrones, los negros y los indistinguibles tonos intermedios en los que normalmente no se hubiese fijado y hubiese pasado por alto. Seguía las líneas, las estrías y las rayas de tigre de la madera, dibujadas y organizadas con una perfección descuidada, oscuras y claras, orden y caos, todas mezcladas con pequeñas astillas a lo largo de los bordes de los tablones desgastados, astillas que formaban diferentes ángulos provocados por el paso de pies descuidados.

Sabía que tenía una pose rara, como si estuviera colocado, pero no le importaba. Tenía la sensación de poder pasarse toda la eternidad mirando la madera fijamente. Así de sencillo: buena madera noble y resistente. Nunca perderé esto, pensó. Disfrutaría de todo exactamente así, hasta el último átomo, como Benedict lo hubiese disfrutado si hubiese podido regresar del Hades. Y Alice, y el resto. Era cuanto podía hacer por ellos. La Tierra o Fillory, pero ¿importaba algo? ¿Cuál era el gran enigma? Mirase donde mirase había tanta riqueza que nunca se agotaría. Tal vez todo fuese un juego que al final acaba arrugado y en la basura, pero mientras estaba allí era real.

Apretó la frente contra la tarima, con fuerza, como un peregrino penitente, y sintió el golpear de las olas que se oía a través del suelo y desde abajo, como un pulso, así como el calor del sol. Percibió el olor ácido y salado del agua de mar y oyó los pasos vacilantes de la gente desconcertada que se congregaba a su alrededor sin saber bien qué hacer. Oyó los demás ruidos insignificantes de la cotidianidad, los crujidos y los chirridos y los golpes y los zumbidos, sin parar, un mundo sin fin.

Respiró hondo y se sentó. Lejos del calor del cuerpo de la diosa, tiritó por el aire marino de primera hora de la mañana. Pero incluso el frío le hacía sentir bien. Esto es vida, no dejaba de decirse. Aquello era estar muerto y esto es estar vivo de nuevo. Aquello era la muerte, esto es la vida. Nunca más volveré a confundirlas.

Varias personas lo ayudaron a ponerse de pie y lo guiaron hacia abajo, a su camarote. Estaba bastante seguro de que podía haber andado solo, pero dejó que lo llevasen, daba la impresión de que querían hacerlo y ¿quién era él para impedirlo? Entonces se encontró tumbado en su cama. Estaba muerto de cansancio, pero no quería cerrar los ojos, no después de lo que sucedía a su alrededor.

Un poco más tarde notó que alguien se sentaba en el borde de la cama. Julia.

—Gracias, Julia —dijo al cabo de un rato. Notaba los labios y la lengua gruesos y torpes—. Me has salvado. Lo has salvado todo. Gracias.

—La diosa nos ha salvado.

—También le estoy agradecido.

—Se lo diré.

—¿Cómo te sientes?

—Me siento terminada —se limitó a decir—. Siento que por fin ya estoy terminada. Ya me he convertido en lo que me estaba convirtiendo.

—Ah —contestó Quentin, y tuvo que reírse por lo tontísimo que sonaba—. Me alegro de que estés bien. ¿Estás bien?

—He estado atrapada en un punto intermedio durante mucho tiempo —añadió en lugar de responder a su pregunta—. No podía regresar... lo deseaba, durante mucho tiempo lo deseé. Mucho tiempo. Quería regresar a antes de que sucediera, cuando todavía era humana. Pero no podía y tampoco podía ir hacia delante. Entonces, de pronto, en el Hades me di cuenta por primera vez, lo entendí de verdad, que nunca regresaría. Así que me dejé llevar. Y entonces sucedió.

Se quedó mudo. ¿Qué le decías a un ser sobrenatural acabado de crear? Solo quería mirarla. Nunca antes había estado tan cerca de un espíritu.

—Dijiste que eras una dríada.

—Lo soy. Somos las hijas de la diosa. Eso me convierte en una semidiosa —añadió como aclaración—. No soy literalmente su hija, claro. Es más una cuestión espiritual.

Julia seguía siendo Julia, pero el enfado, la sensación de que se sentía muy mal con el mundo por alguna cuestión crucial, había desaparecido. Y había vuelto a hablar como era habitual en ella.

—¿Así que cuidáis de los árboles?

—Nosotras cuidamos de los árboles y la diosa cuida de nosotras. Uno de los árboles me pertenece, aunque no sé muy bien dónde está. Pero puedo sentirlo. Iré allí en cuanto hayamos acabado. —Se rio. Era bueno saber que todavía podía reírse—. Sé tantas cosas sobre los robles. Pero si te las explico te mueres de aburrimiento.

»¿Sabes que casi había perdido la fe en la diosa? Estuve a punto de dejar de creer en ella. Pero me di cuenta de que tenía que convertirme en algo. Tenía que aprovechar lo que me habían hecho y utilizarlo para convertirme en lo que quería ser. Y deseaba esto. Y cuando la llamé, la diosa acudió.

»Me siento muy fuerte, Quentin. Es como si tuviese un sol en el interior, o una estrella, que brillará eternamente.

—¿Significa eso que eres inmortal?

—No lo sé. —Y en ese instante ensombreció el semblante—. En cierto sentido, ya he muerto. Julia está muerta, Quentin. Yo estoy viva y es posible que viva para siempre, pero la muchacha que fui está muerta.

Sentado tan cerca de Julia como estaba, veía lo inhumana que era ahora. Su piel era como la madera clara. La joven que había conocido en el instituto, con sus pecas y su oboe, se había ido para siempre; la habían destruido y la habían desechado en el proceso de crear ese ser. Julia ya no volvería a ser mortal nunca más. La Julia que estaba sentada en la cama a su lado era como un magnífico monumento conmemorativo de la muchacha que fue.

Al menos a esta Julia todo eso le traía sin cuidado. Ya estaba fuera del juego, del juego de los vivos y de los muertos en que el resto estaba atrapado. Ella era diferente. Ya no era una masa destartalada de carne y sangre. Era mágica.

—Hay cosas que debes saber —dijo—. Ahora te puedo explicar cómo empezó todo esto. Por qué he cambiado y por qué los antiguos dioses han regresado.

—¿En serio? —Quentin se apoyó en un codo—. ¿Lo sabes?

—Lo sé —contestó—. Te lo voy a explicar todo.

—Quiero saberlo.

—No es una historia feliz.

—Creo que estoy preparado —dijo Quentin.

—Ya sé que piensas así, pero es más triste de lo que crees.

No había más islas. Ya las habían pasado. El *Muntjac* surcaba el océano tranquilo y vacío, día tras día, más y más hacia el este, el sol salía por delante de ellos, ardía arriba en el cielo y se extinguía cada noche en el agua tras ellos. Era visiblemente más grande por las mañanas, casi oían el ruido sordo y amortiguado al arder, como un alto horno en la lejanía.

Tras una semana el viento se calmó, pero el cielo estaba despejado y por las tardes y por las noches el almirante Lacker izaba la vela solar y navegaba con la fuerza de una tormenta de sol. Quentin había estado en el extremo occidental de Fillory, donde había cazado el Ciervo Blanco en el mar Occidental, pero el extremo oriental era un lugar muy diferente. Tenía una cualidad polar. El sol era luminoso y caliente, pero el aire era cada vez más frío. Incluso por las mañanas, cuando el sol parecía que estaba peligrosamente cerca, como si fuese a incendiar el mástil, podían verse la respiración. El cielo era de un azul profundo e intenso. A Quentin le daba la sensación de que si no tenía cuidado se caería hacia arriba.

El agua era una aguamarina helada y el *Muntjac* se deslizaba por ella casi sin fricción, sin apenas dejar ondas. Era diferente al agua de mar normal, más sedosa y menos densa, sin apenas tensión superficial, era más bien como restregar alcohol. Solo vivía en ella un tipo de pez, el pez bala largo y plateado que centelleaba y nadaba veloz en el agua en bancos romboides. Pescaron algunos, pero no parecían comestibles. No tenían boca pero sí unos ojos enormes, y la carne era de un blanco intenso y olía a amoníaco.

El mundo a su alrededor empezaba a parecer insustancial. No era nada en concreto que Quentin supiese identificar, pero el material de la realidad parecía cada vez más puro y más frágil, como si estuviese tensado sobre un bastidor. Se sentía el frío de la oscuridad exterior pasando a través del mismo. Resultó que todos se movían lenta y suavemente, como si fuesen capaces de atravesar con el pie la estructura del tiempo-espacio.

También el mar era cada vez menos profundo. Se veía el fondo a través del agua cristalina y todas las mañanas, cuando Quentin lo comprobaba, estaba más cerca. Era un fenómeno interesante desde un punto de vista oceanográfico, pero lo más importante es que constituía un problema. El *Muntjac* no era un barco grande, aunque tenía aproximadamente unos seis metros de calado, y a ese ritmo encallaría mucho antes de llegar a donde demonios fueran.

—Tal vez Fillory no tenga fin —declaró Quentin una noche mientras comían con apetito el rancho cada vez más escaso y poco apetecible.

—¿Qué quieres decir? ¿Que es infinito? —preguntó Josh—. ¿O que es una esfera como la Tierra? Dios mío, espero que no sea eso. ¿Y si acabamos de nuevo en Whitespire? Joder, me voy a cabrear si después de todo lo único que hacemos es descubrir el Paso del Noroeste o algo así.

Se chupó los dedos para comerse los restos de sal de una galleta salada. Era el único a quien la situación no parecía intimidarle.

—Quiero decir que parece más la banda de Möbius. ¿Y si todo está en un lado y no hay borde?

—Creo que te refieres a la botella de Klein —sostuvo Poppy—. Una banda de Möbius tiene bordes. O un borde.

Nada como tener una semidiosa cerca para resolver dudas de esa índole. Julia ya no comía, pero seguía acompañándolos en la cena.

—¿Es una botella de Klein? ¿Lo sabes?

Julia negó con la cabeza.

—No lo sé. No creo que lo sea.

—¿Así que no eres omnisciente? —preguntó Eliot—. No lo digo de forma negativa. Pero, ¿no lo sabes con certeza?

—No —contestó Julia—. Pero sí sé que este mundo tiene fin.

Todos se despertaron muy temprano al día siguiente cuando el *Muntjac* encalló.

No fue como un choque contra un muro, sino más gradual: un chirrido lejano, suave al principio, después más fuerte y, de repente, apremiante, como un crujido, para terminar con todo lo que había a bordo, personas incluidas, resbalando suave pero firmemente hacia la pared más cercana que tenían delante mientras el barco se detenía por completo. Tras lo cual se produjo un silencio vibrante.

Todos subieron a cubierta en bata y pijama para ver qué había sucedido.

Reinaba una quietud extraña. A su alrededor se extendía el mar plano y cristalino como una capa reciente de barniz. No soplaba el viento. Un pez saltó aproximadamente a unos cuatrocientos metros de distancia, pero el salto sonó tan fuerte como si estuviese justo al lado del barco. Las velas colgaban flojas. La menor vibración enviaba ondas circulares que se deslizaban hacia el horizonte en todas direcciones.

—Vaya —dijo Eliot—, pues estamos apañados. ¿Y ahora qué hacemos?

Quentin había pensado, como era de suponer que había hecho el resto de la tripulación, que hacía mucho que ya habían gastado la mitad de los suministros. Si no podían seguir avanzando, morirían en el viaje de regreso. O morirían allí, abandonados en un desierto de agua.

—Hablaré con el barco —dijo Julia.

Como había hecho incluso cuando todavía era humana, Julia quería decir lo que decía y decía lo que quería decir. Bajó a la bodega, al corazón del barco, donde se encontraba la parte mecánica, se arrodilló y empezó a susurrar, deteniéndose de vez en cuando para escuchar. No fue una conversación larga. Al cabo de cuatro o cinco minutos, dio unas palmaditas en la gruesa base del mástil del *Muntjac* y se incorporó.

—Ya está arreglado.

De inmediato no resultó obvio lo que estaba arreglado o cómo lo había arreglado, pero se hizo evidente. Flotaban con el casco libre y empezaron a deslizarse hacia delante de nuevo como si nada hubiese sucedido. Quentin no se dio cuenta hasta que miró hacia atrás a la estela que dejaban.

Detrás de ellos había tablones y vigas enormes y viejos y diversos materiales de carpintería que subían y bajaban y daban vueltas en el agua. El *Muntjac* se estaba empequeñeciendo, se estaba reconstruyendo de la quilla hacia arriba y estaba desechando la madera que le sobraba mientras navegaba. Se sacrificaba por ellos.

A Quentin le escocían los ojos. No sabía qué tipo de ser era el *Muntjac*, si tenía sentimientos o si era simplemente algún tipo de mecanismo, una inteligencia artificial construida con cuerdas y madera, pero le invadió un sentimiento de gratitud y de tristeza. Ya le habían pedido mucho.

—Gracias, muchacho —dijo por si acaso le oyese. Dio unas palmaditas en el pasamanos desgastado—. Nos has salvado una vez más.

Cuanto menos profundo era el océano, más tenía que cambiar el *Muntjac*. Quentin pidió a la tripulación que subieran al perezoso hembra, que dejó que la colgaran de la verga mientras parpadeaba y bostezaba al aire libre. Vaciaron los camarotes y la bodega y amontonaron todo en la cubierta alrededor de ellos.

Se oían golpes y quejidos que venían de abajo, de las entrañas del barco. Quentin observó cómo primero la popa alta y orgullosa del *Muntjac* caía al agua, a continuación el bauprés y todo el castillo de proa. Sobre las cuatro de la tarde el palo de mesana se derrumbó con una gran salpicadura y se perdió por la popa. Esa noche cayó el trinquete. Por la noche durmieron en la cubierta, temblando bajo las mantas por el frío.

Por la mañana, cuando se despertaron, el mar tenía tan poca profundidad que se podía caminar por el mismo y el *Muntjac* se había convertido en una balsa con un solo mástil. El casco había desaparecido totalmente; solo quedaba la cubierta. El mar reflejaba la luz naciente del cielo despejado y parecía una pradera infinita de un rosa ahumado. Cuando el sol apareció por el horizonte era inmenso: se asemejaba a una corona enroscada alrededor de su cara brillante e insoportable.

A mediodía volvieron a encallar, el extremo delantero de la balsa se clavó con un crujido en el fondo arenoso. No había nada que hacer, el *Muntjac* no podía más. No tenía nada más que dar.

No obstante, ahora ya veían que su viaje sí tenía un destino. Una línea baja y oscura, que recorría la anchura entera del horizonte, se había materializado en la lejanía. Era imposible saber a qué distancia se encontraba.

—Parece que vamos a tener que andar —opinó Quentin.

Uno a uno, Quentin, Eliot, Josh, Julia y Poppy, se dirigieron, balanceándose, hacia el borde de la embarcación y se tiraron al agua. Estaba fría pero no cubría, no llegaba ni a la rodilla.

Ya se habían puesto en camino cuando oyeron el ruido de algo que caía al agua detrás de ellos. Bingle había saltado por encima de la barandilla; él también los acompañaba. Era evidente que no consideraba que su responsabilidad como guardaespaldas estuviese completamente acabada. Bingle llevaba a cuestas a Abigail, con los largos brazos del animal alrededor de su cuello como si fuese un chal de piel y las garras entrecruzadas delante de él.

La soledad de la escena era indescriptible. Al cabo de una hora, el barco, tras ellos, resultaba prácticamente invisible y el único sonido que se oía era el chapoteo regular de sus pisadas. En ocasiones, se acercaba algún pez sin boca y chocaba, sin hacer daño, contra los tobillos. Era más fácil caminar en el agua poco profunda de lo que habría sido hacerlo en agua de mar normal; ofrecía menos resistencia. Julia caminaba por la superficie como correspondía a una semidiosa. Nadie hablaba, ni siquiera Abigail, que casi siempre sabía qué decir. El mar, hasta el horizonte, era liso como el cristal.

El sol calentaba sobre sus cabezas. Al cabo de un rato, Quentin dejó de mirar hacia el horizonte para limitarse a mirar hacia abajo, a sus botas negras que daban un paso tras otro. Cada paso los acercaba más al final de la historia. Iban a acabar ya con esto. Todavía era posible que algo saliese mal, pero no tenía ni idea de qué podía ser. Podía calcular lo que avanzaban porque el agua era cada vez menos profunda, al principio les llegaba hasta la pantorrilla, después hasta al tobillo y por último no era más que una delgada película que salpicaba bajo los pies. El sol estaba bajo en el cielo a sus espaldas. A lo lejos, a la derecha de donde se encontraban, había aparecido un único lucero vespertino cuya imagen brillaba trémula en el agua.

—Tenemos que darnos prisa —dijo Julia—. Noto que la magia se va.

Para entonces, el muro que tenían delante se veía claramente. Debía de tener unos tres metros de altura y estaba construido con viejos ladrillos finos, parecían los mismos ladrillos que habían utilizado para construir el muro en el infierno. Probablemente utilizaron al mismo contratista. Se erigía al fondo de una playa de arena gris que se extendía hasta el punto de fuga en las dos direcciones. Tenía una inmensa y vieja puerta de madera, desteñida y desgastada por el paso de los años y por las inclemencias del tiempo. Al acercarse vieron que tenía siete cerraduras de diferentes tamaños.

A cada lado de la puerta había dos sencillas sillas de madera, el tipo de sillas viejas que se dejan en el porche porque están muy gastadas para el comedor, pero que todavía son demasiado buenas y resistentes como para tirarlas. No eran iguales; una de ellas tenía el asiento de mimbre. Un hombre y una mujer estaban sentados en ellas. El hombre era alto y delgado, de unos cincuenta años, con una cara alargada y severa. Vestía un chaqué negro. Se parecía un poco a Lincoln camino del teatro.

La mujer era más joven, tendría unos diez años menos, y era pálida y encantadora. En cuanto pisaron tierra firme, ella los saludó con la mano. Era Elaine, la agente de aduanas de la Isla Exterior. Estaba mucho más seria que la última vez que Quentin la había visto. Tenía algo en el regazo: la Liebre Vidente. La estaba acariciando.

Se levantó y la liebre saltó al suelo y se dirigió veloz a la playa. Quentin la observó marchar. Le recordó a la pequeña Eleanor y a sus conejitos alados. Se preguntó dónde estaría y quién la estaría cuidando. Lo preguntaría antes de que todo esto acabase.

—Buenas tardes —saludó Elaine—. Su Majestad. Su Alteza Real. Buenas tardes a todos. Soy la agente de aduanas. Me ocupo de las fronteras de Fillory. De las fronteras de todo tipo —añadió intencionadamente dirigiéndose a Quentin—. Creo que han conocido a mi padre. Espero que no les haya molestado demasiado.

¿Su padre? Ah. Más cuentos de hadas. Imaginaba que eso encajaba a la perfección.

—Caramba, es casi la hora —dijo el hombre—. Los dioses están terminando su trabajo. La magia casi ha desaparecido y sin ella Fillory se doblará como una caja con nosotros dentro. ¿Tiene las llaves?

Quentin miró a Eliot.

—Hazlo tú —dijo el Alto Rey—. Al principio fue tu aventura.

Eliot sacó la anilla con las siete llaves, Quentin la cogió y se dirigió a la gran puerta de madera. Mantuvo la espalda erguida y metió la barriga. Este es el momento, pensó. Este es el triunfo.

La gente contaría siempre esa historia. Aunque quizás omita lo melancólica que resultaba la playa al atardecer, como todas las playas al caer la tarde, cuando la diversión ya ha acabado. Hora de sacudirse la arena de los pies, amontonarse en la furgoneta y volver a casa.

—De la menor a la mayor —indicó el hombre del chaqué, amable aunque severo—. Adelante. Déjelas en la cerradura a medida que las coloque.

Quentin sacó las llaves de la anilla en orden. La primera cerradura, diminuta, se abrió con facilidad, notó cómo el mecanismo, con un engranaje bien engrasado, se enlazaba y se trababa y giraba en el interior de la puerta. Pero cada llave sucesiva ofrecía más resistencia. La cuarta estaba tan arriba que tuvo que ponerse de puntillas para girarla. La sexta apenas podía moverla y cuando al fin logró girarla, con los dedos curvados hacia atrás y los nudillos blancos por el esfuerzo, hubo un destello de luz en el interior de la cerradura y las chispas que despidió le quemaron la muñeca.

La última era imposible de girar y al final Quentin tuvo que pedirle la espada a Bingle para colocarla en el anillo de metal al final de la llave y utilizarla como palanca. Aun así, el hombre vestido con el traje de etiqueta tuvo que levantarse de la silla y ayudarlo.

Cuando al fin cedió y empezó a girar, fue como si hubiese introducido una llave en un agujero del centro del universo. Juntos, el hombre y él, se pusieron manos a la obra, la cara de Quentin aplastada en el hombro del otro. El traje olía ligeramente a naftalina. Cuando la llave giró, las estrellas del cielo giraron también. El cosmos entero rotaba alrededor de ellos o tal vez era Fillory lo que giraba o quizá daba igual. El cielo nocturno giró sobre ellos hasta que fue reemplazado por el cielo diurno. Ellos seguían girando y el cielo diurno se hundió en el horizonte y las estrellas se apresuraron a salir de nuevo.

Círculo completo. Habían regresado donde habían empezado. Se oyó un fuerte clic cuyo eco parecía que no cesaría nunca, el sonido rebotaba en los muros exteriores del mundo, una bóveda que se abría en una catedral. La puerta osciló lentamente hacia el interior. Al otro lado del umbral había un espacio vacío, cielo negro y estrellas. Quentin retrocedió de manera instintiva. Todos los que estaban en la playa, incluidos Bingle y el perezoso hembra, respiraron, aunque en realidad ni siquiera se habían dado cuenta de que habían estado conteniendo la respiración.

—Bien —dijo Elaine temblorosa. Se había ruborizado e incluso rio un poco—. Debo reconocer que no estaba segura de que fuese a funcionar.

—¿Ha funcionado? —preguntó Quentin. Miró a su alrededor buscando alguna señal que indicase que las cosas habían cambiado—. No veo ninguna diferencia.

—Ha funcionado.

—Ha funcionado —repitió Julia.

Alguien agarró a Quentin por detrás con un inmenso abrazo de oso. Era Josh. Cayeron los dos en la arena fría, Josh encima de Quentin.

—¡Tío! —gritó Josh—. ¡Qué pasada! ¡Acabamos de salvar la magia!

—Supongo que sí. —Quentin empezó a reírse y después no podía parar. Había pasado todo. Al final, la magia no los abandonaría. Ahora tenían su propia magia y estaba a salvo. No solamente en Fillory, sino en todas partes. Nadie podría arrebatársela. Probablemente los Salvadores de Toda la Magia se merecieran un poco más de formalidad, pero qué más daba. Poppy gritó y también se tiró encima de ellos.

—Qué cabrones —dijo Eliot, aunque esbozaba su sonrisa loca e irregular—. Tendríamos que haber traído champán.

Quentin estaba tumbado en la arena y miraba el cielo al anochecer. Podría haberse dormido en ese instante en la arena y no despertarse hasta llegar a Whitespire. Cerró los ojos. Oyó la voz de Elaine.

—Si quieres —dijo—, puedes cruzarla.

Quentin abrió los ojos de nuevo. Se incorporó.

—Espera —dijo—. ¿En serio? ¿Puedo cruzar la puerta? ¿Qué hay después?

—El Extremo Lejano del Mundo —se limitó a decir la agente de aduanas.

—El Extremo Lejano —repitió Eliot—. No sabemos qué significa eso.

—Debería explicároslo —contestó. Se acomodó en la silla—. Fillory no es una esfera, como el mundo en el que nacisteis, Fillory es plano.

—¿Así que no es una botella de Klein? —preguntó Poppy—. Entonces, ¿cómo funciona la gravedad?

—Como tal —Elaine prosiguió, sin hacerles caso—, Fillory tiene otro lado. Un reverso, si quieres.

—¿Qué hay en él? —inquirió Quentin—. ¿Qué hay ahí?

—Nada. Y todo.

Cuando acabase todo esto Quentin estaría listo para tomar unas largas vacaciones de dioses, demonios y todas sus crípticas manifestaciones.

—Hay otro mundo allí, esperando nacer. Un mundo para el

que Fillory, en cierto sentido, no es más que un borrador. Se podría hacer una analogía: el Extremo Lejano es a Fillory lo que Fillory es a vuestra Tierra. Un lugar más verde. Un lugar más auténtico, más mágico.

Eso era una nueva artimaña. Quentin, Poppy y Josh se levantaron de la arena sintiéndose un poco tontos. Se sacudieron la arena y prestaron atención.

—Cada uno de vosotros tiene una alternativa: marcharse o quedarse. No puedo garantizar que el que cruce la puerta pueda regresar aquí. Pero si no vais ahora, nunca más tendréis otra oportunidad.

—¿Pero qué hay allí en verdad? —preguntó Quentin—. ¿Cómo es?

Elaine lo miró con serenidad y de forma directa.

—Lo que tú quieres, Quentin. Todo lo que estás buscando. La aventura de todas las aventuras.

Eso era. El verdadero final de la historia, el final feliz. Solo era capaz de pensar en Alice. Ella lo estaría esperando allí. Elaine contempló al grupo formar un semicírculo disperso delante de la puerta. Sus ojos se encontraron primero con los de Eliot. Él negó con la cabeza lentamente.

—Soy el Alto Rey —habló con voz seria, con la mayor seriedad que Quentin jamás le había oído—. No puedo ir. No voy a abandonar Fillory.

Elaine se volvió hacia Bingle, que seguía teniendo al perezoso hembra sobre la espalda, que miraba por encima de su hombro como un cachorro de koala. Bingle cerró los ojos cubiertos por la capucha.

—Regresar nunca formó parte de mis planes —dijo. Dio un paso hacia delante. Así que al final tenía razón. Quentin supuso que ahora Bingle ya se había ganado un pase gratis para el teatro.

—Yo también voy —dijo el perezoso hembra por encima de su hombro, por si acaso alguien se había olvidado de ella.

Elaine se apartó e indicó que ya podían avanzar. Sin vacilar, Bingle se dirigió hacia la puerta y la abrió por completo.

Su silueta se recortaba en el inmenso vacío centelleante. En el cielo nocturno que quedaba a sus espaldas, un cometa pasó como un cohete, chisporroteando y crepitando alegremente como unos fuegos artificiales baratos. Eso era lo que se consideraba espacio exterior en Fillory, supuso Quentin. Al fondo de la entrada apenas veía el extremo de una de las puntas de la luna de plata. Ascendía para iluminar como de costumbre el cielo nocturno de Fillory.

Daba la sensación de que si te acercabas demasiado a la entrada, te succionaría, como si pasases por una esclusa de aire. Pero Bingle se limitó a quedarse ahí, mirando a su alrededor.

—Está abajo —indicó Elaine—. Tienes que descender.

Debía de haber una escalera. Bingle se volvió para mirarlos, se arrodilló con movimientos lentos para que el perezoso hembra no se cayese y con el pie tocó el terreno alrededor hasta que por lo visto encontró un peldaño. Se despidió con la cabeza de Quentin y empezó a descender peldaño a peldaño. Su largo rostro aceitunado desapareció por debajo del borde.

—Una vez que llegas a la mitad la gravedad da la vuelta —le gritó Elaine—. Y empiezas a ascender. No es tan complicado como parece —añadió para el resto.

Se volvió hacia Quentin.

En dos ocasiones anteriores Quentin había tomado esa misma decisión. Se había encontrado en el umbral de un nuevo mundo y lo había cruzado. Cuando llegó a Brakebills había tirado toda su vida por la borda, todo su mundo y a todos los que conocía a cambio de una nueva vida mágica y rutilante. Fue fácil, no tenía nada que mereciese la pena conservar. Lo había vuelto a hacer cuando llegó a Fillory y la segunda vez no fue mucho más difícil. Sin embargo, ahora, la tercera vez, resultaba muy difícil. Tenía cosas que perder.

Pero también era más fuerte. Se conocía mejor. Al final el viaje no había terminado. No regresaría. Miró a Eliot.

—Ve —dijo Eliot—. Uno de nosotros debe ir.

Por Dios, ¿tan fácil era leerle el pensamiento?

—Ve —repitió Poppy—. Eres tú quien debe ir, Quentin.

Quentin la rodeó con los brazos.

—Gracias, Poppy —susurró. Después lo repitió para todos—. Gracias.

Se le entrecortó la voz al decirlo. No le importó.

De pie en la entrada, respiró hondo como si estuviese a punto de descender a una piscina. Lo contempló todo: estaba entre bastidores en el cosmos. Abajo, a lo lejos, veía a Bingle y al perezoso hembra, diminutos, descendiendo todavía por lo que parecía una columna infinita de peldaños. La totalidad de la luna colgaba ahí mismo, delante de él, luminosa y gloriosa en el abismo, brillando con su propia luz. Parecía que podía saltar hasta ella. Era lisa y blanca, sin cráteres. Nunca había imaginado que los extremos de las puntas fuesen tan afiladas.

Se arrodilló para empezar a descender.

—Qué raro. —La agente de aduanas frunció el entrecejo—. Espera un momento. ¿Dónde está tu pasaporte?

Quentin se quedó quieto, sobre una rodilla.

—¿Mi pasaporte? —dijo. Otra vez igual—. No lo tengo. Se lo di al niño en el infierno.

—¿En el infierno? ¿En el Hades?

—Bueno, sí. Tuve que ir a buscar la última llave.

—Ah. —Frunció los labios—. Lo siento, pero no puedes pasar sin el pasaporte.

No podía hablar en serio.

—Bueno, un momento —añadió Quentin—. Tengo un pasaporte. Eleanor me lo hizo. Pero no lo llevo conmigo, está en el Hades.

Elaine esbozó una sonrisa cansada, no totalmente falta de compasión, pero que tampoco rebosaba de entusiasmo por la situación.

—Lo siento. No puedo dejarte pasar.

Aquello era increíble. Miró a los otros, que lo contemplaban con expresión inescrutable, como cuando los pasajeros de un coche miran al conductor después de que la policía lo haya detenido por exceso de velocidad. Intentó que la expresión de su rostro comunicase algo, algo del tipo «vaya putadón», pero no era fácil. Le estaban pidiendo que se comportase, pero esto era diferente. Estaba en juego su destino y ella no se lo arrebataría por un detalle técnico.

—Tiene que haber algún resquicio legal. —Todavía estaba de rodillas en el umbral y levantaba la vista para mirarla, con un pie fuera de la puerta. Ahora sentía que el Extremo Lejano tiraba de él, luminoso y alegre, con su propia gravedad. Allí era donde la historia le llevaba—. Tiene que haber algo. No tuve elección, tuve que ir al Hades. Y hablando en plata, si no hubiese ido, nunca hubiésemos podido abrir la puerta. No estaríamos aquí. El mundo hubiese terminado...

—Por eso te será más difícil.

—... así que —Quentin seguía hablando, más fuerte—, si no hubiese ido al Hades no habría ninguna posibilidad de ir al Extremo Lejano del Mundo. —Sabía que si se levantaba todo terminaría—. No quedaría ningún Extremo Lejano. Todo esto habría desaparecido.

La expresión de ella permaneció inmutable. Esa mujer era psicótica. No cedería, daba igual lo que él dijese.

—De acuerdo —prosiguió Quentin. Esperó cuanto pudo y entonces se levantó. Alzó las manos—. De acuerdo.

Si había aprendido una cosa en esa maldita búsqueda era saber encajar un golpe. Bajó las manos. Todavía era rey, por el amor de Dios. Ese sería su destino. No tenía de qué quejarse. Ya había disfrutado de unas cuantas aventuras. Eso lo sabía. Fue al otro extremo y se colocó al lado de Poppy, la mujer que acababa de intentar abandonar. Ella lo rodeó por la cintura y lo besó en la mejilla.

—Todo irá bien —aseguró. Quentin notaba sus manos frías sobre las suyas. Elaine cerraba la puerta.

—Espera —dijo Julia—. Quiero pasar.

La agente se detuvo, pero no parecía que pensase que había cometido un error.

—Voy a pasar —repitió Julia—. Mi árbol me está esperando allí. Siento que está allí.

Elaine deliberó con su compañero en voz baja, pero cuando acabaron, ambos negaron con la cabeza.

—Julia, tienes que aceptar parte de la culpa de la catástrofe que estuvo a punto de ocurrir. Tú y tus amigos invocasteis a los dioses e hicisteis que se fijaran en nosotros y regresaran. Habéis traicionado este mundo, aunque haya sido de forma inconsciente, para aumentar vuestro poder. Tiene que haber consecuencias.

Durante un largo instante Julia se quedó totalmente quieta, mirando no a la agente de aduanas, sino a la puerta medio abierta. La piel le empezó a brillar y el pelo a crujir. Las señales no eran difíciles de interpretar. Si era necesario, estaba dispuesta a luchar para pasar.

—Espera —dijo Quentin—. Espera un momento. Creo que hay algo que no has entendido. —Ya casi había anochecido y el cielo era una explosión de estrellas—. ¿Vosotros dos tenéis idea de lo que ha pasado esta mujer? ¿De lo que ha perdido? ¿Y estáis hablando de consecuencias? Ella ya ha sufrido muchas consecuencias. Y, ah, por cierto, no es que importe mucho, por lo que parece, pero también ha salvado el mundo. Cabría pensar que se merece alguna recompensa.

—Ella tomó sus propias decisiones —repuso el hombre que estaba sentado al lado de la puerta—. Todo está equilibrado.

—¿Sabes una cosa? He notado que tenéis cierta facilidad para asignar ese tipo de responsabilidad. Bueno, pues Julia no hubiese hecho lo que hizo si yo la hubiese ayudado a aprender magia.

—Quentin —interrumpió Julia—. Déjalo. —Seguía encendida, lista para dar el paso.

—Si queréis jugar a ese juego, pues juguemos. Julia hizo lo que hizo por mí. Así que si queréis culpar a alguien, culpadme a mí. Echadme la culpa a mí, me la merezco, y dejadla cruzar al Extremo Lejano. Ese es su lugar.

El silencio de la playa volvió a reinar en el extremo del mundo. Ahora veían gracias a la luz de las estrellas y a la luz de la luna inminente, que se filtraba por la puerta medio abierta, y a la luz de Julia: resplandecía suavemente, con una cálida luz blanca que dibujaba sus sombras a sus espaldas, en la arena y brillaba en el agua.

Elaine y el hombre bien vestido deliberaron de nuevo duran-te un minuto eterno. Al menos no decían nada de pasaportes. Probablemente Julia no había necesitado el suyo para entrar en el Hades. Se había colado sin que nadie se diese cuenta.

—De acuerdo —dijo el hombre cuando hubieron termina-do—. Nos parece bien. La culpa de Julia recaerá sobre ti y ella podrá pasar.

—De acuerdo —repuso Quentin. A veces ganas cuando me-nos te lo esperas. Se sentía extrañamente ligero. Lleno de opti-mismo—. Perfecto. Gracias.

Julia volvió la cabeza y le dedicó una preciosa sonrisa sobre-natural. Quentin se sentía libre. Había pensado que cargaría con su parte de infelicidad el resto de su vida. Ahora, de repente, cuando menos lo esperaba, se la había quitado y sintió que flota-ría en el aire. Había subsanado la falta.

Julia le tomó las manos entre las suyas y lo besó en la boca, un beso largo, lleno al fin de algo parecido al amor verdadero. Semi-diosa o no, en ese instante le pareció que Julia volvía a ser la que no había sido en años, desde aquel último día juntos en Brook-lyn, cuando sus vidas cambiaron radicalmente. A pesar de lo mu-cho que había perdido, aquella era Julia, toda ella. Y Quentin también se sentía bastante completo.

Se acercó a la puerta pero no se arrodilló. Se enderezó y se colocó bien, como una saltadora de trampolín olímpica y, ob-viando la escalera, se lanzó desde el borde, de cabeza, y desapa-reció.

Cuando se marchó, la playa quedó un poco más oscura.

Al fin había terminado todo. Estaba preparado para que ba-jase el telón. No le apetecía el trecho de vuelta al *Muntjac*, que tardarían toda la noche en recorrer, y a saber cómo regresarían a casa desde allí. Seguro que tenía que haber un truco, un conjuro que les permitiese saltarse toda esa parte. Tal vez viniera Ember.

—¿Dónde está el maldito Caballo Simpático cuando lo nece-sitas? Josh debía de haber estado pensando lo mismo.

—Y ¿cómo debería pagar Quentin? —preguntó la agente de aduanas. Hablaba con el hombre del traje negro.

De repente, Quentin se sintió menos cansado.

—¿Qué quieres decir? —inquirió. Volvían a susurrar.

—Espera —dijo Eliot—. Así no funciona la cosa.

—Sí —afirmó el hombre—, así es como funciona. La deuda de Julia ahora recae en Quentin y él debe pagarla. ¿Qué es lo que más aprecia Quentin?

—Bueno —repuso Quentin—, ya no voy al Extremo Lejano.

Genial. Tenía que haber sido abogado. Un pensamiento lo dejó helado: se quedarían con Poppy. O le harían algo. Temía incluso mirarla por si les daba ideas.

—Su corona —anunció Elaine—. Lo siento, Quentin. A partir de este instante ya no eres el rey de Fillory.

—Te has excedido en tu autoridad —repuso Eliot acaloradamente.

Quentin se había preparado para lo peor, pero cuando llegó no sintió nada en absoluto. Eso era lo que querían y lo tendrían. Ya lo tenían. No se sentía diferente. Al fin y al cabo la realeza era algo abstracto. Suponía que lo que más añoraría sería su dormitorio grande y tranquilo en el castillo de Whitespire. Miró a los demás, pero ninguno de ellos lo miraba de forma diferente. Respiró hondo.

—Bien —dijo tontamente—. Así como viene se va.

Ese era el final de Quentin como Rey Mago, así de simple. Ahora era alguien distinto. La verdad es que era una tontería estar triste por ello. Por Dios, acababan de salvar la magia, de salvar sus vidas. Julia había encontrado la paz. Habían terminado la búsqueda. Él no había perdido, había ganado.

Elaine y el hombre del chaqué habían regresado a sus puestos en las sillas, como un par de cariátides sentadas. Buen trabajo. Cielos, le costaba creer que hubiese flirteado con ella cuando estaban en la Isla Exterior. Al final no era tan diferente a su padre.

De todas formas, él tenía muchas esperanzas puestas en su hija.

—Dale recuerdos a Eleanor —dijo Quentin.

—Oh, Eleanor —repuso Elaine en el tono despectivo que reservaba para su hija—. Todavía habla de la vez que la llevaste a hombros, lo lejos que podía ver. La impresionaste mucho.

—Es muy dulce.

—Todavía no sabe decir la hora. ¿Sabes que ahora está completamente obsesionada con la Tierra? Me ha pedido que la envíe al colegio allí y la verdad es que estoy muy tentada de hacerlo. Cuento los días que faltan para ello.

Bien por Eleanor, pensó Quentin. Saldría de la Isla Exterior. Todo le iría bien.

—Qué bien —dijo—. Cuando tenga edad de ir a la universidad, escríbeme. Quizá pueda recomendarle alguna.

Era hora de irse.

El mar ya no estaba vacío. Algo venía hacia ellos por el mismo: era Ember, tarde como siempre, trotando con elegancia por la superficie del agua. No era su estilo perderse un buen destronamiento.

—Entonces —dijo Quentin—, ¿de regreso al *Muntjac*? ¿O qué? —Tal vez la oveja mágica serviría para llevarlos a casa. Esperaba que así fuese. Ember se colocó junto a Eliot.

—No es para ti, Quentin —dijo.

Y entonces Eliot hizo algo que Quentin nunca le había visto hacer, ni siquiera después de todo lo que habían pasado juntos. Sollozó. Se alejó y dio unos cuantos pasos hacia la playa de espaldas a ellos, con los brazos cruzados y la cabeza baja.

—Hoy es un día negro para Fillory —afirmó Ember—, pero siempre te recordaremos aquí. Y todo lo bueno llega a su fin.

—Espera un momento.

Quentin reconoció el pequeño discurso. Era la despedida de turno que Ember pronunciaba en sus libros siempre que hacía lo que mejor se le daba, es decir, echar al final a los visitantes de Fillory.

—No te entiendo. Mira, basta ya.

—Sí, Quentin, basta ya. Exactamente eso.

—Lo siento, Quentin. —Eliot no era capaz de mirarlo. Respiró con fuerza—. No puedo hacer nada. Siempre ha sido la norma.

Por suerte, Eliot tenía un precioso pañuelo bordado para secarse las lágrimas. Seguramente no lo había utilizado nunca.

—¡Por el amor de Dios! —Ya puestos, lo mejor para Quentin era enfadarse, al fin y al cabo ya no tenía elección—. ¡No me puedes enviar de vuelta a la Tierra, ahora vivo aquí! No soy un colegial que tiene que volver a la hora que le dicen, en quinto de primaria, joder, que soy un adulto. ¡Esta es mi casa! Ya no pertenezco a la Tierra. ¡Soy filoriano!

La cara de Ember resultaba inescrutable bajo los cuernos enormes y duros. Se curvaban hacia atrás a partir de su lanosa frente, acanalados como conchas antiguas.

—No.

—¡Así no puede terminar! —exclamó Quentin—. ¡Soy el héroe de esta maldita historia, Ember! ¿Ya no te acuerdas? ¡Y el héroe se lleva una recompensa!

—No, Quentin —contestó el carnero—. El héroe paga el precio.

Eliot posó la mano en el hombro de Quentin.

—Ya sabes lo que dicen —añadió Eliot—. Una vez rey de Fillory, siempre...

—Ahórratelo. —Quentin le apartó la mano—. Ahórratelo. Eso es una gilipollez y lo sabes.

Suspiró.

—Supongo que sí.

Eliot había logrado dominar sus emociones. Le ofrecía algo pequeño y perlado que sostenía en un pañuelo.

—Es un botón mágico. Lo ha traído Ember. Te llevará a Ningunolandia. Desde allí podrás viajar de regreso a la Tierra o donde quieras, pero no te traerá de vuelta aquí.

—¡Yo tengo muchos contactos, Quentin! —dijo Josh intentando sonar animado—. En serio, ahora prácticamente soy dueño de Ningunolandia. ¿Quieres *teletubbies*? ¡Te dibujaré un mapa!

—Ah, déjalo. —Estaba enfadado—. Venga. Regresemos a nuestro planeta de los cojones.

Todo había terminado. Siempre había odiado esa parte, incluso cuando no eran más que fábulas, cuando él no tenía nada que ver. Pronto empezaría a pensar en el futuro. No tenía por qué ser malo. Josh y él vivirían en Venecia. Y Poppy. No sería malo en absoluto. Pero se sentía como si le hubiesen amputado una extremidad y estuviese mirando el muñón esperando morir desangrado.

—Nosotros no iremos, Quentin —dijo Poppy. Estaba de pie al lado de Eliot.

—Nos quedamos —añadió Josh. Incluso en el frío y la oscuridad, Quentin lo veía ruborizarse con furia—. No regresaremos.

—¡Oh, Quentin! —Nunca había visto a Poppy tan disgustada, ni siquiera cuando estuvieron a punto de morir congelados—. ¡No podemos ir! Fillory nos necesita. Sin ti y sin Julia hay dos tronos vacíos. Un rey, una reina. Tenemos que ocuparlos nosotros.

Claro. Un rey y una reina. Rey Josh. Reina Poppy. Larga vida. Regresaba solo.

Eso sí que le hizo detenerse. Sabía que las aventuras supuestamente tenían que ser duras. Había comprendido que tenía mucho camino por delante y que tendría que solventar problemas difíciles y luchar contra enemigos y ser valiente y tal. Pero aquello escapaba a su comprensión. No podía matarlo con una espada o arreglarlo con un hechizo. No podía luchar contra ello. Simplemente tenía que aguantar y no resulta fácil ser bueno o noble o heroico mientras se aguanta. No era más que el tipo del que todo el mundo se compadece, eso es todo. No era material para una buena historia, de hecho ahora veía que las historias se equivocaban por completo en cuanto a lo que conseguías y a lo que ofrecías. No es que no estuviese dispuesto. Simplemente es que no lo había entendido. No estaba preparado para eso.

—Me siento como un gilipollas, Quentin —dijo Josh.

—No, escucha, tienes toda la razón. —Quentin sentía los labios entumecidos. Siguió hablando—. Tendría que haberlo pensado. Ya lo verás, te encantará.

—Puedes quedarte con el *palazzo*.

—Fantástico, gracias, muy bien.

—¡Lo siento, Quentin! —Poppy le echó los brazos al cuello—. ¡He tenido que decir que sí!

—¡Está bien! ¡Santo Dios!

No quería que un hombre adulto como él dijera venga, no es justo. Pero no le parecía muy justo.

—Ha llegado la hora —anunció Ember, de pie, con sus estúpidas pezuñas de pequeña bailarina.

—Tenemos que hacerlo ya —dijo Eliot. Tenía el rostro pálido. Para él también era un momento difícil.

—Bien. De acuerdo. Dame el botón.

Josh lo abrazó con fuerza, después Poppy. Ella también lo besó, pero Quentin apenas lo sintió. Sabía que después se arrepentiría, pero las emociones lo embargaban. Tenía que hacerlo ya o estallaría.

—Te añoraré —añadió—. Sé una buena reina.

—Tengo algo para ti —dijo Eliot—. Lo estaba guardando para cuando hubiese acabado todo, pero... bueno, supongo que todo ha acabado.

Sacó del interior de su chaqueta un reloj de bolsillo de plata. Quentin lo reconoció de inmediato, era el pequeño árbol-reloj que había crecido en el claro mágico de Queenswood, el lugar donde todo había empezado. Eliot debió de recogerlo cuando regresó allí. El tictac del reloj sonaba alegre, como si estuviese contento de volverlo a ver.

Se lo introdujo en el bolsillo. No estaba de humor para alegrías. Qué pena que no fuera un reloj de oro, el típico regalo de jubilación.

—Gracias. Es precioso. —Lo era.

La inmensa media luna de Fillory ya estaba alta en el cielo e iluminaba el muro en el borde del mundo con su habitual salto nocturno. No retumbaba como el sol, pero al estar tan cerca sonaba levemente como un diapasón. Quentin la miró, concentrado, durante un largo rato. Probablemente no la volvería a ver.

Entonces Eliot lo abrazó, un abrazo largo, y cuando acabó lo besó en la boca. Ese beso sí que lo notó.

—Lo siento —se disculpó Eliot—, pero es que has besado a todos los demás.

Sacó el botón. A Quentin le tembló la mano. Mientras lo cogía, casi antes de tocarlo, ya ascendía flotando rodeado de agua fría.

Siempre hacía frío cuando ibas a Ningunolandia, pero no recordaba que fuese tan intenso. El agua le quemaba la piel, era un frío antártico, como cuando hace años tuvo que correr desde Brakebills hasta el Polo Sur. La herida del costado le dolía. Unas lágrimas calientes le caían de debajo de los párpados y se mezclaban con el agua glacial. Durante un largo segundo se quedó flotando, ingrávido. Tenía la sensación de que no se movía, pero debía de haberse elevado por el agua porque sin previo aviso algo le golpeó en la parte superior de la cabeza, con tanta fuerza que vio las estrellas.

Para colmo, la fuente estaba helada. Quentin tanteó frenéticamente el hielo que tenía sobre él y a punto estuvo de perder el botón.

¿Nadie había pensado en eso? ¿Era posible ahogarse en agua mágica? Entonces encontró un borde con los dedos. Habían abierto un agujero en el hielo y él no lo había visto.

El agujero también estaba congelado, pero no del todo. Rompió el hielo fácilmente con el puño. Resultaba agradable golpear algo y sentir que se rompía. Quería romperlo de nuevo. Se escurrió hacia arriba y salió, tuvo que apoyarse incómodamente en el hielo resbaladizo con la parte superior del cuerpo, como una foca, y después agarrarse al borde de piedra del pilón y tirar para sacar el resto del cuerpo del agujero. Se quedó tumbado unos segundos jadeando y tiritando.

Durante unos instantes había olvidado todo lo que acababa de suceder. No había nada como encontrarse cara a cara con la muerte para olvidarse de los problemas. El agua mágica ya se estaba evaporando. El pelo se le secó incluso antes de sacar los pies del agua.

Estaba solo. La plaza de piedra estaba en silencio. Se sentía mareado, y no solo porque se había golpeado la cabeza. Ahora todo le venía de golpe a la mente. Había pensado que sabía qué le depararía el futuro, pero se había equivocado. A partir de ahora su vida sería diferente. Tenía que volver a empezar, pero no creía que tuviese la fuerza para hacerlo. Ni siquiera sabía si se podría poner de pie.

Se sentía como un viejo. Se impulsó hacia abajo por el borde de la fuente y se apoyó en ella. Siempre le había gustado Ningunolandia, había algo reconfortante en su calidad de lugar intermedio. Estaba en «ningún lugar», y eso le quitaba el peso de tener que estar en algún lugar concreto. Era un buen sitio para sentirse desgraciado. Aunque pobre de él, era probable que Penny apareciera flotando en cualquier momento.

Ningunolandia había cambiado desde que Poppy y él habían estado allí por última vez. Los edificios seguían desmoronados y todavía había un poco de nieve en las esquinas de la plaza, en la penumbra, pero ya no nevaba. No hacía muchísimo frío. La magia volvía a fluir de nuevo, se palpaba. Las ruinas renacían.

Sin embargo, no volvían a su estado normal. Sopló una brisa cálida. Nunca había sentido una brisa así en Ningunolandia. Aquel lugar siempre había estado dormido y ahora se estaba despertando.

Quentin también se sentía como una ruina. Tenía eso en común con el país. Se sentía como la tundra helada donde nada crece y nada crecerá jamás. Había terminado su búsqueda y le había costado todo y todos por quienes lo había hecho. La ecuación cuadraba a la perfección: todo anulado. Y sin su corona o sin su trono o sin Fillory o incluso sin sus amigos, no tenía ni idea de quién era.

Pero algo había cambiado también en su interior. Todavía no lo comprendía, pero lo percibía. Por alguna razón, aunque lo había perdido todo, ahora se sentía más rey que nunca. No como un rey de juguete. Se sentía real. Saludó a la plaza vacía de la misma forma que solía saludar a los habitantes de Fillory desde el balcón.

Las nubes empezaban a separarse en lo alto. Veía el cielo pálido y el sol que intentaba salir. Ni siquiera sabía que allí había sol. Desde el bolsillo interior de su mejor sobretodo, el de los al-jófares y el hilo de plata, se oía el tictac del reloj de plata que Eliot le había regalado, parecía el ronroneo de un gato o el latido de un segundo corazón. Soplaba un aire frío, aunque empezaba a templarse, y el suelo estaba lleno de charcos de agua del deshie-lo. A pesar de todo, unos brotes verdes obstinados se abrían paso por entre las losas, agrietando la piedra antigua.